星在深渊中

默音 著

译林出版社

失语症患者突然失去了语言这一人类存在的根本，因而从家庭、社会以及整个世界孤立出去。失语症患者的家庭也从此孤立于社会，坠入和患者本人同样的深渊。人要到丧失语言才会第一次意识到，语言对人类来说不仅仅是沟通的工具，而是从根本上支撑其自身存在的东西。

——《当大脑寻回语言的时候》，佐藤洋子、加藤正弘

目录

引子

2008 年 8 月

最先消失的，是名字。

不，她甚至不知道那是万事万物的名字。词语从大脑皮层的罅隙悄然撤退，如同融化的雪。

婴儿出生时有一百四十亿个大脑神经细胞，随着成长，脑部持续发育，神经细胞却不断死亡。不同于不断更新的皮肤、血液以及黏膜细胞，神经细胞一旦死亡，没有替补。这一类死亡或者说衰减，在十五岁前最为剧烈，光是大脑前叶的运动中枢，一天之内，有十几二十万个神经细胞毁灭。过了十五岁，神经细胞的衰减趋于稳定，随着年龄增加逐渐减少，呈线性变化。

此时，她的神经细胞正在经历一场没有敌人的战役。许多非正常死亡。一场屠杀。细胞们携带后天习得的信息，奔赴黄泉的静默。

过程是疼痛。

她从头痛中醒来，视力模糊，喉咙干涩，干得像雨季过后泥土翻翘成车辙痕迹的路面。她在哪里见过那样的情景。红土路的表面一道道灰黄突起，野狗拖着尾巴，走过被人用煤炭和粉笔乱涂乱画的围墙……对了，她从昆明逃学搭车去了某处，那道墙的背后是……

哥。

她喊了出来。分不清是被痛楚驱动，还是仅仅出于习惯。一个身影趋近，熟稔的声音说："其星！"

他还说了什么，她听见了却不解其意。句子像打水漂的石块，在意识表层荡了几下，扑通沉入无名无意义的所在。

她说，我渴，我疼。这里是哪里？我怎么了？

她以为她说了这些。

*

杨树海要相当努力，才能维持镇定。他弯下腰，把妹妹的左手推回薄被里，同时尽量不看她头上的绷带，按了铃。很快进来一个护士，说："十一床醒了？量体温。"

"我妹好像不太对啊。"他说，"她刚才想要讲话，啊啊啊了半天。"

"脑袋受伤嘛是这样的，哪能一下就恢复。醒了就好。"小护士麻利地往杨其星嘴里塞了温度计，后者闭上嘴，看起来无辜又茫然。

他朝妹妹说："还疼吗？"指的是她经过手术的头部和肩膀。简单的问题，点头或摇头即可。妹妹像是没听见，望着天花板。

护士看看表，抽出温度计，说体温正常。白色的身影出了房间。他又问："你感觉怎么样？"

"啊——咦。"

"现在还没法讲话是吧？那就不说。"他重新坐在床边的凳子上。

应该过几天就没事了吧。应该。

胃部和脑袋像塞了石头，可能是没睡好的缘故。从接到医院通知赶来，他差不多坐了一天一夜。手术室外面，然后是这间病房。只有上厕所和到护士台拿外卖，才偶尔离开。妹妹邻床的老太感慨道，看吧，还是兄弟姐妹好，独生子女没意思的呀。他在心里苦笑。杨其星在户口本上是独生女。他不过是杨家处境尴尬的孽子，一段婚外情的产物。在昆明，他是她的"堂哥"。只有在上海，在远离谎言的异地，他们才能放下掩饰，回到兄妹。

老太昨天下午出院，病房成了单人间。昨晚，他在向院方租来的躺椅上睡得不沉，偶尔抬眼，借着走廊透进来的微光，看向环绕病床的布帘。他怕。怕妹妹就此沉睡。她昨天醒过几回，很快又昏睡过去。医生说是正常的。可他的恐惧不散。在昆明的爸和大妈还不知道其星受伤的事，他不可能一直瞒下去。在想象中，爸高声责问他，妹妹去上海不就是想着你在那里有个照应，你怎么没照看好她？至于大妈，其星的母亲，他简直不敢想那一位的怒气会如何爆发。

妹妹的眉往下撇，眉心挤出纵纹，那是她从小不顺心时的表情。他按邻床教的，拧开保温杯倒了一杯水，先试水温，再放入吸管，左手举杯，右手扶吸管，凑到妹妹嘴边。她眉心微松，含住吸管缓慢地吸了两下，又皱起眉，仿佛吞咽造成了不适。

他还记得自己早先的畏惧。按理妹妹醒了，他的心该定了。而此刻，另一个念头开始折磨他。

——她要怪我了吧。是的，都怪我。

杨其星重新闭上眼，仿佛喝水耗费了她过多的能量。他起身，她吐出一个字："锅。"

那是昆明话的"哥"，多久没听见她讲方言了？他们兄妹一向是普通话。他边往外走边扭头说："我去厕所。"

毕竟是女病房，他总是去走廊尽头茶水间隔壁的男厕所。刚从厕所出来，就见两名护士救火似的冲进妹妹那间，他心头一震，迈开腿奔过去。

尚未进门便听见“啊，啊，啊”的叫喊声。病房里，两名护士各站在床的一侧，白色的身影像充满不祥意味的水鸟。杨其星仰面躺着，左手在床沿敲打，连声叫喊。连续的“啊啊”听在他的耳朵里，像是呼唤，也像是控诉。一个护士训斥道：“不要叫了，魂都快被你叫出来了！这样会影响别的病人!”眼见护士试图按住妹妹的手，他的腿像是瞬间灌满了铅。杨其星远远望见他，安静下来。她做了个奇怪的动作，将插着输液管的右手抬起，又放下。显然，她尚未适应发生在自己身上的一切。昨天凌晨被送进手术室之前，对于二十四岁的她来说，医院，仅仅是每年例行体检的地方。

另一个护士开始给杨其星量体温。先前凶巴巴的护士放软了声音说：“伤比你重的人多了，人家都不声不响。疼得厉害吗？你的药水里面有止痛药的呀。要是疼就讲。”

“咦——啊，咦。”

“怎么不会讲话啦?”护士问同伴。她没戴口罩，有张青春痘蓬勃的圆脸。

量体温的护士说：“神经麻痹了吧。”

医疗机构的从业人员当中，真正对失语症有了解的也不多。杨树海后来将一次次认知到这一点。彼时，他对该病症全然无知，对于前方有怎样的坎坷在候着妹妹和自己，更是缺乏想象。他呆立在门内一两步的位置，裤兜里的手机发出震动。可能是单位的人，女友，或是林同他们。他知道该到走廊去接，一时间却无法动弹。他怕自己一走开，妹妹又像个哑巴似的叫唤起来，用那种单调的意义不明的声音。

1. 她的消失

2016 年 10 月

死者本来可以早些被发现的。10 月 25 日上午 11 点，小区陕西南路大门对面的乔乔饭店打过她的电话。据饭店的乔蕾说，902 昨天傍晚叫了两菜一汤的外卖，按惯例，萝卜丝鲫鱼汤用海碗装，连同其他饭菜的打包盒，由员工用超市提篮送到400 弄45 号九楼。熟客都知道吃完了把碗放门口，回头去收就行。

“昨天我们小姑娘上午去收碗，空手回来，说是碗没有摆出来，敲门也没人应。我想 45 号大概忘记了，就打电话问。我在这里开了二十年饭店，街坊邻居都晓得的，我做事情讲公道。地沟油什么的，我们是不用的，菜也是最新鲜的。我做事硬挣，我也不让人占便宜。一只汤碗没多少钱，总归要拿回来。”乔蕾是个顶着黄色卷毛的大嗓门中年妇女，她有小儿麻痹症的哥哥是饭店的当家人。面对摄像头，她顺便做起了宣传。

记者提醒道：“您打电话没人接，然后呢?”

“然后我就忙午市了呀，想着晚点再打。哪能晓得出了这么大事情！我们小姑娘也是木，到门口了，都没闻见气味。还是人家蛋糕店的人发现的。”

被称作“小姑娘”的江西籍雇工在屏幕上一脸惊恐，反复说：“我以为家里没人。我敲门了。我有鼻炎。”

尸体的第一发现人是小区北边绍兴路上一家咖啡馆兼酒吧的点心师。乔蕾口中的“蛋糕店”，挂牌名为“蛋糕酒号”，和乔乔饭店一样由兄妹打理，哥哥杨树海主掌经营，妹妹杨其星制作甜品。10 月 23 日星期天中午，丰年小区 45 号 902 室的陈晓燕到店里订了半打肉桂杯子蛋糕，说是后天下午一点前来取。25 日，到了一点半也没见人，杨其星提着装了蛋糕的纸袋，撑伞出门，穿弄堂到丰年小区的第一栋楼，乘电梯上了九楼，按门铃，没有回应。她闻见了古怪的气味。刺鼻又熟悉。她站了片刻，认出那是煤气。

杨其星用围裙兜里的手机打了 110，然而当接线员询问报警事由，她挂了电话。随后，她匆匆回到店里，花了些时间向咖啡师陆南解释，902，燕子，煤气。这也就是在店里工作了近三年的陆南，换了别人，多半搞不清杨其星慌乱之下比平时更破碎的表达。陆南当即重新报警。

失语症患者杨其星让警方和媒体都感到头疼。人们有理由认为她知道些什么，毕竟杨家兄妹和住在附近的死者相熟多年。然而失语症像一道墙，把她和试图提问的人隔绝在两边。不了解该病症的人会说，笔谈不就行了？该选项不成立。杨其星置身于词语的迷雾。她的神志清醒，但无论是口头沟通还是文字往来，都缺乏路径。让她理解你，或是你想要理解她，一样困难。

在 26 号赶赴现场的短视频新媒体选择乔乔饭店而不是蛋糕酒号作为拍摄点，是因为蛋糕酒号的老板杨树海在玻璃门上贴了一张纸。

谢绝媒体采访和围观。连日的阴雨使得马克笔写就的粗体字洇出黑色的泪斑，显得很不正式。有媒体试着进店，很快碰了一鼻子灰出来，悻悻地说，你有种就干脆别营业呢。

*

绍兴路不过百来米长，东西走向。窄窄的双车道两侧的楼群，犹如建筑编年史的标本，既有建于上世纪二三十年代的旧租界洋房，也有三十多年房龄、模样单调的老公房。这些房子不全是住宅，包含街道活动中心、区图书馆、昆剧团、若干家出版社。建筑之间的弄堂如蜿蜒的血管，探入南北两侧的小区。马路西端和陕西南路相交，东端与瑞金二路接壤。

跨过瑞金二路，是瑞金医院。医院三百六十五天人潮不断，其影响也波及绍兴路瑞金二路这边。早在共享单车在人行道形成路障之前的年月，路口的拐角便停满了私人自行车。让过道显得更加逼仄的，是坐在旁边花园洋房围栏平台上的男女，他们刮风下雨都在那里，为的是分发短租房广告。房源多在附近，从单床到单间，可按日租。不用说，目标客群是外地来此住院的病人家属。

往西走，熙攘转为寂静，悬铃木的枝条交错成华盖，春天满地毛絮，夏天浓荫蔽日，秋天，清洁工需要加班清扫大量的手掌形落叶，冬天，黑色的枝条投影在老洋房的灰墙上，如欧洲风格的静物画。

蛋糕酒号的位置靠近绍兴路的西端，位于马路南侧。小区临街的六层楼的底楼全部改成了店铺：茶室、服装店和古董店用了幽微的照明，乍一看难以判断是否营业；挨着小区入口的蛋糕酒号则是敞亮的，玻璃门窗透出暖色灯光。小区大门的另一边是栋三角形山墙对着街的二层红砖房，一楼被日料店喜久租用。

居民楼改建的蛋糕酒号的店面不大。进门先是玄关，往右几步有个吧台，吧台的侧面对着沿街的大窗。玄关墙背后，狭长店堂铺着黑白格地砖。纵向看去，视线的尽头是玻璃窗，那后面有个小院。从左往右，分别是靠墙连成一体的直背黑皮沙发椅，间距不宽松的三张樱桃木小方桌，以及三把扶手椅。烘焙间也是细长的，对着店堂的一面设了窗户，入口在吧台一侧，垂着半截布帘。

男女合用的厕所在店堂深处。洗手池在外头，镜子对着一道玻璃门，推门可走进青砖铺地的院子。院子很小，三个人站那儿便显局促。一截放了烟灰缸的树桩，角落里两株半死不活的山茶，算是吸烟区。吸烟者难免成为客人们的观察对象。

店内的单调白墙上，唯一的装饰是直背沙发椅上方一幅写实风格的画。屋瓦长草的老宅，木门上暗红油漆大半剥落，门前有鸡鸭，玩耍的孩童，晒太阳的老人。常见的中国乡村图景，挂在现代风格的空间，略显突兀。

宋语坐在蛋糕酒号的吧台边，面前是据说很贵的磨豆机。陆南在意式咖啡机后面忙碌不休，做完花式又做手冲。今天里面三张桌子全满，吧台位也只空着一个。人们的说话声交织成网，夹杂着雨声。虽是午后，窗外因骤雨昏暗如暮。宋语有种置身于错误时间地点的不适。从来没见过这么热闹的蛋糕酒号，仿佛她的消失，让自己被甩入了另一个平行时空。

陈晓燕走了。据说不是自杀，也不是事故。

昨晚发来这条微信的，既不是和陈晓燕宋语玩得最好的老同事李濛，甚至也不是蛋糕酒号的咖啡师陆南，而是集团男刊的编辑周雨绮，宋语的讨厌名单里稳居前五的人。宋语没有回雨绮那条简直像个恶意玩笑的消息，立即打电话给陆南，那边没接，直到今天早上才在微信回道：**哎昨天店里一团乱，没顾上和你报告**。过了片刻又来一句：**你没事吧？**

宋语回了四个字，**太突然了**。

此刻在店里喝着陆南做的澳白，她仍然上不来实感。她瞄了一眼和自己隔着个空位的年轻男女，觉得那俩人像是媒体同行。说不定里面的桌子有陈晓燕的熟人，可是没一个她认识的，除了陆南，以及杨老板。后者刚冲到门口，把一个试图用手机拍店里的疑似媒体人撵走，这会儿回到桌子那边和人说话。宋语意识到，对陈晓燕的死，自己一旦表露想要探究的决心，说不定也会被杨老板拒之门外。

陆南送完咖啡，回到对面。"警察上午又来了，太烦了。老板让星姐和黄依然放假，她们倒是轻松了，可惜我不能跟着放。"

"那你要做到晚上吗？"

"不用吧，我还是照常走。"

平日里，杨其星一早来做点心，开店时间是上午十点，咖啡师陆南会在那之前到。下午三四点，杨其星回去休息，接替她的是杨老板和店里刚来不久的服务生黄依然。晚班的两人待到晚上十点打烊，陆南下午六点走。

陈晓燕最后一次来店里是上周日的中午。陆南当时走开了，去附近喂流浪猫。也因此，单独在店里的杨其星一度成为警方的重点询问对象。

想到警察为了和杨其星打交道必须付出的努力，宋语不知该同情哪一方。不难想到，这几天自己也会被问话。她很想反问警察，那么到底是谁，因为什么，做下这样的罪行？

宋语认识陈晓燕五年了。那时她在新闻系念研二，陈晓燕在一家庞大的媒体集团担任报纸类周刊的副主编，管文化版。

去那家集团实习的机会，是外院的艾德转给宋语的。她选修了一门跨文化交流的课程，和那个举止有些少女气的男生有同桌之谊。像很多人一样，最初，对方以为宋语是男的。也和很多次一样，她解释了自己的着装和发型。你看，我这么高这么胖，如果留长头发，打扮得女性化，看起来反而很怪。男生笑起来，露出尖锐的虎牙。你很善于自黑啊。我叫 Edmond，叫我艾德就好。

其实宋语并不喜欢自嘲，她只是从一次次不愉快的经历，学会了化解别人或诧异或厌恶或漠不关心的眼神。齐刘海，圆形眼镜，大码衬衫当作外套。她的打扮和漫画里的宅男如出一辙。但总比看起来像个男扮女装的怪人要好。

遥远的从前，她有过体重是现在的一半的日子。2003 年席卷全国的那场疾病，宋语是个倒霉的感染者。药物拯救了她的性命，却让她体内的激素失衡，开始不可挽回地发胖。当体重越过一定的界限，宋语发现，自己就像个转世投胎的人——她甚至想不起当自己还是个高瘦女孩的时候，别人对自己的态度和如今有多大的不同。其间的差异太大，只能用两世为人来解释。

她学会了适应。毕竟，活下来就是最大的胜利。

偶尔，她也会心生不适。例如，当她在网上瞥见这样一句话：我的心里住着个瘦子。她随即在心里回：就算你心里住着白雪公主也没用，这是个看脸的时代。

艾德当然不会知道宋语内心的敏感和偶尔闪现的刻毒，他和其他人一样，凭外观认定，她是温和的，无害的，好说话的。

所以他理所当然地在逃课时请她代点名，在学期结束时央求她代笔写那门课的小论文。她甚至不知晓他的真名。关于论文，宋语本来想拒绝的，不过她确实很喜欢跨文化课的美国老师，为此甚至不介意多写一篇。

可能因此，艾德存有印象，宋语是个有求必应的人。当他突然拿到一个工作机会，必须辞掉做了没几天的实习，实习单位表示人手紧张，要不你介绍个同学来，很自然地，艾德想到了和他不同院系的宋语。

以为只要过去接手就行了，到了位于 CBD 商区的写字楼，坐电梯上到 42 楼，宋语惊讶地发现，自己必须经过连续的笔试和面试。既然这么麻烦的话，公开招实习生不就行了？她忍住腹诽，独自在会议室长桌的一角，做了一份包含改错、选题创意和写作的试题。做题期间不能带手机，让她略感不安。事实上，她在等一个工作机会的电话。那是她喜欢的某服装品牌的媒体推广。该品牌的衣服走宽松飘逸路线，她如果能瘦个四十斤，穿起来大约会显得庄重。她并不想做个形象凛然的大码女士，对服装品牌的不恰当向往，也许是深藏内心的、有关过去的回忆造成的。

怕什么来什么，等她做完题，拿回手机，发现上面有陌生的未接来电。她赶紧进了走廊上的洗手间，打回去。一如预料，那边是该品牌的自动语音，她循着“查号请拨 9”，接通总台，又绕经好几个人，终于找到人事部负责招聘的职员。对方问清她的姓名，以公事公办的语气说，你好，很抱歉，刚才电话是为了通知你，面试没过。

“是因为我不够瘦吗？”

做题的疲惫加上突如其来的沮丧，让她失去了自控，脱口而出。该品牌的网投和笔试都不要求附照片，所以她曾经错误地以为，就像品牌宣传所呈现的，“我们认为，女性的美没有定式，源自内心”，这是个难得不看外表的公司。直到她在等待面试的时候见到了其他的入围者，才隐隐感到不妥。不知道的会以为聚在那儿的年轻男女们竞争的不是企宣，而是模特。

电话那头的人像是没听清，发出含糊的声音。她又问了一遍，嗓音不觉拔高，近乎咄咄逼人。

“宋小姐，你可能想多了。我们看中的是综合实力，和外表无关。”

听到这样的范式回答，更深的疲惫涌来。这不是第一次，也不会是最后一次。她该死死抓住眼下这个并不诱人的实习岗位吗？尽管还不知道他们会不会让她留下。她听艾德讲过，集团内部存在鄙视链，男刊目空一切，女刊看不起报纸形式的周刊，觉得那是市民读物。所以周刊是生物链的最底端，不正适合她吗？

她用双手扶住洗手台的台面，咳嗽起来，为的是忍住喉头突如其来的酸楚。映在镜子里的，是她看过千万遍仍不能适应这是自身的人影。滑稽的轻微抽搐的胖脸，曾经清秀的五官被肉挤得迷失了原形。迷你香蕉般的手指。

所以，胖就是一种残疾。既然残疾，就很难不被歧视。

她尚未来得及收起自我唾弃的念头，身后的一扇厕所门开了，出来个人。所以我刚才的通话都被听到了？立即夺门而出未免太傻，她只好半低着头。眼角余光瞥见那人一身白，丝质白衬衫束在质料飘逸的奶油色阔腿长裤里，极瘦的人才敢这么穿。底下是酒红色浅口平底鞋。那人默默洗手，抽取擦手纸，然后出门。宋语在心里松了一口气。

走到门口，那人忽然回头说：“既然要来实习，就专心点，不要吃着碗里的，看着锅里的。小朋友要踏实做事，别学那个半瓶子醋艾德。”

她怎么知道我是来实习的，是艾德的朋友？震惊之下，宋语和直视她的女人的视线撞了个正着。那人有双冷淡的单眼皮眸子，头发往后梳得紧紧的，勾勒出小巧的头形。没抹粉底的皮肤白皙，点缀些微雀斑，唇膏颜色偏深。看起来像个凶巴巴的女主管。

那是宋语对陈晓燕的第一印象。她当时还不知道对方是谁。很快，她将在面试的房间里重新见到白衣红鞋的凶女人，并惊恐地发现，此人是她未来的上司。

面试第二天，宋语接到通知，让她下周去上班。

报道那天，又出了一件不大不小的事。

主要是宋语不知道写字楼早上的电梯会这么挤。如果知道，她会选择早些出门。

她在一楼大厅的队伍里站了几分钟，然后差不多是被别人推进电梯的。感觉排队只是个幌子，门打开的瞬间，周围的人们顿失风度，仿佛电梯内有块巨大的磁铁，而他们都是身不由己的铁粉屑。毕竟，如果临门一脚失误（没挤上眼前的这部电梯），就有可能迟到被扣钱。前后左右的未必都是媒体同事，一栋楼里的公司超过十五家。

站在电梯里，宋语尽可能想让自己显得小一些。她比周围的大多数人高，无论男人还是女人。而且，她无疑是其他人的两个宽。她的心头闪过一丝惊恐：我站在这里，电梯会不会立即开始超重报警？几乎可以想象随之而来的厌恶视线。

电梯的载重量够大，臆想中的警报声并未响起，仍不断有西装男或妆容精致的女人往里挤。宋语一扭头，发现上次面试时给过她名片的陈晓燕就在旁边，当即条件反射地往另一边转身。

转过半圈，她的侧下方是个整容脸女人。宋语不化妆，但她出于对外在美的复杂心情，逐渐培养出挑剔的审美。化妆的手法逃不过她用想象力的还原，整容的蛛丝马迹也会立即被她收入眼底。那个女人一头完美的褐色长卷发，被身后男士的西装领口紧紧压住。她像是近乎窒息地微微转过头，于是开过的眼角、垫过的鼻梁和丰过的唇便映入宋语的眼帘。她当然是个美女，不过宋语因为对整容的成见，在心里轻哼一声。

上行的电梯在若干楼层停驻，吐出几名乘客。空间松弛了少许。宋语想稍微调整站姿，却不能够。西装男妨碍了她周围的空间。

好不容易到了42楼，她跟着陈晓燕往外挤，对周围的人低声说着“不好意思”。开路的陈晓燕默不作声，像刀刃般划开人群的块体。

出了电梯，宋语才发现整容脸的女人也出来了。所以她也是周刊的？只有周刊和人事财务等部门共用这层，其他刊物在别的楼面。脑子里刚转过念头，女人冷冷地抛来一句：“你是周刊的？”接着冲陈晓燕说：“你们新人不得了啊，刚才电梯上来，一路在摸我。”

不是我！

宋语条件反射地想要否认，有个念头一闪，让她无法张口。电梯确实很挤，而且为了避开陈晓燕，她的手确实贴着个滚烫的身体。她以为那是西装男。

“她摸你哪里了？”陈晓燕像是好笑地反问。

“屁股。”女人不依不饶地说。

“不会吧，她的身高，要摸也只会摸到你的腰。你想多了。估计是旁边什么人。”

说完，陈晓燕像是认为话题已经结束，介绍道：“我们新来的实习生，宋语，宋朝的宋，语言的语。这位是男刊的周老师，你以后乘电梯最好离她远一点，免得又被当成犯人。”

宋语感到窘迫。她不傻，当然能感到那个周老师和陈晓燕彼此看不顺眼。自己只是被殃及的池鱼。

周老师的嘴角抿出不快的法令纹，在她开口前，陈晓燕又说：“哦忘了补充，宋语和你我一样，是女的。你们学设计的人，眼光应该犀利一点吧？”

看到对方的眼神因为陈晓燕的挑衅，从寒霜覆盖变成火苗流窜，宋语有种事不关己的愉快。

第一天的实习没被分派什么任务，宋语坐在办公桌前浏览过刊。很快有个同事来和她打招呼，那是个笑起来有酒窝的年轻女人，叫作李濛。

让宋语意外的是，自称“跑娱乐口”的李濛不知从哪里听说了电梯事件，还说这是本公司的今日最大八卦。又说，姓周的小狐狸这两年鼻子长到天上去了，除了陈晓燕，也没什么人敢让她碰一鼻子灰。李濛还慷慨地将周的相关信息告诉宋语，周雨绮是男刊的美编，男刊总编的情人，进公司后一年变一个样，现在的样子和身份证判若两人，等等。

那天吃午饭时，宋语被陈晓燕带去了附近一家上海菜馆。店内嘈杂，有人抽烟。陈晓燕夹在人声里问：“早上被人那样讲，你当时为什么不直接说，你是女的？”

宋语沉默片刻才说：“被当成变态，比被当成女变态，好像还好点。”

陈晓燕嗤笑一声。

时间有其无形的笔触，将一个人的印象不断涂抹，有时甚至完全颠覆。开始周刊的实习后，宋语很快发现，抛开那个近乎咄咄逼人的第一印象，陈晓燕是个好老师。

《柒周刊》是偏轻松阅读的刊物。影视娱乐、文化、美食、本城快讯，什么都有一点，什么都不深入。事实上，宋语一度看不起周刊的读者，觉得都是“不看书的人”。实际参与采编工作，她发现，看似轻松的专题，管文化版的陈晓燕也是花了心思的。

例如，有一期做的是“消失的书店”。看专题名，走的是怀旧路线。恰好宋语的大学附近有家书店挂出“月底退租全场三折”的广告，她觉得适合作为采访对象。她主动提出后，陈晓燕说，可以放在版块里，你去采一下，写两千字。

利用周末时间写完两千字交上去，没想到很快被打回来了。

陈晓燕说，我们是周刊，不是严肃的官方报纸。没有人要看大学附近实体书店的艰难生态，或是官僚体系的问题。写稿的时候，首先要想到，你面对的是怎样的读者。

宋语闷闷地改写，这次从书店的常客也就是几名学生的角度，写了一篇伤春悲秋的文字。平时全场八折的书店，有许多其他书店不会进的偏门书，等这家书店消失，自己的阅读会变得随大流，等等。

稿子又被驳回。这次，陈晓燕像是有些不耐烦地说，我陪你去一趟书店。

书店老板是个姓夏的叔叔。宋语单独上门采访那会儿，他颇不耐烦，摆出“我这里马上要收掉了，你不要添乱”的态度。眼看着店的寿命只剩下一周，老板脸上的焦躁也愈加明显。宋语其实有点希望看到陈晓燕吃闭门羹，那就不会显得自己太过无用。

她想错了。陈晓燕和店主聊得那么久和深入，让旁观的她除了挫败，还有种茅塞顿开的感觉。原来采访还能这样做。

上刊的稿子是陈晓燕写的，更像一幅人生白描。姓夏的店主有个肾脏不好需要做透析的女儿。夏某自己在下岗后做过许多份工作，女儿爱看书，他周末常去文庙淘书回家，一来二去，觉得可以做和书有关的生意，便在大学附近摆了个小书摊。书摊算是无证经营，有风险。常光顾他摊位的一位老师告诉他，学校南门附近的美食街有个曾是麻辣烫的店面出租，那里租金不算太贵，不妨试试。老师还说，我们系图书馆正好有一批书架要处理，你如果开店，可以折价给你。

正式开店之后，他不光从文庙的中间商进货，也认识了几家大学出版社书店的发行。他是小生意，按理人家不用理会。可能因为自家算是“大学书店”，居然也能以极小的批量进货。

书店能起步并存续多年，靠的是各路人士的小小善意。当然书店的关闭，又是另一个故事了。文末仿佛是不经意的几句话，提到学校周边地块的生态。是宋语在第一篇文章写过的，因为有夏店主的故事铺垫，便不再是大声疾呼，笔触幽微，自带一种场域，让人不禁停下来，想一想。

原来一份非严肃周刊的报道还能这样写。那期报纸被宋语留存下来，作为“教材”。

一天天过去，宋语有时仍不免觉得陈晓燕过于严厉，且好为人师，但她对陈晓燕的评价保持在正面。人和人的互动也源自印象的累积，你觉得对方好，对方眼里，你便也不差。宋语结束实习，回校写论文。转年毕业后，她去了周刊工作，主要跑出版、展览条线。她和陈晓燕迅速发展出工作之外的友谊，常一起玩的还有李濛。

前年，也就是宋语在周刊的第二年，随着新媒体的兴起，周刊的广告版面日渐凋零，内容随之缩水。集团内部各刊都在裁员。集团外，国营的私营的纸媒有不少宣告倒闭或转为线上的。人心浮动，每天都能听到各种自相矛盾的传言。

和很多同事一样，宋语开始找别的工作机会。她想去画廊。采编一体的职业让她对自身外表的不适日渐淡化，算是多少累积了自信。然而，一旦表露找工作的念头，在她身为艺术线记者时表露过热情的画廊主人们，纷纷呈现另一副面孔。她暗藏焦虑，继续着选题会采访写稿做版的日常，不承想，正是她喊作“晓燕姐”的上司介绍了一份新的工作过来。那个人明明告诫过她，“不要吃着碗里的看着锅里的”。

新公司的老板是个在日旅居的上海女人，在东京也设了办公室，她本人和几名高管轮流两地跑。公司的主营业务说白了是高端定制游和买手店，公众号则美化为日本生活方式和文化传播，不光从日本网站扒拉资料，也做原创采访。宋语被分在公众号的文本组。策划总监是有留日履历的研究生，比 86 年生的宋语小一岁。宋语想，这年头总监遍地是，从美容美发行业到新媒体。

离开庞大的媒体集团，到不足十个人的私营公司，当然需要勇气。而且宋语缺乏底气。懂日语的陈晓燕其实比自己更适合这份工作。

还是陈晓燕，用一句话稳固了她的决心。

“其实只是还没公布，明年周刊就不存在了。我们老员工有离职补贴，像你连补贴也拿不到，早走早划算。”

去年夏天，存在十多年的周刊发布了最后一期。李濛歇了大半年，新工作在北京，为影视公司担任 IP 购买。陈晓燕没再找工作，据说在接一些零碎的稿子。

差不多在宋语离开周刊前半年，陈晓燕交了个厨师男友，叫作姜则。姜则偶尔加入三个女人的聚餐，有一回，他大概并不带嘲讽地说，你们这些文化人啊，就是麻烦。此话的前因后果早就忘了，宋语随手把三人的微信群改名为“文化人”，延续至今。这两年宋语的时间被工作大片吞噬，又少了一个李濛，她和陈晓燕的碰面更加稀疏。和这个时代的多数交往一样，对彼此近况的了解，主要来自“文化人”群和两人的微信聊天。

和陈晓燕的最后一次微信，是在10月8日。

国庆期间，宋语哪儿也没去，在家补觉，顺便收拾因无暇照料而积灰的屋子。长假后的第一个工作日，忙到恨不得能有影分身术，所以她直到傍晚才看到陈晓燕中午的微信。

我有《惊梦》的话剧票，今晚七点，话剧中心，你要一起吗？

这时都七点过一刻了，宋语回道：**不好意思啊一直忙没看到。要不要等你看完一起宵夜？**

八点半来了回复，大约是中场休息。

我今天和周雨绮一起，就不找你啦，下次再约。

宋语花了点时间，才把微信中的名字和那位她后来偶尔打过几次交道的美编联系在一起。陈晓燕和周雨绮当然从来不是朋友，能想到的是，后者人脉广，陈晓燕约她看戏，说不定，是有求于她。

自由职业者的收入情况，看起来不太理想。

这是宋语当即的推测，随之而来的，也有微弱的悲哀。大人的世界，不就是有时候得和自己讨厌的人谈天说笑吗？

只是没想到，就连陈晓燕的死讯，也是微信上只有工作聊天记录的周雨绮发来的。

从昨晚得知坏消息的那一刻起，宋语就试图追溯她和陈晓燕的最后一次见面。那并非太久以前。应该是九月后半的一个周末下午，宋语从采访对象那里出来，一时不想回浦东的家，便去了蛋糕酒号。路上发了微信问陈晓燕在不在家，要不要过来喝咖啡。

陈晓燕隔了一阵才回复说，她蹭了一个媒体的酒局，在喝。

印象中，她以前就爱酒，只是不像如今喝得这么多。不知道是辞职后喝酒的时间多了，还是和那位厨师男友有什么不顺心。三年前的国庆假期，陈晓燕还是单身，宋语约陈李二人一起回她的老家武夷山。李濛临行前放了她们鸽子，也因此，宋语有机会瞥见了陈晓燕的另一面。从那时起，她在心里把陈晓燕当作很亲近的人，可能是她过于敏感，总觉得对方反而变得疏离。

那天也是一样，她从陈晓燕的回复感觉到某种拒绝，心知可能是自己想多了。她和陆南聊着天，又多坐了一个小时，没有预设地看到陈晓燕进了蛋糕酒号。多半已喝了大半个下午的女人，走路看不出酒意，唯有眼睛比平时亮。陆南正好要下班，宋语跟着一起出门，去旁边便利店买酸奶，给某人醒酒。等她回到店里，杨其星和坐在吧台尽头的陈晓燕说着什么。宋语最初来这间店，就是被当时还是她领导的陈晓燕带来的。很快发现，店主杨家兄妹，和陈晓燕是多年的好友，杨其星说话固然不清楚，喊“燕子”绝不含糊。宋语有过轻微的类似嫉妒的情感，是因为，每当那三个人，或是其中两人在一起，有种不容外人插足的气场。说起来，附近开花店的莫凡，也是陈晓燕的老熟人，却没有类似的隔绝效应。

那天也和很多次一样，杨其星的话在宋语听来有些费解。她把酸奶给陈晓燕，又坐了一会，便走了。本想提出一起晚饭，可手头有个稿子晚上要发。离开的时候，她有没有回头看店里的两人呢？多半没有。而那，居然就是最后一面。也没认真地交谈几句。没留下任何足以成为最后记忆的话语，表情，声音，动作。

*

小凡花店开张于 2005 年，在陕西南路这一段算不上老店。周边店铺的历史久得多。弄堂大门南侧的丰裕生煎，北边和花店一墙之隔的房产中介，再过去是绒线店，绳结手链店，盒饭店，然后是写着“丝网商店”的古怪杂货店，蒙尘的玻璃柜里摆着捕鼠胶蟑螂药，墙上挂着竹匾竹笊篱、罩饭菜的网罩，店堂幽暗，商品像是上世纪八十年代的遗留物。据说丝网店开了一百年了。至今不倒，因为店铺属于店主老太，不用交租。

莫凡的门面也是她自己的。买下这里，起因是陈晓燕。

那年的三月末，陈晓燕搬家的时候喊莫凡帮忙。装修和家具是上一任房主的，只重新刷了墙，晾了一个月。行李不多，装了半辆小卡车。到了陕西南路，看到杨树海等在楼下，陈晓燕的表情有点僵。莫凡说，我喊他来的，总需要个男生嘛。

杨树海负责看车，她俩在楼上指挥搬家工人放东西。最后三个人一起拆包。大半天忙下来灰头土脸，午饭到两点多才吃，在丰裕点了菜，开了几瓶啤酒，算是庆祝乔迁。杨树海从头到尾闷头干活和吃喝，吃完就走了。当然能理解他的尴尬，陈晓燕因为她妈妈的事，和叶维佳林同简直成了仇人一样，而杨树海是林同最好的朋友。

陈晓燕的矛头不仅对外，还跟她爸彻底闹僵了。莫凡觉得没必要，不过懒得劝，她自己和父母的关系也就那样。她还有小小的腹诽：你买房的钱从哪里来，你自己不知道么?

搬家车从曹家渡走的时候，陈家爸爸甚至没露面，只有舅舅帮着张罗。车装好了，莫凡扬招了一辆出租车，陈家舅舅讪讪地说，我就不过去了。那一刻，他显得颓然，像只望着幼崽离开的老猫。莫凡想，陈晓燕真厉害啊，一个个老的都怕她，都觉得欠了她。

当然，这些感想，她都闷在心里。

莫凡那段时间在找店面。陈晓燕说她的中介做事爽利，从丰裕出来，带着莫凡去了王老师的店。正好中介隔壁在招租。莫凡说，我不租，想买。王老师去和房主商量，来回砍价，半个月后成交。她同时还买了隔一个路口的步高苑的两室一厅。做成两笔生意，王老师喜滋滋地说，莫小姐你真是气派。莫凡笑笑。

如今小凡花店还在，最初的介绍人陈晓燕已不在人世。要说莫凡一点也不感慨，是假的。至于难过，她不确定自己该不该难过。年初和陈晓燕去贵州玩了一个礼拜，她们在最后两天发生了口角，长久的友谊瞬间崩坏。

陈晓燕的舅舅前几天来过花店。如果不是他主动打招呼，她一开始都没认出来。想想也是，从搬家那天至今，好多年没见了。一旦知道对方是谁，老男人和陈晓燕相似的轮廓，唤起她一些复杂的感慨。她送了个白包，表示慰问。舅舅出门又去了隔壁的中介。莫凡想，王老师那么爱打听的人，会不会连陈晓燕买房的钱来自哪里都探听到了？要是再传到警察那里，林同夫妻少不得又被搅扰一番。这些年，林同和叶维佳仿佛是遥远的另一个世界的居民。林同还偶尔打个照面，他老婆因为顾忌陈晓燕，完全不来走动。听到陈晓燕去世的消息，叶维佳会是什么感觉？莫凡生出小小的不受控制的恶意。细想起来，她和陈晓燕反目，根源还是在叶维佳身上。

警察是两人一起来的，先问她和陈晓燕认识多久，关系如何。

她以直白的态度说，我们春节吵过架，不讲话了。你们不会因此怀疑我吧？因为一点小事吵起来的，闺蜜嘛，有时候就是这样的。

两名警察交换了一个她看不懂的眼色，其中一个问及陈晓燕的恋爱情况，还说，我们和杨其星聊过，不过和她谈话太艰难了，请你多配合。

莫凡心想，怎么没提到叶维佳？看来功课做得不够。水平不行啊。她答，陈晓燕的男朋友不就是姜则吗，巧餐厅的副厨。

对于莫凡来说，周边几条街上没有秘密。和蛋糕酒号隔一道小区大门的日料店喜久，老板匡志林是留日归国人士，做一手洋泾浜日本菜，比做菜更擅长的，则是传播小道消息。她早就从匡志林那里听说了陈晓燕和姜则分手的事，只因为多一事不如少一事，便不拆穿。警察听到姜则的名字，像是不满意地追问，还有别人吗？她反问，别人？两人当中看起来斯文的那个说，我们就想知道，她是不是还有其他交往的人。莫凡说，我们吵架了呀。以前没听说，现在就算有，我也不会知道。

她用力屏住，没有说出杨树海的名字。一个念头闪过。万一有一天，金先生有什么不测，周边人也会受到这一类盘问。那时她莫凡肯定避不开，毕竟她作为情人，和他公开出入不少场合——甚至，她会成为怀疑对象。伴随这个无稽的念头，莫名地有种辨不清是释然还是不甘的情绪。

*

一个女孩的声音问：“支付宝可以吗？”

张继萍从扣在支架上横屏播放连续剧《欢乐颂》的手机移开视线，点头说“可以啊”。对方像是瞬间改了主意，走出店门，手里的折叠伞给地面留下一串水渍。

店面纵深长，宽不到两米，张继萍身后和两侧的墙上挂满了大红品蓝明黄的中国结，让店堂显得喜气。她看片的同时手上不停，在穿一串粉晶珠子手链。粉晶招恋爱运，女顾客喜欢。她用对折的金属丝引着尼龙绳，凭感觉找到珠子上的小孔。不能看，看了反而找不见。这几年眼神越发不行了。女儿说，你不要整天拿手机看视频嘛，买个平板好了。张继萍想，又不见你出钱。女儿和女婿收入的大半要还房贷，首付是双方家长出的。小两口有他们的二人世界要过，一个月也就一两次，从松江到市区娘家来吃个饭。和隔壁绒线店跟儿子儿媳住在一起的徐阿姨比，张继萍觉得自己家相当惬意。

金属丝未能抵达孔洞，轻轻滑开。张继萍按了暂停，把穿到一半的珠串搁在绒面盒子里，想拿老花镜，又开始犹豫。她总觉得老花镜戴多了就脱不下来了。

门口昏暗的光线愈加一暗，进来一个人。

张继萍说："吓人呢，一声不吭就跑进来。还好我刚歇一歇，不然被你吓出心脏病。"

进来的是房产中介王一德。他没打伞。他的门面与这里只隔了一家绒线店。和张继萍一样，他住在旁边弄堂的新村。不像张继萍和她老公是小区八十年代刚盖好就调剂过来，他搬来要晚一些。中介是哪年开起来的呢？记不清了，总之她 1996 年开店的时候还没有。王一德头脑活络，思路清楚，自从他在陕西南路开起中介，街坊邻居租售房子或者有其他需求，都会找他，人们尊称他为"王老师"。

王老师说："大白大串个门都会吓到你？你是在想 45 号的事吧。"

45 号，也就是昨天被发现死了个单身女人的丰年小区的大楼，离张继萍的店铺不过五六分钟脚程，离她家就更近了。陕西南路的弄堂进去，先是民国时期的石库门房子，密密一片，叫作步高里。再往里，左手边一条横弄，几排六层楼中的一栋楼属于养老院，其他都是居民。她家和王老师家就在那里。小区的另一个出口在绍兴路，夹在日料店和咖啡馆中间。

陕西南路这条弄堂是死弄，尽头是两处高层住宅。左边的丰年小区是陕西南路门牌号，右边的中华小区的正门开在建国西路，门牌随建国西路。对他们这些陕西南路的店家兼住户来说，丰年更像是街坊邻居。

"怎么能不想?"张继萍说，"一个人说没了就没了，还那么年轻。"

"是啊，也算是老相识了。陈小姐的房子是我帮她找的嘛。喏，她先买了，然后才是花店莫小姐。小姐妹感情好，要在一处。陈家买房子也是少见，家长不来的，就女儿自己看一下，看中了就买，爽气。"

"是吗?花店小姑娘跟陈家，哪个更有钞票?"

"那么总归是花店喽。一爿店面，一套步高苑。人家是这个，好吗!"王老师跷起一只小拇指。步高里和步高苑，讲起来只差一个字，前者不管当年有多风光，毕竟是七十多年的房龄，每栋小楼塞了好几户人家，更显衰败；后者离此地不远，是千禧年后新建的高级住宅。

不是第一次听到这个传闻，张继萍懒得附和，折回经济话题。"有钞票人家，自然爽气。不过那个时候丰年的房子应该不贵吧?"除了和亲家一起凑首付那次，她对房价没有切身的体会，只是一年年看到王老师门口黑板上的数字在增大。数字这种东西，超过一定的额度，就让人丧失概念。

"他们家是老房子动迁，用动迁房贴钱换过来的。闵行乡下的八十个平方，换这里五十六个平方。05 年嘛，这里差不多一万一平，一个平方的差价将近六千。总共贴了二十万出头。当时听着是一大笔钱，跟现在比啊，就跟白捡一样。”

“才一万？还是便宜啊，现在快要十万一平了吧？二十万，一个卫生间都买不到。”

“啊哟张阿姨你口气这么大，你家卫生间也只有两个平方吧，那么还是买得到的。扯远了，怎么又讲起房价了。我来是想问你，45 号的男朋友，你见过吧？”

张继萍在记忆里翻找，扑簌簌地翻腾起灰尘，终于扒拉出一个年轻人的形象。依稀是个好看的男孩子。有一天，那人陪着姓陈的姑娘来给一块玉配绳子，原先的红绳接头处快磨断了。是块形状不规则的坠子，比鹌鹑蛋大一圈，酱油色的蝙蝠趴在惨白的葫芦上。男的说，洗澡不要戴了，对玉不好。张继萍的店开了二十年，什么玉石天珠没见过？她心想，杂质这么重，也就比石头好几分，用得着这么爱惜吗？

姓陈的小姑娘回了句什么来着？哦对，她说，有什么关系，我妈以前二十四小时贴身戴的呀。

一个念头飘过，她死的时候也戴着那块玉吗？

王老师的声音穿过张继萍的意识，曲折地传来。

“如果凶手是那个男朋友，我一点不惊讶。现在的小年轻啊，谈个恋爱一会好得不行，一会跟仇人一样……”

*

26 日上午，被当作嫌疑犯议论的男人，在阴雨天衬得日光灯格外明亮的健身房里跑步。姜则习惯吃个锻炼者的早午饭，鸡肉、蔬菜、水果和酸奶。吃完了刷会手机，下楼步行去离家十几分钟的健身房。

对此，中文几乎不带口音的主厨利维评价道："年轻真好啊！有那么多精力可以在进厨房前消耗。"

姜则二十八岁，比陈晓燕小五岁。他最近在社交网络走红，不是靠厨艺，而是作为"有八块腹肌的厨师"。他刚认识陈晓燕的时候，她就预言过这一天的到来。

那是在三年前，为巧餐厅新开店做宣传。连续几天有媒体上门试吃采访和拍照，利维被搞烦了，把接待工作扔给副厨姜则。陈晓燕代表本城一家周刊，问完例行的问题，她冒出一句，其实你们老板应该把你包装成帅哥厨师——不是说你不帅，帅这件事需要宣传，才能被人认知到。你平时都待在厨房，不像利维每天出来交际，可惜了。

他当时怎么回答？大概是说自己只是副厨吧。

意大利餐厅 Ciao（巧餐厅）的主厨利维是西班牙人，据说毕业于马德里大学政治系，毕业论文和中国有关。利维中文好，亲和力强，就算他不是意大利人，也没正经学过厨艺，对餐厅顾客们来说反正是个"外国厨师"。老板阿汤懂得这一点，姜则也懂。

她无视他谨慎的回答，又说，你看起来不像一直当副厨的人。

姜则当时觉得这个女人好烦，没想到她后来会成为自己的女友。当然也不会想到，他以后将听取她的建议，开始打造自己的形象，逐渐把去健身房当作习惯。

他把跑步机调快了一挡，汗水从毛孔蒸腾而出。跑步机正对着落地窗，健身者自动成为店家的宣传。姜则并非不享受被他人尤其是女性在路过时观望的瞬间。今天的天气糟糕，没有观众。从窗上的痕迹看，雨势有增无减，他放弃了后半程的力量训练，套上连帽衫离开。

回到小区，外套几乎全湿了。两个眼生的男的站在楼下，看打扮不像是房产中介。他正要刷卡开门，其中一个对他说，你是姜则吗？

另一个说，你好，我们是黄浦区公安局二分局的。

瞬间，他还以为是爸出了什么事。

两名警察一个穿黑皮夹克，平头，微胖，眼神凶恶。另一个年轻的梳分头，长相斯文，棕色灯芯绒西装外套让他像个白领。他们没说要上楼，也没说要他跟去局里，但不可能站在飘雨的门廊说话。姜则请他们上楼，进了他的单间公寓。

那两人在沙发落座，平头问："房子是租的？"

姜则说是，放下健身包，脱了外套，拿毛巾擦头发，从冰箱取了矿泉水喝，问他们要不要喝茶。分头客气地表示推辞。平头说，喝水就行。他倒了两杯水给他们，顾不上换湿裤子，在旁边的单人扶手椅坐了。

平头再次开口："你女朋友陈晓燕去世了。你知道吗？"

你女朋友陈晓燕去世了。姜则在心里复述了一遍。句子的发音和含义没能立即吻合，就像在看一部讲方言配英文字幕的电影。

他隔了片刻才说："我不知道……她……她是怎么……？"

平头问："你最后一次见到她是什么时候？"

"前几天……星期天晚上。她到我们店里，我很忙，就讲了几句话。"

姜则有种感觉，他们已从其他途径知道了这件事，现在不过是重新确认。

"具体讲了什么？"

"没讲什么。她说只是路过。她没坐多久，吃了前菜，喝了一杯酒。我买的单。"

"前天，也就是24号星期一晚上，你在哪里，做什么？"

"所以她是……？"

"你只需要回答问题。"

"让我想想，周一我本来休息，我老板要开新店，我们开了一整天会，在长乐路的三只猫咖啡馆。晚饭和老板在日料店吃的，吃完又聊到很晚……你们可以问他本人或者日料店的人。我老板叫汤宁远。日料店是巨鹿路的牧野。"姜则用力稳定心神，说出另一件对方多半知晓的事实。"陈晓燕和我，已经分手了。"

"什么时候的事？"发问的仍然是平头。

"……两个多礼拜前。"

"原因呢？"

"我不知道……可能，时间长了有各种摩擦吧。我最近特别忙，不太顾得上她。分手是她提的。"

分头插嘴道："你们谈了几年？"

"一四年春节……到最近。差不多两年半。"

"她有什么仇人吗？据你所知。"

"仇人？"姜则茫然道，"没有吧。哦，不过她和小凡花店的老板莫凡……那家花店就在她的小区门口，陕西南路上……她俩本来很要好，今年春节还一起旅游来着，好像在外面闹了什么矛盾，回到上海，就不见她们一起玩了。"

"具体情况你听陈晓燕说过吗？"

"没有。她向来很多事放在心里，她就是那种性格。我不想惹她不开心，就没问。"

姜则边说边想，果真如此吗？自己是怕陈晓燕不开心，还是怕搞得两个人都不开心？说白了，他倾向于让两人的关系维持在平和的假象。就像他欣赏的外滩某餐厅的甜点，单看外观，是一枚鸡蛋。每一层用各种材料精心模拟了鸡蛋该有的形态。只有舌头能告诉你真相。

恰如男女交往，不置身其中不会懂。

他补充说：“哦还有，蛋糕酒号的杨其星。她们一直很好的。”

“杨其星的哥哥杨树海呢?”

“应该……也很熟吧。她朋友很多的，我们又不是二十四小时黏在一起。”

警察接着问及宋语和李濛，他逐一答了。估计宋语一定很烦和警察打交道。陈晓燕的那个徒弟，和他一样高，宽度是他的一倍。可能为了消解身形带来的压迫感，宋语说话习惯先笑。声线低的缘故，不明真相的人会把她当作男的。他一直觉得那是个藏得很深的愤青，看全世界不顺眼的那种。胖子未必都是温和的。不过，谁又喜欢面对警察呢。他们用一只平板给他看了陈晓燕家的照片。还好不是让他看她死后的模样。屋里看起来和平时一样，厨房，浴室，过道，客厅，卧室。他们问他是否有什么变化，他仔细察看，如实答了。客厅沙发上的奶牛靠垫不见了。对的，一直摆在那里，黑白花，弧形轮廓，像卡通奶牛的脸。陈晓燕有时不用电脑桌，在沙发上打字，靠垫放在腿和笔记本电脑之间。

没想到从前学画养成的观察力会帮到自己，他生出少许滋味复杂的庆幸。两个警察对他的态度和缓了几分。也可能是错觉。他有种分裂感，仿佛一个自己坐在这里，回答警察们的问话，另一个自己置身于902室内。平板屏幕上，陈晓燕的床没有睡过的痕迹。屋内看不出异常，唯有被遗弃般的空旷。难以想象有人死在里面。他一度最亲密的人。

湿裤子被体温逐渐蒸干，散发出不快的气味。他听见自己说：“还有件事，陈晓燕是杨其星的康复老师，以前一直教她说话。我们开始谈朋友的时候，好像就没怎么教了。杨其星现在那样，还是比较难交流的，你们可以试试。”

“不是比较难，是很难吧。”分头说。

得知陈晓燕的死并接受了警察的盘问，姜则下午照样去了餐厅。他从小就是个不缺席的学生，发高烧也去学校。他爸老姜是另一种典型。头疼脑热，不上班。和朋友打麻将，开病假单。企业改制时，副科长老姜成了最先下岗的人之一。姜则的自律，很大程度上来自对爸的蔑视，背后是不自知的恐惧。仿佛一旦偏离日常的轨迹，他就会不受控地崩坏。

他试图假装一切正常的努力很快溃败，进了厨房，气氛明显与平时不同，其他人要么偷瞄他，要么假装在忙。利维大步走过来，给他一个措手不及的拥抱。

“你别难过。还有，我们都相信你是清白的。”

利维是蛋糕酒号的常客，估计是从杨老板那里听说了陈晓燕的事。姜则在心里骂西班牙人大嘴巴，也就是在那一刻，他下定决心，接受老板阿汤让他升任巧餐厅主厨的建议。

店里人人知道老板要开新店，却不是每个人都知道，阿汤想把利维炒掉。老板抛给姜则的原话是，利维只会那三板斧，有点过时啦。你来规划新菜单，Ciao能有不一样的面貌。新餐厅嘛，可以再请一位网红主厨，做fusion风格，现在不就流行那个吗？姜则没有立即接住这个馅饼，向阿汤表示自己愿意去管新餐厅。主要是他不想让局面显得太难看。当初是利维把他带到巧，让他做了副厨。他没对自己承认的另一层原因是，利维也算是和陈晓燕玩得很好的蛋糕酒号周边的一员。而此时，前女友的死犹如一根撬棒，撬动了姜则并不坚实的装门面的决心。

下班后深夜归家，他少见地喝了酒。他的体质不太能喝，和陈晓燕在餐厅点一瓶酒，他往往象征性地喝几口，反正她一个人也能解决。她从前就爱酒，最近半年，眼见着她对酒精的依赖愈发严重，他劝不动，自己干脆就不碰了。

临时从便利店买的几十元的智利红酒喝起来有股酸味。他茫然地吞咽，回想她最后的形象。被她单方面宣告分手后，也就见了两回。

上上个周日，姜则在餐厅打烊后去找陈晓燕——前一天晚上，他是和简然过的，那个有双厚唇的女人趴在他身上说，有时候，吃了厨师做的菜，还会想进一步吃吃看厨师本人——他觉得自己不算"出轨"，毕竟是已分手之身。

简然的真名不详，据说是欧洲留学回来的。她的公众号"贪吃熊"在业界很有名。她推的餐厅有三分之一是营销稿，剩下的要么是确实好吃，要么是她和厨师有一腿。

奇怪的是，经过那一夜，他不知怎的就想去看分手没几天的前女友。习惯熬夜的陈晓燕还没睡，给他开了门，两人有一搭没一搭说着话，他情绪激动起来，反复说，我不接受分手。你总得给我个理由，是吧？小规模争吵的结果是，两人又睡在了一起。过程中她哭了，似乎不是因为高潮。第二天是他的定休日，本想在床上赖着，却被她撵起来。她不知何时已洗漱过，穿着外出的衣服，木着脸说，你走吧，这样藕断丝连很不好，你不要再来了。

那一刻他隐隐意识到，她有别人了。当然也可能是被害妄想。

他甚至用不着特别投入工作以摆脱失恋创伤，因为巧餐厅本来就够忙。接下来的周五，"贪吃熊"推送了对巧餐厅的介绍，后半的笔墨落在姜则身上——他的身体上。并附了一张姜则低头摆盘的照片，侧影专注。看到那张官宣照，姜则确定，简然收了阿汤的广告费。他原以为那一夜是自己付出的等价交换，不免寥落。

简然之所以在业界有口碑，是因为她的公众号转化率很高。写巧餐厅的那条阅读量九千，订位电话就被打爆了。同事们看姜则的眼神透着古怪，一半是羡慕，一半是猜他和著名的“贪吃熊”有什么。姜则装没看见，同时不免想到，陈晓燕应该也看到了。不仅是她，还有她那群媒体朋友们。他们私底下又会有怎样的议论呢？

她最后一次出现在他的面前，是在那篇推送后两天，星期天的晚上。二楼的领班到厨房来喊姜则的时候，他守着一块刚开始煎的牛排，摆手示意走不开。利维瞥见了，挪过来说，你去吧。姜则愣了一下，解下溅了油的围裙，挂在厨房出口旁的墙壁挂钩上，从一楼店堂的螺旋楼梯上了二楼。点式照明下，一张张桌子像舞台上的布景，吃喝谈笑的男女们像是演员。楼梯旁边设有吧台，原本是让人等位时喝东西的，陈晓燕独自坐在那里。

离她两三米的斜后方，姜则在楼梯口站了片刻。吧台上有盘前菜，不难猜到，是领班看他的情面送的。今天的前菜是托斯卡纳风，三种面包，橄榄和熏肉的迷你串，三角形的烤奶酪，缀在枝上如宝石般的烤小番茄。他注意到，她几乎没碰那些吃食。和聚光灯下的食客们比，她像个角落里的幽灵。会有这种印象，或许是因为束在仔裤里的白色丝衬衫过于单薄。外套大概挂起来了。

盘子旁边是只剩杯底的白葡萄酒。雨在黄昏前就停了，她身上却散发着迷离的水汽。他走到她跟前，发现那是酒气。要么这不是她在店里的第一杯，要么她来之前已经喝过。

“喂。”姜则说。

她转过脸。“我看到‘贪吃熊’发的那篇了。写得不错。你肯定要涨一大堆女粉丝。”

距离上次不愉快的告别，整整七天。既长又短的七天。他自觉麻木又勇往直前。此刻，面对酒意盎然的陈晓燕，姜则想，你说让我不要去你家，我遵守了，你跑我餐厅来做什么？就为了和我说你看了公众号？什么意思？

他努力说："谢谢。还挺有用。到下个月中都订满了。"

陈晓燕隔了片刻才说："我来你店里不合适，对吧？其实我只是走累了进来歇一下。我没让他们喊你，是你同事……"

"没事，你歇吧。不过不好意思，这张台子八点有人。"

"我一会儿就走。"

"不用买单，我请你。"

她微微笑了一下。大概是在笑。"这点钱我还有。"

莫非刺痛了失业人的自尊？姜则觉得自己的自尊更加岌岌可危。他很努力才没问出"你是不是有别人了"，一旦问了，会处于绝对的劣势。他说，我先去忙了。然后不等她回话便匆匆下楼。

如果知道那是他们的最后一场交谈，他会说什么呢？会努力挽回什么呢？虚拟假设不存在。陈晓燕那天来，究竟是顺路歇脚，还是特意找他，终究无从得知。而他只说了一堆没用的。谢谢。没事。我请你。他对她说的最后一句话，连道别都算不上。

27 日星期四，警察们来过的第二天，他努力让自己爬起来。昨晚的半瓶酒仿佛不是进了胃袋，而是淤积在头脑深处，残留不快的滞重。

又是个雨天。不是昨天那样被风裹挟着斜飞乱舞的雨，雨丝若有若无。他把卫衣风帽兜在头上，去了健身房。如果说和陈晓燕分手后的日子里，他曾感到自己麻木又勇往直前，那么这会儿只剩下勇往直前。心脏仍在跳，忠实地把血液输送到全身。他知道自己该感觉到难过。他失去了她，永远地。可是，他难道不是在那之前就失去她了吗？甚至可能她从未真正属于过他。

做完日常训练回来，公寓门厅里有股臊臭味儿，他忍不住皱眉。电梯旁的墙上贴着标语，“文明养狗，维护市容整洁”。养狗的住户多半熟视无睹。夏天有一回，姜则走进电梯，里面有个T恤热裤牵着柯基的年轻女人。比起大型犬，姜则更讨厌小狗。它们的躁动不安不时引发他心头突如其来的暗流。他隔着墨镜和柯基对视，散发想象的杀气。不知是接收到挑衅，还是着急出门排泄，柯基迸发出一连串的叫声，短腿在轿厢地面上扑腾，朝他跳跃。女人用力拉住狗绳，用上海话说，勿好意思。她脖子上挂着新款蓝牙降噪耳机。姜则摘下墨镜笑道，没事。女人的脸上闪过他见惯的表情。姜则知道，自己的笑容颇有杀伤力。

和柯基女的偶遇就那么一次。姜则常想，不知道这栋楼里养宠物的，是像自己一样的租客，还是房主。猫狗们当然不会懂，它们栖身的不到四十平米的单身公寓，价格早就突破四百万。姜则不吃不喝也要十来年才能买下他住的那套。

电梯在七层停下，午后的走廊一片岑寂。两侧的暗蓝色钢门嵌在米黄色墙壁上，像一张张扑克牌。设计师试图营造现代风格，却不知在什么地方出了岔子。陈晓燕曾说，这个黄颜色好怪啊，感觉像走进了梵高的画里，多看两眼就觉得墙变得歪七扭八的。

总在猝不及防的瞬间想到她。

姜则用钥匙开门，门锁转了半圈就开了，他心头微震。推门进屋，他把门边的鞋撑握在手中作为武器。公寓没有隔断，一眼认出沙发上的人，他放松下来，把鞋撑放回原处，边脱鞋边说：“你怎么来了？”

“我不能来吗？”姜则的妈妈欧阳蓓说。她捧着平板，在看片。

“当然可以。给你钥匙就是让你想来就来。你蛮好来之前说一声，我好收拾下。”

他进浴室换下汗湿的衣裤，扔进脏衣篓。回到房间，从冰箱拿了瓶水，灌下几口。几米开外多了自己的亲妈，他无端有种领地被侵犯的焦躁，一如电梯里的那只柯基。平板上播的是韩剧，叽叽喳喳的韩语，单调又聒噪。

姜则摩挲着冰凉的矿泉水瓶子说：“妈——”

那边没理他。

他等了片刻又说：“你没事吧？你今天——怎么突然来呢？”

肯定不会是因为陈晓燕，对此他有十足的把握。妈见过一次陈晓燕，但对妈来说，他和陈晓燕还没到那个地步。妈私下表达过不满，说，年纪比你大太多了，长得又不好看。工作虽然还可以，市区也有房子，可是以你的条件，完全能找到更好的嘛！

不知道新闻有没有播陈晓燕的事件，就算播了，估计妈也不会把那起死亡事件和儿子的女友联系起来。他们分手的事，他当然没和妈讲。姜则从小对父母就是这么个态度。报喜不报忧。有一次考试成绩差，老师让他喊家长，他说，我爸妈正在闹离婚，喊谁都不合适。他没撒谎。爸妈闹离婚闹了十多年了。因为爸的外遇，赌博。可以说男人该有的坏毛病，爸占了个七七八八。

却还是维持着摇摇欲坠的婚姻。

妈今天从青浦跑来这里，姜则不是猜不到个中缘由。大概又和老姜吵架了。如今偶尔吵一回，和摔盆砸碗的过去比，算得上岁月静好。

欧阳蓓按了暂停，拍拍沙发的空位说："你过来。"

姜则在她身旁坐了。"你今天约了老邻居？还是一个人过来玩？要不要我陪你逛街？"说着他注意到，她脸上的粉底没抹匀，可能之前出门匆忙。

"我约了你表舅吃饭，你不用管我，我待会就走了。"

"表舅？这都多少年没来往了，怎么想起来约他？"

欧阳蓓这才抬眼看他，低声说："则则……我知道我要是问你，你又要跳脚，不过你有多的存款吗？"

"妈！"姜则高声说。

不用问，肯定是爸又欠了赌债，妈想找表舅借钱。近一些的亲戚朋友的善意早就被透支了。爸下岗时，他还在念高中。后来爸给一个朋友的公司开车，上班时间机动，赌瘾随之加大。为了给爸还债，妈从工厂食堂出来开饭馆，姜则没念完设计系的本科，匆匆去了厨艺培训班，成为宾馆西餐部的员工。一家三口犹如不稳定的三角，两个人的生活被第三个人的任性牵扯。姜则工作后只管汇款，很少回家。妈因为饭馆的劳作落下了腰病，前几年把店关了。妈闲不住，有时跑来市区玩，顺便看儿子。上次见面时，她以平淡的语气说，你爸查出来肺不太好，医生说要保持观察。姜则听了没接话，也没回去看望。

陈晓燕从未劝过让他原谅爸。她和她爸的关系也淡。只知道她爸是入赘的女婿，她随妈妈姓，妈妈早就去世了。

昨天，姜则问警察，丧事怎么办。警察说，陈的舅舅会处理。姜则恍然想起，陈晓燕和她舅舅更亲些，她说过，小时候舅舅带她比较多。

见儿子一听借钱当即变色，欧阳蓓有些慌神。她圆胖的身体缩起来，显出老态。

“我不问你……唉，这些年你已经贴家里够多的了。”

姜则放低声音说：“我没钱，妈。我老板要开新餐厅，我打算入股。”

“新餐厅……你要去新地方上班？”

“不是，我留在巧当主厨，那边请一个新的。”

“那你们原来的主厨呢，就你说的那个外国人？”

“总有地方去的吧。”姜则冷淡地说。

大概是儿子升职的消息给了欧阳蓓少许希望，她离开的时候稍显振作。姜则没问她，爸究竟欠债多少。一旦问了，免不了放在心上。他给她手机发了一千块红包，让她不要省，拿去用。

*

25 日星期二的中午，蛋糕酒号的非法雇员黄依然在客厅一侧的榻榻米上翻了几回身，想要再睡，睡意却像用旧了的创可贴般摇摇欲坠。熬夜打游戏的后遗症。她从枕边捞起手机，看到老板杨树海的微信留言。**我有事，你今天自己去**。她回了个看不出情绪的“哦”，心里暗爽。

到蛋糕酒号工作一个多月了。夜猫子的她主动选择上晚班，周一休息（陆南休周三）。此外的六天，中午起床，吃个外卖，玩会手机，两点多搭老板的便车去店里。谈不上辛苦，只是生意不好的时候有些无聊。尤其是上白班的杨其星和陆南离开后，只剩下和她话不投机的杨树海。十点打烊，收拾停当，仍旧是搭老板的车回住处。她暂时的住所是杨其星位于虹口区的家。她喊作“星姐”的杨其星是老板的妹妹，兄妹俩从外貌到个性都没什么共同点。杨树海就住在对门。乍一看，他来回捎上黄依然，是善意的举动。说什么怕她一个小姑娘在陌生的城市不安全。黄依然认为，根本就是监视。但如果她把这一观点对店里另外两人讲，陆南多半不以为然，至于杨其星，大概会一言不发，用她透明度比一般人高的眸子望着你，你根本搞不清她听懂了几分。

黄依然把上班分为两部分。杨其星在的时候，和星姐玩。其他时候，看老板脸色。

所以，虽然她今天得倒两趟地铁去绍兴路，反而轻松。

吃过饭，她磨蹭着没换衣服。迟到又怎样，大不了挨顿训。正在这么想，就收到了杨其星的微信。一贯没头没尾的风格。

你不上班

黄依然对着手机发呆。没有标点符号，到底是命令句，还是疑问句？她从微信问陆南，星姐突然说“你不上班”，什么意思？陆南说，出大事了，后面小区的陈晓燕死了。黄依然说，你别胡说。陆南说，骗你是小狗。警察刚去过她家。

黄依然的心跳骤急。她无从判断，是死亡的消息还是警察两个字，更让她手足无措。这时忽然响起了敲门声。硬邦邦的紧张从喉咙深处涌起，让她难以呼吸。她悄悄挪到门边，从猫眼望出去，是杨树海。这才放下紧张，开了门。

杨树海是个结实高大的男人，头发剃得极短。黄依然第一次看到他的时候，以为他是包车的司机，心说这个司机看着好凶。

他今天扣了顶黑底白字的棒球帽，黑色休闲外套和牛仔裤。不知是不是为了扮酷穿一身黑。黄依然想，咦，这人原来还没走啊。

杨老板没进门。“陆南和你说了吗？总之你这几天不用去了。我这就去店里，你在家待着，别乱跑。”

由此可知，杨其星那条微信的完整版应该是“你不要来上班了”。黄依然知道，杨家兄妹不让自己去店里，是成年人的周到。第一，她没有身份证；第二，她是从家里逃出来的；第三，她没满十八周岁，不能打工。总之，遇上警察后患无穷，她的雇主们也不想因此惹上麻烦。

她自己悄悄补上一条。第四，我问陈晓燕借的伞还在鞋架那里。

老板走后，黄依然把伞塞到阳台的置物架。她在沙发上发了会呆，重新玩起了手机游戏，但很难集中注意力。她不时切换到微信，从陆南的即时播报，得知警察问了杨其星很多问题。在她看来，比起沟通挫败的警察，星姐更值得同情。

黄依然知道，陆南和宋语喊作“晓燕姐”的那个女人，对杨其星而言，是多么特别的存在。甚至可以说，没有陈晓燕，就不会有今天的杨其星。

她不敢多说什么，在微信上感慨：**怎么会呢？发生了什么？那天还好好的啊**。

陆南反问：**你上次看到她是哪天？**

她撒谎道：**就上周。她晚上来的，你下班了**。

杨其星到家比平时早。听见门响，黄依然跳起来奔过去，接过杨其星手中的长柄伞。从地铁站走回来需要十分钟，进门的女人的风衣下摆颜色变深，满身雨水的气息。

经过几个小时的心理建设，黄依然尽量平静地问：“你没事吧？”

最简单的问句，杨其星像是没听懂。这种情形常有，黄依然换了个问句。“你哭了吗？”说着指向自己的眼角。

“哭。”女人像在摸索发音，一字字说：“不哭。”停顿片刻又说：“死了。”

黄依然猜测，不哭其实是“没哭”。不知怎的，她想起宋语。最开始，她以为那个和陆南聊得来的胖子是男的，而且对杨其星特别黏糊，一口一个“星姐”——所以表现得很不友善。等到发现宋语其实是女的，是陈晓燕的徒弟，她的态度也没太大改变。倒不是出于对胖子的歧视，她自己还有过一心催肥的阶段呢。完全只是先入为主的印象作祟。

那么宋语哭了吗？黄依然生出天真而残忍的好奇。但不可能去问陆南。

杨其星做了晚饭。一起在家吃饭，至今没几回。杨家兄妹分了早晚班，一周一次不定休，时间错开，向来各自随便吃。过去黄依然有根深蒂固的观念，一家人就算再彼此嫌弃，吃饭时必须同坐在饭桌前，发现可以在自己想吃的任何时段用手机叫垃圾食品的外卖，她感到自由。

自由。那是她曾经无比向往，愿意用全部换取的。在两个月前高一开学那会儿，如果有人告诉她，你很快会获得自由，她恐怕都不敢相信。如今她拥有了不完整但极为可贵的自由，远离恐惧，远离，那个人。

杨其星做的甜点调整过糖量，不那么甜。但她做的菜又咸又辣，果然是云南人。黄依然吃了一口就去冰箱找喝的。冷藏室只有酸奶、鸡蛋、黄油等烘焙材料，她熟门熟路地从书架上的陶碗里拿了钥匙，去对门杨树海家搜罗。果然，冰箱里有可乐。拿着可乐罐正要出门关灯，她驻足片刻，视线投向客厅的墙。两套房子的格局相同，据无所不知的陆南说，星姐那套是老板买的，老板自住的是租的。大概没错。这边的装修差了一截。没有电视机，投影屏卷在天花板附近，下方的墙面上挂着一幅画，第一次看到的时候，黄依然以为那是什么先锋派的抽象作品。

不规则的椭圆浮现在黑色的背景上，被浅金色的线条环绕。像个发光的核桃的剖面。内侧的“核桃仁”沟壑纵横，充斥着明黄色、橙色与蓝色。那些色块既像是随意铺陈，又仿佛每一处颜色有其存在的理由。大面积的黄色当中，橙色只是点缀，蓝色在右上方呈现不祥的阴影。

后来才知道，那是杨其星的大脑投影。标示病变的蓝色位于左脑。投影是反的。老板用 PS 染色，做成喷绘挂在墙上。如此，他让自己每天面对妹妹受损的大脑图像，十足像个变态。

星期三，黄依然和平时一样中午起来，桌上有个包子，杨其星在里屋。看来今天杨其星不去店里。想到导致她们休假的缘由，黄依然浮起一个念头：要不要说上课的事？

现在说好像不合适。她解决了包子，窝在沙发上打游戏。不久，杨其星从里屋去了厨房，煮了两人份的馄饨。尽管不饿，黄依然还是努力吃了。蹭饭总是好的。外卖实在吃腻了。

意外的是，杨其星收拾洗碗后换了衣服，准备出门。

黄依然忍不住问：“星姐，你去哪儿？”

站在门口穿鞋的杨其星用她一贯专注的眼神回望过来，黄依然又问：“去店里吗？”要多给选项，便于她回答——这不是别人，正是陈晓燕教的。

杨其星摇头。停了半拍说：“不去，店里。”尽量用语言表达，也是陈晓燕定的规矩。

陈晓燕曾是杨其星的康复师，业余的，志愿的。黄依然以为成果一般。那是因为她没见过刚患上失语症的杨其星。

屋子恢复了平日的空旷，黄依然退出手机上的宝石接龙，进入《光行者》，给她的生活带来巨大转折的迷宫游戏。好在没有绑定同班的于炎的手机，她在老板给的旧手机上继续用原来的号，“桃”。此外还装了一堆她常玩的游戏。《糖果粉碎传奇》《植物大战僵尸》《龙之魅影》。益智类塔防类格斗类。据说最近《阴阳师》很火，她还没想好要不要入坑。从九月初开始玩的《光行者》经过近两个月才到42关，离100关通关显得遥遥无期。

好友列表里，叫“夜月”的ID呈现灰色。对方最近一直没登录。她略感失望，回到微信，点了一个头像。

你最近都不玩游戏了哦。她对她喊作“夜姐姐”的夜月说。夜月真名叫叶维佳，是杨树海的死党林同的妻子，对黄依然来说，夜月首先是她在游戏中的伙伴。《光行者》最变态的设定是游戏内无法打字交流，如果切换到其他聊天软件，游戏会自动掉线。玩家唯一的沟通方式是蜡烛，除了掉落，也能用荣誉值或命值在商店换，更快的入手方式是氪金。据说蜡烛的官方用途是组队时指点方向。玩家们很快发展出用蜡烛凑成表情包，倒三角是笑脸，两个并排的点是一脸蒙，四个点是张大嘴巴说“厉害!”，五个点组成一颗心，表示友爱。继而开始流行用蜡烛摆出微信号，如果你的微信号很长，那就哭吧——因为蜡烛昂贵，用一根少一根。同时也衍生出蜡烛求爱话语什么的。另一方面，有些玩家采用线下协作，行话是“肉身同行”。如果你看到几个年轻人坐在地铁、商场、快餐店或户外，手机横屏，嘴里念着“你去左边他去右边”“这里要跳一下”，那么不用想，肯定是一群光行者。

夜月没回微信，可能在忙。她不像黄依然周围的其他大人有固定职业，却一直很忙的样子。可能身为画家的妻子也算一份工作?

黄依然厌恶画家。尽管后来发现，林同除了画他那些据说很贵的水彩和丙烯画，还创作了《光行者》的背景原画，她依旧对他上不来好感。因为，她曾经喊作“爸爸”的人，把她抚养长大的那位，就是画家。同学们有时开玩笑说某个男生是“斯文败类”，她觉得这个词形容画家最为合适。

她没有忘记，是林同和夜月一起把她救出来的。不过她把恩情算在夜月一个人身上。毕竟，一切都是从游戏开始的。

有微信进来，是陆南。说今天下雨，生意好得不正常。又说，你要休到哪天啊？你和星姐都不在，我好无聊。

老板呢？

他今天一早就来了，特别阴沉，你懂的。警察来了好几次，问东问西，我要是他，也会不爽。

警察有没有说死因？

怎么可能讲嘛。他们只会问问题。上星期天某人来订蛋糕，我们都不在，问了也没用。星姐倒是在，可是你懂的。

他们没问到我吧？

问你做什么？哦对了，警察问店里都有哪些人，老板说临时工小姑娘这几天回老家了。还说你晚班，星期天陈晓燕来的时候你不在，星期一你休息。

为什么还要讲到星期一？

我没和你讲吗？出事是星期一晚上。

黄依然本来趴在榻榻米上打字，这时把手机往旁边一扔，盯着那行字发呆。星期一。前天。她休息的星期一。

那天是她最后一次见到陈晓燕。在陈晓燕家。

昨天从陆南那里听说，陈晓燕死在家里。她一直以为是当天出的事。没想到是星期一。

等了一阵，夜月仍然没有回复，她想了想，重新登录《光行者》。唯有游戏可以让她忘怀真实世界。夜月不在，只能临时和别人组队，她一个 41 级的，陪一个 34 级重刷 35 关。《光行者》只能刷队里最弱成员的副本。虽然是走过的副本，如果能捡到蜡烛也是好的。逢 5 和 0 的关卡难度大，掉率高。35 关的迷宫和她上一次来时相比，有种种细微的变化，不愧是据说由算法生成的通路。队友太菜了，很快死掉，她来不及营救。游戏的世界也有死亡。和现实世界不同的是，死掉还可以重来，等体力值恢复就行。

2. 生姜司康

27 日星期四，杨树海一早去敲对面的门。平时这时候他还在睡。

隔了半分钟才有人来开门。黄依然在长袖睡衣外面套了件外套，头发起伏不平，脸上的表情则看不出起伏。他边进门脱鞋边问："我妹呢?"

"在房间。"黄依然看向客厅的钟，他跟着扫了一眼，八点半。女孩睡裤底下露着一截脚踝，单薄得如同不设防，和她全身过浓的自我防卫气息不搭。他忍不住提醒道："穿个袜子你，当心着凉。"说完去敲里屋的门。

敲了门，又喊了两声"其星"，见没人应，他推门进去。以为门背后是幽暗的房间，却见秋日惨白的晨光从打通的封闭式阳台探入。如果不是连绵阴雨，阳台的日晒不错。杨其星的床已收拾平整，她坐在床边挨着阳台的书桌前，一身灰蓝色运动服，戴着去年生日杨树海送的香槟色 Beats 耳机，嘴里念念有词。那架势像在学外语。

恍惚间，杨树海仿佛回到了从前。在上外日语系念书的妹妹常到他的租屋过周末。她大一的时候，他在一家小广告公司做设计，租的房子客卧合一，没空间多放一张床，杨其星来了就睡沙发。老公房的格局诡异，厨房和卫生间之间有个比过道略大的房间，算是饭厅兼书房，窗户对着一处阴暗潮湿的天井，楼下人家做饭的油烟从那里飘来，因此不分季节关着窗拉着百叶帘，采光全靠照明。杨树海一周工作超过六十个小时，周末遇上不用加班，总要睡到中午。当他起来洗漱，那个小间的方桌旁，是戴耳机端坐的妹妹，身形被台灯照成剪影。

此刻，书桌旁亮着落地灯，妹妹的侧影一如往昔，让杨树海有种昨日重现的错觉。和那时不同，杨其星念的不是日语，而是发音僵硬的中文。

“那是，我们，最后……”

又在听口语录音吗？杨树海深吸一口气，强迫自己走过去，轻拍妹妹的肩。她摘下耳机，转头看他。耳机口漏出语声，杨树海知道，那是过去的陈晓燕在说话。杨其星的复健材料是陈晓燕设计和制作的。妹妹刚生病的头两年，她们几乎一有空就在一起练习。从根本无法与人交流，到如今能在店里和客人简单对话，杨其星付出了外人无法想象的巨大努力。听，说，读，写，她一点点重新捡起语言，比当年学外语慢得多。八年了，只做到现在的程度。可能和她最近几年没怎么练也有关。

杨树海想起陈晓燕说过的一些事，关于妹妹后来为什么会停止一对一，也不再自习。但今天，妹妹又开始了一度中断的训练。

前天在店里，妹妹的失语症让两个警察相当受挫。他们的大部分问题是由杨树海和陆南代为回答的。是的，陈晓燕是常客。开店前就认识，是老朋友了。她陪杨其星做过失语症的复健，帮了我们很多。不，她不是医生，她去世的母亲也有失语症，所以她对这个病有些心得。星期天她来订了蛋糕，让 25 号也就是今天送到。当时店里只有杨其星一个人。

面对警察，杨其星格外沉默。她只说了四个字："蛋糕，晚了。"

平头男和他更像白领的同事对望一眼。平头问："晚了是什么意思?"

杨树海问妹妹："你是想说买了吗？燕子买了蛋糕。"继而对警察们解释道："她喊陈晓燕'燕子'。"

杨其星摇头。"蛋糕，晚了。"

遇上这种时候，杨树海只能承认，他不懂她的意思。他猜想，有可能妹妹想表达，如果早些去送蛋糕，就能阻止陈晓燕出事。警察们的表情像是怀疑杨其星的智商，他多少因此心生恼怒。失语症有时给人"失智"的错觉，其实杨其星的智商没问题。她只是站在词语的迷宫里，找不到出口。

所以林同才会和人合作那个见鬼的游戏，并设下匪夷所思的规则吧。杨树海不止一次感到，他无法理解林同都在想些什么，就像他无法窥破妹妹的心思。阻隔他和林同的障碍，不是语言上的而是心理上的，因为太熟了，熟到有些话不方便问，有些事全凭猜测。

对着摘下耳机一脸探询的杨其星，杨树海迟疑片刻才说："起这么早？累吗?"

她摇头。接着大概是想起尽量开口的规则，又说："不累。"

"出了这些事，我本来想让你休息一下，看起来你也不喜欢休息。"杨树海一边留意观察她的表情，一边说："你还是跟我去店里吧。"

"去店里。"杨其星停顿片刻，"黄。"

黄依然，依然，对她来说发音太难，她索性只喊"黄"，像在叫小狗。

“她出现不合适。让她再休几天。昨天点心卖完了。你今天想做什么?”

杨其星思考片刻。她身上有种现代人不具备的专注感。无论是学说话，做甜点，还是想事。有时她为了一条不超过十个字的微信抿着嘴在手机上手写输入的模样，不知道的还以为她在玩什么需要高度集中注意力的游戏。她不玩《光行者》。林同也许因此感到遗憾，不过他从未表露过。

“司康。玛德琳。饼干。”只有说到甜点，杨其星的发音无懈可击。

“饼干什么口味?”杨树海问完开始自责。不能像和小孩说话一样。陈晓燕说过多少遍了，只有当周围的人像对正常人那样对待杨其星，她才能更加接近“正常”。

杨其星没有察觉到他的异样，笃定地说:“酒浸葡萄干。”

陈晓燕如果听到这五个字，一定会欣慰于她的教导有方。杨其星原本就很会做甜点，左脑损伤除了造成失语症，还给她的右手留下轻微麻痹。手的问题不妨碍甜点操作，造成阻碍的是脑。她甚至无法读解过去常用的食谱。唯一记得的是最拿手的磅蛋糕，那道食谱像是刻在了她的大脑深处。陈晓燕设计的复健环节之一，就是陪着她重拾和甜点有关的词。一个一个地。就像杨树海和林同小时候在树林里，一只一只抓取飞舞或爬行的花甲虫。

白糖。黄糖。黄油。植物油。鸡蛋。蛋黄。蛋白。淡奶油。酸奶油。马斯卡彭。可可粉。巧克力。抹茶粉。香草豆荚。白兰地。朗姆酒。君度橙酒。一百八十度。二百二十度。十五分钟。三十分钟。四十五分钟。打发。乳化。搅拌。切拌。筛粉。加料。刮刀。量勺。量杯。粉筛。金属模。硅胶模。纸杯。玻璃纸。花边。纸袋。

妹妹升上大二，他换了工作，手头宽松，搬来虹口，离上外也近些。后来妹妹开始在日企上班，虹口离她单位远，她便来得少了。八年前，妹妹出院后，他把妹妹接回虹口的租屋。陈晓燕经常在下班后从市中心花一个小时过来找妹妹，陪着吃饭和练说话，到夜深才离开。周末，她俩一起在厨房花两三个小时做甜点，他偶尔过去张望。有时他觉得，如果词汇，日常生活中用到的所有词汇，都像烘焙用语这样容易被妹妹掌握就好了。到后来他更有种荒诞不经的想法，觉得如果蛋糕是一种语言就更好了。

他在客厅睡了半年，然后完成了买房和租下对门的整套程序。对他而言，这是能照顾妹妹又不让自己太难受的最佳距离。

杨树海回到客厅，等杨其星换衣服。黄依然盘腿坐在沙发上，一脸的“我有话说”。十七岁女孩的双眼间距比一般人大，看着既聪明相，又难以猜透。

他率先开口道：“我带你星姐去上班。你老实待在家里吧，警察说不定还会来，避过这阵再说。”

“星姐这几天都没哭。”黄依然陈述道。听着像在暗示什么。

“没哭怎么了?”

“她们是朋友。”

“朋友。”杨树海沉吟片刻，“比朋友还多一些吧。说了你也不懂。大人的事你就别操心了。本来有你在我就够烦的了。”

女孩撇撇嘴。这时杨其星从里屋出来了。她的长发藏在贝雷帽里，浅米色风衣，棕格阔腿七分裤，打扮得颇为日系。她对黄依然说：“好好吃饭!”光听这句话，谁也想不到她有失语症。

大多数人就算没读过《追忆似水年华》，也听过普鲁斯特和他的玛德琳的段子。杨树海记得，他第一次听说是在念大学的时候，那会儿他以为玛德琳是一种饼干，搞不懂为什么要蘸茶吃。他当然想不到，自己将来会经营一家卖咖啡、甜点和调酒的店，柜台上的玻璃罩里有时就摆着玛德琳。胖肚子的贝壳状蛋糕。杨其星喜欢往面糊里加柠檬皮屑，烤好的蛋糕散发浓郁的柠檬香气。陈晓燕的徒弟宋语曾做出文绉绉的评价，说，柠檬味儿吃起来倒不明显，让人想起《聊斋》里的花仙。

生姜司康也是店里的常备品种。司康是英国人所谓的快速面包。黄油切小块，和面粉搓成沙状。加入糖，一半淡奶油一半牛奶，大致拌匀，把面团压扁，切成三角，表面刷蛋液。蛋糕酒号的生姜司康，掺的姜丝先用糖和酒渍过。配方是陈晓燕从某个英国厨师的网站看来的，杨其星把朗姆酒换成了白兰地，可能是为了凸显姜的风味。

蛋糕酒号夜间变身酒吧，是出于杨树海的个人兴趣。店里有各种洋酒，他只喝威士忌。除了正规进货的品种，吧台底下藏着林同不时拿来积少成多的日本单一麦芽威士忌，卖给熟客，顺便自己喝。杨树海的口味这些年被养刁了，客人们也同样。

今年年初，他给爸快递了一瓶还不错的日本单麦，秩父的入门款，无年份，水楢桶。爸在三个人的微信群里说，喝不惯洋酒，下次不要特意寄了。杨其星没看懂爸的回复，来问他。看到她写在纸上的“特意”，杨树海先教她发音，TE-E，特，YI-I，意。待要解释，他陷入茫然。该怎么阐释呢？

给他解围的是个外国人。巧餐厅的主厨利维正趴在吧台边等咖啡，耳尖地听见杨家兄妹的拼音念诵，扬声说：“意思是为了某个人，专门做某件事。打个比方，我的拿铁，加奶泡就好，陆南‘特——

意’挤了一坨奶油。为了我。”

中文流利的老外在上海遍地都是，杨树海想，即便如此，会说“一坨奶油”的大概没几个。他对利维印象深刻的还有一件并未亲眼目睹的事，是从陈晓燕那里听来的。妹妹做的生姜司康，让利维吃哭过一回。杨树海心生纳闷，有那么辣吗？成年后，他不吃甜食，即便是妹妹做的。

刚过去的周二，因为后面小区出事，店里一团乱。杨树海直到第二天才有心情和利维说起，陈晓燕出事了。对方收到微信，立刻打电话过来，问他要不要一起喝酒。杨树海说不用。他有少许感动和诧异，自己被一个外国人以中国人特有的方式安慰了。

妹妹不在店里的昨天，莫名其妙来了一堆客人，他忙着应付顾客和警察，一整天都失魂落魄。他意识到，自己需要妹妹在旁，这也是他为什么今天主动喊妹妹一道上班。站在蛋糕酒号的柜台里，闻着从烘焙间传来的熟悉的姜味儿，他知道妹妹在烤生姜司康。感到放松和安全的同时，不知怎的就想起了利维。巧的是，就在这时，西班牙人带着一个女人进了店门。

杨树海没等利维走近就说：“有生姜司康，来一个？”说完暗自诧异，自己居然有气力逗别人。这才第三天。距离她的消失。

“谢谢不用了，太辣了。”利维对旁边的女人说：“这是我常和你说起的杨老板。”又看向杨树海，“我女朋友。”

利维的女友顶着中性化的短发，左耳戴一枚长耳坠。厚唇大眼。两广人士的长相。

杨树海对人的记忆力极佳。就像老饕能记住很久以前吃过的某道菜，他马上想起，他拍过这个女人的裸体。同时浮现的是她的乳房和腰线的形状，脊椎如一串碎玉。那时她的长发流泻到腰。靠近腰椎有个看不懂的文身，据说是梵文。

从前，作为副业，他玩过一阵所谓的私密摄影。在向朋友借的影棚里，他对客户说，你想拍什么都行，我不留底。除了裸照，还有些情侣来拍尺度大的亲密照。他拍完当着客户的面把存储卡数据导进U盘，现场修图。最后把存储卡和U盘都给客户。

内心深处，他觉得客户们天真得惊人。要真想留一份，办法多的是。不过他确实没有留存他人隐私的癖好，做事干净。

那是十多年前的事了。杨树海试图回忆起多一些内容。眼前的女人好像是学哲学的，对了，那时她有个和她一样长发飘飘的男友。两人后来去了西藏。从肤色看，她至少近一两年没待在高原。

他不确定对方是否记得自己，只说："利维你保密工作做得好啊，在一起多久了?"

利维嘿嘿笑道："才一个礼拜。"女人要了手冲，从三种豆选了肯尼亚。利维照例是拿铁。他点完单又问："星星呢?"恰好杨其星从吧台一侧的布帘后走出来，抱着装满司康的藤篮。

"吃吗?"杨其星问利维。

利维没有像刚才一样用"太辣了"敷衍她，问女伴要不要来一个。短发女子踌躇片刻后答应了。她显得不自然。第一次听到杨其星的生硬口音，人们通常是这个反应。杨树海装作不在意，解释说，陆南走开了，咖啡要等一会儿。利维耸耸肩说："又去喂猫?"杨树海摇头，"他说去吃早饭。"说起来，他作为老板，要操心的事真不少。一个每天两次去附近喂流浪猫的咖啡师；一个离家出走，不，被劫持而来的未成年服务生；一个失语症的妹妹。某人走后，他甚至没有哭过。也许他也该吃个生姜司康，像利维那样声称"太辣了"，尽情流泪。

*

利维和韩风在店堂深处的桌子坐下。她刚点了生姜司康，让他想起第一次来这间店的情形。

那是在三年前，潮湿难耐的梅雨天。上海的春秋两季雨水不断，他不由得怀念马德里的干燥。汤宁远当时正在筹备 Ciao，约他谈事，准确地说，是打算挖他过去。在五星级酒店西餐厅担任副厨的利维，对厨房生态和薪水并无不满，倒是不妨碍他见一下据说很有钱的汤宁远。被朋友们喊作“阿汤”的年轻人，其父亲是最早在股市发迹的普通市民，后来投身炒房。阿汤从英国留学回来，没上班，据说开过一家不成功的酒吧。有些闲钱的上海人，大抵怀有开店的梦想。可能因为比起买理财和基金，他们总觉得店是看得见摸得着的，也就更牢靠。比较清醒和爱嘲讽的人会说，无非是给房东打工。

利维按门牌号找到阿汤约的 Cake & Liquor，标牌上的英文不起眼，醒目的是“蛋糕酒号”四个中文大字。他皱眉看了片刻，觉得中文店名很怪。早年就在上海生活过的利维，几年前二度来此，前后加起来在中国已待了七年，网上的文章能看个大概。

进门后的第一印象是，没什么特色。黑白格地砖，狭长的店堂，最里面有个巴掌大的寒碜院子。阿汤年纪轻轻，烟瘾不小，聊天没一会儿，就往后院跑了两回。利维想，怪不得要选在这里。

等阿汤抽烟的工夫，利维起身到吧台，要了一块生姜司康。他没吃早饭，咖啡喝得烧心。吧台后的年轻女人没化妆，右脸颊有两颗浅淡的痣。听到利维用中文点单，她点一下头，拎起玻璃罩，用金属夹夹起司康，转身进了吧台一侧的门帘。藏青色门帘上是白线简笔画的威士忌酒瓶和酒杯。利维觉得门帘有几分意思。他将在后来的日子发现，门帘一年四换，春绿夏蓝，秋天是深茶色，冬天是黑色。酒瓶里的酒从春天往后逐渐减少，夏天的酒杯里搁着冰块，到了冬天，空酒瓶倒了，酒杯空无地伫立一旁，那种绝望感，让人看着都想给它添上酒。见识过门帘的四季，利维和这间店混熟了，也知道了门帘是杨老板画的。利维说，你这个可以当周边卖啊。杨老板以他一贯不会做生意的态度说，不卖。利维又说，墙上的画太一般了，还不如挂你自己的。杨老板说，哪里一般？我花钱买的。

第一次在蛋糕酒号，尚未遇到缺乏沟通技巧的杨老板，利维在吧台边候着，纳闷加热司康怎么这么久。就在他开始不耐烦，打算高声说“你好”的时候，女人一挑门帘出来了。她端着白色瓷盘，上面是司康和两只布丁杯形状的容器。看到利维站在那儿，她显得困惑，开口道：“会给狗，猫不要。”

如果杨树海在旁边，能立即会意，妹妹说的是：“会给你送去，不用站着等。”杨其星能说四五个字的短句。如果句子太长，或是她开始着急，就别指望她讲对。陈晓燕视作宝典的日本参考书写道，失语症患者的“口误”没有规律可循。但杨树海发现，杨其星有她的奇异法则。“你”等于“狗”，奇怪的是“猫”代表的不是“我”，而是“站”。会给你，站不要。

利维从未见识过失语症，身为外国人，他顿生朴素的疑问：这人说的是中文吗？

女人放慢语速，把那句话重复了一遍。很像一般人对利维的反应，人们总担心说快了会影响“老外”的理解，简直是对他的中文能力的侮辱。

利维喃喃重复：“会给狗，猫不要？”

她像是没了耐心，绕出吧台经过他，把司康送到里面的桌子。利维回去落座，盯着那只外表平凡的司康，以及旁边的奶油和果酱。放司康的盘子呈淡灰白色，布满大大小小的开片。开片构成黑色的网，网眼附近的灰色略深，如同水彩的晕染。利维不知道那是日本的萩烧，觉得像是没洗干净。他拿起司康，触感温热。会给狗，猫不要？他把司康横着一掰为二，抹上奶油和果酱，送到嘴边。第一口司康经过食道的同时，毫无预期地，脑海中浮现一个他以为早已忘却的形象。叫五月的女孩。他在中国的第一个女朋友。他们在一起是 1999 年，第二年春天，她在同居的租屋自杀身亡。没有遗书。

利维猛烈地咳嗽起来，司康的碎末擦刮喉头。桌上的水杯不知何时空了。女人及时从吧台过来，给他加水。他连说谢谢都做不到，边咳边喝水。隔着一张桌子坐了个年轻女人，戴着耳塞对着笔记本电脑，飞速敲键盘。一杯水下去，利维意识到，说话古怪的女人站着没走，脸上的痣像个冒号。

她长得一点也不像五月。那为什么会突然想起？连同五月的记忆一起涌出的，是血的味道。血弥漫在浴缸里。和给肉化冻时的血很像，只是量多得多。

“你没事吧？”吸烟回来的阿汤问。利维摇头。阿汤落座时说：“司康我是吃不出有什么好，太饱肚子。星姐，你们今天的饼干给我来两块。”

女人转身走了。利维想，所以她是可以正常交流的？阿汤又开始侃侃而谈他关于餐厅的理念，利维的思绪无法跟上。他遥遥想起自己和五月的初遇，在一家以如今的标准卫生堪忧的简陋酒吧。她在他旁边的吧台座，听说他是西班牙人，便要求他做海鲜饭。酒吧里一群人跟着怂恿，老板说他有平底锅和方便调料，利维的醉意也不比他们少，迈进后面的厨房，做了一锅水放得太多的饭。他感到难为情，一群人却吃得开心。

千禧年前后的上海和现在有诸多差异，其中之一就是那种无处不在的欢快劲儿。年轻人对未来有更多不切实际的想法，房价尚未成为他们脖子上沉重的驾辕。五月用现在的说法是个“文艺青年”，他们很快搬到一起，利维一周三次教人西班牙语，她在家照顾收养的流浪猫，上网和听音乐，不太做家务。

抹杀自身存在的决心不可能突如其来，必定有预先埋下的种子。但利维不知道那是什么时候因为什么缘故埋下的。五月自杀后，他不得不陪中国的警察做了各种调查，以证明自己的清白。然后他回到马德里，没有找正式的工作，颠沛流离地打工。2007 年，他再度来了中国。他找到一份在酒店的工作，明明是西班牙人却做起了意大利菜。

他只知道，自己再也不想为谁做海鲜饭了。

利维失声痛哭。对面的阿汤不知所措。旁边桌的女客人起身过来，递上小包纸巾。“吃甜食有时候是会这样的。”女客人对他或阿汤说，不，更像是对送饼干过来的女人说的。

阿汤说：“吃个司康居然吃哭了！吓得我刚想说，你嫌待遇不够也不用哭啊。”

“这个司康姜太多了。”利维狼狈地掩饰道。

“有时候。会这样。”被阿汤喊作“星姐”的女人说道。同样一句话被她说出来，显出不同的意味。

陷入回忆的缘故，利维过了片刻才注意到眼前有什么在晃，是韩风的手。她压低声音说：“刚才那个人。”

“哦，她有失语症。”坐在沙发座的利维看向对面玻璃窗后的烘焙间，从他的位置，能看到低头劳作的杨其星的上半身，整个操作流程一览无余。做点心时，她总是系着头巾。

“不是说那个女的，是那个男的。”韩风抿起嘴唇，“我见过他。他以前是个摄影师，还给我拍过照。”

“是吗？他没说认识你。估计他不记得了？”

“记不记得无所谓了。不过他看起来有种……”她沉吟片刻，“丧失了什么很重要的东西的感觉。中文有个词，失魂落魄。”

“他有个熟人刚去世。”利维解释道，在心里加了句，比五月那时更糟。陈晓燕据说是他杀。

他第一次在这里因为生姜司康泪流满面的窘迫时刻，给他纸巾的女顾客就是陈晓燕。后来有一次，也是在这里，他难得的休息日，晚上喝了几杯，和陈晓燕讲了五月的事。可能因为酒精，或是陈晓燕有种让人倾诉的可靠感。他让她保证不要写在任何地方，毕竟她是文字工作者，还拥有个人公众号。如今，他的秘密随着秘密的倾听者一同去了黑暗的远方。

陆南带着托盘过来，把两杯咖啡、装有司康以及奶油果酱的盘子放在桌上。韩风道谢后掰开司康，问利维：“你真的不来点儿?”

利维说不。他看着韩风吃下司康，她的表情平静到近乎呆滞，让他隐隐失望。吃完半个，她像是突然想起来般问：“对了，你刚说失语症?”

蛋糕酒号的工作人员和熟客们，每个人都有一套关于失语症的解释。利维讲了起来，并未提及他对这里的点心的看法。杨其星的甜点，有时，只是有时，会让人看到记忆。陈晓燕说，那是因为糖。他在这家店体验过糖带来的往事潮涌，那么强烈和无法规避，形同伤害。其后再也没有过同样的体验。他来这里的次数足够多，也见过其他人在吃点心时哭泣。他不知道该羡慕还是同情那些人。杨老板像是不知道，由于杨其星的甜点的魔力，蛋糕酒号是本城一个小范围口耳相传的传奇。

3. 焦糖布丁

阚少华的干眼症最近有逐渐恶化的趋势。瑞金医院的眼科医生们仿佛是一个老师带出来的，开完药总不忘添一句：不要一直对着电脑。他忍不住在心里抗议：说得容易！

他的工作就是盯着电脑屏幕，还不能分神。

阚少华是黄浦区二分局的监控专家，这年头破案多靠监控，他的任务日渐繁重。分局众人称他“看总”，其他分局乃至市局的监控同行则叫他“AI 阚”。视频分析这种事，外行看起来云里雾里，只有内行懂得个中门道。同行们观摩过阚少华行云流水般拉进度，而且一查一个准，不由得叹服说，你一定不是人类，而是潜伏在我们当中的 AI！

阚少华在私人生活中的表现更给 AI 传说增色。

他不用微博，微信只在必要时才回。群里通知开会的时间地点，他是不看的，每次都靠同事私聊转达，他回：**收到**。他不发朋友圈，不见他给人点赞，想必根本不刷时间线。

事实上，阚少华无法理解其他人对社交媒体的投入。在他的眼里，手机如同病毒，逐渐侵蚀人们的生活。为案件而调用的路口和地铁的监控显示，看手机的人越来越多。人们对真实世界视若无睹，一味低头盯视手中的方寸屏幕。甚至在上下自动扶梯和过马路时也照看不误。更可怕的是，有些人还戴着耳机。他们没有被车撞，没有滚下扶梯，没有遭遇扒手，只能说是某种狗屎运。

阚少华把这些人叫作“手机人”。手机人在人群中的比例不断增加，让他隐隐不安。和手机人同比增长的，是他的“视力范围”。在“无死角保安全”的口号下，很多原本的盲区增设了摄像头。这感觉很诡异。他的视野愈加宽广，而他们无处不在。

他的编制不在支队，为整个分局服务，算是技术支持。邹建平他们支队最近的工作重点，是丰年小区 1024 案。死者陈晓燕的死亡推定时间是 24 日星期一晚上八点半到九点半之间，收到报案是在第二天，25 日星期二的下午。屋里的煤气开着，但死者的体征不像是一氧化碳中毒。法医指出，死者的血液里含有酒精和止痛片的成分——止痛片的剂量可划入药物滥用的范围——死因则是窒息。她应该是被枕头一类的东西闷死的，可能因为她喝了酒吃了药，神志和四肢无法正常反应，所以不曾有过反抗。经检验，沙发配套的靠垫被排除了凶器的可能。凶器不在屋里。消失的还有死者的手机和电脑。

屋内没有指纹和脚印，连死者本人的都没有。房间被仔细地打扫过了。除了躺在沙发上、死亡时间超过十二小时的单身女子的尸体，没有其他线索。至于打开的煤气，可能是凶手怕她没死透。

各种线索表明，这是一起典型的熟人作案。不难推测，凶手和被害人一起吃了晚饭，然后用某个柔软的家居品闷死了她（根据其男友的证言，很可能是一只奶牛靠垫）。至于是临时起意还是有预谋的作案，则是未知。行凶后，凶手打扫了房间，带走了凶器以及死者的通讯工具。

死者陈晓燕，上海本地人，1983 年生，自由职业。死亡发生的 902 室是她名下的房产，购于 2005 年。她父亲侯励年在接到死亡通知后除了悲痛更多茫然，据他说，妻子走得早，动迁后和女儿分住两套房，走动不多。他哀叹道，女儿大了，和做爹的总是不大亲的，谁能想到会发生这种事？询问之下，他对女儿的私生活可说是一无所知，当问到他是否见过女儿的男友，他说不知道有这么个人，并立即认定对方是凶手，要求警方“声张正义”。

负责询问的是支队长邹建平和刚调过来不久的陶密，他们稳住了情绪激动的受害者家属，并未告诉这位父亲，陈晓燕的男友姜则比她小五岁，虽然并非没有作案动机，但他有不在场证明——24 号那天，他和老板汤宁远开了一整天的会，一起吃晚饭，吃完继续聊，十点多才散。他们待过的三只猫咖啡馆以及日料店牧野的工作人员均证实了这一点。

阚少华没有见到侯励年，他当时在小黑屋，也就是分局的监控分析室。据陶密说，侯励年太年轻了，“不像有个三十多岁女儿的人”。身份证显示，他只有五十三岁。陶密出于调查的需要或八卦的心态，查了陈晓燕一家的户籍数据，发现她母亲陈鑫生于 1965 年，死于 2004 年。十八岁就当了妈。女儿随妈姓。再查结婚登记，那是在 1987 年，陈晓燕四岁，她父母刚领证，并给她上户口。

知道这些好像也没什么用。不过陶密还是把数据录入新上线不久的系统。该系统有个复杂拗口的名字，分局的人嫌麻烦，管它叫 ERP。

另一位家属是舅舅陈磊，比侯年轻四岁，仍是陶密说，舅舅看着比爹老。侯励年是一家装修公司的包工头，陈磊则是早就以病退之名被遣散的闲人。后者比做爸爸的更显得哀恸。他一手操办过两场亲人的葬礼，他的父亲，姐姐。如今连外甥女也走在前头。陈磊至今单身。侯励年在陈晓燕妈妈去世的第二年就再婚了，他家的人口构成只有夫妻俩。因此，陈晓燕的直系亲属仅剩下两个半老男人。

阚少华不关心受害者家属，这并非麻木不仁的表现。他只相信眼睛能看到的一切。

就这个案子而言，阚少华遇到的挫折在于，丰年小区的监控情况远低于上海市的平均标准。小区四通八达，监控极不完善。一条东西向的横弄是通往小区的主路，开口在西侧的陕西南路上。此外，和陕西南路相交的绍兴路以及建国西路，有不同的纵巷和这条弄堂相通。也就是说，任何人都可以从这三条马路进入丰年小区。小区由三栋二十层建筑组成，最初规划的时候不知出于什么理由，设有三道门，一字排开在横弄。正常情况下，这三道门以及每栋楼的电梯都该有监控。事实则是，只有最靠近弄堂口的西门也就是第一道门有监控。门卫室位于中门。说是东边第三道门不是每天开。根据门卫的证言，24日只开了两道门，他并未见到可疑的人出入。此外，门卫室的斜对面，隔着弄堂的中华小区楼下有个探头，但视角有限，只能照到丰年中间那道门的外围。

也就是说，凶手如果是从门卫眼皮底下的中门进入小区，或者，尽管可能性低微，如果他翻越了东门，是不会被拍到的。考虑到门卫一天多数时间都在看股票或手机视频，凶手很有可能是大摇大摆从他跟前过去的。

那就只能把监控范围放大，关注外围的几条马路。阚少华在地图上对所有摄像头做了标记。绍兴路以北，建国西路以南，纵向的巷弄如毛细血管般蔓延开去，辐射到周边几条马路。一句话，工作量无比巨大。而且，事发当日的10月24日，下午到傍晚有雨。伞和雨衣是另一种阻碍。

不过阚少华并未因此气馁，“看总”的名头不是白来的。他把监控的查看范围拉长到案件发生前两周，研究几个街区各色人等的行动规律。忘了是在哪里读到的，所有罪恶都藏在日常的褶皱。阚少华一直把这句话铭刻在心。

*

宋语最近被上司虐得不轻。上司，指的是比她年轻的总监范骋。有时她以为，给自己的工作格外难，过程中常被找碴，是来自外形的歧视，甚至是性别歧视，但转念又想，范骋可能就是不喜欢她，不一定需要理由。

前不久她做了一个选题，采访旅日归来的某插花流派传人。那一位是著名的高冷范儿，宋语去了工作室好几回，对方才同意接受采访。在例会上提选题时，范骋说，哎哟那个女人出名难搞的，宋语你哄这种阿姨特别有一手啊，下次教教我们。

一桌五六个人哈哈哈，范骋的笑声最响。很明显，其中至少有两个人是在赔笑。宋语没笑。她进这间公司的时候没走正规的招聘途径，差不多就是陈晓燕向老板打了个招呼，把她塞进来。范骋当时正好在日本出差。有些人官不大，官威不小。范骋似乎从开始就对宋语感到不痛快。

看得出，老板很欣赏陈晓燕，并一直为没能拉她入伙感到遗憾。有一次老板在上海办公室，把宋语叫过去聊工作，聊到一半说，陈晓燕还在写那个弄堂公众号吗？

宋语愣了一下，说是。

老板说，写那个有钱吗？

宋语说，大概……没有吧。

老板便不再言语。

陈晓燕的公众号，是她在周刊的情感问答专栏“南山读信”的延续。纸媒解体，她注册个人公众号，起了个奇怪的名字，上海弄堂小 s。她没有延续用“南山”的报纸笔名，署名“s”，她从前的读者们就此流散。那个公众号从一两百条阅读量起步，一年多下来，涨到每次两三千。就公众号而言，不算成功。大部分文章和从前的报纸专栏一样，由读者的信开始，再由 s 回复。也不知道是不是真的有人在后台问了问题。就算没有，陈晓燕也会编一套，周刊时代她就那么做过。

宋语对第一篇推送的印象最深，因为她总觉得，写的是她本人。但没有就此和陈晓燕查证过。

s，

我爸过世得早，妈妈后来有了男友，不过一直没再婚。我和妈妈有过很不愉快的时光，随着我长大，终于能心平气和地坐在一起。最近我经常会想，我该劝妈妈和她交往多年的男朋友结婚吗？可是内心深处，我不希望改变现状。

陈皮

这个“陈皮”很可能是杜撰。陈晓燕去过宋语的老家，也知道她和母亲的多年龃龉。

宋语的爸去世得早，妈一个人打理爸留下的茶田和茶厂，抚养她长大。李濛第一次听说的时候感慨，原来你家自己有厂，资本家啊！我要是你就回去继承家业，才不给人打工。宋语说，厂很小的，而且还有叔伯的份额，我家一年拿不到多少钱。她讲的不完全是事实。这些年岩茶的行情看涨，妈手里估计有了不少余钱，有一次说，你在上海租房子不合算啊，要不我帮你出个首付？

说完，妈像是意识到失言，有些讪讪的。妈当然不会忘记，就像宋语也不曾忘记，年少的她曾经对妈大喊：我姓宋，你姓金，茶厂的每一分钱都是我们宋家的，和你有关系吗？

因为年轻，所以那么理直气壮地刺伤对自己来说最重要的人。

宋语在高中时代和唯一的亲人百般不对付，正是因为妈有了一个男朋友，偏偏这个男朋友还有正当的理由出现在家里。柏时英做茶的技术一流，爸还在世时，茶厂每到做茶季都会请他过来帮忙，爸走后，规矩也没变。宋语一直喊他柏叔叔，等发现他和妈的关系，见到他就不再打招呼，甚至避免眼神接触。她厌恶姓柏的，更痛恨自己的亲妈。年少时的负面情绪往往有自我放大自我叠加的效果，宋语为了避开那两个大人，开始整天往外跑。她在学校玩得好的是一个外号叫“小猫”的女生，父母都是职工，家住市区。有时宋语借宿在小猫家里，一整周不回家。

小猫是校模特队的，梦想是考中戏北影。她的成绩奇烂，不过那不是宋语暗自认为她考不上的理由。放在区区武夷山，小猫固然是个美少女，离开福建省，她就不过是中等之姿。这些意见，宋语没对小猫讲。她常去旁观小猫她们训练，有一回，模特队的老师走过来，将她从头到脚仔细打量一番，苦笑道，你骨架太大了，其他人的衣服你都穿不了。宋语在心里翻了个白眼，想道，好像我求着要进模特队似的，你给我钱我都不要。

在学校里，也不是没有男生向宋语曲折地表达好感。她比对方高，不仅是身量，更在于眼界。在她眼里，周围的学生们都是井底之蛙。对方很快感觉到她近乎刺人的傲慢，继而退却。

小猫常说，我好看，你也好看。你是另一种好看。

宋语深以为然。

那年春天，四个字母的疾病以及伴随的恐慌在蔓延。小猫想翘课去广州参加一个选秀，宋语答应陪她去。回家取存折和衣服的时候被妈撞见了，问她拿钱做什么。宋语觉得溜个几天的课乃至跑到广州，都不是什么严重的事，便如实答了。出乎意料，从来没对她疾言厉色的妈，涨红了脸叫嚷起来：你翅膀硬了你！怎么可以逃课？每年那么多压岁钱给你，不是给你这样乱花的！

然后就有了宋语冲妈吼出的那句话。那天的争执很长，奇怪的是内容都忘光了，她只记得自己最后夺门而出的时候，妈在身后叫：你有本事就不要回来！

那声音像即将断裂的弦，久久地刮擦着她的心。

为控制疫情，很多火车班次暂停，两个女孩辗转乘大巴去到广州。坏事总是接踵而来的。钱被偷了。小猫因为是瞒着父母偷跑出来的（她说这几天住在宋语家温书），拼命劝宋语不要报警。她们只剩下小猫的几百块，两个人住在居民楼改的旅社里。房间在白天也暗如洞窟，从窗户的防盗栅栏伸出手，能碰到对面楼的窗栅。那边一个男的大概是发现这边住了两个女孩，整天光着身子在屋里走来走去，她们吓得拉紧窗帘，洗过的衣服也不敢晾在窗口，只能挂在浴室里蓄积散不掉的湿气。在等小猫海选结果期间，宋语开始发烧。

那之后的记忆是大块的缺失。她依稀知道自己住院了。有很多人在身旁穿梭。医生。护士。她还看见了爸。

等到彻底清醒，她才知道已经过去了两个月。妈在旁边哭了，又笑了。她觉得自己肿肿的，问，小猫呢？妈说，她回去上课了。她在妈的声音里听出了恨意，不明白妈为什么要恨小猫。生病是自己倒霉，怪不得谁。

当她在镜子里看见变成了另一个人的自己，才明白，妈有恨的理由。

她不恨小猫。她恨妈。当时为什么不拦住我呢？既然你是我妈，既然你为我好。

那年，妈守在广州的医院陪她，扔下整个采茶季没管，家里的茶在田里疯长，抽枝散叶，继而老去。预订茶青的老板不肯接受退还订金，说要打官司。妈最后到底赔了对方多少钱，她没问。她回到学校，无视周围人的目光，麻木地让自己跌入题海，以补上缺失的时光。她从小没当过优等生，升上高三才体会到被老师表扬的滋味。被表扬也无法带来丝毫的开心，她知道，别人说起自己，都是“那个胖子”。她丧失了少女的形象，不牢靠的友谊，甚至名字。

从考上大学到上海，她就再也没回过家。直到 2013 年的十一长假，她约李濛和陈晓燕一起回武夷山。

离家八年。离导致她生病的叛逆出走，正好十年。有时她认为，那次出走，是后来一切不顺利的起因。但仔细想想，如果她和妈的关系像大多数母女一样平和，事情的走向应该会不同。

结果李濛临时放她们鸽子，和新男友去了西北。旅伴变成师徒二人。

到武夷山的高铁尚未开通，她们乘飞机于傍晚抵达，然后打车。妈做了一大桌菜，有宋语从小爱吃的土豆饼，鸡汤，加了蛋和糖煮过的米酒则是为陈晓燕准备的——她都不记得自己和妈提过，陈晓燕喜欢喝酒。

她提醒说，这个酒后劲大的。提醒无效，另外两个女人一起喝了许多。时隔八年，实际目睹一手抚养自己长大的女人的脸和身形，她暗自心惊。妈老了。照片大概用了什么美颜效果。自从有了微信，妈经常发照片给她。茶的成长，采回的茶青，做茶季的茶工饭（照例是由妈一个人做一大桌），邻居新盖的楼。偶尔和几个老熟人合影，妈也会发给她。但从没有问宋语要照片。在这一点上，母女俩保持着默契。

后来陈晓燕不出所料地喝多了，宋语扶她上楼。兼作厂房和住宅的四层楼，只有春秋两季住满采摘的工人。那个她叫过“柏叔叔”的男人，不知是为了避嫌还是避她这个刺头，过去在熬夜做青期间也不上楼补眠。如今这个季节，家里只有妈一个人和两条狗，整栋楼像个空壳。

宋语从小到大的房间在四楼，和妈一墙之隔。她把陈晓燕扶到床上躺好，又下去拿行李。她不习惯和人一张床，已经和妈说过，在三楼给自己收拾个地方睡。进屋放行李的时候，发现陈晓燕没躺在原处，站在书架旁边。再一看，书架上有好几个相架。宋语心想，糟糕。

果然，陈晓燕问：“这是你小时候?”

相架上的照片全是宋语的。肥白的婴儿。在年轻的父母中间绷着脸不笑的小女孩。露出光洁的胳膊和腿、穿连衣裙的八岁女孩。还有十六岁的一枚，在厦门的海边，草帽底下是被模特队老师评论为“骨架太大”的少女的身姿。是小猫口中的“另一种好看”。

小猫后来没考上大学，据说在市区的酒店做服务员，前几年升任领班，结了婚。

宋语不知该怎么回答，陈晓燕忽然说："刚才饭桌上，你母亲讲的你小时候的事，是这么小的时候，对吗？"

她指着八岁那张，宋语放松了紧绷，说："差不多吧，好像是我二年级的时候。"

应该是二年级的一个周末，她跟着妈去了更乡下的亲戚家。正逢赶圩，路旁摆满了吃食，母女俩逛得开心，宋语吃了板栗，又吃麻糍。卖麻糍的女人和妈像是认识的，两人聊了一会，又来了第三个妇人。宋语蹲在旁边看人打麻糍，没注意到妈什么时候和新来的妇人走了。其实当时有过一番对话。第三名妇人说，哎呀好久不见，正好我家在做清明粿，你要不要来拿？宋语妈喊了女儿一声，见她看得专注，便转身走了。

卖麻糍的妇人见小女孩开始认真地着急，一叠声问"我妈呢"，便开玩笑说，你妈不要你了。宋语信以为真，大哭起来。直到妈带着刚做好热乎乎的清明粿回来，她仍在啜泣，怎么也止不住。那种被遗弃的伤心，即便后来知道是大人的无心编造，依旧抹不掉。

米酒成了某种催化剂，对第一次见面的陈晓燕，女儿的领导，妈以一种老熟人般的口吻讲起了这番往事，并说："我家这个女儿，看着大大咧咧，其实心思很细腻的。一个不注意，她就记在心里。我呢比较粗枝大叶，唉，经常让她不开心。"

此刻，背对宋语的陈晓燕继续望着书架，用闷闷的声音说："我不太清楚你和你母亲，有什么矛盾。不过我能感觉到，你母亲很爱你，只要你愿意退一步……"

这是写情感专栏写上瘾了，真以为自己是知心姐姐了吗？宋语僵硬地说："你喝多了。有什么明天再说。"

陈晓燕退了一步，又退了一步，挪回床边坐下。身形比声音要醉得多。

“你不知道我有多羡慕你。”

如果不是曾经从李濛那里听说过陈晓燕的母亲早就去世了，宋语甚至想直接关门离去。她不太有心情听别人对自家的问题说三道四，即便对方是陈晓燕。

“我也有过一次，被大人扔下的经历，要不要听?”陈晓燕慢吞吞地说。接着，也不管宋语杵在那儿不吭声，她自顾自讲了起来。

也是小学二年级。和宋语的情形不同，陈晓燕是被舅舅给扔下了。暑假的一天，舅舅心血来潮带她去游泳。她一年级在学校学过，去区里的游泳池还是第一次。舅舅夸她动作不错，并说，你爸妈都是旱鸭子，你这点还是像我。舅舅嘱咐她在浅水区玩，他自己往深水区游了几个来回，在泳池遇到个熟人，被对方喊去打牌。临走时舅舅对她说，你游满时间，换了衣服，到门口等我。

她等到黄昏，看着一个个人从跟前过，有人进去游泳，有人游完出来，没有一个是舅舅。

等到舅舅终于从牌局脱身，骑自行车回到游泳池门口，看见陈晓燕，第一反应是扑哧一声笑了。他说，你怎么站得笔笔直像标枪一样啊?

她本来很想哭，被那一笑就给憋了回去，再也没机会哭。回到家，妈妈看到舅舅和她，先是奔过来抱住她，然后捧着她的脸，那样子像是要把分开几个小时的女儿的每一根头发丝都看清。然后，妈妈打了舅舅一个耳光。脆响。

记忆中，那是她唯一一次看到妈妈生气。后来才知道，妈妈不知道她是跟舅舅出去，午睡醒来看女儿不在，到晚饭时间还不见人，就开始着急，先去了少年宫，又去了陈晓燕一个同学家。

“我妈那时还不会讲话，所以她去找人问其实也问不清。我在游泳池门口傻等的时候也想过，我妈会急死的。还想着要不要自己走回去。我是被舅舅骑车带去的，不认识路。不过问一问总能问到。但我又怕舅舅回来看不到我。太纠结了，所以才一直站在那里没走。我妈打舅舅那一下好重啊。平时他们姐弟感情很好的。我那个时候就知道了，对我妈来说，我是她的唯一。当然二年级小朋友还没有‘唯一’这个概念，就是一种感觉。看到那样的妈妈，不知道为什么，我觉得超级难过。舅舅捂着脸说，看，你把你女儿吓的，想哭不敢哭，面孔通红。”

她的声音越来越轻。刚才嫌她多管闲事的情绪不知怎的没了，宋语走过去，摸了摸坐在床沿的陈晓燕的脑袋。

“可以问个问题吗，你刚才说，你母亲那时不会讲话……”

“她有失语症。我念高中的时候，她才学会说一些最简单的字词。是我教的。”

“和那个谁一样。”宋语瞬间想不起蛋糕酒号那个女人的名字，毕竟刚见过几面。

“是啊，和其星一样。”

这个瞬间，该说是福至心灵，宋语想起她早年追看的一个博客，“到外滩一万步”。那个博主除了记录日常，也写了不少和母亲的旧事。博客从2005年开始，宋语也是在那年偶然看到的。她说不清那个博客为什么吸引自己，是因为写博客的年轻女人（从文字判断是这样一个人）有时诙谐有时尖锐、偶尔轻微自嘲的笔触，还是因为文章里关于失语症的母亲的简短回忆？一个月一两则的缓慢更新，于2009年初戛然而止。不，事实上是整个博客不存在了。看网址，那是个私人搭建的服务器。总之，伴随了宋语整个大学时光的匿名作者从网上消失，她开始读研，并渐渐忘了那个博客。

“你是不是写过一个博客，‘到外滩一万步’？”

问出口的瞬间，宋语就知道了答案。陈晓燕往后仰面倒下，捂住脸，从指缝间发出一个不知是叹息还是嗤笑的声音。

“唉……好尴尬。你看过？”

你写的每一篇，我都看过。宋语匆忙地说：“我下去了，你好好休息。洗澡水要多放一会才有热水。”

第二天，宋语感到，陈晓燕对自己的态度多了某种无形的防线。在网上写东西就肯定会被人看到，但有些人在写的时候，预设的是永不相见的散落在网络里的读者。宋语很后悔贸然相认。她与陈晓燕之间的关系，从此便陷入了一首歌的标题。这么近，那么远。

与从前的博客不同，“上海弄堂小 s”不是个匿名公众号，陈晓燕转发在朋友圈，熟人们都看过。公众号的最后一条更新在她去世前五天，是个少见的广告帖，帮一个朋友推新出的书，关于京都咖啡馆的。底下有转发送书的细则。不过，主人已走，想必后台不会有人处理后续事项。即便有读者催更（恐怕这样的人很少），也不会有人将留言放出来。

李濛有个写老一代香港电影和 TVB 剧的公众号“从前慢”，更新不勤，阅读数寥寥。她在陈晓燕去世的第三天发了一条追悼文，配的照片里，陈晓燕戴着一顶奇怪的纸帽，笑脸盈盈。她不是个爱笑的人，也不爱拍照。宋语盯着照片看了许久，终于想起，那是某次在办公室吃生日蛋糕时拍的。那篇文章的阅读数难得过千，底下出现了不少眼熟的 ID 留言。走好。蜡烛表情。双手合十表情。其中也有周雨绮的微信 ID。

宋语无法想象李濛在后台把一条条留言置为可见时的心情。

李濛在微信上问：**你觉得是谁，是不是那个厨师**

宋语硬邦邦地回：**别乱猜**

另一方面，她在网上固执地寻找陈晓燕的其他痕迹。豆瓣，微博，知乎。陈晓燕的豆瓣 ID，她是知道的，那里面只有书影音的记录。但没准有另一个小号？至于微博，基本是转发。知乎上有一些关于失语症的问答，她仔细察看每条回答，看起来没有哪一个像陈晓燕。

我到底在找什么呢？

她知道，自己做这些十足傻气，毫无意义。死者已矣，活下来的人有他们不得不应付的日常。尤其在变态上司造成的无形压力下，每天还得打起十二分精神面对工作。可她无法遏制自己窥探陈晓燕过往的强迫症举动。她总觉得，既然发生了非正常的死亡，必然有个理由。而那个原因，就蕴含在陈晓燕的过去。

何况，陈晓燕是在家出的事。自己和她那么熟，去她家的次数一个巴掌数得过来，平时都约在蛋糕酒号。能去她家的人，想必和她非常亲密。

宋语和李濛的观点不同，认为凶手不是厨师。

因为，她看过那个博客。从博客的文字可以推断，陈晓燕有个一直暗恋的人。提到那个男人的句子不多，宋语只记得一句——**他有那么多人爱他，同时他又是那么孤独。可能，他自己都不知道自己孤独**。

陈晓燕宣布恋爱并把姜则带来跟她们吃饭，是在去过武夷山的第二年。姜则是那种一看就会招惹人的类型。宋语私下问过姜则，你早就和晓燕姐认识吗？听到答案是去年，她心想，不是这个人。

宋语和李濛都不喜欢姜则，可能因为对方在她们面前总是呈现出掺杂了自卑和高傲的微妙态度。李濛背着陈晓燕提起姜则，都用“厨师”指代，连名字也省略。上个月她提到厨师的时候，是这样一条微信：**你有没有看到那篇关于厨师的最新推送啊，那个有名的网红写的？贪吃熊很吓人的……我觉得厨师肯定劈腿了**。宋语嫌其过于八卦，第二天才不置可否地回道，**刚看了，是软文吧**。

陈晓燕出事后，宋语把“上海弄堂小 s”公众号的第一篇文章翻出来重读。陈皮的信，s 的回信。其实 s 的信算不上有新意，知心姐姐的套路，例如这几句——

爱一个人，就是尽量不让对方难过。你说你爱妈妈，不过你迄今为止，是不是更在意自己的舒适区，不想离开，也不想打破区隔自己和家人的那层薄薄的界限？虽然说时间能化解一切，有时候，时间反而会让隔阂变成难以消融的冰墙。跨出第一步很重要，当然也很难。

此番重读，宋语发现自己以前的理解太自以为是。她一直以为，“陈皮”及其母亲纯属虚构，这篇写的是自己和远在武夷山的妈妈。但现在，她想，说不定真的有那么个叫陈皮的读者呢？

她继续翻看。有些以前读过，有些是初读。整个公众号的历史痕迹里，没有一篇提到陈晓燕的暗恋对象。和过去向陌生人袒露私密的博客不同，写公众号的小 s，更为谨慎。

宋语认为自己知道那个人是谁。

三年前，她采访过那个人。

周刊某一期的选题是“扎根上海的外来艺术家”。采访名单由陈晓燕拟定，一共四人。音乐人，雕塑家，两名画家。例会上，宋语提出不同的意见，说想采访林同。

做艺术条线的记者，没有谁不想做林同的专访。一方面因为画家行事低调，很难约；另一方面，此人的画作近年来成为拍卖行的宠儿，据说他的拥趸大多是香港和日本的收藏家。林同并非科班出身，他在不到三十的年纪拿了“鸿艺奖”的银奖，崭露头角。那是个不论专业和业余画者都可参加的全国性比赛，四年一届。以得奖为契机，林同拜著名画家萧侃为师。萧侃本人曾是鸿艺奖金奖得主，获奖作《鸽之死与诗的诞生》从此成了他的代表作。评论家说，那幅画之所以动人，在于所描绘的死并非静止不动，而是蕴含了死降临前的生，以及不受个体死亡影响的生的总和。

以素描获奖的林同跟随老师，转攻水彩和丙烯。他先是画了几年静物。死去的昆虫，动物的头骨，破碎的瓶子。死亡和残缺的主题引来的嘲讽多过好评。曾给过萧侃美誉的评论家们已成为业界大腕，他们说，老师画死东西出名，学生便东施效颦。

评论家的本事在于给事物以属性，有时甚至是事物本身不具备的属性。总之，尽管林同是萧侃的关门弟子，这位老幺在圈内的口碑糟糕。画界流传着晦暗的故事，说是对林同的种种苛评是在萧侃的授意甚至是鼓励下出现的。老师嫉妒学生乃至加以阻挠，并不稀奇。所谓同行相轻。

林同的低迷期持续了若干年。和他同届的鸿艺奖金奖画家移民海外，据说转做古董生意。四年后新捧得奖杯的是个适合上镜的混血女郎，为某部国产电影绘制了片头。公众是善忘的，纷纭的动向间，人们忘了某一年拿奖然后不断创作阴暗静物画的青年。公众对艺术的关心是有限的，最简单的例子是，《柒周刊》每周有个艺术版，大多数人会直接翻到背面，看新餐馆的推介。

三十三岁那年，林同重新回到公众的视野，是因为踩了地雷。这颗地雷具有人们热爱的八卦要素：某少女偶像成了林同的粉丝，先是不断在微博贴他的近作，后来两人在现实中有了接触，再后来女孩自杀未遂。女孩原本也就是个三线小偶像，有一群宅男粉。整个女追男的戏码由于她的微博记录成为被窥伺、被转发和评论的事件，并随着她的自杀引发了热度的高峰。最后女孩因抑郁症暂离演艺圈，林同红了。

大多数人是因为那个注定被人遗忘的叫张一倩的年轻女孩，忽然注意到，原来有这样一个画家。他不知何时抛弃了描绘死物的暗淡画风，转入一个明亮又怪异的世界。

海洋系列。

主打作是《海殇》，三幅近两米高的窄长条，合在一起构成长方形的巨大画作。画面主体的鲸鱼身躯呈现泛着银蓝色的白，它身上崩裂的血痕幻化为水母，大大小小的鱼和飘荡的水草缠绕着它的身体，如同附庸也如同诅咒。海洋的王者即将头朝下坠入红珊瑚绽放如血泽的海底。那些珊瑚又像是开在幽冥之境的花朵。

大概只有画家身边的人才知道他是何时开始的转向。他以往的作品都是小幅，描摹的虽是死亡本身，从不曾带有如此直露的恶意。奇怪的是，海洋系列让一些观者产生不适感的同时，也刺激到另一些人的神经。有人说，它们具有直指人心的美。

张一倩与那些画的邂逅纯属偶然。

公司给她们提供的宿舍毗邻本城一片废弃厂房改建的艺术区，二三线画家有时在那里办展，期望能碰运气卖掉一两幅。张一倩在练习生当中没有朋友，也没钱消费，最大的娱乐是离开宿舍区，到画廊闲逛。看到林同的画，她不顾禁止拍照的标示，偷拍了其中的大部分。在走上偶像练习生的道路之前，她是个遭受校园欺凌的女孩。没有人知道她在林同的画里看到了什么。

她看展当天甚至有错别字的长微博，成为了第一粒火星。那之后，又一粒，再一粒。

张一倩的语言表达能力绝不算好，她在微博写的对画的赞美，大多不知所云。也有人觉得，她明明不懂艺术却想装懂，十足可笑。她的微博粉丝起初不到一万，随着她以偏执的姿态每天贴一幅林同的画，口口声声说想要认识画家本人，粉丝数开始攀升。新旧粉丝们渐渐无法只是旁观，有人搜到报道中提到林同已婚的段落，截屏给她。有人将林同画的死物们贴出来，公开羞辱。也有人——最初仅仅是一小撮，随着时间不断增多——和她一样，感受到了海洋系列的神秘召唤。

至于她是怎样见到林同的，众说纷纭。一种说法是，有热心的粉丝甚至帮她去找画廊的主人，辗转约了林同。另一种说法是，林同被网络声势惊动，主动约的她。还有人说，张是个跟踪狂，画家为了劝其不要纠缠才和她见面。总之没有人认为会是张一倩自己想办法约到的，因为她有多狂热，就有多羞怯。她曾在微博写道，如果实际见到他，我会疯掉。

第一次见面，是在麦当劳。张一倩没有像她宣称的那样疯掉。她快乐极了，在网上写了长日记，详细记述见到偶像的经过。林同对她说，你很像山田花子，一个我喜欢的日本漫画家。

张一倩随即将微博昵称改为“张一倩 HANAKO”。

山田花子二十四岁自杀身亡，她的漫画不曾引进中文版，不知林同是从哪里看到的。张的粉丝们刨出了花子的连带信息。花子的画风并不唯美，近乎丑陋，主题大多源自少女时期遭遇的校园欺凌。不过，林同说的相似，很可能指的仅仅是外形。网友们贴出花子去世前一年的照片，贝雷帽格子裙的少女，畏怯的笑容，和张一倩有七分相像。

张一倩本人越来越刻意模仿山田花子的着装风格，粉丝们拍到的她，红黑格子贝雷帽、绿色及膝长袜和黑色漆皮鞋，宛如从旧照中走出来的山田花子。以偏执为翅的扑火的蛾，让观者动容。在看客们眼中，张一倩从此和一起进团的小偶像们区别开来。她的忧伤，她不切实际也不顾伦理的单恋，她对她声称是“最好的画家”的仰望视角，甚至她的词不达意，都使得她的粉丝数一路飙升，在短短几个月间突破了百万。

那种孤注一掷的青春的绝望，最是动人。

当她割腕并被送到医院，有人同情，有人说她是对山田花子的拙劣模仿，也有人说，林同玩弄了少女的感情，还有身体。从网络碎片看，张一倩的单恋立场自始至终透明，林同显得无可指摘。他们在麦当劳之后喝过两回咖啡，他带她去过一次上海博物馆。这些都被她以微博记录。林同不用社交媒体，沉默彰显了他的神秘。

自杀未遂后，张一倩清空了她的微博。

事件的热度刚过去，海洋系列在香港拍卖，九幅作品全部拍出。其中最高成拍价是三幅连作《海殇》，达到五千四百万港币，折合每平尺价格四十万，以这个年纪的画家来说，堪称异数。就在半年前，张一倩在画廊偷拍的时候，挂的牌子是“价格面议”。圈内人士称，那些画作在上海展出时的单幅定价在五十万到一百万，显然过高，最后一幅都没售出。也有些声音说，网上的风波再大，影响不到拍卖市场。真正起决定作用的，是最近这半年国内乃至国外评论家对林同的聚焦，无论褒或贬，捧红了他。萧侃在去年去世，评论界的态度是从那时开始转变的。又有耳聪目明的人士声称，林同的太太叶维佳有钱也有能力，如果没有她四处打点，不会有这个突然站在聚光灯下的画家。

宋语提出要采访林同的时候，距离海洋系列的轰动过了两年。这两年间，林同只接受过几家媒体的采访，可能出于受访者的要求，文章里连张一倩的“张”字都不曾出现。不过，为采访做功课的宋语还是在网上搜到了关于那个少女的斑驳旧事，甚至有好事者将张一倩的微博存照转贴。网络时代，没有谁能真正删除过往。

选题会上，李濛一听到林同的名字就来了劲，在旁边说，这个好，你要是能约到，让我去采访好不好？我还蛮想实际看看传说中的少女杀手。

宋语毫不退让地说，不好，是我先提的。而且你早就不是少女了好吗？

陈晓燕不置可否，说，你先去约约看吧，不行就还是按原计划。

问到叶维佳的联系方式只经过了两个人。记得在哪里看到过，你和世界上另一个人的距离不会超过六人。

宋语在微信上打了一长串文字，介绍自家媒体和此次选题，阐明诚意。叶维佳的回复只有一句话。不好意思，林老师最近忙，不接受采访。

什么样的人会称自己的配偶为老师？叶维佳的经纪人口吻让宋语有种异样感。她点开下载的海洋系列的照片，那些色块让人心头瘙痒。陈晓燕经过她的办公桌，驻足片刻。

“没约到？”

“是啊。”

“你喜欢他的画？”

“不喜欢。该怎么说呢，就是觉得他的画和别人的不一样。但绝不是让人愉快的。看这些画，甚至有点难受……你懂我的意思吗？”

陈晓燕径自走开了。最后那个问句被悬置在空气中。

几天后的周末，陈晓燕约宋语去蛋糕酒号。那里以前咖啡品种单一且难喝，最近新来了个咖啡师，总算有改观。陈晓燕和杨家兄妹相熟，从不在意咖啡的味道。该店的甜点，宋语倒是喜欢的，买过一次酒浸提子红糖饼干快递回老家，妈妈从微信说，饼干来了都碎了，不过好吃的。她和家里的关系，靠着网络和快递系统的支撑，显得和其他人没什么两样。

见过两回的咖啡师陆南看到宋语进门，隔着吧台微笑。靠近窗户的吧椅上坐着陈晓燕，背对门口。她偏爱这个位子，便于看街上风景；如果要写东西，她常坐在三张小方桌最靠外的一张。

宋语在陈晓燕旁边坐了，点了美式。等咖啡的间隙，她连人带吧椅转来转去。连接处传来吱吱声，宋语想，好像质量有点差啊。店里不见杨老板，也不见做点心的杨其星。她的位置看不到里面的空间，不过一般也就一两个客人。她经常纳闷，蛋糕酒号是怎么维持经营而不倒闭的。

身后传来动静，陈晓燕和那边打招呼。宋语一扭头，整个僵住。

来的是她只在照片上见过的林同。少白头的画家，白衬衣和仔裤的打扮并不像艺术家。旁边是杨其星。这组合有些奇异。

陈晓燕说：“真给面子啊。我以为你不会来的。”

林同说：“你的面子总要给的。”

于是宋语和林同挪到里面靠院子的一桌。店里果然没有其他客人。陆南送来了咖啡，杨其星端来一碟宋语喜欢的饼干，说是送的，此外便无人打扰。陈晓燕和杨其星在吧台那边低语。宋语想，她看起来比其他人更善于和患有失语症的杨其星沟通——要到一个月后在武夷山，宋语才会知道，陈晓燕的妈妈有失语症。更久以后，她才从陆南那里得知，正是陈晓燕教会了杨其星说话和写字。不，应该说，陈晓燕帮杨其星捡回了失落的能力，尽管只是一部分。

那时的宋语对各种事物视而不见。她太年轻了，除了关注自身，剩下的心思全放在采访上。

您最近在创作什么作品？可以谈一下您一天的工作日程吗？您一般从哪里获取灵感？您喜欢的画家是……

她边提问，边痛恨自己只能提出这些陈腐的问题。如果有可能，她很想参观林同的画室——刚知道林同在市中心的北京西路有间画室，大部分时间住在那里。

今天的采访来之不易，不能奢求更多。对她的套路问题，林同相当配合，其回答并不是几年前的报道的重复。是的，我在画新的系列，现在还不能透露。一般上午画画，下午看书、思考和散步。什么书都看，除了绘画理论，也看小说。最近读的一本书是科尔姆·托宾的《大师》。喜欢的画家一直在变，近来中意日本的鸭居玲。

他提到的书也好画家也好，宋语都没听说过，暗自为知识储备的不足感到羞愧。林同倒是不像有些受访者，把“你怎么连这都不知道”摆在脸上。一系列问答只用了四十分钟。宋语既兴奋又惋惜。兴奋的是有大量的信息涌入，来自作品让她“看了有点难受”的画家；惋惜的是没能聊更深。她几乎想要越界问张一倩的事，说出口的却是：“看起来，您和晓燕姐还有星姐都很熟。”

“这里杨老板是我发小。”

宋语忍不住望向墙上那幅画。平庸的乡村场景。像是猜到了她的心思，林同说：“我一直说要送他一幅，人家看不上。”说的时候带了笑意。

一幅好几千万哪。她压下感慨，转而说："网上没找到您当年的获奖作，大概因为时间太久了。只知道那幅画叫《无题》，是人物素描。请问哪里能看到?"

问的时候，她存有幻想。既然这么随和，至少能给看一眼照片吧。

林同垂眼说："比海洋系列早的画，我全部毁掉了。"

她不禁为别人的钱心疼了一秒，又问："是为什么呢?"

"人在一生中总有些阶段，觉得过去的自己很差劲。恨不得像擦掉草稿一样，把那个自己擦干净。既然没有那样的橡皮擦，只好不让代表旧时期的画留下来。"

"那么有没有可能再过一些时间，又觉得从前的自己，其实还是可以的。可是画已经没了。到时候不会觉得遗憾吗?"

"不会。"林同立即说。不知为什么，她觉得他几乎是咬牙切齿地说出那两个字。采访过程中，对方始终是个好脾气有条理的知识分子，和他的画体现的巨大的情感形成反差。只有那个瞬间，他身上突然迸发出狂暴的什么，一闪即逝。

关于林同的专访登在国庆特刊，配的照片是叶维佳用邮件发来的。估计是前些年由摄影师拍的官方照，林同的白发刚开始冒头，刻意的雅痞打扮。那期周刊面世时，主编和报道作者已经在武夷山。当宋语意识到陈晓燕就是"到外滩一万步"的作者，不由得揣测起博客中不时出现的暗恋对象。她有个最无稽的猜测，那个人是林同。采访那天在蛋糕酒号目睹陈晓燕和林同短暂对话，两人间有种奇怪的随意，不是日积月累，很难有。

这几年，宋语在蛋糕酒号遇到过几次林同。据陆南说，林老师在这里是个不起眼的客人，很少见他约人谈事，大多一个人在上午来喝咖啡。要么就是晚上单独来喝酒，找老板聊天（咖啡师晚上不在，是听利维说的，杨老板并不知道自己店里的熟客是个传声筒，利维加上陆南再加上旁边日料店喜久的老板匡志林，构成这片区域的八卦网络。如果哪天杨老板有个女朋友，估计第二天附近几条街都传遍了）。至于林同的妻子叶维佳，陆南说没见过。至少他当班的时候，那对夫妻不曾一起出现。

直到今年春天，宋语才回过神来，林同当初接受采访时提到的新作，就是《光行者》的世界背景。该游戏上市时，铺天盖地的宣传，总不忘提到游戏背景来自林同的画作。当然不可能100关的游戏全是他画的背景，其实只有部分场景基于他的新作迷宫系列。据说画家还创作了一些复杂精巧的三维迷宫，但游戏方没有采用，而是用算法构建迷宫。游戏方声称，该款游戏是美与科技的结晶。背景充斥着鱼头、鱼尾、水母、珊瑚、莲花、浮桥等要素，既是海洋系列的延续，也透出全新的魅惑。这款游戏还有个噱头：全部通关的玩家最后能参与抽奖，奖品是迷宫系列的单幅作品。人们不免猜测，林同肯定从游戏方拿了高比例提成。而且，游戏的扩散，想必会让他的身价再涨一轮。

《光行者》是个古怪的游戏。虽然没能做到预期的大热，爱玩的人普遍黏着度很高。看到陈晓燕在玩，宋语试着玩过几天，感觉晕头转向，很快删了。

该来的总会来，25号晚上接到陈晓燕过世的消息，26号冒雨去蛋糕酒号坐了会，到了28号，有人来公司找宋语。办公室不大，连前台也没有，梳分头的男人引起了其他同事的注意，宋语赶紧带他去楼下不远处的星巴克，并庆幸这人没穿制服，而且他自报家门时的嗓音很低。范骋要听见警察上门，肯定会借题发挥。

和警察对坐，她几乎羡慕不在上海的李濛。总觉得对方的态度怪怪的，似乎自己也是被怀疑的对象之一。她很想说，你有没有搞错，晓燕姐是我最好的朋友。再说我像是坏人吗?

但接下来，她心里忽然生出了微弱的不确定。外表无法判断一个人，她早就知道了。如果光看外表，她很高，很壮，显得有力气（其实她是典型的手无缚鸡之力）。简直是完美的嫌疑犯。

对方闲聊般问起陈晓燕的交友情况。宋语举了她知道的一些，工作中的，蛋糕酒号周围的几个。她小心地略过了悬在嘴边的一个名字。

“陈晓燕最近和男朋友分手了，你知道这事吗?”

警察新抛出的问题让宋语先是一惊，继而有些惆怅。是吗？真的分手了？李濛猜对了。可陈晓燕甚至没告诉自己。

她注意到，对方正饶有兴趣地打量着自己的表情变化。让人不快。她在心里说，你们什么都不知道。不知道她是怎样一个人。对你们来说，她不过是“被害人”。

“不知道，我今天还是第一次听说。”她干巴巴地说。

警察又问了几个问题，然后给她一张名片，说如果想到什么，随时联系。名片背面是微信二维码，宋语想，还真是与时俱进。回到办公室，她随手把名片扔进抽屉的角落。

后面几天忙得无暇分身，无暇多想。不，即便你不去想，有些思绪仍在那里打转，就像玩家徘徊在《光行者》的迷宫。

11 月 2 日下午，宋语偷偷去了陈晓燕家门口。塔楼的楼道错综，她来过却不记得方向，转了一圈才看见 902。半旧的防盗门上贴着警方的封条。想到某人在门内死去，第二天才被人发现，她的胃变得僵硬。

她下楼回到弄堂，穿进岔道。挨着丰年的养老院和北边的小区以铁门相隔，门常年敞开。穿过铁门，六层楼住宅的底下是花坛和自行车棚。连日的雨水停了，难得有阳光，几个老人坐在圈椅和小凳上，用她听不懂的上海话聊着天。这是个微热的秋日，小区院子的矮树丛上晒着被子，粉蓝，橘黄，像是树丛的新装。继续往北出弄堂，右侧第一家就是蛋糕酒号。她不急着进去，先往前走了一截，到瑞金路上的鸡排店买了份鸡排。上午一直忙工作，还没吃午饭。

进了店，陆南熟络地和她打招呼。几天没出现的黄依然今天来上班了。大概刚给里面的客人送完咖啡，女孩到吧台里把托盘一放，并不理会宋语。杨老板的员工培训显然不到位。只见黄依然把连接音响的 iPod 换成她的手机，Neil Young 的吟唱停止，响起尖锐的电子音。

曾有一次，宋语问，现在放的什么歌，女孩答，叉和圈和罪。她满脸问号。女孩又说，会心一击。她不知道那是日本乐队 RADWIMPS 的专辑名和歌名，心想，现在的小孩说的话完全听不懂，代沟啊代沟。

宋语把鸡排的袋子往吧台一放，问陆南："星姐呢?"自从陈晓燕出事以来，她就想找杨其星聊聊，上周来的时候没遇上。

"去给一家公司做茶歇。昨天一整天和今天上午一直在里面忙，烤了一大堆。"

"她这么热爱工作啊，我还以为……"

宋语意识到失言。就算杨其星和陈晓燕是朋友，也不见得就该为了朋友的死哀恸到放弃生计。自己不也在写稿和被领导虐吗?

却听陆南说："你怎么不夸我热爱工作啊。今天星期三，我本来休息！老板说店里没人，我才来顶班的。"

黄依然在旁边说："我不是人啊?"两人都没理会。宋语吃起了鸡排，又问他们要不要。黄依然分吃了大半。陆南看她们吃得香，跟着吃了一块，皱眉道，味精好重。

宋语说："我们穷人都爱吃垃圾食品，你不懂。"

作为勉强扎根上海的小城青年，宋语觉得陆南是典型的衣食无忧的上海年轻人。陆南在格致中学念的初高中，据说一直到高中毕业，他一周有三天吃同一家面馆。辣肉面，大排面，咸菜肉丝面。三样轮换着吃，从不厌倦。大学念的是金融专业，毕业后顺利进了银行。

至于陆南为什么会辞去银行的工作，凭着兴趣做了咖啡师，宋语没问过。成年后的交往没必要总是交心，就像她也没对陆南讲过自己的往事。

陆南对"穷人"的说法皱了下眉，黄依然含混不清地说："这是我第一次吃鸡排。"

宋语意外地看了她一眼。这个年纪的人会没吃过鸡排？她不知怎的有点怕和小姑娘打交道，转而问陆南："你老板呢？"

"都说了做茶歇嘛。他开车送星姐和点心过去。"陆南想想又说，"他其实就是喜欢往外跑吧。"

"林同最近来过吗？"她装作不经意地抛出蓄谋已久的问题。

陆南朝门口望去。"说到曹操，曹操就到。"宋语一惊，跟着扭头，一个男人推开玻璃门走进来，看见吧台里的陆南和举着鸡排竹签的另外两人，他点点头算是打招呼。

林同今天仍是白衬衫和半白仔裤，比三年前宋语采访他那回多了件麻质蓝外套。半长不短的头发，发梢过耳，近乎全白，掺杂几绺淡灰。他今年应该是三十九岁。按理说少白头该很显眼，可他就是奇异地缺乏存在感，只有当你知道他是谁，才会特别注意到他。

他没点单，对黄依然说，你来一下。后者一脸的不情愿，跟着他往里走。宋语坐在吧椅上将身子往后倾，见他们一前一后穿过店堂，去了院子。

“什么情况?”她悄声问。

“我没和你说过吗？黄依然是林同的亲戚，好像是表侄女。”陆南答道。

“没有！这么重要的八卦怎么没讲，简直不像你。”

“哦对了，我最近听到一个劲爆的。陕西南路上小凡花店的老板你见过吗？经常来我们店打包咖啡的美女，和晓燕姐蛮要好的。”

宋语当然知道那个叫莫凡的女人。是个全天然的美人，而且几乎和她一样高。不知怎的，莫凡身上有什么东西让她想起小猫，所以印象不算太好。

从三年前那次国庆，宋语打破了自己不回家的固执，前年和去年回去过了年。不出门在家就还好，只要和妈一起走出去，别人看她们母女的眼神总有些古怪。宋语很清楚那些眼神的含义。看来熟人们都没法忘记她以前的模样，并由衷为她的婚事发愁。要说不烦是假的，好在妈一次也没问过她有没有对象。到了今年年初，她想着陈晓燕如今是失业之身，估计没钱出去玩，便试着邀对方和自己一起回武夷山。反正姜则在春节期间照样上班。结果陈晓燕表示遗憾，说，哎呀我真想念武夷山的米酒，不过我和莫凡约好了去贵州苗寨。

不知道那次苗寨之行出了什么岔子，其间，陈晓燕给宋语发过一次微信，说，早知道还是该和你去武夷山。等宋语追问怎么了，她含糊地说，酸汤鱼吃腻了。

“什么八卦?”宋语不起劲地说。

“听说她是黑社会老大的小三。”

“……你听谁说的?”

“步高大神。”

“那是谁?”

“喏，就花店隔壁那个中介。戴皮帽子的叔叔。他神得很，这附近的事没有他不知道的。”

比起莫凡，宋语更在意院子里的两人，林同和黄依然到底在聊什么?她随口接话:“中介也过来喝咖啡啊。”

“没有没有，我去丰裕吃盖浇饭，遇到他，聊了几句。你要不要去找他?”

“我找他做什么……”

“你这几天失魂落魄的，是想自己查陈晓燕的死因，对吧?跟他聊一下，说不定能有什么发现。”

宋语不由得盯着陆南看。对方藏在镜片后的眼睛和平时一样云淡风轻。她嗓子有点干，想辩解，继而放弃了，岔开去问:“为什么叫他步高大神?”

“后面老房子不是叫步高里吗，法国勃艮第翻译过来的谐音。”

宋语到里面上洗手间，顺路窥看站在院子里的两个人。青砖铺地的院子角落有两棵不认识的植物。林同正和黄依然说着什么。后者背对院门，和他隔开半米多，抱着手，那姿态让人想起背毛直竖的猫。

宋语对黄依然的印象只有两条:手机依赖症的女孩。笑容很少。她原来纳闷杨老板怎么找了个这样的店员，既然是林同的亲戚，倒也说得过去。

她决心下次对女孩尽可能和善一些，说不定能打听到什么关于林同的事。

和陆南告别，从店里出去，陕西南路左拐，没几步就是陆南说的中介。隔壁的花店门上挂着环形锁，灯开着，玻璃门内的空间生机勃勃，璀璨的绿色，一簇簇的红、白、粉、紫。中介这边的灯光暗淡，开着门也像是打烊。门口斜倚着一块半米高的黑板，贴满了写着房租和保姆信息的小条。还有什么“美元投资”“寻人查址调查”。

看着十足可疑。

正当她心生去意，一个人从店内窜出来。是个老头。黑色人造革棒球帽底下是稀疏的眉。帽子据说是步高大神的标志。老头眯起眼，像在确定她是不是潜在顾客。

“王老师？”这个称呼是陆南教的。

“你不是借房子吧？有什么事？”王老师的普通话还算标准，“借房子”则是典型的本地说法。

“想跟您打听点事。”

王老师咧嘴一笑，露出烟熏的黄牙。“让我猜一下，你是记者？是为 45 号的事来的？”

新媒体说到底只是个噱头，宋语早就不再以记者自居。她心头有奇妙的震颤。陈晓燕教过她，事实是一个球，记者的作用，就是从尽可能接近中央的位置切下去，把球的最大内部呈现给世人。是的，自己想要切开那个谜团。想要知道，某人为什么会死。尽管知道了也无法挽回。她点了头。

*

桃在 25 关认识夜月，一起打到了 42 关。

游戏里的夜月，圆圆的三维小脸，纽扣模样的黑眼睛，海蓝色袍子，尖锥帽上有三颗星星。是桃从不畏惧失败的伙伴。共同穿越迷宫的体验，让人产生依恋。在远离一切的场所，唯有同伴点起的蜡烛，指引你的方向。要么走出去，要么耗尽命值或落入陷阱或被掠食者杀死，在游戏中死去。桃还记得 25 关那些手掌形状的珊瑚，一不当心就会被它们拖走。还有 30 关的中空管道。无论是自然景观还是后现代场景，相同的是找不到出路带来的闭塞感。

就像她当时置身的真实世界的隐喻。

桃怀念夜月。甚至想念那些在迷宫里分头探索，各自耗尽命值的倒霉回合。她不会忘记，自己用蜡烛摆出“SOS”信号，是在开学后不久的麦当劳。暑热未散，冷气大开的店内充斥着油炸食品的味道。

那是游戏中的典型呼救，五根蜡烛，四根围成方形，中央的一根表示“我被困住了”。夜月根据桃的坐标匆匆找来，后者正沉入沼泽。

黄依然没有手机，每天问坐在后面的于炎借了玩。校内不能开机，她可以玩的时间只有午休。她总是三口两口吃完面条或盖浇饭，从于炎手中接过手机，不理会其他同学“老婆用老公手机”的无聊讪笑，出门找个树荫，登录游戏。有时她会走远一些到麦当劳，占据角落的空桌。

上一个让她投入的游戏是《龙之魅影》，她的大号小号都是大神，求组队刷怪的人排成长龙。整个暑假扔下没完（实质上是没法玩），她对杀恶龙夺宝失去了兴趣，转战今年新出的《光行者》。

从前不管玩什么游戏，她在对话频道只打字作战术发言，不发语音，不闲聊。奇怪的是，在《光行者》这样一款设定上就不可能有复杂交流的游戏里，她用五根蜡烛做出的表达，却是她内心深处最直接的呼唤。

——救我。

夜月花了三分钟，把桃从那个外观和草坪无异的沼泽救出来，两个小人停在草坪外围，仿佛在后怕。假使营救慢个片刻，桃就会变成灰色下线，要再过几个小时才能重来。

如果这是一款能交谈的游戏，或者，如果两人像有些玩家一样“肉身同行”，这时该有劫后余生的热烈交谈。游戏方近乎变态的设定，决定了她们只能沉默。

或是点起蜡烛。

夜月用三根蜡烛摆了个笑脸。桃在心里说，好浪费。她点选蜡烛，打算也摆一个笑脸作为回应。对于“互示友爱”，官方奖励是迅速回血。蜡烛换血，不算太亏。

拿了三支蜡烛的桃稍作迟疑，又加了两支。再一次，她摆出经典求救。夜月熄灭了一根蜡烛，用两个光点表示“啥?”。

桃重新拿出五支蜡烛。然后是第三组五支。

救我。救我。救我。

三组蜡烛，连续的无声的呼喊。

眼泪滑过脸庞，流进嘴里。于炎如果看到这一幕，一定会惊讶，不过是个游戏，怎么还哭上了。但他想必不会开口发问。他很聪明，了解到彼此的关系仅止于借手机，就不再多话。黄依然比其他同学年长，此外还有些方面和他们不同。她没有手机。没有零用钱。放学后从不在外逗留。理由是“家教很严”。她本人不提，但谁都知道她的养父是有名的国画家。名人家的小孩，何况又是被收养的小孩，规矩自然多。人们总是自作聪明地给出让自己满意的答案，不加深究。

她知道，如果她说出自己的真实处境，不会有人相信。

目睹桃的三组求救，夜月的反应显得迟缓。黄依然第一次想到，夜月的ID背后，可能是任何人。男或女，成人或初中生。根据官方统计，《光行者》的主要玩家是二十五岁以上的女性。此前她一直以为夜月是“姐姐”。

她被泪水模糊的眼睛盯着夜月帽子上的星星装饰。桃穿的是同款蓝斗篷，颜色略浅。福尔摩斯式的鸭舌帽让桃看起来像个卡通形象的侦探。没有什么比求救的侦探更显得沮丧。真正的侦探，应该勇于面对惨淡的命运。就像菲利普·马洛那样。

夜月开始动作。桃的视窗里，友邻的格子微光闪烁。新的光点连成线，构成具有含义的符号。

那是数字。

意识到时，黄依然的心脏开始狂跳。夜月在豪掷她所有的蜡烛库存，拼写出——

一个手机号。

黄依然当然想不到，夜月在游戏里拼出的手机号，最终会成为她离开杭州的契机。更让她意外的是，自己和夜月从此变得疏远。的确，她被带走了，如她所愿，然后就被扔给了杨家兄妹。当然不是说杨其星对她不好。她只是，有些委屈。

就算有委屈，那也是对于夜月。至于林同，她一直有点怕他。她在他面前总有无所遁形的感觉，心里撑得满满的秘密，仿佛被他看一眼就会绽裂开来。因此，被他喊到后院的时候，她浑身不自在，以为他会问杭州家里的事。

“在其星那里住得惯吗？”林同以长辈的口吻说，“如果店里待腻了，可以不上班，也可以到我们南翔那边小住。”

听见南翔二字，堆积的不满冲开一道口子，她扁了扁嘴。“夜姐姐一次也没有来看过我。”

“她……来这里太远。”

“开车又不远。”

“维佳和我都不开车。”林同微笑，“你忘了，杭州回来是谁开的车。”

听见杭州二字，黄依然开始紧张。他立即看出来了，宽慰般说：“你别担心。他不会来找你的。”

她知道他说的是养父黄礼峰，但不明白这份保证的自信从哪里来。按理养父会报警才对。学校那边也不可能毫无反应。两个刚认识的人（第三个待在车里没进屋）将黄教授灌醉，将他的女儿带走。警匪片都不敢这么演。

到现在都没有警察出现在自己眼前，她为之庆幸，又难免心虚。就好像现在的一切不是真的。或者，以前的一切都是假的。

林同又问：“听说你前几天休息，都在做什么?”

“没做什么……看片子。”

她在家休了一周，昨天返工。杨其星只休了一天就恢复了早上去做甜点的习惯，整个白天，家里只有黄依然一个人。她看网文，读陆南借给她的《地海传奇》，玩游戏，还刷了日剧《约会~恋爱究竟是什么呢~》和动画片《永生之酒》。差不多十年前的动画片相当前卫，想想看，首播的时候，她还在孤儿院，带着更小的孩子们，每天翻两座山去学校。那时的她无法想象后来的生活，正如一年前的她也无法想象此刻的生活。《地海传奇》没能读完，是因为第四部过于黑暗，对她而言。

“对了，我早就想问，”黄依然说，“《光行者》奖品的那幅画，真的是你的?”

“还有假的吗?”

“真的会有人打通关吗?”她感觉游戏越往后越难，近乎变态。

“不知道啊……会吗……”林同仿佛是索然地说着，甚至没问她打到哪一关。

直到她进到南翔那栋房子，才知道“林老师”是谁。客厅墙上挂的画十分眼熟。怪不得夜月那么强，她的丈夫就是游戏场景的原画师，说不定她甚至能拿到地图什么的。比起这一发现，更大的冲击来自直接目睹林同的画。原画比游戏的三维场景更鲜明，或者该说更有种森森的鬼气？在杨其星家安顿下来后，她用从杭州带的笔记本电脑搜索了林同，龟速的电脑同时开几个窗口，慢得让人心焦。一大堆之前没关注过的八卦。晚熟成名的画家。为他自杀的小偶像。炒作嫌疑。她几乎要同情夜月，怎么找了个这样的人，偏偏还是个画画的。

夜姐姐和她丈夫没有孩子。和……杭州那边一样。

林同像是不想多谈游戏，转而问：“你觉得其星最近怎么样？”

“什么怎么样？”

“就是……那个谁，去世了。我想她是不是很难过。”

今天的谈话，仿佛这一句才是重点。黄依然像只猫一样盯着他看。陆南说过“林老师对星姐不一般”，原以为他在乱讲，看来是她太天真。

“你可以自己问她。”她生硬地说。然后表示眼睛不舒服，要去瑞金医院的药房买药，便匆匆逃离院子。她在穿过店堂的时候回头望去，他正摸出烟来抽。她不是第一次感到，院子不吉利。两面玻璃两面墙围成的空间，中间一只树桩。像个“困”字。站个人，像个“囚”字。

不，更准确地说，林同站那儿，让她想起五个点构成的《光行者》求救信号。

*

黄依然扔下林同跑掉的当口，也就是宋语和王老师开始攀谈的同时，莫凡正在新天地南边的写字楼，给一家 IT 公司做活动现场的花艺布置。这家公司的老总冯允文是小凡花店的常客。从他的办公室到花店所在的陕西南路不算近，冯总舍近求远，并不是由于小凡花店比别处更好，甚至也不是因为莫凡的美貌。他是喜久的常客，常在晚饭前溜达到临近打烊的花店买花。

每回往两个地址各订一束花的男人不常见，莫凡在心里给他挂了个号。

冯总的名片上，公司名只写着 F&C，显得洋气，像咨询公司或金融业，其实他是游戏行业做数据库的。他身形微胖，衣着品味洒脱，头发打理得清爽，看起来不像理工男。他送出的两束花风格迥异，到浦东高级楼盘的总是白色花朵，白玫瑰，初夏的芍药，绣球，秋天的桔梗；另一个地址也在浦东，一看就是老小区，那边是粉色，胖乎乎棉花糖般的甜美款式。莫凡猜测粉的那边是情人。还好不是白玫瑰红玫瑰，不然便沦为恶俗的隐喻。

冯总爱聊天。最初来买花的时候问莫凡，你这里的花是你自己送还是雇人送啊？莫凡答，有种业务叫同城快递。他又说，花店好像开了有几年了？我以前就看到过。这边房租贵吧？莫凡说，还好。心里说，我开花店的时候，你说不定大学还没毕业呢。

此次的大订单不是冯总本人而是下属来店里交办的，年轻女人的名片头衔是“F&C 人事总监 李嘉敏”。粉色花束的收件人是李小姐。名片只印了座机，没有手机号，无法验证是否同一人。莫凡眼睛毒，到了现场，立即确定李嘉敏就是那位李小姐。

可能因为莫凡自己也是某人的情人。

F&C 做活动的空间是原先的会议室。沿墙摆了一溜长桌，尽头是投影的白屏。桌布和公司 LOGO 是相同的蓝色。莫凡占了张没铺桌布的桌子，从桶里拣出花枝，先做大型瓶花，再做杯花。她只要一抬头就能看到，巧餐厅的姜则领着个助手，正在往白色餐碟摆食物。堆着各种酱的法棍切片，烟熏三文鱼，麻将牌大小的咸派，用牙签串起来的香肠和甜椒。莫凡习惯性地估算订单总额，推测巧餐厅的老板这一单赚了多少钱。那间店她常去，金先生不爱西餐，她每次是和女伴一起。陈晓燕，去欧洲旅行时认识的女白领，有过合作的日本花艺师。在那里吃饭，利维会过来打招呼并送点什么，诸如小支起泡酒，甜品。他说，我们是街坊。不知他从哪里学来这个词。遇上利维不在，即便同坐的是陈晓燕，姜则就从未有这份殷勤。莫凡觉得姜则很不会做人。

她的视线范围内还有两人，刚摆完点心的杨其星站在投影屏旁，和一个西装男在聊天。莫凡不免多看了一眼。男人是个中等身量的瘦子，宽额头，眉毛很淡，乍一看像是没有眉毛。灰西装和暗蓝领带显得高档，莫凡猜他是 F&C 的经理。

和杨其星交流，用时下的话说便是“尬聊”。眼看男人聊着聊着就聊不下去了，他在手机上输入一段话，举给杨其星看。后者摇头微笑，意思是没看懂。莫凡想，失语症又不是聋哑人，这人真是拎不清。

李嘉敏踩着脆响的高跟鞋进来了。黑色高领无袖半裙，黑白双色镶拼鞋。酒会主持人的架势，或是未来老板娘的范儿？

还是姜则告诉莫凡的，今天这个局，是为了庆祝该公司拿到风投。她听了暗自嘲讽，拿到风投不去酒店庆祝，在自己公司操办，不知该说冯总是居家还是抠门。

李嘉敏对和杨其星交谈的同事视而不见，先观察了姜则他们的进度，又过来看莫凡。莫凡头也不抬，只听她说："这面墙好像空了点。"说的是莫凡身后与投影屏相对的白墙。高跟鞋响了几声，鞋的主人后退一截，驻足观望。

"能加一面气球墙吗？最好是蓝白两色，把我们公司字母拼出来。"

片刻后，莫凡意识到这句话是对自己说的。气球墙？她哭笑不得地想，你以为是学校联欢会啊。嘴上说："气球我店里有，不过你们一开始没要求，没带过来。"

"让你店里的人送一下？"

花店员工的流动性大，上一个用了一年，刚培养得差不多，女孩回浙江老家结婚，说以后不工作了。莫凡家的保姆方阿姨偶尔也能帮忙，不巧的是她男人摔了腿，上周刚回安徽老家去照顾。一无雇工二无保姆，莫凡现在孤家寡人一个。倒是有个人可以支使，但她觉得为了这么无聊的事把小晁从几公里外喊来未免过分。

"店里没其他人。我现在回去拿的话这边事情做不完，你们不是要五点开始吗？"

在那头聊天的男人和杨其星一道过来了。男的问："怎么了？"

李嘉敏说："钟总，我觉得墙太空了，想着能不能放一些气球，做成公司名字。"

钟总说："气球？是不是太幼稚了？"

李嘉敏并不退缩。"冯总喜欢热闹。待会他过来肯定要嫌冷清。"

钟总立即打哈哈道："那你定。"

莫凡说："那得有人去拿气球。"她注意到杨其星呆立在旁边，放慢语速问："你哥呢？"

"哥哥开车。"杨其星顿了顿又说，"来。"

"你哥开车送你来的？他还在附近吗？"

比起等回答，直接打电话给杨树海更快。莫凡摸出手机打过去。那头接起来，低沉的一声"喂"。即便是现在，听到他的声音，她还是隐约紧张。她说了需要气球的事，问他能不能去店里找了送来。得先来这里取钥匙。他说，我在忙，或者我让陆南跑一趟。

他的声音听起来很平常，一点也不像刚死了一个重要的人。

钟总在旁边说："钥匙既然在你这里，让人再过来拿太慢了，我去吧。"接着看向杨其星，"一起去？"

杨其星不明所以地看着他们。莫凡对电话那边说，没事了，找到人了。挂了电话，她花了些时间让杨其星明白需要做什么。气球。蓝色。白色。在我桌子的右手边，最底下的抽屉。她边说边佩服自己的耐心，不知何时，自己也沾染了杨树海的习惯，尽量不让杨其星脱离身边的对话。不知怎的，她想起许久以前，陪陈晓燕和陈家妈妈逛商场，陈晓燕问妈妈喜欢哪件，一字字讲话。陈家妈妈是莫凡遇到的第一个失语症患者。

陈家妈妈生孩子早，她死于车祸那年，比现在的自己大不了几岁。

莫凡定了定神，现在不是忆旧的时候。她把地址告诉钟总，对方拿了钥匙，带着杨其星离开。此人在泡杨其星无疑。不过杨其星本人像是全无意识。李嘉敏在他们走时换上笑脸，"谢谢钟总。"态度透着凉意。

这边乱哄哄的当口，姜则和他的助手正在把高脚杯排成行。姜则旋转杯口，进行微调。莫凡过去放杯花，低头细看，辨认出杯缘透明的S标记。S一律朝外，居中，如仪仗队般行列分明。

强迫症。莫凡想。

花艺最耗时间，等姜则他们歇下来，她还在奋战。长时间低头弯腰，以前不当回事，这两年开始有些吃不消。有一次在店里蹲着弄花篮，蹲久了，腰疼得站不起来。去医院拍片，说是腰椎间盘突出。金先生说，做那么辛苦有什么意思呢，看看吧，年纪轻轻把腰搞坏了，不值当。莫凡不管金先生怎么反对，都不愿收掉花店的生意。

有时她会想，如果没有遇到金先生，自己现在难道还在做啤酒女郎？她今年三十七岁，有这个年纪的啤酒女郎吗？

既然杨其星同去，莫凡心头笃定，隔壁王老师这次应该不会把那个钟总当贼。

有一次她不在，小晁帮她回店里拿东西，老头守在花店门口，在小晁出来的时候大喊一声"小伙子"，小晁吓得不轻。一年四季戴皮棒球帽的王老师用普通话问，小伙子，你是花店新来的员工？小晁摇头。王老师又问，那么你是店主的朋友？我问你，店主姓什么？小晁答，姓莫。王老师说，她手机号多少？说完笑了，拍拍脑袋道，对哦，门上有写。

对莫凡讲述经过的小晁说，我觉得吧，那个老头看得透透的。

什么意思？莫凡问。

他看出来了，有奸情。说着，他把莫凡更紧地揽进怀里。

莫凡跟了金先生十几年，自认为和金先生在一起，是"关系"而非"恋爱"。每当金先生把时间分给老婆孩子，她总是努力不在意。

以为识时务是自己最大的优点，直到一年前遇见小晁。金融专业研究生毕业的小晁在帮金先生做私人理财顾问。他是重庆人，家境贫寒，按理该追求更好的职位，更可预期的将来。在莫凡跟前，他不讳言，到金先生身边工作是误打误撞。之所以没离开，一方面是收入不错，另一方面是因为她。

男人说什么，听听就行。莫凡脑子里给自己敲了警钟，心下却是一软。

所以她根本没资格看不起一脸老板娘架势的李嘉敏小姐，不是吗？她自己的糊涂账都算不清。

莫凡手上的活儿接近尾声，拿气球的两人还没回来，杨树海先来了。一进门就问："我妹呢？"

姜则回答："去拿气球了。"此人原来什么都看在眼里。

"你说有人去是指我妹？怎么让她去呢？"杨树海用指责的语气对莫凡说。

只要涉及妹妹，他就护短到不讲理。这种情形是从杨其星出事后开始的，和他过去对黏人的妹妹爱搭不理的态度堪称对比。莫凡淡淡地答："我没让她去，是这里的钟总主动提出开车去，喊了她一起。"

"什么钟总？"杨树海愣头愣脑地问。姜则在旁边看热闹般抱着手。莫凡不是第一次注意到这两人的相似。高身量，宽肩膀，菱形的招风耳。当然，姜则比杨树海年轻和帅气。忍不住再一次想到，陈晓燕交这个厨师男朋友，是不是因为他像杨树海？

"应该就是给你们下订单的人。"她答得婉转，意思是，人家对你妹妹有好感，所以才有这个订单。杨树海没接住暗示，皱眉道："我只认识冯总，订单是他们公司李小姐下的。"

*

丰年小区的案件发生，过了一周多。看总今天没把自己关在小黑屋，不知去了哪里。案子没进展，邹建平为此焦虑，却不能指责看总白天溜班。谁也不想整天对着监控画面，伤神又费眼。

他心里对搭档陶密也有意见。陶密原先是南翔分局的 PPT 高手，在交流会上引起了各方注意，领导想办法将他弄来了市区。这年头，PPT 写得好，是一种才能，有时比办案能力还受重视。

陶密来了以后，先把周围人的星座打探一遍。听说邹建平是金牛座，他的表情古怪。邹建平心想，金牛座对抓犯人有什么妨碍不成？邹建平大学时代也曾是个文艺青年，超过十年的刑侦工作打磨下来，变得对琐事缺乏耐心。再加上谈了一场漫长无果的恋爱，便不爱研究人类情感的细节。他破案不完全倚仗看总的监控分析，更注重现场痕迹，人物周边关系，利益梳理。他对侦探小说和电视剧里那些“直觉破案”“神探推理”的例子，抱持着“都是瞎吹”的不屑态度。

然而陶密才来不久，就给邹建平上了一课。

那是一起老洋房入室盗窃案。邹建平勘查现场后，认定是惯偷。窃贼从一楼违章搭建的屋顶爬上二楼阳台，翻进去时踩到盆栽的铁树，留下带泥土痕迹的脚印一枚。不大高明的贼。

陶密说，应该是熟人作案。邹建平说，要真是熟人，能不知道这里有铁树？

失窃家庭报案时陈述，贼不懂行，只拿了现金和文玩摆件。厅里的山水立轴无恙。那是家中最值钱的东西。

邹建平提醒陶密，立轴还在。他说，事主方老师天天吹他那幅画，亲戚朋友们都知道。是不是真值钱另当别论，要是认识方老师的人见财起意，能不拿走那幅画？陶密说，画不好脱手。邹建平说，被拿走的几样就容易脱手吗，一样要找古玩城销货。

小偷虽然留下脚印，却躲开了摄像头。看总无从施展。支队派了几拨人，将市内的古玩城茶城书画院走了个遍，寻找方老师声称价值十来万的紫砂壶和竹臂搁等。邹建平嘴上不说，心里着急。如果小偷去外地销赃，就是死蟹一只。

陶密出外勤的时候一直在刷手机。邹建平决定忍到结案再说。

结果陶密从闲鱼找到了销赃的人。他假意和卖家聊天，表示要看过货才能决定。一把壶卖三万，怎么能凭照片就付款？对方约在咖啡馆。方老师看了卖家贴的图，说，错不了，是我的壶。剩下的事很简单。蹲守，等人来，抓捕。

抓到的，是方老师据说在澳洲念书的儿子。方老师的第一反应是想撤案，但这时也由不得他了。方家儿子根本没去澳洲，留在上海和女友租了间房，用念书的资金厮混。说是在游戏装备上投入太多，手头吃紧，忍不住动了回家拿东西的念头。

因长期熬夜挂着黑眼圈的家贼说，踩到花盆的时候我就觉得触霉头。果然。

后来邹建平忍不住问陶密，他都踩了花盆，你怎么知道是内贼？

陶密说，不拿画，多半是知道那是老头子的命根子，不敢。铁树要晒太阳，随季节移位子。不种花的人记不住。

怎么想到去看闲鱼？

我女儿的一些玩具不要了，我打算在闲鱼出掉嘛。也就是想起来刷了下紫砂壶，没想到遇上了。

陶密说得像是全靠运气。当刑警的如果不能判断一个人是否说谎，这么些年也就白混了。邹建平感到，这小子心机深沉，将来未必是个好相处的。眼下用着还算顺手。自从有了陶密，各类文书工作和开会交流，他都不再操心。如今处处在推 ERP，警局也不例外。系统慢而繁琐，邹建平干脆做个甩手掌柜。

丰年小区的案子，由陶密录入的系统日志在逐渐累积。就像每年四五月间，遍布辖区街道的悬铃木果实的毛絮。扫一扫便是一堆。轻飘无价值，但没准就会刺激到眼角鼻腔，让人喷嚏连连。

有关陈晓燕的细节，也有这么几处和案件无关却隐约刺激神经的。

其一是她的家庭关系。她和父亲侯励年相当疏远，一年见个一两回，多是父亲主动提起，两人约在外面吃饭。春节她不回父亲那边，估计是不想看到后妈。

这就要归结到第二条，陈晓燕的母亲陈鑫的死，是他们父女关系的分水岭。2004 年底，陈鑫因车祸过世。侯励年和肇事方"私了"，拿了赔偿。不久，陈家的老房子正式动迁。早先户口冻结时，户口本上是侯励年一家三口和妻弟陈磊，作为两家人，分到闵行区马桥镇的两室一厅和一室一厅，分属侯家和陈磊。侯励年用两室一厅加上车祸的部分赔偿金，置换了丰年小区的一室一厅，以女儿的名字登记。剩下的赔偿金，侯励年在莘庄买了套房子，并迅速再婚。2005 年初，陈晓燕独自搬进丰年小区 45 号 902，在那里一直住到她出事。

陈磊对姐夫侯励年多有不满。他说，姓侯的这辈子靠的都是我们陈家，连姐姐的死也成了交易。他从前是我爸的学徒工，搞得我姐未婚先孕，家里不得已才让"小木匠"入赘。生下外甥女的时候，姐姐刚满十八岁。他还说，要不是姐姐十五岁的时候摔了一跤跌到脑袋，也轮不到侯励年这个苏州乡下人。

跌到脑袋是指？经过进一步询问，陈磊像是不甘心地说，我姐摔伤后，先是有点耳背，后来讲话渐渐讲不清楚，变得像聋哑人。最后她只能去旁边小学做清洁工……

……晓燕从小就固执，她认为她妈妈不是耳聋，只是听不清别人说话。我姐初中文化程度，按理可以笔谈，说来奇怪，自从她摔到头，连字也不大认得了。她讲话咦哩唔噜，只有晓燕能猜到意思，也是神奇。他们夫妻关系算不上好，母女感情倒是深的。我姐出了事，晓燕多少难过。她爹就不大难过，所以她恨她爹。

做舅舅的提出外甥女与其父亲不和，对案件本身没有实质帮助。邹建平心目中的嫌疑人是陈晓燕的男友姜则，可惜那人有不在场证明。陶密说，你不能因为受害人相貌普通而男友很帅就产生怀疑。其实邹建平的审美和一般人不同，并不觉得姜则有多帅。从陈晓燕的熟人手机里看过她生前的照片，她拍照不笑，努力睁大眼。邹建平觉得她看起来性格固执。

如果有受害人的手机和电脑，案子说不定早就破了。凶手不笨，不仅打扫了，还拿走了关键物品。

有件事让邹建平挂心。陈晓燕在她最后的夜晚点了外卖。鲫鱼萝卜丝汤，椒盐排条，清炒空心菜。她多半是和即将杀害她的人一起吃的晚餐。饭店的海碗和其他碗筷被洗净擦干，叠放在厨房台面。还有两只酒杯，也洗过了。垃圾桶里没有垃圾袋。被清理过的现场简直像强迫症的所为。

在姜则家了解情况的时候，邹建平喝过水，把杯子直接放在玻璃茶几上。姜则在说话间隙将杯子挪回旁边的杯垫，整个动作极其自然。

出门进电梯，邹建平问陶密，你注意到了吗，杯子？陶密说，什么？

没什么。邹建平答道。他一向对搭档坦诚，遇到陶密，才发现自己也有私心。

*

透过摄像头看到的世界，个人失去了社会表征，只剩下自然属性。男人，女人。老人，中年人，年轻人，小孩。

纷纭的人群间，唯有那名少女是特殊的存在。既非女人，也非小孩，有时会被错认为少年。她肩负紧绷的未知感。当她穿过绍兴路上私立中学涌出的一群年轻孩子，那种感觉就更明显。比她小几岁的男孩女孩们的身上，仅仅散发出躁动和百无聊赖。而少女犹如箭在弦上。很难确定下一秒她是嗖地射出，还是颓然坠地。

我当然不是萝莉控。当那名少女在监控画面吸引了他的视线，阚少华忍不住暗自申辩。

是她身上特殊的什么，隐隐叩击他的神经。

少女身形单薄，戴棒球帽。她常穿连帽卫衣，有时罩着肥大的休闲外套。穿外套的日子，她的背影有三只帽子。脑袋上一只，另外两只拖在背后，让人想起丐帮的二袋弟子。

根据路口监控，阚少华很清楚她的日常路线。通常在下午两点前后，她和一名成年男子从建国西路以南沿着陕西南路向北走，拐上绍兴路，消失在监控之外。夜里大约十一点，还是和那名男子一起，两人逆着白天的路径，回到陕西南路，进入步高苑小区。稍后，一辆车从小区驶出。拉回去看下午的监控，可确认他们是乘同一辆车来的。

很容易查清那辆车属于蛋糕酒号的业主杨树海。少女的身份也在陶密的日志得到了确认。黄依然，女。信息：蛋糕酒号雇员。1023 陈去订蛋糕时，尚未到店（下午班）。1024 不当班（周一定休）。1025 不当班（休假，暂未询问）。

10 月 23 日星期日十二点半，陈晓燕前往蛋糕酒号，订了半打小蛋糕。当晚，她出现在巧餐厅，和前男友姜则有过简短的交谈。据目击者说，两人并无争执。24 日，她没出过小区。傍晚，她打电话到乔乔饭店叫了外卖。根据手机运营商的记录，那是几天以来陈晓燕手机上唯一的通话，和微信时代的多数人一样，她很少打电话。当晚，她吃了外卖，喝了一定量的酒——现场没有找到对应的威士忌酒瓶——吃了多于正常量的止痛药（她正在月经期），随后在沙发上被人用柔软织物（推测是前男友证词中失踪的靠垫）按住面部，窒息而死。凶手打扫屋子，清理垃圾，开了煤气。第二天上午，乔乔饭店派人取碗，敲门无人应。下午一点三刻后，蛋糕酒号的杨其星见陈晓燕迟迟未上门，主动去 902 送蛋糕，发现情况有异，报警。

从案情的时间线看，叫作黄依然的雇员不重要。也许是这个缘故，同事们一直没补上对她的询问。几天前，阚少华从小黑屋出来喝水——他严格执行着不把饮食带进监控分析室的规章——听到陶密和人闲聊，说杨树海不怎么配合，他妹妹又是个“没法沟通的人”。杨其星有失语症，按照影视剧的套路，那就是彻底丧失了说话的能力。据陶密讲，话还是可以说的，不过就像外国人讲中文，口音奇怪，讲不了长句子。试过用手机和她“笔谈”，同样徒劳。比杨家兄妹靠谱的是咖啡师陆南，他 23 日当班，不过陈晓燕上门订蛋糕时，他正好走开去喂流浪猫。他最后一次见到死者，是在上个月，她过来店里。那天她喝了酒，没有消费。她有个朋友正好也在，还给她买了酸奶醒酒来着。

该朋友也被记录在系统。宋语，女，三十岁，陈晓燕前同事。信息：并未听说陈有什么旧怨，也没听说陈和姜分手的事。备注：似有所隐瞒，待查。

阚少华不喜欢那条备注的风格。怎么能知道对方没说真话或只说了部分真话呢？是所谓的直觉吗？他只相信眼睛能看到的现实。

让他不快的不是备注的非精确性，那句话恰好说中了他的状况。有所隐瞒。筛查监控的过程中，那名叫黄依然的少女引起了他特别的关注。只要有她出现的片段，他都没有用倍速而是以 1∶1 的速率播放。他自己也知道，这么做不恰当。要做的工作堆积如山，不该在这种细节上浪费时间。

也是因为这种超乎寻常的关注，让他发现了一处异常。很轻微的异常。

10 月 24 日星期一，黄依然的休息日（根据系统日志），下午两点多，她从离绍兴路最近的打浦桥站出站，被九号线的出站口摄像头捕捉到。她的打扮和平时一样，卫衣仔裤。没打伞，兜帽拉起来遮在棒球帽上，充当防雨措施。她沿着瑞金二路走了一段路，拐上建国西路。如果去蛋糕酒号，应该不在该路口拐弯，而是继续走一百米到绍兴路。建国西路的下一处摄像头没有她的身影。她应该是中途进了某家店，或某条弄堂。

中华小区楼下，也就是丰年小区斜对面的监控拍到她，是在下午四点一刻。她的折叠伞被风吹得翻过去，使得她踉跄了一步，完整地进入监控范围。少女掉转伞头，借助风力让支架复原，撑伞离开。

哪儿来的伞？她去了哪里？会不会是从建国西路穿到丰年小区？有没有可能是 902？

阚少华没有把这个信息分享给同事。几次看到陶密，他都压下了到嘴边的话。区里有一连串的会，陶密最近每天加班做会议材料，显得不像平时那么和颜悦色。

踌躇过后，阚少华决定离开岗位，去看一下现实中的黄依然，至少确认她有没有回来上班。

他上班不用穿制服，蓝色薄毛衣，卡其布外套，棕色窄腿裤和匡威鞋，骑了辆共享单车，像个学生。他先骑到杨树海平时停车的步高苑门口。小区保安让人停车赚外快，是常有的事。要么就是杨树海认识里面的住户，用了人家的车位。他还掉自行车，按监控中两人的步行路线前行，沿着店铺密集的陕西南路，先过了建国西路，继而来到绍兴路，在此右拐。

头一次经过蛋糕酒号，他谨慎地小幅度向右看。隔着大玻璃窗是吧台，另外半边店堂被玄关的装饰墙挡住了。吧台里站着两个男的。一个白发的中年男，一个戴眼镜的年轻人，都系着牛仔布工作围裙。他认出眼镜男是陆南，在监控和系统日志见过。白发男莫非是新来的店员？那头发是故意染的吗？没看见黄依然。白发男在做手冲咖啡，陆南在旁边说着什么。

阚少华脚步不停，来到绍兴路瑞金二路口。他在犹豫，是不是该折回去，进店坐一会儿。路口亮着红灯，马路对面，交通协管员的外套上是明晃晃的黄色反光条，他不觉眨了几下眼。乌泱泱的人群聚在协管员身后，一大半是从瑞金医院出来的。出于职业习惯，他先比较了监控视角和在场视角的不同，以至于迟了片刻才注意到她的存在。

她就站在对面那群人当中。星战图案的连帽衫，没戴棒球帽。在监控中看熟了的轮廓以三维立体模式呈现在几米开外。正如他的推测，少女是个美人坯子。

认出少女的瞬间，他想都不想就往右拐，站在一辆轮胎气不足的共享单车后面，装作准备扫码。绿灯转红。少女混在人流中走来，他尾随她进了绍兴路，和她保持五六米远的距离。几分钟内第二次经过修自行车的摊子，他想，修车人在共享单车时代还有生意吗？

从背后看去，她走路的姿态让人想起《动物世界》的羚羊。其背影中蕴含了某种警觉性。让他从监控一眼认出她的，正是那种气质。

黄依然在案发当日去了丰年小区，暂时还无法确认，她去的是不是死者的家。阚少华知道，自己该及时上报。他也知道，自己此刻跟在她的身后，和跟踪狂无异。可他无法控制自己种种不合常理的举动。她推门进店，吧台里除了刚才的俩人，还多了个女人。

阚少华站在一棵树下观望，认出店里的女人。杨其星，点心师，失语症患者。监控和系统日志能告诉你一个人的容貌、体态和基本资料，仅此而已。“失语症”三个字，对他来说还等于邹队和陶密的无奈表情。

这时他想起来，白发男的资料也在系统里，是个画家，死者的熟人。怕站久了引人怀疑，他往陕西南路走去。不知道店里的人有没有发现，有这么个奇怪的男人短时间内经过两次。换成是他，一定会注意到。

*

姜则说店里有事，带着他的人走了。莫凡本来担心，看到和杨其星一起回来的钟总，杨树海会不会发飙。还好后者保持了成年人的礼数。杨家兄妹一起帮着做气球墙，让她有种学校联欢会的错觉。又花了些时间，终于把工作完成。回程，莫凡搭杨树海的车，和杨其星一起坐在后座。

这些年来，杨树海一直在用步高苑莫凡名下的停车位。他不肯白用，替她交月租。转租的话远不止这点钱，其实就是个形式。他在开店第二年买的二手北京吉普报废了，现在这辆吉姆尼，她觉得不像他的车。仔细想想，原来那辆车，她也只坐过几回，每次都是和他妹妹或陈晓燕一起，单独的一次也没有。

她忍不住问了句："你不是喜欢大车吗？"

"小区里不好停，位子紧张。"

"林同两口子还是不开车？"

"……对。"

彼此沉默，都在想那起事故。旁边的杨其星如果听懂了，应该也会有同样的思绪。事情发生后，林同和叶维佳结了婚，莫凡紧随陈晓燕搬到陕西南路，开了花店，几年后杨其星出事，过了一年多，杨家兄妹也到附近开了店……记得就在蛋糕酒号开业后不久，林同成了知名画家。回望从前，那起事故仿佛是一群人离散的开端。不，说到底，分道扬镳的仅仅是陈晓燕和叶维佳。

2004 年，陈晓燕的妈妈死于车祸。开车的人是叶维佳。

莫凡好些年没看到变成林太太的叶维佳了。陈晓燕喊她"叶子"的那个女人，是造成莫凡和陈晓燕反目的那场口角的导火索。有的人就算不在场，其存在感仍长久地留在那里。

不知道杨树海是怎么同时维持和林同两口子以及陈晓燕的交往。他本来不是个圆滑的人。此刻，莫凡从侧后方注视他的招风耳和发脚需要修剪的颈部，心头升起一个盘桓已久的问题。

是你吗，是你杀了她吗？

关于陈晓燕的死，有不少传言。连死法都听说了好几种。被下了药。被闷死。被勒死。不管是哪种，听起来都不是没有痛苦。

居然怀疑他，我大概是刑侦片看多了。她转念对自己说。

忙了大半天，血糖偏低，她跟着杨其星在绍兴路口下车，进了蛋糕酒号。杨树海继续往前开，去步高苑停车。一进店，吧台里不光是陆南，旁边站着林同。莫凡不觉一怔。林同和她打招呼，说自己在学习手冲咖啡的技巧。

杨其星问陆南："黄?"

"去瑞金医院了。买眼药水。"咖啡师做了个点眼药水的动作，又对莫凡露出营业性的笑容。"今天想喝点什么？打包还是在这里?"

莫凡点了一只焦糖布丁，说在店里吃。她去了趟洗手间，刚落座，店里新招的小姑娘送来了布丁。杨其星口中的"黄"，其他人喊她"依然"。极其年轻的女孩，不过莫凡并不羡慕青春，她自己年轻的时候吃了太多苦头。杨树海也回来了，和林同在院里聊天。莫凡隔窗观望，他俩一个手揣裤兜站着，一个在抽烟。难得她想和杨树海聊一下故人，看来时机不对。

不过，就算林同不在，也无从聊起。

总不能直接说，我知道你们在一起了。

莫凡深深地舀了一勺布丁，让蛋羹浸透底部的焦糖液。布丁凉凉地滑过舌面，微苦的涟漪，随后是甘甜。陈晓燕曾经说，杨其星的点心有特殊的魔力，有时会让你想起早已忘怀的过往。莫凡一直认为那是文艺青年的夸大其词，直到此刻。

第一口布丁坠入食道的同时，往事从细胞深处涌出，让她呼吸困难。

4. 旧友

莫凡在中考前一个月离开云南农场的父母，独自回到上海。

她借住在奶奶家，同住的还有小姑姑。爸有三个姐姐，大姐二姐都有家庭，最小的妹妹一直单身，没离开家。

奶奶经营一爿锡箔香烛店。说是店铺，其实就是自家楼下隔出几平米，柜台与货架间留出狭窄的过道，仅能容一人转身。穿过货架中间的门帘，便是厨房。消防检查通不过，居委会不时来人要求关掉，每次被奶奶哭天抢地挡回去。

苏州河边这排房子，人人知道莫凡守寡的奶奶不好惹。

中考后几天，莫凡从柜台底下偷了奶奶的钱，去居委会的公用电话打长途给老家的邻居。莫凡的爸妈家没有电话，所以只能由邻居去喊。她等得心急火燎，怕钱不够。过了好久，听到电话那头熟悉的女声，莫凡说，妈，我想回家。

那边说，走是你要走，这里不是你家，你家在上海。

莫凡两眼红红地回去，发现家门口就像开了锅。奶奶正在破口大骂，说店里的钱少了，接着引申到自己命苦，老头子走得早，唯一的儿子到云南当知青，被女人花住了不肯回来，两个大女儿不管老太婆的死活，身边只剩瞎子一样的小女儿，吃低保，还要靠自己开店补贴。被骂作“瞎子”的小姑姑坐在柜台外面叠锡箔。她戴着厚如瓶底的眼镜，装锡箔的盆搁在膝盖上，手上动作飞快。她做很多事不依靠视力。

邻居们三三两两围过来，无人劝解，人们脸上是懒洋洋的神气。莫凡在外围注视着情绪激昂的奶奶——头发半白的老女人，瘦小的身子中部不成比例地膨起一截——恶毒的字句大概出自凸起的腹部，又或者，出自骨血深处。奶奶高声道，家贼难防啊！都欺负我这个老太婆，我死了你们就开心了！

比起被骂作“家贼”，更让莫凡难受的是想到自己继承了奶奶的血脉。难道等自己上了年纪，也会变得那样悭吝、刻薄和恶毒？她希望眼前的一切是梦。她还希望醒来时，自己能回到出生长大的勐龙，回到一家四口的旧时光。

小姑姑把锡箔盆往地上一扔，咣当一声响。银色的元宝滚出来几只。她慢腾腾地起身，手伸进裤腰，从缝上去的内袋掏出折成豆腐干的零钱，走过去塞到奶奶的手里。奶奶的骂声一滞，像磁带忽然卡带。小姑姑说，是我拿的，想要看戏。奶奶又骂了起来。你以为你是太太小姐啊，拿我的辛苦钱捧戏子。

莫凡知道，那是小姑姑用钩针织杯垫得来的钱。邻居介绍的生意，线由对方提供。十个杯垫的手工，能换来五块钱。

中考的成绩不如预期，莫凡念了职校。她不想让初中同学知道自己没考上高中，收到来信从不回复。在学校里，她也总是独来独往。休息天，她守在奶奶的店里，外面街上总是那些面孔，总是那些家长里短。她有时恍惚，仿佛自己从小长在这里，仿佛自己生来是个孤儿。

一年级快念完的某个周日，莫凡被小姑姑带着转了三趟车，去外婆家。

那是她第一次见到外婆。外婆和奶奶年纪相仿，看着年轻一大截。外婆冲了两杯乐口福端到客厅，对莫凡说，你回来我是知道的。你弟弟的事，我也听说了。

莫凡低头不响，不明白自己为什么要坐在这里听这些。

外婆说，还以为你回来嘛总要来看看我，没想到隔了一年才来。又看向小姑姑说，户口既然落在你们家，就不要动了。动来动去也麻烦。

小姑姑说，小凡妈妈毕竟是你带大的，小凡怎么说也是你的外孙女。

外婆说，哎哟，我也没怎么管过她。

莫凡听懂了，这个“她”指的是妈妈。妈妈的亲妈过世得早，外公再娶，新外婆有个带过来的儿子，和外公没再增添子嗣。妈妈小时候住过的这套房子摆着笨重的红木家具，离沙发不远的餐桌上，花瓶里插着白色的花朵，花瓣像纸做的，隐约的香气表明那是真花。

云南到处是花，除了人家养的，还有漫山的野花。爸喜欢看赤脚医生手册，知道许多植物的名称，散步时指给她和弟弟，连翘，沙参，鸭跖草。紫色蓝色的细微花朵。秋天的格桑花最为瞩目，浅白，淡粉，微紫，像一枚枚散落的色阶，被蓝天衬得明净。来到上海十几个月，莫凡仿佛是第一次重新看见花。离开土地的花在瓶子里维持着濒死的高傲。像她自己。

她呆望着瓶中花，依稀听到小姑姑说“讲了十年都没拆”。是在哀叹奶奶家一直没动迁。莫凡想，没动迁和我们来看外婆，有什么关系？

从外婆家出来，小姑姑脑门上凝了一层汗，厚重的镜片更显滞闷。莫凡问，你知道刚才桌上是什么花吗？小姑姑茫然道，有花吗？我没注意。时值初夏，莫凡不明白小姑姑为什么那么热。小姑姑在一间烟纸店跟前停下，问莫凡，冷饮吃吗？莫凡点头。奶奶把爸妈寄来的生活费收得死死的，不给她零用钱。小姑姑把冰柜里的冷饮价格问了一遍，买了一支脆皮紫雪糕。一块五。比巧克力蛋筒便宜，比盐水棒冰贵。

真正的爱不是给人最贵的，而是给出自己能负担的极限。莫凡那时就懂得了。

在公交车站，莫凡珍惜地吃完那支大概去年就在冰柜里的坚硬变形的雪糕。她想起小姑姑给外婆拎了康元饼干的大礼包，觉得浪费，有那个钱，还不如买蛋筒一起吃。

职校说是三年制，只上了一年多的课，便转入实习。实习生拿一百来块工资，等于廉价劳动力。毕业后，与实习的第九百货签约转正。从此终于能拿正式员工的工资，九百元。制服也变了。莫凡脱下老气的藏青色校服裙，换上合体的灰西装，一步裙，西装领口露出白衬衫和领结。普通员工戴黑领结，领班则是红色。男款制服以领带颜色区分层级。

上班后，莫凡把工资分成四份。自己留三百，给奶奶两百，寄两百给爸妈，还有两百给小姑姑。给奶奶纯粹是为了耳根清净。莫凡对小姑姑说，给你就用啊，去看你喜欢的戏，买零食。同样的话每个月讲一遍。她知道，小姑姑把钱存了起来。可能是为了奶奶。

这些年，奶奶的暴躁呈几何级数增长，同时变得健忘。奶奶有两次找不到家，被送去医院，确诊了阿尔茨海默病。大姑二姑谁也不肯出养老院的钱，只好由小姑姑承担起守卫、保姆和护工的工作。在莫凡看来，那就不要继续开店了，省心。但小姑姑不肯，说有进账总是好的。莫凡在商场上一天班休一天，休息天得帮着看店。

第九百货位于市西，从家骑车过去二十分钟。这是一家老国营商场，除了像莫凡一样毕业分配的，另一半员工是四十岁上下的“老法师”。对于年轻人来说，老员工们是叔叔阿姨，披挂家长里短的市民气。无论是食堂吃饭还是每天两次在茶水间的小休，新老员工各自成堆。莫凡远离老员工，也不混入新员工。小休时，她穿过茶水间，到水泥墙围绕的消防楼梯，坐在台阶上慢慢抽一支烟。她没有烟瘾，只为了单独待着。

第一年的合同期尚未过完，同学们陆续离开，念自考，去熟人的公司上班。剩下的人当中，有几个疏通门路，去了一楼。一楼的化妆品柜台叫作专柜。专柜女郎一身黑西装，浓妆，和她们比，楼上的员工显得土气。由品牌支付的工资据说更高，且有小样可拿。

六楼玩具柜的莫凡对一楼并无向往。举着化妆品给顾客试妆，夸颜色合适，赞对方皮肤好，说一堆违心话，太傻了。她唯一的愿望是成为收银员，因为可以坐着。站柜台的工作被漫长的等待填充，等顾客，等开单，等下班，等工资。去掉午饭和小休，一天站十个半小时。帮家里看店，至少是坐在柜台里。

眼看着比自己晚来的新人成了收银员，莫凡不是不懂门道。分配岗位是楼面经理的工作。六楼的经理姓崔，白净面皮，戴金丝眼镜的中年人，据说是副总的亲戚。他有个恶习，和女员工说话时凑得极近，声音低微，说着说着就开始揽肩搭腰。从柜员转为收银员的，都是所谓放得开的女孩，任由他“吃豆腐”。至于莫凡，崔经理贴过来聊天，她立即走开，也不管显得突兀。他巡视她的柜台时格外挑剔，每到圣诞节，必然把她打发到一楼特卖场。

圣诞节的特卖场在专柜附近，由推车围成一圈，车上堆着打折的玩具和圣诞贺卡，花哨的手写 POP 插在推车边。特卖员工们戴着和制服完全不搭的红色圣诞帽，勉强凑出节日气息。

特卖场被称作“冷宫”。地点正对着商场大门，随着顾客进出，塑料门帘嗖嗖地钻进来冷风。员工们偷带羽绒服藏在推车下，经理不巡视的时候就穿上，所以莫凡觉得冷倒还好，更讨厌的是旁边有只音箱循环播放《铃儿响叮当》，单调的节奏如黏液般附着在耳道深处，深夜归家洗漱躺下，脑海中仍有那该死的音乐重复不休。几年后，成为花店店主的莫凡从不接商场在圣诞季的花艺订单，帮工女孩因此诧异道，老板你真是太有钱了，有生意不做。

转正的第二年，2002 年 12 月，莫凡又被调到“冷宫”。仿佛这还不够成为下马威，一天晨会后，崔经理叫住她，让她把其中一辆推车摆到商场门外。并说，特卖场这几天销售额不行。商场南门的人多。

“门外？”莫凡想问，可以套羽绒服吗。转念决定，先斩后奏穿上再说。外面那么冷，难道他还能要求她只穿制服？

推着车到了南门外，莫凡打了个哆嗦。羽绒服只能管半截。西服裙底下是丝袜和浅口鞋，被风一吹，寒意蚀骨。门口已有几辆推车，她找了个空位，把被吹歪的 POP 扶正。很快发现，左侧推车的摊主看起来比自己更冷。

两个女孩应该是品牌的促销员，卖的是润唇膏。红色无袖衫和短裤，搭配红色长靴，肩口腿根和靴边镶着白色假皮毛。服装设计者肯定没考虑过户外穿着的需要。离莫凡较远的女孩在红衣底下穿了黑色高领衫和打底裤，挨着莫凡的那位严守着装规范，长靴外的大腿起了一层发青的鸡皮疙瘩。

莫凡忍不住问她："你不冷吗？"

两个女孩同时转过脸。她们脑袋上的圣诞帽材质单薄，和莫凡那顶想必出自同一个批发市场。光着腿和胳膊的女孩是个胸部丰满的矮个子，长发染成褐色；黑色打底女孩身材扁平，高个长腿，单眼皮，鹅蛋脸。

"当然冷啊。"褐发女孩往同伴身上靠了靠，"燕子你好精啊。早知道我也穿个打底。都是那个管事的老女人，反复强调什么促销员的形象，说不要叠穿自己的衣服。"

被称作"燕子"的女孩吐着白气说："我怎么知道你这么傻。干脆你回家算了。你又不缺这一百块。"

原来是一百块一天的临时工。单就日薪来说还不错。莫凡说："会冻感冒的。你的外套呢？把外套披上。"

燕子解释道："她打车来的，没穿外套。"

莫凡愕然，这是体验民情的大小姐吗？想到对方是有钱人，她随口说："要么你上楼买打底和连裤袜？"

女孩皱眉拒绝："不要。这个商场的东西都是给老阿姨的，好土。"

莫凡懒得再说什么。那位大小姐工作态度倒是认真，每当有顾客接近，也就是"老阿姨"们，她欢快地喊道："润唇膏！四种口味，苹果草莓薄荷男士！"旁边的燕子老油条得多，只在顾客发问时回答。一支二十。阿姨，这不贵的好吗？我们做活动买一送一。不是，送的不是这个，是小的。

润唇膏另一边的推车是三枪内衣，再过去是无人问津的进口电子血压计。莫凡旁边新来了一辆，摆着护膝和护腰。推车们挤在商场大门的一侧，另一侧没空位，两只电动木马僵立在那里。天冷，没有小孩光顾。门口最活跃的是装扮成圣诞老人的家伙，徘徊在门帘前，不时含糊地喊一句。大概是“欢迎光临”或“圣诞快乐”。莫凡猜那是个实习生。

旁边的女孩热心促销，莫凡的推车也沾了光。音乐圣诞卡、粗劣的圣诞袜和巴掌大的驯鹿玩偶陆续被人买走。站门口得自己收钱，莫凡怕遇上假钞，一张张细看。她不断跺脚，心想可别生冻疮。冷归冷，能远离圣诞音乐，也算解脱。

午饭前，崔经理来了。他从身后凑过来和莫凡说话，吓了她一跳。她不大明显地往旁边让了让。两年下来，多少知道分寸。但要让她站着不动任他揩油，她无论如何做不到。崔经理问，销售情况怎么样？她报了数，他笑笑说，你看我英明吧，摆出来就是不一样。他瞅了眼旁边，极为自然地往左一步，问：“你们是厂家的临时工吧，大学生勤工俭学？”

褐发女孩“嗯”了一声。

“什么学校啊，几年级？”崔经理继续凑过去，“我是六楼的经理。你们待会站累了可以到六楼休息室，喝点热水。”

女孩没吭声。燕子答：“华师大。”

“这个润唇膏有赠品吗？有的话给我两个，我给我老婆。”

莫凡感到不对劲。崔经理黏腻的态度她是看惯了的，褐发女孩的沉默却显得反常。她用眼角的余光一看，崔经理紧贴着女孩的身体。真不明白男人都在想什么。女孩在室外站了这么久，赤裸的腿和冰块一样。她更不明白女孩为什么不走开。那么开朗明快的女孩，显然家境殷实打工只是玩耍的她，此刻如偶人般呆立不动。推车前正好没有顾客，一时间，世界仿佛只剩下他们几个。莫凡在心里叫道：你傻啊，动一动，发什么呆！

“色狼！你乱摸什么！”

突然爆发的是燕子。她将崔经理一把推开。崔经理一个踉跄，差点跌在莫凡身上。莫凡在闪避的同时望见褐发女孩惨白的脸，惶然的眼睛。是个没见过世面的大小姐啊。她心头滑过这句话。不带恶意地。

一个红彤彤的身影从莫凡身边掠过。四处传来几声惊叫。再看时，崔经理被穿红衣的人压在地上。打他的是圣诞老人。圣诞老人光着头，一头卷曲的黑发。红帽子扣在崔经理的脑袋上，从他的头顶一直罩到鼻尖，底下半张脸显得狰狞又滑稽。

“圣诞老人打人了！”有人喊道。是三枪的促销员。

褐发女孩终于活转过来，红靴子狠狠踢向地上的崔经理。看着很疼。踢完两脚，她捂住嘴。也不知她是想哭还是想笑。“保安来了！”莫凡提醒道。圣诞老人站起来就跑。保安如同黑色的鱼群，从广场另一头巡游过来。燕子搂着褐发女孩，绕过在地上叫唤着撕扯帽子的崔经理，奔到路边，扬手叫了出租车。莫凡以为两个女孩会一起离开，没想到燕子送完同伴上车，若无其事地转身回来了。

崔经理被保安扶着回了商场。对保安的盘问，莫凡和燕子都说，圣诞老人突然打人，不知道为什么。不，我不认识圣诞老人。

那天后来的时间，她们继续在外面守摊。莫凡得知女孩叫陈晓燕，是华师大中文系自考班的学生，跑掉的是她的同学，温州人。燕子耸耸肩说，我来赚零花钱，叫她不要来的，现在好了，冻了半天，还遇到色狼，得不偿失。莫凡只好说，我都没注意到……还是你反应快！

崔经理挨打让莫凡有种隐秘的快乐。她当然不会主动讲人是非，但接下来一周，整件事的前因后果在商场的各个楼层传开了。跑掉的圣诞老人是某职校的三年级生，在四楼男装部实习。据说他被学校记了过。莫凡也遭了殃。圣诞特卖结束，她被调到最冷僻的印章柜台，和她做伴的只有刻章的老头。

也有人对崔经理那天的遭遇表示同情，说，现在的小姑娘厉害的，被摸一下又不会少块肉，这就跳起来了，还怂恿人打人！

更可笑的传言还有：那天打人的是莫凡。崔经理觉得被女人打了没面子嘛，才编了这一出。你看，接着莫凡就被踢到印章柜台了。

莫凡没理会那些吃饱了撑着的同事，在小休时去四楼男装部找圣诞老人。那是个叫张鸿的男生。去掉了白胡子和圣诞服装，职校的廉价西装底下，他看起来不过是个大男孩。

事后回想，她所寻求的，一直是逃离的出口。逃离看不到出路的云南农场，逃离渐渐失智的奶奶，逃离商场明晃晃日光灯下的站立生涯。打了崔经理的张鸿，在她眼中如同一道通向新世界的门。他们开始谈恋爱。过完年，张鸿在三四月间换到另一间商场实习，几个月后毕业签约。他还没毕业两人就同居了。和房东合用煤卫的石库门的单间，离张鸿工作的商场不远。莫凡的工资涨到了一千五，仍然给长辈们六百，另外六百付房租，剩下三百不够日常开销，她前几年的积蓄像夏天碗里的冰砖，化得飞快。

张鸿的工资除了他自己零用，大部分寄给爸妈。他是独子，父母也是知青，在江西。莫凡对小姑姑只说跟同事合租。奶奶反正已经糊涂了。对爸妈，她没有汇报的义务。小姑姑说，我知道，你在外面就算不开心也不会回来的。但你要是真的不开心，一定要和我讲啊。

和张鸿的生活，最初几个月尚有小情侣的甜蜜，其后便是大段的不开心。莫凡对异性的参照物只有弟弟，张鸿比她小，以为会像弟弟那样听话诚恳，没想到人与人是不同的。休息天他也不做家务，守着电脑上网聊天，打游戏。男性是简单的生物，只关注吃、玩和性交活动。渐渐地，发现他有强烈的控制欲。荒谬的是竟然怀疑她和崔经理有什么不干净，说，你长了一张勾引人的脸，我不信他没碰过你。怒气上来，便打。莫凡不是没被打过，妈妈也是急躁的人，还有奶奶。但被不承担家用只知索取的男朋友打，耻辱多过疼痛。

她想分开，迟迟下不了决心。转眼又到了冬天，去年导致他们相识的那一幕，回想起来恍如隔世。这时她发现，自己怀孕了。

世界就那么小，在医院妇产科，又遇到了陈晓燕和她的朋友。怕被认出来，莫凡低下头。陈晓燕缩在款式陈旧的肥大冬装里，坐在等叫号的女人们中间，恰好在莫凡的斜对面。曾遭遇崔经理咸猪手的女孩在走廊上来回踱步，褐发换成了酒红色，及膝的羽绒服白得耀眼，像一朵落到错误地点的云。冬装最能显示贫富差距。莫凡身上是前年换季打折的大衣，搭配小姑姑打的毛线围巾。没钱送干洗，冬天过完，大衣掸一掸晒一晒放进衣橱。也因为没洗过，不显旧。

她听见女孩叽叽咕咕，喊着“燕子”，安慰说，吃几副中药就好了，你这是气血不通。莫凡扭头看“男宾止步”的玻璃门，门的那头坐着几个百无聊赖的男人，张鸿不在其中。她来医院是为了确诊，还没和他提过怀孕的事。一个女人推门进来，她身上带着户外的寒气，伴随某种甜香。烤红薯。那气味让莫凡有无法遏制的食欲，仿佛喉咙口伸出一只小手。女人将装烤红薯的塑料袋递给陈晓燕。后者轻声说，我不吃。

“肚——子。”女人说。发音僵硬。

“……你是让我用这个暖肚子，对吗？”

女人点头。从莫凡的角度看不到她的脸。陈晓燕的同伴接过另一只袋子。“阿姨，你自己不吃吗？”

女人回答：“喂。”

陈晓燕说：“我妈说，她胃不好，不能吃红薯。”

目睹这奇异的一幕，莫凡出于说不清的心态，喊了陈晓燕。对方忘了她的名字，惊喜道，圣诞节的姐姐。两边聊起来，得知白羽绒服女孩叫叶维佳。她大大方方地说，你可以叫我叶子，或者维佳。上次真是太狼狈了。你还在那个商场工作吗？莫凡随口作答，谎称自己来看月经不调。原来陈晓燕家离莫凡奶奶家不过两条马路，这间医院是她们各自常来的。莫凡接过陈晓燕给她的烤红薯，掰开后立即大口吃起来。小手带来的骚动不安终于平息。她注意到，陈晓燕说话古怪的妈妈，看起来相当年轻。两人除了脸型并无相似之处，当妈的比女儿标致。

后来回想，她是在目睹陈家母女时下定了决心。她以为陈晓燕的妈妈是弱智。她身边已经有太多的残障与贫穷。如果自己嫁给张鸿并生下孩子，是不是也会让孩子长大后穿着像陈晓燕这么寒酸的外套？她实在是穷怕了。那一刻的决心单纯又锋利，而人生中的每项决定，都隐含了未来的其他决定。

她们互留了联系方式。陈晓燕家的座机，莫凡和叶维佳的手机。叶维佳说，下次来我家玩。陈晓燕补充道，叶子的爸妈给她在学校附近买了房。

尚未到圣诞节，莫凡从商场辞职。这一年总算不用参加特卖会了。她和张鸿分手，没有告诉他，自己经历了一次手术流产。她很怕他拒绝分开，暴跳如雷甚至打自己。好在那些都没发生。他软弱地哀求，没能打动她。她久违地感到，他不过是个大男孩。

2003 年的年末，莫凡成了啤酒促销员。介绍这份工作给她的前同事说，一样是站，钞票比商场多得多。

第一次穿上啤酒小姐的制服，很自然地，莫凡想起了陈晓燕她们。啤酒公司提供的背心短裤加长靴，和润唇膏公司的特卖服像是一个模子拓出来的。只有颜色不同。白色仿皮面料让她自觉如同二流科幻片的群演。好处是无须担心寒冷，冬天的酒吧空调开得足，更多的热意来自挤挤挨挨的顾客们身上，混合了体味和香水味，让人想起兽过冬的地洞。

你好，来点啤酒吗？两百一打，一百二半打。她的微笑和睫毛一样假，踩着高跟长靴，从晚上九点站到凌晨两点。拿到第一个月的底薪加提成，她送了小姑姑一部诺基亚手机。小姑姑说，发了年终奖？她含糊答应。奶奶抱着她带去的乐口福的罐子，像个害怕玩具被抢走的孩子。靠小姑姑打理，奶奶的形象还算整洁，只是整个人缩水了一圈。莫凡漠然注视奶奶，没法把眼前的老人和给她的青春蒙上阴影的凶神对上。

关于弟弟的死，父母就算心里责备她，也不会说出来。只有奶奶当面训斥道，养你真没意思。为什么你弟换来一个你。

那句话就像冰刃，插在她的心上，永时不化。每当以为快要忘记，又搅起新的疼痛。

除了刚过去的失败恋爱，她身边没有过亲近的同伴，直到和比自己小四岁的陈晓燕叶维佳迅速相熟。燕子和叶子。按理两个女孩如胶似漆，没有第三个朋友插足的余地，不过最近正好有了别的变化。叶维佳恋爱了。她的男友林同是一家小公司的会计，据说热爱绘画。他是 77 年生的，比莫凡还大两岁，容貌和思维却显得稚气。叶维佳追看他贴了画作的博客，给他留言，一来二去便认识了。彼时还没有“粉丝”的说法，不过叶维佳无疑是林同的头号粉丝。多年后，在网上看到迷恋林同的小偶像引发的一波波事端，莫凡想，那无非是旧事的新版本，一个更加歇斯底里的升级版。

反正林同和叶维佳把年轻恋人常见的戏码演了一遍，今天甜蜜明天吵架，后天叶维佳就给周边一群人打电话，问有谁知道关机的林同在哪儿。周边，指的是陈晓燕、莫凡和杨家兄妹。杨树海据说是林同的发小，他是平面设计师，倒不像林同那样以艺术家自居。杨其星在上外念日语系，乖巧白净，众人的妹妹。杨树海对他妹妹不太有耐心，莫凡有时觉得林同更像个做哥哥的。据说兄妹俩分别在启东和昆明长大，莫凡猜测，这是杨树海和妹妹生分的原因。

一群人常混在叶维佳的两室一厅里打牌，只要林同在，都由他做饭。他擅长滋味浓郁的红烧鱼，吃饭时他从不碰鱼，说，维佳爱吃。观望那对情侣，莫凡不带遗憾地想起张鸿。有一次陈晓燕问她，那时候见义勇为的圣诞老人到底是谁啊。她笑笑说，是个实习生，我也不熟。

叶维佳的客厅充斥着学生气，与莫凡的职场截然不同。在酒吧，和莫凡最聊得来的是芝华士的促销员，来自东北，说是把一岁的宝宝留在老家，给老人带。芝华士女郎有几分像刚出道时的杨钰莹，清澈含愁的双眼。洋酒提成比啤酒高，喝洋酒的老男人也多。很快她就跟了一个老男人，辞掉工作，住进那人租的高级公寓，养了条狗。莫凡没去找她玩，公寓和狗是酒吧的其他人去过回来讲的。

几乎每晚都会遇到客人的骚扰。裸露的胳膊和腿偶尔被炙热的手掌抚过，莫凡不动声色地走开。有一回调酒师看着她说，在这里超过半年的，都是想钓条大鱼的。她没理他。

她没对新朋友们说起过自己的工作，陈晓燕他们便以为她仍在俗称“九百”的老商场。一天夜里，在店里遇到杨树海，她有些尴尬。他是和客户一起来的，向她点了啤酒。她的制服新近换了款式，金属质感面料的超短裙，仍然是科幻风。临近午夜的酒吧熙熙攘攘，她在人们的肩膀大腿间巡游，如一尾金色的鱼。有人摸她的腿，手很急，缩回去时明显不甘心，对方没想到短裙里是防走光裤。有人买酒，说请她喝。其实就是要她吹一瓶。她在店里一向只喝自己亲手打开的啤酒，任何敞开的容器她都不碰，怕被人下药。她仰头喝酒，那人忽然托举瓶底，她呛咳起来，泡沫流过嘴角，冰凉地钻进前襟，从双乳间流过。那人抓起桌上的纸巾，作势要擦。她退了半步，眼见杨树海从旁边桌迈了一大步，钳住那人的手。他沉声说，适可而止吧。对方是典型的上海人，已经𡳞了，唯独嗓门不肯放低，喊道，你马子啊。杨树海邪气一笑道，我老婆。

她在点着熏香遮盖气味的洗手间洗了脖颈，到酒吧外面透气。初夏的夜气是凉的。她站了片刻才发现杨树海在前面几步，一手夹烟，一手拿电话。他声音低微，大概在和女友通话。她知道他换女友的速度之快——林同说，我一幅画画了两个礼拜还没画好，人家女朋友已经换好了。

正准备回到肮脏喧闹的酒吧，杨树海打完电话走过来。“你几点下班?”

这是有别的意思吗?莫凡迟疑片刻后作答。他又说：“客户待不到那么晚，我等你一起吧，带你去吃宵夜。有家贵州店的酸汤鱼不错，而且他家开到凌晨四点。”

酸汤鱼的滋味有几分像云南菜。尽管生在云南，莫凡和当地食物的亲近有限。小时候跟爸妈吃农场食堂比较多，谈不上菜系。妈妈做菜一直是上海风味。奶奶做的是苏北菜。奇怪的是吃出了某种乡愁，原来，她偶尔也会疲倦和软弱。

她主动说："其实我中考前也在云南。景洪的农场。"

"你中考是哪一年?"

"96 年。我十七岁。"

"哦，你上学晚嘛。很巧，我也是那年来的上海。96 年我刚上大学。"

"你高中在启东念的?"

他喝了一口店家泡的杨梅酒，眯起眼。"我初中就回云南了，在那里读到高中毕业。"

所以他们兄妹分开是小时候的事？她暗自猜测他家到底什么情况，没出声询问。杨树海问她云南还有什么人，她说爸妈都在，又补了句，我和爸妈不大亲。他们喜欢弟弟。

她没说的是，弟弟死了。

杨树海说："我爸妈也喜欢妹妹。哦，我叫大妈，不是我亲妈。我是我爸跟外面的女人生的。她生下我就死了。"

他说起生母的语气不知为何带着轻蔑。外面的女人。轻微的震动传遍她的血管，大概是杨梅酒的劲道太足。"哦……其星看起来和你很亲的。"

"她特别好。"杨树海显得并无深意地说。

从饭店出来，他送她上出租车。她新租的房子靠近市中心，也知道他住得远，在虹口。她鼓起勇气说，要不要一起？他笑了。

"你是同情我，想要安慰我吗？没想到你也这么嫩。每次谈我妈，就像甩出一张鬼牌，没有哪个女的不投降。不过我有个原则，兔子不吃窝边草。”

那时他们都年轻。二十一世纪初百无聊赖的年头。一群人打牌，用电脑看盗版VCD，听陈晓燕讲怪话。她善于用不带恶意的讽刺描述学校的老师和同学。听多了，莫凡有种错觉，仿佛自己不是啤酒促销员，而是陈晓燕叶维佳的大学同学。那两人念大专自考，其实也算不上正式的大学生。本科生杨其星很少讲学校的事。从她的寥寥数语间不难发现，外语系女生多，爱拉帮结派，她在同学当中略显孤立。杨树海有一次说，成绩好就行了，不用管那些人。

陈晓燕还经常抨击她爸，说那个人自私又小气。莫凡想，可你爸毕竟出钱让你念书。她自己的经验是，父母对子女未必有无条件的爱。她猜测，杨树海的想法和自己一样。他俩又单独见了几次，最后仿佛是顺理成章地睡到了一起。

“你不是说兔子不吃窝边草吗?”她问。

他宣称很会做爱，倒是没说错。他的耐力让人惊异，她高潮过后，他仍未缴械，悄然去了洗手间。他不爱戴套，自有谨慎的应对。回来后在她身旁躺下，淡淡地说：“原则就是用来打破的。”

她喜欢他在床上的疯劲，和事后的漫不经心。这样彼此都没有心理负担。林同和叶维佳那样的恋爱，她负担不起。

差不多就在和杨树海变得亲密的同一时期，她在酒吧遇到一个男人。通俗的说法，一张可能的饭票。

姓金的男人曾是她在印章柜台的顾客。之所以对他有印象，是因为他自带印石过来，请刻章师傅加工。一方田黄，一方荔枝冻石。师傅说，很久没见过这么好的石头，怕给刻坏了。好石头按理该寻求更高明的刻章人，她猜顾客只是为了搭讪。果然，他和她讨论用阳文还是阴文，选什么体，磨蹭了个把小时。最后定下一阴一阳，印文分别是“不得闲斋”和“金诚”。她告诫自己少说为妙，还是忍不住问，为什么是“不得闲”，“得闲”不好吗？男人答，写个愿景，不如写实。

章还没刻好，她就离职了。隔了若干个月在酒吧的二楼再见，他看起来没什么变化。微微谢顶，金丝眼镜，西装内的衬衫不打领带，像个政府官员或学校领导。和他一桌的几个男人均是商人模样，其中一人的肥短手指上戴着硕大的黄金方戒。

她在酒吧的喧嚣中凑近那张桌，喊一声“金先生”，他怔了怔，盯着她看。她化着浓妆，亲妈都未必认得。这么说来，杨树海倒是瞬间就认出了她，做设计的眼睛毒。她后悔冒失，忍着没退缩，问他要不要啤酒。他漠然说，我痛风，不喝啤酒。

当晚又遇到一个喝多了搞不清状况的客人，试图把一百元塞进她的胸口，让她陪着跳舞。一楼尽头是表演区，没有演出的时候充作舞池，不少人在那里随着迪厅风格的音乐晃动身体。她拒绝说，一会就有表演了，您歇着吧。对方不依不饶，贴过来像头亢奋的熊，紧抓住她的胳膊，手指黏腻。今晚没有杨树海跳出来救她。她几次避让，对方火了，抓起桌上的酒杯，把整杯酒连同冰块往她头上一泼，又给她一个耳光。给脸不要脸，你以为你是谁啊？吼叫声滑过她的耳膜，像三流电视剧的台词。酒保过来解围，向对方道歉，有人把她拉走。浇她的是杯烈酒，她兜着一头的酒气，皮肤冰凉，热意从血管深处迸发。她想骂人。她想回家。她想哭。当然没有哭。她洗了脸，湿着头发从厕所出来，撞见金先生。她木着脸，机械地走到吧台边。酒保说，你要么先下班。她摇头。

表演开始时，她上二楼找了个角落待着。表演期间，人们买酒的欲望也会高涨，但她今天懒得伺候。有个男人过来找她，她认出了那人手上的戒指。男人说，金先生找你。她跟着到靠近栏杆的位置，金先生他们这一桌视野很好，正对着下方的舞台。三个戴礼帽穿黑色燕尾服和西装短裤的女郎在台上踩着踢踏舞的舞步，旋转手杖。干冰的烟雾缭绕在高跟鞋的脚踝边。她们脱下外套，里面没有衬衫，露出小小的黑色胸罩，雪白的肩膀和腰腹。周末的表演向来大胆，莫凡刚来时曾为此震惊，如今见怪不怪。

金先生指着台上说："她们笑得比你好。你还是太嫩了。"音乐很吵，他几乎是贴着她的耳朵说的。热气喷进她的耳廓。

你还是太嫩了。杨树海也说过类似的话，出于不同的含义。莫凡知道，自己该附和着笑笑。她面无表情地俯瞰舞台。

金先生又说："你觉得她们三个和你比，谁的身材好？"

莫凡没答。他顿了顿自顾说："我觉得还是你好。"这句没有凑过来讲，她差点疑心是幻听。她不太明白自己为什么要站在他旁边，他连啤酒都没买。要么是因为金戒指男人刚才多讲的一句话。金先生是我们虹镇老街大阿哥，你乖巧点。一支舞结束，兔女郎出场，她打算走开，金先生摸出一张名片给她。金戒指和另外两个男的盯牢舞台，满脸忘我。

名片上三行字。精诚企划 总经理，金诚，底下是单位电话。另有一行手写的手机号。她把名片带回家，没有主动联系。第二天来上班的时候，调酒师说，昨天晚上打你的人倒霉喽。你走了以后，估计是你的哪个护花使者把他揪出去打了一顿。脸肿得像个猪头一样，都不敢去派出所报案。

莫凡心头一动，问，老板怎么处理的？

调酒师说，切，老板才不会管，又不是我们店里的人打的。

她发了短信，和金先生说谢谢。他不置可否，约她吃饭。让她下决心赴约的是一通电话。十几个小时前，她熬到凌晨下班，打给杨树海，问能不能过去。那边答，不太方便。她一听就明白了，他身边有别的人。总是如此。不是第一次，也不会是最后一次。

金先生看着老相，其实比莫凡以为的要年轻，大她十三岁。他们在一起那年，他儿子念小学四年级。他本人否认了虹镇老街大阿哥的名号，说自己不过是个做拆迁的，跟着开发商混口饭吃。实际上他的人也不管拆房子，只管钉子户的拔除。莫凡不确定小姑姑如果得知金先生的婚姻状况和职业会怎么想。三个人一起吃饭的时候，金先生送了戏票给小姑姑，小姑姑讲起自家年久未拆的老屋，说，附近好几条弄堂都拆了，他们那边的蟑螂老鼠全跑到我们这里来避难，我天天放药都来不及。莫凡事先和金先生打过招呼，当即提议，我给你租间房子住吧，把奶奶送进养老院。没想到小姑姑拒绝了。我妈年纪大了，换地方对老人不好。莫凡感到诧异，她一直以为小姑姑恨奶奶。年轻时的小姑姑，近视没有后来那么严重，旧照上，她没戴眼镜，眼神因聚焦不定而迷茫，显得美丽又心事重重。她经人介绍谈了个对象，是海员。奶奶说海员家属等于守活寡，不同意。莫凡的妈妈说，奶奶有她的私心，两个女儿嫁了，儿子又不在跟前，至少要攀住小女儿。

辞掉酒吧的工作，莫凡闲得不知所措。国庆假期，杨树海他们说要去钱塘江看潮，她明明想去，却在最后一刻推掉了，只因不知该怎样面对杨树海。她对他有隐隐的恨意，仿佛自己被他甩了，不得已跟了金先生。尽管事实并非如此。叶维佳也没去，她爸妈来上海小住。聚集在叶维佳那里的小团体，只有陈晓燕见过叶家父母，林同这个男友根本是隐身的。人长大了会有各种秘密，就像莫凡的几段关系，她父母一无所知。他们每个月收到她的汇款，毫不怀疑她的说辞。她说自己进了外贸公司，当文秘。给父母寄的，是她过去夜复一夜忍受骚扰换来的钱。是她如今一个月几个晚上陪金先生得来的钱。

事故发生在2004年11月的最后一个星期六。传到莫凡这里，只余轮廓。杨树海打来电话说，发生了车祸，维佳撞了陈晓燕的妈妈。送到医院没多久，人就走了。

莫凡想，这就叫乐极生悲吗？前几天聚餐时，维佳把林同得奖的消息告诉众人，面露喜色道，我终于可以把他介绍给爸妈了。从前的莫凡会认为那是虚荣心，和金先生在一起后，她渐渐懂得，有钱人有他们的行事规则，所谓的体面。陈晓燕在旁边瞅着林同问，毛脚女婿见老丈人，你紧张吗？莫凡从第一次见到陈晓燕和叶维佳就感到，两个女孩之间存在奇异的紧张与平衡。上海弄堂出身的平民女孩与外地富家女，聪敏与憨厚，各自对父亲的不满。

她们看似稳固的友情，被撞上陈晓燕妈妈的车轮碾碎。接到杨树海的电话隔了几天，陈晓燕来找莫凡，喝了一堆酒，大哭着说，我爸收了叶家的钱，妈妈白死了。

莫凡想，不白死又能怎样，难道你要让维佳坐牢？她没有试图安慰。去厕所吐过洗了澡回来的陈晓燕缩在沙发上，莫凡觉得，那个无力的身影就像很久以前的自己。也是一场车祸，彻底改变了她的生活。和陈晓燕不同的是，她憎恨的对象不是他人，而是自己。所以她从不自怜，无论境遇如何。

林同在年底和叶维佳结婚，办了两场婚宴，分别在启东和温州。莫凡找了借口没去，只让杨树海转交了红包。她和杨树海之间从无明确的开始和结束，可说是无疾而终。有时她会在静夜怀念他的身体，他笑起来比平时显得孩子气的嘴角。

转年，陈晓燕最终还是靠叶家的赔偿搬进新家。她拿到自考文凭，进了一家媒体。据说叶维佳的十几门课程只考出七门，看样子是念不完了。莫凡的花店开张，杨树海带来妹妹做的蛋糕和几只精巧的藤篮，后者是叶维佳的礼物。他问，为什么是花店？她答，每个女人都会想开一家花店或者咖啡馆。他说，对哦，我妹一直想开咖啡馆，卖蛋糕。不过她那么乖的，肯定还是会去上班。

杨其星一如她哥哥的断言，毕业后进了日企。谁能想到后来杨家兄妹真的开了蛋糕酒号。说到缘起，是因为杨其星深夜回家路上摔到头，得了失语症。莫凡带了亲手做的花束去医院探望，目睹病床上如聋似哑的年轻女人的瞬间，她感到恐怖，那就像是陈晓燕死去的妈妈附在了杨其星的身上。

当然那是错觉。失语症即便看起来相像，实际相处就会发现，每个人有不同的问题。陈晓燕的妈妈很难听清别人说话，杨其星比她强一些，但迟迟无法开口说话。陈晓燕几乎是理所当然地承担起杨其星的复健，毕竟她有经验。过了一年多，杨其星终于能听懂简单的字词，回以一两个字，莫凡简直要佩服那对师生的坚韧。2010 年，杨家兄妹在陈晓燕家附近开店，说到底，是为了让杨其星和她的“老师”有更多时间接触。

有些事大概是从那时开始轻微发酵，缓慢而不可见地。

莫凡注意到杨树海和陈晓燕的关系，是在今年年初。那阵子她一时兴起，去别人介绍的瑜伽教室。习惯早起的她向来约第一场，做完瑜伽，到教室楼下的咖啡馆吃早午餐。法国人开的店有品质不错的欧包，她这两年很少吃主食，常选择加了果仁果干的酸奶。因为腰椎不佳，她不坐靠墙的沙发，那天也是在靠背椅上，对着带玻璃天顶的露台。通往露台的门开着，便于室内空调的热气流过去，肯定还是冷，只有爱晒太阳的外国人坐在那边。不，也有中国人。斜前方有对情侣，女的在吃酸奶，嘴角沾了些，背对这边的男的伸手帮她擦掉，顺便舔了手指。大上午的看到这么挑逗的一幕，莫凡正要移开视线，发现女的是陈晓燕。陈晓燕平日戴隐形眼镜，此时半张脸藏在黑框眼镜后，显得陌生。莫凡想，哦，陈晓燕和她的厨师。有什么在心头动了动。男人的头发比厨师短。他的肢体动作自信又漫不经心，是她见惯了的。她重新看向他，不会错，是杨树海。

杨树海的折腾劲这些年像是消停了，至少莫凡没听说他身边有什么女人。他的痞气换作内敛，有时甚至显得阴沉。莫凡有一次看科幻片，飞往他星的人类遗弃在母星的机器人，遵循过去的指令照料一个因生病留下的孩子。那个机器人不知怎的让她想起杨树海，以至于在并无哭点的地方落了泪。

目睹男人为女人擦唇角的一幕，莫凡感到，那两人之间的什么东西，是她和杨树海不曾拥有过的。她不想庸俗地称其为爱情。就像她也不认为林同夫妻的婚姻持续至今是出于爱情。关于那起硝烟四起的绯闻事件，莫凡不知道维佳怎么想。这些年，林同来花店找她聊过几回，维佳可是一次也没露面，仿佛整个街区布满了她无法踏入的雷池。说到底，人和人在一起，可能出于习惯、利益或其他因素。如同金先生始终没有离开他的老婆。如同莫凡有了小晁。

如果说杨树海在妹妹出事后变成了另一个人，莫凡也注意到，陈晓燕在照料杨其星的若干年间，同样有些改变。例如，她原本就是个爱写爱说的人，现在因为总在无意识地选择“最正确的表达”，如同一把刀不断淬火，词锋有时甚至伤人。

陈晓燕发微信约她春节去贵州苗寨，说是别有风情。莫凡这些年不喜欢艰苦的旅行，原本计划了东南亚的行程。她折中地提议，或者我们一起去日本？你日语好，跟你去玩，我就不用操心了。陈晓燕回复道，去日本好贵啊，我现在可是失业之身。

这么些年，还没有和陈晓燕一起旅行过。莫凡答应去贵州。后来回想，觉得自己“脑子搭错”。

苗寨贫瘠，鱼和肉用酸汤炖煮，加大量的白菜。初到时觉得美味，吃了几天便厌了，胃里泛酸水。陈晓燕对吃食毫不介意，每天东游西逛，也不在乎村寨猪舍的恶臭。她跑到朋友介绍的人家去买苗绣，说，这个给其星，这个我自己，这幅，嗯，你觉得杨树海和林同，谁更适合？莫凡嫌老苗绣脏，还不知是谁身上剥下来的，她看着蹲在摊了一地的苗绣跟前的陈晓燕，闷闷地想，你要给那个谁，也不用加上林同作幌子。再说男的谁喜欢这个啊。

最后陈晓燕为杨树海选了一幅黑白菱纹的，给林同的则是布满红色紫色圆形旋涡如同无数只眼睛的。她仿佛忘了自己是失业之身，付钱爽快。

晚上终于脱离酸汤鱼，在一家餐馆吃了炒菜。陈晓燕若无其事地说，我前几天接了个采访，你猜我采访了谁。

谁？

金先生。

莫凡“哦”了一声。相识这么久，她的大多数事情都对陈晓燕讲过。她和“圣诞老人”的失败恋爱，她去酒吧打工，她和杨树海，以及遇到金先生。只是没有提堕胎和小晁。朋友再熟，也不必事事分享。像陈晓燕和叶维佳从前那样，好起来恨不得把自己从里到外摊在对方跟前，一旦反目，伤得更重。时至如今，她其实后悔让陈晓燕知晓杨树海那一段。

陈晓燕说，我才知道他不做拆迁了，在做公益。有个新媒体采访公益的热心支持者，其中有他。

她当然清楚金先生实际的进项是什么，没接话。陈晓燕又说，我从一些渠道听说，他除了公益，还做金融，也就是微贷。你不会不知道吧？

他的生意，我一向不管的呀。

微贷现在事情很多。前几天有人还不出钱，跳了楼。你和金先生在一起，将来撇不清的。

她觉得陈晓燕的话有些刺耳，立即说，做人要有良心，说什么撇清，我的房子店铺都是金先生给的。

陈晓燕笑了笑，说，这话听着不像你。

那声笑，触动了莫凡从选绣片那会儿越绷越紧的神经。她冷冷地说，我这叫自知之明。你会外语又会写东西，比我能干。像我这样的，如果不是当初有人扶一把，现在还不知道在哪里做什么。

我哪有你能干……我是为你好，好吗？他的钱来路不正，不撇清，将来你说不定要受牵连。

你想说我买房的钱不干净？就算不干净，也不像有的人，是靠家里死了人住进新房子。

说完便知道太过了。应该道歉。不，道歉也晚了。莫凡梗着脖子，昂然注视陈晓燕。就像当年她在乱哄哄的酒吧里，站在金先生旁边，颈项笔直，头发上沾着被人泼洒的酒水，睁大眼睛盯着舞台上不断踢起的白得耀眼的大腿。那一刻，前途晦暗又茫然，却不像此刻心乱如麻。

陈晓燕垂下眼说，你也没讲错。不说了。

冷淡的空气横亘在她们中间，直至回到上海。陈晓燕没再来买单支的玫瑰。她去蛋糕酒号也不再逗留，打包带走，偶然碰上了陈晓燕，彼此点个头。春天短暂地滑过，然后是夏天。进入秋天，她想，看来我们是很难恢复到从前了。

然后陈晓燕死了。

5. 散落的珠串

事后回想，杨其星的布丁带来的幻觉也就持续了十来秒。在当时，感觉漫长。

刚到上海的那些年，莫凡反复做同一个噩梦。在梦里，奶奶的香烛店烧了起来。火像一匹被风撕扯的破纱巾，颤啊颤的一口吞没了柜台里的锡箔元宝。火焰没有声音只有形状，兜头盖脸朝她扑来。她的身体如同灌满了水泥，无法动弹。火舌卷在脸上却不觉炙热，只有窒闷。她大汗淋漓地醒来，耳畔唯有自己的喘息声。

她很清楚为什么自己会做那样的梦。

离莫凡中考还有几个月的时候，父母商量，该让姐弟俩当中的谁回上海落户。按政策，知青家庭做父母的当初没能返城的，每家有一个子女的回沪名额。弟弟比莫凡低一届，成绩不如她。莫凡想，云南的教育质量和上海不好比，自己去了也要捏把汗，更不用说弟弟了。她在饭桌上和家人争了几句。妈妈说，姑娘家就不要离家那么远了，我们不放心。莫凡说，你们不也是年纪轻轻就离开家来到云南？爸爸说，你要懂得让着弟弟。她不依不饶叫道，明年说不定有明年的政策，你们可以给我更好的前途硬是不给，欺负人！说着便扔下吃了一半的饭菜，往外跑。妈妈在身后喊，你有本事就跑出去不要回来！

春夏之交，云南的天黑得晚，莫凡从农场宿舍区一直走到公路边。白日里尘土飞扬的公路经过黄昏光线的掩盖，显得洁净。路的另一边是田，田的远处是山，山背后的西面天空堆满了浅红的云朵，不断变换形状，红得愈来愈深，近紫。太阳迟迟不肯从云霞的缝隙消逝。

她知道太阳终归会落下去。就像自己终归会听从父母的安排。

支气管炎引发的咳嗽尚未痊愈，莫凡的脖子上系着妈妈的旧纱巾，用来挡风。一辆拖拉机突突突地开过，扬起尘土。她扯下纱巾，捂住口鼻，咳了几声。车走远了，她把纱巾捏在手里，像鞭子一样甩着玩。甩起来不带劲，就像她无从排遣的心绪。

听见一声"姐"，回头看，是弟弟。她停步转身。

"姐，我不去上海。我和爸妈说了，让你去。你念书比我强。"

她看着弟弟走近。他刚开始变声和蹿个儿，看样子明年会高过她。奶奶每年寄来文具书包衣服，指名给弟弟，没有她的份。她就算去了上海，也不会受到奶奶的欢迎。

她说："你这是孔融让梨吗？可是只有一个梨哦，让了，后面就不一定有了。"

迎面一阵急风，纱巾滑脱离手，兜住她的头脸。公路上飞沙走石，她听见弟弟的咳嗽声，被轰隆隆的声响掩盖。纱巾外的世界红彤彤的，迸出四方形的影。一辆车。她想开口说，靠边。弟弟的位置靠近路中间。纱巾让她开不了口。她试图把那团红色扯开。车发出一声不吉利的咕哝。像口哨。又像放屁。车影一晃，遮天蔽日般巨大。她仍在和遮头盖脸的纱巾搏斗，在弟弟的眼里，大概是狼狈的一团。他也注意到了身后来车，往边上让，喊道："姐！"

接着他的身体便飞了出去。

莫凡在巨大而直接的恐惧中往旁边一跃，摔倒了。等她好不容易爬起来，身上到处酸痛不堪，像章鱼般抓着她的纱巾不见了，一辆卡车停在几米开外的马路上，半个车头探出路沿，和车身扭成S形。她四处张望，终于看到弟弟躺在下方的田埂上，以一种奇怪的姿势。

司机疲劳驾驶导致事故，被判了五年。这个结果，莫凡是已经到奶奶家后从父母的信里得知的。认为儿子的死没有得到公义，他们无从发泄的怒火便倾泻在女儿身上。当然没有明着责怪她，只是信写得事务性，字里行间透着冷意。莫凡在上海没能考上高中，念了职校。无论是被奶奶当面骂，还是在商场忍受种种不快，再后来则是和张鸿同居的窒闷感，她都当作是报应。这是她曾经渴求的生活，在上海的生活。弟弟的死换来的。

很久没想起过弟弟了。那个血色的黄昏早已被她抛在久远的过去。今天忙了一上午，胃部空虚，打算吃甜食垫一下，没想到一口布丁下肚，幻觉如梦魇袭来。无处不在的红色，甚至让她的眼睛渗出了泪水。少年的嗓音在现实与梦的罅隙中响起，姐，我不去上海。

一个男人的声音说："你没事吧？"

是林同。他不知何时折回了店内，隔着咖啡桌站在她跟前。那头白发将她拉离红彤彤的幻念。林同的白发从几缕飞白到攻占整体，也就是近几年的事。隔着窗户，他身后不远处的烘焙间里，杨其星和店里的女孩正在忙碌。

没等她回答，他又说："你不会是想起陈晓燕了吧？"

她强笑着说："不是。我吃太急了，呛了一下。"

林同知道陈晓燕和杨树海的事吗？她搞不懂男人的友情，也想象不出他们平时都在聊些什么。很久以前看过他俩在叶维佳的住处吵架，理由可笑，是因为绘画的透视。有一天林同上着网，忽发感慨道，单点透视好傻，像照片一样，毫无意义。杨树海说，应试教育就是这样，除非你是大牛，不然就得按大多数人的规矩。林同举了一串外国人的名字，说，以前的画家也不那样画，说到底，透视法是后来被发明出来的。杨树海说，你看了不少理论嘛，可是，装作有文化，和你画得好不好没有半毛钱关系。说话时林同坐在客厅一角的电脑跟前，离沙发上看片吃零食的其他人有段距离。他跳下椅子，走过来踢杨树海的膝盖。他脸上没有笑容，看不出是玩笑还是当真动了气。杨树海伸手格挡，吼了一声，要打吗！离他们一米多远的叶维佳蜷起腿，像是被剑拔弩张的气氛吓到了。莫凡坐在L形沙发的转角，舒展着双腿看热闹。陈晓燕从洗手间出来，老远就说，干什么干什么，你们是小学生吗！她在杨树海和叶维佳中间坐下，紧绷的空气随之消散。

对了，从前只要杨其星不在，一直都是陈晓燕或林同坐杨树海旁边。莫凡总是选择离他远一些。乍看起来，他们这些人是因为叶维佳和林同聚在一处，其实杨树海才是众人的核心。可能因为他身上那种满不在乎的劲儿。

“警察找过你吗？”莫凡问。作为寒暄有些古怪。

“当然。也找过你吧？”林同见她点头，又问：“你觉得是谁？”

他指的是凶手。莫凡说：“猜这个有意思吗？等警察破案吧。”

“你会后悔跟她吵架不来往吗？”

所以他知道？是杨树海说的？莫凡眯起眼。“说真的，我后悔的事多了。人活到这个年纪，简直就像是后悔的N次方。”

“我可是比你老。”

“那你后悔的事一定更多。”

“多极了。有时候恨不得大哭一场，可惜哭不出来。我要是也吃个布丁，是不是能像你一样哭一下？有人说其星做的甜点有奇妙的功效，讲得好像魔法。”

莫凡当然知道“有人”指的是谁。她辩解道：“我是呛到好不好？再说了，你不是讨厌甜的吗？”

“是啊，很遗憾。”

他扶住椅背，莫凡以为他要坐下，他却转身往外走。吧台那边传来陆南说“再见”的语声。杨树海从洗手间出来，看到莫凡面前剩了大半的布丁，拉开椅子，在她对面坐了。

“你没事吧？”他的问题和林同一样。

“嗯？”

“就是……陈晓燕走了。”

从前只有维佳喊那个人“燕子”，其他人都连名带姓叫她。另一方面，他们用“维佳”而不是“叶子”称呼叶维佳，仿佛后者是某人专属的。不过，杨其星自从生病，对陈晓燕的称呼变成了“燕子”，可能因为发音容易些。

“事情太突然了，我总觉得不像是真的。刚才进门的时候，我甚至有种感觉，她还会像以前一样，坐在吧台边上。”

说完，她窥看对方的反应。他脸上全无表情，像是罩了一层壳。她忍不住想要试一下壳的厚度。

“刚林同来问我和她吵架的事，问我后不后悔……是你说的？”

“他也真是……抱歉啊，我和他说过。”

她看着他说：“你要谢谢我。警察来的时候，我没有说你们在一起。”

“哦，那要看你怎么定义‘在一起’。再说我是清白的，不怕你讲。”

即便短暂，他们毕竟有过不浅的交情。他说话的时候有种局促，是她所陌生的。她感到心脏收缩起来，在胸腔里聚成苦涩的一团。陈晓燕的死……难道真的是他？如果是，又是为什么？

*

黄依然从医院买眼药水回来，发现林同不仅没走，还进了吧台，正在和陆南还有杨其星聊天。奇怪的是他穿了店里的围裙。她闷闷地喊了声“星姐”。陆南说，里面一桌点了布丁，你去送一下。她走过去张望，没看见客人。

这时老板回来了，林同撇下其他人，和老板去了院子。客人也从洗手间出来了，原来是附近花店的老板，那个经常来打包咖啡的美女。上完布丁，黄依然跟着杨其星进了烘焙间，主要为了避开林同，怕他待会继续赖着不走。

“要我帮忙吗?”她问。杨其星显得困惑。她改口说：“我来洗东西。”

上午杨其星出门急，几只烤盘还泡在水槽里。黄依然把烤盘和送货用的亚克力盒子一道洗了。一字形的烘焙间三米多长。离水槽几步远，杨其星用厨师机打了个棕色的面团，然后把核桃仁在烤盘上烤香，掰碎了加进面团。黄依然擦干手，过来捡了几粒核桃仁吃。小时候好像吃过生的。孤儿院时代的记忆模糊不清。烘焙间的窗户很大，客人一抬头就能望见这边，她一直不适应。还好花店那位头也不抬地吃起了布丁。她隔着窗户眺望对面墙上的乡村画和坐那底下的花店女主人，终于下定决心。

“星姐，我们找时间上课吧。”

“嗯?”

“我和你，上课。就像，以前，晓燕姐和你。”

杨其星关了厨师机，看向她。“燕子。”

“对。燕子。她让我和你，上课。教你说话。哦不对，帮你康复。”

正常人大概首先会问，是吗，她什么时候说的?要是被问到这个，黄依然不免张口结舌。毕竟是陈晓燕生前最后一天。

杨其星没有问问题，表情像在反刍听到的话。黄依然几乎以为自己刚出了一道听力题。终于，杨其星点了头，继续操作。黄依然站在旁边，看着杨其星把长得像掺杂碎石的建筑材料的面团从搅拌碗里倒出来，放在案板上整形。是在做 biscotti。意式脆饼。整完的面团像面包的雏形。先烤到一定的程度，拿出来切片，再回炉烤脆。第二次烤完后冷却，就是成品。用小铜锅化巧克力酱，往半个巴掌大的细长脆饼的一边蘸上酱汁，晾干。杨其星会留下几片不蘸酱的给她。她怕甜，只喜欢没蘸巧克力酱的。脆饼吃起来滋味悠长。除了可可和面粉的香气，还有什么若隐若现，那是加在里面的盐之花。

等面团第一次烘烤的时候，杨其星着手整理。墙上，架子上，柜子里。金属的，硅胶的，木头的，纸做的。黄依然也是来了这里才知道，做点心需要一大堆零碎事物。尽管说话时给人脑子不好的错觉，看杨其星做点心就会知道，失语症损害的，仅仅是处理语言的部分大脑。

“星姐，晓燕姐最后一次来，有没有说什么?23 号那天。”

想必警察早就问过同样的问题。黄依然意识到，自己显得多管闲事。宋语最近像个侦探似的到处游窜，对她不是没有影响。她在24号去过陈晓燕的家，这事她没告诉任何人，怕引起不必要的麻烦。就在前一天，陈晓燕来店里订蛋糕，在场的只有杨其星。

正在开柜门的杨其星停了片刻才说："订了蛋糕。肉桂。"

谁都知道陈晓燕订了半打肉桂杯子蛋糕，被杨其星写在店里的记事本上。**陈，10/25，13: 00，6**。旁边画了杯子蛋糕，写了个"肉"字。

订了却没来取，杨其星专程送去，闻到煤气味，随即报警。警察破门而入才发现，订蛋糕的人死在家里。黄依然觉得杨其星运气不好。其后，杨其星只在家歇了一天就重新上班了，看着跟没事人似的，只有黄依然知道，星姐每天下午回到家，都把自己关在房间里听陈晓燕留下的录音，直到晚上。

黄依然知道那是怎样的录音。她在陈晓燕家听过。

黄依然喜欢的日本创作人兼歌手米津玄师，有首歌叫《阿门》（*Amen*）。网上查到的歌词翻译是：**求你们了，妈妈，爸爸，告诉我，生在这个世上的含义。我不要悲伤的回忆，只想要美好的回忆，献上祈祷的言辞。**

吸引黄依然的不仅是歌词，中间有段电子乐间奏，像在模拟心跳。每次听到，她都有种独自一人蜷缩在又小又暗的房间里的幻觉。男声合唱团以说唱的形式有节奏地低吟，喔，喔，喔，喔。米津在其间絮絮低语。话语过于低微，又被心跳和喔喔声盖住大半。

人人都说陈晓燕的日语很强，黄依然曾经问过她那段独白的含义。记得当时店里只有陆南在旁，老板出去了，不然她也没机会在店里放她心爱的小八。

陈晓燕说音箱听不到细节，用苹果耳麦接上黄依然的手机，凝神听了好久，摘下耳塞抬头笑道，还是听不清，感觉像是变成了我妈。

黄依然心想，这什么意思。陈晓燕解释般说，我妈和其星一个病，不过不完全一样，她听人说话有问题。

是指……耳朵不好？

你体检做过听力测试吧，医生拿手表放在耳朵旁边，问你是哪只耳朵。

嗯。

失语症当中有一种，叫作纯词聋，听力没问题，但听人说话的时候，就好像听这个藏在音乐背后的声音，嗡嗡嗡的一片。那种特别难医，我妈比纯词聋好一些，总之，她听人说话费劲。我家里人早就放弃了，只有我不死心，一点点试，先是指着每个东西，念给她听。等她能听明白了，让她跟着念，一遍遍矫正她的发音。有时候教了没几天她就忘了，又重新教。

……听起来有点惨。黄依然忍不住说，说完便后悔失言。

陈晓燕走后，陆南说，她对你不一般啊，她平时很少谈自己的。我也是偶然听说的，她母亲去世好久了。黄依然吓一跳说，是真的吗？她讲话的语气……好像她妈妈还在。她想起陈晓燕听歌时露出的像是怀念的表情。陈晓燕问了歌名，说要回去下了听。

有米津作为铺垫，黄依然后来常和陈晓燕聊几句，还加了微信。一天，陈晓燕问她，要不要来自己家玩。脱离学校和家庭来到上海，黄依然一脚踏入大人们的世界，多少有些忐忑。夜姐姐不知为何变得冷淡，星姐虽然友善，毕竟说不了几句话，陆南嘛话是够多的，可都是无聊的闲扯。陈晓燕像是个靠谱的大人。黄依然说，好呀，我休息天就去找你玩。

10月24日星期一，黄依然的定休日，她从虹口出发，坐地铁去了陈晓燕的家。微雨的天气，走在路上，她把兜帽拉在棒球帽上挡雨。她在夏天剪了男孩式样的短发，最近发脚长了些，被布料摩擦着簌簌作响。她不想经过蛋糕酒号被老板看到——杨树海对她单独外出总有些大惊小怪，每天带着她上下班，像个保镖或看守——所以在建国西路拐弯，穿弄堂去丰年小区。

陈晓燕住的老旧的高层小区让她想起于炎的家。她有一次和于炎分别装病逃课，去他家玩PS。她没有周末外出的自由，逃课是唯一的办法。于炎的一条腿小时候因事故轻微致残，走路比别人慢，班里同学不大和他玩，只有黄依然因为借手机之谊，从不嘲笑他。那天，两室一厅的家里只有他俩。于炎拿出薯片和果汁招待她。他没有什么异常举动，她却渐渐感到气闷。不是所有异性都只想着那件事，她知道。可是恐惧像一种毒素，流淌在她的血管里。下午还不到三点，她开始感到宜家风格的淡色客厅仿佛变成了《光行者》的一幕，16关的森林。臆想的枝条遮蔽了与外界的联系。她找了个借口离开，送她到门口的于炎显得落寞。爸那天在家，她回家太早会穿帮。徘徊在街上，看到一家书店，她走进去，站着看了三分之一本《龙文身的女孩》。

在于炎家的时候，他问，为什么你爸不给你买手机啊？别人说你家家教严，可我觉得你爸看起来还好啊，没有我妈凶。

怕我玩游戏吧。

他笑了，说，你没有手机，都已经是高手。要有了手机，简直不得了。

来到上海，从杨树海那里拿到一只旧手机，黄依然有种长大成人并获得自由的错觉。后来发现，拥有自己的手机，无非能够随时玩游戏听歌发微信，要说进步的确是进步，但既没有变成大人，也没有真正自由，反而连玩《光行者》的动力都衰减了。另一个进步是，她有钱了。杨树海把工资或者说零用钱打到她的微信钱包，一个星期五百，无从判断是多还是少。微信上的联系人寥寥几个，都是来了上海认识的。她隐身登录 QQ，看到于炎留言问她怎么突然休学了，是不是生了什么重病。她没有回复。杨老板说，你不用担心，都搞定了，你家里不会找你。她不知道大人们是怎么搞定的。她有时希望早上一睁眼，自己已长大成人，有独立的生活，有时又希望自己仍是个孩子，留在贵州山村的孤儿院里，所有的坏事尚未到来。

那天在陈晓燕家，她发现对方知道，自己不是林同的“表侄女”。要么是老板，要么是星姐泄的底。陈晓燕问老板对她如何，又说，他那个人看起来凶，其实很好的。他有时候比较粗心，要是有什么他想不到的，你尽管和我说。

黄依然从这番话感觉到某种亲密，她知道陈晓燕有男朋友，便没多想。

她们坐在陈晓燕家的客厅兼书房。房型和杨其星家有点像，细细长长的一条。这房子进门就是厨房，然后是浴室，客厅在中间，不像杨其星那里进门是厅。和客厅相邻掩着门的大约是卧室。厅里没有电视机，有个卷起来的投影屏（像老板家，黄依然想）。书桌上有苹果笔记本电脑，外接的键盘和鼠标，堆着若干杂志。两个大书架横竖叠放塞满了书。黄依然到书架前打量，发现书很杂，除了欧美的翻译小说，还有些她不感兴趣的，设计、旅行和其他看起来就艰涩的书。书架底下一整排都与失语症有关，看书脊就知道，有中文的，也有日文的，后者印着“失語症”和弯曲的日文字。

“你有好多失语症的书啊。是为了教星姐说话吗？”

“不能算‘教’，只是帮她康复。你知道失语症的原因吧?”

“是不是脑子里的一小片坏了?”

“嗯，大脑掌管听说读写的区域。具体到每个人，病症不大一样。其星住院的时候，旁边病房有个叔叔，中风以后，不停地讲话，但他的表达非常奇怪，连他家人也听不懂。那其实是另一种失语症。”

说个不停也叫失语症？黄依然愣了愣，说：“对了，我以前就在想，星姐不玩《光行者》好可惜，玩家反正都不能讲话。”正要解释《光行者》是个怎样的游戏，陈晓燕接过去说：“如果我是她，也不想玩。简直是嘲讽。虽然林同不是那个意思。我猜他是为了其星才做了那个游戏。”

“游戏不是游戏公司做的吗……他只是画背景。”

陈晓燕岔开去：“你想不想看我和林同一起做的专门给其星的教材？他帮忙配了画。”

黄依然知道林同是个厉害的画家。她看过他的原画，也上网搜过他的其他作品。她以为画家只画某个门类，如林同画水彩和丙烯，爸专攻国画的写意人物。没想到的是，陈晓燕用平板展示的却是四格漫画。稚拙的笔触让人没法和林同联系起来，画的内容也显得幼稚。

例如这一组。(1) 一个男孩将扁盒子递给另一个男孩。(2) 来了三个男孩，又高又壮，脸部线条粗糙，一看就是坏人。(3) 两个男孩中的一个满脸惊恐地旁观，其余的男孩打成一团，盒子散在地上，旁边几支颜料管。(4) 两个男孩手拉手回家，另一只手里各握着一支颜料管（颜料被画得很大，比例失调）。

“这是……看图说话?”

“差不多。这是练习一年多以后的教材。最开始是简单的训练。例如，对其星说，把本子放在桌上。笔放在本子中间。花了非常长的时间，才让她理解这些话并做出相应的动作。然后是连线题，就像小时候的语文训练，把两组短语连线。接下来是复述句子。还有就是听课文。课文都是我编了自己录的，可以给你听一下。”

陈晓燕放了据说是入门级的录音。简直是慢速汉语练习。她说，有实际体验的句子容易理解，所以录了些共同的回忆。譬如一起去了哪里玩，一起吃过什么。

“以前我们经常一起玩，四个女生，两个男生。现在再也没有那样的时候了。”

四个女生。除了你和星姐，另外两个呢？刚想发问，陈晓燕说：“以后你来帮其星康复，好不好？”这话来得突然，黄依然吃了一惊。

记得自己反问了一堆。为什么你不做了？为什么是我？她甚至感到，陈晓燕邀自己上门玩，就是预谋了这么一件差事。她还说，我完全不懂啊。

陈晓燕用一句话堵回来。“你就当是，嗯，报答他们收留你。”

她想说，可我没有要求他们收留我！我本来想留在夜姐姐那边的。她努力忍住了。陈晓燕既然和林同相熟，一定认识他太太。说出来就好像在哀求不属于自己的什么。

终于对杨其星提出“找时间上课”，并得到回应，黄依然完成了死者的嘱托，心头一松。老板不知什么时候离开了院子，正在窗对面和花店那位说话，他的背影挡住了视线。她踱到布帘边上，从缝隙窥看吧台，正好瞧见陆南在和林同告别，心说，总算要走了。林同朝这边望了一眼，她往后缩了缩。他一走她便神气起来，回吧台给手机充电，顺便放歌，*End of All Days* 是首慢歌，陆南在旁边说，今天怎么不放那个日本人的歌啦？

和老板一样，咖啡师喜欢 Patti Smith，显然他没听过 30 Seconds To Mars。她闲闲地问："你说宋语能查出个名堂吗?"

"我怎么知道。不过嘛，念念不忘，必有回响。"

她觉得陆南忽然文绉绉的很可笑，这句话倒是好的，不觉在心里念了一遍。老板过来了，显得心事重重。天晓得林同跟他聊了些什么，黄依然疑心是在聊自己。花店店主经过吧台往外走，陆南说"欢迎再来"，那边只点了下头。黄依然最近学乖了，麻利地去收桌子。可可的盛大香气钻出布帘，如气泡般充盈在店内。

杨其星从里间出来问："吃晚饭吗?"

杨树海说："中午吃得晚，还不饿。"

"我，"杨其星顿了顿才说，"饿了。"

造成卡顿，是因为她差点说"还不饿"。杨其星会不假思索重复别人的话。有一次杨树海不知从哪里弄来一包拼配咖啡豆，让大家测评。陆南做了手冲，黄依然一喝就说，好酸。陆南沉吟说，高酸，香味……好像有点薄？杨树海看向妹妹。杨其星说，好像有点薄？如果换成别人，听过就算了，杨树海盯着她说，你确定吗？她抿紧嘴巴，盯着虚空中的一点。如同半空中有两枚透明小人，正在执相反意见彼此争斗。终有一方胜出。杨其星说，酸。片刻后又说，乌梅。再停顿片刻，说，我喜欢的。那款豆子便作为"本周手冲"留下了。

看到把"我饿了"分成两截说的杨其星，黄依然感到，刚才贸然提议上课，等于给自己挖了个坑。这事和打游戏不一样，不是只要付出时间摸索规律，就能通关。

杨树海说："你一做点心就容易饿。依然你跟其星去吃点，然后回家吧，今天一早来的，你也累了。"

陆南立即说："我也一早来的，而且今天我本来休息!"

“你走了没人做咖啡。明天给你调休。”老板不为所动地说。店里只有陆南一个咖啡师，杨其星的右手稍有问题，没法用奶泡拉花。至于老板，他只会用机器做浓缩咖啡，用法压壶做法压。黄依然认为老板缺乏学习精神。

黄依然跟着杨其星去了嘉善路的本帮菜馆。落座后，杨其星花时间翻看厚重的菜单。陆南说过，星姐做任何事都有十二分的认真。黄依然等得无聊，登上《光行者》。夜月上次登录时间的数字逐日增大，说明一直没上线。确认之后，她退了游戏。

点菜对于杨其星来说，不亚于一场口语考试。“辣——炒，花蛤。马桥，香——干。小排，萝卜汤。蛋黄南瓜。”最后一个菜说得顺溜，可能因为是做点心的食材。没有绿叶菜。杨其星像个偏食的小孩。

“你吃吗?”杨其星问。

听起来像在问有没有忌口，毕竟相处了一个多月，黄依然猜到，那意思是要不要加菜。“不加了。够多了。”等老板娘收走菜单，黄依然举起白色瓷壶倒热水，从壶嘴洒出来的水将桌上的红丝绒晕开一团。她看着那团红晕说：“点完菜不应该问人‘你吃吗’，应该说‘你还要什么’。或者‘你要加菜吗’。”

“你还要，什么。”杨其星小声地重复，“你，要，加，菜，吗。”

“失语症是什么感觉?”

说出的话来不及撤回，就像洇在桌布上的湿印子般触目。黄依然觉得自己有点残忍。

“就像……那个断了。”

杨其星的表情不变，指了指对面少女的袖口。黄依然今天在运动外套里穿了件秋叶色薄毛衣，是杨其星买给她的。这会儿外套搭在椅子上，毛衣袖口露着粉晶珠串。她拿了第一周的工资在花店旁边的小店买的。刚拿到钱无比新鲜，什么都想买。

“手链。”黄依然用教导的语气说。

“手链，断了。要找到，一个个，穿起来。”

“找不到怎么办呢?”

杨其星眨了眨眼。像没听懂。

“要是你找不到你想说的词，说不出你想说的话，你怎么办?”

黄依然再次感到，自己像在欺负对方。在学校，她冷眼旁观有些女生合起来排挤某个女生，觉得她们很无聊。要有多空虚，才会从欺负弱者的行为找到乐趣?可是现在，自己好像在做类似的事，即便不是出于恶意。把弱者往墙的那边推挤。用话语。她第一次感到，话语有力量，有棱角。

这时几个菜陆续上来了。杨其星看来是真的饿了，对老板娘那边说：“米饭！两碗！”黄依然想说我不要米饭，转念作罢。看架势，杨其星一个人就能吃两碗。

第一碗饭快吃完的时候，杨其星长舒了一口气，伸手揉眉头。她身上堆积了许多的疲倦，黄依然从第一次见她就感觉到了。陆南也说过，星姐看起来总是有点累的样子。黄依然以为，那是因为天天早起花一个小时乘地铁到店里并用大半个上午做点心导致的疲累，现在她明白了，杨其星是心累。今天看起来尤其严重。

毕竟，每天每天都在拾取滚落到大脑角角落落的语言的碎片。

回家的地铁车厢满是刷手机的男女，如果就自己一个人，黄依然肯定和他们一样。既然和杨其星一起，她想要么“做做练习”。她问站在门边的杨其星：“你为什么不开车?”

杨其星听懂了，片刻后说：“坐地铁，锻炼。”

“锻炼?”黄依然思考片刻，“哦，你是说坐地铁是一种锻炼。”

旁边有个男的盯着她们看。黄依然向来对他人的视线格外敏感，那感觉就像别人的头皮屑落在自己肩上。她沉默了一站路，直到换乘八号线，才又开口道：“所以你不喜欢玩《光行者》吗?玩那个游戏不能说话，等于没有锻炼。”

杨其星摇头，说：“那些画。”

那些画怎么了，她没说。黄依然知道，不能奢求更详细的解释。

*

在陕西南路的中介店里，“步高大神”王老师分享了一堆八卦，对宋语来说，没有太大收获。

老头的话既冗长又不着边际，先分享了关于莫凡的男人的信息，说，金先生路道多少粗啊，老早做拆迁，这个你懂的。要我说，莫小姐开花店纯属吃力不讨好，一个姑娘家搬那些花花草草瓶瓶罐罐，根本是体力活嘛。

宋语当然不赞同这番女性无须自食其力只用坐享其成的论调，不过她表现得像个好学的晚辈，连连点头，不时抛出问题，让王老师发挥讲述欲。毕竟是中介，关注点除了钱就是房子。王老师提到，陈晓燕买房的钱来自一笔赔款，她的朋友开车撞死了她的母亲，事故以金钱收尾。关于陈晓燕患有失语症的母亲，作为她早年那个隐蔽博客的读者，宋语一直以为自己知道得比别人多。但博客从未提到那位年纪轻轻就离世的母亲的死因。

王老师絮絮叨叨地说，钱的流向，总是和死亡或婚姻有关。毕竟喜事丧事，都是人生大事。

“我也是最近听陈家舅舅说的，肇事的小姑娘家里老有立升的，浙江开厂的。大概出了事，败了气运，车祸后没几年，小姑娘的爸也去世了。小姑娘自己呢还算命好，嫁了个搞艺术的，相当有名的。哎，气运这种事真的是存在的，就像我们家……”

话题逐渐跑偏，陷入个人史和家族史布满蛛网和灰尘的角落。宋语有些走神。她想，陈家舅舅真是拎不清，跑到中介这里唠叨些陈年旧事。她还敏锐地嗅出，陈晓燕的至亲们正在算计她身后的利益。对她来说，贴着封条的902，是某人曾在其中生活的空间，但对有些人来说，那不过是按平方计算的一大笔钱。

陈晓燕和林同的交集到底在哪里呢？中介这里找不到答案，要么等隔壁花店开门，问一下莫凡。陆南说那位是黑社会老大的情人云云，对她来说倒不是问题。刚才在蛋糕酒号看到林同，她意识到，自己永远地错过了问对方的机会。你和陈晓燕怎么认识的。在陈晓燕出事前可以问，如今再问则是不合时宜的。

一直没问，是因为她知道自己不会得到切实的答案。采访那回，当问到喜欢的画家，林同报出的是在中国没什么人知道的日本画家鸭居玲。那更像是精心准备的回答，用现今的流行语说，是人设。

那边王老师又兜回他热衷的金钱话题，评论道，陈小姐的妈妈走得早，要是放在现在，就不是赔个几十万，起码要几百万。

宋语觉得这话很混账。

好不容易从话痨王老师那里脱身，到旁边一看，小凡花店的门依旧关着。门上贴的纸写有店主的手机号。宋语拍了照，没能立即下决心打过去。

回到办公室，诸多杂事缠绕过来。用电脑登录微信回了一堆人，从邮件发公司简介和采访提纲，查看刚排好的推送文章，让美编调整。忙得连喝水的工夫都没有。等她终于强迫自己起身去厕所，有个同事从电脑后面喊她，说有个快递在前台。

她最近没上网买东西。可能是从前有交往的公关和企业寄来的演出票或小礼物，纸媒时代的余温。这一类东西也越来越少了。在变动不居的年代，别说业务联络人，就连早年的采访对象，很多已纷纷转行。作家开餐馆，雕塑家变成时装设计师，画家在海外经营民宿。趋利的风气下，人人忙着把自己包装成网红。

前台拿到的包裹上的贴条是印刷的，还真是网店。难道我忙得痴呆了忘了自己买了什么？她纳闷着拆开四四方方的扁盒子，里面是一本厚重的十六开画册。

《光行者》设定集。

对了，早先陈晓燕说过要送她来着。宋语随口拒绝了，说，我既不是那个游戏的忠粉，也不是林同的粉丝。陈晓燕问，你为什么不喜欢《光行者》？我觉得蛮好玩的。她说，你不觉得这个游戏的设定各种变态吗？

说了不喜欢还是送来，这么固执。一贯的好为人师的固执。

宋语翻开精装画册，发现居然是签名版。林同的签名很容易辨识，双木林的两个短横被连成一笔弧形，像一张弓。竖笔和撇捺形成箭镞。同字缩在下方，犹如箭尾带着火焰。内页用了颗粒感的进口纸。大部分画显得陌生，毕竟她只玩了没几关。三维的景象变成了平面，仍保持着某种纵深。天空，海洋，树林，沼泽。就像在游戏中兜兜转转寻找出口，注视这些画时，她感觉到奇异的受困感。画家在试图寻求什么。那寻求的姿态强烈极了，上穷碧落下黄泉，然而在寻求之始，就知道终究无果。

埋头翻完一本画册，她沉吟片刻，重新在手机下载了《光行者》

游戏。

原先的用户名和密码居然还能用，登进去，发现自己站在第 9 关的入口。

大半年前游戏刚上市，“上海弄堂小 s”发了一篇应景的推送。不太像软文。文章开篇是《光行者》的试玩体验，一转变得深沉，谈起了语言在社会交往中的意义。

如今的大多数游戏，同时也扮演了社交 App。随着游戏玩家的低龄化，成年玩家会发现自己遇到一堆仿佛是新语言的游戏专用语。《光行者》这款游戏从一开始就摒弃了通讯频道，但随着关卡往后的难度不断增加，不组队很难过关。也许有人会说，是逼着大家线下面基一起玩吗？这波操作也是一种办法，不过我感到，《光行者》设计者的初衷，是向我们抛出一个问题。沟通的本质是什么？当语言被掩埋在黑暗深处，有没有其他途径，能让我们找到表达彼此的路径？或者说，当我们没有办法打字和发语音，在游戏的迷宫里，又该如何确认自我和他人？人与人的边界，是否会因此消失？

看到这篇推送时，宋语的感想是，不就是一个游戏嘛，搞得这么玄学。网上的其他游戏测评，重点都是“组队时要怎么绕过游戏方的脑残设定”。面基是被提出来最多的一种方法。少数人用第二只手机开语音或视频连线。不久后，开始出现了各种各样的蜡烛暗号。在网上搜索“光行者攻略”，最先跳出来的就是日渐增长的蜡烛符号对应表。玩家们琢磨出一套体系，用尽可能少的蜡烛表达最大限度的含义。她不止一次感到纳闷，假设这些蜡烛组合是个体玩家发明的，那么是如何迅速在网上达成共识的呢？也可能背后有游戏公司的谋划。

目睹那些蜡烛的对应字词，甚至有种奇妙的讶异，因为那就好像——

新的语言正在生成。

蜡烛语言很简陋，主要用来表达方位和距离，也有少量心情和社交词汇。你好。再见。大神。渣。下次一起。去死吧。SOS。感谢……

宋语在蜡烛语言流行前就弃玩了。后来有一次问陈晓燕，在游戏里“说话”是不是挺费蜡烛的？得到的回答是，我不太用那个。

她略感不解。陈晓燕是最早的一批玩家，玩到一定关卡后，不可能不组队。游戏就是这么设定的，从 15 关起别想做独行侠。不过，也可能是连线或面基的玩法。

那个人都在和什么人一起玩游戏呢？有些话当时没问，如今再也没机会了。

《光行者》有个离线烛光的功能。好友点起蜡烛，等你下次登录，能第一时间看到对方发来的烛光传讯。游戏商为此做了特殊的效果，离线烛光不像在线烛光那么清晰，一闪一灭。也有玩家吐槽说“像鬼火”。

宋语登录时有一丝侥幸，以为会看到游戏 ID 为“木木”的陈晓燕发来的离线烛光。说不定那个人在游戏世界留了言，用有限的蜡烛语言。然而，眼前的手机屏幕上只有灰色的 ID。她盯着屏幕，比反复看弄堂公众号倒数第二篇推送时更沮丧。最后一篇是友情广告，所以倒数第二篇是陈晓燕实质上的创作绝笔。

篇名是《其实我也有个冲浪的小梦想》。陈晓燕很少运动。她会游泳，一年里心血来潮去个几次游泳馆。那篇推送本质上是“阿姨式的花痴”，讲的是她新近迷上的日本作家，后者出道前曾在镰仓海边担任冲浪教练。文章的配图显示，男作家有几分明星范儿，肤色白皙，大概很久没混迹海滩了。

6. Biscotti

11 月 2 日星期三，把妹妹和茶歇的点心送到新天地，杨树海开车去了愚园路。

自从陈晓燕出事，他这几天想过无数次去林同的画室，迟迟没能下定决心。昨晚维佳在微信上说，明天进城办事，和人约在愚园路午饭，如果方便就在那之前聊一下。他说行。往西行驶的路上，他忍不住猜测维佳找他有什么事。多半和陈晓燕有关。蛋糕酒号开业那天，维佳来了店里，碰上了陈晓燕。后者一言不发，迅速走人。维佳追到门口说，放心，我就是来祝贺开张，后面我不会再来了。杨树海当时觉得两个女人大惊小怪，那起事故过去几年了，她们那么好的朋友，何必搞得像是有什么解不开的深仇大恨。

然而他的店一年年开下去，维佳真的一次也没出现。

去年年底，他和陈晓燕的关系有了实质性的改变。有时候，和一个人相识很久，也未必有机会了解对方的内心。他直到那时才明白过来，对那两人的反目，自己想得太浅，林同肯定早就知道，只是不点破。

陈晓燕无法原谅维佳。她一直近乎偏执地认为，维佳撞死她妈妈，是蓄意。偏执建立在臆测的基础上。她说，林同对她的妈妈陈鑫，有种不恰当的迷恋。

杨树海觉得那纯属被害妄想。妄想年深日久，变成阻隔的墙。他想，这辈子都看不到两个女人和解了。如果不是陈晓燕自己会永久地难过下去，和不和解的，他倒是无所谓。

维佳指定的咖啡馆在街角，还没到中午就将近满座，难得不下雨，门前的木台阶坐了抽烟的外国人，有人带着狗。其兴旺状态让同样开店的杨树海暗生郁闷。他往前开一段路找了停车位，步行折回，在店堂深处找到维佳，后者捧着手机，正用双手拇指飞速打字。她的忙碌是常态，不光是林同的事，她父亲留下的厂由亲戚打理，这些年靠她不断找国外的订单维持着。杨树海还记得第一次见到她，是个从不知忧虑也未尝过恐惧的大学女生，开口便问他，你有没有养猫或者狗？要是有宠物，它以后的玩具我包了。当时没有“壕”也没有“白富美”的说法，杨树海在心里给出定义，土财主。

那时的维佳一头长发，忽直忽卷。如今头发长度虽然变了，她折腾发型的爱好延续下来。记得上个月去杭州时还是卷发，今天重新拉直了，额前一绺蓝色挑染。

“我来的路上才想到，其实你可以来我们店里啊。等你忙完。”他落座后对维佳说。

“以前讲过不去的呀。不能因为人走了，我就没事一样跑过去。”

他苦笑。“说得好像我的店成了禁地。”

“小姑娘怎么样?”维佳避开话题，问起黄依然。

“上周警察老是过来转，我让她在家休息。昨天刚重新上班。”他说道，同样小心地避开陈晓燕的名字。

“哦，我不是问她的作息……她精神状态还好？”

“好得很。她休息那几天大概无聊，每天溜到我房间玩，以为我看不出来。再不让她出门，简直要上房揭瓦。你们和她养父那边谈得怎么样？不要将来安一个诱拐从犯罪名在我身上啊，那我可吃不消。”

她嗤嗤笑道：“你自己也说是从犯了，怕什么？我们都不怕。”

九月底，林同喊他开车送他们夫妻去杭州。有时他会帮林同送画给买家，像这样被支使着充任司机倒是不太多。两口子那天神神秘秘的，说要去见朋友，不能一起吃饭，让他把车停在钱塘江边高级住宅林立的街道。林同说，你别走远，待会随时找你。要换了别人，可能会觉得林同过分，朋友不是用来使唤的。杨树海只对林同和妹妹格外纵容，当下并无二话。

两个多小时后，回来坐车的是三个人，多了个女孩。杨树海以为是朋友的小孩跟着去上海，并未多想。回到南翔已是深夜，他打算回家，林同说，太晚了，你住这里吧。

他和叫作黄依然的女孩各分到二楼的一间客房。他几乎没怎么睡。女孩刚歇下，维佳和林同吵了一架。从他们的争吵中，他才得知事情的经过。

原来，林同在游戏里有个网友，两人常常组队，配合默契。有一天，对方突然发出和游戏无关的求救信号，看起来不太对劲。游戏嘛，谁也不知道那头是谁，是男是女是老是少。林同说他“一时好奇”，留了个电话。不是他本人的——怕对方是个骗子，他给了维佳的号码。维佳当即接到电话，那头是个年轻女孩，声称养父先是和朋友家的年轻保姆有不正当关系，最近又开始骚扰自己。女孩说，养母因为察觉到养父的种种不端而和他分居，现在家里就剩下养父和自己，她非常不安。谈话从电话转到 QQ，女孩道出养父的名字，是绘画圈有点名气的。维佳故意表示，那是朋友的朋友。本来只是试探对方有没有说谎，女孩吓跑了。维佳对林同说，大概我们被当成了一丘之貉。

维佳说间接认识那个养父，并不是说谎。画画的圈子就那么大。就在收到女孩求救的第二天，林同夫妻找了个借口去拜访那位画家在杭州的家，对方喝多了，他们借机看了那人的手机，林同当即决定，把女孩带走。如果简单粗暴地加以总结，是一场对象心甘情愿的诱拐。这种事该让未成年人保护组织或警察出面，由一个从来不做实事的画家和他负责一切实务的妻子做出来，像拿错了剧本。

想到让自己开车的铺垫，杨树海心想，什么当场决定，明明是有预谋的，而且是故意将人灌醉。但他是第一次看到维佳发火，那样子不知怎的让他想起了和爸吵架的大妈。她尖声说，你让我演戏，我就配合你演戏！现在人带回来了，难道要继续放在我眼皮底下？

她矛头所向的林同自不待言，就连杨树海，也明白她的怨气来自哪里。张一倩的事虽然翻篇，肯定仍是维佳的心头刺。杨树海看惯了昆明家里的纠纷，很清楚接下去将变得不可收拾，替林同遮挡道，你们明天把人送回去吧，不然人家家长要告你们拐带了。一告一个准。

维佳立即说，不行！

杨树海乖觉地闭了嘴，心里嘀咕，所以想怎样……哎，那个养父手机里到底有什么？林同当然是个冲动的人，怎么维佳也跟着做这种等于是违法的事？

林同始终一言不发。

最后仍是杨树海努力解围，说，放我那里，行了吧？让其星照看小姑娘。不过她家长那边，怎么交代？

林同这才开口说，放心，维佳会办的。

听起来相当任性。要说他的任性，也是维佳惯出来的。杨树海为之气结。维佳却像是消了气，没再叫嚷。杨树海了解她，为了林同，她不惜做任何事，从花钱到威胁人。当年刚认识的时候，她不过是个娇憨的富家小姐，谁能想到会成为这么一个精明强干的角色？简直是生活塑造人的典范。最让人无语的是，维佳在他回房间时叮嘱了一句，小姑娘以为和她组队打游戏的人是我。你别穿帮。

躺在客房带有柔顺剂气味的枕头上，杨树海就林同两口子琢磨片刻。他搞不懂他们。在他看来，他们夫妻的关系早就名存实亡。而维佳对林同仍表现出强烈的依恋，或者说占有欲。如果说小偶像的事比较久远，那么近一些的有，维佳换过几个助理，都是男性。她说，要搬画的嘛，男孩子比较好用。杨树海认为，本质上是防火防盗防年轻女孩。可笑的是，维佳低估了自己的魅力，几个月前，不得不把向她表白的上一个助理辞掉。维佳除了略矮，女人味十足。她的魅力还不在于脸和身材，源自那种飒爽的派头。金钱堆起来的派头。她爸妈的钱。后来是林同的钱。

在咖啡馆，仿佛为了让杨树海安心，维佳又说。“杭州那边，我可以保证，没事的。黄礼峰不敢找她，我们警告过他了。我今天找你来，也和这件事有关。”

她从托特包里摸出一枚银色钥匙形状的 U 盘。“我不想留在我手里，你帮我们保管吧，万一有一天会用到。”

“这是什么？”

“不是说过吗，我们看了他的手机。当时弄了一部分照片出来，作为证据。”

“……所以他对小姑娘不只是骚扰对吧?”

“怎么说呢,你看了就明白了。不过我还是建议不要看。看了会很长时间都心情不好。”

“不看。我收着就是。不过,你们到底怎么弄出来的……”

杨树海觉得林同肯定没这个本事。连微信都不用的人,智能手机也是最近两年才用上。

维佳淡然说:“那个人渣醉得死死的,用他的指纹开锁,再用手机的隔空投送就行。现代科技的好处。”

“你学文科可惜了。小姑娘知道你们有这些吗?”

“应该不知道吧。”

“真是个孩子啊。”

“本来就是孩子。”

“我一直觉得奇怪,你们去她家那天,是第一次见面吧?她就敢跟你们走。万一你们是坏人呢。”

“哎,你一口一个你们你们的,你跟我们明明就是一伙。”她喝了口奶泡塌陷的咖啡,用纸巾擦掉杯沿的唇膏印。

“就算是一伙吧。那你能不能告诉我,后面有什么打算?总不好让她一直在我店里混着。”

“快了,我在给她找学校。等落实了就帮她办转学。反正杭州的家是不会让她回去的。”

维佳的语气坚决。记得是林同“临时决定”把黄依然从那个家带走的。事情演变到这般地步,越来越像是维佳自己的主意。杨树海想起了一件与之无关的小事。

去年 11 月初,林同说要去日本九州玩。他来店里游说道,一起去吧，四天就够了，你就让你们陆南管店，其星提前多做些点心，反正是常温点心嘛，这个天气可以放。杨树海也想看红叶。给自己和妹妹办了三年签以来，只去了一次冲绳，再不用，签证快过期了。去问妹妹，她沉吟许久。不是那种为了倾听的沉默，更像在为难。杨树海正想再劝，妹妹说，叶子。他立即懂了。他们兄妹一向不触及各自的恋爱事宜，这几年妹妹生病，他更是把她当成牙牙学语的孩子，却忘了她只比陈晓燕叶维佳小一岁，如今也是三十出头的人了。林同早先帮着画了一堆连环画作为复健材料，谁能说纯粹是兄长般的照应？杨树海不敢深想，对妹妹说，算了，你留着看店，我跟他们去吧。

和林同夫妻到了言语不通的异国，感想只有一个，林某人实在是个大爷。他以英语不好为由，从买咖啡到问路，全部交给维佳。日本人的英语其实够呛，维佳每每连说带比画。不用说，酒店和行程都是维佳定的。林同大手一挥，说要去壹岐岛，路线便包含了那处荒僻的岛屿。从福冈乘快船过去，一个多小时的风浪颠簸，杨树海吐了。维佳笑他，你不是启东人吗，怎么怕出海。杨树海说，拜托，我大伯家是农民，不是渔民。

岛上没有高级酒店，他们在老旧的商务旅馆入住，杨树海研究地图，纳闷此地为什么算是长崎的辖区，明明离福冈近。他在港口拍了照发给妹妹，想到林同不用微信，不会随时联系她，暗生庆幸。

林同说要去神社。岛屿南北十七公里，东西十四公里，地方不大，神社不少。维佳包了辆出租车，用现学现卖的日语告知目的地，“jin-ja”（神社）。司机颔首，带他们环岛一周。退潮后才显现通路的小岛神社，伫立着两百多尊石猴的男岳神社。岛上也有佛教信仰，六尊石头地藏身披红巾面朝大海，仔细一看，石像没有脑袋。杨树海原本就对教堂庙宇之类的不感兴趣，大半天看下来，不光审美疲劳，还有种晕船般的恶心。结束包车，在港口附近的咖啡馆休息，他问林同，你到底在找什么？维佳看了他一眼。林同从帆布袋拿出水笔和素描簿，几笔勾勒出伸进海里的山坡，顶上有座孤零零的鸟居。原来林同在旅游杂志上偶然见到这个场景，一直想看实物。他不知道神社的名字，只记得是在壹岐岛上。

你再去问一下人吧。林同对维佳说。

维佳拿着本子到柜台，和店员交谈几句，往外走。杨树海眺望这一幕，忍不住说，你是不是太使唤人了？林同回以“我有吗”的无辜表情。十分钟过去，维佳没回来。杨树海起身出门张望，正好看到一艘轮渡离港。阴天的海水呈灰色，轮渡漂浮其上，如同白色的瓦砾。

她受不了林同，直接走了。这个念头浮现出来，或者说，更接近企盼。他回到座位，开口便是，你说维佳会不会走了？

你神经啊。林同说。

他们继续坐着。他玩手机，林同凭着记忆画速写。没有头的佛像。猿猴形状的山崖。他给维佳发了微信，没收到回复。这才回过神，三个人只租了一个 wifi，就在桌上。维佳这会儿没网。他想给她打电话，忍住了。林同没动作，他一个外人急什么？

仿佛过了很久很久，维佳回来了。

原来，咖啡馆店员也不清楚当地有哪些神社，维佳出门去找人问，一路不见人，不觉走了很远。主要是她一开始方向错误，没往轮渡口走，去了没什么店铺的反方向。她固执地走了二十分钟，终于撞见一个遛狗的老头，那人知道鸟居所在，帮忙画了地图。

林同心心念念的鸟居位于岛的北端，一处祭祀龙神的神社。他们在日暮时分抵达那里。维佳站在林同旁边说，是这个吗？要不要过去？

和他们隔开几步的杨树海有种奇怪的感觉。他感到，那对男女之间存在某种联系，比通常所说的爱情更牢固。简直就像一个负责做梦，一个负责将梦化作现实。他不再看那两人，眺望红色鸟居背后岬角的形状。像只鹰头。他心思微震，立即知道，林同不会走近去看。

那次旅行的其他时候还算愉快。该地盛产麦烧酒，比不上威士忌的丰富韵味，配菜倒是不错。岛上有个绳文弥生时期为主的博物馆，多媒体厅滚动播放的电影，讲的是从大陆（中国）乘船来的男孩爱上了土著模样的岛屿女孩。南地的秋来得晚，没看到期待的红叶，站在博物馆的展望台上，底下绿色的平原是一支国的遗址。壹岐岛是日本创世神话中第五个诞生的岛屿，别名天比登都柱，在古人眼里，怪石叠垒的海中峭壁，是创世之初的擎天巨柱的残余。

想到那次九州之行，近乎怜惜的情绪让杨树海脱口而出："你为什么不一个人去哪里玩一下？感觉你一直给自己太多压力。林同的画，现在就算放着不管，也能卖得很好吧。"

"放着不管可不行。经营画家，其实和做明星的经纪人差不多。要有曝光。不能太少，也不能泛滥。要有话题性。这个话题性，光靠画本身还不够。"

"……简直是打造网红。"

"难道不是吗？他就是呀。虽然他自己不上社交媒体。"

杨树海相信，林同听到这番话一定会气得不行。画家本人对自己的艺术有着绝对的自信，上个月还来店里跟他讨论罗斯科和马列维奇来着。林同画的不是抽象画，但也同样"意义先行"。他真正试图表达的含义往往晦暗不清，他本人则给出刻意走偏的解释。例如，有记者报道林同最爱的画家是日本的鸭居玲。杨树海认为那是随口乱讲的。

鸭居画了很多小丑。他的创作聚焦人性的暗面，一个个小丑以震慑人心的眼神，将观者钉在当场。《等待出场的小丑》中，眼角哭笑莫辨、嘴巴半开的丑角，原型是画家本人。他臃肿的身体被囚服模样的红衣包裹，整个人似乎随时会被鲜红背景吞噬。另一幅《1982我》，暗沉的画面上站满了人，有两处高亮，分别是中央的空白画布，以及人群一角的裸女模特。画家筋疲力尽地坐在空无的画布前，被人群围绕。观众会先被高光部分吸引，再看到那个隐在暗影里的画不出来的画家，继而感应到画中群众的奚落，乃至画家身上的死意。只有熟悉鸭居的人，会继续寻找小丑。这幅画里当然也有小丑，站在画布后，一脸的不合时宜。

鸭居玲终身苦恼于创作，后期除了自画像无法找到其他主题，多次自杀未遂，最后在五十七岁那年获得了死。被时代抛到峰顶浪尖的画家林同，从题材到风格一直变幻不定，和鸭居的差异不是一点点。他说他爱鸭居，但他甚至没看过原作，无非是杨树海送过他一本画册。他真正爱的画家很可能只有他自己。

聊到一半，杨树海接了个电话。莫凡问他能不能帮忙去店里拿气球。挂了电话，他注意到维佳探究的眼神。

“你现在好像变乖了。不，应该说你变乖很久了。”

他知道她指什么，只是笑笑。

维佳又说：“我有个问题，要是问错了人，就当我没问。你知道燕子找我是为了什么吗？其实，25号那天，她约了我去她家……我没去。”

他努力挤出一句。“她直接约你？她有你电话吗？”

她摇头。“当然不是，让林同转告的。我猜，她应该不是想找我和解。要和解，她随便问你们当中任何一个，都可以拿到我的联系方式。那天我本来想去的，没能去……有些缘故。现在想想，如果我去了，就不是其星，而是我，站在她家门口。”

她没有解释未能赴约的原因。杨树海也没问。其实他早就知道那个时隔十二年的邀约。陈晓燕留下的最后三条语音微信仍在他手机里，他听得能够背下来了。

有件事和你说……其实，我约了叶子明天下午来我家。让林同带的话。至于敢不敢或者愿不愿意告诉她，看他自己了。有些缘故，具体的以后和你汇报。

小姑娘下午来过，我把复健那套给她讲了下。感觉她比你靠得住（轻笑声）。

你今晚别来啦，我来那个了，想早点睡。

10 月 24 日的留言，晚上七点半。第二天，妹妹去了她家，发现不对劲，报了警。

而在那之间，他去过她的家。

杨树海制止自己回顾在那间屋子里的经历，注视着维佳问道：“林同去了吗?”

“嗯?”

“陈晓燕出事的那天晚上他在哪儿?”

“所以你是在怀疑他?”维佳笑了，“好意外。你，会怀疑他。要不是你以前实在太花了，我都会以为你俩有什么。”

这是他们的老玩笑，最初还是陈晓燕发明的。说他是林同的老公，维佳是林同的老婆。

“警察也来问过，问林同24号晚上在哪里。很奇怪，他们知道我们**老早以前**和燕子要好，说不定是莫凡大嘴巴讲的。我跟他们也说了，林同那天晚上和我一起，在南翔。如果不相信，可以去看我们小区的监控。”维佳把咖啡杯旁的纸巾撕成条，又揉成一个个小团，“你还没回答我的问题，你知道燕子有什么事吗？能让她找我的事，肯定不一般。”

“我不知道。真的。”

听到警察问及林同的行踪，又听到维佳以这样的方式为林同做了证明，他除了紧张，更多茫然。有个声音在心里说，看吧，谁让你自作聪明来着？

维佳离开去赴约，他在咖啡馆独自吃了午饭，然后去F&C接了妹妹和莫凡。她们先下车，他停完车走回店里，发现林同也在，胃部顿时像被人硬塞了一块石头。林同一看见他就说：“陪我去抽根烟？”

杨树海戒烟很久了。两人到院里站定，他看着林同点上淡味七星，心里默念，别犯傻，别说多余的话。

“小姑娘怎么样？”林同的第一句话问的是黄依然。连用词都和维佳一样，只能说夫妻果然是奇妙的存在。杨树海重新答了一遍，没提自己见过维佳拿了U盘，接着问：“把她带走到底是谁的主意啊，你，还是维佳？”

“你觉得是谁？”

“我原来觉得肯定是你，现在不太确定了。”

“有种说法是，夫妻从长相到性格，在一起久了会越来越像。我觉得这是歪理。不如说，潜在的同一类人比较容易在一起。说到底，婚姻就等于是共犯。”

用词听着有些刺激。“所以你们是雌雄大盗吗？”杨树海说完才感到并不好笑。果然，林同没笑。

“你妹妹怎么样？”

“你也看到了，和平时一样。”

“我的意思是，毕竟……那个人对她来说，不是普通朋友。一个教另一个说话，就好像母女，不对，姐妹……”

“陈晓燕走了，她当然难过。她在我面前一次都没哭。有一天早上我到她房间，发现她在听录音。以前的学习录音。”

“哦，好像她们这两年都没怎么上课？”

“不是好像，是没上课。”杨树海想质问对方，忍住了。“遇到瓶颈了吧。也可能，我妹只能到现在这样了。”

“她要是一辈子这样，你就一辈子不结婚，照顾她？我知道，你认为变成这样是你的责任，可是……”

“和我妹没关系。”

林同静静地看了他片刻，把半截烟在烟灰缸里掐灭。烟灰缸底下的树桩是杨树海在广告公司的前同事从老家弄来的，没做防腐处理，下半截长了青苔。

这时，一阵奇妙的既视感向杨树海袭来，仿佛在过去经历了此刻。他们站在蛋糕酒号的后院，几百米开外的高层建筑的九楼，有套房子贴着封条。房主离开了这个世界。因为一起谋杀。他认定是凶手的男人抽着烟，和他聊天。他强忍着，等伴随眩晕的恍惚逐渐消失，问道：“听说陈晓燕约了维佳。让你约的，就约在 25 号那天。”

林同挑起眉毛。“你听其星说的？她来订蛋糕的时候，我正好在你们店里玩。”

23 号陈晓燕来店里的时候，林同也在。无论是杨树海还是杨其星都没有将这件事告诉警察。此刻，杨树海也没有对他的消息来源做出纠正。

“她当时有没有说，找维佳什么事?”

“没有。其实我也很好奇。”林同的语气听着并不好奇，显得无动于衷。

“维佳听了什么反应?”

“她说再见面也只有尴尬，还是不去了。”

果然他不知道自己见过维佳。拒绝社交媒体的人跟不上变化。杨树海别有意味地说：“那如果维佳去了，我妹就不是第一发现人了。”

“是哦。”

林同离开后，黄依然和妹妹去吃饭，杨树海最后还是让陆南回去休息，店里剩下他自己。以前他总是一个人上晚班，这会儿倒有些不习惯了。黄依然刚来的时候连和客人打招呼都不会，站在桌旁等点单时局促不安，像多疑的小动物。现在她学会了单一麦芽和混合威士忌的区别，知道不同的木桶会带来迥异的风味。她认识了咖啡豆的不同产区，懂得店里做烘焙的巧克力原料分几个品级，茶歇的慕斯要用到产区巧克力，普通的用于饼干和蛋糕。学到这些，对十七岁女孩在这个危机重重的世界的生存，大概没什么用。但学校的课本知识又有多少用呢?

可以肯定的是，我们并不是活到老学到老。杨树海三十九岁，经常觉得，自己在那些可以称之为人生危机的时刻呈现的，其实是本能反应。岁月叠加的所谓经验，均是无用之物。一旦有个什么，他又成了海子，成了那个启东乡下的少年。

不管是妹妹出事的时候，还是最近。

时间对喝酒来说还早，他从烘焙间的保鲜盒捞了一只意式脆饼吃。盒子里整整齐齐码着饼干，蘸酱的工作看来要留到明天。就连妹妹也不知道他喜欢 biscotti。他中意那种介于坚硬和疏松之间的口感。吃脆饼让他想起嚼磨牙玩具的狗，所以只在四下无人的时候吃。他知道，透过临街的大窗，从外面看亮灯的店内，一览无余。如果此刻有人经过黄昏的街道，会看到一个男人在柜台里独自一口一口咬着脆饼。简直像霍珀的画。

陈晓燕在公众号写过妹妹的蛋糕。在她的笔下，那蛋糕隐藏着魔力——

你知道吗，我们在从生到死的过程中，会吃下多少糖？

糖分，是最容易被大脑吸收的营养成分。至今尚无研究表明，糖的摄取和特定的记忆有直接关联。

杨树海不爱甜食，店里的点心他只吃这款没什么糖的，倒不是因为陈晓燕利维等人对妹妹的蛋糕的“神奇化”。他边吃边回味今天先后和维佳以及林同的交谈，心情复杂。他原本认为肯定是林同。如果真的搞错了，那他为之所做的一切，简直像个神经病的举动。

脆饼噎嗓子，他倒了无年份的白州威士忌，兑上苏打水。白州是从中间商那里买的。林同给店里的酒高级得多，例如山崎的总裁签名版，市面上少见的余市原酒，几款限量版的秩父。这几年秩父的价格一路见涨，转手能卖不少钱。杨树海一半为了自己喝，对豪客们整瓶打包的建议从不动心。没有进货凭证的威士忌不在酒单上，熟客会主动问今天有什么酒。半个 shot 的价格从一百到三百多。某香港客人说，老板你这价格真公道。来蛋糕酒号喝私藏威士忌的，都是经朋友介绍而来，白天办活动的 F&C 的冯总也是其中一人。

白州加苏打水喝起来有股草药味儿。喝到第二杯的时候，店里来了客人。一个戴宽檐帽的男的，脑后留着形如老鼠尾巴的细溜长发。和他结伴的是穿红大衣的女郎。大衣在这季节显得过厚，脱掉大衣露出的黑色蕾丝裙又过于单薄。女郎下巴极尖，美瞳加眼影，双眸大得失真。那个男的是影视公司的，每次来都带不同的女伴，神奇的是长相如同一个模子刻出来的。要不是杨树海对人有极佳的记忆力，会以为他带的是同一个女人。

第一次在网上看到“脸盲症”的说法，杨树海颇感愕然。在他看来，人的五官就像球员身上的号码牌一样分明。自称脸盲症的网友当作例证的照片是蒂尔达·斯文顿和凯特·布兰切特，且不说这两名女演员的额头、颧骨、耳朵和嘴巴没有一处相同，她俩的鼻子形状也迥然有别。蒂尔达的鼻尖让人想起鹰隼的喙，残忍又优雅。那可是占据视线中心的鼻子，怎么能和另一个人混作一谈呢?

有一次他忍不住对林同发牢骚：“所以那些脸盲的人，其实根本没有‘看’，对不对?”

“观看是个复杂的心理行为。”林同莫测高深地说。

杨树海想说你在我跟前装什么逼，转念忍住了。从前他和林同说话肆无忌惮得多。这些年，他们的相处模式发生了变化。毕竟蛋糕酒号的启动资金是林同两口子出的。那两人不开车，他经常帮着送画或做其他杂事，偶尔回启东老家，也会去看望林同的爸妈。林同给家里在中心区域买了商品房，他爸妈嫌冷清，宁可住在村里统一建的楼房，为的是和杨树海的伯父母等老邻居们做伴。最近情况有些变化。林玲去年生了二胎，林同爸妈去南通长住，帮着带孩子。

影视公司的那位点了两杯莫斯科骡子，开始向女伴讲述鸡尾酒名字的由来。同样的宣讲，杨树海听过好多回。连遣词造句都一样的夸夸其谈从店堂深处窜进耳朵，站在吧台里的他不由得皱眉。看样子，一直到把人骗上床，此人用的都是拷贝粘贴的脚本。

做好调酒送过去，对方说，怎么不放音乐啊？杨树海回过神，原来音乐不知什么时候停了。他回吧台选了 Lou Reed。唠唠叨叨的有点吵，作为掩体倒是合适，他打算等客人抱怨再换。

喝骡子的仁兄忙着泡妞，没嫌吵。杨树海倒了第三杯，这次是 Edradour 教皇新堡桶。粉红标签的矮胖瓶子在一排酒瓶中间显得惹眼。陆南有一次指着说，老板，这瓶酒看着好娘哦。他回道，娘？60 度的酒，你觉得娘？给你一个 shot 干喝好不好？酒精过敏的陆南顿时尿了，说，我是指设计啦。

好酒加苏打水太浪费，杨树海用郁金香杯直饮，先举杯闻香。吸气时闭着眼，听见门口有动静，待睁眼，正好看到利维的新女友韩风进门。

开店久了，总会碰到从前认识的人。韩风算是一个。有些旧识变得更熟，也有些变淡。有一回遇到从前广告公司的总监，那小子不断说，厉害啊，自己创业，发财了吧？杨树海根本不是为了赚钱开的这家店，初衷只是让妹妹离陈晓燕近些，同时有个接触社会的窗口。他遇到过更可怕的误解，有人以为他开店为了泡妞，可见他床伴不断的旧形象有多深入人心。

韩风有几年在西藏，杨树海以为那是文艺女青年转向灵修之路，最近才纠正了主观的臆测。她在那边做项目，帮助当地人搞纺织脱贫。据说今后还要开展以当地年轻女孩为对象的技能教育。她的衣着贴合身材，乍看像是外国人喜爱的某一类浮夸女性。杨树海当然知道，她和外表呈现的不太一样。不过，他对她的那点了解，也是过去的事了。

他记得韩风每次都喝拿铁。“喝咖啡还是酒？现在只有法压和浓缩，我们咖啡师下班了。”

“给我杯汤力水好了。这可不是做生意的态度啊。”她调侃道，“做花式又不难，你怎么不学？”

“花式和手冲我都搞不定，我手抖。”他伸出手给她看。“像不像帕金森？是心理问题。看过医生，没用。”

手抖是从妹妹出事开始的。韩风看了片刻，“那你还拍照吗？”

他把加了柠檬片的汤力水杯子搁在她面前的杯垫上。“早就不拍了。用三脚架可以拍，不过我没兴趣了。”

“可惜。”

“没什么可惜的。反正我也不是特别厉害的摄影师。”

“哎，你给我拍的照片也没了。以前的电脑坏了，资料都没备份。”

他认识她当时的男友。以那次摄影为契机，他们睡过一次，或两次。他们有默契地在利维跟前不提旧事。就像杨树海能记住他曾经的摄影对象，他也记得睡过的女人们。丰腴的，骨感的。沉默的压抑。喉咙深处迸出的尖叫。私处的质感。气味。层次。高潮时的表情。记忆仅仅作为物理性的存在，像河底袒露的鹅卵石一样躺在他大脑皮层的某处。北京奥运会那年，也就是妹妹出事那年，他奔流不息的性爱之河消失了。不是改道，而是水源断绝。干涸。简单地说，他发现自己再也无法勃起。俗称 ED。

和手抖一样，是心理层面的。

记忆中，韩风是个在床上放得开的女人。杨树海羡慕利维，形而上的羡慕，落不到实处。食色，性也。他原本就对吃兴趣不大，现在没了后一项爱好，日子被过成了一本描红簿。今天描摹昨天的痕迹。明天是今天的重复。在不断描摹的过程中，有什么在走形。刚开始只是头发丝般细微，随着时间过去，变化巨大而分明，以至于他不愿回头加以确认。

他听见韩风问：“要不要我介绍个心理医生给你?”

“不用了，谢谢。我不太相信心理治疗那一套。”

今天是第二次听到心理医生的话题。上午，维佳问他，是不是该给黄依然找个心理医生。他想了想，拒绝了。

他心里清楚，之所以接过黄依然这个烫手山芋，不光是因为维佳那天歇斯底里的反应，更因为女孩身上有种让他担心的东西。那天在杭州回来的车上他就感觉到了，坐在副驾驶的女孩，偶尔会显出对成年男性的戒备。那时他还不知道她的经历，让林同夫妻跑去拯救她的那些个前因。她竭力藏起情绪的眼神，让他想起一些早该被遗忘的旧事。

杨树海在启东出生长大，由没有子女的大伯和伯母照看。启东是个海岛，当地并不都是渔民，大部分居民的收入来源是务农。杨家的邻居是个姓林的男人，妻子去世，留下个女儿。林叔叔和他后来娶的老婆生了个男孩，与杨树海同岁，就是林同。乡下没有幼儿园，杨树海的整个童年都是和林同一起疯玩度过的。小名叫毛毛的林同喊他海子。大人们喊两个男孩也用小名。林同同父异母的姐姐林玲比他们大三岁。男孩们升初中那年，林玲中专毕业留在南通工作，后来结了婚，完全是个城里人了。

杨树海还记得，他人生中第一次吃到蛋糕，是在七岁那年，长住昆明的爸来启东看他的时候。油纸袋里的蛋糕从上海带到启东，袋子上洇开斑斑油点。圆形小蛋糕的表皮呈棕黄色，蘑菇头在旅途中压扁了，裂口像雏鸟的黄嘴。蛋糕入口没有看上去那么油，甚至有点干，泛起沙沙的甜。每吃完一只，杨树海的手就自动伸进油纸袋，去抓取下一只。

爸看着他的吃相说："你有妹妹了，高兴吗？"

七岁男孩的手在袋子里捏紧了。蛋糕的碎屑让指缝和心泛起一阵痒。

"妹妹也有这个蛋糕吃吗？"他问爸。他对婴儿的饮食毫无概念。

爸看他的眼神透着古怪。很久以后他才意识到，那是混合了亲切和厌恶的神情。男人在男孩的脸上捕捉到不加掩饰的贪婪，也照见了自身。少年渴望蛋糕，渴望独占父亲的注意力，正如做父亲的渴求安稳，职业上的，家庭上的。

有时候，你想要一些，就得舍弃另一些。男孩不懂。暂时还不懂。他把刚才的问题又问了一遍。

爸说："我带你回昆明看妹妹，好不好？"

杨树海从未离开过启东。伯父母再亲，毕竟不是自己家。对他来说，近在眼前的家庭范本是邻居林家。林同的姐姐也不是林同妈生的，不过他家四口人和睦得像是从一开始就是一家人。

他想了想，说："看完了，我……还回来吗？"

爸看着他说："到时候再说。"

不管爸对他的将来有过怎样的规划，从结果看，他仍是爸扔在启东的多余的儿子。他进入五年制的小学，和林同一个班。后来他们一起考入当地最好的中学，仍然同班。中学离家远，骑自行车半个多小时。进校后，首先发现大多数同学来自渔民家庭，且出自同一所小学，这让他俩和另外两三个小学同学有种闯入别人地界的不安。

从学校再骑车二十分钟就是海。成名后的画家林同在访谈中提到初见大海的感动，采访者十分诧异，说您不是启东人吗？

外人都以为启东人住在海边。林同确实是上中学才第一次看见海，和杨树海一起。

比海给他们更大冲击的，是初三的混混们。升不上高中整日闲晃的一伙，有几个蓄着小胡子，在初一新生眼里完全是成年人。混混们经常旷课在操场边，体育课因此变成一种磨难。杨树海空有长手长脚，沙坑跳远的成绩奇烂无比。混混们哄笑道，长脚的蚂蚱都比你跳得远！林同在一年级的男生当中最矮，受到的嘲笑也就更多。

多年后看美剧《越狱》，杨树海震惊于犯人们自由活动时的状态。潜藏着恶意的百无聊赖，和操场边的留级生们一个样。

曾经，那伙人，尤其是他们的领头的，将日复一日的恐惧悬挂在杨树海和林同的初中生活。到了现在，杨树海忘了那个人的姓名，只记得学生们喊他“坡哥”。

坡哥的头发坚硬，疏于修剪，像刺猬般竖在头顶。据说头发硬的人，心硬。他常在课间到教室门口把他俩喊出去。到了双杠那里，两个人被勒令做引体向上。林同每每痛苦挣扎一番，憋红了脸，滑落下地。杨树海在旁边看着干着急，说，我替他做。坡哥不屑的眼神扫过来，他便闭了嘴。他也只能做一到两个。小学时，他俩就是被欺负的对象。杨树海他爸不在身边，他妈妈传闻是自杀。林同的妈妈是离婚改嫁。小孩的残忍有其社会性，以一定的准则将弱者分级。以为到了新学校便能解脱，没想到坡哥仍准确地把他俩从人群中揪出来，而且坡哥显然在欺负林同的过程中找到了乐趣，杨树海更像是买一送一捎带的。少年时的杨树海一直纳闷，难道他和林同身上有能被某些人一眼看出的标记？表示弱小可欺的记号？

初一过完，暑假来临，爸回来了一趟，带他去探亲。第二次去昆明，他隐隐看到了机会。只要他说服爸，让自己留下，就能永远逃离指甲脏污眼神凶恶的坡哥的支配。

爸和大妈住的不再是原来有长走廊的楼房，变成了带电梯的高楼，仍是单位分的。爸拎着行李在大厅和人打招呼，对方说，侄子来了啊，和你很像。爸说，像吗？他在旁边不吭声。他第一次来时，爸在火车上反复交代过，在外人跟前要喊“二叔”。在昆明家里待了没几天，大妈在饭桌上提议，让他在家也叫爸“二叔”，免得在外面喊错了。爸很少当面反对大妈，那天霎时变了脸色，两人吵了一架。

不管是七岁还是十三岁，杨树海难免为“二叔”的叫法感到刺痛。他有时想，爸还不如从一开始就将他骗到底，说自己是昆明的二叔，那样大家都轻松。

他要到更久以后才会明白，爸坚持让他喊自己一声“爸”，尽管只在家庭内部，是对大妈的反击。大妈已过世的父亲是冶金所的老领导，当初将爸提拔成业务骨干的人。

不知道是不是高楼的隔音比旧宿舍楼好的缘故，爸和大妈像是少了忌惮，经常你刺我一句我回你一句。为了逃避大人们造成的紧张气氛，他大部分时间都溜到外面玩。有时身后跟着小尾巴一样的妹妹。

他在给林同的信里写道，小学的时候，爸说让我来昆明念初中。现在我念了初中，爸一句也没提转学的事。高中好像很遥远。大学就更远了。说真的，我不想待在启东，也不想待在昆明，这里的很多事都不习惯。当哥哥有时候好玩，有时候不那么好玩……你还好吗，有没有去南通姐姐家？

那年夏天发生了一些事，没等暑假过完，他被送回了启东。他对林同说，昆明一点也不好玩，我以后再也不去了。说的时候，他是发自内心地这么想。

初二刚开学，有一场全市范围的中学绘画比赛。乡村中学师资不足，美术老师是由据说学过几年绘画的政治老师兼任的。每周一次的兴趣小组主要是学生们自己画着玩，水平可想而知。杨树海和林同是绘画小组的成员，一起报名参赛。原本约定去海边画日出，林同起不来。最后杨树海提交的是照着明信片画的蓝色大海和海边山丘上奶油蛋糕模样的白房子。工作以后，他在机舱杂志上看到希腊圣岛的照片，和他初中的画一模一样的角度。小时候觉得那是远得不得了的地方，如同梦中的天堂。二十九岁的冬天，他独自去了意大利和希腊，正值淡季，圣岛的房间不贵。岛上的时光有种特别的质地，像是被拉得又长又黏的麦芽糖。他逗猫玩了一个下午。那年妹妹还没出事，他的手很稳，拍了不少照片。

成年的林同和他各自去到很远的地方。他们都有寄明信片的习惯，对方看到的景色凝缩在风景明信片上。他收到过林同从日本寄来的樱花庭园红叶山脉雪景富士，美得像 PS 的。印象最深的是国内一个叫阆中的小城，三面环水，在明信片上显得与世隔绝。反面是林同向右倾斜的字："简直想买栋老宅在这里养老。这里属于四川，但是菜不辣，我很开心。"

没能起床画海上日出的初二学生林同交去参赛的画，是一只死掉的蜻蜓。用水彩表现蜻蜓的复眼和七色流转的透明翅膀，并不容易。林同拿了二等奖。杨树海觉得林同本来可以拿一等奖，如果不是这么奇怪的题材。

奖品是一盒进口水彩颜料，由教导主任在升旗时颁发。还没等林同回到教室，颜料被坡哥一伙人抢走了。学生们都说，坡哥一直毕不了业，看来要在这里混到十八岁。对杨树海来说，如果坡哥明年继续留级，就会成为自己的同学。想想都不寒而栗。林同在他们抢颜料时少见地反抗，挨了几下推搡，吃了一记耳光，肿着半张脸回到教室。他和杨树海都坐第一排，隔着走道和一个同学。整整一堂课，杨树海越过林同的同桌，不断偷瞄那边。他以为林同会哭，但没有。无人表示安慰。在中学，挨打是日常，只要没发生在自己身上就好。

那些年，杨树海的大伯放下田里的事，到城区做泥瓦匠，一周回家一次。他趁大伯在的时候提了要求。下一次回来，大伯给他带了一盒水彩。林同得而复失的牌子。美中不足的是，奖品是三十六色，大伯只买到二十四色。

水彩装在书包里像只哑炮，他一整天心浮气躁。终于放学了，他像往常一样喊上林同回家。他们骑二十六吋的车，他的身高可以坐在坐垫上踩踏板，林同只能从三脚架别着腿骑。他带着林同先去了他们的秘密基地。离学校不远的一处小树林，旁边有半个篮球场大的水塘。那里常常空无一人，偶尔有大人在塘边用网子抓鱼。天气尚未转凉，草木被太阳晒了一天，散发青色的香气。

在水塘边，他献宝一样把水彩拿给林同，说，二十四色，你看，白色有两种呢！

他们不懂品牌的显色差异，只知道颜色越多越好，白色超过一种便是高级。城里流行的盗版漫画直追日本的单行本进度，传到乡下要晚个半年。他们甚至没看过几幅真正的绘画作品，代课美术老师拥有几本印象派的画册，兴趣小组的成员们轮流翻过。当然他们知道梵高的向日葵，粗陋的复制品装饰在已出嫁的林玲的房间。对他们来说，梵高是夸张的费解的。他们受到的不多的美术教育，只要求一件事，画得像。

林同瞥了一眼那盒颜料说，我不要。

他生了气，叫道，我可是为了你，特意求大伯买的。

那我更不要。

一个声音在他们身后响起：这是在哄小媳妇呢？

杨树海抖了一下。坡哥从树林中走出来，脸上挂着戏谑的笑容。在坡哥营造的恐惧下过了一年多，杨树海学会了分辨，那笑容背后的心情是不是真的不错。坡哥今天不太痛快。他感到透不过气，仿佛口鼻被坡哥的手牢牢捂住。他曾被坡哥这样整治过，一直到他眼前的世界变成鲜烈的红色，炸开斑斑点点的黑，坡哥才终于放手。此刻面对坡哥，他慌了神，一扬手，把颜料扔进水里。

坡哥连看都没看那盒颜料，盯着林同。林同的脸色变得像纸一样白，急促地说，你先走。

这时候作为好兄弟，该硬气地说，我不走。杨树海没吭声。思维像是变慢了。

坡哥走过来说，小媳妇还怕人看见啊。说着揪住林同，后者顺从地跟着走了。杨树海一个人站在池塘边，下午的光线让潭水呈现浓重的绿色。靠近水边长着水葫芦，顶着紫色的花。颜料盒已经看不见了。他的鼻子和眼睛一阵酸涩。这时，树林那边有个奇怪的声音传来，像是有人想喊又忍住了，闷闷的一声。他意识到，林同在挨打。他四处张望，想在地上找块石头，可惜只有杂草。他们的自行车和书包在树林的那头。他应该过去看看到底怎么了。他也可以绕过树林，从田埂走回去。他想起坡哥的笑，林同的眼神。有个声音对他说，不要去！另一个声音说，你真屃。

最终他还是往树林走去，仅仅是为了不让自己显得那么屃。其实他怕得要死。不光是怕挨打，更怕被坡哥用那种目光盯视，仿佛他不过是地上的一条虫，随时可被踩扁。

那两人肯定没想到他会过去。事实上，他们没注意到他的接近。他看了一眼就跑了。不，或许是站着看了一会儿才跑的。后来的事他记忆模糊，只记得自己发狂般地跑掉，没有拿自行车和书包。抵达学校时，喉头满是铁锈味，像血的味道。他双手撑着膝盖，用力吸气又吐气，以为自己会当场倒地。晚归的学生们从校门出来，三三两两说说笑笑。没人注意到他。

鬼使神差地，他又回了树林附近。林同靠着自行车站着，看到面如土色的他，一句话也没说，踢开支架，开始推车。他跟在后面推着自己的车。到了大路上，他们一前一后骑上了车。看着林同从三脚架踩半圈踏板的背影，他的心头盘旋着恐惧消退后的惶然，还有深深的无力感。继而，是愤怒。那愤怒针对谁？他看不分明。

树林事件后的两周，杨树海悄悄跟踪过林同几回。

最近林同放学后都说有事，让他先走。他先骑车虚晃一圈装作离开，再到学校附近的游戏厅泡着，混在围观打游戏的人群中，眼睛盯着外面马路。

林同骑车经过，坡哥双腿分叉坐在后座，一副主子使唤奴仆的架势。他辨明方向，取了车，远远跟着。第一次跟丢了。第二次远远尾随坡哥和林同，发现他们去了海神庙。

海神庙位于俯瞰海湾的小山坡上。建于清朝的庙宇在破“四旧”的时候被烧了，前些年，香客们筹钱盖了间平房，人们又开始烧香参拜。管海神庙的不是正式的道士，是附近一户人家。

山坡的形状，远看像一只老鹰的头。站在庙后方的围栏往下看，恐高的人会头晕目眩。下方是海。海湾布满从拳头到脑袋大小的黑色石块，有些被海水磨圆了，有些依旧棱角分明。因为地形险恶，渔船通常避开这里，停在另一处湾口。人们把每个月初一十五打到的第一网鱼选两条送到海神庙，最后都被管庙的那户人家拿去吃了或卖了。小庙散发着鱼腥味。除了初一十五，基本没人来。通往海神庙的山坡和底下的海湾一样，由黑色的石头构成，中间一条路被人走平了，蒙了一层黄灰。整座山头寸草不生。

山坡底下停着林同的自行车。杨树海迟疑片刻，沿着山路走上去，在离海神庙百来步的地方停住。海风吹着一扇没关严的木窗，发出刺耳的摩擦声，有另一个声音混杂其间。

当然也可能是他的错觉。

他转身走了。

那段时间，林同的双眼下方挂着日复一日的黑眼圈，上课的时候总是趴着睡觉。林同越来越沉默，不再到杨家来玩。他主动去了林同家，爬上通往阁楼的扶梯，看见林同抱着膝坐在窗台上。土坯墙的房子，宽度可坐一个人的窗台不是后来城里流行的飘窗，纯粹就是个土台子。林同不看书，也不和他说话。就好像整个人的精神漫游到了一个远离肉体和现实世界的地方。

林同妈也注意到了儿子的异状，问杨树海，毛毛怎么了，最近怎么跟丢了魂儿一样。

他撒谎说，最近功课多，大概是学习累了。

她漠然地说，哦，他哪里会学习累，一有时间就画画。海子，你和他好好说一说，学习还是要抓紧，画画不能当饭吃。

林同的妈妈对女儿比儿子亲，可能是作为后妈，为了显示公平而导致的不公。他当然不可能对林同妈说什么。他自己家不是亲生父母，而是大伯和伯母，也不适合求援。日子就这样一天天延宕下去。

在十三四岁的年纪经历过绝望，所以杨树海一看到黄依然就知道了，那是曾经在日复一日的深渊前寻求出路的女孩。遇到林同，可能是她的运气，或是另一种坏运气的开始。他以自身经验知道，和林同扯上关系，很难说是好事。

关于黄依然的养父黄礼峰，林同评价说，那人像鼻涕虫，看一眼都好烦，我完全是忍着难受跟他喝了酒。

杨树海上网查了黄礼峰其人。网上不存在任何负面评价。照片上是个戴眼镜的中年人，看不出和鼻涕虫的相似之处。他以为黄是个老头，没想到只比自己和林同大十一岁，今年五十。仔细一想，自己早就是标准大叔。如果像云南的老同学们那样刚毕业就结婚，孩子都上初中了。这番设想让他心头一颤。无法想象自己成为父亲。

“你没事吧？”韩风问他，将他从越跑越远的思绪拉回来。

“嗯？没事。怎么突然这么问？”

“这附近的凶杀案。我听利维说……被杀的那位，和你很要好。”

他隐隐头疼。希望利维那小子在警察跟前不要口无遮拦。他和陈晓燕在一起的事没有声张，也没有格外避人。陈晓燕晚上来店里喝酒遇到过利维，还有一回，他带她参加餐饮同行的凌晨喝酒漫游，利维当然也在。他曾担心西班牙人大嘴巴告诉姜则，目前看来还没有。

尚未接话，韩风又说：“希望快点抓到凶手。”

“我也希望。”他给自己重新倒了一杯酒，“下午刚烤的意式脆饼，你吃吗？”

她点头，他走进烘焙间。进到门帘后，他立即蹲下，将额头抵在橱柜的不锈钢表面。空气仍残留着烘烤可可的香气，让他有妹妹站在身旁的错觉。那错觉如果再进一步，仿佛就能看到陈晓燕和妹妹一起站在这里。她们低声谈笑，陈晓燕将事物的名字传递给妹妹。词语有形状，有声音。人也有形状，有声音，有触感和温度。

他想起亲吻时她口腔里的气味。当他的舌尖滑过锁骨，她发出低低的一声，如同叹息。很奇怪，想起她时，最先浮现的却是这些容易消散的细节。他早就从太多的床事学到了，肉体的接触不长久。可仍然尝试过，失败过，懊丧过。他躺在她身旁，为自己仍然力不从心而沮丧，她抬起一条腿搭在他身上，仿佛是开玩笑般说，我应该羡慕莫凡对不对？

他吓一跳，说，怎么扯上莫凡？

羡慕她和你真正在一起过啊。

她和你说的？

嗯。以前讲过几句。

居然讨论睡了谁，你们女人真是……

你们不也会谈这些吗？

不会。

否认的同时，他意识到，自己想到的是林同。男人们难免聊下半身话题，他和其他熟人也不例外，唯独对着林同，彼此心照不宣地绕开了。

绕开的还有其他。从陈晓燕的死到今天，他一直压抑着，没有向林同问出不可收拾的问题。意外的是，维佳说她 24 号和林同在一起，还提到小区监控。听起来不容置疑。

他更加用力地吸气，强迫自己起身。站得急了，酒意上头。自从小姑娘来了，因为要照管她和开车送她回家，他晚上都不碰酒。前天星期一，陈晓燕的头七，晚班只有他一个人，过了十点，他请店里一干认识不认识的人喝酒。他自己滴酒未沾。那天夜里黄依然不在，他原本可以喝的。不喝，是怕自己在众人面前崩溃。

今天是很长时间以来第一次喝酒。他把两块脆饼装进碟子，怀着醉的预感。

7. 男友

星期五的餐厅后厨如同战场。好不容易熬到最后点单时间，客人们像是有填不满的胃，仍在加菜。九号桌要了烤三文鱼下巴，奶酪拼盘，冰淇淋。此刻甜点师最轻松，要做的只是把冰淇淋挖出来，摆在深色圆盘上，点缀树莓、蓝莓和薄荷叶，淋上装饰的巧克力酱汁。曾在法国蓝带学习的甜点师和蓝翔技校出身的厨师助理都是女性，而且年纪相仿，两人常有摩擦，起因是背景导致的歧视链。阿汤私下问姜则，等你接掌巧餐厅，人员要调整吗？姜则说，当然，得把蓝翔姑娘换掉。他对蓝翔其实没意见，只是不喜欢厨房有争斗气氛。蓝带留下，能成为噱头。他自己连蓝翔都不是，只上了半年的培训班，此后靠实际上手和琢磨，才有了今天。网络时代有的是各路大神把做菜视频放在网上，姜则的老师来自全世界，唯一的共同点是，他们都做意大利菜。

上海的意大利餐厅，尤其是高级的，多经过改良。姜则不追赶潮流，不做什么鹅肝泡沫鱼子酱啫喱，而是秉持好食材、轻调味的宗旨。比起红肉，他对鱼更得心应手。毕竟念过两年设计系，他的摆盘形式感强，比利维粗犷的乡村小店风格更适合拍照发朋友圈或微博。

利维本人如果知道姜则对他的“乡村小店”评价，尤其是，如果他知道自己将被老板开掉，估计很难保持今晚的愉悦。随着送菜铃声，加了一堆配料的三文鱼下巴被送出厨房，利维开了一小支 IPA 啤酒，仰脖灌下去半瓶，长舒一口气，喊道：“下班去蛋糕酒号，我请客！有谁一起？”

蓝带姑娘说，怎么又去啊。前天才去过。人家老板请你喝了几杯？两杯，不对，三杯。你这样隔三岔五地去，也不怕把人给喝穷了。

蓝翔姑娘照例是要唱对手的反调的，立即说，那个老板也来我们这里啊，利维还拿超贵的松露煎蛋给他吃。姜则在心里说，拿松露做人情，难怪阿汤要让你走人。

刚来了几周的新人小郑和蓝翔蓝带一样是九零后，比她们小几岁。他在旁边闷声收拾。姜则计划用他顶替蓝翔姑娘。前天带小郑去 F&C 出外勤，感到年轻人不够机灵。不过，笨而勤恳的下属，好过空有小聪明的滑头。还需要招一名副厨。为了筹备冬季菜单和平安夜的特别菜单，招聘工作最近就得展开。满脑子计划的未来主厨正打算悄悄撤退，利维却点名道：“姜则！你前天就没和我们一起，今天不要溜号。”

再过几天你就不能这样颐指气使了。一念之下，姜则没有推拒。收拾完厨房，他跟着利维往蛋糕酒号走。两个姑娘和小郑纷纷表示去不动了，似乎很开心有姜则垫背。从东平路的巧餐厅走到绍兴路要半个小时。姜则想，骑共享单车不是更方便吗？他没说出口，看着利维在前面迈开两条长腿。两人一前一后地经过永康路。最近市容整治，关了几家证照不齐的酒吧，也不再允许露天席侵占人行道。仅存的几家咖啡馆和餐厅此刻已打烊，显得萧条。利维向姜则抱怨永康路的变化。“去年，不，哪怕是今年夏天，你到了这条街，会以为自己还在欧洲。”

“这里是中国。如果喜欢欧洲，你可以回去。”姜则被自己语气的尖锐吓了一跳。

利维对反讽无动于衷，换了话题问：“举行过葬礼了吗?”

过了片刻，姜则意识到，利维说的是陈晓燕。他回答不知道。确实没人给他任何消息，他和死去的女友的交往尚未延伸到她家长辈。阿汤得知警察来找过他，第一反应是不要影响到餐厅大计，半开玩笑地问，你是清白的吧？姜则有轻微的心寒，笑着说，当然。

仔细想来，他甚至没有陈晓燕其他朋友的微信。现代人的交往方式就是这样，恋人还不如同事亲近，毕竟一天的大部分时间，你都别无选择地和同事们待在密闭的空间，分担彼此的焦虑、坏脾气、喜悦和少许职业满足感。

如果陈晓燕有工作，可以打电话给她的公司，问一下葬礼等事宜。自由职业者从社会被割裂出来，如同浮游的水母。找杨其星问是最直接的，她和陈晓燕要好，又有地利之便。不，就算办丧事，陈家未必会通知到那位，毕竟她话都说不清。对了，要么找那个胖子宋语。她在什么媒体来着？姜则边走边摸出手机，点开和陈晓燕的聊天记录，想搜寻她以前转给自己的宋语写的文章。他遽然一惊。

手机上和陈晓燕的对话只有一周多的量。从 10 月 11 日到 10 月 22 日，他最后一次见到她的前一天。分手时，他一气之下，把聊天记录全删了。

他的第一个女人是高中高一届的学姐，曾一起在外面的画室上辅导班。学姐后来没有考艺术专业，念了商科。他大一的时候，学姐从上海另一头的大学来找过他一回。他早就有了新对象，客客气气地请学姐吃饭了事。退学前的两年大学时光，他交过三个女友，都比他年长。某些姐姐们会在他身上捕捉到特别的信号，主动接近他。因为爸的债务，他没能继续学业，转去学厨，进了酒店餐厅工作。不久，已婚的大堂经理带他去别的酒店开房。那时工作的五星级酒店，几年后他以客人的身份入住，床伴是巧餐厅的客人。

看似来者不拒的姜则有一定的原则：不碰已婚女人；一段时间维持和一人的关系，分开后不再藕断丝连。在这个险恶的世界，年长的女人们给他带来的抚慰，不仅是肉体上的。她们是社会大树上经过更多风雨的枝条，他从她们身上学会为人处世，也不止一次利用过她们带来的便利。他当然是势利的，例如他有段时间的交往对象是进口肉类的供应商。那个女人是历任女友中最难达到高潮的，有时他必须靠不断幻想完美的熟成牛排来保持长久的勃起。他在约会中善于创造时机，不经意地提起自家那点破事。他原本可以成为设计师却当了厨师，全是为了替爸还债。绝不是卖惨。适度的逆境犹如催情的良药。女人们叹息，蹙眉，凝视他的眼神闪现怜爱。

只遇到过一个例外。陈晓燕。

那时巧餐厅刚开了半年多，阿汤尚未进化成彻底的资本家，餐厅在春节放假。姜则回家过年，还没到年三十，就和爸大吵了一架。原因是他发现爸不吸取教训，又开始和狐朋狗友打麻将。妈忙着餐馆的事，根本顾不上。老姜对着横眉竖目的儿子，嗫嚅着说，我也没有别的爱好，现在休息天白天老长的，总得找点事情打发。他这才知道，爸的朋友的公司倒了，连带着老姜没了司机的工作，转而去商场做夜班保安。五十出头的人过起晨昏颠倒的日子，并不轻松，但也不能成为重新开赌的理由。他这边气还没消，妈劝解道，则则啊，你爸打的就是小麻将，不来大的。我现在饭馆进账还可以，他玩玩没事的。他气父亲的不长进，却更看不惯母亲的袒护。妈私下拉住他说，你爸是个闲不住的，不赌就去跳舞，和那些老来俏的女人眉来眼去。现在这样，总好过我整天琢磨他在哪里做什么。

姜则乌黑得近乎阴郁的眉眼遗传自妈，爸是所谓的"男生女相"，细眉大眼，薄唇。以姜则的审美，爸并不是个美男子。奇怪的是老姜从来颇有桃花运，同为男人的姜则即便左右逢源，在爸跟前，有时会有奇怪的落败感。

他还记得，大学第一次放寒假回家，忽然发现，从小到大住惯了的新村显得破旧又荒凉。在上海工作了这么些年，近来每天大把时间待在巧餐厅的厨房，走出去便是旧租界风情的东平路和衡山路，更觉得青浦是彻头彻尾的乡下。小环境加上面对父母的气闷，他在家待不住，初一刚过，匆匆回了市区。

回到城里，面临另一个难题。阿汤和父母去了欧洲，留下女朋友赵玲玲在上海。那位大小姐过年无聊，每天微信不断，让姜则陪着看电影、吃饭和逛街。他内心自嘲是"三陪"，既不敢得罪准老板娘，还得提防着别过线。赵玲玲和阿汤在欧洲留学时相识，一个是政府官员的女儿，一个是父辈靠投资发家的小开，两人各打着念书的幌子在欧洲玩，很快一拍即合。如果姜则年轻个几岁，难免会动赵小姐的念头，不过他毕竟在餐饮界摸爬滚打了好几年，见多了攀不上高枝跌得惨重的例子。餐桌是人类活动的重要版图，餐厅犹如人生的缩影，后厨则是流言的最佳管道。他在厨房学到，钱权联合，不行也行。像阿汤和赵小姐这种组合，不管二人感情走向如何，双方家长自会努力促成他们走入婚姻的殿堂或坟墓。

换句话说，阿汤对于赵小姐来说注定是主菜。姜则不想成为前菜。

赵玲玲这天又来约，他回微信说，我在一个酒会。那边问，什么酒会，可以带我一起吗？他答，工作局。

不善饮的姜则很少参加业内的红酒品鉴会。出现在这个局，因为主题是意大利酒，还因为攒局的酒店侍酒师邀请了好几回。当然也是想躲开赵大小姐。

新派五星级酒店的室内照明走的是似明还暗的路线，让人丧失昼夜感。在高楼层的某间大厅里，一排排不同酒庄的红酒摆在绕墙的桌上，冰桶里镇着起泡酒、白葡萄酒和甜酒，来客们手持品鉴杯在通道上踱步，不时驻足请人倒酒，漱口品尝，吐进渣桶。这是文明进化到一定程度的奇怪景致，装扮优雅的男男女女伸长脖颈，频频吐酒。酒庄主人和代理商在每次倒酒后用垫布擦拭瓶口的残液，偶尔漏出少许，白桌布上洇开朵朵红色的残花。

他没怎么品酒，忙着社交，和商家或客人打招呼。如果不是大部分红酒对他来说难以入口，他想过考侍酒师的品级。只因他觉得，有侍酒师资格的厨师听起来很牛。姜则有他单纯如孩子的一面，他自己并未意识到这一点，也不知道正是偶尔流露的孩子气，让女人们在他身边流连。

远远看见一个摊子前站着某生鲜食材网站的买手，他正要过去，发现近旁有个女人很面熟。是采访过他的女记者。他搜寻记忆的同时，只见她尝了三种酒，顺手从身后经过的侍者手上换了新的高脚杯。她没有把酒吐出来，要么是天生海量，要么是小家子气。他上前一步，说了声“你好”。

女人看向他，笑笑说：“过年还忙工作啊？”

他举一下空杯，“哪里是工作，来玩。你呢，今天是采访还是自己来玩？”

“当然是来喝酒。这里有你喜欢的酒吗？”

“给不了建议，我其实不太喝酒。”

他陪着她转了几个摊子，发现她和在场的不少人认识。记得她不是美食版记者，上次是代同事采访，那么只有一个解释，这位是真的爱喝，经常参加大小酒会。她说站累了，去拿了小吃，又倒了半杯酒，他陪着去了休息区的沙发。他一共只尝了四种，都吐掉了，酒精从口腔渗透，他感觉到轻微的酒意，混合着疲惫。

女人说：“你看起来很累，过年也不休息吗？”

他肯定拿到过她的名片，想不起名字。“过年比平时更累，因为要回父母家。离家久了，很多不习惯。”

“你是上海人？”

“青浦。有些人觉得青浦不算上海。”

“你老板还觉得只有巧餐厅周边才算上海呢。”

他笑出了声。平时绝不会因为别人嘲讽阿汤而发笑，他很周到，在外面也注意老板的面子。

“你也是上海人吧？”

“对啊。”

“自己住？和爸妈住？”

她一个人住。他有了少许兴趣。他们又聊了些别的，按照他惯有的套路，话题转到他曾经念设计，“因故”做了厨师。这个女人算不上他喜欢的类型，相貌普通，皮肤倒是不错。可能他最近太烦躁，想找个怀抱让自己透气。也可能因为她偶尔变得尖利的话锋，让他有种智力上的愉悦。当他讲到爸的负债，他和妈为此狼狈辛苦的几年，以为接下来的发展顺理成章，她会说“你真不容易”，表露怜惜，后面的一切都可预期。

“你不是真的喜欢念设计吧。”女人说。

他一时没反应过来，表情空白。

“如果真的喜欢，外界环境再坏，也不会放弃。哪怕在厨房工作，也可以继续自学的。”

他想对她说，你知道当厨师有多累吗？然而他忙着震惊，无法反驳。他一直怀有受害者的意识，从未想过自己对设计的爱并不够。也许他其实天生是个厨师。故事本该有另一种讲法。

女人又说：“帮家里人还赌债，只能说你脑子进水了。不过，讲别人容易，如果放在我自己身上，我可能也会像你一样……不，我大概还是做不到你这样。”

该说她是尖刻还是诚实呢？她眉头轻蹙，像在回忆什么，喃喃道：“说到底，父母是没有办法选择的。”

他以为她家也有给子女带来难题的父母，经济上情感上只为自己打算的上一辈。以为她也是不得不承担过多责任的年轻人。他们正式交往后，他终于知道，她的“没有办法选择”，是指她早已过世的母亲。因为失语症的母亲，她小时候被同学们欺负，少女时期过得暗淡。而那句“我大概做不到你这样”，则是想到她再婚的父亲。子女对父母有其偏向，他向来爱惜母亲更多，像她这样把全部的情感投在母亲身上，对父亲怀着少许恨意的，倒是少见。

酒会结束，他和她回家过夜的第二天早上，才重新得知她的名字。陈晓燕。如今，这个名字及其伴随的记忆，仿佛注定要随着时间风化，毕竟连聊天记录都已被删除。

他们谈分手，准确地说，是她突然提分手，是在 10 月 10 日。那天是星期一，他难得的休息日，一起看了场电影。在电影院里，他一直在和阿汤微信打字，荧幕上的刘德华到底演了些什么，根本是云里雾里。阿汤对巧餐厅的改革有诸多构想，本来是要面谈的，他说再不陪女朋友就要引发家庭内部矛盾了。微信时代，跑得了人跑不了沟通，还得在手机上伺候着。

从电影院回了陈晓燕的家，他在沙发上继续打字，她洗完澡出来，在离他几步的桌上开了瓶白葡萄酒，倒了一杯。她甚至没有到沙发这边，坐在桌前喝了起来。他隐隐不快。最近她喝多了自行去睡，不是一回两回。上一次在这里过夜，他上床时她打着轻微的呼噜，他怕吵到她，缩在一角，心想我何苦来这里，还不如自己在家看个A片。

等她倒第二杯，他想制止她喝酒，她恼了，说他从来都只关心自己。他不是没发现，她在最近半年越来越沉溺于酒精。喝酒太多的她变得冷漠，像只受伤的兽。口角演变成争吵，最后她说，我们还是算了吧。他觉得她不可理喻。他其实不明白自己为什么要在一个眼看着走向酒精中毒的女人身上浪费时间。她早已不是媒体的中层，收入不稳，情绪更不稳，从任何角度看，都不适合当女友。

从警察那里听说她的死讯，他除了震惊来不及多想。过了这么些天，他回顾从前的点点滴滴，终于滞后地发现，前段时间的陈晓燕，就像一直站在悬崖边。她单薄的身形仿佛随时会坠崖而下。他不明白她身上的绝望感来自哪里，可能是抑郁症的一种。她死得离奇，因为他所不知的原因。总之他是永远地失去她了。目睹手机里不过十数行的聊天记录，他终于感到迟来的丧失之痛。

“我可以帮你问一下杨老板。他说不定知道。”

姜则花了点时间意识到，走在旁边的利维还在说陈晓燕葬礼的事。

“不用了。谢谢。有需要我自己会问。”

住在打浦桥的利维经常到绍兴路喝咖啡吃蛋糕，再走长长一段路去餐厅上班。早先大家以为利维在泡杨老板的妹妹，说话困难的点心师，因为他无比肉麻地喊人“星星”。最近他交了个据说在做公益的女友，用蓝翔妹妹的话说，“老外喜欢的款”。姜则不关心利维的私生活，他在意的是利维对蛋糕酒号的偏爱。曾在巧餐厅听到利维向来用餐的澳洲夫妇推荐蛋糕酒号，说那里的甜点“just amazing”。陈晓燕也爱杨其星的点心，可以解释为友情。搞不懂利维的爱源自什么。

为了不再想陈晓燕，姜则问：“你为什么喜欢蛋糕酒号的点心啊？比我们店里的差很远。”

“他家的蛋糕……有玄学。”

说了等于白说。姜则想，所以我讨厌自以为是的外国人。

蛋糕酒号吧台里没人，杨老板正在店堂深处扫地，看见利维他们，立即摆手说：“别过来，都是玻璃碴子。你们要不上隔壁？应该还开着，我有朋友刚过去。”

隔壁指的是小区大门另一侧的日料店喜久。姜则听陈晓燕讲过，她刚搬来这里的时候，喜久的位置是家生意惨淡的酒吧，后来那里开过茶馆、咖啡馆，都不长久。差不多和蛋糕酒号前后脚，喜久开张。老板匡志林是个在日本待了若干年的武汉人，陈晓燕熟稔地喊他“老匡”。她喜欢那家的炸鸡和炒饭，常点外卖。

刚开始谈恋爱那会儿，姜则陪她在店里吃过，以他的标准，喜久能存活是个奇迹。店里的吧台摆着三四只大钵，里面是每日更换的炖菜，有荤有素。菜单上没有生鱼片，只有十来种炸物和烤物，此外就是味噌汤、饭团、茶泡饭和炒饭。中午提供几种套餐，主菜是烤鱼、炸鸡或炸猪排，配几片咸菜少许沙拉，一块日式蛋卷，一份酱汤。这家店的午市生意是晚市的好多倍，让姜则想起大学附近的盒饭店。不难想象，借着外卖 App 的东风，喜久的生意肯定更加红火。关于巧餐厅要不要做午市，姜则和阿汤仍在拉锯。阿汤认为只做晚餐显得高级，姜则说，女白领未必愿意消费人均两三百的晚餐，但一定愿意偶尔吃个七八十的午餐。他建议，午市只需要两三款套餐，由副厨做就行，白班的服务人员也可减半，对餐厅来说，成本固然有所增加，口碑和效益都能见长。阿汤不起劲地说，那你还得规划菜单，培训午市的厨师。我是想赚钱，可也不想那么剥削你。

不想剥削听起来像个圣人。姜则从来搞不清这些有钱人究竟在想些什么。他看错了赵玲玲，那姑娘没有嫁给阿汤，再度出国。阿汤去年结了婚，女方和赵玲玲一样先经过他父母的甄选，同样是海归，在国企做一份闲职。阿汤的人生规划包含新餐厅，至少两个孩子，最好有个男孩，以后可以一起在欧洲滑雪，在南亚潜水。他有一回问姜则，你什么时候和你的作家女友结婚啊？姜则说，陈晓燕不是作家。阿汤笑着回，在我看来，写字的都是作家。姜则想，怪不得当初自己连半个厨师都算不上，就能被利维带来。估计在阿汤看来，能把牛排煎熟，就算厨师。

利维推开喜久的移门，大喊一声："こんばんは!"日语的"晚上好"。明明里面从老板到服务生都是中国人，姜则在心里翻了个白眼。喜久的格局和蛋糕酒号有几分相似，进门左手边是六人座吧台，吧台内是厨房，往里还有两张小桌，尽头是厕所。他前一阵陪阿汤看店面看多了，在心里先估算了喜久的平方数。

隔了一年多来到这间店，看起来更旧了些。和从前一样的是缭绕的油烟味儿，站在吧台内侧、脑袋上裹着印染蓝花布的精瘦的老匡。没看见服务生，大概下班了。吧台上的大钵尽数空了，只有一个剩几块莲藕排骨。他想，日料店卖莲藕排骨？老匡这是改做湖北菜了吗？

最里面一桌有个男的，正用小瓷杯喝日本酒。齐耳短发白得突兀。仿佛在哪里见过。

老匡对利维笑道："你不会也是从旁边被赶过来的吧？我这想要收档，一直收不掉。"

"猜对了！旁边怎么了？"

"客人打起来了。"

利维发出夸张的惊叹声，在吧台落座。姜则跟着坐了。老匡递上擦手毛巾。姜则问："怎么打起来了？喝多了？"

"不清楚啊，我又不在现场。"老匡冲里面那位说："林老师，刚才怎么回事？"

被称作"林老师"的人笑笑说："我也没注意。反正两个人进门的时候还好好的，转眼就变仇人了，好不容易才拉开。待会树海来了问他吧，他认识挨打的客人。"

听语气，此人和杨老板交情不一般。姜则浏览酒单。这时有什么隐隐叩击他的神经。他试图捕捉那个什么，酒单上的字像是隔了块毛玻璃。

利维说："你这么晚还在，少见啊。你不是早睡早起的人吗？"

姜则低声问："你认识？"

"咦，你不认识吗？林同，画家。"利维的声音在没有背景音乐的店里显得聒噪。"你和陈也很熟的呀。对吧？"后半句是对里面那位说的。

"陈晓燕？对的，我们认识。"画家点头说道。

姜则终于想起来，他见过这个人。一次在蛋糕酒号，一次在陈晓燕家的杂志上。他上厕所的时候翻看那本杂志，被一篇专访恶心到了，和陈晓燕有过讨论。当时他说，这个叫林同的，画的都是什么呀，这也能名利双收，一看就是市场炒作的典范。受访者的照片是在1933老场坊拍的，灰色工业风的水泥背景，画家戴一顶钓鱼老头常戴的那种卡其色软帽，身上是三宅一生的褶皱白衬衫，对着镜头的脸上有种仿佛是刻意的厌倦。文中提到画家与游戏公司的跨界合作，配图是游戏方最终并未采用的迷宫设计图。看起来像是盘绕的牛肠。

对姜则的苛评，陈晓燕平淡地回应道，只看一幅画，你就能断定是炒作啊？

他说，业界有些人做的菜，我没吃过也知道是炒作。都是套路。

她没说他们认识。甚至也没提醒他，画家和他有过一面之缘。直到今天看到没戴帽子的画家，姜则恍然想起，有过那么一个上午，他和陈晓燕一起从她家出来，到蛋糕酒号吃司康配咖啡作为早午餐，白发的男人和他们隔一个位子坐在吧台。陈晓燕和那人打了招呼，并未交谈。

诡异的是，在喜久认出姓林的画家的同时，另一段记忆跳了出来。姜则自诩“交往期间始终如一”，此刻猛然想起，自己和陈晓燕在一起的时候有过一次出轨。

那是一年前的秋天，比现在晚半个月，他用年假去了意大利。从头吃到尾的旅行，说是放松，更接近修行。陈晓燕没有同去。自由职业按理说随时有空，偏巧她在同一时期有个去日本采访烧酒厂的活儿。海外采访由邀请方出旅费，陈晓燕稍做权衡就决定舍意大利去日本。他们此前的旅行都在国内，自从陈晓燕没了固定收入，两人有种默契，机票和酒店由姜则出，她负责吃饭买单。姜则知道，她放弃欧洲行，是不想用他太多的钱。他当然可以豪气地说，你就不要管钱的事了，和我一起去吧。最终没说。有时候一转念间，人的本质表露无遗。他从来不是个豪气的人。

于是他和她每天在朋友圈各自晒风景，晒吃喝。这边的餐后甜点是一大块肥腴的提拉米苏，那边是撒了黄豆粉的年糕团点心。他照片中的一杯红酒通常只是浅尝，她发的一连串酒瓶，想必每种都喝了不少。他留言，少喝点。她回，知道，你替我多吃点。九州的红叶初染，意大利南部白昼温暖，早晚需裹围巾御寒。距离让他对她生出前所未有的想念，身体的欲求也随之高涨。有一晚，他在巴勒莫的一家平民餐馆吃了沙丁鱼意面和大虾，难得喝了一杯白葡萄酒，离开餐馆时，和他前后脚出门的东方女孩用中文叫住他。你是中国人？他点头，对方露出释然的笑容，问他要不要一起喝一杯。她补充说，这附近的酒吧，我昨天一个人去的时候老遇到搭讪，有同胞一起比较踏实。女孩的黑发在脑后束成麻花辫，薄大衣里面是皮短裤和长靴，腿形漂亮。他们挪到酒吧聊了起来。女孩是青岛人，在米兰念服装设计，这几天独自出门玩。她听说他是上海一家意大利餐馆的厨师，眯起眼说，以后有机会回国找你吃饭。看得出她家境优裕，年轻而无畏。他在她跟前觉得自己不像是二十七岁，倒像是三十七岁。他喝完半杯啤酒的工夫，她喝了三杯调酒。从酒吧出来，两人回了他的宾馆。一个人旅行，他住得节约。旅馆的墙薄得要命，她在他身下喊出来的时候，隔壁像是怒不可遏地敲打墙壁。她大笑，他不得不伸手捂住她的嘴。那个瞬间，他有种奇异的冲动，想用枕头压住她，让她不要叫喊，不要笑，保持顺从和安静。近乎杀意的短暂冲动大概是酒精的副作用，他醒来后便忘了。他们加了微信，没再有过交谈，至今偶尔会收到她的点赞。她的长相早已在记忆中淡化，只记得她的呼吸带着蒜味儿，西西里人做菜爱放蒜。

前几天从利维那里听说，陈晓燕是窒息而死。鬼知道利维是从什么渠道得到这个消息的。西班牙人既饶舌，又有其灵通的耳目。要是中文再好一些，简直可以去写新媒体的稿子。

说不清缘故，听到画家说和陈晓燕“认识”的时候，姜则感到了某种不安。近似直觉。他想，这个男人和陈晓燕才不是什么普通的熟人。但要因此得出结论说“有奸情”，未免牵强。他久违地想起西西里岛一夜情的女孩，连带着沉在大脑深处的杀意。记忆中的自己像是个陌生人，他忍不住和老匡要了杯啤酒压惊。

老匡递酒过来时说：“少见啊，你不是一直都喝乌龙茶的吗?”

这时杨老板来了。喜久的移门很矮，那位进门时低着头，仍然碰了一下。开口便是：“你这个门是故意歧视一米八以上的人吗?”接着对画家说：“缩在里面做什么，坐过来吧。店里小姑娘都下班了，还要老匡一趟趟给你端过去不成?”杨老板在利维身旁坐了，画家端着酒壶酒杯挪过来，坐在吧台的一端，和姜则隔着两个人。

杨老板带了半瓶威士忌，老匡给客人们和自己都倒了些。姜则连啤酒也喝不完，威士忌仅仅象征性地沾唇。闲聊间，首次听说老匡大学念的是机械制造，出国前在日企当工程师。剩下的莲藕排骨很快被吃光了。老匡做了炸鸡，拌了皮蛋豆腐，利维突然喊饿，于是又烙了饼。简直不知道这是家什么菜系的餐厅。姜则内心对老匡的厨艺仍然评价不高。老匡像抱怨又像炫耀地说，现在午市的外卖每天做得我烦死了。

大概喝多了，老匡还讲起了他的初恋。

那是他在工厂时代的女同事，日语系毕业，比他晚两年入职，担任部长秘书。工厂位置偏，他和女友各自跟同事合租在附近。自从开始谈恋爱，两人偶尔周末进城，算是小小的奢侈。住处连地铁都不通，得先打车到最近的地铁站。女友喜欢吃淮海路上长春食品商店的海绵蛋糕，他们每次从地铁出来，先去买蛋糕，拎着袋子去影院，女友边看电影边吃。日本同事过来出差，带的手信是长崎蜂蜜蛋糕，他总把自己那份留给她。

他们原本打算等房子到期租在一起。交往不到一年，有段时间女友说不舒服，不让他碰。他没往心里去。后来有同事不知是出于好心还是恶意，来和他说，你女朋友现在和研发部的某某走得很近，你知道吗？

某某是个日本人，有老婆孩子，单身赴任来到中国。他的第一反应是拒绝相信。一个周六，他约女友，她说要加班。他带了吃的去厂里办公室找她，她不在。再去她的住处，室友说她周五晚上就没回来。大概看他一脸抓狂，室友提示，某某手上有明年去日本总公司进修的名额。

再后来的故事很老套。女友和他提分手，不久便赴日进修。她走后，他在一次公司聚会上借着酒意打了某某，出乎预料地没有背处分，但越想越窝火，索性辞职。然后他去了日本。不懂日语的他用全部积蓄报了大阪的语言学校，到那儿以后也没认真上课，在鱼市场打工。那是全靠体力的苦活，在防水围裙、橡胶手套和高筒橡胶靴的防护下，搬装鱼的箱子，杀鱼，处理内脏。久而久之，身上的鱼腥味洗澡也无法散去。唯一的好处是报酬不错，而且可以拿边角料回家，省了伙食费。

“第一次吃到活章鱼的时候，我吓坏了，吸盘吸在舌头上，感觉像 kiss，怪恶心的。签证到期我也没走，黑在那边，为了存钱。到后来真是吃腻了也弄烦了。你看我这里以肉为主，菜单上只有个烤银鳕鱼。经常有客人说，日料店怎么不做生鱼片。”老匡苦笑着说。

杨老板说：“怎么讲起奋斗史了？讲你女朋友。后来怎么了？”

“没有后来呀。我们没再见过。和从前工厂同事也没联系了。我想说的是，要不是被她刺激到，我也不会脑袋一热打了人，跑去日本。也就没有这家店了，说不定现在还在画图纸。”

利维在旁边频频点头，不知是表示赞同还是纯粹喝多了。画家在吧台那头匀速地喝着酒。姜则没发表意见。老匡说的一个细节让他隐隐触动。老匡的前女友劈腿的同时，不再和老匡有身体接触。

陈晓燕提出分手前，他们最后一次做爱是什么时候呢？

他们真正意义上的最后一次，是她提分手，他去找她的那次。那之前很长一段时间没有床事。他今年特别忙是原因之一。她日渐加重的酗酒也有关。她说分手的时候，他出于激愤质问，你是不是有人了？她否认。但他的疑念并未因此消失。如今回想，她去世前一周，他试图复合，几乎是半缠半磨地和她睡在一起的那个晚上，她的身体不是没有陌生感。那时他以为是生疏导致。她在后半程转过身，让他从背后进入她，像是为了避免看他的脸，又像是，她试图把他想象成另一个人。

警察来的时候，他先是震惊，然后忙着撇清，忘了提出陈晓燕可能还有另一个男人。另一个，暧昧或交往的对象。

坐在喜久吧台边的姜则喝了半杯生啤，以他的酒量算是多的。疑念在他被酒精点燃的头脑中蹿起火苗。他感觉到隐秘的共犯的气息，看来利维和老匡等人都知道陈晓燕的什么事，是他不知道的。他越来越觉得，几乎没怎么开口的画家十足可疑。他开始无法自控地臆想，画家和陈晓燕肢体交缠，在她开始叫喊的瞬间用双手勒住了她的脖子。那双画画的手。他耽溺于幻想的同时，那边老匡正对杨老板说，我在日本一次也没吃过长崎蛋糕。有一次我在你们店里看到蜂蜜蛋糕，莫名其妙地怀了一把旧，吃了一口，把我给吃哭了你相信吗？我自己都不敢相信！利维点头道，和蜂蜜蛋糕没关系啊，因为是她做的，都说了有玄学……杨老板说，你们都喝多了吧？三个中年男人此起彼伏的唠叨声中，姜则伸长脖子看向画家。那人正好朝这边看过来，注意到他的视线，像是有些愕然地笑了笑。

8. 老师

从江苏路地铁出来，经过市三女中，便到了长宁路。右拐入长宁路，前方左侧几栋灰色高楼映入眼帘，叫作八八中心的楼盘看着就价格不菲。

星期三，和“步高大神”的聊天没有收获，又被画集刺激到，晚上回家，宋语在网上执拗地搜索和林同有关的文章。翻到比较早的采访，林同说，他基本是自学的，此外在一位老师家学了点素描。幸运的是获了奖，得以拜萧侃为师，萧老师是他唯一的也是重要的老师。

圈内人都知道，萧侃和林同的关系不能简单地总结为名师高徒。萧侃在几年前去世，终年不到六十岁，有媒体说是“早逝的天才”，也有公众号爆料说“画霸和他的江湖”。无论萧侃究竟是天才还是画霸，他的画定价不如林同。做学生的对外一直表现出尊师重道的模样，半点不提老师对他曾经的严防死守。

林同获鸿艺奖的画作《无题》在网上没有存照，毕竟是十多年前的事了。宋语曾在采访中问过林同，得到的回答是画作属于青涩时代，不值得回顾，已被毁掉。无论是当时还是现在，宋语都不相信这个答案。艺术创作者有自我怀疑的，也有自恋的，林同绝对是后者。

网络时代的便利在于，任何细节一旦被放到网上，就有迹可循。获奖作虽然看不到，打开几十个窗口后，终于让宋语在一条几行字的报道中找到了指导老师的姓名。霍玉色。想必就是那个仅被林同本人在公开场合提过一次的启蒙老师，他当时连姓也没透露。宋语继续搜索，找到了霍老师的微博，上面放的是学生们的作品。看样子，这名老师教的主要是应考美术院校的初高中生。遍地都是的考前培训班之一，难怪林同含糊其词。宋语给对方发了私信，说亲戚家的孩子要学画，想上门看看。几分钟后就收到了回复，约在11月4日星期五。霍老师给的地址是长宁路某小区的二楼。

到门口比约定的三点整早了十几分钟，来应门的霍玉色穿着像是优衣库的高领紫红色针织衫，灰色羊毛格子呢长裤，家居拖鞋。女学生模样的波波头，无框眼镜背后的眼角看不出鱼尾纹。小腹微凸，整体还算匀称。对方看起来不超过四十岁，让宋语轻微诧异，她原以为，既然是林同的老师，得是六十朝上的人了。要晚一些她才会知道，自己的判断力不行，霍玉色今年四十七岁。当然，作为林同的老师，仍然过于年轻。

寒暄过后，霍老师立即问："你外甥怎么没来?"

宋语继续扯谎道："今天先聊一下，下次再带小朋友。"

屋里像是在煮什么东西，盛大的香料味从打开的门涌出。"进来坐，学生们就要来了，待会马上乱哄哄的。"霍老师示意她门口一排拖鞋随便穿。等宋语进了屋，主人并不在客厅。进门左手边是厨房。隔着玻璃移门，紫红色的背影在全白的厨房里。厨房很新，更衬出客厅的旧。

厨房过去有道横走廊，大概通往洗手间和卧室。老旧的客厅采光良好。尽头的阳台打通了，一侧有个放满了石膏像的架子。靠近厨房这头是长方餐桌和餐椅。从阳台窗到餐桌是片完整的空地，没有通常的沙发电视等陈设，角落里有只木箱，上面是一尊比真人脑袋大的石膏头像，围绕雕像摆着一圈小凳子。宋语数了数，七只小凳，六把餐椅。拼木地板上，尘絮被阳光照得分明，显然主人不爱打扫。

宋语选择对着阳台的餐椅坐了。戴着隔热手套端着锅的霍老师从厨房出来，把汤锅放在餐桌中央的软木垫上。黑色的汤里漂着棕色的球体，茶叶蛋。她扯了张纸巾放在宋语跟前，用勺子捞出一只蛋，搁在上面。

“吃吧。”霍老师在餐桌的窄边落座，斜对着客人，自顾把另一只蛋的蛋壳在桌上敲碎。宋语有种错觉，仿佛自己成了很小的孩子，因为某种原因被老师留堂然后带回宿舍，在那里等妈妈来接。她没有碰那只上色不够的鸡蛋，开口道：“其实我没有外甥。”

“你是记者吧？”霍老师剥着蛋壳说。

来不及吃惊，那边又说：“警察已经来过了。你看着不像警察，又是从微博找的我，那么应该是记者了。”

“警察来找你做什么？”情急之下，宋语忘了用“您”。

霍老师咬一口鸡蛋，皱眉咀嚼，那样子像是对入味程度不大满意。她咽下鸡蛋才说：“现在的记者都不做自我介绍的吗？”

宋语赶紧递了名片过去，补充道：“我们是新媒体。”至于做日本生活方式这一点，她特意略过了。思绪在“警察”二字上打转，忍不住又问：“警察找您什么事？”

霍玉色把名片搁在桌上，盯着手里咬了一口的鸡蛋，仿佛拿不定主意继续吃它，又仿佛茶叶蛋变成了一枚定时炸弹，她正打算把它给扔了。终于，她下定决心般抬头凝视宋语。“陈晓燕有什么话要你带吗？”

没想到会在这里听见这个名字。宋语结结实实地吃了一惊，半晌才说：“……她已经过世了。”

“我知道。警察告诉我的。所以她没让你带话？”

“我都不知道您和她认识。我是搜林同搜到您的。林同是您的学生对吧？”不等对方回答，她忍不住又问：“陈晓燕和您又是什么关系？您怎么知道我是因为陈晓燕来的？”

“她不是你同事吗？她给我的名片也是这个公司。”霍老师只回答了最后一个问题。

宋语愣了片刻，终于想起，老板给陈晓燕印过一盒写着记者头衔的名片。反正只是举手之劳。顶着个新媒体的记者头衔，爱酒的某人便可以继续出入那些面向媒体的酒局。名片还是宋语带过去给她的。今年元旦公司搬了新办公室，和所有人一起统一印的。陈晓燕做人向来投桃报李，春天的时候，给公司写过两篇讲日本酒和吃食的稿子，被老板拿出来在视频会议上讲，说，你们要学一下晓燕的写法，带货在无形中。

说起来，范骋对自己的态度愈加不善，也就是从那时开始。难道姓范的怕陈晓燕抢了他的位子，所以才对自己这个陈晓燕的徒弟处处刁难？宋语忍不住在心里轻啧，嘴上说：“嗯与其说是同事，她更是我的老师。是她带我入行的。不过我今天来，和我们公司其实没关系。刚才也说了，我找到您，是因为林同。不，说到底，是因为陈晓燕。林同在您这里学画的时候，他们就认识，对吗？关于他们以前的事……”

霍老师忽然打断她：“你能吃几个蛋？”

宋语心想，你给我的这个我都还没吃，胖子就一定很能吃吗？她略感屈辱地举起一只食指。霍老师看一眼锅，说："今天煮多了。我忘了今天只有三个学生，有两个临时请假。我煮了八个蛋呢。"

八个蛋是怎么个算法？宋语不吭声，那边说："你先吃蛋，慢慢等吧。看起来跟你一时半会也讲不完，等学生结束了我们再聊。"

学生们陆续来了。

最先出现的是个高瘦的男孩，休闲打扮，无从分辨是初中生还是高中生。接着来了两个女孩，穿着同款的蓝色校服外套，明显是初中生。霍老师对每一批学生说，吃蛋。他们陆续在餐桌坐了。女生们吃鸡蛋的时候就石膏像窃窃私语了一番。是伏尔泰啊，好烦，老头最难画了。我想画小卫。男生飞快地吃了两枚，在旁边的宋语很奇怪他没噎到。三个人均向宋语投以好奇的眼神，大概吃不准她是学生还是家长。没人主动打招呼。

霍老师问宋语，你要咖啡、茶还是可乐？她答，白水就好。霍老师说，我这里没有白水，柠檬水可以吧。她坐在餐桌边看学生们画画，慢条斯理地把鸡蛋吃了。茶叶蛋没入味。她忍不住想，以前林同也是坐在这里吃霍老师煮的东西吗？那时的林同应该是社会人了，混在一干小朋友中间打素描基础，又是怎样的心境呢？

以及，陈晓燕和林同难道是在这里认识的？她甚至不知道那个人学过画画。

三个学生自带绿色的画夹。男生从阳台角落拿了一只木头画架过来，把画夹搁在上面，站着画。两个女生坐在小凳上，一手扶着画夹的顶部。一时间周围只有笔尖的沙沙声。霍老师偶尔对他们发表几句意见。看好了再画，不要急。张小奇，你看你，就是不敢下笔，画这么轻，给谁看？线条要果断。有好几次，宋语以为她说着说着就会起身去示范，但她始终岿然坐在餐桌边。从宋语这边看去，霍老师有个意志坚定的鼻子。

宋语低声问："一堂课多久啊？"

"画到光线不够为止。这个季节只能画一个多小时。按理最好白天来，连续画四个小时，和考试一样。"

"林同以前要上班吧，他是周末来？"

霍老师扫了她一眼，严厉地答："待会再说。你再干扰他们，我要请你出去了。"

显然霍老师不想当着学生们提到那名画家。宋语想起来，霍老师的微博也没有关于林同的只言片语，她在主页面用关键字搜过，结果为零。按理，对于私人教室的老师来说，林同的名头值得借用。成名的画家觉得启蒙老师不值一提是一回事，老师对出了名的学生讳莫如深，则是另一回事。宋语想，我来对了。

她闷声观摩了近一个半小时的素描课。霍老师起身的时候，学生们不约而同地停笔，看来她离开座位是课程终结的信号。男生像是画完了，两个女孩慢得多，一个初具轮廓，另一个画了一半又从头开始，只有刚打好的潦草框架。霍老师走到每个人的画跟前点评，没有半句表扬。在宋语眼里画得好的男生被批得最惨，其次是那个被批过下笔太轻的女生，重画的倒是只挨了几句。霍老师最后说，你们还好，才初二，要是高二，我真是不耐烦教你们，教了也没用。还有三四年，你们有大把时间可以反悔。画画这条路，不是每个人都可以走的。

宋语想，来这里上课，也未必是想要走绘画的道路吧。平面、建筑、产品设计，用到素描的学科很多。就连陈晓燕那个厨师男朋友，大学辍学前念的也是设计呢。陈晓燕给她看过姜则画的食谱，问是不是很有才气。那几乎是唯一的一次“秀恩爱”。不像李濛那样爱把恋人挂在嘴边且随时播报进展，陈晓燕为人爽朗，不带狎昵，也因此，她和林同的眼神沟通，在宋语看来，接近暧昧。

学生们挨了骂，走的时候仍毕恭毕敬地说“老师再见”。宋语在一旁冲他们微笑，一方面是很高兴不用继续听骂人，一方面是终于可以正式开始谈论。

霍老师开了顶灯，回到餐桌边坐下。仿佛就在顷刻间，灰蓝的暮色落在了阳台外。对方刚才以一对三，余威仍在，宋语一时不敢开口。霍老师说：“先声明，林同和我没关系，他自己也说了，他的老师只有一个萧侃。”

“陈晓燕也是您的学生？”她小心地吐出憋了一个多小时的问题。

“我教过她。”回答显得冷淡。

是吗？她从没提过。我对她的了解，看来仍然有限。宋语压下惆怅，把话题拉回到林同身上。

“无论林同对外怎么宣称，并不能改变事实。您是他的启蒙老师……他获奖那幅画。”

“哦，那幅画。”霍老师从鼻子里重重地出了一口气，嘴角边漾起法令纹，使她比初见的印象老了若干岁。也可能是课后激昂的点评太耗神的缘故。宋语有轻微的不安。霍玉色看起来总有种精神状态不稳的感觉。难道是所谓的艺术家气质？反观林同，那个人总是温和淡定，大概他的黑暗和狂躁都倾注在画里。

“你觉得林同画得好吗？”霍老师问。

她现在坐的是正对着宋语的椅子，背对阳台。桌上仍放着装有茶叶蛋的汤锅。毫无特色的乳白色吸顶灯下，拼木地板磨损得厉害。如果不看厨房，这屋子距离上次装修应该有段时间了。坐在只能用寒碜来形容的画室里，讨论林同那些昂贵的画，宋语感到一丝荒谬。

“我个人觉得海洋系列刚开始还不错。后期越来越诡异，我看不太懂。然后迷宫系列就更加玄乎了。不过因为迷宫，他现在有很多艺术圈外的粉丝。玩游戏的小朋友。”

“那个游戏我玩不了。”

以为霍老师指的是不会操作，却听她说：“在那个游戏里有种，怎么说呢，幽闭恐惧。”

“……有吗？”

“你不觉得《海殇》看起来也有那种感觉？”

宋语努力回忆。漂浮的水母，游移的鱼群，濒死的鲸鱼的身体局部，海水的明暗与密度变化。辽阔，静谧，力量。还有种让人屏息的东西，和死亡比邻而居的什么。

“我好像没有感觉到您说的幽闭恐惧……看画的体验是因人而异的吧。”

“那是因为你拒绝去感知。太胆小，要么就是太自我。”

“有个人以前也经常这么说。我的老师陈晓燕。”

“说你胆小，还是自我？”

“都。”

宋语还记得，陈晓燕常给的负面评价是，你写稿不够狠，要再贴一些。要把自己打开，把自己放进去。有时她觉得那些评价都对。有时则不免反抗地想，不过是一份拿薪水的工作，需要当成大事业般投入吗？她不是不知道陈晓燕心怀的理想，对于文字可能的传达。那理想在碎片化阅读的时代显得多么格格不入。

“她一直很敏锐。可惜这种敏锐没能用在画画上。”霍老师沉思着说，“林同那个人，我本来不愿意教的。是陈晓燕来找我，问可不可以再收一个成年的学生。我从来只教初高中生的呀，两次破例都是因为她。毕竟是邻居，拒绝了也不大好。”

邻居？宋语心头微震。“等一下，您刚才说，两次破例……还有一个学生是谁？”

霍老师的嘴边露出冰冷的笑意，“你真的什么都不知道啊。就这样你也好意思喊她老师？”

霍玉色一直到刚工作的头几年，都和父母还有外婆同住在室内没有卫生间的弄堂里。如今的八八中心的位置。陈鑫家在霍家旁边一条巷弄，上海话称之为隔壁弄堂。陈鑫是个哑巴。母亲早逝，她和爸爸还有弟弟住在一起。

陈鑫不是天生如此，她十几岁的时候摔到头，渐渐听不清人说话。到后来，话也不会讲了，彻底无法跟人交流。医院的结论是脑部损伤影响了语言机能。她不再去学校，在家待着。

上世纪七八十年代，夏天没有空调，人们习惯在马路边乘凉。竹床躺椅在路边摊开，犹如夏日的海滩。和邻居们的接触也多在乘凉期间。几条弄堂的年轻人们聚在一起，闲聊或打牌，直到最后一丝暑热消失，各回各家。霍玉色比陈家老二陈磊小两岁，比陈鑫小四岁。在她的记忆中，陈磊常在打牌那群人里，陈鑫则总是独自一人。有一回看到陈鑫穿着白底上印着黄色南瓜的无袖睡裙在躺椅上，两条藕似的胳膊，泡泡纱底下的粉色胸罩一清二楚。那一幕不知怎的长久地印在脑海里。

哑巴陈鑫没满十八岁就怀孕了。很快便有个年轻男人住进了陈家，说是上门女婿。两个人都没到结婚年龄。弄堂里爱嚼舌头的阿姨爷叔们说，外号“猴子”的小木匠是陈家爷叔的徒弟，来家里跟着师傅做私活，一套家具还没完成，把师傅的女儿肚子搞大了。

未婚生子有诸多麻烦，首先是没有准生证。陈鑫是吃低保的残疾人，陈家爷叔四处送礼，好话说尽，孩子总算顺利生了下来。几年后两人领完证，才给上了户口。

陈家的弄堂是死弄，那条弄堂的居民到后马路买菜，要么走大路绕过去，要么穿过霍家所在的弄堂。抬头不见低头见，从陈鑫怀孕，到生完了抱着孩子，再到牵着女儿，一幕幕就像凝缩了时光的胶片般从眼前过。都说外甥像舅，陈晓燕长得不像陈鑫，也不像爸爸侯励年，和舅舅陈磊仿佛一个模子脱出来的。白皮肤，细长的胳膊腿，冷淡的单眼皮。

小木匠侯励年相貌不坏，缺点是矮，毛发重，因此被人喊作“猴子”。男人们乘凉通常赤膊穿短裤，侯励年比别人多套件背心。黑色胸毛从领口探出来，露在外面的两条腿也是密密的一层毛。霍玉色觉得他看起来像个野人。进了大学，她开始有机会画人体写生，换上准艺术家的眼光，终于意识到，侯励年会是个好模特。长期从事体力劳动的多毛手臂青筋暴起，宽肩细腰，腿部结实。缺点是上半身偏长。她想，猴子这个外号不冤。

陈家住的是和邻居一样的简陋瓦房。楼上楼下两间，爷叔和儿子住楼上，女儿女婿外孙女住楼下，楼梯底下局促的空间充任厨房。家务由陈鑫一手操持，和其他家庭不同的是，陈家带孩子是舅舅的任务。陈家爷叔和女婿兼徒弟除了上班，还接外面的活儿，忙得很，爷叔怕女儿不会讲话影响到下一代，让儿子帮把手。陈磊中专毕业，在水产公司工作，他下班回家带着外甥女在附近闲逛的模样，也是一景。常有人打趣说，哟你小小年纪，女儿噶大了！

陈磊有种蔫坏，每当这时便指着对方，朝旁边的外甥女说，叫阿哥！

霍家妈妈经常托陈磊买带鱼。爸妈吃带鱼头尾，中间的身子归外婆和霍玉色。这种偏心和节约，霍玉色直到长大成人仍不能适应。弄堂生活自带一种小市民的烟火气，她身在其中却难免厌弃。大学毕业后，她当了美术中专的老师，教素描。那时的年轻人，工作后依然继续住在家里。做女儿的要想离开家，唯有嫁出去一个途径。霍家是工人家庭，父母好不容易供出一个大学生，所谓“做梦都要笑醒了”。为了让这份幸运更加完整，霍玉色刚工作不久，他们开始托人给女儿找对象。

父母无从知晓，霍玉色正在谈恋爱。恋人萧侃比她大十八岁，是众人眼中的好丈夫和好老师，也是她在美院期间的老师。

（听到这里，宋语不得不强压住插话的冲动。萧侃竟然是霍玉色的老师，和她还有超过师生的关系。）

和萧侃，隔开岁月回望，只能俗套地说，年轻人太傻太天真。

当时她以为，萧侃会为了自己离婚，并且坚信，自己将会在艺术上和萧老师比翼双飞。

1996 年，她毕业第三年，萧侃以水彩静物画参加业内最有分量的“鸿艺奖”，获得金奖。获奖作为《鸽之死与诗的诞生》。画面中，摊开的笔记本搁在老旧的木桌上，纸页上写有半首诗，旁边是墨水瓶和没套笔帽的水笔。笔记本后方有只闭眼躺着的鸽子。评奖词说，这幅画兼具写实的笔触与悠远的抽象意义，灰色调的层次丰富，极尽优雅。

萧侃以其“高级灰”在四十五岁的年纪获得了晚到的名声与荣光。

那幅画的作者是霍玉色。

她没有任何证据可以指责萧侃冒用，画是在他的画室画的，并无第三者目睹。家里不具备条件画画，除了中专的绘画教室，她待得最多的是萧侃在大学的画室。那也是他们恋爱的地方，用个庸俗的说法就是，偷情之所。

在报纸上看到萧侃获奖的消息，霍玉色的第一反应是萧侃画了和她同样题材的画。接着涌起的是强烈的不安。为了打消可能是无稽的怀疑，她穿过半个城市，去外滩看入围作品展。有几分诡异的是，展览地点是海关拍卖没收物品的大厅。

实际面对那幅画，自己的画，无论看多少遍，一旁的说明上印的仍是萧侃的姓名和简历。霍玉色有种强烈的不真实感。展厅的暖气开得足，陆续有老年人进来取暖，让展览显得盛况空前。她站在人群中，手脚冰凉。

鸽子是她在去画室找他的路上捡的，受了伤，她想试着救活，第二天，鸽子死了。萧侃讨厌动物，也怕死物，催她把死鸽子扔掉。她画了底稿，把鸽子埋了。作画期间，萧侃去外地开会，她一个人待在画室。那是间搭建的矮平房，紧邻的老洋房是其他系的办公室。平房周围种了一圈树，写生的光线并不理想。好处是有单独的门，进出走树林，足够私密。她在画画的时候怀着不知从何而起的悲哀，是她在四年多的恋爱中不曾体会到的，就好像她在鸽子的尸体上看到了他们的关系中随着时光流逝不断死去的部分。以一支旧水彩笔挖土，用夹杂腐叶枯枝的尘土逐渐盖住被她描绘过的羽毛躯体，她感到奇怪的解脱。绘画是纪念，也是埋葬。

那种情绪完整地体现在最终完成的画里。她给画取名为《鸽之死》。必须承认，萧侃改的名字更有力。

萧侃出差回来，先来了画室。看到画架上的画，他说，你拿这幅去参赛吧，和我一起。她知道他疏于创作已久，问他打算拿什么参赛。他略显不快地说，我后面会画的，你就不要操心了。

参赛需要填表格和送画过去，萧侃说会帮她处理。隔了几天，她再去画室，画不见了，萧侃不在。自从他有了行政职务，他们见面的机会变得稀疏。

仔细想想，两个人最后一次单独相处，就是他出差回沪，像以往一样和她在画室做爱的那次。隔周他们又见了一回，她和同学一起返校聚餐，隔着一整只圆台面，他旁边坐的是新来的女助教。她注意到，他开始谢顶。

按照常理，发现被萧侃剽窃，霍玉色应该去找他理论，指责他，说他玷污了她的爱情。她采取了另一种做法。看展的当晚，她把五斗橱抽屉里的药搜罗出来，不管是些什么药，统统吃了下去。霍家两间房，一间外婆住，爸妈和她在一间。兼作起居室的房间的一侧搭了半间夹层，她每晚爬梯子上去，在无法站直的夹层打地铺。睡到半夜，她因为胃部的灼烧和疼痛呻吟出声，妈妈惊醒过来，上楼查看。

父母把她送到医院，医生立即给她洗胃。她一直等父母问自己，为什么做这样的蠢事。奇怪的是没人问她。痛得以为会死掉，结果也就住院两晚。她出院那天，爸说，我在附近问过，对面新公房有一家出租。给你租了住那边吧，走路就几分钟，可以每天回家吃饭。

霍玉色感到茫然。这是表示让她自生自灭吗？妈接着说，两室户，蛮大的，你可以劈一间做画室，休息天在那里画画，也就不用去你老师那边了。

父母自有其处世的智慧。他们不知从什么途径知道了她和萧侃的事，她不过是自以为隐秘。

就这样，霍玉色有了独立的画室。不久，她在家开设周末班，教学生画画。纯粹的应试教育，只教素描，不教她实际更擅长的色彩。

自从获奖，萧侃一次也没有主动联系过她。他要么是心虚。要么有其他理由。有时她在半夜惊醒，心头盘踞着浓黑的憎恨。每当这时，她努力回想在医院的夜晚，妈握着她的手，一直在哭。她觉得自己是那只早已死去并被埋葬的鸽子，因为某种原因不得不活转过来，觅食，散步，发出无意义的咕咕声。

（说到这里，霍老师又吃了一只茶叶蛋。宋语申请自己加水，去了厨房，从泡着柠檬片的玻璃瓶倒了水。地上一角堆着塑料膜包装的易拉罐可乐，起码有四打，白得耀眼的瓷砖空间里，红罐格外触目。刚端着水回到客厅，霍老师又讲了起来。显然她有种压抑太久不吐不快的劲头。）

经过那次可笑的自杀未遂——其实不是真的想死，就是想做点什么，宣泄内心火星四溅的情绪——她有了两个后遗症。一个是喝不了白开水。不添加任何味道的水，在她的口腔里泛起浓重的药味，就像那天吞药吞到后来，舌根上的苦味。另一个是容易饿。可能是洗胃造成的心理饥饿。她的生活规律，每天回父母家吃饭，遇上有课，在学校食堂吃午饭。此外，她每隔一两个小时就要往嘴里塞点什么。光吃饼干点心容易腻味，在父母家连油瓶都没碰过的她，搬过来后开始学着做简单的吃食。

一天，陈鑫带着她上高二的女儿上门。

陈鑫不会说话，所以是由陈晓燕开口说，我妈想让我来这里上课。她看了妈妈一眼，又说，我爸不支持学画画，不肯给钱，我的零用钱也不够。我妈想问你，她做吃的给你，顶学费，可以吗？

霍玉色诧异道，你怎么知道你妈妈什么意思？

陈鑫没有学手语。在当时，没有人懂得陈鑫得的是失语症的一种。她拥有听力，然而受损的大脑无法捕捉语音的高低和变化。她像是忘了学过的文字，无法与之笔谈。陈家爷叔给她报过手语班，她去了两次就不肯再去。她的右手右脚在摔伤后留有麻痹，日常生活影响不大，但无法应付手语的精细操作。再后来，她开始在菜场那条街的小学当清洁工。那时她女儿刚上小学。霍玉色当时就想，好可怜啊，自家妈妈在学校打扫操场和厕所，多么尴尬。不过现在看来，长成了少女的陈晓燕并不因为不能说话的妈妈而自卑，显出与年纪不相符的老练。

陈晓燕看了她妈妈一眼，陈鑫摇头。陈晓燕拍了拍妈妈的肩膀。仿佛受到鼓励，陈鑫张嘴说，画画，老师。

实际她的发音更接近“花花，老西”，霍玉色不知怎的听懂了。

这恐怕是将近二十年来，霍玉色第一次听到陈鑫讲话。陈鑫受伤时霍玉色是个小学生，隐约记得，在摔伤前，陈鑫曾是个爱说爱笑的普通女孩。如今陈鑫三十多岁，谁也不会相信这是个女儿念高中的妇人，她看起来像刚结婚几年的少妇。表情丰富的嘴角，含着不安的眼睛。霍玉色意识到，这也是近二十年来，自己第一次这么近距离地观察陈鑫。

陈晓燕翻译道，我妈想让我像你一样画画，当老师。

霍玉色问她，你妈妈怎么会说话了？

陈晓燕说，她本来就会说话，她又不是聋哑人。

看在彼此是邻居的分儿上，霍玉色免费收下了陈晓燕这个学生。很快发现，这孩子不是没有天分，但画画不专心，也缺乏韧性。霍玉色带过好几批学生，看着其中一些人考上志愿的学校，一些人落榜，她学会了从一开始就把握学生的可塑性和极限。有时她回忆起大学时的自己，心想，不知萧侃在我身上看到的，又是什么。

偶尔想起萧侃，恨意被打磨了一层又一层，仍不肯消散。她从各个渠道关注他的动向。萧侃没有画出比《鸽之死与诗的诞生》更能叩击人心的作品，奇怪的是，他的名气与日俱增。霍玉色想，如果当时获奖的是自己，恐怕也到不了他现在的地位。说白了，名声靠的是经营。她年岁增长，不再有从前的天真。有时不免恶意地猜测，那次获奖背后，有萧侃的运作之功。

每隔几天，陈鑫如约做了吃的送来。炸好的肉圆、熏鱼，自家腌的香肠、咸肉，炖的蹄髈汤、银耳汤。霍玉色吃不完，端给马路对面的父母家。外婆去年摔了一跤，从此卧床，妈妈忙于照料，对女儿的关注减少，不再提让她找对象。和父母闲聊间，霍玉色得知，原来陈鑫会说话有一阵了，是她女儿的功劳。妈妈说，陈家小丫头神得很，说是看了一本什么书，给她妈妈做训练。每天每天，像教小孩学说话，不过比那个难多了。小孩嘛学起来很快的。陈鑫毕竟是个残疾，到现在也只能说几个字。经常她讲什么别人也听不明白。

霍玉色和陈鑫的交谈比其他邻居要多，所以她知道，听不懂的情况往往发生在陈鑫急于表达的时候。含糊的发音从女人的唇舌间涌出，像是某种外语。当她心平气和一个字一个字往外蹦，能表达个六七分。

受伤那么严重，居然也能逐渐康复。霍玉色不禁感慨人类的生命力。

陈晓燕在画室学了大半年就不肯继续，说是浪费时间。霍玉色想，你也浪费了我的时间。不过看在吃了陈家那么多食物的分上，她没说出口。这时，陈晓燕又提了一个要求。

让我妈妈来学素描吧，她好像很感兴趣。

霍玉色这次没忍住，说，你妈妈学了也没用啊，她又不能考什么学校。

女孩露出一丝笑意。她的单眼皮让笑容更像是讪笑，霍玉色一直不喜欢小姑娘的这种笑法。陈晓燕挂着让人不快的笑容说，画画一定要有用吗？画画难道不是为了表达吗？

霍玉色无从反驳。太久以来，她只把教授画画作为功利的工具，早已忘了如何表达。

陈晓燕又说，一直不付钱，我们也不好意思的。我一个月有一百二十块零用钱，付给你一百，然后我妈帮你打扫这里，让她一个礼拜学一次，好不好？

一堂绘画课是五十元。霍玉色答应了。她听父母说过，侯励年对残疾的老婆不太好。当然不是那种打骂老婆的，毕竟是上门女婿，老丈人小舅子就在跟前。侯励年的态度体现在经济上。他前几年从家具厂停薪留职，接外面的装修，手里有点钱。他给家用只肯按周给，理由是一家四个大人，不能全让他养。陈家爷叔不止一次在弄堂里指桑骂槐，说自己招了个白眼狼。不过谁让他儿子从水产公司下岗在家呢，说不定女婿的吝啬，有一半是冲着吃白食的小舅子。听起来，姓侯的倒是没有苛待女儿。每月一百二十块零用钱的高中生，很富裕了。霍玉色多少有些上当的感觉。陈晓燕这个小滑头。假装没钱，免费学了半年。

陈鑫打扫得很专业，让痛恨清洁工作的霍玉色感到，这回的老师当得划算。她还发现，自己的确适合当老师。她很快找到了教授陈鑫的方法，那就是直接拿过笔，演示画法。教陈鑫比教其他艺术志愿的初高中生愉快得多，主要因为说话艰难的女人对画画投注了极大的热情。右手不便的缘故，陈鑫用左手学，几个月下来，进步显著。她不像其他学生一样急于动笔，每次都先谨慎地打量写生对象许久。霍玉色感到纳闷，陈鑫受损的大脑，究竟是以怎样的方式感知这个世界？

有陈鑫在，其他学生难免会被“陈阿姨”和她奇怪的说话方式分神，霍玉色改成让她在周日上午单独来。来上课或者来打扫，陈鑫穿的是同样的廉价衣服，但只要站在画架前，就有种隐然幸福的光由内而外绽放在她的脸上。目睹那样的她，霍玉色有时甚至有轻微的妒忌。霍玉色自己太久没有从绘画找到快乐。事实上，除了演示画法，她几年来都没有动笔完成过一幅画。萧侃毁掉的不仅是她不谙世事的感情，还有更重要的什么。

自从陈鑫作为学生和钟点工在画室出入，霍玉色和陈晓燕的接触机会比从前多了。女孩常在周日上午和她妈妈一起过来，戴耳机听随身听，学日语。据说她自学有一阵了。霍玉色的学生当中也有日语爱好者，说是将来要去日本做动漫。那孩子家境富裕，画得稀烂。霍玉色很怀疑他能实现理想，反正她收费并无愧疚。学生画不好不能怪老师，要怪就怪没天分吧。

说到天分，陈鑫在素描上无疑是有天分的。霍玉色本来打算破例教她水彩，很快发现她是色弱。对蓝绿色的辨识尤其严重。确认了陈鑫的问题，霍玉色难得热心地给陈晓燕做了测试。她预先在纸上涂了十六种微妙颜色，让对方在一幅画中找出对应的。小姑娘全选对了。

陈晓燕说，这个和体检不一样呢，好像更难。应该每个人入学的时候做一遍。

霍玉色笑笑说，我又不教色彩，再说干吗让自己少招人？我这里色弱可不止你妈妈一个。

陈晓燕说，我妈色弱就色弱吧，她也不要成名成家，画得开心就行。

以为自己习惯了孤单，霍玉色发现，习惯是会改变的。如今有陈鑫替她打理环境，还有人小主意大的陈晓燕在眼前晃来晃去，不觉成了新的习惯。这对母女和她有相似的成长环境，三个人走了不同的人生轨迹，不妨碍她们在星期天共享一段静谧的时光。画画的只管专注作画，做老师的不时张望进展，学日语的坐在餐桌一角对着课本，嘴巴不出声地翕动不止。餐桌餐椅是霍玉色新购置的，小板凳则是陈鑫的男人做的。侯励年的木匠活做得漂亮，板凳用了他帮别人打家具的实木边角料，上了清漆，被一个个学生的屁股磨得光润。

有一次霍玉色问陈晓燕，你爸妈感情好吗？

说不清是怎样的心态让她问出这样的问题。大概是因为一段记忆。这些年装空调的人家日渐增多，霍家的老房子和画室都装了，再也没有出门乘凉的必要。她还记得自己刚念大学的暑假，傍晚陪外婆和爸妈在马路边，坐在竹靠椅上扇着蒲扇，脚边蚊香缭绕。弄堂的年轻男女爱打牌，她照例是不参与的。陈磊和几个人玩八十分，侯励年在旁边看了一阵，像是厌了，转身踱开，经过躺椅上的陈鑫，他俯身拍了拍她。做妻子的吓了一跳，伸出手臂挡住脸，随即慢慢放下胳膊，站起身，跟在丈夫后头过马路回弄堂。四五岁的陈晓燕立即占据了陈鑫坐过的躺椅，在上面摊开细瘦的胳膊腿。

霍玉色本能地猜到那对夫妻回家做什么。她还记得，陈鑫进弄堂时回望了一眼马路这边，可能是在看女儿。陈鑫的表情很怪，有几分不甘心。

如今女儿上高三，陈鑫仍显得年轻，比她大两岁的侯励年则过早地开始谢顶。他以前一头半长不长的天然卷，近来剃得只留一层泛青的发楂，脑门往后五六厘米锃亮。没再见过他背心领口露着胸毛的野蛮模样。爱穿高尔夫球衫的侯励年呈现奇异的发福体态，胃部突起，像藏了只西瓜，腰上系着腰包，更显累赘。少女时期的霍玉色曾为他迸射男性荷尔蒙的外表感到生理上的不适，既羞耻又有种偷看两眼的向往，现在马路上遇到侯励年，她眼皮都不抬。

陈晓燕说，霍老师你问这个做什么，像弄堂老阿姨一样。

霍玉色有些讪讪的，又问，你怎么想到教你妈妈说话啊？

陈晓燕说，你不知道吗？我还以为大家都知道。我看了一本书，和失语症有关。

霍玉色的第一反应是陈晓燕看了一本科普书，从而对母亲的病症有所了解。仔细一问，原来那是本小说。

总的来说只能算是三流作品的日本推理小说，书很旧了，没有封皮，缺了前几页，看不到书名和作者。陈晓燕在高中图书馆的书架上偶然拿起来，翻看几页便决定借阅。书里有个乍看幸福实则阴云密布的四口之家，长女因为一次事故，丧失了听说读写的能力。在外人看来，更像是智力缺陷。

那家的父亲去世，警方怀疑是保险金导致的谋杀，嫌疑落在母亲身上。参与案件的新人警察，其母亲是失语症的治疗师，俗称ST。警察一看到长女就知道她的问题所在，带她去他母亲那里看病，并主动担任了陪她复健的角色。在长女的病情好转的过程中，警察与她之间萌发了爱情。

陈晓燕说，总的来说是个无聊的爱情故事。值得参考的是他们做的复健，写得可详细了，完全能当指南看。我就按照那个和妈妈练。她很害羞，你知道的。一开始不顺利。爸和外公都觉得我异想天开，只有舅舅支持我。现在好了，他们都不讲怪话了。

聊这些的时候，当事人陈鑫在旁边画素描。对话进不了她的耳朵。她画画时异常专注，而且她听不懂大段的对话，尤其是他人的对话。只有当你以她为谈话对象，用尽可能短的句子，慢慢说，她才能捕捉个七八成。她的回应仅限于几个字词，有时含糊不清。

即便如此，比起过去的“哑巴”状态，确实是惊人的进步。

霍玉色看一眼陈鑫，又问，那个小说的结局到底怎样啊？犯人是谁？

陈晓燕说，你们怎么都关心这么无聊的事？最后犯人抓到了，杀人犯是女儿。那个爸爸一直性侵自己女儿，以为她没有办法讲出去。

听到十八岁的女孩不当回事地说出残忍的情节，霍玉色感到了代沟。

2002 年，陈家发生了几件事。陈家爷叔因脑梗去世。陈晓燕高考失利，侯励年出钱给女儿报了全日制的自考班，在华师大念中文系。霍玉色问过陈晓燕，既然学了那么久的日语，为什么不念日语系？陈晓燕说，我日语已经很好了，为什么还要从头念起？

仿佛有几分道理。

大学生陈晓燕不再每周过来陪妈妈，可能在忙学业或是享受新生活。消失了大半年，她又来了，带着个年轻人，说是希望霍老师指点。

陈晓燕说，林同画得很好的，他只是缺乏专业的指导。

霍玉色的第一反应是拒绝。教成年人和教孩子不是一码事。陈鑫如同白纸，既听话又有才气。其他学生很难有同样的效果。而且这到底算什么？先是塞过来一个妈，再把男朋友弄来？

像是看透了她的心思，陈晓燕说，林同是我好朋友的男朋友。他带了画来。接着她催促那个像是无所适从的年轻人，你把画拿出来给霍老师看嘛。

（宋语喝完第二杯水，忍着没去厕所。陈晓燕果然早就认识林同。不过，林同当时的女朋友是谁呢？不会就是那个一直称自己丈夫“林老师”的叶维佳吧？如果是，那就很蹊跷了。就像不曾提及和林同相熟，陈晓燕从未表露过，她认识林太太。）

八开素描簿上的水粉画用了干画法，乍一看有油画的效果。事后回想便能看清，那是若干年后的《海殇》的雏形，或者说，是比胚胎更早的受精卵状态。当时的霍玉色不可能明白她面对的是什么。笔触凶狠，色调杂乱，内容斑驳不清。奇怪的是，她的脑海中闪过只在画册上看过的让·杜布菲。

霍玉色问，这什么？

林同说，一箱鱼。

被他这么一说，那还真是一箱鱼。泡沫箱的一角。青色的鱼。有些正在死去，躯体泛起银灰色的死光。有些在竭力呼吸，挣扎着露出血红的腮。鱼身底下垫着灰色的肮脏冰块。

客观地说，画得很烂。但其中有什么在呼吸，在发出无声的呐喊。如果说霍玉色曾用画笔描摹一只鸽子的尸体，在其中幽微地寄托了人类情感之死，那么这幅画传达的是更为直接的，肉身的终焉。

真实，尤其是巨大的真实，往往潜藏在非正常的头脑里。天才的种子萌芽，需要种种外因，谁也不能断言好苗子终能长成参天大树。然而当具有捕捉真相之力的天才拿起画笔，拥有观看能力的人，不难将其认出。霍玉色认出来了。那种感觉，就像是站在一扇门前。她知道门内的世界遥不可及。邪恶又甘美。需要献祭才能打开的门。艺术有时需要的不仅仅是热情，而是人的全部。一切好的，坏的，都将成为燃料。霍玉色曾把自己的情感作为祭品摆在门前，获得过那扇门的短暂开启。一瞥即是永恒。

她心头震动，重新望向林同。他看起来已过了大学生的年纪。需要修剪的头发像是几天没洗了，刘海油腻。瘦长脸。近乎没有特征的脸。作为绘画老师，霍玉色捕捉到他脸上的一些特质，就像在心里按下无声的快门。她想，没有人会喜欢画这张脸，随着光线和情绪，随时会变成另一个人。

她用尽可能冷漠的语气说，你的造型能力太差，素描学过吗?

他垂眼说，初中在兴趣小组学过。

按霍玉色的标准，那比完全没学过更糟。得知他二十七岁，在一家小公司当会计，她说，教你比教小孩麻烦，一节课一百。

林同和陈鑫的学习时段一样在周日上午。霍玉色很快发现，一百收少了。林同教起来不省心。基础欠缺的他玩了好几年水彩水粉乃至丙烯，再回来画素描，嫌枯燥。有时他被霍玉色劈头盖脸地训完，眼神阴郁得像要哭出来。做老师的也不是骂过就痛快了，霍玉色经常差点被他气死。每一次，她以为他下周不会来了，但到了星期天，他再度出现。

以前只有陈鑫一个人，霍玉色周末穿睡衣。现在她会换成外出的衣服。画室里多了个成年男子，空气的质地变得不同。

林同刚来时是冬末春初。很快一年多过去了，他在画室的第二个夏天来了。

天一热，陈鑫不再穿霍玉色放在门口的公用拖鞋，在屋里打赤脚。地板被她打理得很干净。担任免费家政工和学画的这三年间，她的素描达到了某种高度。她的画如果说是美术院校的学生作品，不会有人质疑。她对此毫无自知，只是每周例行公事般画一个上午。与逐渐增长的绘画能力不同，她的语言能力停滞不前。加上她一贯的羞怯，只有和熟人才能简单交谈。林同常在画画过程中试图和她讲话，霍玉色一见到便高声说，专心点好吗。

好在有空调，霍玉色的着装一丝不苟，收腰款式的连衣裙、长丝袜，脚下踩的是塑料拖鞋，略显突兀。一天，她发现，林同没有画石膏像，在画陈鑫的脚。女人的身体丰腴，脚掌却修长。大脚趾比其他脚趾长出一截。被画的人毫无知觉，仍在继续素描。陈鑫套了件肥大的长T恤裙，胸前印着米老鼠，估计是她女儿淘汰的。和邋遢的形象不同，她跟前的画则是另一番光景，其上一点点生出静谧的光影。她用左手横握铅笔，时而沉思时而飞快下笔的姿态，会让认识她的人感到陌生。

发现林同的异常举动，霍玉色没有立即发作。她从中嗅出了什么。仔细一想，尽管有年龄差距和沟通障碍，毕竟是孤男寡女共处一室。她这个当老师的经常走开，去厨房或里屋。一起画画的行为容易酝酿亲密，她自己也经历过。

经过反复思考，她发了短信给陈晓燕——小姑娘新近有了阿尔卡特手机，她爸给买的——你要不要来当周日早上的模特？

陈晓燕说，穿着衣服吗？

现在的年轻人真是直接又粗鲁。也可能只有陈晓燕这样。霍玉色回了“当然”，那边说，我不一定有空，我问下叶子要不要去。

明明是暑假，不知道陈晓燕在忙些什么。被喊作“叶子”的女孩是陈晓燕的自考班同学，林同的女友，霍玉色早就听说过。于是，在林同出入画室一年多后，叶维佳来了。

霍玉色第一次见到她就觉得，姓叶的小姑娘和陈晓燕那么精怪的人做朋友，明里暗里肯定吃了些亏。叶维佳有种富裕人家的女孩特有的娇憨，对陈鑫一声声阿姨叫得亲昵。她一来，画室里隐隐流动的邪气被风吹散了，霍玉色暗自欣慰。

第一次画真人，陈鑫有些激动。她难得主动开口说，叶子，好看。

霍玉色提醒她，画得美不美还在其次，你要抓住人物特征。真人和石膏像不一样，雕像没有精神世界。说到这里她顿了顿，心想，陈鑫知道什么是“精神世界”吗？

不管有没有听懂，接下来的几周，陈鑫画的叶维佳，每一幅都有可见的进步。那是本能的作画。笔触构成浓淡，线条形成面，画面上不仅是皮相，还有内在。林同则画得更差了。他现在画人像为时过早，但霍玉色也不好打发他再去画那些他明确表示厌倦的基础题材。更何况，作为模特的叶维佳相当敬业。二十出头的姑娘几个小时维持同一个姿势，要说这不是出于对男友的爱，没法解释。

夏天尚未过完，对面几条弄堂再次冒出动迁的传闻。这类消息十几年间起起落落，霍玉色住出来久了，对动迁早没了少女时代渴望拥有私人空间的强烈企盼。她家三代人，算下来会有一套大房子，当然不会在这么便利的位置。此地离静安寺两站公交车，离中山公园也是两站。霍玉色骑自行车到她工作的中专，只用二十来分钟。附近中小学俱全，她的私教班不缺生源。一茬茬学生来了又走了，经过家长的口耳相传，引来新生。看着学生们专注的模样，她有时会有幻觉，他们的面孔和身形逐渐模糊，化作流水。她是水流中被不断冲刷的老树桩，年复一年在同一处泛滥的河岸。

从大学毕业十一年了。开班也有七年。她从发现萧侃剽窃后再也没参加过同学聚会，偶尔从这里那里听说他的近况。他前两年当了学院的院长。婚姻稳固，唯一的遗憾是没有孩子。对萧侃的遥遥关注让霍玉色意识到，四年一届的鸿艺奖，她失之交臂的赛事，很快又将拉开序幕。

（宋语对霍老师近乎文学性的描述感到焦躁，对客厅里随着暮色加重的寒意也有些不耐。而且她想上厕所。终于要讲到林同拿奖的比赛了！不过林同这时在霍老师眼里还不成器，可能是她要求太严格……）

比赛一个人只能提交一幅作品，素描或色彩不限。林同在她的建议下交了一幅素描，是他难得超水平发挥的自画像。那幅画不负所望地拿了银奖。她感到自己的仇终于报了，以曲折的方式。

而林同那边，可谓乐极生悲，就在他获奖的消息刚出来没几天，陈鑫被叶维佳的车撞了。应该就是在打扫完画室回家的时候，陈鑫乱穿马路，新司机叶维佳开车的时候本来就紧张，看见前面突然冒出个人，把油门当刹车给踩了。陈鑫的死因是蛛网膜下腔出血。医生说她脑部的动脉瘤大得惊人，并诧异她此前一直没就医。

在霍玉色看来，既然脑部的肿瘤才是致死原因，加上陈鑫过马路的失误在先，叶维佳的责任并不大。不过陈家人不这么想。据说叶家赔了陈家一笔钱私了。陈晓燕和叶维佳的友情没能摆脱事故的阴影，一拍两散。

车祸的时候，林同在叶维佳的车上，少不了被交警各种问话。他来到画室，诉说最近的焦头烂额，最后像是不经意地提起，萧侃想要收他做学生。他对老师和萧侃的旧怨一无所知。霍玉色说，你去吧，不过有个条件——以后在外面，不要提我是你的老师。年底的颁奖礼是在她的母校礼堂举行的，穿着新西装的林同在灯火通明的台上显得紧张，她在台下角落座位的阴影里，注视着自己的学生从萧侃手中接过奖杯。她知道，全场只有她一个人相信，林同将来的成就会超越萧侃。

说到这里，霍玉色起身到厨房，拿了一罐可乐回来。她用纸巾擦了顶盖，扯开拉环，也不倒进杯子，就那么咕嘟咕嘟往下灌。宋语恍惚听着可乐气泡在她的喉管中滑动和破碎的声响，没法立即开口。昨天听中介王老师讲到陈晓燕妈妈死于车祸拿了赔偿云云，宋语当时还嫌对方啰唆，哪里能想到，撞人的不是别人，正是林同的妻子叶维佳。而陈晓燕那个有失语症的妈妈，居然是林同的同学，说不定还是林同暗恋过的人。

受到的冲击太大，以至于她早就准备好的问题显得十分平淡。

“您教过林同，为什么不让林同公开这件事？参赛指导老师的名字是有记录的，萧侃应该早就知道。”

“萧侃就是因为看到指导老师是我，才主动收他做学生。他以为这样算是某种补偿，明明这么多年都不敢联系我，真可笑！他自己肯定不会声张我和他的‘师徒关系’，那么索性让他当林同唯一的老师好了。听起来很有派头不是吗？师生都拿过鸿艺奖。我只是没想到，他比我认为的还要小心眼，林同后来吃了不少苦头。不过——”她笑了笑，“我还听到一种传闻，说萧侃走得那么早，是被林同气得脑溢血。具体的就不知道了。以林同阴嗖嗖的性格，只能说，不是没可能。”

阴嗖嗖的性格。这个形容倒也并非不恰当。宋语又问：“陈晓燕的妈妈……她没有参加比赛吗？”

霍玉色放下可乐罐，打了个响亮的嗝，捂住嘴。“没有。她参加比赛没意义啊。”

“您一开始问我，觉得林同画得好吗，是对他后来的画不满意吗？”

她做了个否定的手势。“林同一直在画他想画的东西。从最初带来给我看的，到《海殇》，然后是现在那些乱七八糟的游戏背景。你可以说他在画画这件事上很诚实，也可以说，他走不出自己。他很早就定型了。按照罗斯科的说法，过早的成熟定型是致命的，会损害想象力和创造力。当然，在这个消费时代，人们根本不关心这些。他们只看到他们想看的。”

“……我看不出海洋系列和迷宫系列有什么一贯性。”

霍玉色眯起眼，意思是“说了你也不懂”。宋语想，所以我不过是消费时代的一介普通人，只看到想看的吗？霍老师的尖锐和恶意还真是直接。她忍不住揣测，陈晓燕的妈妈跟着这样的老师，会有什么感觉呢？她自己在和杨其星不多的交往中学到，失语症的人并未因语言的丧失和他人彻底隔绝。某种意义上，他们比一般人更敏感。

对了，还有一个至关重要的问题。

“您说警察来过，他们找您，是因为陈晓燕的事？”

“他们来问那起车祸。都过了这么多年，又提起来。我说这种事不是应该问林同吗——毕竟他在场。”

“陈晓燕的死，和她妈妈的事故有关？”

“这我怎么知道，你得问警察。”

再也问不出别的，宋语和霍老师告别。出了小区，她赶紧在附近找了家肯德基上厕所。从明亮的充斥着油脂香气的店内出来，在笼着一层红色微光的城市夜空映衬下，八八中心的楼群剪影巍峨，错落亮灯的窗口如低空的星。从前，那个位置尚未建起昂贵的高层楼盘，在那里的是一排排矮房子，形成错综的弄堂。其中有霍老师的父母家，陈晓燕的旧家。她最后瞥一眼高楼，掏出手机查看未读消息，心头忽地一凛。刚上门的时候，霍老师说什么来着？问陈晓燕有没有让她带话……所以霍老师为什么会有这样的期待呢？

离开前她想加霍老师的微信，对方给了座机号码，说，我不用微信，嫌烦。手机我经常到处扔，你打了也听不见。

林同也不用微信。还真是师生。

奇异的是，听完霍老师的一番话，在心头留存重量的，更多的是那个叫陈鑫的女人。霍老师的另一名学生，有天分的（如果相信霍老师的话），无声陨落的。

对宋语来说，她是个熟悉的陌生人。因为，她是"到外滩一万步"的主角。超过一半的博客文章，记录的是"我"和妈妈的点滴。大多是"我"小时候的故事，尚未涉及妈妈后来学画的故事。

热衷于追读那个博客的大学时期，宋语不会想到，她有一天将在生活中邂逅博主本人，与其成为同事和朋友，并在某一天遭遇永远的离别。离别，是那个博客的隐藏主题。失语症的母亲已逝，唯有以文字的形式被记录。最终，博客本身也消散在数码世界，仿佛从未存在。宋语还记得其中一篇，很可能就是博客名的由来，大意如下：

"我"和妈妈坐公交车到南京路，然后散步到外滩。路上，妈妈在食品商店给"我"买了桃片。周日的外滩人很多。江的东岸据说在盖一座将成为城市象征的电视塔。"我"一路说个不停，妈妈只是笑。她到底能听懂多少，是个谜。那时的"我"还小，不禁觉得，自己永远也无法解开那个谜底。打算往回走的时候，发现妈妈的皮夹子掉了。不，应该是被人偷了。很多聋哑人乘车不给人看残疾证，就那么"啊啊"几下，售票员不会管。但妈妈显然不打算那样混回去。她带着"我"沿着南京路，从东向西走，真的走了好久好久。走到静安寺的时候，“我”的脚后跟被鞋子磨起了泡，一直强忍着，没告诉妈妈——就算她听不懂，可以给她看。“我”知道，她看到了只会难过，而且她无法说出她的难过。终于回到家，天已经黑了。比我们到家早一些的爸爸正在和舅舅吵架，原因是家里没有晚饭。

原文早已不存，宋语的记忆只余梗概。那时的某人写的是忧伤的女性化的文体，到了弄堂小 s 的时代，节奏感乃至用词都变了。明知是进化，出于念旧，宋语更爱她从前的文风。文章最后，一家人的争执片段，不知为何久久地留在读者宋语的脑海中。

“我放心把女儿给你带吗，今天钱包掉了，下次不要把女儿给丢了！”

我爸的无理咆哮很伤人。即便再尖锐的话语，我妈如同迷宫的头脑也没有让其钻进去的入口。心口如灼伤般疼痛。我不知自己到底该同情妈妈，还是羡慕她——至少她听不明白。我没有哭。从小就学会了不在妈妈跟前哭，为的是不让她担心。我想说什么，一路吃了太多盐津桃片的缘故，舌头像结了一层霜。妈妈没吭声，她怕爸爸。我和妈妈的沉默中，舅舅的嗓门显得格外响：“你女儿姓陈好不好！她要是少一根毫毛，你算我身上！冲我姐发脾气，你算什么男人！”

那年，我八岁。我妈在她最好的年华，二十六岁。她要到三十五岁，才学会叫我的名字。

9. 桃的逃脱

11 月 4 日星期五，黄依然午饭后和老板一起来到店里，看见只有杨其星一个人，才想起陆南连续两天调休。前天烤的脆饼蘸巧克力酱像半截深色半截浅色的扁平岩石，一层层垒在高脚白瓷盘上，顶上是玻璃罩。供外带的装在封口袋里，贴着装饰的不干胶。软心巧克力蛋糕和起司条是今天新做的。店里没有客人，黄依然把杨其星拉到挨着院子的桌子，练口语。磕磕巴巴地聊了半个小时，老板走过来，抱着手居高临下地盯着她们看。

"这是吹的什么风啊?"他问。黄依然回答："我陪星姐练习说话。不好吗?"

"好，当然好。不过你这样不行啊。"

她想说，你行，你来试。转念忍住了。她听陈晓燕说过，杨树海承受不了陪练这件事。起初他在旁边看，当杨其星第一次听懂"把铅笔夹在书的中间"，做出相应的动作，他哭了。黄依然诧异道，老板居然会哭? 陈晓燕说，是啊，后来他就不肯看我们练习了。

此刻杨树海也是一脸生无可恋的表情，黄依然不怀疑他接下来就会逃回吧台。

“可能还是得按教材?”她试着问。

“哦，你还知道有教材……”他显然猜到是谁起的头，表情更加阴沉。杨其星不理会她哥哥，开口说:“乳酪蛋糕。”这是她们昨晚说好的。黄依然暂停看不到进展的陪练，和杨其星到烘焙间，学做蛋糕。

用刮刀将乳酪从边缘往中间按扁搓软，像在玩橡皮泥。更好玩的是加蛋打成乳酪泥的过程。教学的量少，用电动打蛋器而不是厨师机。终于将六寸的小蛋糕模塞进预热好的烤箱，黄依然感到完成一件事的喜悦，暗自感慨，学做点心，比教星姐说话容易多了。

四点不到，杨树海对黄依然说，你和其星一起回去吧。明天她不来，你也跟着休息好了。要练就在家好好练，别在店里折腾。

黄依然以为他指的是做蛋糕，接着他补充道，教材都在家里。

看样子，老板其实巴不得有人给他妹妹做复健。黄依然怀疑自己能起到作用。杨其星患病好些年了，如果能恢复到正常人的水平，早该达到了。有陈晓燕这么用心的老师——看她家的书架就能明白——如今的杨其星仍然给陌生人“智力低下”的错觉。

不管怎么说，能放假总是开心的。她新下载了《阴阳师》，今天来的路上一直在抽卡和练级，等红灯时杨树海嘟囔了一句，眼睛都要瞎了。他开车时习惯把右手放在手动挡上，打游戏可以让她忽略那只离自己过近的手；不打游戏的时候，她戴着陆南给的旧耳机，用音乐造成隔绝。杨树海没发现，只要他站在吧台里，她总是挪几步到另一头。陆南就不会有充满男性荷尔蒙的压迫感。那个一开始被她当成是男生的陆南的朋友宋语，虽然体形庞大，也不至于让她紧张。

前天和杨其星在小餐馆吃着饭，收到宋语的加微信申请。不用说，是陆南给的微信号。刚通过，那边就问，林同是你什么亲戚啊？她答，表叔。对话就此中断。到了晚上，宋语又跳出来，问，你上次说的圈圈叉叉是什么歌？她答，不是圈圈叉叉，你思想太邪恶了。那边打了个窘迫的表情。她搜了日语歌名贴过去。闲扯了几句，宋语问，听说你在玩《光行者》，到第几关了？她报出数目，说，我现在没玩了。她怕对方要求加游戏好友。那边说，大佬啊。倒是没接着说“求带”。

她的微信朋友圈显得单调，除了老板每天发店里的照片，其他人的动态不多。曾经有个爱转发的陈晓燕，那个微信的时间线永远停在了10月。加了宋语，她点进对方的朋友圈往下翻。旅行的风景，办公室窗户看出去的城市夜景，通宵加班后的清晨咖啡，新入手的跑鞋，推送文章（点开后发现作者是宋语），转发的别人文章，附有长长的阅读心得。黄依然心想，好有空哦。她感到，窥视他人的真实生活，有那么点意思。怪不得坐地铁时那么多人在刷朋友圈。翻到半年多前，她对着一张照片发了会呆。是个什么展览。空旷的展厅里挂着寥落的几幅抽象画。一名观众也被摄入镜头。黄依然认出了那个背影，是陈晓燕。照片上的女人在专心看画，微仰着头，长发像平时一样紧紧地束在脑后。

第一次在蛋糕酒号看见她，也是那样一个修长的背影。女人站在吧台前，花时间打量黑板上手写的本日咖啡豆。吧台里空无一人。老板走过去说，你没戴隐形眼镜吧？今天是埃塞，还有哥斯达黎加。接着为她们彼此介绍道，新来的小朋友，黄依然。这位是陈晓燕。他顿了一秒，姓陈的女人笑道，你好，我是你老板还有其星的朋友。也是邻居。

很多细节在回忆中逐渐具备意义。例如，看似无人看管的店铺，其实杨其星在烘焙间，陆南走开去喂猫。后者她当时还不认识。又如，邻居，指的是陈晓燕住在离蛋糕酒号走路几分钟的大楼里。

陈晓燕常来店里。算是除了店里的人之外，她在这个陌生城市最熟的一个人。当那个人的死讯传来，她先感到惊惧——警察会来找自己吗——等发现陈晓燕去世是在自己上门那天，恐惧更深。

可能是运气，警察一直没出现。她稍微放松下来，打量每个人的情绪。星姐显然是悲伤的。老板的情绪她猜不透。陆南和宋语最近每次见面都在那里嘀嘀咕咕，以为她不知道，他们在推测陈晓燕的死因。

直到看到宋语朋友圈的照片，她才切实地感到，自己见过、与之交谈过、有朋友圈、自己还去过对方家里的某人，是真的离开了。

提早下班和杨其星回到家，黄依然得到的另一个福利是吃家常菜。杨其星只在做菜这件事上像个云南人，今晚是腌菜炒肉，爆炒花菜，番茄蛋汤。她不常下厨，只要做了，会多留一份送到对面房间的冰箱，让杨树海第二天中午热了吃。

腌菜炒肉滋味浓郁，黄依然吃了两碗米饭。吃饱了，她问杨其星："我们用教材练习？以前晓燕姐编的教材。"

杨其星眨眨眼，说："燕子，和燕子。"

黄依然在心里翻了个白眼。看来要走的路还长。她把饭菜送到对门，照例逗留片刻，东张西望。等她回来，杨其星已经洗过碗筷，坐在客厅沙发上。茶几上摆着 A4 尺寸的蓝封皮册子，封面是马克笔手写的标题。

叶子和燕子

所以刚才莫名其妙的话是这个意思？发音有待矫正。黄依然在旁边坐了，拿起本子翻看。一则则短故事如同小学低年级的阅读材料，都是两个女孩的生活片段。学游泳。去医院看朋友。吃烤串。几百字间，叶子和燕子的性格分明。燕子是那个出主意的，常闯祸。叶子脾气好，总是让着她，跟着她做各种事。

黄依然问，你学到哪里了？杨其星说，学完了，忘记了。黄依然哭笑不得。

失语症很难“记住”听到和读到的东西。语言和文字像风一样穿过，并不停留。陆南有一次仿佛是不经意地说，星姐能记住客人的点单，其实很不容易。

杨其星自己挑了教材后三分之一的一篇，《在商场》。黄依然注意到，越往后文章越长，表述也更加文学性。她拿起本子，开始朗读。故事很简单。叶子刚上大一，心血来潮参加勤工俭学，去商场门口促销，被好色的商场经理趁机摸了大腿。

感觉到那只手，她丧失了移动和说话的能力。就像童话故事里被蛇盯住的青蛙。

杨其星打断她：“青蛙。”想想又说：“被，蛇。”

所以她不明白什么叫“被蛇盯住的青蛙”？黄依然试着解释，与此同时，她恍然想起——

自己也有过，丧失移动和说话能力的瞬间。

小红的全名是刘建红，不过大家都喊她小红。她是杜家的新保姆。

大家，指的是住在大理古城的杜砺一家和暑假期间过来玩的朋友们。具体则是，杜砺和他的法国太太莉娜，两个男孩杜文和杜武，方一宁，黄礼峰和即将上高一的养女黄依然。

杜砺据说从事茶叶生意。方一宁似乎没有具体的职业，或是他的工作超出了黄依然的理解范畴。杜家前几年租下古城带院子的三层楼，在此定居。半年前，黄家一家三口来杜家过了春节，对大理的气候留下了好印象。这次黄依然的妈妈没来，只有父女俩南下。

黄依然还记得，上次住在大理，杜家用的是另一个叫菊花的保姆，深棕色皮肤，眉眼乌黑，看起来有少数民族血统。菊花做菜浓油重辣，让注重饮食健康的黄教授大为头疼。他不得不和菊花商量，请她每顿做一个不辣的菜，荤素随意，为此他每个月多给她一百元。对菊花来说，不放辣椒便施展不开，连咸淡也失了准头。黄教授特供游走在齁死人和淡而无味的两极，除了他没人动筷。其实莉娜和杜文杜武也怕辣。他们在云南三年了，仍未完全适应当地口味。每次看他们母子匆匆吃两口稍微不那么辣的菜，往嘴里扒米饭，黄依然都觉得不可思议，哪有主人这样迁就保姆的？另一方面，为什么待了这么久还没学会吃辣？

这次换了新人小红，自称是彝族，面庞白净，和菊花的长相完全不同。小红做的菜是江浙风味，据说是跟着视频网站学的。除了四川人方一宁嫌甜，大家都很满意。黄依然略感怅然。她喜欢菊花的手艺，也喜欢那个憨实的姐姐。菊花掌勺的时期，她学会了吃辣。准确地说，是重新学习吃辣。

黄依然九岁前在贵州。不过，她对童年的记忆只有寥寥几笔，仿佛孤儿院时期与杭州的生活隔了层毛玻璃，玻璃的那头怎么都看不清。记忆中分明的第一件事，是妈带她去新学校报道。她从轿车里下来，穿着熨烫过的白衬衣和藏青色校裤，背着印有校名的双肩包。从前她每天和孤儿院的伙伴们一起走一个多小时的山路，去邻乡的小学。近一些的学校因为生源不足，早就关了。到了杭州，她念的是私立小学，如果说校服和背包给她崭新的冲击，那么下车后走过一辆辆停着的车——不断有和她穿同样制服的学生开门下到人行道上——更让她无所适从，仿佛自己是不小心混进天鹅队伍的丑小鸭。山区小学有城市捐赠的一整套安徒生童话，她曾借着那些故事编织美梦：自己是被魔法诅咒的公主，将被王子拯救。没想到最后出现在她面前并把她带到城市的，是一个发际线后退的叔叔，她后来喊作爸的人。

黄教授和杜砺经常讨论杜家两个男孩的教育。此地并无国际学校，混血男孩们在下关市的小学念书，他们的妈妈忙于四处采风和收集民艺，不太顾得上教他们法语。黄教授说，这样不好，为了小孩，还是得在大城市生活。说到这里他就会以黄依然作为例子道，我在2008年看到那么多的生死，老实说，连出家的心都有了。还好遇到这个孩子，也是有缘。我想着要给她好的教育，才回到学校，回归家庭。

方一宁说，老黄你这是说笑话吧，你当时明明是被那个谁甩了才回家的。

三个男的高声笑了一阵。他们坐在一楼门廊的草墩上，围着半截树根做的茶桌。那里对着院子，视野开阔，又有屋顶遮蔽。方一宁白天就开始喝啤酒。另外两人喝茶。敞开的大门内是客厅兼餐厅，黄依然在餐桌边做功课，离他们六七步远。

她要到十一月才满十七岁，未成年少女与成人的差别不像大人们以为的那么大，她听懂了叔叔们笑声背后的猥琐，装作听而不闻。有时她嫌他们吵得没法做功课，便起身穿过院子，解开狗绳，去遛狗。

杜家的杂种狗有九成像狼犬，当地叫作四眼狗的品种，眼睛上方两枚黑点，像浮世绘里的女人修成椭圆形的眉毛。狗叫卢克。黄依然很快学会了杜家人法语口音的喊法。小红怕狗，杜文杜武玩得不见人，杜砺很高兴有她帮着遛狗。她不爱抹防晒霜，没几天就被高原的烈日烤成了浅棕色。热裤加短袖T恤的黄依然戴着遮蔽年龄的墨镜，看起来像个胸部小巧的年轻女人，路边咖啡座的欧美游客肆无忌惮地朝她吹口哨。她保持脖颈挺直，不予理会。人民路上的游客多得像在杭州西湖边，她最近一次去人民路，是陪小红去裁缝店。方一宁眼馋“本地土著”流行的对襟唐装——自称土著的往往是在古城待了几年的外来客，开客栈的搞艺术的像杜叔叔一样说是在做生意但看起来无所事事的——去裁缝店一口气定做了好几件。他没有拿联系方式，每天过去一趟，询问进展，说是“古城街坊就这么随意”。几天下来，他懒得再跑，托给小红，小红又喊上了黄依然。

小红走进裁缝店，黄依然站在门口，端详街对面新修的两层楼的西式甜品店。不记得春节有没有这间店。那时杜家尚未养狗，杜武比现在怕生，看到她就往莉娜身后躲。

春节那次是一家三口一起来的。爸有午睡的习惯，黄依然跟着妈在外面闲逛，看见一个男人给身边的小女孩买了拐棍米花糖。小孩欢喜地边走边吃。她驻足张望，妈只看了一眼就厌恶地说，女孩子家这样拿着啃，像什么样子。她重新迈步，不看那个卖米花零食的摊子。依稀想起小时候在孤儿院，偶尔能吃到用热水冲泡的炒米花和白糖。香甜的，过年的味道。她知道自己不再是孩子，不能像小时候一样对妈提出各种要求。妈经常说，你现在是个大人了。黄依然无法适应自己被当作“大人”。她还有种感觉，妈表现出的严厉，更像是一个女人对另一个女人的苛责。她说什么做什么都是错，便尽量不言语，不引人注意。

妈搬出去一个人住，是暑假前的事。爸是最要面子的，他这回刚到大理就故意说道，我家那位嫌云南紫外线太强，你说好笑吗，快五十的人了还那么讲究。方一宁露出想要反唇相讥的神色，注意到黄依然在旁，才没说什么。

走出裁缝店的小红拎着鼓囊囊的塑料袋，看来方一宁的新衣总算做好了。小红说，你先回去吧，我还有点事。说完拐弯走了。黄依然没有回家，磨磨蹭蹭跟在后面，看到小红和路边摆摊的男青年说上了话。摊前摆着招牌，“建水烧豆腐”。

隔了几天，她在遛狗的时候走到豆腐摊，说要买烧豆腐。一块钱一个。她说要三个。男青年笑了，说，姑娘，五个起卖。他的云普和小红的很像。他指指扫码的小牌，她从后裤兜掏出杜叔叔给的零钱。青年露出一口白牙，说，你是不是杜老师家的杭州客人，画家带来的？她立即戒备起来，问，你怎么知道的？他说，现在只有大妈大爹才用现金。我听小红讲，你没有手机。

黄依然暗自恨小红大嘴巴。男青年的烧豆腐吃起来有股陈味，她咬了一口就扔了。

有时趁着爸和其他大人不在跟前，她会问小红借手机。小红的手机配置低，跑不动《龙之魅影》。她下了个宝石接龙，聊作慰藉。对她没有手机这件事，杜家夫妻不以为意，只有方一宁表示过意见，说，老黄啊，你直到今年才用上智能手机，但不能因为你是个守旧派，就限制了小朋友和时代接轨。黄礼峰说，她要手机做什么？像小红一样整天刷快手？浪费生命！方一宁呵呵笑道，你还知道快手，可以嘛。

买烧豆腐后过了两天，黄依然和往常一样，用小红的手机玩游戏。手指滑过色彩夺目的宝石，每当三四个同款连成线，便会消失，新的宝石随即出现。宝石的滑动声，消除时的音乐声，得分的铃声，在她的耳中汇成激动人心的合奏。电子音带来肾上腺素的刺激。她的左手拇指和右手食指频频滑动，分值不断翻新。

有微信进来。她不耐烦地将提示框往上推。又来了。这一次没推好，被她点开了。

今晚过来

想不想我

没有标点，大概分别是句号和问号。看到对话的头像，她愣了几秒，转回游戏画面。不觉间，手速降了一截。

小红把手机拿回去后没说什么。

当晚，黄依然在饭后喝了比平时多的水。

一如预期，她在深夜被尿意催醒，枕边的电子表显示着零点十八分。有那么一会儿，她不想起身也不想动弹，躺在原地。云南早晚温差大，白天晒得起皮，晚上需要盖薄被。刚来时觉得被子的气味陌生，近来已闻不到了。

她慢吞吞地下床，踩着拖鞋去洗手间。这栋小楼原本是为客栈设计的，一楼分布着客厅、厨房和洗手间，二楼和三楼各有三个房间，每间都有洗手间兼浴室。二楼住着杜家夫妇、两个男孩、小红，三楼是黄礼峰、黄依然、方一宁。杜砺开玩笑说，再有朋友来也不怕，让新来的睡客厅，还可以塞好几个。小红一听就说，别来了，现在每天煮饭都要煮那么大的一锅。说着，她用手比画锅的大小。这番对话发生时，女主人莉娜不在，黄依然猜她不会在意家里住进多少人。两个男孩经常玩得全身灰扑扑，莉娜一回家就往她身上贴，她开心地搂着他们亲啊亲，毫不嫌脏。黄依然看到莉娜，总会想起和爸分居的妈。妈上回来这里，嫌杜家清洁做得不好，恨不得用消毒药水把厕所重洗一遍。对于自己不喜欢不愿意目睹的一切，妈选择远离。爸说她“讲究”，其实没说错。

上完厕所，她对是否出门产生了迟疑。如果那两个人真的偷偷见面，应该在二楼小红的房间。她没有看到小红的回复，不知他们是不是在今晚私会。最后她还是回到床上，用被子把头一蒙。同学们背地里都说她很酷，只有她自己知道，其实她是一条虫。很容易被人捏死的那种肥肥的笨头笨脑爬动的虫。

微信事件后几天，杜砺开车带一群人去洱海东边的山上玩。每隔几天的黄昏，他都会开车出门，带着水桶去接苍山引下来的泉水。这项枯燥的工作只有小红陪着去，方一宁偶尔被抓去当劳力，黄礼峰是不会参加的。黄教授走到哪里都要练画，杜家的长饭桌除了吃饭，总是摊着宣纸。此外他还有几项习惯，早上起来打太极拳，午饭后睡一个小时，晚饭后散步。画家一天的时间被分割成碎块，杜砺好不容易找了个黄礼峰午觉睡醒的空当，方一宁又不知上哪儿去了。杜砺说，那就走吧，去不成只能怪老方运气不好。

小红留在家里。她说，山我看多了。

莉娜坐在吉普车的副驾驶，黄礼峰和黄依然坐了后座，两个男孩挤进他们剩下的位置。车绕着盘山公路往上爬，一侧是山壁，另一侧下方是洱海。杜文杜武照例叽叽呱呱，法语夹杂中文。转弯的时候车身一斜，黄依然朝两个男孩的方向滑过去，他俩夸张地惊叫。一个说，我要掉出去了！杜砺在前面冷冷地说，抓好了，手别伸到窗外！

一只胳膊把黄依然一捞，她得以维持平衡。是爸。等车过了弯道，他的手还在她的腰际。隔着T恤，她感觉到他手指的炙热。他的胳膊稍微挪了挪，手指开始缓慢地抚弄。一阵颤栗从她的尾椎骨升起，直抵后颈。后座实在太挤了，他的动作完全被她和两个男孩的身体遮蔽。她想移动，想躲开，但她再一次变成了白白胖胖的虫，动弹不得。

“为什么教材里会有这样的故事啊？”黄依然抱怨道，“让人起鸡皮疙瘩。晓燕姐在想些什么？”

没有回应。杨其星可能没听懂。她试着想象传到杨其星耳中的句子。可能和她做英语听力一样，词句就像被打了码。对上杨其星困惑得近乎无辜的眼神，她不由得想起对门的画。老板用杨其星的大脑扫描图做成的诡异画面，如同在某处看过的太阳摄影。橙色的旋流正如太阳表面燃烧的部分。蓝色则是燃烧殆尽的星尘。难道死亡的废墟中藏着无穷多的词句，能被重新点燃？

杨其星开口打断她的耽想。

“是真的。”

“什么是真的？”

杨其星合上课本，指着封面的粗体字。**叶子和燕子**。“叶子。”吐出这两个字，她的脸变得僵硬。这是她说不出想说的话时的表情。也许她此刻就像徒手在河里捞取黏滑的水草，水又深又急。黄依然心头瘙痒，恨不得跳进水中替她捞。

“林同。林同的……”

“你想说叶子是林同的什么人？”

杨其星点头，黄依然遽然一惊。夜月。叶维佳。叶子。她怎么一直没想到呢？这么明显的事。她重新看向手写的封面。叶子和燕子。燕子。陈晓燕。

“叶维佳。夜姐姐。”她喃喃道。

目睹杨其星透露肯定的眼眸，她接着说：“她就是叶子。陈晓燕，是燕子。对不对？陈晓燕编的课本，这是她俩的故事。她们是好朋友？就像——老板和林同。”

杨其星点点头，又摇头。她的表情古怪，接近忧伤。黄依然不解其意，忍不住说：“我早就想问了，为什么我从来没有在店里见过夜姐姐？是因为我在店里，所以故意不来吗？”

“不是，因为你。”

要不是黄依然具有游戏玩家特有的韧性，和杨其星做练习恐怕早就让她抓狂。一篇《在商场》不过一页 A4 纸，足足折腾了近三个小时。

累。是真的累。黄依然忍不住想，如果语言是能由此传递到彼的物质就好了，就像《光行者》里赠给好友蜡烛。点选，再点一下确认。多么便捷。

杨其星看起来比当老师的更累。她合上课本，揉了揉眉心。

“明天接着练？”黄依然试着问。

“好。”杨其星凝视她，眼神像是还有话要说。

谢谢。不用谢，应该的。黄依然在脑海中勾勒出可能的对话，心想，简直是中文入门讲座。这时，杨其星伸手握住了她的手。那双手的感触并不细腻，犹如陌生的植物叶表，或是用旧了的帆布。手指微凉，传达出某种意志。

“别怕。”杨其星说。

她盯着杨其星看。这没头没尾的，什么意思？她没开口，任由杨其星握着手。

当晚，黄依然失眠了。

有件事她一直搞不懂。就算夜月相信了她的解释——爸和杜叔叔家的未成年保姆小红有不正当的关系，还不时对她这个养女有过界的身体接触——按照常理，成年人不会因此就做出把年轻女孩从监护人身边带走的举动，何况还先将爸灌醉了。不光带走，接下来就这么把她放在朋友的店里照管。不管是老板还是林同，都对她说，不用担心。难道他们和爸达成了某种共识？是怎样达成的？她更不明白，是什么让夜月有这样的冲动和决心。

那篇《在商场》，让她隐隐看到了答案。如果那个故事是真的，叶子（夜月）在她年轻的时候，也遇到过无耻的色狼。所以她才要庇护更加年轻和无助的自己吗？可是，真的有这样的人吗？仅仅是网上的一面之词，就让她像漫画里的正义使者一样，闯进别人的家。

黄依然不曾有机会当面问夜月“为什么”。在微信上，她问不出口。

那天，当她在游戏中摆出三组呼救信号，夜月用蜡烛组成了手机号。她不敢相信自己的眼睛，第一反应是，夜月会不会是个男的？在游戏里泡妞的男的不少。如果夜月是男的，她的信任就成了笑话。

最终她还是一咬牙拨了过去。电话接通，温和的女中音“喂”了一声。她握紧于炎的手机，试图从发烫的金属获得保障。电话那头，夜月又“喂”了几声，接着生硬地问，是桃吗？在生活中听到别人喊自己“桃”还是第一次。她有种奇怪的感觉，仿佛自己成了一个全新的人。不得不拼命压着情绪，才没有当场哭出来。嗓子像是堵了一团棉花。好不容易挤出两个字，是我。那边说，你没事吧？她以为自己“嗯”了一声，却不知在电话里听着接近哽咽。夜月耐心地说，你到底怎么了？说吧，我听着。

通话持续了将近二十分钟。她挂了电话才发现，下午第一节课已经开始了。她在麦当劳所在的商场旁边的空地，坐在阻挡停车的倒U形铁栏杆上。有腿疾的于炎就算着急，也不可能找来这边。她的鼻子严重堵塞，不得不走回麦当劳要了纸巾，顾不上店员的视线，擦了眼泪，用力擤了鼻子。回到街上，九月下半的阳光洒下来，跟她前一段时间晒惯了的云南的太阳比，像掺了水。她往学校走，经过推着三轮车贩卖橘子的小贩，柜台上摆着煮玉米和茶叶蛋的杂货店，西装笔挺站在小区门口的房产中介……几百米的路程，她揣着迟到导致的心虚，更多的是期待。夜月说，我现在不能保证什么，不过你放心，我会想办法去见你。咱们见面再说。她把QQ报给夜月，说，我没有手机，玩游戏的手机是同学的，回头Q聊。

放学回家，爸和一个电视台的朋友在客厅里，她和长辈们打过招呼，径自回了房间。笔记本电脑是学校要求的，爸不情愿地给买了。他经常检查她的电脑，因此她将QQ设为不保存聊天记录。她登上QQ，没看到好友请求。有种被背叛和抛弃的感觉。所以夜月只是一时兴起和她通话，然后把她的哭诉当成玩笑或不想理会的麻烦吗？发出求救，对于她已是极限。就在她焦躁地瞪着屏幕的当口，短促的嘀嘀声响起，“木头”请她通过，附言：夜月。

她屏住心跳，和电脑那头的人约时间。她说周末出不去，表示可以逃课面基，没想到那边说，我去你家好吗？黄老师我还没见过，不过可以找朋友介绍，过去拜访。她吓得关了QQ。

黄老师。黄教授。黄老。老黄。围在爸身边的人们，有的客气，有的谄媚，有的明显冷淡，有的暗藏恶意。无论对方怎么表现，他们都把黄礼峰当作比普通人高出一截的人。他擅长画小尺幅的人物，半写意，表情盎然。讨厌他的人说，黄某画了二十年山水，反响平平，自从捡了个女儿，经常画小孩的日常发到微博，终于引起画坛内外的注意。说到底还是写生的路子，境界不高。黄依然在网上检索到这些话，觉得可笑。对爸最为负面的评价不过如此。

第二天，她难得没有和于炎借手机。他也没有主动出借，可能因为她昨天迟到挨了训。不能上《光行者》的一天，像被擀面杖碾过的面皮，拖拖沓沓好不容易到了放学时间。回到家，又有客人在，这次的来客面生，一男一女。她无精打采地问候。叔叔好，阿姨好。爸提高嗓门说，怎么叫人呢，叫哥哥姐姐。女客人笑道，叫阿姨就好。男客人说，黄老师的女儿这么大了，高中生吗？爸答，高一。那人又问，她也画画吗？黄依然往自己房间走，听见爸在身后给出听过几百遍的答案。没有让她学，我不想因为我，就把她的人生限制死嘛。

她想回头大喊一声"骗子!"，当然只是想想而已。回了房间，没开电脑，茫然呆坐。想上 QQ，然而昨天难得的那点勇气像被戳过的气球，泄了个精光。夜月说到底是个大人。和爸在同一世界的人。

敲门声传来。爸在门外说，吃饭了！听起来，他心情不错。她走出去，略微诧异，客人们还在。爸喜欢一群人吃饭，对于最重要的客人，他会在湖畔居茶楼设宴；次一些的，去西湖国宾馆；再次，家附近的餐馆。昨天电视台那位就在家旁边吃的，她陪着没精打采地吃了几口。在家待客的场合很少，倒也不是没有。今天既然在家吃，说明爸格外重视那两名客人，想给对方留个亲近的印象。

靠墙摆的餐桌被拉到了中间，桌上是五菜一汤，看得出炸河虾和酱鸭是临时买的熟菜，鱼、蔬菜和汤是保姆做的。像往常一样，保姆做完菜就走了。黄依然坐在爸的左手边，对面是两个客人。她注意到，爸纠正她喊"哥哥"的那位并不是最初匆匆一瞥以为的老伯——她当时想，什么哥哥，喊"叔叔"都喊小了——而是个头发白了九成的中年人。那人遇上她的视线，立即垂下眼，像是不习惯与人对视。

斜对面的女人卷发杏眼，面容姣好。绿宝石长耳坠，眼影和丝衬衫也是绿色的，领口很低，露着半截乳沟和清晰的锁骨。黄依然想，那对胸得有 C 或者 D 吧。她不清楚内衣尺码，只是听班上的女生嘲笑人，说 D 罩杯的某某坐下来就把胸搁在桌上。对了，小红也有丰硕的胸。想到小红，她心烦意乱，嘴里的菜不知其味。

客人们带了威士忌，白发男不喝酒，爸和那个女的都倒上了。爸读诗和史，画中国画，吃杭帮菜，却唯独喜欢威士忌。茶褐色的液体装在一指高的郁金香杯里，爸举杯闻了闻，显得陶醉。黄依然不看他，清晰的吸气声钻进耳朵。她垂在桌下的左手不自觉地掐着自己的大腿。妈要是在这里，一定会责备她吃饭不扶碗。她来的时候超龄念了小学二年级，那时妈对她很好，带她买衣服，去游乐园。大概是从她上初中起，妈开始变得严厉，简直像电视上的后妈。爸对她有种种限制，然而和妈在日常生活中设的绊子比，没有手机和零用钱根本不算什么。黄依然学会了小心翼翼，生怕哪里一个差池，就引来妈劈头盖脸的数落。忘了是从什么时候起，妈迷上了打毛线，不像其他人织毛衣帽子围巾手套，而是做毯子。家里最常见的场景是爸在画画，妈独自坐在沙发上举着毛衣针，斑斓的毯子流泻在膝上。妈越来越神经质和消瘦，有时黄依然觉得，那个女人的精神和肉体都被织进了毛线，被那些覆盖了床和沙发的毯子吸收。她的房间也有一床彩色格子镶拼的毛线毯，她在夜里悄悄拿到一旁，从来不盖。她害怕触及那床毯子，觉得那就像别人的皮肤。她初中的最后一学期，妈离开了家，搬到爸早年买在市北的一室一厅。爸说他们在协议离婚。又叹了口气说，还不是为了你，我们的教育理念太不一样了。真是不养孩子不会有的矛盾。她看着爸忧心的脸，心头升起黑色的讽刺。

吃喝的同时，客人们和爸聊黄依然。像这样当面谈论她，仿佛她不在跟前，是常有的。客人以为她是00后，爸说，不是，99年的。白发男说，99年我都上班了。维佳那时还小。女人笑起来说，你是想说我们有代沟吗？爸说，年龄有差距也蛮好的，你看林太太现在还这么年轻。女人说，不年轻啦，不过呢我觉得心态比年龄重要。我现在也有网上认识的小朋友呢，估计和你们家依然差不多大。爸呵呵笑道，网友啊，男的女的？要是男的，林老师该吃醋了。黄依然觉得大人们的对话极其无聊，把碗里的饭迅速扒完。这时女人说，女的，小朋友很乖的，名字叫桃。桃子的桃。

夜月！

黄依然起身盛汤，手抖了一下，汤洒到桌上。那个林老师抽了纸巾递过来，她胡乱擦了桌子，坐下喝汤，从碗边抬眼。和夜月视线相接的瞬间，她感到周围的现实开始融化和变形。她仿佛置身《光行者》的第17关，脚边是开着红色睡莲的池塘，深黑的水里潜藏着巨大的食肉兽，偶尔发出一声像是打嗝又像是呻吟的咆哮。唯一可以作为道路的是水中的浮岛和断续的独木桥，看起来异常艰险。那一关她是和别人一起走的，桃在25关遇见夜月。25关是在海里，两旁的珊瑚有毒，且在不断生长，一旦碰到就完蛋了。不过她一直觉得还是17关更恐怖。那些睡莲会变成手向你伸过来。明知不是真实的触碰，她还是为此心悸。越害怕越渴望，渴望着脱离浮岛，抵达桥的那头。

脑海中转过千百个疑问，此刻的僵局确实很像《光行者》，无法用语言和队友沟通。她拨拉着扔在桌上的虾头，把四只虾头摆成一个方形，又在里面放了一截虾尾。游戏里的“救我”。接着她想到，隔着汤锅，夜月不一定能看到这番小动作。

白发的林老师像是注意到了，他投向这边的视线有些古怪。黄依然声称吃完了，转身回房。一进屋她就打开电脑，登录 QQ。果然，昨天她嗖地下线后，“木头”也就是夜月留了一堆话。新消息是今天中午发的，说在来的路上，然后是一连串问句。在吗在吗，你看到了吗。

在现实中，我们能一起走出迷宫吗？桃全无信心。黄依然呆坐在电脑前，QQ 窗口出现一行字：**在吗**

她不受控制地抖了一下，想起对方应该是手机 QQ 隐身在线，看到她登录。

在

你等一下

她坐着等。感觉上像是过了很久很久，终于出现了一句话。

你爸喝多了睡着了，你出来吧

喝多了？她有些愕然。爸刚才还有说有笑。而且印象中从未见他醉过。她回到客厅，惊异地发现爸正如夜月说的，坐在椅子上就睡了过去。他的头斜向一侧，嘴巴以不自然的角度半张着，整张脸变了形，像个陌生人。

她拉动椅子，让自己离睡着的爸足够远，重新在那对夫妻的对面坐下，然后小声地不确定地问：“夜月？”

“叫我维佳就行。”女人说，“我们长话短说。你昨天在电话里说，想要离开这个家，是认真的？”

“嗯。”

女人扫一眼她丈夫，表情冷峻。“你跟我们走。”

姓林的男人像是早就和妻子达成了共识，默不作声。黄依然说不出话。比起愕然，她更有种不真实感。她祈祷过无数回，想要逃离，希望有人拯救自己。此刻居然有人说，你跟我们走。她十七岁，又不是七岁，这让她怎么相信？

脑子里各种想法撞来撞去。她推开所有现实的怀疑，微弱地说："带我走吧。"声音是抖的。不，她全身都在抖。她感到冷，仿佛从九月直接坠入另一个季节。她心里清楚，提出"跟我们走"的夜月，和要求"带我走"的自己，同样荒谬。这里是她的家。带走她，对他们没有任何好处，只有麻烦。爸一定会报警。

对方两个人盯着她看。她只望着夜月，那个自称维佳的女人。爸仍在她的一米开外瘫坐着。如果这是一幅画，该是极其诡异的画面。半老的男人在椅子上昏睡，夫妻和少女隔着狼藉的餐桌对望。

最后是那个林老师打破了紧绷的空气。

"你收拾一下，只带非带不可的。其他东西等到了上海，再让她给你买。"说着，他看了夜月一眼。

"上海？"黄依然忍不住反问。

夜月像是不耐烦地说："你刚才都没听我们讲话是吧？我们从上海来。快点。车在外面等着。那边抱怨好几次了。"

她像梦游一样回了自己的房间。先把笔记本电脑塞进书包，想了想，把白天用过的课本拿出来。环顾房间，拿起枕边一只绒毛兔，又放回原处。最终她只带走了电脑。这个家的一切都沾染着那个人的气味。

经过餐桌时，她刻意没看爸，但仍注意到，桌上的酒瓶不见了。

爸不是没想过教她画画，在她小的时候，他一直在训练她的瞬间记忆力，出去散步回来，总要问她刚才看见了什么。最后大概是她实在没天分，或是因为妈表现出奇怪的不满，培养计划终于搁浅。对事物的瞬间观察和记忆，作为习惯保留了下来。她知道那瓶酒剩下四分之一。

夜月让黄依然坐副驾驶，她和林老师占据后座。司机是个寸头的壮男，黄依然一开始以为他是包车的司机，在路上渐渐明白了，其实是夜月他们的熟人。

几个人在路上只有简短的交谈，没有涉及她家中发生的事。司机和林老师聊家常，夹杂着“爸”“姐”“妈”等字眼。仿佛开了很久才下了高速，路开始变堵。她绷得过紧的神经放松下来，疲惫从每个细胞流出。闻见烟味，原来是林老师开了窗抽烟。烟味混合着废气，还有股尘土味儿，这就是自由的味道吗？她往车窗外寻找月亮，视野里只有楼房和掠过的红色尾灯。她不觉间睡了过去。被人喊醒时，她条件反射地抱紧自己。

“到了。要睡进屋再睡。”喊她的是司机，这是她上车以来他对她说的第一句话。她惊惶地扭头看后座，被安全带一扯。林老师已经下车了，夜月还在。她松了口气。夜月整个人沉在阴影里，表情分辨不清。

从车里出来，看到林老师站在路边，仰头望天。她跟着望去，天空中有半个白月亮，像用纸做的。周围是个小区，不像她住惯的高楼住宅区，水银灯照出一团团树影，其间一栋栋别墅，每栋房子间隔很开。脑海中闪过一连串拐卖人口的故事，她竭力让自己镇定。夜月不会是坏人。不会的。

林老师用疲惫的声音说：“先进屋吧。”

小别墅像是在地上挖了个坑再盖起来的。先下十几级台阶，底下有个院子，院子旁边的玻璃门后是客厅。林老师进屋开了灯，黄依然停在门口，夜月在她身后说：“怎么了？”

隔着两层楼高的格状落地玻璃，里面的事物被灯光照得分明。

空旷的一楼中央摆着灰色沙发，二楼的面积是一楼的一半，栏杆对着悬垂的吊灯。两侧的高墙上挂着几幅画。有幅蓝绿色的很大，她不知道那是《海殇》的初稿，视线投注在另一幅小画。暗蓝背景上悬浮着白色半透明的物体。僧帽水母。《光行者》第35关。她上网检索过，知道看似整只生物的水母其实是聚合体，这个星球上最毒的几种活物之一。

她扭头看向夜月，“那是……《光行者》？”

“我先生林同，你可能听说过，背景的原画是他画的。”

她像被烫了一下，立即看向林老师。他独自站在屋内，一手扶着沙发靠背，并不看站在昏暗门廊的他们几个。司机在后面说：“喂，你们都堵在门口做什么？”

如果说那天发生的事像在做梦，进了那所房子后的经历有更强烈的不真实感，宛如梦中之梦。她洗了澡，换上夜月给她的睡衣，喝了杯热牛奶，随即困意袭来，她被带到二楼的房间。她心想牛奶里不会下了什么奇怪的东西吧，另一个念头滑过：怀疑夜月是不对的。没等更多的念头冒出来，疲惫和睡意将她拖进了无梦的夜。

第二天吃早饭的时候，和她一起在餐桌边的是夜月和司机，林同据说一大早回了市区。他习惯上午画画。夜月在家也化了妆，今天的眼影换成了浅棕色。妆容掩盖不了不开心。黄依然想，夜姐姐说不定后悔“拐带”了自己。

仿佛验证了她的猜测，夜月说：“你和这位杨大哥走。”

她不吭声，盯着夜月看。夜月补了句：“不是让你跟他住，他妹妹家，他们两家门对门。”

“我留在这里不行吗？”她小声说。面前的面包黑黑粗粗的，有股酸味，抹了果酱也没改善。她不知道那是欧包。杭州家里的早饭是保姆做的清粥小菜。

“我很忙的，有时要去外地。你一个人在这么大的房子里，会害怕。”

夜月的声音有着不容置疑的什么，姓杨的司机没说话。那一刻，她觉得夜月很陌生。她甚至后悔自己向对方发出呼救。但是，桃习惯了按夜月说的办，在游戏里如此，在现实中也一样。

失眠的黄依然在榻榻米的垫子上翻了个身。

跟着老板到了虹口，住进杨其星的家，又在店里待了一个多月，她得以重新反思从杭州逃脱那天的经历。有太多不合常理的地方。夜月的决心是一个方面。另一方面，爸为什么至今毫无动静？她有时甚至有荒谬的念头，觉得那天她看到的在椅子上歪嘴睡去的爸，其实已经死了。这种念头的产生，和听说陈晓燕的死不无关系。她知道是自己乱想。前两天她上网搜索，发现爸在 10 月中旬出席了某展览的开幕仪式。这么说，他仍旧活得好好的，在离她两个多小时车程的城市。她不知自己该畏惧还是安心。

她拿出手机，翻看和夜月的微信对话。24 日，去过陈晓燕家之后，她发给夜月：**夜姐姐，你认识陈晓燕吗，星姐说话就是她教的**。下一条回复在第二天才来。夜月的反应总是滞后。那边说，**算是认识吧**。

现在看来，夜月在和陈晓燕的关系上说了谎。黄依然有些不安。叶子和燕子。她们之间有她不知道的什么。课本呈现的两个女孩的形影不离，像是发生在另一个世界。

心绪烦乱，她转到朋友圈。十分钟前宋语刚发了一条。都这个点了。照片里是键盘和一杯咖啡。配的文字是，信息量太大，连夜整理，期待能理清线团。她想，我也有线团需要整理，然而连线头都还没找到。她给宋语点了赞，对方立即打字过来。

语：**你不会在玩游戏吧**

桃：**在思考**

语：**小朋友睡太晚会长不高的**

桃：**我才不是小朋友！**

两人你来我往地聊了几句没营养的话，黄依然仿佛从中获得某种安慰，握着手机睡去。夜的那一端，宋语给自己倒了一杯新的咖啡，反正明天周末，熬再晚都不怕。她面前的屏幕上是写到一半的文档，记录了白天在霍老师那里听到的，林同尚未成名时的故事。

屏幕斜后方的台历上贴着几枚便签，上面写着待完成的工作，还有 11 月的一个小型艺术书展。和陈晓燕约好了一起去看的。对宋语而言，曾经的备忘录更像是一种无言的提醒，提醒自己，那个人再也不会出现。而自己，又能为已经消失的她做些什么呢？

10. 爱吃甜食的男人

F&C 最近刚拿到一笔新风投，为此，公司将在星期三办一场小规模的庆祝活动。本来按老板冯允文的性格，有了钱就要花，请 PR 包一处酒店会议厅，省心省事。钟辰说，你放着现成的人不用，何必给外人赚。说的是半年前入职的人事总监李嘉敏，英国名校留学的海归，头衔是人事，企宣和外联也由她负责。钟辰从副总经理办公室去茶水间，经过她的座位，注意到她是全公司最爱用电话的人。IT 公司如同社恐人群集中营，人人戴着耳机，内部交流靠 QQ 和微信，不管是否在偷懒，至少表面显得专注。一群耳机党中间，李嘉敏脆生生的嗓音显得突兀。和外媒记者电话，她说英文。其他场合，她讲上海话。让物业修空调，帮老板订饭店，和本地媒体敲定采访时间。虽说鸡毛蒜皮，但是缺她不可。

冯总倚重李嘉敏，不光因为她的麻利劲儿。钟辰心知肚明，才提出让她操办。也不是没有私心。等冯总点了头，他去找李嘉敏，建议找蛋糕酒号订茶歇。他轻描淡写地说，那家店我常去，点心味道蛮好的。李嘉敏睁大眼睛说，哦，我本来打算订蔡嘉呢。隔了片刻又笑道，那就试试钟总推荐的这家。

钟辰和冯允文是2000级的同学，冯在计算机系，他学的是历史。八竿子打不着的两个系，相识是因为诗歌社。年轻时，谁都有过诗人的梦想。升上大三，诗写得少了，一起厮混的习惯不变。经常是钟辰去冯允文的寝室找他。他们只有当冯允文拿到兼职收入才吃得起烤串，通常是咸干花生配最便宜的力波啤酒。有酒罐子冯允文在，加上同寝室其他哥们，一晚上能喝掉两打。钟辰不怎么喝酒，负责吃花生，听冯吹牛。

啤酒喝到一定程度，就只是尿意和话痨的催生剂。钟辰喝得最少，跑厕所最勤，不止一次被冯允文嘲笑"肾亏"。在那些丧失时间观念的漫长酒局，冯允文爱谈论人生规划。他含混不清地说，我可不要当编程狗，拿着高薪，没日没夜加班，买房，结婚，钱都赚给老婆孩子享受。有意思吗？室友们起哄道，能进大公司编程就不错了！你看某某学长，那么优秀，最后还不是去戴尔当售后。

很多事要隔开一段时日回头看，才能看出脉络。冯允文对公司的构想，以及他后来的酒精依赖，在大学时代就已经埋下伏笔。

历史系的钟辰对未来没有冯允文那么明晰的预期。他打算读研，至于研究生毕业后做什么，毫无头绪。他调侃那群理科生，将来发达了别忘了兄弟，我一个学历史的，注定做个穷书生啊。冯允文笑嘻嘻地搂住他道，混不下去了，来找我，有饭吃饭有粥吃粥……有泡饭吃泡饭。后半句是用上海话说的。冯允文出生在新疆的上海知青家庭，四五岁来到父母的老家，和外婆、舅舅、舅妈还有表妹一起生活。他爱说"我们新疆"，不过没人把这个上海男生当新疆人看。

毕业前几个月，冯允文拿到了一家中日合资公司的软件工程师职位。钟辰没有翻旧账问他，你不是不想当编程狗吗？钟辰没能保研，冯允文说他不会做人，导师没伺候好。通过学长介绍，钟辰去了出版社。也是巧，冯允文上班的公司在淮海路瑞金二路口，离绍兴路的出版社步行二十分钟。钟辰不忙，每周起码有三个中午，他走到淮海路，找冯允文蹭饭。软件公司员工发的美食城的卡，用起来跟不要钱似的。这下仿佛验证了冯允文那句“有饭吃饭”。每次见面，冯允文照例抱怨，领导如何无能，导致不必要的加班和返工，同事间的倾轧，女同事忙着谈恋爱甩包袱给他。听起来全公司就他一个能人兼好人。钟辰觉得他心态有问题，并未直说，毕竟吃人的嘴软。出版社的收入正如钟辰的预判，说好听点是个书生，说难听了便是穷酸。社里多是本地员工，几乎没有钟辰这样来自外地跟人合租的。从绍兴乡下出来的钟辰留在上海，父母在亲朋好友跟前颇有面子。他知道，父母盼着他早点成家，然而家里根本负担不起婚房，结婚这种事，想一想都觉得遥不可及。

冯允文倒是在毕业两年后迅速解决了婚姻大事。他老婆许倩是钟辰的同事。

两口子认识也是因为钟辰。有一次，钟辰无意间和许倩提起，自己常去淮海路和好友吃饭。许倩说，附近我也吃腻了，下次一起去吧。钟辰没好意思说其实每次都是朋友买单，领着她去了。冯允文不见外，刷了三人份的卡。

后来不知怎么就变成三个人下班后一起去唱 K。许倩是麦霸，钟辰陪唱几首，冯允文自称是音痴，专注喝酒。钟辰不傻，自然看出两人的苗头。冯允文大学时代的女友是个厦门女孩，恋爱关系随着毕业自然消亡。和那个女孩比，许倩的外形差了一截。半年后婚事敲定，钟辰去新房玩，心头恍然，女方有房，是促成这桩婚姻的无形推手。冯允文大学毕业后没有回亲戚家，跟钟辰一样与人合租。

那两人成了一家，唱 K 的活动停了。钟辰也不再把冯允文当作工作日的饭票，怕许倩介意。上海女人嘛。

有一天冯允文喊他到家里吃饭。吃完下楼散步，六月的晚风吹着有几分惬意。怀孕五个月的许倩走在他们旁边，配合她的步子，两个男人走得很慢。

冯允文说，钟辰啊，你来辞职帮我吧，我打算开公司。

钟辰的第一反应是看许倩。她一脸早就知道的神色。他问，什么公司？

做数据库。我的老本行。

这个我不懂啊。

不懂没事，开公司不可能我自己一个人搞定。你，我信得过。

也就是你当老板我打杂喽？钟辰半开玩笑地说。

到现在，钟辰不免觉得，自己这张嘴真是说什么来什么。九年的时间，F&C 从窝在商住楼里的工作室到占据高级写字楼的半个楼面，可以说是拜时代的潮流和风投所赐。看看出版社的老同事，再看看自己如今住的小区开的车，钟辰知道，他的生活拜冯允文所赐。顶着副总头衔，他本质上是个高级打杂。这些年，他收拾的烂摊子层出不穷。差点被查出逃税。炒掉的员工将公司告上法庭。冯总离婚。新的婚礼。冯总醉驾。为新一轮风投绘制无法实现的大饼。冯总又有外遇。

钟辰面前总有收拾不完的烂摊子。公司的决定权不在他，他也不懂技术，了解的仅有账面变化。其实，在拿到这次风投前，公司的情况一度窘迫，面临崩盘。现在危机熬过去了，冯允文神采飞扬，钟辰却忍不住想，这笔钱花完了怎么办？如果说九年的行业经验教会了他什么，那就是，再多的钱都会被公司耗尽，就像贪吃蛇不断吞掉屏幕上的黑点。

有时钟辰觉得，自己在公司乃至冯允文的生活中担任了一个既重要又尴尬的角色。冯允文常说的一句话是，钟辰啊，没有你，就没有我的现在。这话没错。让冯允文结识许倩，得以开始没有后顾之忧的创业的，是钟辰。帮冯允文劝许倩在离婚协议书上签字的，还是他。许倩经历了男人有了钱就变心的套路，超乎钟辰预想的是，她没有摆出怨妇脸，只提出，儿子归她，几年前买的学区房也归她。冯允文对第二项感到肉痛，钟辰居中协调了一番。

他们夫妻去民政局那天，冯允文怕许倩哭闹，硬拉钟辰陪着。许倩化了妆，从头到尾没有半点要哭的迹象。她最后朝钟辰扔下一句话。

他喝酒得有个人管着，我是早就管不动了，也不觉得别人能管得动。按理不是你的事，不过你最好还是看着点，不然将来怎样，真的难讲。

钟辰苦笑，心想，这话该说给未来的冯太太听，对我说，算什么事。

第二任冯太太方玫在 PR 公司工作——冯允文喜欢开朗外向善于组织活动的女性，从许倩到方玫，再到后来的新女友李嘉敏，都是一个类型——她在婚后第三个月首次见识到冯允文喝醉，半夜两点打电话给钟辰，哭着说，我不管，你把他带走！

钟辰开车把冯允文带走了，当然不可能回自己家，他把更像一团肉而非一个人的冯总塞进公司附近的五星级酒店。不知是否该表示钦佩，醉成那样的冯允文在第二天下午面色如常地出现在公司，主持了一个重要的会。

以钟辰有限的社会经验，无法得知其他公司的决策者是不是过着身心健康的生活。他一直没结婚，搞不懂维系婚姻是否需要某种程度的伪装。总之公司没有因为冯允文时起时落的状态倒掉，冯允文和方玫每次出现在公众场合，俨然是对美满的夫妻。只有一点，方玫对冯允文和儿子见面极度抵触，以至于钟辰这个干爸经常代替冯允文，陪冯希过周末。他看着冯希从肉团子成长到幼儿园学童，如今念三年级，是个小小少年了。有时钟辰甚至有种错觉，仿佛冯希是自己和许倩的儿子。

他从未对任何人袒露过，甚至不愿让自己多想的，是一种无法言明的挫败感。在冯允文身边工作越久，担的责任越重，这种感觉反而愈加强烈。

能让他在心理上暂时摆脱挫败感的，唯有一件事，那就是和人上床。俗称419，或者约炮。钟辰在这件事上逐渐磨炼出独特的路径，就像纪录片里的野猪，每天沿着灌木丛中的小径，去湖边饮水。

最初钟辰试过普通的交往方式。在出版社上班的头几年，以及刚组建F&C的时候，他像大多数人一样，经人介绍，和毕业没几年的年轻女性吃饭喝咖啡看电影。见面最多到第三轮就没了下文。女方以这样那样的理由宣告不合适，也有人简单粗暴地将他拉黑。可能他当时的收入和无房的现实构成阻力，或是他身上有什么如同阿喀琉斯之踵的存在，而她们凭借本能嗅出了不祥的意味。

公司开始上正轨，他日渐繁忙，无暇按部就班地约会。解决性欲唯有看A片自慰。想过找小姐，路边粉色灯光的小店让他怀有疑惧，怕不干净。IT行业的利润丰厚，跟着冯允文一年后，他独自租下一室一厅。迁入新居的第一感想是，自己住就可以找人上床了。苦无对象，他在网上转了一圈，忽生灵感，打开邮箱查看收到的简历。公司在起步阶段，包括招聘的杂事一应由他打理。正好最近在招前台。他找出初选刷掉的几人，一个个打电话，约时间面谈。在咖啡馆见面，先走一遍面试流程，让对方自述，他提问题，顺便评估外形。几天后再打电话，约在酒店大堂。面试者抵达后找不到他，短信或电话询问。他说，我在楼上几零几。有的女孩当即找理由走了，也有的迟疑着上来。让他感到有趣的是，上楼的女孩基本分为两种。拎得清的和拎不清的。后者直到他采取主动才意识到自己置身的状况，有哭闹的，有试图反抗的，有当时顺从过后说要报警的。他觉得拎不清的女孩们智商堪忧，男人让你进房间，还能有别的意思吗？当然最后没人报警。他在她们衣衫不整的状态拍照，威胁说会发到网上。这一招每每有效。

就这样，他对新居的期待从未落实，欲望都在酒店解决。后来他变懒了，省略“面试”的流程，直接约在房间。公司新设了人事部门，他仍遵循惯例，让人事把刷掉的简历给他一份。F&C 为游戏公司做数据库支持的业务平稳上升，各个部门开始被搭建起来，商务管理、财务、销售、市场、研发……员工的男女比例从最初的阳盛阴衰变为六四开。对他来说，女孩们就像韭菜，割了一茬还有一茬。一年年过去，她们的手机不断换代，出现了微信。她们中的大多数人受过比他更资优的教育，有些甚至是海外名校毕业。无论学历和经历，一旦被推倒并扯下内裤，她们和他最初的第一个猎物并无不同。同样的惊骇，同样的难以置信，同样的柔软和炙热。

只有这时，他是完全的主控者。唯一的。

单方面掌控的游戏太有趣，以至于他对日常邂逅丧失了兴趣。不过在最近，他的心境发生了变化。

今年六月，前单位美编室的赵盟约他喝咖啡。钟辰和老同事们基本断了联系，唯一有来往的赵盟和他是羽毛球的球友，偶尔周末约一场。不够频密的运动量加上很难说是高强度的工作，赵盟在这些年匀速胖了几圈。

赵盟常在外面接活儿，F&C 的 LOGO 也是请他做的。前几年冯允文表示想要换一款，钟辰难得反对道，设计也是要讲财气的，我们目前为止都很顺利，换了会不会有影响啊。当老板的人多少有些迷信，LOGO 留了下来。后来遇上设计的需求，钟辰想起冯总看不上赵盟，乖觉地没再找老同事。

难得赵盟主动约，钟辰猜是找自己要工作。他故意迟到了半个小时。绍兴路上叫作蛋糕酒号的店所在的位置，在他的记忆中是家服装店，不知什么时候改成了咖啡馆。落座后对赵盟一说，那边诧异道，开了好多年了，你一定是太久没来这边。

他们坐的是店堂深处的位子。钟辰问，本周手冲的豆子是什么品种？女服务生尚未回答，赵盟插了句，要两块巧克力饼干。钟辰想，还嫌不够胖啊。

后来才知道系围裙的女人不是服务生，是店主。女人说话的方式给钟辰留下了印象，一字一顿，像外国人讲中文。赵盟点单的语速放得很慢，像是怕对方听不清。钟辰仔细看了下，女人耳孔里没有助听器。等她走开，他问赵盟，这人怎么回事？

赵盟不答反问，失语症你知道吗？

知道啊，受到什么巨大的打击，导致说不出话，电视剧里看到过。

赵盟呵呵笑道，你相信电视剧啊。

钟辰感到自己的智商受到了藐视，不快地想，你待会别求我。有工作也不给你。

他想错了，赵盟今天不是有求于他，是来讨主意的。原来，赵盟有朋友创立出版工作室，想拉他过去做设计，准确地说，是合伙开公司。

“这把年纪创业好像有点晚。但总这么混着，感觉不上不下。你是过来人嘛，我想听听你的意见。”

钟辰想，你小子三十刚出头，就叫这把年纪？国企果然是消磨人的所在。他开始讲创业的难处，和搭档磨合之苦，夹在老板和员工中间的为难，公司现金流断绝时的惶恐……讲着讲着，他简直要为自己叹息。也就是他，换了别人，肯定早就受不了冯允文的想一出是一出，以及把私生活带入工作的不专业作风。

他滔滔不绝的过程中，女人过来给他们倒了水，一个戴眼镜的年轻男人端了咖啡过来。又过了几分钟，女人把两只小碗放在他们跟前。第一次看见用碗装饼干的。浅灰白的粗陶碗。碗边呈不规则的弧形，釉面浮现颗粒。碗底的褐色饼干也是不规则的圆，边缘薄中间厚，如一片压扁了的陶坯。赵盟拿起碗，像只松鼠一样窸窸窣窣吃了起来。饼干屑不断掉在碗里。

“你吃吃看。是她做的。他家点心都不错，我最喜欢这款。”赵盟边吃边说。

钟辰看着泥土色的扁平物体，没伸手。他戒甜食有大半年了。他对一切甜的东西有瘾，差不多就像冯允文依赖酒精。当然，嗜甜比嗜酒看起来正常得多。他不是易胖体质，工作间隙吃几块巧克力几颗糖，并无心理负担。最近一次体检查出血糖偏高，医生说要控制。他是惜命的人，当然听医生的。大概一项欲望得不到满足就会转向另一项，这半年来，他约会或者说约炮的频率比过去高。

当然可以笑着说“我血糖高”，把饼干让给赵盟。刚才一口气讲了太多话，他这时还真想吃口甜的补充体力。

偶尔一块。他在心里说服自己。

饼干吃起来没有预想的甜，甚至微苦。原料应该不光是可可粉，还有巧克力。浓郁得有种吃巧克力的错觉。比起高级产地巧克力，钟辰更喜欢随便哪个超市都有的三角巧克力，够甜，够滑，吃到最后稍稍黏牙。像表现出反抗但又不够坚决的年轻女孩。三角巧克力的蜂蜜碎，最后会彻底化在口腔里，和她们一样。这块饼干的味道太高级，也太成熟，不是他喜欢的类型。饼干变成黏滑的一团，混合着唾液滑下喉管，他忽然心生恍惚。

如同陷入了白日梦。

他站在铁制的栏杆边。笑声、电子音乐、人们的说话声，汇成特殊的嘈杂。只属于某个地方的嘈杂。眼前的风景是色彩鲜明的一片，在晃动。不，那不是风景，是旋转木马。

前几年，复兴公园的旋转木马是冯希的最爱。不知为什么，他就是坐不厌那玩意儿，一有机会就央求说“我们去公园吧”，潜台词则是“我们去坐木马吧”。小孩坐木马需要大人在旁边站着。很多次，钟辰站在木马旁跟着转台旋转，心想，其实根本不会掉下来的好吗。他看着冯希兴奋的脸，搞不懂这孩子为什么坐个木马就这么开心。木马们升起又落下，模拟出前赴后继的劲头，但其实每匹马与前一匹的距离永远不会减少。简直像是现实的隐喻。

此刻，他不在那个花里胡哨的转台上，而是在铁栅栏外，和圆周运动的木马们隔着一米多的距离。陪着冯希在里面的是许倩，当母子俩转到钟辰跟前，她朝他微笑。

没错，那是冯允文和许倩离婚后不久，他主动提出陪许倩母子过周末。那天他们去了公园，吃了韩式烤肉，冯希玩累了，在回家的车上睡着了。

那天还发生了一件说大不大说小不小的事，早就被他扔进了记忆的角落。

隔着栅栏眺望冯希和许倩的同时，他忽然感觉到强烈的欲望。不，甚至不是欲望。那是想要推翻一切改变一切的念头。人在一生中偶尔会邂逅这样的时刻，感到自己所在的位置不是自己注定来到的地点，其间发生了某种细微而重大的偏差。

冯希骑的是白色的木马，披挂的璎珞和背上的马鞍呈现华丽的金色和红色。浮雕表面刷了漆的木马们在钟辰看来都差不多，对冯希来说却有区别。那匹白马是十匹马当中他最爱的。有时那匹被人占了，他宁可等一轮。虽然还是个孩子，冯希已经表现出冯允文的性格特征，他知道自己想要什么，为了那个什么，不惜付出等待和耍心眼。

和许倩当同事的时候，钟辰没感到她有任何魅力。她在发现怀孕的同时辞职，冯希上幼儿园后，她通过冯允文的介绍进了一家企业的内刊。离婚后大半年，她辞去内刊的工作，回到出版界。这次是担任童书编辑。她变得非常忙，脱离了钟辰对出版社编辑的认知。

陪她们母子去公园那天，她尚未跳槽，仍在内刊。那段时间，她整个人瘦了一圈，波点连衣裙上罩着深色棉开衫的稳重打扮，看起来比以往动人。她不时注视五岁的儿子，脸上的表情很美，换个人会用“母性的光辉”来形容。钟辰感到，那是他从未拥有过的，他人全心全意的关注。

他想，一定是有什么错了。这本该是自己的妻子，自己的孩子。如果那时没带许倩去蹭饭，后来的很多事都会不同。他试着想象把许倩按倒的场景，没能成功。有些事，陌生感才是润滑剂。三十多年来第一次，他感到深深的沮丧。觉得自己整个人生是走错后的分叉。他是个善于调整情绪的人，很快将沮丧封存，忘掉。至少是假装忘掉。没想到因为一块饼干，那一刻无比清晰地在脑海中回放，随之而来的，是凡事不对的失落感。

他愣愣地回过神，听见赵盟说，凤凰男不好弄。

那是在评论冯允文。他都没注意到话题什么时候变的。赵盟虽然帮他们做过设计，没怎么和冯总打过交道，也就在前同事许倩的婚宴上见过一面，以及从他这里听说了后来的一系列故事。

钟辰想，冯允文算不上凤凰男吧。他懒得反驳。本来是让他给赵盟分析创业得失的，不知怎么变成了对冯总的吐槽会。

此后钟辰成了蛋糕酒号的常客。按理来说，那天的体验太诡异，正常人会绕道走，至少不会再尝试让人陷入沮丧的点心。钟辰执拗地想，我还不信这个邪了。他开始和人约饭在附近，开车过来，吃完午饭到蛋糕酒号喝咖啡配甜点，再回去上班。以一周光顾两到三次的频率，他不久便把店里的常设品种吃了一遍。

其间，他和杨其星以及店里的咖啡师混熟了。他从陆南那里听说，老板是杨其星的哥哥。所以她有个哥哥，他漫不经心地想。

11 月 2 日公司酒会那天，他一如预期地，又见到了杨其星。那是第一次在蛋糕酒号之外见面。他等她忙完点心的摆放，试着问，你以前念的是什么学校？她没听懂。他并不气馁，东拉西扯地聊了些别的。三句话里她能明白一句半。他显得很有耐心。他一向如此。

临时冒出来取气球的事，他提出帮忙，很自然地叫上了杨其星。开车过去的路上，她坐在副驾驶，十分安静，奇怪的是并不让人感到局促。她因为失语症而习惯把存在感压低。

他问："你家离店里远吗？"

这次她听懂了，说："地铁。"

"路上多长时间？"

"一，小时。"

"不近啊。你怎么不开车？"

"哥哥。"

"你哥开车？"

她"嗯"了一声。他又问："你哥除了开店还做什么？"

这次她没有立即回答。他换了个问法。"他是专职做这家店，还是兼职？"

沉默继续，如同她与他隔着透明的墙壁。他只好提起不相干的话题。"你的巧克力饼干，很特别。"

"谢谢。"她答得飞快，看来"特别"这个词的难度不高。

"我有一次吃了，看到……幻觉。你知道'幻觉'吗？"

如果有第三者目睹他们的交流，会显得傻气。他从第一次见到她，就猜测她有没有男友。后来向陆南确认了这一点。毕竟，有谁会找一个连听说都有障碍的女朋友呢？虽然长得不错，会烤点心，那点心说不定还有某种魔力。

也可能那次只是他自己心神恍惚，和饼干没关系。跟理科生一起工作久了，他学会一件事，实验必须在相同条件下达到同样结果，不然就没有意义。

"今天也有，巧克力饼干。"说到点心，她的口齿清晰。

"是啊。今天也有。"他无奈地想，鸡同鸭讲就是指这种状况吧。

等他们拿了气球回去，钟辰见到了蛋糕酒号的杨老板，杨其星的哥哥。等在会议室的高大男人不知为何一脸的不高兴。他想起来，他在店里见过此人，有两回他到了店里杨其星不在，这个男的在柜台后擦杯子或玩手机。他当时以为对方是另一个雇员而非老板，因为其长相和杨其星毫无相似点。

出于礼貌，钟辰主动打了招呼。杨老板显得爱答不理。此人完全没搞清楚状况。也不想想，这个茶歇的单子是因为谁才落到你们头上而不是更专业的点心店呢？钟辰心下不快，脸上并未表露。

当天酒会上，冯允文不出所料地，在众人面前喝多了。

也和钟辰让李嘉敏订了大量的香槟有关。冯允文发现红酒喝完了，一边抱怨香槟“有猪圈味儿”，一边像喝可乐似的不断清杯。还好投资公司的代表走得早，没看到冯总后半程的丑态。几个老员工知道冯总酗酒的问题，其他下属大概只把那一幕当作人逢喜事的表现。喝醉的冯允文跳上台，发表了演讲。关于用户数据分析的未来。那是F&C 的主营业务，收集游戏用户的习惯、倾向性等，加以运算，将数据反馈给游戏公司，那边会据此进一步更新和完善游戏。冯允文说，多少游戏……红——过……死掉了，现在一个游戏的平……均……生命，你们知道？不到两天！两——天！可我们——呢……超过两天，我们就能……活——下去！

再往后的话无从辨认。新的词句撞击唇齿，把刚冒头的句子挤压变形，扭曲成无法辨认的音节。只有钟辰听懂了一两句，是说公司要转型，将有阵……痛。钟辰想，转型？果然是喝多了。

酒会第二天，冯允文没来上班。当天有几件事需要确认，钟辰逐一通过微信和冯总沟通，得到回复，告知团队。得感谢现代社会的便利，老板在家办公，一样顺畅。钟辰经常感到，冯允文的存在，形式多于实质。公司发展到现在，正常运转靠的是各项目组的负责人加上其他部门的协作，还有负责整体调配的他自己。在单位还好，要是外出，半个小时不看手机，就有上百条未读消息。他觉得自己的状态是典型的“压下葫芦浮起瓢”。上一次休长假是两年前。

晚上七点多，在公司写着邮件，收到冯允文的微信：**今晚喝酒？不，明晚吧**

你还喝啊——钟辰输入半截又删掉，回复：**你明天进公司吗**

冯允文说他和人约了谈事，明天一整天在外。钟辰想问他和谁，转念作罢。手机上的对话不像老板和副手，倒像是倦怠期的夫妻，再追问就更像了。

11 月 4 日星期五，冯允文迟迟不提喝酒的安排，钟辰六点多发微信问，晚上还聚吗？那边回，蛋糕酒号你认识的对吧？前天提供甜品那家。钟辰略感意外，冯允文平时不会注意到这种细节，又一想，一定是李嘉敏说了什么。说不定那个女人还八卦地提到，他对蛋糕酒号的杨其星不一般。他压着不快回复，认识，怎么？冯允文说，就去那儿吧，他家的酒不错。

钟辰这是第一次知道，冯允文其实是蛋糕酒号的常客。不知怎的，他有种地盘被侵入的硌硬。

在公司加完班，他像以往一样开车到绍兴路，把车停在路边。计时停车位虽然贵，他负担得起。夜晚的街道显得陌生和寥落。进门比约定的八点半略晚，杨其星不在，陆南也不在，柜台里只有杨老板，皮肩带的牛仔布长围裙穿在他身上，更像屠夫而非咖啡馆主人。吧台边坐着个女人，里面的三张桌子空着。生意比白天惨淡。钟辰不泡吧，不知道此刻对于酒客们来说还太早。他发微信说“我到了”，向杨老板点点头，到最里面的桌旁坐下。第一次和赵盟来这间店，坐的也是这个位置。最终赵盟没有离职创业，不知是合作方不靠谱，还是他自己心怯。钟辰懒得详细打听。

杨老板走过来说："我妹不在。"钟辰想，这人也太愣了，有这样做生意的吗？他维持着冷淡的礼貌说："我不是来找她，我约了人。"

"咖啡师下班了，现在咖啡只有法压和浓缩。酒单上的酒都有。"说着，对方放下一张双折酒单。钟辰解释说，朋友还没来，待会再点。杨老板折回吧台，隐约传来说话声。要不是冯允文指定了这里，钟辰很想走人。杨其星不在，连店内的空气密度都为之一变。

冯允文拖到九点一刻才出现，其间钟辰打了两次他的手机，没人接。他一进门先大声朝杨老板打招呼，亲热地聊了几句，这才往里走。钟辰看一眼他的面孔就知道，喝过了，还不少。

"抱歉抱歉，前面回了趟爸妈家，被拉着喝了几杯。"冯允文解释般说。

在上海的亲戚家寄住了十几年，冯允文上大学，毕业工作，乃至后来创业，背后不乏作为回沪知青子女想要出人头地的迫切心态。等到他有了余钱，先给父母买了一套六十平米的住房，说让他们有空就来住，一年后才购置为冯希做打算的学区房。前两年他母亲退休，父亲跟着办了病退，从新疆回了上海。冯家父母和第二任冯太太方玫处不好，老人偏心孙子，顺延着偏袒许倩。钟辰只在冯允文的两次婚礼上见过二老。有件事让他印象深刻，两位老人都是能喝爱喝的体质。在第一次婚礼上，冯家老爷子举杯向众人致谢道，我这个儿子在上海扎下根，要感谢党和国家，感谢你们大家。那一刻，钟辰感到了血缘的力量。冯允文虽然与他父亲的老派腔调不同，也爱在公司聚会上说，公司能有今天，和你们每个人的努力分不开。不管真不真心，说的人和听的人在当下都感染了真诚。开公司做项目拿风投，需要的是煽动力，有时比具体的产品和实施来得重要。钟辰知道自己缺的就是那种比真还真的口才。

他藏起情绪，对迟到的人说："有什么事非得在外面谈啊？"

冯允文打着哈哈坐下，喊老板点酒，也不看酒单，张口就问，你那个相扑还有吗？杨老板说，没了没了，上次你来的时候就不多了。冯允文说，你可别骗我。杨老板说，我做生意的，骗你做什么？钟辰立即看出杨老板在撒谎，这人太不会掩饰。酒意盎然的冯允文没再纠缠，问有什么推荐。对方折回吧台，拿了瓶没开封的酒过来，放在桌上。冯允文扫一眼酒标，说，我不喝山崎，太甜。杨老板说，这是总裁签名版，喝一瓶少一瓶。冯允文问，多少一个 shot？对方说，我平时卖一百。给你打个九折吧。冯允文说，不要那么麻烦，这瓶我包了，两千怎么样？钟辰漠然看着，觉得他们把酒吧弄得像菜场。

冯允文喝着威士忌，讲了一堆废话，始终没提今天见面的缘由。钟辰想，这是又要离婚吗？可如果是离婚的事，这小子从来不会难以启齿。

打算和许倩分开的时候，冯允文先来和钟辰通报，一上来就说，我知道你肯定站在许倩一边。钟辰被噎了一下，没说出感想：你凭什么预设别人的立场？再说，别人的立场什么时候影响过你的决定？

酒鬼不光自己喝个不停，还要求钟辰也喝。钟辰用高玻璃杯倒了苏打水，兑得很淡。想点个甜点，忍住了。他总觉得爱吃甜食是自己的软肋，不愿意熟悉的人尤其是冯允文看到。

喝到还剩半瓶的时候，冯允文顺理成章地喝高了，瞅着钟辰的杯子说："你这喝的哪是酒！这就是水！唉。苏打水，真对不起单麦。"

"我要和你喝一样的，咱们得在这里打地铺。苏打水挺好的。"

"你和苏打水……挺配的。"

钟辰心里骂了句脏话。那边又说："水能载舟，亦能覆舟。"见钟辰没动静，继续说："你以为你是水，是吧？其实你不是。"

这都什么和什么啊。钟辰想走了。没工夫陪醉汉闲耗。他拿起手机，瞥见工作群的未读消息已达三位数，懒得点开，又放下了。他听见冯允文说："钟辰啊，你以后多管管后勤。公司的事，我找了个外援。"

"找了个外援？"

"嗯。美国回来的。业界能手。懂技术……也懂，管理。"

苏打水太冰了，胃部变得冷而硬。他想说，你醉了。还想说，你凭什么？仿佛喉管声道舌头牙齿嘴唇统统被冻结，他一个字也说不出来。他隔着方桌瞪着靠墙沙发座上的冯允文。等人的时候自己坐在那边，姓冯的来了，想着喝醉的人坐沙发舒服些，就换了位子，他自己坐了木椅子。他们中间是威士忌酒瓶的肥脖子，空气充溢着酒味儿。辛辣的气息，两千元人民币的气味分子。新编辑时期的工资也是两千。十几年过去，他差点忘了。那些小心翼翼省钱的日子，为了免费午餐溜达过去听冯允文不靠谱的胡吹，偶尔嫌其得意忘形也忍了。那时他没想到，细小的忍耐会逐渐堆积，以至于人生最终浇筑成忍耐的块体。他通过忍常人所不能忍，获得了现在的生活，而这整个的生活，因为冯允文的一个念头一句话，眼看着就要分崩离析。

"……什么时候决定的？"他从牙缝里挤出问句。

"有一阵了。谈……投资，时候。那个，瞿总的建议。需要，国际化……"

瞿总是投资公司负责评估 F&C 的中层，不过是尊称一声"总"。不知怎的，钟辰对此人的印象模糊，这时也只记得他有个大鼻子，据说主财的面相。原来自己的道路被记不清长相的人的一句话决定了。

不，是被金钱的力量。冯允文草根出身，才不相信什么国际化。他想要拿投资，有奶便是娘。

钟辰笑了。

笑声尚未成形，他起身踢翻了椅子，往对面一扑，从桌子侧面揪住了冯允文的西装前襟。醉汉坐得不实，人往下出溜。钟辰想把他拖起来，手一滑，滑到了他的脖子。几乎是不假思索地，钟辰的双手用上了劲。瘫软如泥的冯允文像条濒死的鱼一样弹了起来。桌子在他们旁边晃动。物体掉落的声响。玻璃的碎裂声。威士忌盛大的酒精味儿。两千元的气味炸裂开来，刺激着眼角与鼻腔黏膜。钟辰嘴里泛起不快的味道。他张开嘴，发出“呃呃呃”的叫喊。喊声如兽的嚎叫，他自己听而不闻。

有人掰他的手，没掰动。那人用手肘猛击他的肩窝。会打架的人的做法。钟辰吃痛松了手。冯允文跌落在地，发出吸气声，然后是一阵咳嗽。边咳边用袖子擦嘴。他被钟辰掐得口角流涎，极其狼狈。

用一记肘击把他们分开的杨老板漠然地说：“要杀人到外面。别把我店里搞脏了。”

冯允文迈着趔趄的步子出了店门，没有谴责也没有怒骂，形同逃窜。钟辰努力维持着做人的底线，到吧台结账。吧椅上的客人不知何时换成了一名白发男。杨老板还是那副油盐不进的模样，冷然说，不用了，我回头找冯总要。

“他刚刚……”钟辰想说，他刚刚把我炒了。从副手变成后勤，和叫人滚蛋也差不多吧。他恍然想起遥远日子的一句话。有饭吃饭有粥吃粥……有泡饭吃泡饭。大学时代的冯允文没心没肺笑嘻嘻地以上海话说道。他的嘴角泛起破败的笑，没再说下去，塌着肩出了门，把碎瓶破杯翻倒的椅子留在身后。

外面安静得像个梦。街灯照亮了一小段一小段的路面，阴影里像是潜伏着形体模糊的动物。哪里都不见冯允文的身影，估计打车走了。钟辰放弃了开车回家。不光因为喝了酒怕被查，他整个人被虚弱感死死缠住，没有驾驶的信心。摸出手机叫车，他才发现自己的手在抖，如同提前到来的老年模式的预演。附近没车，他顺着绍兴路走到陕西南路，不远处是那天他和杨其星来找气球的花店。才过去两天，他却像是被抛到了另一个时空。街道、店铺和行道树与旧时空有着一样的轮廓，不同的是他的处境。

如果有可能，他希望能回到那一刻。回到星期三的下午，他站在花店门口的人行道上，接一个同事的电话。他短暂地怀疑过花店店主和冯允文的关系，不过看李嘉敏的态度，又不像。大胸细腰高个的女店主如果年轻个七八岁，会是大多数男人的意淫对象，但不是钟辰喜欢的类型。打电话时发生了一件怪事。一个穿西装抹发胶的年轻人站在旁边，等他结束通话，那人问，你认识莫凡吗？他觉得年轻人的打扮像房产中介，怔怔地反问，你说谁？那人的视线投向店内，转身走了。钟辰下意识地转头，从他站的位置看去，花店空无一人。他走进去，杨其星蹲在柜子后面，正在把一摞纸盒往外拿。她的头发挽起来，露着后颈。发脚很低，几绺碎发垂在脖颈变细的位置，颈骨在薄薄的皮肤下轻微隆起，让人想起脆弱的事物。鸟。贝壳。珊瑚。她将盒子一个个打开。写赠言的卡片。不知什么用途的贴纸。绿色细铁丝。塑料试管。气球。气球。气球。她挑出一盒蓝色的，又拿了白色的，留下粉色和黄色。她站起身，大概是蹲久了，晃了一下。他握住她的胳膊，隔着棉衬衫感觉到她的体温。他的心跳久违地快了半拍，她对他露出一无所知的微笑。他傻乎乎地不切实际地想，如果和她开个夫妻店，也不错。

此刻的他与那个瞬间，有着大概需要以光年记的距离。

钟辰浑身难受，像是低血糖。早知该在店里吃个甜食，但不可能走回去买。他重新定位打车。两分钟后叫到了，车距离他四分钟。马路是单行道，得去对面，他努力驱动双腿。身体无力，头脑却固执地维持清醒。他想起自己一个多月前向冯允文建议过加一条 App 的产品线。他很少直接插嘴业务，那是第一次也是最后一次。他的设想是叫作“左右手”的手机软件，类似淘宝上的家政美甲等服务，人们在上面登记自己的技能，从教外语到帮人粉刷，自行定价，平台抽成。和大众点评一样，用户只要登录就能看到周围有哪些技术达人，浏览他们提供的服务，从中选择。

给他创意灵感的是杨其星。蛋糕酒号狭长的工作间与店堂相邻，他喜欢坐正对着窗的直背沙发，把笔记本电脑放在面前，假装在工作，视线不时越过屏幕，投向窗那头杨其星的身影。她系着围裙戴着一次性手套，往花式凹陷的金属模刷满融化的黄油，撒面粉，在水槽边上磕几下，去掉多余的粉。把面糊装入挤花袋，挤到被一层白色面粉覆盖如同下过雪的模具里。她的脸被口罩和头巾遮挡，一次也没有越过窗户看向这边。

钟辰想，如果她开设点心教室，就为了站在她旁边，我也愿意报名。

有这种心情在他是少见的。通常他只把女人划分为“能到手的”和“搞不动的”。他怀着低调的优越感，得出结论，这应该就是人们常说的爱情。

他把关于“左右手”的构想做成了 PPT，反复推敲修改，自觉都可以拿给风投看了。当然他还是先拿去问冯允文，毕竟他从未和投资人打过交道，冯允文比较有经验。再说从决策和技术层面，他也需要冯总的支持。

车来了。钟辰跌坐进后座，闭上眼。司机是个看着二十出头的男人，没有立即发动，谨慎地说："你喝了酒？要吐的话下车先吐完好吗……"

他根本没喝几口。无暇思考为什么受到这种歧视的对待，他吼道："开车！"

司机默默发动。钟辰在心里冷笑，看吧，这就是个弱肉强食的世界。

那天在冯允文的办公室，等他用笔记本电脑走完 PPT，那边说的第一句话是："钟辰啊……"

光听这三个字，钟辰就心头一凉。接下来，根据冯允文的习惯，长话开始了。冯总不知从哪里学了一种自以为高明的话术，不直接阐明结论，总是先讲故事。这时也是如此。先讲了几家业界公司的破灭。钟辰听着听着明白了，那意思是，要想死得快，就做 A-P-P。

钟辰忍不住反驳说，除了游戏公司了解我们，我们公司的名字，说出去有谁知道？没有自己的产品，就只能一直做下游。

话一出口他就知道踩了老虎尾巴。冯总最恨别人说他们是下游产业，一向把公司业务说成是 infrastructure（基础建设），不知道的还以为 F&C 是建筑商。

讨论以不欢而散告终。冯允文没有直说，不过钟辰接收到隐秘的鄙视：你一个文科生也想来画大饼骗投资？

钟辰不死心，他开始私下约人见面，一次次展示想法。到现在还没遇到表示感兴趣的。前天的庆祝酒会，他固然知道公司好就是大家好，却也有些不甘心。为什么所有的荣光和掌声，都属于那个喝醉后把墙上拼成 F&C 字样的气球逐一打爆的幼稚男人？

“是这里吧？”司机的声音将钟辰拉回暗夜的车厢。已抵达他位于仙霞路的小区。当初买在这里，是因为离冯家不过两个路口，如今冯允文的新家在浦东，那里成了许倩和冯希的家。他有种冲动，想要走到那个家门口按门铃。母子俩肯定睡下了。他能说什么呢？难不成向冯的前妻哭诉？他掐灭冲动，开门下车。司机在身后弱弱地抛来一句：“麻烦给个五星好评。”他报复般大力砸上车门。

回到家，钟辰回复了群里的微信，借此平复情绪。他吃了一整板巧克力，又吞下两粒安眠药，比平时的用量多一倍。意识被药力淹没的瞬间，他想，冯允文酒醒后会记得我打了他吗？不，就算他不记得，脖子上的印子还在。不，管，了……

醒来时，他一时间无法辨认周遭的现实。这是公司酒会那个平稳喜乐的空间？还是自己掐了冯允文脖子的狼狈不堪的空间？接着他想起来，并没有什么平行世界。他在线性连贯的日常之中。

他呻吟一声，看手机。手机上只有一堆公众号推送，没人找他。此刻是上午十点。按理他的电话早该被打爆了。他点开昨天半夜还热火朝天的几个工作群。对话停留在昨晚。像是被施加了冻结的魔法。

瞬间，一种可能闪过心头。他们建了新的群。他被排除在外。

也没有来自冯允文的消息。没有谴责。没有说明。没有最后通牒。他再次有种被独自一人抛到另一个空间的错觉。

他起来拉开窗帘，外面是阴冷的雨天。他在两室一厅里走了一圈，上厕所，刷牙，用胶囊咖啡机做了咖啡，站在厨房里喝了。他知道自己该出门去上班，然而迟迟下不了决心。他走进客厅一侧的书房，打开笔记本电脑，又合上。五年前装修完搬进来后，冯家一家三口成了常客。冯允文评价说，你这套房子一个人住蛮好，等以后结婚有小朋友，肯定不够。那是冯允文第一段婚姻最后的平静时光。自从他们离婚，许倩再也没带冯希来过。可能不光因为她后来比较忙，也有单身离异女人避嫌的成分。他们现在见面都是在外面，有时她周末加班，会让钟辰带冯希半天，晚上再一起吃饭。

想到冯希，钟辰决定久违地去看一下干儿子。接着他想起，今天是周六。他刚才一直以为是工作日。

这样啊，周六！怪不得手机没动静。

接着他的心沉下来，如同泊船的铁锚缓缓沉入水底，搅起浊流。不，以往即便是周六，也不会这么安静。

11. 立冬 I

2016 年 11 月 7 日

钟辰身边的死寂持续了两天。星期六。星期天。

除了倒垃圾，这两天他没下过楼。他让原本周末过来的钟点工放假，亲手打扫了卫生。隔了许久自己动手，发现角落缝隙四处积灰，他决定换掉钟点工。他把冰箱里的过期食物扔了，从生鲜网站买了材料，却提不起劲做，最终吃了两天外卖。

两天里，他一直在思考同一个问题。冯允文是早就想抛下自己，还是因为上次提了左右手 App 的创意，让冯看出自己不甘于扮演高级打杂？

思绪就像追着自己尾巴咬的狗，没个结果。

11 月 7 日星期一，又是个雨天。昨晚服过安眠药的钟辰在早上八点准时醒来。面孔僵硬，如同在睡眠中被人恶作剧地刷了一层清漆。他躺在床上，举起一只手拍打面颊，确认表面仍是皮肤。手心有异样的感触。原来脸上积存了两日份的胡茬。

刷牙洗澡，刮了胡子，他多少找回了平时的行动力。他打电话给一个熟人，请对方帮他从蛋糕酒号订一批饼干，要求下午三点半送到那人在古北的公司。他说，订饼干的钱回头我转给你，就当我送你的。对方开玩笑说，无事献殷勤非奸即盗，你小子打算做什么？他说，请吃饼干还有罪过了？这年头好人做不得。

九点半，熟人微信语音说，饼干订好了。又说，接电话的女的很怪的，讲不清楚，后来换成一个男的。钟辰便猜到起初是杨其星接的电话。她记不住长地址，只能求助于旁边的人。下午如果是杨老板亲自送货，他今天的布局就算是完成了。曾在店里听陆南说，老板就爱去送货，有时候哪怕是几盒饼干，他也要开车出去放风。

下午，钟辰乘出租车前往绍兴路，为的是取车。他下车走了一小段，从蛋糕酒号占据半面墙的玻璃窗往里看，吧台里是陆南。杨老板不在，他心头一松。可是没看见杨其星。他想，听天由命吧。

两天三夜的停车费着实惊人，而且因为周末断续下雨，车脏得很。他开去车行洗车，随着车变干净，心情为之一爽。车行的人一定觉得他很奇怪，下雨天跑来洗车。

三点多，他穿着风衣打着伞，出现在长宁区一所小学的门口。他从门口簇拥的家长群找到冯希的外婆，和她寒暄，说自己路过附近办事，想带冯希吃个点心玩一下。许倩的母亲一直把钟辰当作未来女婿的潜力股，当即笑眯眯地答应了，叮嘱说，回来不要太晚哦，顺便来家里吃晚饭。冯希从大门出来，看见钟辰，脸上一喜，喊着“干爸”就奔过来。

钟辰带他上了车才说：“我带你去找一个漂亮阿姨，去她店里吃点心。”

九岁的冯希像个大人般问：“你女朋友吗?”

“不是。我不像你爸，一会儿一个女朋友。”钟辰说完在心里谴责自己，大人的战争，何必扯上孩子。他今天“借用”冯希也不是针对冯允文，而是有更值得做的事。

冯希听不出他的讽刺之意，撇撇嘴说：“爸爸的女朋友，那个李什么敏，假睫毛老长的，都快要掉下来了。”

原来冯允文毫不忌惮地带着李嘉敏见儿子。他吃准了方玫对他和儿子碰面眼不见心不烦，才这么放肆。许倩即便知情，她的教养不会允许她和方玫谈论这件事。但说不定她心里难免幸灾乐祸，看，你也有今天。

钟辰停止揣摩许倩的心思，对男孩说：“你爸要是再离婚结婚，你说不定会有弟弟妹妹。”第二次婚姻没有小孩，可能是冯允文把目标投向更年轻的女人的原因。钟辰对传宗接代不感兴趣，尽管对许倩母子有过瞬间的古怪欲求，总的来说，他认为一个人省心得多。

“那就是他的小孩，不是我的弟弟妹妹。我妈如果生了小孩，才是我的弟弟妹妹。不过我妈说，她不会再要小孩。”冯希的声音几乎是雀跃的，“她说我一个就够烦了。”

这么小的孩子也有对大人的独占欲啊。钟辰事不关己地在心里感慨。

到这时，星期一的上班时间过去大半，他的手机上仍未收到 F&C 任何人的消息。按理他不进公司就足以让人嘘寒问暖了。为了避免独自在家怨念地盯着手机屏幕，他才会载着某人的儿子，去见他目前最想见的人。

三点半抵达蛋糕酒号，雨停了，仿佛老天也在帮忙。推开门，他心头一喜。杨其星在吧台里，看见他，露出清澈的微笑。陆南和吧台边上两名捧着外带杯的女顾客聊着什么书。两个女人一个矮小苗条，一个高而胖，都戴眼镜。钟辰想，这俩女的说不定是旁边出版社的，我离开以后来的新人。

总在中午过来的钟辰并不知道，平时店里下午还有个女服务生。今天是星期一，小姑娘休息。

本日甜点是胡萝卜蛋糕、非常巧克力饼干和蓝莓麦芬。钟辰选了蓝莓麦芬和胡萝卜蛋糕。为了测试饼干的奥秘，他吃了超过三次，再也没有过神奇的体验。唯独今天，他不想被卷入不请自来的回忆。

这里的蓝莓麦芬是他喜爱的品种之一。麦芬顶上堆着奶香浓重的酥粒，比蛋糕内隐藏的整粒蓝莓更让人愉悦。冯希坐在对面，很快把抹着奶油奶酪的胡萝卜蛋糕一扫而光。看起来，冯希不仅喜欢蛋糕，也喜欢钟辰口中的“漂亮阿姨”。下雨天在店里喝咖啡吃甜食的确惬意，钟辰感到前两天困兽般的日子恍如隔世。

杨其星过来收盘子，他趁机问：“能占用你一会时间吗？”

她睁大眼睛不吭声。他早就习惯了，换了个问法。“陪我们去玩吧。去公园。”

冯希配合地叫起来：“公园！”

她指了指门的方向，开口说：“绍兴公园？”指的是绍兴路上那个小公园，他连忙摇头。“复兴公园。”

杨其星未必能懂这是约会的邀约。只见她蹙起眉，像是嫌远。他赶紧说：“我开车。”冯希说：“阿姨，和我们一起去吧！我好久没有去公园了。”

杨其星微微笑了。“我也，好久没有，去公园。”那意思是答应了。

她端着盘子走开，冯希看向钟辰。“干爸，你女朋友……”说着指指自己的太阳穴。

“别胡说。她只是不太会说话。”钟辰想，太喜欢自作聪明了，和你爸一样。

自己像冯希这么大的时候是如何看待这个世界的？钟辰在开车前往公园的路上试图回忆，无从想起。他只记得，自己的小学是典型的村小，老师们同时兼任几门课，例如历史老师教政治，语文老师教体育。有一半学生小学毕业就回家了，像他这样升上乡里的初中，市里的高中，最后考到上海读大学的，算是鲤鱼跳龙门的典范。小时候，他和那些终将走上不同道路的同学对未来的设想很单纯。第一不想当农民，第二不想当工人。他们的父辈大多在乡下种地或进城打工。乡下的孩子只知道，好好念书，将来可以坐办公室，至于坐办公室具体做些什么，则全无概念。上世纪刚翻到九十年代开篇，电脑对他们来说属于科幻的范畴。哥哥辈的打工者回老家时穿着流行的萝卜裤，梳着郭富城的分头，哼着港台的流行歌。要是那时有人告诉钟辰，你将来会在上海市区开着叫作雷克萨斯的日本车，车上坐着刚把你踢出局的好友兼老板的儿子，以及你在意的有语言障碍的女人——他会觉得是一场天方夜谭吧。

后座的男孩无法安静哪怕是一分钟，叽叽呱呱和“杨阿姨”说话。钟辰怀疑杨其星能听懂。冯希的声音尖，语速快，正喋喋不休谈论的是一个名为《东京吃货》的动画片。钟辰以为是个美食番，听到一半才发现内容有关吸血鬼（或是某种食人族?），充斥着弱肉强食的暴力法则。他皱眉想，许倩对冯希还真是放养。

“你知道吗？他们有的决定不杀人，就让医院送一包一包的肉，放在冰箱里。”

这要是自己儿子，该叫他住嘴吧。钟辰一手扶方向盘，另一只手往嘴里扔了粒薄荷糖。从后视镜看，坐在男孩身旁的杨其星显得专注。只要有人对她讲话，她总是努力倾听。“交流”对她而言是值得珍重的，无论内容如何。

“肉？”她反问。

“人肉！”冯希得意地高喊。

“冯希！我在开车，你不要这样一惊一乍的。”钟辰警告道。男孩显然是故意吓唬旁边的阿姨。他扫一眼后视镜，她没有被吓到，脸上是困惑的笑意。

男孩换了甜蜜的嗓音说：“干爸，你的车比我爸开得好。”

“你爸那是越野车，所以你会觉得颠。”冯允文新换了牧马人，炫耀的红色。钟辰想，自己小时候会特意奉承身边的大人吗？答案是否定的。趁着后座短暂的安静，他问：“其星，你是上海人吗？”

“不是。”她顿了顿又说，“昆明。”

“咦，你是云南人啊！看着不像，你哥还比较像。”杨其星肤色白皙，发色瞳色浅淡。杨老板黑壮如塔。两人怎么看都不像兄妹。

“我哥……启东。”

“等一下。你是说，你是昆明人，你哥是启东人？那么不是你亲哥？你们是亲戚？”

冯希说：“也许她家大人离婚又结婚了。”

“你妈妈有没有教过你，大人讲话不要插嘴，不礼貌。”钟辰很少对冯希这么严厉，那边立即老实了，抿着嘴。杨其星没有回答。大概又没听懂。

车到了复兴中路，钟辰把车开进思南公馆的地库，领着他们上电梯，过马路，进公园。他想，杨老板对妹妹那种格外保护的劲头，如果并非亲兄妹，倒是古怪。想到今天后面的计划，对杨老板的存在，他也不是没有忌惮。但人都喜欢挑战禁忌。就像冯希讲的动画片里的

“吃货”，一旦尝过人的滋味，还能休止吗？

冯希不肯再玩旋转木马，说“那是小朋友玩的”。目睹他直奔游乐场的碰碰车，钟辰不是没有感慨。冯允文讲过儿子第一次玩碰碰车的经历，他抱着冯希刚坐进去，孩子就被喧嚣吓坏了，在他旁边缩成一团。车子慢慢开动，别的车朝他们撞过来，“嘭”的一下。那边车上也是个爸爸，带着和冯希年纪相仿的女孩。女孩兴奋地尖声笑。冯希大哭。冯允文耸耸肩说，这么㞞，真不知道像谁。

新疆时代的冯允文，据他本人的描述，是个天不怕地不怕的皮孩子，曾率领班级男生和街上的混混打架。钟辰了解此人爱吹牛的天性，听过就算。甚至猜测，看冯希的腼腆劲儿，冯允文小时候顶多也就这样。

出乎意料的是，上小学起，冯希的性格遽然改变。不知是男孩到了一定的年纪就会如此，还是父母离婚造成的刺激，曾经腼腆内向的他变得厚脸厚皮，爱察言观色，话多，动作也多，和他在一起超过半个小时，成年人不免身心疲惫。

甚至有几分像和冯允文相处的感受。

隔着护栏观望冯希大呼小叫地驾驶着碰碰车追逐其他车辆，钟辰问身旁的杨其星，累不累。她摇头。如果换了别的女人，至少会问，你和这孩子什么关系？他怎么不是爸爸妈妈带着？杨其星说话困难的好处太明显了，她安静又不乏专注的陪伴，让钟辰感到惬意。他想，她不出声的时候是在思考吗？她思考的时候会用语言吗？念头一闪而过，转到她藏在外套和衬衫底下的锁骨，在他的想象中，他正在舔和轻咬那一处纤细的骨骼，品尝她的颤栗。

为了稳定心绪，他忍不住做了一次深呼吸。

冯希玩了三次碰碰车才肯罢手。其间钟辰建议杨其星也去玩，她笑着摇头。如果是比他更在意她的人，会发现她看向碰碰车的眼神带着怀念。他一直在掐算时机。当冯希意犹未尽地离开车，提出要玩射击，他点头同意了。

他们在游乐场待了差不多一个小时，接着在公园里散步。映入眼帘的多是退休人士，带孩子的，跳舞的。钟辰这个年龄段的寥寥无几，毕竟此刻是周一下午。他，一个四十多人规模的 IT 公司的副总，在工作日穿着休闲外套和牛仔裤，像个退休的伯伯一样投身于带娃和交际，不能不说是一种讽刺。杨其星在交谊舞的人群边上驻足观望。钟辰想问，你父母是做什么的？又忍住了。他不需要知道这么多。掠食者只需要了解猎物的生理属性而非社会属性。

冯希问："阿姨待会和我们回家吃饭吗？"钟辰回答："不去吧。下次再说。"按照他的计划，其乐融融玩了这么久，等他提出一起送冯希回家再送她回去，她肯定不会拒绝。接下来只需将预先放在车载架上的饮料拧开瓶盖递给她。他准备了一瓶可乐一瓶绿茶，后者预先放了他常吃的见效很快的安眠药。她不是来面试的有求于他的女孩，他特意安排了这一切，力求稳妥。他会把她带回家，等她醒来。比起昏睡的对象，他更喜欢清醒和有反应的，即便是抗拒的反应。

果然，杨其星同意先送冯希，尽管她的店离公园更近。男孩听到要被送回外公外婆家，嘟起嘴说："干爸，你不带我去饭店吃饭吗？"

"下次吧。"钟辰以所剩无几的耐心说。

回到地库上了车，冯希不死心地说："你们一起来吃饭吧。妈妈出差了。"

原来许倩不在。钟辰第一次想到，冯允文有没有把他们闹僵了的事对许倩讲？应该不会。那对离异夫妻除了就冯希的情况偶尔发几条微信，没有更多的交流。如果许倩知道了，她会怎么想，会说什么……念头就像肥皂泡般涌现和破裂，他有片刻的失神，以至于没注意到冯希拿起那瓶茶，嘀咕了一声“咦开过的”，随即咕嘟咕嘟喝了起来。

制止已经晚了。车正在爬上车库出口的转弯坡，他瞪着车内后视镜说：“冯希！你不是喜欢可乐吗?”声音大得让他自己一惊。

“我不喝无糖可乐。无糖可乐难喝死了。不过这个茶也难喝。”男孩故意龇牙咧嘴表示恶心，又说，“杨阿姨，你喝可乐吧!”

杨其星从前排座椅中央拿起可乐，塑料瓶盖在她手中发出噗嗤一声轻响。计划破灭的声音。他心头奇痒，恨不得扇那个小屁孩一巴掌。

药效在孩子身上发作得极快，刚过两个路口，后座安静下来。钟辰迅速想好对策，开口道：“小家伙玩累了，干脆你们一起回我家，我来做晚饭，简单吃一下?”

杨其星露出为难的神色。这是听懂了还是没听懂呢？他把后半句慢慢重复了一遍。

“我家住着，朋友。”她说。

“哦，等你吃饭？男的女的?”他感到突然的沮丧。“不好意思，我就是顺口一问。”

“女的。”

他放下心来。“难得一次，在我家吃吧。冯希的爸妈离婚了。小孩可怜。”

不知道是“难得一次”还是关于冯希爸妈离婚的话打动了她，杨其星同意了。

到西区有些堵，路上花了将近一个小时。深秋的天黑得一天早似一天，车进小区的时候，光线暗淡。钟辰把冯希从后座抱下来，孩子比上回抱的时候重多了。还好有电梯。

回到家打开灯，风从他出门时敞开透气的窗户吹进来。屋里郁积了两天的沮丧已被吹散。他关窗开空调，让杨其星在客厅休息，把冯希送到卧室床上，关上卧室门。随后他进了厨房。做饭本来就在他的计划之中。原本想在等她醒来的时间做一餐填饱肚子，补充体力。台式炒米粉很容易做。先把周末买的米粉、红葱干、海米和香菇泡上。他擦干手，吃了一粒三角巧克力，走出来对杨其星说："对了，你店里的那个饼干，'非常巧克力饼干'。"

杨其星坐在沙发上看手机。他发现自己算漏了一件事。她会用微信？以前试过手机输入和她笔谈，不怎么行。

她抬头看他，慢吞吞地说："巧克力饼干？"

"前几天酒会的那个。味道很浓的。"

她微笑，"你喜欢。"

"没错。我一直想问你，"他走到她身旁坐下，左手放在她的腿上。"那个饼干，你是不是放了什么特殊的配料？"

他开始抚摸她的膝盖内侧。她专注于听和辨认一个个字词，没有像其他女人一样立即表现出退缩，而是反问："特殊的……？"

他扭转身子贴过去，伸出右手抚摸她的脸和耳朵，手感冰凉细腻。她终于被惊动了，往一侧躲，他的手不依不饶地附着其上，用拇指摩挲她的嘴唇。没化妆的唇。暖而软。

"让人，很想再吃的配料。"

他用力一推，她歪倒在沙发上，他趁势压过去。"是什么？"他狂乱地问。来不及做饭了，他现在就想开吃。她的颈项散发着黄油的香气。空调开得暖，她的风衣搁在旁边，身上是衬衫和长裤。他的手从轻薄的衣襟长驱直入，找到胸罩，先是隔着布料揉捏她的乳房，再从一侧侵入。她的胸罩不是那种紧绷的钢丝款，运动型的，像她整个人一样不设防。他已经硬了。迫切地需要一个容器。他的失落他的不甘他遭到的羞辱和背叛凝结成火热的欲望，只有把这个近在手边的女人彻底玩弄一番，才能抵消。她发出惊惶的喊叫声，哥！他笑起来说，你喊我哥？他凑近她耳边问，你不会还是处女吧？如果是的话让哥来教你。你很快就会爽到的。你声音轻一点，小朋友还在隔壁睡觉。你不想惊醒他吧。性启蒙教育不该在我们这里。你真好闻。我吃了你的饼干看见了奇怪的事你知道吗。你简直有魔力……

她不再喊，大概真的怕冯希听见。可笑。那孩子睡得跟死猪一样。她的挣扎笨拙而坚决，他一直没得手，渐渐沉不住气。当她一次次推拒他伸进她裤腰的手——西装裤的裤腰不好对付——他终于火了，劈手给了她一个响亮的耳光。她仿佛对疼痛无所觉，试图从他身下逃开，又被他压回去。衬衫不知什么时候被他撕开了，她的肩膀露出来。赤裸的皮肤表面密密的一层寒栗，更激起他的欲望。他用力咬她的肩，听到她狼狈的呻吟。对，就这样。再痛苦一点。再不甘心一点。他的喜悦漫溢。他的手终于找到她裤子一侧的拉链，拉开，再把长裤和内裤一起往下拽。他心头充斥着想要破坏一切的疯狂。淤积太久的无从宣泄的控制欲。老子想做什么就做什么。他在心里大声地说。他找到她的缝隙，挤进去，忍不住因为巨大的快感倒抽了口气。她像是瞬间被冻僵了，从身体到表情。她停止了挣扎。

门铃煞风景地响起。叮咚叮咚。不是楼下的对讲门铃，就在家门口。这时候来快递？他试图不加理会，那边开始敲门。一个男人的声音喊：“钟辰！”

隔着门他听出来，是冯允文。

他从她身上直起身。他牛仔裤前方的那东西随着持续的拍门和喊叫声软下去。他心头堆起苦涩的不甘。她盯着他看。准确地说，她注视的是他身体的那个部分，像是尚未理解发生了什么。他把她从沙发揪起来，一路推进书房。没开灯的书房暗如地窖，他在关门时压低嗓音说："不许出来！你要是出来……我就把小孩杀掉!"说完他被自己的话吓了一跳，汗毛林立。书房没法从外面锁，他合上门，整理裤子。冯允文仍在固执地拍门和叫嚷。钟辰，钟辰，你开门！我知道你在里面!

见鬼！他想装作不在家，但猜到冯允文已看到楼下的车，说不定还问了小区保安。为什么这时候来找自己？是终于打算道歉，还是有什么更狠的后招？他朝门口走去，门外的喊声几近变调。

"钟辰，我儿子呢？你不要乱来啊……"

他停住脚，想笑，然而笑不出。下一个瞬间，他不再理会门外那人，往卧室走。他开了床头灯，冯希的睡脸映在灯下。欲望早已消退，交错的情绪如龙卷风般碾过他的心头。孩子的脸上是无知的安宁，脸颊潮红。

*

忘了是什么时候开始的传言。人们说，钟副总搞了好几个给公司投简历的姑娘。钟辰大概自以为隐秘，没有意识到网络时代不存在密不透风的墙。年轻女孩即便出于羞耻或恐惧选择不事张扬，也难免会告诉亲近的人。还有受害者注册匿名账号，在网上控诉。F&C 的名字不止一次被提到。冯允文想过和钟辰正式谈一次，不过他的确没怎么重视这件事。不就是睡一下嘛。他漫不经心地想，对方说不定也有所图，很难说谁占了谁的便宜。比起钟辰在外面乱搞败坏公司名声，另一件事更让冯允文焦虑。近来有种种势头表明，钟辰不甘于只管内务，而是打算拉一票人，另立山头。他和技术部的二把手走得很近，此外，上班时间频频外出。还有人透露，钟辰最近四处活动，在找风投。诸多迹象让冯允文感到不安，随之而来的是愤慨。要没有他当年仗义拉钟辰一把，那小子只会继续浸在国企的温开水里，最终变成一枚泡太久没滋没味的胖大海。从日薄西山的行业，到如朝阳般冉冉上升的产业，这样的机遇不是谁都能有的。是自己，给了钟辰可遇不可求的一切。

当然了，没有哪家公司可以干净到底。钟辰知道公司的太多内幕，一旦撕破脸，谁都不好看。在李嘉敏的建议下，冯允文打算采取迂回的战术。先让钟辰放开部分的权限，然后趁着风投进驻，换上有专业背景的海归副手。对钟辰来说，反正收入不减，还不用像以前那么忙，公司待他可谓不薄。为了不显得太正式，冯允文特意选在外面和钟辰提未来的方向，没想到姓钟的白眼狼当即翻脸，动手打人。

冯允文很受伤。

他甚至怀念大学时代一起写诗的日子。尽管分属文理科背景，在诗歌的领域，他们是同道。可惜再好的诗也不能变成饭票，升上大三，计算机系的打工机会增多，他不再有闲暇琢磨字词与意象。钟辰后来对写诗也淡了，可能是意识到才华所限。冯允文自以为诗写得比钟辰好那么一点，也比钟辰更能讨女生喜欢，就连喝酒，他都比半瓶啤酒下去脸红脖子粗的钟辰强太多。和钟辰在一起，他长期怀有隐秘的优越感。

直到钟辰在蛋糕酒号掀了桌子揍他的那个晚上。

当时冯允文瘫在沙发上动弹不得。不是因为喝多了，而是因为，钟辰唤起了他内心深处早已忘怀的恐惧。

他还是个孩子的时候，爸打起人来有种不管不顾的劲儿。爸在清醒的时候是个好好先生，酒精上头就会变成另一个人。有一次把皮带抽断了，冯允文瘸了一周。按理说，做儿子的从此会远离一切含酒精饮料。然而对酒的亲近大概是随基因携带的，进了大学，他很快像爸一样爱上了喝酒，主要是喜爱从微醺到大醉过渡的神游自在。可惜很难把握度，一不当心就会过头。唯有一件事让他自傲，那就是他从来不曾借酒打人。他喝多了顶多说胡话，做出可笑的举动，酒品堪称稳健。

突然间充满攻击性变得陌生的钟辰和爸不同的是，此人绝对没有喝多。冯允文在钟辰的脸上辨认出分明的恨意，暗自心惊。是吗，原来钟辰一直恨着自己吗?

回到家吐了一场，酒彻底醒了。方玫在卧室里睡着，他不想进去惊动她，最主要是不想面对没完没了的盘问。他坐在沙发上，给李嘉敏发了条微信。

钟辰不收拾不行了

她居然大半夜还没睡，立即回复：?

先把他从各个群拉掉，不，重新建群。你去交代一下

好

星期六，F&C 除钟辰以外的全员被叫进公司，冯允文开了个难得言简意赅的会。以往他经常讲着讲着被自己的激情感染，跑题万里。拿到风投却也是因为他的这种特性。对方说，我很看重你作为创业者的 passion（热情）。

今天冯允文的热情不高，话风便简洁。

“钟总有些问题，你们可能听说了，也可能没听说。总之，公司最近会请他辞职。自己走的话，不那么难看。如果有人想和他一起走，请便。”

主会议室坐不下，一大半的人站着。一张张面孔不露情绪，让他想起一个常做的噩梦。在梦里，总是在会议室，他说了什么，下属们木然望着他。此刻的他们，如同梦境一样沉默，一样难以捉摸。很难想象就在同一间屋里，不过几天前，刚有过愉快的庆祝会。冯允文感到从脚底弥漫到全身的疲惫，他不过三十五岁，怎么会有这么深重的倦怠感？创业。两次婚姻。不久可能会有第三次。他的人生就像一直在超车线上行驶。有一次他在蛋糕酒号对杨老板说，你这样开个小店也蛮好的，操心的事少。杨老板说，那要看你怎么定义多和少。他当时觉得对方的话有点道理，回头一想，那是狡辩。只有像他这样白手起家并做到一定规模的人才会知道，什么叫千头万绪。对了，昨天在杨老板店里买单了没有……

发布了对象缺席的单方面通牒后，星期天，他留在家陪方玫。手机片刻不离手，处理了一堆大大小小的事。有些事以前只到钟辰那里，他不用管，现在既然绕开钟辰，短时间内，他得事必躬亲。方玫用投影放了一部沉闷的法国片，他完全没看进去。他偶尔有近乎残忍的好奇，方玫到底有没有猜到他的外遇？从前和方玫在一起的时候，许倩几乎是第一时间就发现了。女人的直觉着实可怕。和立即闹起来的许倩不同，方玫的沉静让他感到畏惧，就像暴风雨前的宁静。方玫和钟辰的生日只差两天，按照星座理论，性格必然有相似之处。

想到钟辰，他心头的冷意多了几分。他打算以静制动，先等钟辰来为打人的事道歉，再谈正事。

星期一，钟辰没来上班。按理这时至少该微信问一声，冯允文忍住了。

快五点的时候，他在微信问许倩，这周末什么安排。他和儿子维持着两三周见一次的频率。许倩说，我在出差呢，明天回，回来再说。他想，你不在正好。随即他打了个电话给许倩的娘家。他喜欢趁许倩不在的时候找儿子，有种小时候逃学般的心境。外遇初期也有相似的喜悦。大概他天生具有“不让我做什么我偏做什么”的逆反。

前丈母娘说，钟辰把希希从学校接走了，刚来过微信，说是晚上在他家吃饭。

钟辰平时没少陪冯希，一度让冯允文以为小子对许倩有什么意思，但时间长了，看着又不是那么回事。谁也不知道钟辰斯文的表象背后转着怎样的心思，就像那天晚上他突然被掐住脖子时，在钟辰脸上看到的陌生人。

偏偏在这种时候，钟辰接了冯希。冯允文感到不安。相当的不安。

他本想打钟辰电话，转念决定直接从单位开车去钟家。到小区时还不到六点，空着一大半停车位。钟辰的白色雷克萨斯停在楼下。当初钟辰买房时，冯允文建议买地下车位，钟辰说没必要，反正付月租就能停。等钟辰住进来不到一年，小区的车位达到饱和。钟辰有一次哀叹，只要到家晚了，就得四处找车位。冯允文说，当初我叫你买你不听，否则哪需要这么麻烦——对了，那个瞬间，钟辰的眼里闪过不快的神色。相似的情形不止一次，他一直没怎么在意。现在想来，真是心宽。

楼底下有个送外卖的，正在按对讲。他等了片刻，跟着进去。在电梯里他才意识到，心脏跳得飞快。怦怦怦怦。像装了马达。他对自己说，不过是儿子的干爸带他吃个饭，没事的，没事的。他握紧了手机，仿佛那块金属和塑料的薄片能当作武器。

强压的镇定是虚假的，在他拍门多次得不到回应后，终于碎裂成片。

“钟辰！你开门！我知道你在里面！大人的事情和孩子没关系！希希！爸爸在这里！听到没有?”

他喊得声嘶力竭，以为会有邻居出来看。然而走廊上一直只有他一个人。邻居们要么还没下班，要么选择做缩头乌龟。他一边拍门一边恨自己，为什么要像个赌气的小学生似的背着钟辰建群，应该像个男人一样，光明正大地主动摊牌。

门开了。里面不是钟辰，是个陌生女人。咦，这个女人他仿佛在哪里见过。没等记忆合拍，他注意到，女人头发凌乱，衣服胡乱委顿在身上，露着大半的锁骨和一小块肩膀。所以钟辰不仅拐带了我儿子，还带了个女的回家乱搞？死小子到底在想什么？他气血上涌，大步走进去。

“左边。”女人在他身后以古怪的口音说。客厅左手边是卧室。他推开门。

屋里亮着床头灯。儿子趴在床上，小孩睡觉常有的姿势。钟辰站在床边，弯着腰。映在冯允文的眼里，那姿势充满了威胁。他冲过去推了钟辰一把，钟辰踉跄后退，脑袋撞到墙，呻吟出声。他顾不上钟辰，抱起儿子。孩子哼哼了两声，并未睁眼。没事了。感觉到温热的小身体，他的一颗心放下来，几乎要为此感谢上天。

“他说，要杀了。”一个声音说。他一惊。钟辰看起来比他更惊恐。女人在卧室门口，像机器人一样重复：“杀了，孩子。”

“你这个人渣!”他抱着儿子的手收紧了，“我马上报警!”

“是误会……”钟辰刚开口，女人喊道：“报警!”钟辰像是无措地靠墙站着，脸在阴影里。女人又颤声说：“他……我……”

冯允文多少猜到是怎么回事了。他终于认出，这个女的不就是前几天来公司布置甜点的那个吗？杨老板带着她和莫小姐一起走的，在电梯间遇见他，打了个招呼。当时没搞清是店员还是那个妹妹。他沉声说：“我们走。先出去再说。”他抱着儿子，从敞开的正门走出去。女人跟过来，按了电梯按钮。电梯下行，他发现她不光是衣衫不整，脚上没穿鞋，只有袜子。另一个发现是关于他自己的。全身冰凉，覆了一层黏湿的冷汗。原来刚才他是害怕的。怕钟辰像那天一样狂暴，怕自己和儿子受到伤害。到了楼下，他把儿子放在副驾驶，让女人坐在后座，转头问她：“你不会真要报警吧？”

女人面无表情。他说：“我的意思是，报警对你来说，嗯，也很不方便。当然这是你的事。”

“他……”

冯允文摆手，“我不想知道。”他发现女人要么是惊吓过度，要么是有残障，总之说话不太利索。想到她一旦报警，儿子可能被牵扯进去，不由得隐隐头疼。这时他注意到自己手心的空虚。手机呢？上楼的电梯里他还紧紧握住手机来着。进屋的时候拿着吗？应该是。然后他冲进卧室，推开钟辰，抱起儿子……

对，一定是那时掉在了卧室的床上。

钟辰知道他锁屏的手势，打开只需要一秒。他手机里有太多不能给钟辰看到的东西，尤其是他们反目成仇的现在。手机在楼上多一分钟，他就多一分劣势。

想到这里，他把刚发动的车子熄了火，对女人说：“我上去拿手机。你陪希希在这里，好吗？我马上下来。”

“手机。”她重复道，表情古怪。冯允文顾不上推测她想说什么，下车回到一楼门口。门锁着。左右无人。踌躇片刻，他在对讲机按了钟辰家的门号。大家毕竟是成年人，他对自己说。我就拿个手机，有什么明天再说。铃响了很久才有人来接。他说，是我。那边没有回话，开了门。他重新回到十九楼那扇门前，敲门。这一次礼貌和克制得多。门开了。钟辰站在里面，脸色阴晴莫辨。他说，我来拿手机。钟辰像是没听懂。他只好又说，我的手机，掉在你家了。

钟辰的右手动了动。他意识到，钟辰的手里握着个东西。是个水晶奖杯。很眼熟。那是有一年他们诗歌社拿到的。奖杯细细长长，颇沉。当时他曾笑着说，简直可以当凶器了。没想到这么多年过去，钟辰仍留着没什么价值的奖杯。他不由得往后退了一步。钟辰的手臂挥起来。他感觉到突增的肾上腺素，心脏在胸腔内激荡，如失控的弹珠。

*

星期一的下午，去西区送完饼干的杨树海开车来到林同工作室所在的小区。位于北京西路西段的小区建于上世纪八十年代末，长方体五层楼由市政平改坡工程加盖了赭红色三角屋顶，靠马路的一排在世博会前重新粉刷过，外墙呈偏棕的粉色。往里走则是一栋栋灰白房子，墙体留有雨水和时光造成的污渍。

以林同两口子的财力，在市区哪怕买一栋老洋房都轻而易举。租这么一间画室，让一些人以为林同过于节约。杨树海知道，其实是因为林同喜欢老小区。无论什么时候走进去，总能遇到在楼下锻炼和聊天的老人，带孩子玩的家长以及保姆，穿快递制服的青年。爬楼梯上去，每层楼道经过别人家的厨房，炒菜炖汤的气味不分时段地飘入鼻孔。对于大多数时间独守画室的林同来说，住在这样的小区，让他有在人间的踏实感。

有时杨树海觉得，自从三年前开始迷宫系列的创作，林同更深地缩进了只有他一个人徜徉其间的内在世界。表面上，他仍是过去那个林同，温和的，对食物、音乐等享受不感兴趣的，除了画画，他喜欢酒和书。林同读大量的书，曾向杨树海推荐过一位哲学家青年时代的游记，一个爱尔兰作家写另一个作家的小说。杨树海买来读了，觉得游记还不错，另一本读不下去。相比林同的晦涩口味，从陈晓燕那儿借的书容易读得多。她家书架上有一堆欧美小说译本，推理居多。总的来说，和陈晓燕林同比，杨树海不是个读书人。让他拿起书本的理由，仅仅是妹妹从前也是个文学青年。某种代偿心理。

从早上下下停停的雨歇了下来。他停好车，到一楼按了门铃，没人应。林同可能在屋里画画装作听不见，或是出了门。他暂时不想回店里，便走到小区院子的亭子里坐下。亭子建在被矮树丛环绕的空地的一角，旁边摆着长椅和锻炼器械。五六步开外，一个老男人握着转盘手柄用力地转动。那个器械针对的是肩膀和胸肌，对老人来说很是多余。老男人瘦削的身影，不知怎的让他想起爸。

爸不运动。连散步也需要孃孃督促他去。杨树海喊作“孃孃”的，是两年前住进家里的五十多岁的姓顾的妇人，爸的新女友。他有时怀疑，爸是不是早就和这位顾孃孃在一起了。

妹妹的事故和大妈的患病发生在同一年，为了不让父母担心，杨树海把杨其星的事瞒着家里。隔年春，大妈的病情急转直下，他带着妹妹回到昆明。看到医院病床上的大妈，他惊异于疾病把人折磨得如此不成形。妹妹握着她母亲的手，轻声喊“妈”。大妈的意识不复清晰，不可能知道回到身边的女儿丧失了大部分的听说读写能力，同时失去的还有一度熟练的日语。偶尔清醒的瞬间，大妈的目光执拗地锁定妹妹的脸。妹妹一遍遍地喊“妈”。他和爸在病房里待不住，经常溜到走廊上，彼此滞重无语。

办完丧事，他怕爸跟着垮下来，说要多陪几天。爸拒绝了，让他带着妹妹回上海，理由是，你们上海不是有个朋友在教其星说话吗？你妹妹的康复要紧。

后来回想，爸不过是找个理由，把一双儿女支走。

少年时代，杨树海一直对爸旁支丛生的男女关系深恶痛绝。如果不是爸在回启东过春节期间和小学老师好上了，就不会有他这个私生子。他在启东一直待到初二上半学期，然后去了昆明，被“发配”到距离市区一百多公里的矿区子弟学校，编入初一班级。后来他渐渐习惯了当住校生，躲远些也清静，回家只有寒暑假，很快便能过完。学校的副校长是爸的熟人，四十出头的女老师。他毕业后才想到，副校长说不定也是爸的情人之一。

妹妹念小学六年级的时候，爸在昆明又有了一个情人，刚毕业分配到冶金所的年轻女孩。大妈和爸及其小情人在同一单位的不同部门，事情很快败露，家里又是一番鸡飞狗跳。向来乖巧的妹妹有一天逃课，搭运矿的回程卡车去找他。

那天，他像往常一样，上午就溜出校门，在镇上的游戏厅打游戏。在香烟缭绕的店里厮混的，基本都是当地的小混混，学生就他一个。玩到一点多，他吃了碗凉米线，打算回学校趁下午第二节课补觉。走到学校附近，他看到二中的一名男生，肯定也是逃课出来的——子弟学校的人最看不起二中的，那里的学生只会窝里斗，都是尿包——正在和一个小姑娘说话。再一看，居然是妹妹。他走近他们，听到那个男生对妹妹说，你哥在后山，我带你去。他上前揪住那人，一顿揍。妹妹在旁边哭了起来。扔下挨揍的家伙，问了半天，终于搞清楚她大老远跑来，是因为爸妈吵架，在闹离婚。他心想，又来了。隔一阵总要爆发一回，即便起因是爸的新绯闻，到最后都要落在自己这个平白多出来的儿子身上。混合了烦躁和耻辱的情绪涌上他的心头。烦躁的是爸永远管不住下半身，耻辱的是，自己居然是这样一个人的儿子。

多年后他和不同的女人上床，只为了片刻的慰藉。有时他在性事的中途忽然生出自我厌恶，心想，我果然是那个人的儿子。厌恶感让他的动作更加凶猛和激烈，大脑仿佛融化成精液。和爸的四处留情不同的是，他体会不到被人们名之为爱的情绪。就只是性。就只是身体的释放。对他来说，这个女人和那个女人，固然有外貌身材性情上的差异，但差异没有大到让他对某个人维持长久的注意力的地步。熟能生巧，他很容易追到那些不古板的姑娘，或者妇人，发展到上床。往往不到一个月他就厌了。总会过去。他会成为对方的过去。死亡到来前，人要经历太多的过去。

二十来岁的时候，他经常想到死。长久以来，他怀着只能靠肉体刺激短暂摆脱的抑郁情绪，却不自知。母亲死的时候，他刚足月。小时候，他一次次想象母亲吊在学校房梁上的身体，并试图想象年迈的敲钟人发现尸体时的震惊。小学有间传说闹鬼的老教室，他一直以为是母亲自杀的那间。后来大伯告诉他，谣传是错的。也可能是大伯怕他害怕而说谎。

他根本不怕。他对母亲的死有自己的想象。一个月夜。月光从窗户照进教室的平房，也照在把他带到这个世界的女人冰冷悬空的身体上。她的脸在月光的范围外，被阴影围绕。

想象中的月亮的冰冷一直存在于杨树海的心上。即便他为了妹妹揍了二中的小混混，也不代表他就是个好哥哥。那时还不是。他花了太长的时间才变成现在这样，为时已晚。

陈晓燕曾经说，你就是个别扭人啊，对别人和自己一样别扭，我在海宁那回就发现了。

2004年国庆假期一起去看潮，是记忆中少有的集体外出。维佳因为父母到上海，不得不扮演乖乖女；莫凡先是答应去，临时反悔。最后去海宁的是杨树海和妹妹，林同以及陈晓燕四个人。杨树海从网上搜了潮水时刻的预报，说是中午十二点多。早上火车到杭州，再从杭州坐大巴过去。和他们一起下车的看起来都是从外地返家的当地人。正午的日光下，江边公园的水泥台阶白得刺眼，更灼人眼目的是江水，翻起千万碎银的鳞片。四个人对着看不出流速只觉得极为平缓的江水看了几分钟，林同说，潮呢？

杨树海留下他们三个在江边，折回公园大门的门卫室去问。里面坐着个正在用钩针织毛线袜的女人，懒洋洋地答道，上午的潮早就过了，要等晚上了。

晚上几点？

半夜。

看来网上的预报不准。他沮丧地往回走。晒得厉害，空旷的公园走起来像是漫无际涯。这地方连个卖水卖食物的人都不见。好不容易走回同伴们身边，他复述了情况。选择横亘在他们跟前：等，还是走。

陈晓燕和林同想等潮来。陈晓燕说，来都来了。林同说，反正回杭州也只是找个旅馆住下，没什么好玩的。

维佳不在旁边，林同多了几分活络。这两年，杨树海习惯了每次见面总是买一送一般跟着维佳，单独的林同近乎陌生。不，事实上，从重逢以来就是陌生的。

他96年来上海念书，明知林同也在，他一直往后拖着没约。他的大学在城市的东北角，林同就读的财校在南边，路远是他给自己的借口。林同小时候和他那么好，又和妹妹当了几年笔友，他的避而不见其实显得生分。他们通过几次电话，过了一年多，林同忽然出现在他的寝室楼下。他在妹妹那里看过林同寄来的照片，所以不难辨认出眼前苍白瘦削的年轻人。林同显得有些吃惊，说，海子，你现在这么高。其实他在升上初中后长得飞快，显出未来的身高趋势，林同大概是忘了。他的身高停留在一米八六，林同看起来最多一米七。两人坐在学校一家卖凉皮和肉夹馍的店里吃饭，林同问他是不是在做什么锻炼。他说，打架算锻炼吗？说完笑了几声。林同没有笑。为了找话题，他问林同是否还在画画。其实他知道答案。那人捏着肉夹馍的手指有颜料的痕迹。林同垂下眼说，有时画着玩。

更频繁的见面是在妹妹来上海念书后。他们已工作几年，他做平面设计，林同当了会计。有一回也是带着妹妹和林同聚，那边说要带个朋友，维佳跟着来了。林同的女友只比妹妹大一岁，而且同样念大一，让杨树海有种古怪的感觉。没多久，维佳那套华师大附近的两室一厅成了他们几个的据点，也是在那里认识了陈晓燕和莫凡。维佳的两个朋友都是上海人，有上海女孩的精明。妹妹在她们当中显得幼稚。那时还没有傻白甜的说法，如果有，用来形容她最合适不过。

在江边的妹妹表现出一贯的随和。她说，大家都想看潮，那就留下来等吧。

杨树海觉得那是他度过的最为百无聊赖的午后。他们到江边一棵大树底下避暑。遗憾的是没带扑克牌。还好陈晓燕有袋橘子，火车上没吃完，四个人继续分吃了。两个女孩聊起她们喜爱的日本作家，名字听着像英文的香蕉。妹妹说她最爱的一篇是《厨房》。他以为写的是吃吃喝喝。陈晓燕推荐妹妹去尝试某家宾馆饼房的点心，说起一款叫史多伦的，想想又说，有点贵，下次让维佳带着去吧。旁边的林同对女友被朋友们当钱包显得无动于衷。

太阳缓慢地移过天际。很难想象平静得近乎死气沉沉的江面终将掀起浪潮。

没事做，只能聊天。和女孩们的共同话题有限，从最近看的剧转到认识的人。不在场的莫凡首先成为谈论的对象。陈晓燕说，莫凡新近交了男朋友，好像比她大很多。他不为所动地听着。林同说，莫凡的父母不在身边，她说不定有恋父情结。陈晓燕皱眉说，会吗？接着朝妹妹笑道，其星你将来找男朋友，一定不要拿你哥作为范本——我们都知道，你有恋兄情结。

妹妹认真地说，找个像我哥的怎么不好了？他很好的。

杨树海哭笑不得。

后来不知怎么，陈晓燕讲起了她的人生计划："等明年，我毕业工作了，就要鼓动我妈和我爸离婚。我带着我妈过。"

妹妹像是吓了一跳。"为什么？我去你家的时候，你父母看起来不错的。"

陈晓燕的妈妈和林同是画室的同学，杨树海没见过，听维佳说，那位阿姨看起来特别年轻，简直像个姐姐。杨其星作为众人的小尾巴，既被莫凡带着去服装批发市场买过衣服，也去过陈晓燕家。她回来后告诉他，陈家是两层楼的老房子，吃饭在一楼过道，开了灯也很暗，屋里有种陈年的气味。陈阿姨做饭偏甜，不太吃得惯。他出于好奇问道，失语症到底什么状态？妹妹说，你说话她能听懂大部分，她自己只能讲一点点。讲三句话，有一句是怪的。她问我要不要添饭，问的是，饭勺吃吗？陈晓燕在旁边矫正，像在教小朋友讲话。

（谈论陈晓燕患有失语症的妈妈的时候，妹妹也好，他也好，都想不到同样的情形将来有一天会发生在妹妹身上。）

“在外人眼里还行吧。其实我爸内心一直看不起我妈，觉得我妈是残疾人。对他来说，我妈只不过是……”陈晓燕的话尾消失在半空，她继续开口时声音很轻，“林同你应该最清楚。我妈是个有灵气的人。看她画画就知道了。”

林同“嗯”了一声。杨树海不由得想起爸和大妈。那段婚姻自从他在启东降生就被染上了苦涩，其后又被爸的各种桃色事件磨得疲惫不堪，即便如此，却仍然持续着，他和妹妹也仍然是兄妹。他没有母亲，所以他无从理解陈晓燕的固执。

“她本人愿意吗？”意识到时，话已出口。陈晓燕朝他看过来，冷冷的一瞥。他接着说：“我的意思是，你妈妈她，不是不太能说话吗？你有没有问过她的意思？”

“她在家的日子不好过的。”

“那也只是你这么认为。”

杨树海不知道自己为什么要反驳。明明和他毫无关系。可能他只是不喜欢陈晓燕的自以为是，又或者，她对母亲的一意维护，触动了他的缺失，让他感到刺痛。

林同起身说：“那边好像有卖东西的人来了，我去看看。”等林同走开，紧绷的气氛略松了松。妹妹蹙起眉，像是不确定该帮他还是帮陈晓燕说话。他放缓了态度说：“可能是我多嘴了。我只是觉得，你还是应该确认一下。”

“你也没说错。”陈晓燕说完便扭头看江。

过了几分钟他才意识到，她在哭。紧绷的肩泄露她哭泣的事实。

把女人惹哭对他来说不是新鲜的经验，他结束一段关系时常遇上她们的泪水。不过，因为这样与己无关的严肃话题把人弄哭，让他有陌生的狼狈。妹妹也注意到了，看向他，表情惶恐。他耸肩摊手，心里说，我该道歉吗？可我并没有做错什么。

林同带着煮玉米和矿泉水回来了。陈晓燕擦掉眼泪，没事人似的啃起了玉米。林同没问发生了什么。妹妹欲言又止。随着日头西沉，江边的人渐渐多了起来，到后来简直让人困惑这些人都是从哪里冒出来的。他们被像是管事的人驱赶到高处，混在人群中继续等。正如守门的女人所说，江潮到半夜才来。暮色笼罩下，潮水是混沌的一团，潮声如雷，水气扑面。夜晚的气温陡降，他把外套给妹妹穿。林同和陈晓燕的身上是单衬衫，先是各自抱着肩，后来陈晓燕对妹妹说，真的太冷了，我们抱抱吧。她从身后像树袋熊似的抱着妹妹，斜睨着他们说，男生这时候真不方便啊，都不能抱一起取暖。他从齿缝间抖抖地回了句，还说呢，是谁一定要等到现在啊？林同的手机响了，走开去接。大概是维佳。他独自内心交战，终于没头没脑地说了声“对不起”。陈晓燕立即听懂了，说，你没必要道歉，你说的也有道理。我太自以为是了。她怀里的妹妹轻声说，哥。接着便没了动静。他等着。陈晓燕也在等。他们都在等待妹妹的裁决，或建议。这时林同回来说，那边有个人在拉客，他家客栈还有个房间，八十块。我要了。太晚了，回杭州包车要两百，不如住一晚。

那时妹妹到底想说什么呢？他没有追问，再也无从得知。几年后，妹妹因事故患上失语症，他感觉犹如报应。他长期以来对妹妹的忽略的果报。

有关看潮那天的记忆还有段尾声。房间里只有两张铺了草席的单人床，摆成 L 字形。四个人挤一屋不现实，他让妹妹和陈晓燕休息，他和林同到走廊另一头的阳台上聊天。阳台天花板挂着裸露的灯泡，飞虫缭绕。为了驱蚊，他们抽了不少烟。仍然冷，比起风大的江边，还算可以承受。林同抱怨工作的乏味，提到维佳不敢把他们的事告诉父母，然后突如其来地说，我可能，喜欢陈鑫。

他有点蒙，差点反问，那是谁？接着他想起，陈鑫就是陈晓燕的妈妈。他被烟呛了一下。

沉浸于回忆的缘故，坐在小区亭子里的杨树海一开始没发现林同站在跟前。林同提着超市的袋子，等石凳上的人终于梦游惊醒般抬头，他举了下塑料袋说："来得正好，一起喝？"袋口露着日本酒的包装盒。

杨树海这才注意到，锻炼的老人已经走了。他们一前一后进了一楼门洞的防盗门，林同家就在左手边第一间。玄关进去是厅，对着院子的朝南房间被当作画室和卧室，落地窗外是光秃秃的院子。占一整面墙的木头搁架是林同自己做的，上面摆着他从各地收来的陶瓷器。一米二的单人床在房间一角，旁边是黑色落地灯。靠近落地窗的位置是张搁有颜料和笔筒的方桌，没有椅子。东西少，房间显得比实际大。

一年多没来林同的画室，杨树海首先为视野内的整洁和空旷感到惊讶。以前这里总是有更多杂物，架子上桌上地上，胡乱摆着松果、海星、不知道什么小动物的头骨，半毁的鸟巢，从哪里捡来的石块和树根，以及内容物不明的瓶瓶罐罐。颜料管堆在叠放的水彩调色盘上，画家不爱洗调色盘，宁可每次新开一盘。

现在这里不像画室，看起来更像间茶室。只有桌上和地上斑驳的彩色表明了房间原本的用途。而且闻起来也变了。他知道林同的工作室曾经是什么味道。烟味，湿润的水彩味，丙烯味，定型剂的刺激气味。现在这些味道都没了，只剩下一种淡淡的仿佛是被遗弃的味道。他看看墙边的画架和反面朝外的画板，心想，林同一定很久没画画了，那么每天在这里都在做些什么？发呆吗？

林同从桌子底下拖出两只云南草墩，摆在屋子中央，示意杨树海坐，又在草墩中间铺了报纸，把刚买的两瓶酒和熟菜盒放在上面。他去架子上挑挑拣拣，找了一只片口和两只杯子过来。

会有不少人愿意花钱买杨树海此刻的座位，林同的画室只有关系好的画商和熟客才有资格上门。媒体一个都没来过。

杨树海问："这个点才吃饭？"

"今天工作比较顺，画完饿死了。"林同毫不介意地说着谎，即便他知道对方能看出自己撒谎。"去久光底下超市，正好遇到日本酒的展销会，一贪心买了两瓶。这不是一直没吃饭嘛，刚才路上差点拎不动了。"林同开了一瓶酒，先倒进片口，又从片口往两只杯子斟了酒，示意杨树海自便，随即拿起土豆沙拉的盒子和一次性筷子吃了起来。杨树海不耐烦用小杯子喝日本酒，但懒得起身去找器皿。两口喝完一杯，他举起瓶子打量。新潟的酒。对他来说日本酒都差不多，甜而软，类似软刀子，喝完上头。待会只能打车回店里了。

林同三口两口解决掉沙拉，开始对付烤香肠。"说吧，你找我什么事。"他头也不抬，喝酒飞快，像在喝水。杨树海知道他酒量不如自己，却并不劝，沉吟半晌才说："你上个月 24 号晚上，在南翔？"

这不是他一开始准备的话题，原本想先谈一下妹妹。

室内只开了一盏落地灯，有些昏暗。附近人家炸鱼的香味从开了条缝的落地窗窜进来。可能因为刚在楼下想起早年看潮的事，杨树海有种微妙的错觉，仿佛她就在身旁。年轻时候的陈晓燕。她在江边的眼泪。微白的晨光里，她从那间破旧的旅社房间出来的样子。幸好当时他和林同已经停止谈陈鑫，在聊他和妹妹。陈晓燕站在离他们几步远的走道，面露惊讶。她这才知道，他和妹妹是同父异母的兄妹。

那时她说什么来着？她说，原来是这样啊，你可以对其星再好一些的，用不着故意做出这么冷淡的样子。他分辩了几句，意思是，自己没有故作冷淡，只不过他这个妹妹太缠人了。陈晓燕说，那是因为其星没有安全感。他想说我家的事不用你插嘴，想起白天刚惹哭过她，忍住了。

如今想来，她对妹妹的意见是对的。缺乏安全感的妹妹。在仍然拥有语言能力的时候，因为过于在意别人而很少表达自己的妹妹。后来患上失语症，到了语言之墙的那边的妹妹。

他有时会想，林同在妹妹身上看到的，是陈鑫的幻影吗？

从陆南那里得知，林同最近一年来店里比过去频繁，都挑在中午，经常带妹妹出去吃饭。不管林同这样做的初衷是避着他还是怕他难堪，至少有个避的姿态。他只好装不知道。甚至有些诧异，对于十点多起床就开始画画，一直画到下午两三点甚至更晚的林同来说，愿意中途打断创作，很罕见。现在他知道了，林同根本就没画，说不定这一年跑得勤，也就因为这个。

比起林同和妹妹的关系，他更介意的是另一件事。他后知后觉地发现，妹妹停止了复健。他一直不知道是为什么，还以为是妹妹和她的老师陈晓燕有什么不开心。女人嘛，就像陈晓燕和维佳一样，说不清。

直到去年，他才从陈晓燕那里听说了她关于这件事的推测。她说，是因为林同。

为什么妹妹会因为林同放弃做复健？

难道是林同怀着什么目的，非要干扰妹妹康复的进程？那又是为什么？

内心深处，他不愿相信陈晓燕的说法。尽管她很可能是对的。她经常是对的。

妹妹最近又开始做练习了，黄依然也起了些作用。可如今，他甚至没力气为此高兴。陈晓燕走了。直到那个人消失，他才意识到自己拥有过什么，失去了什么。他对林同的疑念在这些天里不断堆积又减少，摇摆和变化，所以才会控制不住地问林同 24 号在哪里。

“你最近见过维佳？”林同对他的问题不置可否地说。

他没回答，算是默认。

“所以你是在怀疑我？”

“是你说的，维佳觉得见面也只有尴尬，所以 25 号那天，她没去。维佳没有去，那你呢？你有没有在 24 号晚上去过她家？”

“如果我说没有，你相信吗？”

杨树海没说话。其实他心里一直有个答案，现在来确认，简直像个白痴。

他的手机上除了陈晓燕发来的最后三条微信语音，还有他发过去的，并未收到回复的微信文字讯息。10 月 24 日的夜里，他收到她的语音后立即回的。

你约维佳不要吵架啊，要我一起吗

睡了吗

我明天上午去找你吧。十点，OK 吗

一直没收到回复，他以为她睡了。第二天早上也没有新消息，他便直接开车过去。黄依然还没来的时候，他常在打烊后去丰年小区找陈晓燕。后来因为小姑娘刚来，不放心让她独自夜归，便改成了上午见面。上午其实不合适，陈晓燕睡得晚。因此他近来去得少了。路上他给黄依然发了微信，让她自己乘地铁上班。

902有两道门，一道铁栅门，一道防盗门，两道门夹着的玄关一侧摆着鞋柜。铁栅门要用钥匙才能锁，事后想来，他应该在那个时候就发现情况不对。门没锁，他插入钥匙转了半圈，反而把锁带上了。他重新开了锁，心里嘀咕，这人是不是昨晚又喝多了。

他脱了鞋，发现自己常用的拖鞋没有摆在鞋柜顶上，而是在玄关门口，脚尖朝外，心头便动了动。难道姜则昨晚来过？他没踩上拖鞋，穿着袜子走过厨房，穿过浴室一侧的过道。过道通向书房兼客厅，再往里是她的房间。他不用走到最里面，她就在客厅的沙发上。沙发靠背的上面是窗台，竹百叶窗的叶片缩在顶端，晨光下，她横卧的身体显得异样。不光是因为奶牛靠枕挡住了她的脸。那种异样，他曾在某个时间地点见过。大脑瞬间空白。意识被抽空。思考能力被冻结。他走上前去喊她。晓燕。陈晓燕。声音不大，不自觉地颤抖。他朝着沙发倾身，不用伸手拿开垫子，他就已明了状况。他维持着弯腰的姿势，盯着靠枕之下的她的身体。睡衣领口露出一截苍白的脖颈。一只手蜷曲，另一只手僵直。她看起来比死还要死。他意识到自己该报警，伸手到后裤兜摸手机，触及那个坚硬光滑的物体，手停住了。他站直身子，吸气，发现自己有些缺氧。有什么不对。他努力驱动凝滞的大脑。**我约了叶子明天下午来我家。让林同带的话。至于敢不敢或者愿不愿意告诉她，看他自己了。**

他在屋里走了几圈。茶几上有两只威士忌的杯子，一只还剩一厘米的酒，另一只是空的。酒瓶是随处有卖的苏格兰的牌子。厨房垃圾桶有食物的残渣。鱼骨和剩菜。洗过的碗不像平时那样倒扣在滤水篮里，而是整齐地摞在水槽旁边的料理台上。洗碗的肯定**不是陈晓燕**。

正是威士忌让他断定，昨晚在这里的不是姜则，而是另一个人。

他觉得他知道那是谁。

接下来，他的举动像个梦游的人。他洗了杯子，打扫了屋子，把所有他认为可能留有痕迹的地方用湿巾擦过。酒瓶和湿巾扔进垃圾袋，袋子被他从垃圾桶拿出来扎紧。还剩下黑白花奶牛靠枕。上面一定有指纹。凶手的指纹。这东西不能留在这里。拿掉靠枕就会露出她的脸。他尽量不看她，将柔软的物体捏起来。从她习惯放纸袋的角落抽了一只，将靠枕和垃圾袋塞进去。想了想，又把门口地上的男拖鞋也塞进去。结束了。他知道自己该立即离开。怕湿巾擦过的地面留下脚印，他用两张餐巾纸垫在脚底，以滑稽的姿势在屋里滑行，从里到外，从外到里。她凝固如石像的身体在他的不远处，他努力不看那个方向。他忽然停住了。**我约了维佳明天下午来我家。**他仿佛看到维佳站在门口，按门铃。他踩着餐巾纸挪到灶台跟前，用袖口垫着手开了火，关掉，再开，火苗未起，隐秘的气体开始从灶口流动。显得多此一举。但他害怕维佳按过门铃就离开，而她将继续躺在沙发上，变成“独居女子死后几天被人发现”的网络新闻。他在内心祈祷，维佳，你要来啊。

出小区的时候，他拉起卫衣的兜帽。对付探头不一定管用。他像从前一样穿过步高里的弄堂，到建国西路。这条路线曾经是为了避开小区门口花店的莫凡，今天则是为了尽可能躲避监控。他发动车子，开了一段路才想起副驾驶座位底下的纸袋。一路找不到合适的地方，他索性回了小区，在另一栋楼的楼下把纸袋扔进垃圾桶，再下到车库。

接下来的几个小时，他在自家沙发上兀自出神。接到陆南的电话时，他一开始根本听不明白，简直就像被妹妹传染了。陆南说，出大事了！星姐发现 902 陈晓燕家有煤气的味道，我刚报了案。他想，妹妹怎么跑那里去了？接着他终于想起，蛋糕，该死的蛋糕……

他再一次开车出门，和平时去店里一样。出门前，他到妹妹家叮嘱黄依然，让她在家歇几天。小姑娘的情况不适合面对警察，另一方面，他也怕她说出自己早上的那条微信。他为什么要清理自己女朋友被杀的现场呢？简直就像被什么附体了似的。而他很清楚那个什么是从哪里冒出来的。来自过去，驱之不散的暗影。

*

对叶维佳来说，一个人的日子已经成了习惯。任何事，只要习以为常，就无所谓好与不好。

每天早上，她在南翔别墅三楼的房间里醒来，到二楼做咖啡，从冰箱冷冻室拿出用跑腿服务从市中心某餐厅送来的羊角包，进烤箱热过，然后端着托盘回三楼的书房。

顶楼的这间原本想作为林同的画室，设计的时候花了心思。斜玻璃屋顶采光，象牙色地板，白墙，整面墙的格子置物架。结果他在市区租了工作室。租屋遇上房东卖房就得搬，工作室搬了几次，不变的是简陋。他大多数时间住在那边，偶尔心血来潮才回家。她从新婚伊始就过着两地分居的生活，对此，她父母毫不知情。她爸在世的时候，每次二老过来，林同都从市区回南翔扮演女婿的角色。他知道老丈人热爱花草（倒不是说日理万机的叶老板有时间亲自打理园艺），经常陪着在下沉式花园旁的门廊下象棋。花园里，为风水移来的一棵樟树还算健旺，其他草本植物麻烦不断。一会儿长虫，一会儿毫无来由地枯萎。每当植物们死掉，都有人上门来换新。这个家的其他部分也仰赖外来的人工，负责打扫和做饭的两名钟点工，给画除尘的人员，擦大幅玻璃的公司。

爸的生意从乡镇的小作坊一点点做大，这么多年间，他只爱工作不爱享受，最后突然离世，什么也没享受到。爸走后，妈消沉的时间并不长，很快开始四处旅游散心。国内走完走国外，反正夕阳红旅游团的项目层出不穷。维佳一度以为，妈会在这个过程中找个新老伴，结果倒是没有。爸走了一年，三年，五年，眼看将满十年。妈上个月去了布拉格。爸留下的厂子由表哥打理着，维佳每天要花不少时间和表哥以及海外客户沟通。按理，搭上国内的宠物风潮，他们这样的玩具商完全可以趁势扩大规模做内销。表哥没那个能力，她也操不动那个心。

由她父母出资的婚房，买下迄今将近十二年了。有时她觉得，比起房子，她本人衰败得更快。脸上的色素沉淀，悄然改变的腰部线条，越来越容易失眠的神经。时光一点点地在她的身体上攻城略地。她练瑜伽，喝青汁，做SPA，以积极的心态对抗，但她也知道，这是一场注定失败的战役。不免羡慕林同。年纪增长对男人来说更像是勋章而非丧失。林同获奖那年就开始有白发，如今他年近四十，近乎全白的头发反而显得洒脱。

当然，他肯定不在意自己看起来如何。他在意的唯有他的画。

书房的桌子是前两年才添置的，沿着墙窄窄的一溜，刚够容纳笔记本电脑。一直没弄张大书桌进来，仿佛表明，她仍期待着有一天他会在这里画画。

林同上一次个展是六年前。他有一年多没画画了。从夏天起，她的工作重心是说服他在某个音频网站开艺术鉴赏课。当初迷宫系列的第一幅画完成后，也是她想到和游戏公司合作的点子，林同一开始表现出抗拒，后来不知怎的热衷起来，甚至主动提出参与投资。外界对林同多有误解，以为他是那种只懂艺术不懂生意的人，把他所有的商业行为都归结到叶维佳的身上。其实林同是财会专业出身，怎么会不了解商业社会的法则。他只是有轻微的社交恐惧，给人以专注艺术不理尘世的错觉。也因为社恐，他对音频的项目不起劲。她说，你平时和树海还有樊奇讲起你的观念不是一套一套的吗？怎么就不能和陌生人分享了？

制作《光行者》的奇点公司的总裁樊奇还不到三十岁，此人据说有艾斯伯格综合征，不擅交际，倒是和林同很谈得来。蜡烛通讯那个奇怪的设定，也是他们一起鼓捣出来的。

九月下旬的一天，一如往常，她打开电脑，边吃早午餐边给香港一家画廊的主理人回信。那边对迷宫系列表现出强烈的兴趣，建议办一次个展。她回复道，谢谢您的好意，只是迷宫系列仍在创作中，尚未完成，展览要等整个系列画上句点，再通盘考虑。

事实是，迷宫系列走入了迷宫的死胡同。而她当然不可能对外人讲。

那天，咖啡尚未喝完，手机响了。家里太大，有时候手机放在别的房间会错过，所以她设置成传统铃声，每响一次加大音量。叮铃铃。叮铃铃。看见来电显示是林同的手机，她的第一感觉是诧异。这个点是他的创作时间，尽管彼此都心知肚明，他没有在画。

他说自己在路上，有人送了岩茶，他带过来。又问，有我的午饭吗？

她答，你说呢？

从前谈恋爱的时候，都是他下厨。她也曾天真地以为自己找了个擅长家事的男友，会一直长长久久地享受对方的照顾。后来，他唯一做的事就是画画（或画不出但装作在画），她做所有的一切，从打理他的事业、人际关系，到南翔家里的大小琐事，乃至理财投资。两人之间的天平是何时开始倾斜的呢？

她不想因为他难得过来，就打乱自己的生活步调，于是只用冰箱里存的高汤煮了米粉。两个人简单吃了，有午睡习惯的林同在一楼客厅的长沙发躺倒。她坐在旁边的单人沙发上，用紫砂茶具试茶。他没有立即合眼，横着手机玩游戏。交往期间，他也曾在她家客厅一角的电脑上玩《大航海时代》，坐在旁边的杨树海不停地发表意见，吵得很。那时她在做什么呢？很多时候，她和燕子窝在沙发上——有时还有莫凡和杨其星——用VCD影碟播放日剧。她用宜家的纸盒存放不断累积的剧集。谁也想不到，VCD乃至后来的DVD，终有彻底过时的一天。那时日子简单，谈谈恋爱念念书，更多的时间在玩。念大专自考的她们，对上班有自己的一套预设。眼看着林同和杨树海经常加班加到面无人色，她对燕子说，我宁可找个收入低的，只要不用加班。燕子笑笑说，你当然可以。她问，你想做什么？燕子说，最好能进媒体，如果进不了国营的，私营的也行。后来燕子真的进了一家传媒公司。而她最终没有拿到文凭，也没有上过一天班。这些年来，她的私人生活和社会生活都以林同为中心。

沙发上的林同猛地起身，盘腿而坐。她想，是遇到难关了吗？《光行者》她只玩过一两回，随着前行不断变换的三维视角让她晕眩，无法理解其他玩家的热衷。

林同说，我把你的电话给一个人。

什么？

一会可能有电话进来。

他没头没脑的预告话音刚落，手机响了。这一天的第二次电话铃声，听起来格外响。她看向林同，他示意她接。她接起来，说了声“喂”。那头是户外的杂音，没人说话。林同盯着她看。她心头打结。上一次接到无声的电话，是张一倩。后来发生了很多事。那个女孩割腕住院，她还去医院探望。目睹年轻的苍白脸孔，她感到自己的出现近乎残酷。她对张一倩说，林老师让我转告你，要活下去，活下去才是最好的复仇。说的时候她在想，什么复仇，对谁的复仇？看不出张一倩听懂了没有，那张脸让她想起故乡秋天的芒草上缀着的白花。

她无奈又无望地继续“喂”了几声，林同轻声说，你问，是TAO吗？

难道对方姓陶？她很快想到，应该是网名。她照着问了，耳边终于传来反应。像是被压抑的啜泣。她耐着性子说，你到底怎么了？讲给我听。

那边开口了。是个女孩。和张一倩的娇柔嗓音不同，听着沙哑。可能是哭泣的缘故。女孩突如其来地讲起一个叫小红的保姆，她先是一头雾水，渐渐地回过神来，把手机改成免提模式。林同拧起眉头。她想叹息。就有这么巧。张一倩是被同学欺凌，今天这个是被养父骚扰。为什么这些不幸的年轻女孩都飞蛾扑火般精准地朝林同而来？

不，她自己当初也是一样。只是她从未说过。从未像这个孩子一样，组织词句，表达痛苦。

但那哀求几乎是动人的。女孩说，YE 姐姐，我怕。

她当然知道林同在游戏里叫“夜月”，却有种错觉，那边喊的是“叶姐姐”。仿佛就在接起电话的瞬间，她取代了林同，成了那孩子的同盟。第二次联系，是用林同万年不上的 QQ 加了对方。林同站在旁边口授，她打字。中途，她没等林同提示就自作主张地写道：我去你家好吗？黄老师我还没见过，不过可以找朋友介绍，过去拜访。

女孩匆匆下线。像是被吓到了。

以为事情就此完结，结果林同提出，那就去找一下黄礼峰吧，你不是说你能联系到吗？叶维佳认为过了头。清官难断家务事，何况现在他们有的，不过是高中女生的一面之词。说不定那孩子在撒谎。年轻孩子编造故事，可能为了任何理由，甚至没有理由。

只是，太久以来，她习惯了不拒绝他。她托人联系上黄礼峰。林同喊了杨树海开车。她想，坐高铁也未尝不可，林同这几年越发娇气了。要到后来她才会意识到，他早有预谋。

那瓶酒是林同拿去黄家的厨房开的，威士忌不像红酒那么麻烦，只需从盒中取出，揭开瓶塞的塑封。她见他开个酒好几分钟不回来，走去看，发现他正在将纸包里的粉末往瓶口倒。他做出“嘘”的手势，轻声说，待会做做样子，别喝。接着笑了一下说，不过你大概有抗药性了。她猜到是自己常用的安眠药，心头微震。回去落座，黄老师把女儿从里屋喊出来，小姑娘不说话，垂眼吃饭。这个女孩和张一倩不一样。她身上有种尖锐的东西，让叶维佳几乎是怀念地想起少女时期的自己。忍不住逗弄说，有个小网友，叫桃。女孩立即偷瞄这边，又从眼角观望养父的动静，像一只惯常缩在笼子角落的小动物。

在那一刻，叶维佳突然下了决心，她相信桃，并且愿意帮这个孩子。

她的决心比自己以为的要脆弱。看到黄礼峰手机里的那些照片，她的第一反应是希望自己不曾看到。希望自己没来杭州。希望从没有接起那个电话。现实犹如一记来自遥远过去的耳光，带着时光的加速度，其打击让她头晕目眩。她变得被动而笨拙，让林同接过了主导权。不，自己拥有主导权纯属她一厢情愿的误解，从一开始，就是他在盘算整件事的走向。

把桃带回上海的路上，她后悔又焦虑。很明显，林同想让她接过这个烫手山芋，从给出电话号码的时候他就是这么想的。但她真的做不到。有心无力。女孩身上的不幸就像诅咒，会让她以为封存牢靠的记忆绽开口子。旧伤疤流出新的血。

叶维佳还是个孩子的时候，爸的生意伙伴是上官叔叔。他留着模仿猫王的发型，鬓角很长。他不抽烟，体味接近橘子皮和奶油的混合物，当他出汗，那味道暗沉下来，像刚打开的黄酒坛。他喜欢把还是个孩子的她抱在膝上，让她双腿弯曲侧坐，一手扶着她的肩。他笑着说，佳佳长大了一定是个美女。他声音洪亮，笑的时候脸上有光。他在政府什么部门工作，她从来没搞清楚过，只知道爸对上官叔叔亲如家人。爸常当面对他说，有你才有我。

起初，家里和左邻右舍并无不同。从她上小学起，变化悄然发生。她的零用钱是全校最多的。她的衣服从城市带回，比其他人新潮。她买发卡一买就是十几二十个，毫不吝惜地送给要好的女生。后来发现收到发卡的女生在背后说她的坏话，她诧异又难过，找上官叔叔哭诉。他说，佳佳你要知道，你和其他人不一样。别人嫉妒你，很正常。让他们嫉妒去吧。

那时她发自内心地相信他的每一句话。接受他的赞美，被他带着去钓鱼。别人都是骑车，把鱼竿绑在自行车的一侧，只有他是开车去。她十岁就在他的教导下学会了开车，当然只能在空地上悄悄开着玩。

升上六年级那年，她随父母搬进工厂旁边新盖的三层楼。原先住在镇上，爸觉得还是在厂旁边方便照应，给爸做事的她的表哥也搬来同住。一天傍晚，院里的狗叫得急，原来是上官叔叔来了。表哥把人带进来，上官叔叔大声说，你家的狗好凶啊。她放下作业跑上前迎他，说，新养的，还不熟，和你熟了就不会叫了。上官叔叔看一眼爸，说，养熟了也会咬人的。爸的脸上挂着薄薄的笑意，那是他对更陌生的人展示的表情，她暗自诧异。

晚餐桌上有道血蛤，是她爱吃的。上官叔叔不是本地人，吃不惯半生的水产品。他盯着张开的贝壳露出的半截血红的肉，脸色古怪。爸示意他吃咸鱼蒸肉，说，你爱吃鱼，要提前讲一声就去买了，这里不比镇上，临时加不出菜，只有咸鱼。上官叔叔沉默地夹菜。她再一次感到诧异。以往大人们总是要喝酒的，她看惯了他们脸色涨红说话含混的情景。这顿饭吃得黯淡无光。上官叔叔饭后没有久坐，说要走。她说，我送你吧，不然狗又要惊起来了。

到了门外，她发现他的车不在那里。这地方偏僻，她纳闷他怎么来的，正要发问，他沉声说，佳佳，你陪我走一段。

走了没几步，有人追上来，是表哥。她说我送一下叔叔，你回去吧。表哥讪讪地不想走，看一眼上官叔叔，终于还是走了。走了几分钟，开始飘雨。她说，怕下大了，要么跟我回去拿伞。这时他忽然一弯腰抱住了她。他身上的气味和平时不同，像是什么东西开始腐败的味道。她惊吓地喊，叔叔！他在她耳边说，佳佳，你爸对不起我，我只有你了。他嘴唇碰过的地方滚烫地烧起来。她试图挣扎，他的舌头伸进她的嘴里，奇怪的是，她尝到了血蛤的味道。他明明一口也没吃。他的手紧紧地攀住她，她感到自己像要被拔起来，又像被种进了地里。血蛤味更浓烈了，她想吐。

忘了自己是怎么挣开那个攀住她的力量，又是怎么回的家。她的头发被雨水淋得湿透，遮住了眉眼。

一到家就被爸用扫把打了一顿。爸边打边说，叫你哥去喊你，你怎么不听？有你这样卖逼的吗？

她哭了起来。不是因为疼，是因为那句粗鲁无比的来自至亲的咒骂。哭了一会，她嘶声说，你翻脸不认人，我是替你不好意思才去送的！

爸下手更重了，嚷道，你这个疯姑娘，家门不幸啊家门不幸！

妈没有上来劝阻。等爸打完了，妈把她领回房间，第一件事是让她脱了内裤，细细查看。她去年来了例假，不算懵懂无知，羞愤得只想找个洞钻进去。要到长大后她才懂得，上官叔叔的确有恋童的倾向，对她那些亲昵的举动绝非清白无辜，爸妈看在眼里却从未制止，不知是出于无知还是势利。上官叔叔失势，他们如释重负地和他撇清。谁想到他会找上门来，而她傻傻地要送人一程？她的亲爸妈，秉持着“兔子急了还咬人”的原则，生意做大了仍有着小商人的谨小慎微，那一刻也忌惮着没制止，却把不甘心和怒火撒在年幼的女儿身上。

那天的事仅仅是一个吻，却给她留下了无法抹去的耻辱烙印。从此她和父母有看不见的裂隙，随着时间过去，他们像是彻底忘了这件事。她没有一刻忘怀。

小学毕业，她考上县城的中学。从初中到高中，用现在的话说，她非常“宅”，也没有朋友。她不住校，每天由家里的车接送。偶尔外出，是去镇上唯一的书店。店里大部分是小说。她谈不上热爱文学，只是喜欢纸张的气味，日光灯下的无昼夜感。暑假期间常有勤工俭学的大学生看店，有个姐姐据说是华师大英语系的，热心地推荐她读毛姆。《刀锋》是本奇怪的书，充斥着女人们对男主人公拉里的欲望。拉里本人则穿行于一切欲望，不为所动。很久以后她才知道作者有同性恋倾向，仿佛因此得到了答案。少女时代的她不能理解女性的身体需求，在她看来，一切和身体沾边的事都是肮脏的，会让她想起上官叔叔。

无论是和林同恋爱的时候，还是后来，在他们渐行渐远，终于变成一对表面夫妻的漫长时光里，叶维佳都没有提过自己小时候的遭遇。

桃。黄依然。林同在网上邂逅并拯救的少女，在她心里唤起的除了同情，更多的是说不清的厌憎。是对父母？对上官叔叔？还是对那个过于懵懂的自己？念大学的时候，她和燕子一起去勤工俭学，大白天的被商场一个什么经理摸了腿，已经成年的她仍然没有学会直面那种仿佛是当头落下的邪恶。有时候，并非巨大的邪恶才会伤人。而她每次遭到伤害，都忍不住先自问，是我做错了什么吗？

爸当年的辱骂犹在耳边，经年不散。尽管到如今，爸已经走了那么些年。

我做不到。她对自己说。做不到把这孩子放在身边。

把黄依然带回南翔的当天夜里，她不得不调动起全身的恶意，扮演了泼妇。目睹她和林同吵架，杨树海在旁边像是惊呆了。可能林同最好的朋友真以为他俩相敬如宾来着？他们不是没吵过架。上一回她这么声嘶力竭，是因为张一倩。她知道这次和从前不一样。不是因为被背叛的愤怒。

最后杨树海像是无奈地提出，让她回我那里吧，和我妹住。

她和林同彼此对望一眼。林同恐怕在猜测，她会不会因为这个涉及杨其星的决定而不开心。她想的则是，杨树海真是太习惯帮你收拾烂摊子了，和我一样。

烂摊子当然不光是收留一个未成年少女那么简单。从杭州回来的第二天，她忍着满腔的厌恶，给黄礼峰打了电话。谨慎起见，她录了音。只用了不到半个小时就搞定了。那个老男人心虚得很，害怕丑恶的里子被翻出来，于是连好爸爸的面子也不敢要了。

至于黄依然，自从那孩子被带去虹口，她一次也没去探望，甚至没主动发过微信。每次都是对方主动发来。有时是一句“夜姐姐~”，或是各种表情包，毫无实质内容。她选择性地两三次回一次。她不知道从黄依然的角度，会怎么看待“夜月”的冷淡。她对自己说，我不是故意要扮演这个角色，我只是不得已，成了林同的同谋，再一次地。

隔了差不多一个月，10月24日星期一的下午，林同又来了南翔。

那是个她会永远铭记在心的日子。

他们在餐桌两边坐着，她喝茶，林同喝白水。知道他不想听工作相关，她说了些妈妈和家里的事。闲聊间，林同忽然说，陈晓燕约你。

她一惊，几乎怀疑自己的耳朵，反问，约我？她找了你？什么时候的事？

昨天陈晓燕到树海他们店里，我正好在旁边。她订了肉桂杯子蛋糕，我还想着，咦，是你爱吃的口味，没想到她突然让我跟你带个话，去她家。说能不能就你自己去，明天下午。

他有些不在状态地说了一长串的话。叶维佳决定不去追究他为什么会“正好在旁边”，注视着茶杯问，你觉得燕子找我什么事？林同隔了一拍才说，我猜，是她妈妈的事。一个声音在她耳骨背后尖锐地响起，那是来自遥远过去的、人的身体撞上挡风玻璃的声响。她不由得按了下耳背。神经性耳鸣。看了十几个医生，吃了各种药，仍时有发作。她无力地说，不会吧，都这么多年了。难道就不可能是来找我和好？林同笑了笑，说，你觉得可能吗？以她的性格。过了片刻又说，我觉得她知道了。

心脏缩成又小又苦的一团，分泌出黑色的情绪。她盯着茶杯看。绿色、黄色和棕色的九谷烧，富丽的外壁，洁白的内里，老枞水仙在杯中荡漾着赭红色的光。

她问，约的几点？

林同显得愕然，说，两点……你要去吗？

你如果不想我去，可以不告诉我。她没有直接找我，多半是想看看你的反应。

他慢吞吞地说，可能……我告诉你，也只是想看看你的反应。

这个人有时诚实到让人气恨。她无言以对。他起身绕到她的座位身后，弯腰将她连人带椅子罩住，在她耳边说，不要去。算我求你了。他身上是烟草的味道，没了以前的颜料味。显得陌生。

不知怎的，她从那声恳求听出了威胁的意味。他吻她的耳廓，吮吸耳垂。她抖了一下，说，保姆一会就来了。他说，让她别来。她给保姆发了微信，被他带回房间。明知他的举动像个无赖，她还是不自觉地配合，并且沉溺。她睡了过去，醒来时，枕边的夜光钟显示是凌晨两点。她长年失眠，买这个钟是为了在每次睁眼时确认时间。没吃药居然从下午一直睡到现在，难得的体力消耗带来很久没有过的酣眠。

接着，她惊讶地发现，床上只有自己一个人。她的双手被捆在身前。双腿也在脚踝位置被绑住。

林同！你神经啊！你人呢！你就那么怕我去见她吗！喂！林同!!

她尖声喊叫，无人回应。小区楼与楼的间距有十几米，邻居不可能听见。

现在是凌晨，保姆要到下午才来。而且她连内裤都没穿，身上仅一件不知什么时候重新罩上的吊带衫。孤零零地躺在散发着性欲残留气味的床上，她无比沮丧。伴随着沮丧上来的是尿意。她想破口大骂。三十多年来她从未骂过脏话。

她试着挣扎，绳子绑得毫不含糊。打包画用的棉绳。不知为什么，她脑海中浮现的是大学时代陪林同去办公室加班，他从金属文件柜里拿出用包装绳捆扎的账册，翻看后重新捆好，塞回去。他是个缜密的人。其实也体现在他的画里，却被狂暴的表面掩盖，只有一个评论家提到过“精密计算的细节”。

还好不是双手反绑。她艰难地在床上扭曲身子，找手机。借着墙角夜灯的微光，终于看到，地上的衣物之间，金属块体露出半个头。她伸手去够，够不着。她毅然往地上一滚。响动比预想的大。着地的位置不当，膝盖和肩膀隐隐作痛。她用一个手指按住锁屏键，调动语音助手，拨打林同的电话。关机。他原本就很少开机。创作，思考，睡觉，一律关机。她快气疯了，思索着该打给谁。报警？杨树海？都不行。她还光着。

被尿意和沮丧两面夹击，她蜷起身子。和木头地板只隔着薄如无物的羊绒针织衫，她很快感到冷。床看起来触手可及，可她无法站立，回不去。她迷迷糊糊地睡着了，原来生气也会耗尽精力。再度醒来时，感到身旁有人，她本能地一惊。林同蹲在她跟前，晨光从窗帘缝溜进来，在他脸上打出一道光斑。那张脸像个做错了事的孩子。他在她开口前说，我梦见了陈鑫。

她叹息一声，片刻后说，你先把我解开。

他说自己就睡在二楼的客房，没听见她夜里喊，也没听见她掉下床。她不太信。她洗了澡，坐在餐桌边。昨天到今天的一切显得不真实。他给她做了咖啡。朱绘的杯子是某次日本旅游带回来的，家里有许多匠人作品，或者说纪念物。林同很少待在南翔，然而这个家的细节沾满了他的痕迹，他的审美。她手上的勒痕明显。他给她上了药膏，帮她按摩。此时，她无力再提和陈晓燕见面的事，也不想质问他为什么绑人。

查看手机，黄依然昨天夜里发来一条微信，难得是有实质性内容的——

夜姐姐，你认识陈晓燕吗，星姐说话就是她教的

这么巧。她呆了呆，回道，**算是认识吧**。随后问林同，该让黄依然去上学吧？

林同说，你定就好。

古怪的是，他看起来对寄放在杨家兄妹那里的黄依然失去了兴趣。也可能因为她代替他成了“夜月”。

被折腾了这么一出，她最终没赴那个奇妙的邀约。林同喝过咖啡也没去画室，如同监视她似的赖在南翔家里。她知道林同在怕什么。他怕那人隔了这么些年突然找她，是想谈那起车祸，还有那幅获奖的画。

她心里有个声音在絮絮不休：燕子究竟知道了什么？知道多少？为什么她不找林同本人，只让他转告自己单独赴约？她到底想说什么？

而她将再也没有机会知道了。她很快将会得知，自己错过的不仅仅是一个邀约。因为，提出邀约的一方，已经永远离开这个世界。

陈晓燕死了。警察来了。据说涉及凶杀。

是杨树海打来电话告诉她的。位于地下一层的客厅信号不好，杨树海的声音像蒙了层布，她将手机扶在耳边，上了二楼。通话只用了几分钟。挂了电话，她握着手机的手无力下垂，隔着栏杆注视下面客厅林同被白发覆盖的头顶。她的第一反应不是惊惧，而是怀疑。毕竟在她睡着期间，在她尖叫然而无人回应的那段不自由的时间，在她筋疲力尽重新睡过去的时候，林同完全可能出门再返回。

她呆呆俯视他的当口，又有电话铃声。他在底下四处张望，终于意识到那是自己的手机。他重新开机了，真罕见。所以他预先知道会有电话打来吗？她继续观望。他接起来，说“喂”，然后是，嗯，嗯，我知道了。她想，大概是杨树海又打了一次。

他抬起头，和她隔着几米遥遥相望。他开口道，是其星，她说，燕子走了。

她脱口而出，是吗，她也喊她燕子？

距离让她很难判断他的表情。他显得震惊吗？不，那一刻，他看起来甚至透着解脱。

她又说，你走吧，我想自己待着。

林同离开后，她一个人哭了半个小时。搞不清自己是为什么哭泣。为一个早就不把她当朋友的人的离开？还是为昨晚到今天的种种？又或者，是出于难言的恐惧，害怕林同做了什么？

警察来的时候，她用袖子偏长的衣服遮挡手腕上的瘀伤。他们问及她和林同 24 日晚上的行踪。她按捺住心跳说，我们晚上一直在家。保姆没来，我简单煮了个面，吃完早早睡了。对，没看什么电影电视，林同没有这个习惯。我临睡前看了会书。对方问：书名？她答：日本作家的犯罪小说，叫作《怒》。

那些细节是她预先和林同核对过的。该死的谨慎。但总不能坦白说：那天夜里，林同和她做爱，把她绑起来，第二天像小狗一样道歉和祈求原谅，并且没去画室——不管能不能画出来，他上午总在那里，是多年的习惯。诸多反常。她不知道意味着什么。

她觉得自己的心像整间屋子一样空，谎言在里面激起回声。忍不住一遍遍地想，那天夜里，把她绑起来后，林同真的像他说的那样在二楼吗？又想，警方会查看小区的监控吧。只要一看，林同有没有说谎，可谓一清二楚。

警察终究只来了一次。

她对自己说，那么一定不是林同。

又对自己说，现在的警察办案很厉害的，如果真是林同，他早就被抓了。

可笑的是，她必须靠警方给自己信心。她自身的信心太过稀薄。

她想尽快见一次杨树海，了解一下事情的进展。恐惧导致不知来由的踌躇，一直拖到11月初，才匆匆见了一面。没想到他比警察更咄咄逼人，直接问，陈晓燕出事的那天晚上林同在哪儿。她生出毫无来由的怒气。她当然有理由怀疑林同，但杨树海不可以。她想质问他——你们不是最好的朋友吗——但最后，她仅仅把对警察的说辞重新讲了一遍。直觉告诉她，对方并未全信。

11 月 7 日立冬这天，叶维佳难得主动给黄依然发了一条微信。

要不要过来吃晚饭

那边迅速回了个欢呼雀跃的兔子表情。**好啊，正好今天我休息，给个地址**

她提出邀约，并非想要挽回夜月已经坍塌的友好形象。如果一定要找理由，是由于黄依然持续的微信轰炸。接续 24 日突然问陈晓燕的那条，26 日：**你最近都不玩游戏了哦**。她前一天刚得知燕子去世的消息，正心乱如麻，自然无暇理会。28 日，小姑娘写道，**我这几天都**

休息，要不要约？她当天刚接受过警察询问，只回了一个字：**忙**。11 月 1 日。**我又上班了！老在家待着也没劲，还是上班好**。她回复：**很有干劲嘛**。一看就是敷衍。那边发了动画表情过来，开心滚动的小猫。真不知道怎么会存了这么多的表情。上周三，11 月 2 日，又来一条：**我开始和星姐做练习了！教她说话~好累~** 她对着那条信息发了半天呆，难得贴了个动画表情，“加油”。实在是不知该说什么。周六，跳出来一个“暗中观察”的表情，没头没尾，她没回。

可是有什么在隐隐敲击她的神经。持续不断地。就在出事的那天，小姑娘问，夜姐姐，你认识陈晓燕吗，星姐说话就是她教的。

按照杨树海的说法，小姑娘一周有六个下午和晚上在蛋糕酒号。按理该让她和杨其星一起上白班才对，不过那孩子主动要求夜班，理由是“起不来”，真不知道她是怎么当高中生的。在蛋糕酒号工作，认识陈晓燕便也顺理成章。不过，叶维佳总觉得那句话怪怪的。当然也可能是她自己想多了。

过了十二点，叶维佳试着给林同打了电话。难得他处于开机状态并接了起来。她上来就说，今天立冬，喊了黄依然来家吃饭，你也来吧？他说，我就不过去了。她说，小姑娘来，你总得露个面吧？他说，小姑娘不喜欢有我在，你陪她好了。

叶维佳没想到他不肯来，要说一点不失望，是假的。既然只有两个人，她打算自己做菜，让买菜过来的保姆先回去。下午三点多，黄依然来了。小区的路错综复杂，说好了去地铁站接，小姑娘竟能自己找上门。快递员和保姆都走二楼厨房的后门，黄依然因为走过一次下沉式庭院的入口，径直到院子台阶顶端的木栅门边找门铃，没找到，从微信打了语音电话。叶维佳说，你得绕到屋子另一边。那边像是没听懂，她只好下楼穿过客厅和院子，爬上石头台阶去开门。

黄依然开口第一句是："哇，上次没注意，你家台阶有青苔呢。"

"请人种的。"叶维佳在前面下台阶。

"青苔也可以种?"

可以种，不便宜。说出来有炫耀的嫌疑，她"嗯"了一声。进了客厅，黄依然嗖地跑到那幅《迷宫35》的下方，仰头张望。

"其他的迷宫呢?"

"在专业的保管库。其实上海的住宅不适合挂画，湿度太大。"她正要让黄依然上二楼，小姑娘问："这里还有别的画吗，可以看吗?"

上次来时没发现桃对画有这么浓厚的兴趣。那天晚上为了让这孩子少提问早睡，在牛奶里放了安眠药。对黄依然来说，好不容易见到"夜月"，第二天吃完早饭就被打发走了。想想也有些可怜。

叶维佳说："你随意。楼梯上有几幅。"

楼梯拐角挂着若干幅画。一楼往二楼是风景画，二楼到三楼的介于立体主义和抽象风格之间。其中一个新锐画家是她看好的，收了那人好几幅，家里挂了一幅。近未来的城市背景，没有面孔身形纤细的人，性别混沌。她慢慢走上去，对站在楼梯上的黄依然说："这些不是林同的，是我买的。"

"看不太懂。还有其他的吗?"

"这里没有了。都在保管库。"她隐隐有种感觉，小姑娘在寻找什么。大概是《光行者》中的某个场景?等黄依然回到二楼，她问，咖啡，还是茶?小姑娘说，我喝白水就好。她往水里加了柠檬片，两人隔着餐桌坐了。她在对方喝水的时候细细打量。间距分得比一般人开的眼睛，眼尾匀长。倔强的下巴。端着杯子的胳膊遮挡了黑色卫衣胸口的白色英文字，只能看到三个字母，eat。吃。等手放下，完整的文字呈现出来。Great。伟大的。女孩几乎没有胸。她从网上往杨其星的地址买了不少衣服，更为淑女的款式。这件毫无印象。

“这衣服是?”

“星姐买的。哦，其实是我在她手机上买了，让她付钱。”黄依然很敏感，立即补了句：“谢谢你买的衣服，很合身。只是我比较喜欢宽松的。”

有分寸的乖巧。比微信上多了些距离感。她淡然说：“我应该先发给你看一下再下单呢。”接着问起和杨其星“练说话”的进展，她其实并不好奇，完全是没话找话。

“艰难得很。只能一步步来。”黄依然的语气像个大人。

“你就当给自己找些事做。不过我觉得，她生病到现在好久了，要是能痊愈，早就痊愈了。虽然可能这样说有点残忍。”

“我听说，星姐是摔了一跤变成这样，和晓燕姐的妈妈一样。”

叶维佳心头猛震。是燕子告诉她的？她们居然这么熟了？没想到会从一个刚认识不久的女孩的口中，再次听到陈鑫的存在。所谓阴魂不散，指的就是这种情况吧。她不动声色。这么些年来，她早就学会了处变不惊。

“陈晓燕告诉你的?”她反问。

黄依然的脸色瞬间变了变。她想，毕竟是个孩子啊。她安抚地说：“认识的人出了这种事，你吓到了吧?”

“我还好，星姐难过极了。她有时把自己关在房间里，听晓燕姐以前录的课程。”

当然注意到了，小姑娘一口一个星姐。自己当初没收留她，加上刻意保持距离，如今不得不承担桃和别人更亲近的后果。

叶维佳在二楼的开放式厨房里，给牛尾飞水，和姜块、番茄一起放进电炖锅。回头再做个烤甜椒，炒个芹菜香干，菜就够了。她擦干手，下楼查看，发现黄依然在下沉式客厅外廊的瑜伽垫上睡着了。她早上在院子边上练瑜伽的时候还想，天开始凉了，要把垫子移到室内。随后便给忘了。小姑娘在垫子上睡得人事不知，侧身蜷缩，手机搭在肩头，想必入睡前一刻还在玩手机。

她盯着女孩沉睡的侧脸。

不是第一次看到这孩子睡着的样子。从黄礼峰手机拷贝的照片，有黄依然各种各样的睡脸。还有很多显然是偷拍的其他内容，完全过了父女的界限。

此刻在她的眼前，活生生的黄依然睡着的侧颜让她意识到，有的人侧面和正面的印象截然不同，黄依然就属于这一类。醒着的少女的正脸，显得聪敏而警觉，甚至有几分心计。而这时睡得微微张开嘴的女孩，鼻子和额头的线条柔和，看上去比实际年龄小得多，也脆弱得多。

*

关于 24 日的话题未能深入，一瓶酒喝到剩三分之一的时候，暮色落在窗外，落地灯的光影里，他们像是坐在一个远离外界的地方。杨树海说起了钱的事。蛋糕酒号第一年的租金和开店的装修、设备、材料等，都是林同出的钱。杨树海这些年唯一的投资只有妹妹住的房子，买得早，还款压力不大。每个月开销的大头是店租和他住处的租金，就像两个沙漏，老实不客气地把赚到的钱吸取大半。蛋糕酒号头两年亏得厉害，林同陆续加了钱，后来店里的点心渐渐有为数不多但忠实的拥趸，也有人开始请妹妹做批量的礼品和茶歇，加上夜间卖那些林同搞来的等于是零成本的酒，好歹有了些利润。直到三年前，手头稍宽，才雇了陆南这个正式的咖啡师。终于陆续还了林同一些钱，估计今年年底可以再结一笔。两人从没有过入股的协议，他此时提议，除了还本，还应该分红。然而林同一口拒绝了。

“你不用想着赚钱还我。应该先把你那套房子买下来。万一房东转手给别人，你就得搬家，多烦。”

杨树海知道，林同是为自己着想。但总有些不甘心。如今的价格比自己买上一套时翻了四倍多。

“再说吧。房东好像没急着变现。我是真觉得对不住你，要是没有投在我们店，你拿去买房，或者让维佳买画，都赚了不止一倍了。”

“维佳倒腾画是赚了不少。”林同苦笑，“没有一个我看得上的，都涨得嗖嗖的。”

他想说，你才是维佳最大的投资好吗，且涨得最多。当然没说出口。

林同偏了下脑袋说：“你手机？”

放手机的外套在进屋时搭在客厅的椅背上。杨树海起身时晃了晃，日本酒的后劲就像垫了棉花打过来的拳头。走到客厅，他摸出手机，屏幕上是个陌生的号码。大概是理财或置业广告。他还没想好要不要接，电话断了。正要回屋，同一个号码打了过来。他恼火地接听。

那边是个年轻的男声。不是预想的推销式的“您好”。对方问，是杨树海吗？他说是。对方说，我们是仙霞路派出所，你妹妹在这里。喝下去的酒化作冷汗，他后背一凉，急声问，怎么了？对方说，在做笔录，不太顺利，家属最好来陪一下。他追问，笔录是怎么回事？那边含糊地说，你妹妹没事，比起另一个算好的。又说，要不要用警车来接？他拒绝了。

挂了电话，看到几条未读微信。其中一条是妹妹在一个多小时前发来的。**我朋友家吃饭**。这时他发现林同在身后，又是一惊。林同问，笔录？声音有些变调。他木然说，其星在警察局。他脑子里第一个念头是交通事故，忍着没说。仿佛只要说出口，想象就会落实。两人匆忙出了林同的小区，他试着用手机叫车。临近七点，屏幕显示北京西路上打车排队三十多人。他骂了句脏话后说，排队好长。林同说，仙霞路对吗？他茫然答，对方说在芙蓉江路。无暇思考派出所的抬头和路名对不上是怎么回事，他开始后悔拒绝了警车的提议。林同说，可以地铁然后骑车。你用过那个单车 App 吗？他咬牙说，还是开我的车。林同冷然说，你想酒驾？别添乱了！

他们一路跑到地铁站，挤了几站路出来，他用刚下载的软件扫码租车。二十几年没骑车，居然还没忘记，身体不假思索地驱动两轮的工具。旁边人行道上的行人脚步匆匆，有的拎着菜。在他和林同的前后左右，自行车助动车挤作一堆，外卖员的助动车不断超车，让他愈发焦灼。妹妹的微信一遍遍回放。**我朋友家吃饭**。妹妹还有他不认识的别的朋友吗？

派出所日光灯造成的无机质的明亮，不知怎的让人想起医院。他们被带到一间办公室，电脑背后坐着一男一女两个民警，旁边的转椅上是妹妹。她穿了件陌生的男式外套，拉链一直拉到顶。看上去没有受伤。杨树海的心稍微定了些，走过去说："你好，我是杨其星的哥哥。"

妹妹立即握住他的手，他反握住，低头看她。妹妹不太对劲。

男警察探询地看向他的身后，他解释："我们的朋友。"

女警察拖了张转椅过来，说："男的朋友就不要在这里了，不方便。"

他正在想这什么意思，林同识趣地出去了。两个警察开始说话。话不算长。某小区发生了一起凶案。保安在监控室看到一名男子浑身是血逃入电梯，另一名男子将其拖拽出去，不断殴打。保安立即上门查看，制止了作案人继续行凶。警方赶到现场的同时，发现有人——就是你的妹妹——从小区一辆停着的车里跑出来呼救，和她在一起的还有个小男孩。

听警察陈述事件的同时，杨树海有更多的发现。妹妹身上的男装外套，略显凌乱的头发，嘴角的红肿，以及，她穿的不是最近常穿的棕色系带鞋，而是一双灰色男款塑胶拖鞋。注意到他盯着妹妹的脚，男警察说："她来的时候没穿鞋，我就把办公室拖鞋借给她。"接着又说："你妹妹是不是……有什么障碍？我们想跟她了解案情的经过，她一直在说别的事。"

"别的事是指？"杨树海尽量压着脾气反问。他不喜欢对方的语气，仿佛妹妹是个物体而不是一个人。

妹妹突然发出一连串破碎的声音："他……我……"

女警察说："被逮捕的嫌疑人叫钟辰。你认识吗？"

对杨树海来说是陌生的名字。他不知道钟辰就是那个钟总，在他的店里和 F&C 的办公室都见过，曾经和妹妹一起去花店取气球，上周末刚在他的店里打了冯总。这时林同又来了，拿着不知从哪儿弄的 A4 纸和笔，在妹妹身旁蹲下，说："其星，你要是说不出，可以画吗？"

妹妹的左手一直握着他的手，一刻也没有松开。她偏转头看着林同，杨树海只能看到她的发旋。他有三个旋。妹妹只有一个。一个旋乖，两个旋横，三个旋打架不要命。脑子里不知怎么闪过这句不相干的俗语。妹妹松开了他的手。不知是失落还是不安的心情开始升腾。他看着她接过纸笔。两个警察沉默地观望。林同向警察们解释般说道：“她有失语症，智力和你我一样，你们要相信她。”杨树海这才意识到，警察一直在强调的“障碍”，是指智力低下。

*

隔了一个多月见到夜月的第一眼，黄依然才意识到，她忘了对方有多美。第一次见面的时候，她先是毫不关心，等发现对方身份又陷入慌乱，没来得及以平常心打量。根据《叶子和燕子》的内容，夜月应该是陈晓燕的同学，那么也是三十多岁？夜月今天没化妆，素白的脸看起来比陈晓燕年轻。灰色和藏青色阔方格的宽松针织衫底下，胸部相当显眼。黄依然早就从晾晒的内衣发现，杨其星的胸也不小。平时被围裙挡了，看不出。

以为夜月会提到爸，她有些紧张。夜月一个字也没提杭州的事，对她的态度有几分像莉娜对杜文杜武，放任的，漫不经心的。她很快放松下来，提出要看画，夜月说你随意。

看画是应宋语的嘱托。这两天除了陪杨其星做练习，上班，打游戏，就是在微信上和宋语聊天。她说在准备一篇关于林同的报道。黄依然觉得陈晓燕的徒弟缺乏集中力，像小狗，看见一个球，就忘了自己本来在追逐什么。此人明明前一阵还在像个侦探似的四处打听，想要查明陈晓燕的死因。宋语说，林同进入画坛是因为鸿艺奖，获奖的画据本人说是毁掉了，我不太信，不，是绝不信。又说，那是一幅人物素描。

今天过来的地铁漫长，黄依然便又和宋语聊了几句，无意中提到自己正要去南翔吃饭。那边立即哀求道，帮我在你表姨那里找一下吧，要是找到了，拍个照。她说，那你怎么谢我？屏幕显示，对方一直在输入，可是迟迟看不见内容。她猜宋语写了什么又删掉了。最后出现的是：我带你去坐浦江游轮。

那是有一次她和陆南聊到的，说自己想去坐夜晚的浦江游轮，但不想一个人去。陆南说，我可不敢晚上带你在外面玩，老板对你像防卫过严的爸爸对女儿，要被他发现我就死定了。她说，我们去玩，自己不讲，他怎么会知道？

那是上个月的事了。后来丰年小区出了事，接着她开始陪星姐练习说话，日子一茬又一茬，早已忘了这个小愿望。和陆南聊天时宋语在旁，没想到对方还记得。

如果和宋语去，即便是“防卫过严”的老板，总不会有什么意见吧。冒出这个念头，她立即感到诧异，自己为什么要在意老板怎么想？

倒不是被浦江游轮打动，黄依然决定帮宋语找那幅画。可能因为她也想见识一下林同早年的画。对她来说，成年男子大致分为两类：恶心的叔叔，和无色透明（或者说没有威胁感）的叔叔。爸和方一宁都是前者。杜文杜武的爸爸本来算是后者，如果不是后来被她发现了那件事。陆南呢，毫无疑问是后者。老板一开始给她的感觉是前者，时间久了发现，他勉强可以算是无色吧，只是不透明，更像是笼罩了一层煤灰。至于林同，她从第一次和他见面，就凭着直觉将他划进透明的阵地。奇怪的是并不因此感到安心。可能因为他看人的眼神，像是能洞察你所有的秘密。

遗憾的是，看遍了三层楼的大房子，也没找到那幅画。根本就没有任何素描。倒是趁机好好地欣赏了第 35 关的画作。她注意到，除了僧帽水母，画面上还有隐藏的路。浮现在海中的岔路是比海水的颜色淡一些的泛白的蓝，长时间的凝视下，她感到那些路犹如动物死后很久经过风吹日晒的白色骨骼。游戏中的第 35 关需要背着氧气瓶在海里转悠，指路的浮标却在海面上，通往海面的浅层水域布满水雷。玩家必须不断上浮下沉，其间一不当心就会被水雷炸死。画中的这些路难道是正确路径？她忍不住盯着看了几分钟。她当然知道，《光行者》的迷宫并不固定，随着算法变化，网上的所谓攻略都是不懂行的人在咋呼。但就是忍不住猜测，画里藏着答案。

她试图和夜月聊游戏，那边淡漠地回应道，我弃坑了，不像你这么执着。她问，林老师玩吗？夜月眯起眼说，你可以自己问他。

黄依然忘了自己是从老板还是陆南那里知道的，林同平时住市区的画室。也就是说，这栋房子平时只有夜月一个人。房子显得太大，也太空。她转了一圈，认定花园旁边一楼屋檐下的空地最舒适，那儿正好有个垫子，可以坐着趴着看花园。一楼连同花园其实在地下，偶尔能听到车从上面的树篱背后驶过。这地方处处体现出有钱人对私密性的追求。

查看手机，陆南在微信上絮絮叨叨地说，**今天好无聊啊，你休息星姐和人约会老板送货一直没回**。她不理他，拍了张花园发给宋语，问，**那个紫色的是什么花，那个银色的叶子又是什么**？那边答，**以为我是百科全书吗？你下一个 App 不就行了**？过了一会又问，**你表叔今天不跟你们一起吗**？黄依然撇撇嘴想，小狗只关心他的球。

后来她不觉在垫子上打了个盹，醒来时发现身上盖着毯子，自己不在外廊，而是在一楼客厅的长沙发上。夜月盘腿坐在侧面的单人沙发上，抱着笔记本电脑。中午吃的外卖的汉堡包像是去了另一个空间，她感到饿。鼻端传来炖汤微甜的香气。茶几上的手机显示刚过六点。她问，我怎么在这里？你把我弄进来的？夜月说，我怎么弄得动。前面给你盖了毯子。现在天黑得早，怕晚上露水上来，五点多喊你来着，你眼睛都没睁，裹着毯子进来倒头继续睡。她听得发愣。她以前有过像是梦游的症状，每次都是试图往外跑，就像潜意识的映射。这次居然是从外往内。

可能是因为她在潜意识里知道，屋里有夜月。

发现茶几上有绿豆酥，她吃了两块，又玩了会游戏。夜月合起电脑上楼。她跟着去了二楼，坐在餐桌边，摆出乖巧的等开饭的架势。餐桌上方垂着大得不自然的球形电灯泡，将黄色的光线投到桌面。她习惯性地打开阴阳师，开始做每日任务。

叮铃铃。

夜月的电话铃声不是一般的响，让黄依然一惊。只见夜月关了火，接起电话。大多时候，夜月只是“嗯”一声，中间忽然提高声音说，怎么回事？黄依然从游戏界面挪开视线，盯着那边。开放式厨房雪亮的射灯将夜月的侧脸照得分明。

挂了电话，夜月说：“不能招待你吃饭了，有急事。我先帮你打个车回去。”

“怎么了?”

夜月没有回答。“到家自己叫外卖，你会吧?”

她只能点头。刚才电话的过程中，像是有什么巨大的情绪降临在夜月的身上，感觉即便轻轻一碰，那个什么都会炸裂开来。黄依然知道，这时只能乖乖听话。

有什么不对劲。那个什么，一开始只是个模糊的影子。黄依然回到虹口，在出租车上和家里的沙发上不停手地玩游戏，很快耗尽了寿司（游戏中的体力）。她违背了自己的习惯，充了钱，继续玩。不知怎的有些心神不宁。是因为错过了一顿期待中的晚饭吗？原本六点下班的陆南一个人在店里待到九点多，发来微信说，**我撤了，明天晚些**

进来，给他们留言了。今天一个个的都不回微信，不会有什么事吧？你看到星姐帮我问一声。

要到更晚一些，黄依然才会知道，夜月匆匆扔下做了一半的菜，是去找杨其星。

四个大人是一起回来的。将近夜里十点。杨其星进门后径自去了浴室。老板和林同没进屋，在门口和夜月说了几句话，意思是他们今晚在对门，有事随时喊一声。接着便关了门。夜月换了鞋过来，坐在挨着榻榻米的沙发上。她显得相当疲惫，其表情让想问问题的黄依然一时间开不了口。终于，夜月像是注意到了榻榻米上的她，盯着她看了片刻，说："今晚我和你睡。"

"哦。"她重新躺倒，不确定是否该继续玩游戏。今天已充了两次钱。一切都不寻常。身后传来动静。有人摸了摸她的头发。是夜月。轻微的抚摸像微风掠过。

"没事的。"夜月对她说道。她有种奇怪的感觉，觉得夜月说话的对象还有其他什么人。可能是隔壁浴室的星姐，对门的老板，林同。又或者，是对夜月自己。

12. 立冬 II

莫凡近来有种诸事不顺的感觉。

星期天，长相斯文的警察独自出现在花店。他来过一回，和另一个凶相的警察一道。做生意就是这点不好，只要开门营业，无论什么牛鬼蛇神都是想来就来。莫凡认出了对方，拿不准要不要打招呼，随手在连接音箱的 iPod 上按了暂停。警察先说了声“你好”。她等着对方道明来意，他却是不着急的样子，在店内踱了一圈。

“你这里的花，比附近其他花店都洋气。你是专门学过花艺吗？”

最简单的问题从警察嘴里问出来，也隐然有查户口的架势。

“没有，我是看画册学的。”莫凡当然不会进一步解释说，她迷恋上某位德国花艺师，买了他的全部画册，后来专门去过德国，参加那位大师的工作坊。品位是需要成本的。寻常花店老板不会花这个成本。

警察发出一声含糊的赞叹，又说：“我今天来，是想问陈晓燕的事。”

“我已经把我知道的都告诉你们了。”

“不完全吧。”他走了几步，和她隔着摆放了盒花的玻璃柜台。同色系的花满满地塞在正方形盒子里，用个乏味的形容词就是，花团锦簇。粉。橙。紫。每只盒子一种色系。底下给了营养液，不用打理，能维持一周。十乘以十厘米的最小尺寸售价一百二，不便宜。卖不掉会成为损耗，但只要卖掉三分之一，就是赚的。来买盒花的都是男人，理由很简单，便于携带，打开盖子的一刻，女伴必定露出惊喜神色。一百二能买个炫耀，感觉合算。他们没耐心等现做，愿意像买巧克力一样付钱即得，所以她才会在柜台里摆上一排。

莫凡认为自己很懂男人，无论年龄、职业和经历，他们有共通的属性，容易归纳，也容易操控。可不知怎么，面对这个笑面虎一样的警察，她有些吃不准。

“真的没有隐瞒呀。”她睁大眼睛说。

“你确实给了我们很多启发。”他低头看那些盒花，“譬如你讲到她的房子怎么来的，她和画家两口子的过节。不过你自己呢？你们以前是那么好的朋友，喜久的老板匡志林说，以前你和陈晓燕每周都在他那里喝酒。你轻飘飘一句不来往了，我总觉得说不过去。得有个理由，是吧？”

莫凡在心里咒骂匡志林。早先去吃饭，他每次送她前菜或啤酒，后来发现她不为所动，就不再送了。实际得可笑。天知道那个气量狭小的男人对警察说了什么。她赶紧回忆自己有没有带小晁去过他的店，以免落下什么话柄。应该没有。

“你难道是在怀疑我？”

“我如果怀疑你，会让你知道的。”他轻笑，手指轻叩玻璃柜面。的的。的的的。学生时代的他一定是个不停转笔的无聊学生。

“我不想提，是因为人都走了，再翻出来好像我在说她的坏话。

如果她没有走，我们吵架可能只是一时的。不像她和有些人，是一世解不开的仇。”

“你指叶维佳?”他沉思着说，“其实我不太理解这件事。好朋友撞死自己的妈妈，这当然很惨，不过……”

问题是，好朋友的男友夹在中间。莫凡冷然想着。事故刚发生那会儿，她以为陈晓燕是对林同有不一般的感情，才无法原谅叶维佳。有一次她俩吃火锅，陈晓燕喝多了，说，你知道吗，当年因为我妈，叶子和林同还吵过架，并不是我想多了……莫凡不由得一惊。原来，关于那起车祸，陈晓燕一直怀疑叶维佳是故意的，出于对另一个女人的妒意。她感到匪夷所思。陈晓燕的妈妈即便显得再年轻，毕竟是长辈，何况还是个话都说不清的长辈。在理智上，莫凡无法理解这件事，最主要是她认为林同不可能这么傻，会不计得失地和陈晓燕的妈妈有牵扯。

不过，到了后来，等她遇上小晁，莫凡开始理解一些自己过去不懂的事。例如，人有的时候就是会犯傻的。

她打断警察的话说：“我把她妈妈遇到车祸的事告诉你们，并不是为了暗示维佳做了什么。我不是那个意思。”

“你觉得他们夫妻感情如何？林同和叶维佳。”

“不清楚。他们结婚后，我们打交道不多。你应该去问那边的杨老板。”

“杨树海和林同，关系好像不一般。”

“那当然了，他们是老乡。”

“陈晓燕如果还有一个男朋友，你觉得那个人会是杨树海，还是林同?”

她努力稳住呼吸，“我不知道她除了姜则，还有其他男朋友。”

“你说话很谨慎啊。开花店的人，都这么拎得清吗？”

她抿嘴不答，他又问：“你对陈晓燕有过嫉妒吗？”

一连串的问题下来，这句话像是花丛中的荆棘，竖起有毒的刺。莫凡挤出笑容。“我为什么要嫉妒她？”

“我只是随口问问。对了，这些盒子里的花怎么卖？”

她报出价格，他耸耸肩说，好贵。她当然没有慷慨到送警察花的地步。他离开了，留下她努力驱散那个提问带来的不快余味。

重新按了播放键，昆曲的水磨调在空气中唱响。

最初听戏是小姑姑带的。小姑姑不光追越剧，兼爱其他剧种。评弹，昆曲，沪剧。只有京剧被排除在外，说是不喜京胡的高亢。以前小姑姑想尽办法溜出去看戏，等奶奶终于进了疗养院——拖累小姑姑若干年后，奶奶摔了一跤，卧床不起，被莫凡执意送院——小姑姑按理说终于获得了自由，却不再那么热衷于外出。仿佛她看戏更多的是出于对奶奶的逆反。莫凡在念书的时候陪她去过一两回，比起台上的戏，印象更深的是拥塞着人群的剧场口。尤其在冬天，阿姨们的香粉味和摩丝味格外刺鼻。还有做黄牛生意的男人身上的烟味。看戏的女人们大多盛装，每次都会看到几个穿旗袍的，还有些把刘海高高地吹起来，像半卷蚊香竖在额头。属于九十年代的发型在千禧年后的剧院回光返照，让莫凡感觉突兀。

奶奶住院后，莫凡再一次和小姑姑提，给她在外面租或者买房。小姑姑拒绝了，这一次不再拿奶奶做理由，说是要留在原处等动迁。奶奶在疗养院住了半年就走了，仿佛验证了小姑姑关于老人不能挪地方的说法。临终前，奶奶病得愈发重，几个女儿一概认不得。有一两回，见到莫凡，奶奶喊的是“鱼啊”。莫凡悚然一惊。莫愚是她弟弟的名字，而她也是第一次听到奶奶喊早已不在人世的孙子。爸时隔几十年来到上海，为的是参加奶奶的葬礼。扶棺号哭的爸显得苍老，对不上莫凡的记忆。大姑姑二姑姑也哭了。小姑姑没有哭。隔着厚厚的镜片，莫凡看不出小姑姑的神情。她淡漠地想，到头来，奶奶只喜欢儿子和孙子。认为父母子女之间有无条件的爱，那是运气好的人才有的特权。

老房子的户口簿只剩下小姑姑和莫凡的名字。莫凡不再是刚来上海的少女，当然知道另外两个姑姑一直对她有动迁的份额感到不满。她们的理由是，弟弟从来没有承担赡养的责任，小妹算是出了一份人力，而我们，可是每个月给妈妈钱的。妈妈生前一直说，将来所有的钱留给儿子。弟弟拿钞票，那么他女儿凭什么还要分房子？

许久以前，小姑姑带着莫凡去找她外婆，就是不想将来闹得难看。动迁真的拖太久了，莫凡早就不在意什么份额。她仅仅是出于执拗，才没把自己的户口迁走。多一个户口，小姑姑可以有大一些的房子住。

结果小姑姑没能等到那一天。奶奶走后不久，小姑姑查出卵巢癌，已经扩散。小姑姑的葬礼上，莫凡不肯按丧葬公司的惯例在棺材里放菊花，而是堆满了保加利亚的粉色玫瑰。闭目躺在粉色花海中的小姑姑没戴眼镜，施了薄粉，像是另一个人。

平时听昆曲不会想起小姑姑，此刻恍然追忆，多半是被警察乱七八糟的问题刺痛，让莫凡重新变回了惶然无依的年轻女孩。如今，她和父母的关系维持在和睦的表面。三个人有家庭微信群，她每年抽时间回农场住个一周。春节期间，她总是找地方旅游，借此避开从电视到朋友圈矫揉造作的团圆气息。金先生自然是不可能和她一起过年的。

——你对陈晓燕有过嫉妒吗？那个警察问。

莫凡是在陈晓燕去世后才终于意识到，她之所以和陈晓燕叶维佳她们建立联系，乃至后来变得相熟，一开始，是羡慕陈晓燕和她妈妈的那种亲密。陈晓燕坐在妇产科的冰冷长椅上，她妈妈出去买烤红薯，为的是让女儿有个热东西焐肚子。陈家母女之间，仿佛有某种暖意向外辐射，她靠近她们，是为了取暖。

2004 年底那场突发的车祸，带来一系列的断裂和崩坏。转眼间，她成了陈晓燕的倚靠。那对好朋友分开，她独占了其中的一个。只是那样的状态并没有维持多久。陈晓燕有了工作，随之而来的新同事，然后是男朋友。男朋友据说又分手了。记得就是在小姑姑去世后不久，杨其星病了，和陈晓燕妈妈一样的病。陈晓燕立即全身心地投入到帮杨其星康复的日常中去。莫凡维持着旁观的姿态。有一天，陈晓燕像以往一样来花店买单枝的花，面露惆怅地说，其星不肯上课了，天知道是为了什么。

自己在那一刻，难道没有轻微的欣喜吗？

自己嫉妒的，真是陈晓燕吗？即便目睹过那人和杨树海的约会光景。

还是说，自己因为情感上的天生缺陷，没有办法像陈晓燕那样敢爱敢恨。她对一个人好，总是掏心掏肺的好。她讨厌一个人，便毫无挽回的余地。

自己其实……是想要像她一样吧。

被警察上门搅扰了心情，下午收到小晁的微信，才缓和些。小晁问她晚上要不要过去。

莫凡出于“职业道德”，不好带他回家，但也不愿去旅馆，搞得好像婚外情似的。他刚工作那会儿为了省钱，住在普陀区一套老公房，和另一个年轻人以及一对小夫妻合租三室一厅。她当然更不可能去那里。于是很快由她出钱租下徐汇滨江地带的一室一厅，作为小晁的家。

她想见小晁，与此同时，心里有个声音说，越来越不像你了。她一咬牙回绝了邀约。继而给金先生发微信，说，**我晚上煲个鸡汤，过来喝？**他没回复，想是在忙。她不可能就金先生此刻在忙什么问小晁，闷闷地打烊。过一个路口就是家。方阿姨说下个月一定回，所以没找新的做饭阿姨，只请了钟点工一周做两次清洁。她害怕回到空无的家，心想，干脆去蛋糕酒号坐一会。转念又想，自己约了金先生，万一他晚些还是过来呢？

鸡汤不费工夫，然而清洗鸡只的气味难闻，莫凡干呕了几次。等到汤锅坐在火上，金先生来了微信：**我今天去普陀山，上个礼拜就和你讲过的呀**。金太太是虔诚的佛教徒，他们经常举家去拜佛。莫凡有时想，大概是金太太知道金先生的生意罪孽重，所以想提前和菩萨多打招呼。她自己对宗教没有功利性的依赖，在欧洲玩的时候进教堂，在长椅上闭目凝神，从未听到任何召唤。活到现在，唯一向她发出召唤的，是金先生。

曾召唤她的人几分钟后发来另一条：**你现在不大上心了**。

他不曾责备过她，这句话算是很重了。按理莫凡该为此心惊，诚惶诚恐，贴上去哄。她盯着手机看了片刻，冒出一个异想天开的念头。

要是陈晓燕还活着，喊她来喝汤，就能回到从前那样。

莫凡一个人喝了三碗鸡汤，剩下的倒了。

星期一是立冬，一睁眼就被手机刷屏，公众号们没有别的事好做，便争先恐后地聊起了立冬该吃什么。昨天的沮丧留了个尾巴，莫凡洗漱完毕，恹恹地出门，沿着陕西南路向北走。她甚至有些怀念刚开店的时候，必须早起去花鸟市场进货。如今花材由中间商送来，微信沟通，看照片选，只要肯花钱，就能买到便利。

十点开门刚过几分钟，隔壁中介的王老师踱进来。他头上仍是那顶不知戴了多少年的皮棒球帽，偏长的发脚垂在耳边。除了三十七度以上的高温天换成格纹软帽，一年的大部分时候，王老师的半个脑袋总是藏在这顶帽子下。有一次他和莫凡说着话，忽然摘下帽子挠了挠，露出光亮的脑壳。原来，他仅存的发根长在与帽檐接壤之处，所以他只要戴帽子就看不出谢顶。莫凡打趣说，王老师，你脑袋秃得有性格的嘛，不戴更好呀，像艺术家。他嘿嘿笑道，你的意思是要坦坦荡荡，不过老阿姨们不喜欢的呀，她们会觉得连最起码的装门面都没有。门面，懂吗？

爱装门面的王老师进门就说："哎呀，这两天总算不下雨了。天天下，下得我腰酸腿痛。今年冬天雨水真多啊。"

他总对莫凡郑重地讲普通话，即便莫凡回以上海话，他也不改。奇怪的是，和陈晓燕交谈时，他就不这样做作。莫凡猜，是因为他知道自己是知青子女。不管他是潜意识还是故意为之，她有些烦老头那种地道上海人的优越感。

她用普通话回道："今天立冬，冬天刚开始呢。"

王老师吸了吸鼻子说："怎么有股桉树叶的味道？"

"是尤加利。"莫凡把点缀着灰绿色圆叶的枝条指给他看。王老师像研究珍稀昆虫的学者，凑过去打量，嘟囔道，这是桉树的变种吧，长得不一样，闻起来一式一样。她懒得解释，他磨蹭着不走，又说："陈小姐的案子，你有没有听到什么风声？"

难道他昨天看到警察进门了？那个警察和同伴在附近转悠不止一天，被王老师认出不奇怪。她定了定神，说没听说。

“现在都是看摄像头破案，偏偏丰年的摄像头就是个摆设。你看他们现在加装了一堆，哎，马后炮。陈小姐的舅舅也心急得很，隔三岔五来问我。我说，你去问警察啊！我还不知道他那点心思吗，其实就是惦记他外甥女的房子。”

“陈晓燕的舅舅？”

莫凡想起前几天在店里见过的半老男人，仿佛比起哀恸，办丧事的琐碎更耗尽了他的气力。耳边听到王老师继续唠叨：“那个人也是拎不清，说外甥女是他一手带大的，但再亲能比得过亲爹吗？还说什么这套房子是他姐车祸肇事人家赔的钱买的，他姐夫没有资格拿，看起来要打官司喽……”

她想问，陈晓燕的爸爸呢，他也更关注房子而不是杀害女儿的凶手吗？这时，王老师的话题转了个弯，绕到前面的丝网店。

“丝网店老太的侄子前几天来问我，他们那个店铺没有产权，要是老太走了，好卖伐。我当场训了他一顿，老太今年九十三，身体还硬挣得很，他这是咒老太还是怎么的。他自己也快六十的人了，一点不懂事。”

老太的店是这条街最老的店铺，她本人是周边最年迈的居民。天气好的时候，常看到九十多岁的老太搬个小凳坐在门口，斜襟褂子不知是哪个年代的裁缝做的，有时是灰色，有时是蓝色。老太几乎全盲，眼睛罩了一层灰蓝的阴翳，稀疏的白发倒是梳得整齐，用发卡别住。莫凡每次见到她，总忍不住想象金先生的年迈。金先生近年来热衷于养生，仍挡不住见老。

关于老太的故事早就从王老师那里听过。老太是店铺主人的过房娘——说到这个词，王老师总是不无暗示地笑——店主和大娘相继过世，店铺和楼上的房子成了她的。那是建国前的事了。她独自生活了近五十年，有一天，自称是她侄子的老家人来找她。说是侄子，隔了好多层，谈不上血缘关系。侄子在店铺后半隔出来当作厨房和杂物间的半间住下，照顾她起居。四年前，老太摔了腿，上下楼不便，和侄子对调了位置，搬到楼下。和莫凡的奶奶不同的是，这位老太摔伤后仍然健旺，她瘦小的身体里蕴含的生命力，每每让莫凡惊讶。

王老师的话题无缝衔接，又讲到他的外公。这故事莫凡听了无数遍了。他小时候父亲入狱，跟着母亲回到福州路的外公家。外公经济殷实，不仅照拂两个儿子一个女儿及其后代，还有个情人在步高里。作为家里孙辈老幺的他，不止一次被外公带来这边。他成年后仍清晰地记得外公情人家的落地钢琴，奶油蛋糕。

说到这里，王老师照例感慨，现在的什么法式蛋糕，都不如那个，差远喽。

接着讲起外公过世的时候，还是个少年的他想来步高里给外公的女友报信，却未能成行。从前没听过这一段，一直不接话的莫凡忍不住说："为什么没来呀？人死了，总要有个信。"

"没有来得及，我就被送去当知青了。再回来，进工厂，结婚，离婚，一霎眼睛，已经是个下岗工人。我跟你讲啊，我们这代人，就像水塘里的鱼。有人喂食，凑过去吃。水塘被抽干了，就肚皮朝天躺地上，没得办法。"

"然后你一直没来吗？"莫凡的想象中浮现出一个面容模糊的女人，独自住在逐渐衰败的小楼里。

"你听我一样样讲。大概2000年出头的时候，我下岗在家，炒股也不顺利，所谓穷极无聊，坐公交车出来转。转着转着，就到了这边。我走进从前外公带我来过的弄堂，哎这么些年搭搭建建，简直像补丁叠补丁，都不认识了。好不容易找到看起来像的一栋楼，敲门问，有没有一个姓徐的住在这里，人家说根本没这个人。我不死心啊，隔了几天又来，跟弄堂里各种人聊天。有人说，我家房子要出租，你有朋友可以介绍吗？我想，此地一大片民居，生意多的是。所以我就过来做了中介，再后来买了后面新村的房子。回头想想看，这是外公给我引的路啊……"

"哦。"

王老师不介意她的冷淡反应，继续说："莫小姐，我讲句你这个年龄的人大概觉得不中听的话。自家的动产不动产，要趁早理清，将来留给谁。你看，你也没有小孩……有没有小孩都要理清，我外公就是一句话没讲突然走了，害得我老娘还有我吃了多少苦头。你看看陈小姐就是个例子……"

他身后门响，莫凡立即朝那边笑道："你好，请随便看。"是逐客令的意思，但她随即发现，新来的客人不值得笑脸相迎，是姜则，陈晓燕的第二任男朋友，其实该算是前男友。

等王老师出了门，莫凡对姜则说："你不会是来买花送新的女朋友吧？"

她知道自己口气不善。上次在F&C，他从头到尾保持事务性的态度，仿佛和她只是点头之交。确实他们算不上熟。陈晓燕带他一起吃过几次饭，莫凡没有他的微信。她有种感觉，他对自己的态度表面客气，暗藏轻视。难道他从陈晓燕那里听说了自己和金先生的事？可陈晓燕一向知道什么不该讲。

今天的姜则像是换了个人，浅笑着说："我有事找你。能到后面说吗?”

花店藏在搁架后的空间和光鲜的店堂是两个世界。那里满满当当地挤着莫凡算账和做花艺的大桌，装材料的柜子，洗手台，污水桶，垃圾桶，叠放的竹篮。莫凡穿过空隙给姜则拿了塑料凳，问他要喝什么，他说不用。她把红茶包放进美式咖啡机的玻璃壶，开启机器，热水落入壶内，茶包膨胀，水被染上橙色。

陈晓燕以前常说，干吗一直用咖啡壶烧水，我送你一只烧水壶吧。莫凡说，为什么要多一样东西？这里东西已经够多了。

金先生的办公室里有座巨大的紫砂茶海，其上有竹茶勺，瓷和铜的茶罐，盖碗，茶壶，公道杯，茶杯。俨然一个小世界。在他那里，凡事有讲究，有对应的器皿。她甚至并未意识到，用咖啡壶将就，是一种逆反心理。

在 F&C 对杯子的 LOGO 位置都挑剔极了的姜则像是没注意到她用咖啡壶烧水，甚至没看一眼她放在漆面斑驳的桌上的马克杯。他的表情像个便秘的人。

莫凡在折叠椅落座，喝了口茶，等着。

他终于开口了：“我知道，你会觉得我们并不熟，我也没资格坐在这里……”

“说重点。”

他垂着的眼睛抬起来。看到他眼里困兽般的眼神，她的心头一动。

王老师神叨叨地说过，警察判断是熟人作案。当然王老师的话不一定真。她一直觉得杨树海的嫌疑最大。没有把一些事告诉警察，她对自己说，是因为念旧情。但其实她只是为了避免不必要的麻烦。

眼前的姜则也散发着麻烦的气息。等一下，他不是要坦白什么可怕的真相吧？难道和陈晓燕的死有关？难道姜则才是那个凶手？她开始后悔把手机放在前面店堂充电。

姜则的嘴巴动了动。“你能……借我钱吗？”

她紧绷的心倏然一松，安全感回来了。语气不免变得尖刻。“凭什么认为我会借给你？”

“就当是……看在陈晓燕的面子上。”

看来他以为别人不知道他被甩了。男人无耻起来，尤其让人憎恶。她没有揭穿他，只说：“你好像忘了，我和她闹掰了。”

“如果她没出事，你们会和好的。我知道。”他的声音带着强撑的循循善诱，“你不用担心，我一定会还的。我很快要当主厨了。”

“利维要走了？”

“利维还不知道这件事。”他做了个含糊的手势，像在说，怪谁呢？“我明年开始会有分红，可以每年分期还你。”

“每年？你要借多少？”

“……六十万。”

哦。莫凡索然地想。这个人真的找错了对象。如果是六万，自己一时心软也就借了。这么大一笔钱，哪个傻子会借给他？

陈晓燕那个傻子，应该会。当然陈晓燕拿不出这么多钱。

刚才侵袭全身的寒意又回来了。如果，如果他曾经试图和陈晓燕借钱，谈崩了……不，那不符合陈晓燕的性格。哪怕是前男友，只要对方向自己求助，她不会不理。她就是那样一个人。想着想着，莫凡忍不住说：“你要当主厨，又不是自己开店，借这么多做什么，不会是拿去炒房吧？”

“……是我爸。他，他从高利贷那里借了钱，不到十万。但借条上的数字，他们去银行取的钱，是六十万。现在他们威胁我爸妈，说还不出钱就要把我家房子卖掉。我家只有那一套房子……”

他的额头浮现青筋，语速急迫。莫凡很想装作不谙世事没听懂。那正是金先生的手下的套路。小晁向她讲解过高利贷的运作，借条和实际欠款如何不一致，又是怎样让对方用房产抵押。对方十个有九个还不出，那时便让银行监控成为己方的倚靠，钻法律的漏洞。还有心理战。泼油漆，撬锁进屋，恐吓。因为几万元的债务丢了房子的债务人不在少数。她听的时候并未感到良心作痛。那些恶行又不是她做的。

此刻目睹姜则的无助，陈晓燕在贵州的小破餐馆里说的话恍然浮现。微贷现在事情很多。前几天有人还不出钱，跳了楼。你和金先生在一起，将来撇不清的。

看起来姜则不知道金先生的事，否则也不会仅仅提出金钱的请求。莫凡几乎可以看到陈晓燕和姜则一同坐在面前——那个爱管闲事的陈晓燕，要是她还在，这时一定会来请莫凡找金先生帮忙，冲掉姜家的债务。姜则爸爸的欠款未必和金先生有关，但他们同行的路道总是相通的。如果那一幕真的发生，自己是帮呢，还是不帮？

现在她不用面对陈晓燕，一颗心起起落落荡了几秒，稳定下来。

“给你个建议，下次问人借钱，千万不要提你家借了高利贷。”莫凡微微笑道，“听了这话，谁也不敢借的呀。反正我是没这个胆子。”

*

对于丰年小区 1024 案的嫌疑人，起初邹队和陶密在方向上有分歧，不过最近达成了共识，开始关注那个叫林同的画家。在周边摸情况时，他们注意到了林同和死者的联系：他的妻子叶维佳是十二年前一起车祸的肇事者，那起事故发生前，叶维佳曾是陈晓燕最好的朋友。

陶密对那起交通事故产生了非同一般的兴趣，为此做了许多调查。阚少华同情他笨拙而不着边际的办案方式，毕竟事情太过久远，没有监控数据。不然，查个交通事故，还不是分分钟的事？

邹队的思路简单得多，也更有条理。他认为存在三角恋：死者，林同，林同的老婆。

邹队和陶密分别找过画家及其妻子，两人处于半分居状态，却保持了一致的口径：24 号当晚，他们同在南翔的别墅。

为此，支队调了林同夫妻在南翔的别墅小区的监控，让阚少华帮着看过。

监控镜头下，画家的行踪略显诡异。

24 日晚上七点多，画家冒着微雨出了家门，走了一段路又折回。三个小时后，他再次出门，带了长柄伞（此时雨停了）。这一次，他走到小区门口，再度折返。他真正穿过大门离开，是在第二天，25 号下午三点多。和画家本人的供述相符。他说在南翔住了一晚，第二天下午回了市区的画室。

画家在小区路上来回折腾了这么几趟，十分古怪。他本人对此的解释是出门散步。总之，24 日夜里十点多，被监控拍到他走来走去最终没出小区，恰好证明了他的清白。陈晓燕的推定死亡时间是当晚八点半到九点半之间，而南翔离市区有几十公里。

如此，支队的怀疑站不住脚，经过两周的奔波，侦破工作又回到了原点。领导们开始急躁，让负责监控的阚少华带着视频资料，去静安分局“取经”。用 AI 分析视频的方法在今年年初由静安分局开始作为试点，黄浦分局尚未引进该系统。在领导们看来，科技，尤其是自己不大了解的新科技，或许会成为突破口。

八年来头一回，阚少华对工作产生了抵触心理。局里某个情商低的同事在食堂和他开玩笑道，看总，等用上了那个系统，你就没有用武之地了，是不是该转成外勤啊？他冷淡地回复，你觉得谷歌翻译的东西能看？

他不是不相信科技。不管怎么说，他也是看了好几季 POI 的人。他知道，自己经过日积月累得来的专注与敏感，终将被算法取代，就像手工劳作的纺织工人在历史上被机器替代。

真正的不甘心，来自他对少女可以说是不恰当的关注。他尚未厘清黄依然在 1024 命案中扮演的角色，也没想好接近她并解决她的心理防线的突破口。

不，还是这么说吧，作为标准的宅男，他并不知道怎样跟三次元的少女打交道。尤其是，他的身份是警察，而她可能是涉案人员。

他相信她不是罪犯，但信念与事实相比显得空洞。监控数据表明，黄依然于 24 日下午进入事发相关区域，近两小时后，她从丰年小区附近离开（有中华小区的监控为证）。她的目的地有没有可能是陈晓燕家？

为了获取更多的信息，他前一阵悄悄跟踪过她，先是去蛋糕酒号外面张望，又守着她下班。她和那家店的点心师杨其星在餐馆吃饭时，他在对面的全家便利店吃了碗泡面，无所事事地站了很久。之后，他跟着她们上了九号线。在地铁上，少女像是注意到了他。他只好放弃跟随她们转车。一次失败的尝试。

他知道自己的所作所为并不恰当，所以在给友局的数据中删掉了黄依然被中华小区的探头拍到的一幕。典型的错上加错。

静安局负责新系统的是个看起来毕业没多久的年轻人，姓吴。小吴显然听说过阚少华的外号，亲热地喊他“看老师”。看老师，久仰久仰。看老师，您有第一手实际经验，对我们系统要是有什么实际的建议和要求，请尽管提。阚少华感到惊讶，为什么这个二十出头的小伙子讲一口领导式的话语？刻板的用词和态度，让阚少华甚至开始怀疑，对方其实不是人类，而是AI。

新系统有间供外单位参观的主控室，占整面墙的屏幕分为两个区域。左三分之二是纵横的格子，不断切换显示分局管辖的监控画面，右三分之一以列表呈现滚动的文字信息，是从监控画面实时提取到的犯罪或“潜在犯罪”数据。听小吴讲解时，阚少华暗自惊异，这不真成了POI？仔细询问后，他明白了，右栏数据是用人脸和车牌号码识别近期被锁定的疑犯，观察其动向。距离美剧里神棍式的大数据筛查以及“预言”，还很遥远。

不管看到什么想到什么，阚少华始终不动声色。小吴显出轻微的失望。大概此人习惯了其他人参观系统时的惊讶与赞叹。

接着又被带去了机房。小吴解释说，这是真正的核心部位，一般参观的人不给进。阚少华以为会看到密密麻麻的服务器，结果只是没有窗户的房间里摆着两张办公桌，桌上有几台显示器，和他上班的“小黑屋”没什么不同。

“服务器呢？”阚少华除了自我介绍，这是第一次开口。

对方像是吓了一跳，片刻后才说：“不在这里。有个专门的房间。”接着苦笑道，“我也不想和服务器一个屋。都说辐射太多生不出儿子。”

阚少华想，那是民科的观点。忍着没说出口。

拷贝数据需要权限，小吴喊了一个中年人过来，请他输入密码。其间，阚少华解释了手头的案件没有进展的原因。监控探头设置不足，死角太多，道路四通八达。小吴问，这次带来的数据是多少天的？他说，两周的。小吴又问，到1024晚上？他说，到第二天零点。小吴没再提问，像在沉思。他问怎么了。小吴笑笑说，我觉得是不是圈少了，能不能再给我们拷一份后面的？25号零点以后四十八小时的。

“为什么？”他诧异道。中年人在那边说，好了，你们过来吧。在屏幕跟前坐下，小吴说：“我不懂办案啊，我是学IT的。就是爱看推理小说。不是有那种模式吗？凶手会回到作案现场。”

两周好几个G的视频，在新系统上只跑了半个小时。小吴的操作流畅得让他有看游戏直播的错觉，也像看直播一般不得要领。小吴边操作边解释道，我现在做的是搜索范围的设定，譬如每天以同样的模式进出的人，加个标记，小区居民。然后只有几次进出的，小区相关人员。单次进出的，另一个标记。

他忍耐地说：“问题是，凶手可能根本没被拍到。”

小吴粲然一笑。“总会有哪里拍到的。你给的数据包含周边的六条街道，横四竖二，你看，外围的主探头围成了一个圈，我这里扫描显示是没有死角的。就算进小区没被拍到，但凶手一定会出现在这个大的范围内。我们称作大区。现在案发点的监控不足，那么用大区作为比照。问题就在于他是什么时候进入大区的，因为他不一定是作案的时候才去那里，可能他就生活在那里呢？例如他是同一个小区的居民。”

邹建平他们的调查范围也是周边人员。邹队的看法是，没被探头拍到的一种可能是，作案者了解地形。阚少华觉得，“同一个小区的居民”听起来有点扯。他注视着画面上的人影被逐一打上标记。真的像POI。他再次感到复杂的情绪。既感慨于科技的进步，又忧虑于自己失业的可能。让他不做监控跑外勤？每天和各种人打交道？简直是噩梦。

“系统会根据筛查，判定高嫌疑人士，”小吴侃侃解释道，“每个人有个单独的报告，像这样。”随着鼠标动作，一个男人的形象出现在屏幕上。底下是备注，2016 年 10 月×日进入大区。停留时长××分钟。2016 年 10 月×日……

阚少华说：“这是死者男朋友。”

“哦很帅嘛。不过长得帅也未必不会杀人。”

“基本可以确定不是他。我们查过。”

“那么这个人呢？他的分数只比前面那人低一点……”

画面上出现的是另一个阚少华常在监控看到的人物。蛋糕酒号的老板杨树海。除了在历史监控看过此人，还在跟踪黄依然时见过，尽管是隔着店堂玻璃远远的一瞥。

小吴从坐下来就卸掉了官腔，语速飞快。“哦他的分数高是因为他在附近工作？不对，有个加值。你看他除了日常动线，还有另一条不规则动线，两次。去丰年小区。从这里，建国西路穿进去。”

“他的咖啡馆在绍兴路上。不会是去店里上班？”

“一般人上班都是走相同路线。他走这条路，要么有绕路的原因，要么不是上班。绍兴路探头没有他，你看，这条动线只到这里就停了。如果他是穿弄堂去绍兴路，就会路过丰年北面小区里的养老院——养老院楼下有探头的，也没拍到他。那么他的目的地就只剩下三个可能，我看一下，这是丰年小区，这是新华小区，这个叫什么？哦，步高里。我们不妨大胆假设，假设他去的是受害者的家，这说明了什么？”

“说明什么？”阚少华茫然地问。

“说不定是个第三者哟。”小吴窃笑起来。

很像邹队会有的思路，而邹队心目中的第三者是画家。可惜，南翔的小区监控已经证明了一切。阚少华想了想，让小吴调出林同的个人页面。图表显示，两周内，他曾三次进入监控大区。最近的一次是案发前一天。阚少华早就细查过，林同每次都是去蛋糕酒号。

等一下——

陈晓燕在过世前一天也就是10月23日去过蛋糕酒号，订了蛋糕。据说她订蛋糕时，咖啡师正好走开了，去附近图书馆的院子喂流浪猫，店里只有点心师杨其星。阚少华盯着屏幕，那上面是他早先遗漏的细节——林同23日进入大区的时间。

按时间看，陈晓燕订蛋糕时，林同应该在店里。

所以当时店里不仅仅是杨其星一个人？

思绪波动间，他想起另一件以前没关注的事，也是邹队从“让人头疼的”杨其星那里得到的微小收获。陈晓燕订的，是半打肉桂杯子蛋糕。

25日星期二中午，杨其星见陈晓燕没来取蛋糕，上门送货，闻见煤气味，当即报警。那么，本该到来的客人（或者：客人们）呢？很可能，他/她或者他们，抵达后目睹了一片混乱，楼下停着警车，聚集了看热闹的人群。随便问哪个小区居民就能知道发生了什么。主人家出了事，客人只能离开。

那么会不会有另一种可能？主人被杀，是因为有人不想让她和客人（客人们）见面。陶密留在系统里的记录没有显示陈晓燕约的人是谁。毕竟和杨其星交流实在太过艰难。

阚少华的全副神经隐隐兴奋，他打算回去就看案件次日也就是报案日25日的监控。他想看一下，客人（客人们）是否如约出现。如果来了，又是谁。刚才小吴说的“凶手回来查看”，也不妨作为一种方向。至于林同23日在店里，大约不那么重要，他打算等看完监控，晚点再一起告诉邹队他们。这时小吴在旁边说，看老师，我这边要重新设计一个算法，可以从大区排除掉目的地不是丰年小区门口弄堂的人，并把案发时间倒推二十四小时进出弄堂的人全部列出来。不过这个快不了，明后天才能给你结果。阚少华随口说好。脑海中响起警钟。要快！不能被小吴和他的算法抢了先机。

他谢绝了另一位负责接待的静安局同事一起吃晚饭的邀约，径直回到支队。在走廊碰见陶密，那位向来是消息灵通的，打招呼说：“看总，听说你去向AI取经了，有收获吗？”

“很有启发。”他含糊地说。

在会议室三口两口吞下回程中预先订的外卖炒饭，他回到小黑屋。

如果是以前，调用小区监控和道路监控要去不同的部门协调，得花不少时间。现在只需输入口令就行。分局所辖的各类探头数据都在服务器备份，是为大数据铺路的先行整合工作。对阚少华来说是便利的，对AI来说也同样。而AI将创造出更大的便利，超越人的识别速度和理解能力。

他前不久在电视上看到一个果园的数据化管理。以前都是果农定期在园内巡查，看哪片树林的苹果成熟可摘。如今用无人飞行器搭载摄像头，人工智能后台精准圈定每一只熟透的苹果。当老师的父亲在旁边呵呵笑着说，现在先进啊。以后你们摄像头一照，有前科的人带特殊标记，你也省心了不是？母亲说，那以后少华轻松了，不用一会干眼症一会结膜炎。阚少华很难理解父母的乐观。他们就没有想过他可能因此失业吗？

阚少华没忘记答应小吴的事，他把10月25日零点到27日零点的数据拷到移动硬盘，让同事给静安局送去。同事说，都这个点了，到那边也没人了，明天吧。他便默默回了小黑屋。晚上八点多有人敲门，进来的是陶密，问，加班呢？他“嗯”了一声。陶密在他身后晃了片刻，像是有话要说，最终什么也没说就走了。他其实也想问，最近有没有新进展。但他专注于工作，加上自尊心作祟，终究一言不发。

他难得没有拉倍速，让屏幕上的时间和现实同步流逝。10月25日的现实。案件的第二天。随着曙光降临，马路上的车辆逐渐增多，陕西南路的弄堂口开始有人进出。他再次在心里咒骂监控不全的小区安保。注视着四块屏幕分成十六格的画面，他的双眼和大脑成了过往时间的一部分。车流愈加繁密。上班的人们快步走过林荫道。其中一格监控显示，一辆熟悉的车开进距离案发地几百米的步高苑。9: 45，一名男子从步高苑的大门走出来。从几处监控捕捉到的动线看，他进了建国西路的一条弄堂。

那是蛋糕酒号的店主杨树海。平时下午两点左右到店里的他，在10月10日和10月19日，都曾在早上由建国西路穿进去。如果不是静安分局的经历，阚少华会以为杨老板不过是提前去店里。小吴那些话虽然烦人，却让他惊醒。种种迹象表明，上午出现的杨老板没有到绍兴路，其目的地是绍兴路建国西路之间，弄堂里的某处。数据揭示了行踪。数据不会自我卖弄，也不会先入为主。

10月25日，他和10日以及19日一样，消失在建国西路的监控范围。

假设，只是假设。假设杨树海去的，正是丰年小区陈晓燕的家。

那时陈晓燕已经死了。

他在接下来的监控重新找到了杨树海。距离进入弄堂过了四十多分钟，杨树海提着一只纸袋，重新出现在建国西路，回到步高苑取车。他跟住那辆车。车一路往北，路段监控超出了分局的范围。他想申请借调，拿起手机，发现是凌晨五点二十分。放下遮光帘的房间让人不知晨昏，不觉中，他忙了一个通宵。

尚未到工作时间，要借调数据，需要在系统填单。他不想等别人上班看到再处理，如果那边一磨蹭，还不知要等到什么时候。他拨通了邹队的电话，那头是睡意蒙眬的声音，他第一句话刚讲完，邹队像是彻底醒了，沉声说，我马上过来。你再帮我通知一下某某和某某，让他们到会议室。他有些愕然，心想，我没说杨树海就是疑犯啊，现在只知道那家伙在 25 号进出过那一带，都不能确定是去了哪个小区的哪栋楼。万一去的不是丰年而是别处呢？

邹队又说，杨树海那辆车的后续监控，数据拷来拷去太慢，别调了，我让友局直接排查。

结束和邹队的通话，他硬着头皮给同事一个个打电话，每个人接到电话都是一惊，不光因为时间，还因为竟然是看总来电。

陶密的反应与其他人不同。电话那边说，你确定？他无奈之下回答，静安局的数据分析也把杨树海排成第二嫌疑人。陶密便不再问。借重 AI 的权威，让他隐隐不快。

现在能做的只有等待。等同事们来，等其他局的后续反馈。他不喜欢干等，独自重看那些拉过不知多少遍的画面，看着杨树海下车，步行，拎着纸袋回去取车。男人的身影有什么不一样。对了，平时有少女跟在一旁。他呆望着解析度不高的画面，心怀即将抵达终点的茫然。

13. 肉桂胡萝卜蛋糕

既然夜月说要留宿，黄依然爬起来找了套干净的睡衣裤。浴室被杨其星占用，夜月去里屋换了衣服。深蓝底上散落着金黄皮卡丘的睡衣，穿在成年人身上显得滑稽。袖子和裤腿挽了一道。黄依然意识到，自己原来比夜月高不少。

半个小时过去了，杨其星还在洗澡。

黄依然暗自纳闷，星姐平时洗澡挺快的，今天怎么这么久。早知道该先去上个厕所。她仰面躺在榻榻米靠墙的一侧，举着手机，憋着尿刷了会朋友圈。都是看过的内容。一个念头掠过。现在夜月在旁边，正是一起打《光行者》的好时机。好多玩家求“肉身同行”的机会都求不来呢。

但夜月说她弃玩了。

夜月在她旁边躺下，摆弄了几分钟手机，接着仿佛是决定睡了，探身将手机搁在茶几上。又过了一段时间，身旁传来稳定的呼吸声。浴室的水声还在继续，那架势简直要洗掉一层皮。为了转移对厕所的渴望，黄依然点开《光行者》。

那个世界的夜晚比白天热闹，桃一进去就收到组队邀请，正要点“同意”，手指停住了。

夜月。

邀请桃组队的，是夜月。级别仍停留在41，和桃一样。只要桃点击确认，就会和夜月一起出现在42关的入口。她不会忘记，就是在那一关，当夜月把她从沼泽救出来，她用蜡烛拼出了三组求救信号。为了抵达沼泽，要先穿过一处古代宫殿。断壁上有巨大的鱼的浮雕，显得阴森。长牙的鱼。细长的像黄鳝或蛇的鱼。空气发生奇妙的折射，就像在果冻中行走。

她悄然坐起身，俯视身旁的叶维佳。确实睡着了。手机也确实在茶几。所以夜月被盗号了？是因为这样才不玩的？她脑子里冒出一连串的假设。

浴室门开了。裹着浴巾的杨其星回了房间。黄依然小心地跨过叶维佳的身体，下了榻榻米，踩着拖鞋去浴室。真的憋了好久。她坐在马桶上，吁了口气。这时她注意到，脚边有堆衣服。不像有整理癖的星姐的做法。她还记得，有一回也是杨其星刚洗完她就冲进去上厕所，看见换下的衣服整齐叠放在洗脸池台面上。

她冲了马桶，开门时正好遇见睡衣加干发帽的杨其星。平时，那张脸时常浮现柔和的笑，听人说话时则是极为专注的神情。此刻却是木然的一张脸，显得陌生。杨其星从旁边穿过去，捡起地上的衣服——黄依然诧异地发现，星姐戴着做烘焙的一次性塑料手套。

杨其星拎着衣服去了厨房，然后回房间——手套和衣服都不见了——关上门。

简直像个梦游的人。

我就看一眼。黄依然对自己说着，进了厨房。她不用四处打量就看到了杨其星带进来的衣服，装在超市塑料袋里，靠在垃圾桶旁边。看样子，这包衣服将被扔掉。

有什么在黄依然的心头动了动。像一只不安分的小动物的脚爪。她蹲下身，解开扎紧的塑料袋。衣服是干净的。乍看之下，没有泥、血或呕吐物。米色丝衬衫，棕色长裤，肉色胸罩纠缠其中。为什么整套衣服不要了？她小心地用三根手指拈起衬衫，觉得自己像在做什么坏事。被她拎起来抖开的丝衬衫少了几粒纽扣，满是褶皱。

她皱起眉。不好的感觉。不，很坏的感觉。

听到有人走动，她吃了一惊，赶紧把“犯罪现场”恢复原状，起身拿起厨房台面的水杯。杯子是空的。

走进厨房的杨其星看来并未注意到黄依然尴尬地握着一只空杯。那张脸上仍是冰块般冻结的表情。毛巾干发帽底下露着高额头，像一个没有头发的人。

没等黄依然挤出“还没睡呢”，杨其星“啪”一声打开橱柜，拉出金属篮。第一层竖插着扁平的金属和硅胶模具，底下一层是大大小小的金属盆，蛋糕用的圆模、烟囱模，花朵形状的叫作咕咕霍夫，以前她听杨其星讲解过。杨其星拿出两只打蛋盆和十二连麦芬模，又开了顶柜，抽出一条透明塑料筒，里面是成摞的棕色麦芬垫纸。

黄依然举着杯子，让开几步。

杨其星开了另一只橱柜，拖出装有烘焙材料的塑料箱，放在地上。沉重的声响。就像一具尸体被抛下。她拎出几个袋子，用量杯和量勺舀了内容，盛进刚放在电子秤上的打蛋盆，嘴里念念有词——

“低粉二百六十克泡打粉十二克肉豆蔻两小勺肉桂粉两小勺……”

如同咒语。又像在念经。女人的声音无悲无喜，气泡般不断涌出，碎裂在静夜的空气中。黄依然瞪着她看。

“……胡萝卜二百克核桃九十克……”

杨其星停住了，看向黄依然，清晰地说：“胡萝卜。”

“冰箱里有，我帮你刨皮。”黄依然条件反射地说。

念经般的声音继续下去。自循环模式。黄依然用刨刀削了两根胡萝卜的当口，杨其星称量完粉类，在另一只打蛋盆里用手动打蛋器打蛋。打蛋器圆弧形的金属丝在不锈钢盆里发出有节奏的脆响，摇撼着听者的神经。

“星姐……”

杨其星不说话，也不看她。冰块般的脸松了松，开始融化。黄依然注视着泪水从那张脸上滑落，忍不住诧异，一个人的身体里怎么会有那么多液体。杨其星用袖口狠狠地擦泪，但怎么擦都擦不完。黄依然想，要是掉进盆里，蛋糕会变咸吧。她的思维变得像被拉长的牛皮糖，连带着身体也变得僵硬。她想要向杨其星伸出手，然而眼前仿佛隔着滞重的无法穿透的空气。简直就像《光行者》的第42关。

切胡萝卜丝。拌进粉料盆。将混有胡萝卜的粉料倒三分之一进蛋盆。搅拌。再倒三分之一。搅拌。倒完。搅拌。核桃仁掰碎了撒进去。用刮刀拌。垫纸一格格放好。一手执盆一手执刮刀，将面糊倒进每一格。麦芬模里一汪汪的圆形面糊宛如泥浆。

有条不紊地做这一切的同时，杨其星一直在哭。黄依然注视着她。情绪崩溃的点心师甚至没忘记在倒面糊的同时给烤箱预热。一字形料理台中间有只嵌入式的大烤箱，台面上还有只小一些的烤箱，这次用的是后者。将模具塞进烤箱，杨其星的呼吸变得不稳，连续倒抽好几下，终于吸进一口气。黄依然的脑海中瞬间掠过一个念头：老板要是看到星姐这样，不得气疯掉。另一个念头盘踞着不肯散去——那包衣服。

黄依然的胃莫名地泛起恶心。

杨其星给自己倒了一杯水，边抽泣边喝。

哭了那么久，口渴是当然的。

烤箱的计时器在缓慢地移动。

初中三年级有段时间，黄依然努力摄取超标的糖分。

她念的是初高中直升的学校，班级同学一直没变过。那时她总让于炎请客喝不减糖的奶茶。午饭后还要吃个栗子泥蛋糕，也是于炎买单。加上她用他的手机玩游戏，同班同学对他们的嘲讽不断。别人说什么，她从不放在心上。过着“日常”生活的他们不会懂得她的远大目标。她想把自己吃胖。胖子不会招人喜爱，也就能避免喜爱附生的其他事。

父母认为小孩吃甜食容易坏牙，家里没有糖果类的零食。大概是光靠奶茶和蛋糕的热量不足够，或者她就是吃不胖的体质，总之，无论怎么吃，她的体重不变。

后来她放弃了增肥，就像她放弃的其他尝试。甜食对她来说变得可有可无。在这样的心态下，刚到蛋糕酒号的第二天，她吃了杨其星做的点心。陆南给她一枚费南雪，说让她尝尝。那是蛋白泡沫加杏仁粉和焦化黄油做成的，色泽金黄的迷你小砖头。两口就吃完了。她正想说“还不错”，就被突如其来的幻觉掳住了。

不，称为幻觉并不恰当。该说是，记忆。

初二下半学期刚开学不久，一个周末的下午，她洗完头，披散着头发在自己房间和同学电话聊天。爸站在门口说，依然，你这样会感冒的，我帮你吹。她捂住话筒说，一会就干了。当时在聊一部动画片，她太投入，没注意到爸走近。一抬头，看到他向她靠过来的前额上隐约几道不悦的皱纹。她惊道，吓我一跳。爸说，你这是玩物丧志，要讲到什么时候？他的声音柔和，她却不知怎的心虚起来，匆匆和同学说了再见。爸又提出帮她吹头发，她不情愿地跟着往洗脸池那边走，吹风机在洗脸池下的柜子里。妈去参加同学会，不在家。不然她早就被妈抓着吹完了。爸在她身后撩起她的发尾，一手举着吹风机，神态和他画画时一样严肃。她心不在焉，想赶紧完事回去看动画片。一抬眼，前方的镜子里，爸凝视着镜子，不，是凝视着镜中的她。爸说，你看，你都这么高了。

爸的手指在她脖子上滑来滑去，她痒得缩了缩。说到底他还是不适合这项工作，吹了几分钟就说，好累，这样吧，到我书房继续，你念书给我听。

她噗嗤笑了，说，听起来我比较亏。吹个头发，还要念书。

爸也笑着说，小小年纪，那么斤斤计较。跟谁学的？我可是没这么教过你。

书房的桌面用整块硬木制成，据说很贵。配了软垫的椅子也是硬木的，又高又宽。在她看来，那椅子绝非舒适。搞不懂大人的品味。对那些家具及其周围的空间，她小时候更亲近些。上了初中，她不像小时候那么爱黏着爸——应该说，她明确意识到妈不喜欢她进书房——现在她除了吃饭，平时都待在自己的房间。她跟着爸进了书房，摸摸搭在肩上的发梢，心想，这么麻烦，还不如让它自己干。估计爸只是找个由头让她念书给他听。他的书大多诘屈聱牙。在她小学的时候，他常让她念诵，她因此学了一堆考试用不到的生僻字。

念哪本？她问。

爸从书架拎出一本，翻到某一页放在书桌上。她站在桌前，他坐在她身后的椅子上。她没精打采地念了起来。又是一本难读的书，每个字都知道意思，组成句子却让人云里雾里。言唐人背右军帖……皆硾熟软纸……

书房里有常年不散的墨汁味，刚进门特别分明，随即淡却，成为周遭的一部分。此刻，空气中有另一种陌生的气味，可疑地翻涌。她发现爸没有开吹风机，问，不吹吗？不吹我不念了。爸说，那就听不见你念书了。他的声音和平时不同，像是嗓子里梗着什么。她正要回头，双腿被他的膝盖夹在了中间，接着她就被一双胳膊抱住了，往后拉。

比墨汁更浓的是邪恶的气味。要到后来她才明白。

她产生了奇怪的幻觉。仿佛她化作了幽灵，飘在半空，望着那个她喊“爸”的男人和曾经属于自己的身体，在书桌边。他们在做什么呢？她既清楚又迷惑。她看过美剧里全身赤裸气喘吁吁的男女，却没见过爸正在做的事。她看见自己在哭，在哀求，肉身的自己变得越来越小，真正的她飘得越来越高。距离太远，声音传来，是那么轻微。

完事后爸说，去洗一下，不许和你妈说。记住。

后来，那样的事发生了不止一次，每次都是挑妈和钟点工不在家的时候。她学乖了，妈只要出门，她就想尽办法扮演乖女儿的角色，希望爸记得他是爸，不要生出别的心思。但总有些时候，爸会变成另一个人，而她就像被猫逼到角落的老鼠。

猫总是把老鼠玩到奄奄一息才吃掉。

她升上初三。一学期过去，又一学期开始。离暑假还有两个月，她终于鼓足勇气，向妈求救。这几年，妈对她越来越严厉，她一直认为，原因是自己不像小时候那么可爱了。她从未想过那会是因为嫉妒。对她来说，讲述发生在自己身上的事，是极为困难的。根本找不到合适的词语。她怎么都说不出口，于是花了好几天，写了一封信，在爸去外地开会的时候，交给那个她喊“妈”的女人。躲在屋里写信的时候，她经常写着写着哭起来，笔画歪扭。几次都写完又划掉，写完又撕掉，还不敢把废信扔在垃圾桶里，只能一点点撕碎了用马桶冲掉。那些字词被水流带进下水道的时候，她真希望发生在自己身上的事也能被冲走，不剩半点碎屑。

然而妈并没有做出她预期的反应。读完信，那个当了八年母亲的人，涨红了脸尖叫起来——

你还好意思说？是你勾引他的，对不对？

她看着妈翕动的嘴，听懂了每一个字，却听不懂句子的含义。

爸常说，这是我和你的秘密。对她来说，秘密不是揣在心里的石头，而是心口上的洞。她眼看着自身的一部分不断从洞口漏出来，找不到任何东西将那个缺口堵住。小时候看过封神演义的故事，比干没了心，走在街上，遇到卖无心菜的妇人，是妖怪变的。妇人说，菜无心能活，人无心不能活。比干听到这话，便死了。她带着心口的洞行走于世，觉得自己的生气将要一天天漏光。她求助，是希望对方能帮自己把洞堵上，只是这么卑微的愿望。

妈骂了她一顿，不等爸出差回来就离开了家。她不清楚父母有过怎样的交谈或协商，只知道，心上的那个洞越来越大。

回到家的爸不怎么伤心，他望着她说，现在只有我们相依为命了。

不，可能他还是伤心的。也可能，少了妈在旁边，他失去了某种刺激。总之他不像过去那么频繁地追逐她。然后暑假终于来了。想到将要去大理杜家的院子，她暗自期待。她知道，有外人在，爸将会恢复到原来的样子。像个好爸爸。

她了解他。因为，她是他养大的。

那个夏天既短又长。很多个午后，在葡萄藤遮出一方阴凉的杜家的院子里，或是门廊上，杜叔叔和方叔叔在下棋。爸在楼上午睡。小红也在一楼，坐在客厅用手机看短视频，不时低声发笑。

她在做什么呢？通常在看书，或假装看书，实则放空。她感到短暂的自由。

有一天，莉娜难得在家，说要带杜文杜武去剪头发。她跟着一起去了，在破旧的小理发店，让讲一口云南话的理发师帮自己把头发剪短。她比了个手势，意思是，和那两个男孩一样。理发师看着镜子里的她，问，你确定？她点点头。

理发店只有两名理发师。她一个人的头发所花的时间，差不多等于另一张椅子上的杜文和杜武两个人。莉娜和一个女人在门口聊天。那是个北京人，和这个城的很多大人一样职业不明，也来杜家做过客。

终于剪完了。理发师抖掉罩衣上的碎发，又取下罩衣，留下她一个人坐在圈椅里，注视镜中的自己。莉娜回到理发店，不去看小儿子的剪发进展，先来到黄依然身后。法国女人把骨节分明的大手放在少女的肩上，一起望着镜中的她。

你变成男孩了！莉娜以她一向夸张的热情笑着说道。那是玩笑。女人和少女心知肚明。短发并没有让黄依然变得有一丝一毫像男孩，反而突出了她纤弱的脖颈和无助的耳廓。

要说的话，就现在。

有个声音在她的心里提醒道。她知道，自己可以把莉娜拉到门口，像刚才那个北京女人一样絮絮低语。店里的人和街上的人，都不会知道她们在说什么。

她望着镜中的自己和莉娜，一动也不动。

阻止她的，是她不止一次见过的，杜叔叔投向小红的眼神。她知道他们的秘密。小红手机上那两条微信。杜叔叔去取水时，总是小红坐在副驾驶。莉娜太忙了，根本想不到自己的丈夫，两个孩子的爸爸，和家中雇佣的年轻女孩混在一起。

她暗地里鄙视杜叔叔。对小红，她有种憎恨。恨那个女孩自若地和卖烧豆腐的男青年调情，在家则装作没看到杜叔叔的目光。她永远不要成为小红那样的人。她觉得脏。尽管真正脏的人，是她自己。

费南雪带来的奇异幻觉，带她回到的，就是那一刻，当她对镜凝望既熟悉又陌生的短发的自己和旁边的莉娜。既不是"老鼠时刻"，也不是任何一个寻寻常常的日子。那感觉相当奇异。她知道这不是真的，自己在上海绍兴路的店里，刚吃下一口蛋糕；同时她又被放置在大理的理发店里，在那个本可以开口求救的微妙瞬间，再一次经历心头的交战和对自身的厌恶。

如果不是有过和养母沟通的失败，她会说吗？如果杜家夫妇没有他们自己的问题，她会尝试吗？答案是，不会。当蛋糕的魔力散去，她才意识到，自己曾有多绝望。

暑假很快过完了，在游戏中意外地拿到夜月的手机号，她惊慌失措，因而做出平时的自己绝不会做的事。呼救。

然而，即便对夜月，她也做不到说出实情。她把小红的故事改变了主角，让爸顶替了杜叔叔。她很清楚故事站不住脚。一场和保姆的恋情。对养女的轻微骚扰。听着是个好色的叔叔。多么平常和正常。谁也无法嗅出那背后强烈的邪恶气味。

谁能想到，夜月真的来了。想见的人出现便已足够。黄依然知道，她不该期待更多。没想到会被带离那个家。像做梦。梦没有一直做下去。夜月像是反悔了，把她扔给了别人。

看到杨其星的第一眼，黄依然感到心安。如果说邪恶有气味，那么善良该是无色无味的。杨其星给人的感觉，像水和空气。交流的障碍让她显得被动。相处久了便会发现，她不是缺乏主见，只是习惯了为别人着想。星姐是那么好，因此，即便蛋糕让黄依然有过诡异的体验，连带着想起那些只想埋掉烧掉按 CTRL+DELETE 彻底清空的狼狈，她还是顺应了大人们的安排，留在蛋糕酒号。她知道，心口敞着的空洞还在，但只要在店里，在这个家，洞口不再扩大。在她开始陪杨其星一点点做语言训练的间隙，甚至有种感觉，洞口得到了修复，极其缓慢地。

此刻，终于停止哭泣的杨其星面对烤箱站着，抱着双臂。亮着灯的烤箱里，蛋糕正在悄然膨胀，如同纪录片的画面中，土壤在春天被嫩芽拱开。蛋糕里当然不可能长出什么魔法的藤蔓。黄依然知道，它们最后会在顶上炸出一个口子，变得胖而松软。至于味道，只能想象。费南雪的遭遇后，她戒了甜食。老板也不吃甜食。不知他是否也曾因为店里的点心看到过什么。

“星姐，你怎么了？”

黄依然终于问道。有失语症的不光是星姐，我也一样。她在心里无声地说。我说不出口。可能这辈子永远不会对人讲。即便对星姐。对夜姐姐。

杨其星的喉咙奇怪地抽动了一下。“被……”

“你别急，慢慢说。我在这里。”

黄依然用轻柔缓慢的动作，将杨其星紧紧环抱的双手松开，然后握住。她熟知这双手的质感和温度。为了弥补语言的缺失，杨其星是个喜欢肢体接触的人。稍作迟疑，她又放开对方的手，倾身向前，将杨其星抱住。怀里的人比看起来有肉。一绺头发从杨其星的干发帽里掉出来，让她的耳朵感到痒。鼻端的气味有种异国情调。她想起来，是肉桂。蛋糕里放了肉桂。

陈晓燕去世后，店里一次也没做过肉桂蛋糕。那个订单像是背负着不祥的诅咒。

过了一会儿，黄依然才意识到，自己在哭。

怎么搞的？明明我想要安慰星姐……

“被……”她听见杨其星在耳边说，“被，强，奸，了。”

没有主语。词语悬在空中，像一把锋刃雪亮的刀。黄依然心口的洞颤了颤。更多的自己会从那里进一步漏到外面的世界吗？自己还剩下多少？她抖了起来，边抖边哭。到最后哭声终于压抑不住，迸出嘴角。夜姐姐要被我吵醒了。她模糊地想着，却无法停止哭泣。她把整张脸埋在杨其星的衣领上，鼻涕眼泪狼藉一片。她没有注意到，杨其星反而不哭了。失语症的女人紧紧地拥着和她一般高的女孩，望着厨房门口。叶维佳站在那里。

*

昨晚，他们等维佳赶到派出所，又耽搁了一些时间，才把妹妹带回家。折腾了好久，笔录毫无进展。林同拿来的纸笔最终也没派上用场。警察们呈现事务性的放弃姿态。离开时，杨树海感到女警察像是想说什么却没说。

回家的出租车上，他坐在副驾驶，妹妹在后座的最里面，她旁边是维佳和林同。他后悔了，应该打两辆车。车来了他才想起，林同夫妻**绝对不坐前面**。肯定是车祸的阴影。总之他们不开车，而且拒绝坐副驾驶。维佳一直安慰地搂着妹妹，他在心里替她俩别扭。四个人连同司机沉默了一路，快到家时，维佳像是终于忍不住，开口提醒他看微信。手机上是她二十分钟前发的信息。

是不是应该去医院检查一下

首先涌起的是不知针对谁的愤怒。对给妹妹造成伤害的人，还是对不断要求她讲述事件经过、把她本人和旁边几个人都搞得疲惫不堪的警察？又或者，是对他自己？

误事的人总是他。从前，还有这次。要不是他去找林同问什么 24 号的真相，妹妹就不会出事。

他竭力稳定怒气，整理思路。他无从知道妹妹经历了什么，又在想些什么。他此刻比任何时候更痛恨失语症。而那个和妹妹交流得相对顺畅的人，陈晓燕，已不在了。

这些天，他不是没有过后悔。在陈晓燕家像着魔一样清理痕迹的自己，只能用失常来形容。当时他慌了，以为是林同干的。到了现在，他开始不确定（万一维佳没说谎，林同 24 号夜里真的一直在南翔呢）。总之，他后悔自己做了多余的事。陈晓燕死了，凶手一直没找到。都怪他。他对不起她。在心里一次次对她说，我错了，请你原谅。

如果真有所谓的在天之灵，她恐怕会露出一贯的嘲讽笑容吧。

妹妹上楼时走在他们前面，她匆匆进屋，没回头看他一眼。维佳站在门内，一脸疲惫地看向他和他身后的林同。他低声说出路上想好的话。医院明早去吧。给她买……药。他知道维佳懂他的意思。说这些话，他耗尽了全部的气力。仿佛说出来就敲定了妹妹被侵犯的事实——他仍怀着侥幸。维佳肃然说，知道了。

他和林同回了自己那边。他先去上厕所，再去厨房找酒。想到自己冲进派出所时一身酒气，他感到模糊的羞愤。唯有更多的酒精才能压住那种不快。家里存酒不多，只有小半瓶威士忌，大半瓶朗姆。朗姆是妹妹用来泡做点心的果干的，后来买了更好的，把这瓶淘汰给他。他把两只瓶子拎到客厅，又拿了玻璃杯。坐下来才意识到杯子拿错了，是水杯，对烈酒来说太大，也懒得换了。

他们在沙发上并肩坐着。林同一直在玩手游，没怎么喝。这时还能玩游戏，不知道此人的神经是什么做的。等杨树海喝下两厘米高的酒，林同突然对着手机冒出一句："我要弄死他。"

谁？杨树海想问。他到现在都没搞清楚电梯争斗事件的两个男的，到底谁是侵害妹妹的家伙。据警察说，一个昏迷不醒，一个在审。他问，不是说还有个孩子和我妹一起吗？警察说，被家属接走了。杨树海不是没有想过，问那个孩子更直接。不过孩子毕竟是孩子，总不能拿大人们充斥着暴力的经过给他幼小的心灵造成伤痕。有些伤痕一旦形成，永远不会随着时间消失。他最清楚不过。

初二那年，差不多就在他们各自失去一盒颜料后不久，林同的成绩不断下滑。他以前学习还算认真，如今开始自我放弃，从上课到课间，一直在纸上画些诡异的画，还因为不交作业被罚站。站在教室最后一排的少年显得苍白而缺少表情，看起来像纸做的。杨树海跟踪放学的林同，发现他和坡哥去了海神庙。

从此杨树海也开始在课堂上不断走神。

有一天，杨树海正在屋里对着书本发呆，林同来了。少见的是，林同的脸上挂着笑。那个笑容像是画上去的。

林同带来了一袋蛋糕。装在油纸包里的鸡蛋糕是他以前吃过的。棕色的面，金黄的瓤，浓郁得让人想舔手指的甜香。

林同说，我姐带来的。你吃吃看，和你爸以前买的一样吗。

给我这么多，你自己呢？

我还有。

杨树海盯着林同看了片刻，挤出一句话。

——以后放学，我们还是一起走吧。就算别人喊你，你也不要和他一起。

他说完就意识到自己的力不从心。林同没有点头，也没有摇头。虚假的笑容不见了，林同垂着眼，表情无从窥探。

好。林同说。

晚饭的时候，伯母问杨树海，有没有看到她放在角落的药。家里最近闹耗子，鸡蛋被偷了好几只，伯母去问别人要了一包据说很厉害的药。后来忙着地里的事，没顾上弄，包装上印着骷髅头的药包在屋里搁了几天。

杨树海说没看见。他吃了太多的蛋糕，肚子不饿，随便扒拉了两口饭。吃过饭，他在屋里看了会动画片，不知怎的心里不踏实，出门往林同家走。他对自己说，找林同一起看动画片，比一个人看带劲。到了林同家，林同爸爸说，毛毛不是去你家了吗？怎么，没在你家晚饭？他开始心虚，答道，我想起来了，他有个作业要去某某同学家借笔记。林同爸爸诧异道，其他同学都是镇上的吧，跑那么远？两人到门口看了看，的确，林同的自行车不在。

回到家，杨树海坐了几分钟，再度出门。这次他骑上车，直奔海神庙。

到海神庙比学校远，需要将近五十分钟。他骑出了一身汗。到了山脚下，看见了林同的自行车，他跳下车，把车一扔就往山上爬。山坡不高，很快到了顶。从这边看不到海，只能听到海浪声。他迈步朝庙宇的平房走去。走近后看到，窗户映着微光，里面像是点着蜡烛。常年的香烛味儿也驱不散此地的鱼腥气，他有些想吐。

他趴到玻璃缺损的窗户上，先看见坡哥，然后看见了林同。

乍一看，仅仅是两个男生在校外厮混的场景。坡哥盘腿坐在蒲团上喝着啤酒，面前有一碗不知哪儿来的炒花甲。坡哥不用筷子，用手拈起来，像嗑瓜子一样吃着，把花甲壳吐得满地都是，边吃边对林同说，你待会扫地啊。林同应了一声。他们身后点了密密的一层蜡烛，最里面的神像的红披风被照得触目。

林同坐在地上，离坡哥一米多远。坡哥说，你坐那么远干吗，怕我吃了你啊？林同不作声，朝坡哥那边挪了挪。坡哥伸手一拽，林同闪开了，斜挎在肩上的书包带到了坡哥手里。坡哥用力拉，带子往上滑，套住林同的脖子。林同没动，坡哥加了力。林同忍受着脖子一侧受到的压迫，用右手拽住带子，一声不吭。坡哥吼道，你给老子过来！林同像爬虫一样蹭了过去。坡哥摸了摸对方刚被自己勒过的脖子。这时不光是坡哥，外面的杨树海也注意到了，林同的左手一直捂着书包。杨树海知道，那只军绿色书包的搭扣早就坏了，盖子一掀就开。坡哥警觉道，你包里有什么，这么紧张，有钱吗？

没钱。昨天都给你了。

坡哥动手抢包，林同抓得紧，但毕竟体格和力量悬殊，很快就被按倒在地，书包到了坡哥的手里。杨树海趴在窗外一动也不动，看着坡哥跨坐在林同身上，从包里摸出个油纸包。

有吃的居然不孝敬我，你出息了。坡哥说着发出几声怪笑，从油纸包里掏出蛋糕，塞进嘴里，同时把另一只蛋糕往林同口中塞，手指抠进林同的嘴里。林同抓住坡哥的手，近乎谄媚地舔了手指。角度的关系，杨树海看不见坡哥的脸。接着他看到林同偷偷把蛋糕吐掉了。

林同继续舔坡哥的手指，坡哥开始用另一只手解裤带。被跨坐着只能移动上半身的林同仰头说，蛋糕是给你的，你先吃完，好不好？

林同的声音微微颤抖。杨树海听出来了。坡哥像是没注意到，笑着说，不急。

话音刚落，坡哥的头往前一伸，开始呕吐。吐在了林同的身上。林同伸出手，像是想要格挡，又像要扯住对方的肩。坡哥将林同推开，跳起来踹了一脚。那一脚导致他自己重心不稳倒在地上。捂着肚子，坡哥开始喊：杀人了杀人了！

喊声听起来特别响。林同抓起地上的书包，按在坡哥的脸上。

杨树海来不及思考，冲进了海神庙。他帮林同一起用力摁住坡哥。书包挡住了喊声，也让坡哥无法顺利呼吸和呕吐。被书包压着的人抽搐起来，双腿乱踢。两个男孩用尽全身力气，死死压住。

不知过了多久，坡哥不动了。

林同从坡哥的身上跌坐在地，大口喘气。过了大概有一分钟，才说："蛋糕不是给他的。我本来想自己吃。我偷了婶子的老鼠药。"

杨树海满嘴咸腥。刚才混乱中咬了舌头。"不能把他留在这里。"自己的声音传进耳中，显得陌生。

他们没有商量，简直是心照不宣，开始打扫满地的狼藉。用角落的竹扫帚将花甲壳和蛋糕碎屑拢在一起，撕下林同的作业本空白页包了，和啤酒瓶空碗一起塞进书包。林同把沾着呕吐物的外套脱下，也装进去。军用帆布书包鼓到了极限，像恶魔的肚子。杨树海把地上的呕吐痕迹用香炉灰覆盖，又扫了一遍。然后他们把坡哥抬出了海神庙。当晚没有月亮，稀疏的星挂在黑沉的天幕。那具接近成年人的身体对他们来说相当重，两人一个抬肩一个抬脚，歇了几次才下到山脚，来到海边。

“扔远一些。”杨树海打破寂静说。

“嗯。”

他们抬着坡哥往深处走，一个浪头打过来，又一个。礁石滩让两个人脚步不稳。大腿以下都湿了。杨树海正想说差不多了，手里的人动了动，他吓得一扔，林同吃不住重，也撒了手，坡哥的“尸体”掉进了水里，立即开始挣扎。

忘了是谁先动的手。他们又按住了坡哥。这一次大概是酒加上老鼠药的劲头过去了，坡哥的反抗力道相当大，有好几次，杨树海以为自己会死在海里。一团混乱。手。脚。头。海水。最后，他发现自己湿漉漉地站在齐腰的海水中，林同站在他的旁边。

他们回到山脚，准备离开时，林同想起书包还在身上。杨树海说，别扔海里，万一给冲回来，你给我。两人手脚发软，勉力骑回去。到了林同家门口，林同下了车，没有立即进门，低头扶着车，说了很长的一段话。

“上个礼拜，他把我带到他爹的船上，逼我钻进装鱼的箱子里。里面有鱼，还有冰。我一进去他就把盖子盖上了。我没穿衣服，在箱子里一直哭。感觉过了好久，我以为我要死了。被放出来才发现，其实就几分钟。刚才说蛋糕是给我自己的，是骗你的。我想好了要弄死他，大不了一起死。你什么也没做。以后出了事，是我一个人的。”

杨树海没有接话。

第二天，杨树海一早出了门，绕道去了学校附近的树林，把书包埋在一棵树下。他和林同从此不再一起上学和放学。在学校，他们表现得疏远。

坡哥的尸体在涨潮时被人发现了。他的死被归作喝多了掉进海里。他家的混混二哥嚷嚷了一阵，说有人害了自家弟弟，没人理会，便也不了了之。

杨树海给爸写了一封言辞恳切的信。不久，他转学到云南矿区一所子弟学校，重读初一。

相隔二十六年，再一次听到“弄死他”三个字从林同嘴里冒出来，杨树海的心头起了战栗，就像少年时代的那个夜晚。

——陈晓燕是你杀的吗？为什么？

他最终没能问出口。感觉现在说这些已全无意义。为了缓解空气中的杀气，他谈起看似无关的一件事。

“你知道吗，陈晓燕说，我妹停止做复健，是因为你在背后搞鬼。”

其实陈晓燕的原话不是“搞鬼”。林同的反应比预想的激烈。

“怎么会！我当然希望其星能恢复到和正常人一样！当老师的说学生不肯学，会不会是老师的方法有问题？你要知道，其星今天这样，我看了有多难过，如果不是她有失语症……”林同猛地住口，“你不要又怪到自己身上，我不是那个意思。”

“不怪我，怪谁呢？”

“零八年，那是意外好吗，今天也是——”

“意外有时候是可以避免的。”

话题又被绕进僵局，杨树海给自己添了酒。林同也端起杯子。

四点多的时候，林同说，我得躺会儿，不然明天熬不住。杨树海知道他的腰不好，让他去里屋睡床，自己睡沙发。

杨树海像砧板上的鱼，在沙发上翻了很久，最后终于睡着了。

做了一个有陈晓燕出现的梦。

梦里，曾经的碎片搅作一团。忽而是少年时代的他和林同骑自行车回家，林同在梦里长高了，坐在座位上踩着踏板。忽而是高中的他在子弟学校的操场上和人打架，旁边是每级台阶有小腿那么高的看台。修筑看台时石料不够，除了石板，还用了不知从哪里挖来的陈年墓碑，上面的字风化成蜿蜒的蚯蚓。他被人按倒在看台上，后脑勺传来热意。打架受伤是真实发生过的，缝了三针的伤疤至今仍在头皮上。那不是他第一次在争斗中受伤，严重到进医院则是最后一次。梦的场景又变了，他站在窄窄的海湾口。他最近一次去老家的海湾是半年前的初中同学聚会。负责组织的同学搞了个出海项目，他不想参加，拗不过，跟着去了。海湾里停着供游客体验“打捞活杀现做”的小型船，伸出去的海角那边在盖楼，工地的绿色网上挂着“安全生产”的条幅。他边做梦边意识到，眼前的海湾不是同学会那天的，而是更早以前、他初中时代的模样。脚下是退潮后露出的沙地，再往前则是碎石滩。碎石滩的远处是礁石滩。泛黄的海水卷起灰白的泡沫，舔过犬牙交错的黑色礁石。含着雨水的云层压得人透不过气。没有船，没有工地，没有喧嚣的不停自拍和拍别人的游客。

——对你来说，这里才是老家，对吗？

她的声音让他一惊。循声望去，陈晓燕站在离他几步远的位置。她穿着不合季节的黑色连衣裙，像是畏寒地抱着双臂。

他说，我老家不是这里。海边我来得不多。老家对我来说是我大伯的房子，早就拆了。现在那一片是新村。以前，家旁边的地里种着自家吃的菜，再远一些种着棉花。

那你为什么要带我来这里？难道这地方有什么特殊的意义？

我带你来的吗？他愕然道。

她微笑。眼前的场景遽然变幻，从海边变成了山上。连绵的剑麻从让他认出，那是子弟学校的后山。他习惯趁夜自习溜到山上抽烟，因此对后山的角落了如指掌。此刻是白天，亚热带正午的日光从头顶倾泻下来，照得皮肤发烫。他四顾张望，试图找到陈晓燕，映入眼帘的只有灰绿色的剑麻叶，像巨人落在地上的剑，以及被铁线草覆盖的土坡和错落的树干。铁线草泛着黄色和紫色，所以眼下是秋天吗？他听见喘气声，随即看到一个脑袋从通往山下的土路那头露出来，是赵向荣。

刚来这边学校的时候，他觉得赵向荣很像林同，身量不高，白皮肤，表情丰富的眼睛。他第一次和班里几个高壮的男生打架，就是因为看不下去他们欺负少数民族学生赵向荣。那伙人说赵向荣吃奶吃到九岁，是个长不大的奶娃。他以一打三输得很惨，赵向荣从此像尾巴一样黏牢了他。

赵向荣一脸慌张，气喘吁吁爬上坡说："树海，你妹妹……"

——我妹怎么了？杨树海粗声问道。词语在出口的瞬间碎裂，成为看不见的粒子，在空气中四散。他想说话，却发现所有的词语都在逃逸，在远离他。他张开嘴，发出无意义的音节。

他惊醒过来。

有人在拍门。嘭，嘭嘭嘭。他以为那是梦的延续，片刻后发现，拍门声真实存在。他呻吟出声，支撑着坐起来。卧室门开了，林同一脸睡意地站在门口说，这么早谁啊？他心想不会是妹妹又有什么事吧，但敲门的劲头不像是认识的人。他套上长裤，走到门边问，谁啊？门外说，杨树海在家吗？警察。他开了门。

两名警察他见过不止一回。陈晓燕出事后，他们来店里问过话。这是第一次看到他们穿制服。对方拉过他的手，戴上手铐。金属合上的声音让他差点以为自己还在做梦，但冰凉的感触无疑是现实。年轻斯文的那个以刻板的声音说了一长段话，什么法院，批准。他的脑袋太乱，只有最后一句听清了。

“——因你涉嫌故意杀人罪，现将你依法逮捕。”

他听见林同在身后说：“搞错了吧？喂……”

另一个警察说：“原来林老师也在。”他们怎么会认识林同……念头闪过的同时，他扭头对林同说：“肯定是搞错了。没事的。待会我妹醒了，你让她们……”没说完，对面的门开了。一身睡衣的维佳站在门内。黄依然在她身后。小姑娘轻声说：“海哥。”

这孩子平时都喊他“老板”，有求于他或者做错了事才会喊“海哥”。他的心一紧，接着鼻子告诉他，空气中弥漫着蛋糕的甜香。妹妹一早爬起来烤蛋糕？在这种情况下？

警察们像是被门对门的热闹场面搞蒙了，一时间没做出反应。

黄依然接着问：“你怎么了？”

这傻孩子，难道没看到我被铐着吗？他说：“我妹起来了？快进屋，别让她看见。”

刚才和林同打招呼的那个警察开口道：“请不要影响我们执行公务。”

黄依然像探出洞的兔子一样缩了回去。维佳这时做了个出乎所有人意料的动作，她往后退了退，把门关了。“嘭”的一声。他只怕关门声吵醒了妹妹。林同呆呆地站在原地。宣读逮捕令的警察经过林同身旁，进屋拿了他的手机和外套，帮他把外套披上，催促他穿上鞋。没穿袜子，顾不上了。他被警察左右夹着下楼，头一次感到楼梯是如此逼仄。下完半层，他回头望去，林同如门神般杵在门口。那张脸上的表情唤起了记忆中遥远的什么。他转过楼梯往下走，想起来，是那天他们一起骑车回家的路上，林同脸上的表情。不，不是杀了坡哥的那天，是他在树林看见坡哥对林同做了什么的那天。其表情既像是空无一物，又像是有无数不成形的透明碎片充斥其中。是无法用语言诉说的什么。

14. 本日店休 I

“10 月 24 日星期一的晚上，你说自己一直在蛋糕酒号没走开过，有谁能为你作证?”

杨树海在凳子上挪了一下，一大早被从家里带到公安局的审讯室，他穿的仍是当睡衣的半旧运动裤，透过磨损的布料，传来不锈钢高脚凳的寒意。房间不像影视剧中的审讯室那么高级，没有那种单侧可视窗户，事实上，根本没有窗。灰白格状天花板，白墙，灰色地毯，写字楼常见的装修风格。天花板上隔一段距离设有三根一组的日光灯，房间被照得雪亮。发问的是把他带来的警察中年长的那个，坐镇中间，旁边是个面生的年轻警察，对着笔记本电脑。他们的桌子距离他一米多，那距离是永恒的，他的凳子的四条腿被螺栓固定在地毯上。是怕人拎凳子当武器吗？手铐倒是在进屋时给去掉了。

警察的询问，他不是没经历过。上回对方在店里，可没这么声色俱厉。

“你上次问过了。”他忍不住友情提醒道，“那天店里有客人，让我想想，是一个 IT 公司的老总，公司叫 F&C，他姓冯。我手机里有他微信，你们如果不信，可以找他查问。”

“冯什么？”

杨树海努力思索，“微信上叫 David。”这年头，谁记得那么多人名啊？再说了，自己明明从店里抽屉找了冯总的名片给警察看过。叫冯什么文来着。中间那个字到底是什么？

对方又问：“当天店里没有其他工作人员？”

也是老问题。杨树海差点说，你们有时间问我这些，怎么不去找欺负我妹的人啊。他的心头盘旋着一股怒气。那股怒气一半冲着警察，一半冲着他自己。又一次，在妹妹最需要他的时候，他没能在她身边。

见他不吭声，对方提高嗓门，重新问了一遍。

“上次说过了，我妹和咖啡师都是白班。”

“黄依然呢？你那个实习生？”

“星期一，她定休。”

为了圆黄依然未成年的事实，杨树海对警察们的说辞是，那是画家林同的远房亲戚，在学校受到欺凌，暂时休学来这里实习。他说女孩有点 PTSD，比较怕人。警察们说，下次找个女同事来聊几句。黄依然歇了一阵回来上班，预告的女警察一直没出现。估计警察那边最近焦头烂额没顾上。

这是要把所有老问题重来一遍？看架势，对方免不了还要骚扰其他人，包括妹妹。杨树海隐隐头痛。可能的话，他恨不得把妹妹藏在蜗牛壳里，不要再让任何人给她造成哪怕是轻微的伤害。可他也知道，自己此刻坐在这里，并不能说是清白无辜。说不定警察已经发现他在 25 号做了什么。

怕什么来什么，那边冷冷地说：“监控显示，你去过陈晓燕家。”

他竭力让上半身保持笔直，绷着脸迎接对方的注视。沉默。明显是对方有意而为的沉默。等着他松动和崩溃。

对方再次打破沉默。

“10月10日上午，10月19日上午，还有，10月25日上午。监控都拍到了。你不用试图抵赖。25日，陈晓燕已经被杀害。你在她家停留了将近一个小时。那一个小时，你做了什么？你和她是什么关系？”

这一连串的语速飞快，最后一个问题像踩了急刹车，在空气中留下摩擦的尾音。

杨树海没动，也没说话。他有种完蛋的感觉。林同，到底是不是你啊？要真是你，我这下真的被你害惨了。他在心里说。眼前重新浮现陈晓燕蜷曲着腿躺在沙发上的模样。这些日子以来，他总是避免去想那一幕。当他拿掉遮住她脸庞的靠枕，死亡呈现在眼前——他不想看但还是看了——她的样子很奇怪，脸上少了什么，表明她不再是陈晓燕，不再是那个捉摸不清的女人。他和她在一起从来不是百分之百的开心，常因为她的一些话心浮气躁，焦虑，自我怀疑。

就连他们最初在一起，也是因为口角。

去年的平安夜，店里应景地摆了圣诞树，在天花板上挂了装饰，又在玻璃上用喷雪罐和剪纸弄出雪花和“Merry Christmas”的字样。妹妹煮了一大壶热红酒，加了肉桂、橙子和苹果。当天饮品半价，除了热红酒，还提供平时没有的烤土豆和芝士。陈晓燕在傍晚来了，聊了她在日本九州的出差和捎带的旅行。她去的时间比他和林同他们晚，看到了红叶，发了一连串朋友圈。他表示羡慕，她说，你去的那个岛好像蛮特别的，下次有机会我也想去玩。他不确定妹妹有没有提过去壹岐岛的都有谁，不想多讲，便问她，莫凡怎么没跟你一起来？

她说，你不知道吗，莫凡讨厌圣诞节。他笑起来说，开花店的讨厌圣诞节？她说，我也不清楚为什么，反正就是不一般的讨厌。从圣诞音乐到装饰。其实当年我们和她认识，也是在圣诞节。

意识到“我们”包含了维佳，他谨慎地不再继续该话题。

八点过后，店里坐满了，新到的客人只能端着酒杯找地方站着。利维以及陈晓燕的男友都没出现，他们的店也有得忙的。平时十点就上床睡觉的陆南留下加班，这小子没怎么见过夜晚的蛋糕酒号，更是从来没见过挤了这么多人（用陆南本人的话说，牛鬼蛇神）的盛况。他忍不住逗陆南说，你要不要破戒尝尝热红酒？加热过，应该没什么酒精了。自称酒精过敏咖啡因成瘾的陆南说，不用了谢谢。

林同也来了。脸色憔悴的画家一进门就宣称，今天一天没吃东西。妹妹要给林同盛烤土豆，后者说，我到里面吃吧，外面人太多。他俩穿过黑色布帘，进了烘焙间。

隔着吧台，杨树海听到陈晓燕说了句什么，被其他人的说话声笑声和背景音乐给盖住了。他提高嗓门喊道，你说什么？她做了个点烟的手势。印象中很少看到她抽烟。他从抽屉里摸出不知哪个客人留下的一次性打火机，搁在吧台上，看着她走开。迟疑片刻后，他穿过人群聚集的店堂，拉开院子的玻璃门。天气太冷，站在光秃秃的院子里抽烟的只有陈晓燕一个。她的外套寄放在吧台底下，身上裹了条披肩。说是抽烟，更接近发呆。她的手指间是细长的韩国烟，挂在前端的烟灰超过一厘米。

看见他，她说：“林同今天也来，很给面子嘛。不是应该在家陪那个谁吗？”

“你也听见了，他画了一天画，又累又饿，回南翔太折腾了。”

她笑笑。“是吗？他真的在画画？先不说那个，他是因为其星才来的吧？”

“我怎么听着有点酸啊。”

“酸？我为什么要酸？”她反问。

自从妹妹出了事，全靠陈晓燕热心照应，林同也在旁边帮了不少忙，妹妹才得以缓慢恢复。他这个做哥哥的不像他们，能装作淡定，和妹妹一遍遍地做那些枯燥的练习。说他缺乏心理承受能力也好，没耐心也好，总之他做不到。以为康复能越往后越顺利，但近来他感到，妹妹的听说能力止步不前。问了妹妹，说是和陈晓燕的练习停了。他吃了一惊，问，什么时候停的？为什么？妹妹以她一贯的风格盯视着他回答，不好，说。

她本来就是个不会撒谎的老实孩子，现在更是如此。毕竟光是找到想说的话就够难的了。失语症的诚实，像一枚扎人的钉子。

让被扎的人无从问起。

于是他只能猜测，是不是那三个人有什么问题，导致妹妹的课业中止。被陈晓燕这么一问，因为冷也因为急躁，他冒失地脱口而出：“我说句话你不要打我……是不是因为其星和林同走得近，你才不给她上课了？”

“真的让人想打人啊。你对我的误会，看来不是一般的深。”她皱起眉，过了片刻又说：“你没问其星吗？”

“问了，她说，不好说。”

“那就一定是‘不好说’吧。我这边没有任何变化。她如果想学，我随时奉陪。是她自己不肯继续。”

“为什么？”

“你应该问你妹妹，或者林同。不过他们不会说吧。我也只能告诉你，我个人的看法。大概是林同和她说了什么，所以其星才会那样。”

“说了什么？”

“我怎么知道！一定要猜的话，应该……和我妈妈有关。”

杨树海叹了口气。又来了，这个话题。她放逐了她最好的朋友，却不冷不热地维持着和林同的相处。现在又说，其星停止做康复，是因为那个去世超过十年的女人。如果是别人，肯定会认为是她想太多。不过杨树海没有忘记，在海宁乡下破旧旅社的阳台上，林同突如其来的自白。林同的秘密犹如一种重压，让他甚至有过不恰当的念头：维佳造成的车祸，当真是意外？这念头太可怕了，他每每立即压下去。

要到后来他才会知道，陈晓燕的疑念有多深。某个怀疑年复一年折磨着她，不断从心底分泌出毒汁。在那个冬夜，他一无所知。纯粹是为了制止她进一步说什么不中听的话，他有些口不择言。

“都过去这么久了，你能不能不要揪着以前的事不放？坦白说，你妈妈如果看到你这样，也不会感到安心的……”

话没能说完，他被踢了一下。她脚上是双满街A货的UGG中筒靴，踢得重却不疼，只让他吓了一跳。他在她脸上看到巨大的痛楚，眸子里翻滚的不只是怒气，还有泪水。他蒙了。仿佛一下被踢回到钱塘江边。年轻得不知天高地厚的她说要带着妈妈离开家，他冷嘲热讽。谁能想到只过了一个多月，她的妈妈被车祸带走？很多事是后来听说的。事故。赔偿。好友反目。陈家父女的龃龉。他被莫凡喊去，陪着陈晓燕搬了家。搬家的过程中，陈晓燕的神色清冷，那个爱说怪话爱调笑的她像是彻底消失了。

再见面隔了半年。陈晓燕有了工作，莫凡为此组织聚会，叫了除维佳之外的几个。林同和他商量了好久，到最后一刻才决定去。以为陈晓燕会针对林同说什么难听的话，却没有。她聊了些新工作的事，口吻平常，让杨树海以为，她开始渐渐走出母亲过世的阴影。那次聚会后，妹妹和陈晓燕时有来往，偶尔从妹妹口中听说她的近况。她那份周刊的工作做得不错。她有了个男朋友。再后来，妹妹出事了。她来到妹妹的病房，面带忧伤地说，和我妈妈一样的病……你别担心，我会帮她的，尽我所能。

她真的像她宣称的那样尽心尽力，一趟趟跑虹口，让他不禁怀疑，哪儿来的这么多时间，是不是和男友分手了？没有问过她。她一直是朋友的朋友，又变成了妹妹的老师。他觉得算是了解她，却总在不恰当的时机搞砸了，惹哭她。他见过的那些女人们的眼泪，都不曾让他这样心烦意乱。

他呆了片刻，没有说对不起。感觉说了也没用。她把烟蒂扔进烟灰缸，从他身旁走过，推开玻璃门。

那天夜里，他没注意到陈晓燕是什么时候离开的。唯一确定的是，踢了他一脚回到店里，她又待了一段时间。临近午夜，陆南熬不住，先撤了。林同大概是一点多走的。客人们散尽，他和妹妹收拾完，已是第二天的两点多。为了开车送妹妹回家，他整晚忍着没喝酒。马路空旷，他开得飞快。进了小区，下车时他对妹妹说，明天你不要那么早去，多睡会。他回到房间后仍没有睡意，也不想洗漱，呆坐在沙发上看手机。除了午夜时分的一堆节日问候，没人找他。接下来的举动没经过大脑。他下楼取车，沿着每天上班的路线驶去。凌晨三点半都过了，高架上怎么还有这些车，到底都是些什么人，在往哪里去呢？他的车里放着 Patti Smith 的 *Break it Up*。他出生前的歌。打破。打破。他的心里有什么被打破了。没有颜色的液体漫溢出来。

在 902 门口敲门的时候，他终于回过神来。我在做什么？太莽撞了。她的厨师男朋友是利维的同事。万一姜则在呢？这算什么？

门开了，里面的门，然后是外面的铁栅门。是她。她穿着绒布格子睡衣，长发披在身后，看起来很清醒。他想起来，她是个夜猫子。

“这样开门很危险。万一是坏人呢。”

“我从猫眼看到是你了。”

她的话音刚落，他抱住了她。如果说这个拥抱是毫无预期的，那未免自欺欺人。一路驱赶他的，是不该存在于他身体里的欲望。他只想抱紧她，将她揉进自己的体内。想把她的骄傲和脆弱一起吃下去。那该是怎样的甘美。不是没想过可能遭到拒绝。他明白自己简直像个疯子。

至今不知道是为什么，她没有拒绝。然而他在那天夜里依旧没能硬起来。他焦躁又自怜，只能让手和嘴唇化作游鱼，去寻找记忆中的河道。她制止他的动作，将他拉到枕头上躺好，她自己侧躺着面对他，抚摸他的耳廓，表示不在意。该死。他很在意。在意极了。

发生在妹妹身上的事故，夺走了妹妹的语言，也夺走了他的性能力。

2008年夏天的那个雨夜，加班的妹妹打电话给他，问可不可以晚上过来住。她新近跳槽，公司离他位于虹口的租屋很近，而她租的房子靠近上一家公司，在龙华，打车回家要四十多分钟。他正和一个女人满身是汗地纠缠，当即拒绝了妹妹，说今天不行。谁能想到妹妹打不到车，乘公交车回的家？谁能想到她会在过那个见鬼的人行天桥时从台阶失足滚落？她躺在雨中好几个小时，直到有路人经过并发现了她。医生说，头部的淤血严重，如果早些送来，情况就不会这样糟糕。医生的解说不难懂，他却无法理解每句话的含义。他心里翻来覆去只有一个念头。那是对他的，天罚。那一年外部世界变动不居，世界格局的经济动荡，西南边的地震，北京的奥运会，但对他来说，世界坍缩成无限小，只剩下妹妹和他。

如果真的有上天，一定是极为残酷和爱看悲剧的。杨树海一直这样认为。他自幼形同孤儿。少年时唯一的朋友林同，不得不一起经历了那样的遭遇。去到云南，在大妈的冷遇下长大成人，终于离开云南来了上海，以为可以掌控自己的生活，妹妹又出了事。他也不是没有检讨自己。如果他小时候不是那么懦弱，能保护林同，后来的一切都不会发生。如果他对妹妹不是那么冷漠，那天让她来家里，就能避免事故，妹妹也不会变成现在这样。

他和陈晓燕在一起后发现，她的心上，同样插着长而尖锐的刺，尖刺造成的无法愈合的伤口，可能比他的更深。

一月底的一天，他和陈晓燕并肩坐在她家客厅的沙发上看一部投影播放的日剧。屋里空调有点旧了，不够暖，他们合搭着一条毯子，喝着红酒。剧集在他看来有些沉闷。看剧期间，他想劝她春节别去贵州，和他还有妹妹一起去昆明。她说，下次吧，我和莫凡都讲好了。

“仔细想想，我只有一个春节待在这套房子里。一个人过节太没劲了，所以每年春节我都出去玩。”她语气平淡地说。

他问：“在这里过春节，是搬进来第二年吗？”

记得她搬家是 2005 年 3 月的事，那么就该是 06 年的春节。他在心里补了句，我还像夏天的蟋蟀一样四处蹦跶的年代。

她摇头说：“是搬家前。房子买了还没粉刷，我带了条毯子，在这里过了大年夜，初一和初二。对我爸说是去同学家过年。那时候上一个房主的沙发还没扔掉，旧的空调也能用。我只是不想和我爸还有舅舅一起过年。如果有别处可去，我其实不想待在这里。当时也没钱旅游什么的。”

二十出头的她在空荡荡的屋里度过春节，该是怎样的心境？他有点想问她，你一直不肯和你爸过年，是还没有原谅他吗？

经验告诉他最好别问，于是他拉过她在怀里，一下下拍打她的肩。眼前的投影屏上，年轻的遗孀和公公同住，丈夫的幽灵不断出现在家的各个角落。无法理解日本编剧的思路。一集播完转入下一集，片头是一连串做菜的场景。手，切菜的节奏，锅的沸腾。他恍然想起妹妹在店里做蛋糕的身影。

又听她说："那个春节真是凄凉啊。我一个人在空房子里，终于明白，妈妈她真的走了，再也不会回来了。要能像这个剧里，她还能在我旁边看到我……不，那只是活着的人给自己的幻想。人走了就什么都没了。"

他觉得自己该说些什么。"你还难过吗？现在。"

她没有回答。片刻后，才说："妈妈对我来说不光是妈妈，像姐妹，也像女儿。"

"女儿？"

"对啊，因为，你知道的，我教她学说话。还有，我看着她从头学画画。只有小孩才会不断改变，她就像孩子一样，每天变化，谁也不知道她的未来会怎样。我本来对妈妈怀着很多期待，经常想象我们共同的未来的生活。我想看着她'长大'，那种心情就好像她是我的女儿一样。可是现在，我再也看不到她将来的样子……她变成了这间屋子。我渐渐地习惯了不去想这些，一天天过日子……大多数时候都可以不想……"

说着，她在他怀里微微仰头，像是在打量周围的钢筋水泥叠加了涂料、木头与织物的空间。他回了句什么？记不太清。总之他无法理解她所说的母女关系，只能隐约体会她的丧失。

记得就是在那一天，他第一次听到陈晓燕的自责。

“如果我没有介绍林同去画室，妈妈就不会死。”

大概是酒精的作用，她的声音带了哭腔。也是第一次，她提起那个盘踞在她身后的阴影，那个挥之不去的念头，即，维佳是为了林同撞死了陈鑫。

所以陈晓燕知道……知道林同对她母亲的情感。他压住震惊，反复地说，你这是被害妄想。

“你不懂……你反正是站在林同他们一边的！”她喊出这句，终于不受控制地哭了起来。

春节店休，他和妹妹回了昆明。回来的那天正值情人节，陈晓燕当然是和姜则过的，他装得没事人似的打理店铺，听陆南久违的絮叨。陈晓燕不知在忙什么，再见到她，是元宵节后。从她那里听说，在贵州的旅行并不愉快，和莫凡吵了一架。他发现，她的情绪变得很不稳定。她喝酒喝得超乎寻常也是从那时开始。回想起来，过年前那个看片的午后的静谧，简直像假的。有时她喝醉了痛哭，对他尖叫，你给我滚！他从不发火。他不止一次耐着性子对她说，求你了，你要喝就在我店里喝，至少在我看得到的地方，好吗？他不明白是什么黑暗的情绪席卷了她，让她变成这样。他暗自埋怨莫凡，有一次终于忍不住问陈晓燕，在贵州，莫凡到底对你说了什么，让你这么不开心？她答，那个啊，早就过去了，和她没关系。他恳求道，你有什么难过，可以对我讲。你难道不信任我？她闷闷地说，我最近听说了一些事，老早以前的事了。等我整理好思路再和你说，好吗？

老早以前的事。她的用词让他感觉不祥，甚至因此问过一次林同，陈晓燕最近心情不太好的样子，你和她说过什么吗？林同错愕地回答，没有啊，我哪里敢刺激她。

10 月 24 号那天，连续收到三条语音，他当时就注意到了，她的声音带着久违的饱满情绪。**我约了叶子明天下午来我家。让林同带的话。至于敢不敢或者愿不愿意告诉她，看他自己了。**

他隐隐心惊。所以“老早以前的事”就像一双注定落地的靴子，如果她这段时间的消沉是第一只掉地的余响，她突然提出要见维佳，便是第二只靴子终于砸下来？而且，为什么她不惜惊动所有人，当着妹妹的面，让林同传话？

陈晓燕出事后，他问过妹妹 24 号下午的情形。妹妹只说了两个字，叶子。他追问，陈晓燕要见叶子？那她有没有说为什么？妹妹摇头。

维佳则声称自己 25 号并未赴约。她还说，林同 24 号夜里和她一起在家。事关林同，维佳的话必须打个折扣。就像杨树海自己有时候一样。

——对不起。对不起。对不起。

25 号那天，他一边打扫陈晓燕的屋子，一边在心里默念不休。

你肯定不能理解，也不会原谅。不，已经没有这个必要了。等我到了那一边，你可以狠狠骂我，踢我，咬我，随便你。只是，我妹妹，她不能没有林同。她拥有的只有这些了。

杨树海当然知道，对警察保持沉默，并非上策。拉锯过程中，他断断续续地承认了部分的事实。是的，我们在交往。从去年圣诞节开始。她男朋友不知道，而且他们最近分手了。我没有要求她和男友分手。

负责询问的警察短暂地离开房间，回来时，脸上有掩不住的兴奋，先点烟，才开口道："能证明你 24 号晚上不在现场的冯允文，现在在医院里。他昨晚被人打成重伤。这事和你有关吗?"

原来冯总叫冯允文！杨树海想，人要倒了霉，真是喝凉水都塞牙。他当然想不到冯总是为什么住院的，摇头说不知道。

对方连珠炮般地说道："不要试图抵赖了！没用的。你在 24 号晚上离开蛋糕酒号，去到 45 号 902，用一只靠枕作为工具，让陈晓燕窒息而死，然后你仓皇离开犯罪现场。第二天，你回到她家清理现场，试图掩盖犯罪证据，对不对？除了带走靠枕抹杀证据，你还打开煤气，为的是让人注意到她家出了事。你知道她订了蛋糕，也知道你妹妹等不到她来取蛋糕，很可能会送过去——你让妹妹作为第一发现人，够狠的啊!"

他咬着牙说："你们有证据吗?"

"你 25 号从她家带走垃圾，回到你自己的小区，在和你居住的 1 号楼距离最远的 5 号楼的楼下抛弃。你们小区的监控都拍到了，你没想到吧?"

"……"

"证据确凿，你还想否认吗?"

"……"

发问的警察的目光让人想起纪录片里的掠食兽。其中并无嗜血的贪欲，唯有近乎冷漠的观察。杨树海感到口渴和疲倦。脚边的矿泉水瓶早就空了，看起来他们不打算给他新的。自己被带到这里多久了？一个小时？还是两三个小时？日光灯的照射让人丧失对时间的把控。对距离的感觉也变得奇怪。警察们的桌子感觉离他近了些，近到他一伸手就能碰到桌边。不，一定是错觉。

"打算沉默到底？你这样做没有任何意义，用不着到今晚，我们就会有新的证据。”

声音像是不仅在耳畔，也在他的头盖骨内回响。昨晚没怎么睡，从昨天到今天这一番折腾，他的精神和体力面临透支。林同他们现在在干什么呢？妹妹经过一夜休息，有没有好些？自己现在最该做的，就是陪在她的身边。所谓祸不单行就是这种状况。他终于没忍住，打了个哈欠。不用看也知道，对面频频发问的警察就要发飙了。

*

黄依然没睡好。脑袋里像是有根线头绷紧了，一扯一扯的疼。

这是当然的。昨晚杨其星折腾出那么大的动静，先是做蛋糕，然后两个人抱头痛哭。她哭完了回到榻榻米，发现夜月以不变的姿势侧躺着，不由得暗自庆幸。她也庆幸和她一起哭的人是杨其星。要换了别人，肯定会问，你为什么哭啊，你有什么事这么难过？星姐不问，因为她“不会”问。再说，星姐光是说出发生在她自己身上的可怕事件，就已用尽全力。

刚重新躺下，黄依然猛地想起看到夜月在线的事。她重新登录游戏，夜月的头像变成了灰色。头像旁边的数字显示，上次登录是三十分钟前。

真的是被盗号？还是说，叶维佳不是夜月？

可是，自己打电话过去，明明是她接的。

黄依然睁大眼睛注视昏暗的天花板，一个可能性如同暗影般浮现。她恨不得立即去敲开老板家的门，问个究竟。所有的事汇聚成旋涡，在心头打转。爸。光行者。夜月。林同。从杭州逃离的夜晚。老板。星姐。费南雪。陆南。肉桂蛋糕。直到天蒙蒙亮，她终于疲惫地入睡。

倏然惊醒时，她感觉自己刚合眼没多久。

夜月走到门边，开了门。门外有人在说话。黄依然下了榻榻米，光着脚走过去，在夜月身后张望。警察。是为星姐的事来的？好像不太对劲。老板戴着手铐，像电视上一样。林同在门内，脸色发青。

她问老板怎么了。说出口才发现问题很傻。老板并不回答，只关心不要让星姐看到。夜月咣当一下把门给关了。她注意到，夜月的神色慌乱。

“夜姐姐……”

“你去看下其星醒了吗。”

她乖乖地去开里屋的门。为了方便她去阳台晾衣服，杨其星从不锁门。门一拧就开了，屋里没人。封闭式阳台那头的窗帘开着，晨光让朝南的房间一览无余。床铺平整，像是没人睡过。床边书桌上的笔记本电脑合着。落地灯寂寞地伫立一旁。片刻后，她注意到那盏灯是亮着的。仿佛看到杨其星彻夜坐在桌边的情景。星姐是和陈晓燕刚去世那几天一样，一直在听教学录音，还是一个人坐在词语的空无中发呆？对了，星姐到底是什么时候离开的？按理有人出门该有动静，大概她和夜月都累了，睡得太沉。

“她不在……要打电话吗？”黄依然听到自己说。

夜月走过来，一只手放在她的肩上。“她手机没了。”

手机没了是怎么回事？黄依然心头一动，走进厨房。烤好的肉桂杯子蛋糕和昨晚一样，一个不少，整齐地排列在保鲜盒里。横四竖三，十二个。保鲜盒的一角压着张便条，她拿起来，纸上是杨其星特有的歪歪扭扭的字。右手僵硬的失语者的笔迹，像刚学写字的儿童写的。

我去昨天

如果不是最近和杨其星每天做练习的黄依然，还真看不懂这句留言。她皱眉说：“星姐说她去昨天的地方了。”

“其星肯定是重新去派出所报案了。昨天报案没成功。”夜月显得心事重重。

“派出所？那星姐会碰到老板吧？”黄依然脱口而出。看到夜月的表情，她意识到自己说错了话。夜月说要去喊林同，脚步急促地离开厨房。

黄依然把蛋糕盒子和便条带到客厅茶几上，这时夜月一个人回来了，一进门就举着手机打电话。黄依然盘腿坐在沙发上，望着蛋糕，感到冷。她没穿袜子。电话像是一直没人接。夜月一手叉腰一手拿手机，在屋里转了几圈。

“林老师呢？”黄依然问。等了片刻没有回答，又问：“他跟老板走了？”

还是没有回答。她小声说：“夜姐姐……”

打电话的人放下手机，看着她。“如果我说，我不是你的夜姐姐，林同才是，你相信吗？”

黄依然咽了下口水。动静比预想的大。

叶维佳静静地说：“他跑了。电话关机。就这么几分钟，跑得倒是快。”

“为什么？”黄依然想说，被抓的不是老板吗？还有，老板到底为什么被抓起来？明明是星姐被人欺负了。难道昨晚老板去给星姐报仇了？他很像是会干那种事的人。她沉浸于不着边际的空想，却听叶维佳说：“走吧。快点换衣服出门。带两个蛋糕，路上垫一下。我们得保持体力。”

“去哪里?”

“当然是去找其星。总不能让她一个人。”

工作日的路上拥堵，打车花了五十多分钟。黄依然坐在城西一间派出所的办公室里，感到自己上当了。

叶维佳虽然发话说“总不能让她一个人”，到了这里又改口说，我真的不行，昨晚试过了，她当然很难受，我更难受，你去吧。

黄依然看着叶维佳找人问清杨其星在哪个房间做笔录，任凭她把自己带过去，又见她对警察们说，我给你们带来一个翻译。然后，她听见夜月在自己的耳边轻声说，我到附近等你们，结束了打我电话。

说话时，夜月温热的气息擦过耳廓。如果是别人，她可能会厌恶得整个人缩起来。奇怪的是，对夜月和星姐，她从来不会感到排斥。

桃一向听夜月的话。无论何时何地。

于是黄依然坐在转椅上，看看旁边的杨其星，又看看两张相对的办公桌后的警察们。男警察圆脸，女警察椭圆脸。看着都很年轻。夜月一走，圆脸警察便问，你是杨其星的什么人?她答，朋友。说话间，杨其星悄然伸手过来，握住她的一只手。

女警察说：“这样不合程序吧，按理该让监护人在旁边，这孩子满十八岁了吗?”

明白是在讲自己，黄依然说：“我家长辈就是她哥哥。他有事……来不了。”

女警察说：“你们那个朋友怎么跑了?她刚才说她昨晚也来过，怎么不继续陪着?我们刚交接班，情况还没理清。”

黄依然说：“她害怕。”

说完不由得自己吃了一惊。是的，她分明从夜月的表情读出了恐惧。夜月在害怕什么？是害怕将要面对的细节吗？但那不像是她所知道的夜月。不，叶维佳说了，她不是夜月，林同才是。

还有，林同跑了。大人们一个个的到底怎么一回事？

她来不及细细思索，只听杨其星在旁边用空洞的声音说："被，强，奸，了。"

黄依然用力咬住下唇。男警察说："这个我们已经知道了。说了好多遍了……能不能说一下具体的经过？"

"你不能这么问她。"

"那要怎么问？"

她无端地有些恼火，压着嗓子说："她有失语症。"

爸的人物画的第一笔，总是先从鼻子画起。白纸上出现微微带钩的一笔，然后是两道弧线围成的一只眼。又一只眼。接着是嘴。脸部轮廓。身体。只占方寸的面部最花时间，大写意勾勒的衣袂和身形画起来快得多，刷刷刷几笔就完成了。经常见爸凝神对着宣纸，一动不动，那是在脑海中反复摆放五官尤其是鼻子的位置，有了腹稿，才落下第一笔。爸看不起西方画，说反复改出来的东西，没有真正的画意。中国画尤其是写意，一笔坏了，就只能重新来过。作画时的"气"不能散。状态即便能糊弄别人，也骗不了自己。

他说，重要的是第一笔。第一笔顺了，后面都会顺。

从来没想过那个人的话还能有用。黄依然努力稳定心神，凝视旁边的杨其星。感觉到她的视线，那边也看过来。眸子恢复了往日的澄澈，只是眼角仍带着红肿。杨其星的虹膜颜色比一般人浅淡，和她对望，会有种站在镜子跟前的错觉。

第一笔。

陆南昨天下午在微信上说，星姐和人约会。

那么就是认识的人。不是像影视剧演的那样，街边突然冒出来的混混什么的。

她毅然开口："昨天，你和谁一起走的?"

"……钟，孩子。"

"去了哪里?"

"公园。"停顿片刻，"他家。"

"你们一起吗，三个人?"

沉默。不知是"一起"还是"三个人"对她造成了困扰。对，陈晓燕说过，要尽可能具体。黄依然换了个问法："去他家，是你，钟，还有孩子?"

"对。"

"然后呢?"

杨其星垂下眼，眼睑下的一块肌肉开始抽动。不知是在忍受可怕的回忆，还是她正在把词语从深井里往外拽。可能的话，黄依然想要和她一道拉住无形的绳子。就让绳子那头的词语全都涌出来吧！哪怕将一切冲毁，也比这样一个一个字往外蹦来得痛快。焦虑间，她突然对陈晓燕生出不切实际的怀念。那个人要是还在该多好！如果那个人在……

不戴眼镜也不戴隐形的时候，陈晓燕习惯眯着眼，显出莫测的神气。她曾以那副神气笑着说，其星和我妈妈，是一样的病。

黄依然尽量让思绪远离此时此刻。如果不刻意回忆无关的事，她随时会掉进自身的陷阱。不要看胸口的洞！人无心必死，不要看！

几乎是无意识地，她握紧了杨其星的手，像一个即将溺死的人抓住救援者。明明她是来救援的。

杨其星的嘴角因用力而抽搐，整张脸失去了平时的娟秀。“孩子，在房间。我，在沙发。他，他……”

“慢点说。”黄依然提醒道。

“他说……吃了饼干，看见，奇怪。他，呀……压——着。我，我想逃。他，力气。疼。脸，红色。他，达——打，我——”

说到这里，杨其星开始响亮地吸气。说话时忘了呼吸，一口气接不上。警察们没开口。黄依然也没有。她第一次听杨其星说这么长的句子。对陌生人来说破碎难懂，但她听懂了。她确信，不光是她，熟悉杨其星的人都能听懂——如果老板听到，该多欣慰，又该多么痛啊！

她也痛。痛极了。心口的洞。不，不要看。

“疼。敲门。他说，你喊，就杀掉！孩子。”

吸气。

“男的。”

吸气。

“声音。喊。听不懂。”

更用力地吸气。

“他说，报警！”

杨其星开始全身颤抖。她举起右手，抓住左肩。她被黄依然握住的左手手心满是冷汗。黄依然起身离开椅子到她旁边，弯腰抱住她。很奇怪，距离上一次拥抱仅仅经过几个小时，怀里的杨其星像是缩小了一圈。仿佛她刚说出的那些词语是肉身的一部分，离开了她。

女警察低声地对男警察说，这样没法上庭吧？不是还有个人吗，醒了吗？男警察回了句什么，黄依然没听清。她感到森凉的气息从胸口的洞流出。她知道，自己永远不会有杨其星的勇气。她在杨其星耳边低声说，没事了，没事了，没事了。随即一个念头浮起来，待会星姐如果要找老板，我该怎么解释呢？

两个警察出去了，过了不短的时间，他们重新回来，多了个瘦长脸庞的男警察，像是个头头。他摆出领导特有的和蔼语气说："小妹妹啊，谢谢你协助我们调查事情的经过。"接着问女警察："昨天带她做过体检吗？"女警察说："昨晚我不当班。"圆脸警察说："应该没有吧，她话都讲不清。"

听到他们这样当面谈论杨其星，黄依然有些难受。

长脸警察和两名警察谈起昨晚另一起事件。从他们的对话中听出，还有个男的可以作证，但那人被打伤了，现在刚脱离危险期，暂时不适合询问。黄依然乖觉地没发问。长脸警察开始问问题。杨其星答，她在旁边协助。这一次的"交流"更加磕磕绊绊。看起来，长脸警察明显在怀疑杨其星的智商，以及两位下属的判断力。到后来所有人都筋疲力尽，长脸警察对黄依然说，你们辛苦了，先回去吧。黄依然问，不用签字什么的吗？圆脸警察说，不用了。

她忍不住又问，坏人会被判刑吗？

刚才她听懂了，坏人被抓起来了，因为他打伤了另外那个男的。后者伤得不轻。几个警察对望一眼，女警察像是难以启齿地说："小妹妹，你朋友这个情况，没法立案。"

圆脸警察说："但是既然打了人，伤害罪肯定跑不了，放心。"

这不公平！黄依然忍住了尖叫的冲动。她知道警察们都是好人，可是和他们待久了，她逐渐有种窒息感，甚至恨不得将桌上的东西统统扫到地上。

*

"你们单位其他人都不用通宵加班，为什么只有你这样？太伤身体了，还伤眼睛……"

阚少华坐在桌前吃早饭的时候，母亲一边蹲着擦厨房的瓷砖地面，一边数落道。父母习惯早起，吃过早饭的父亲在客厅听广播。收音机的音量盖不住絮叨。

"你现在眼睛已经这么差了，经常发病，再不珍惜，将来老了有你苦的。其他器官坏了还可以修修弄弄或者换一个，眼睛多金贵啊……"

他面无表情地将颗粒分明的泡饭用筷子扒进嘴里，没怎么嚼就咽下去。蘸酱油的油条凉了，略硬。短暂的寂静。他由经验得知，那不过是过渡到下一轮唠叨的中场休息。蹲身擦地的母亲右手的抹布划出弧线，随着每一下动作，雪青色高领衫下瘦棱棱的肩骨突起又隐没。

阚少华的眼前浮现另一幅他并未实际目睹的场景：疑犯杨树海在陈晓燕的屋里蹲着擦地。

早上，应邹队的紧急要求，虹口分局的同事看了他们那边的监控，得以将杨树海25日的行踪串联完整：上午，他开车然后步行，到案发区域（很可能是陈晓燕家）。近一小时后，他带着一只纸袋离开，开车返回他居住的小区，将纸袋扔进另一栋楼下的垃圾桶。

这一次，运气终于站在了执法者的一边——大楼入口的监控不仅拍到了杨树海扔垃圾的一幕，甚至能看到敞口的纸袋内的细节。黑白花纹的物体，是个垫子或靠枕。

陈晓燕被柔软织物堵住口鼻，窒息而死。她家沙发上的靠垫没有查验出痕迹，她的前男友姜则曾指认，屋内少了一只奶牛靠垫。

邹队立即得出结论，凶手杀死陈晓燕不管是有预谋的还是临时起意，杀人后来不及清理现场，在第二天返回善后。案发后的询问中，杨树海声称他 24 号晚上在店里，并提出一名证人。当时做过电话查证。那人说杨树海当晚八点到十点多都在店里。现在看来可能是熟人串供。事实上，杨树海如果从蛋糕酒号短暂离开，到丰年小区作案再回来，以该小区不完善的监控情况，不难做到“神不知鬼不觉”。

然而天网恢恢，疏而不漏。

饭桌边的阚少华差不多要笑出声来，强忍住了。案子告结，他浑身为之一松，回到家，彻夜的疲惫终于堆满神经末梢。就在刚才，陶密从微信发来一句私聊，**搞定**。他彻底放下了心。按规定，不能在微信上讨论具体案件，不过谁也没认真执行。很快 1024 案的微信群便挂了个红圈数字，109。一百多条未读消息。他自然是不看的。忍着母亲的轰炸吃完早饭，他回到房间，给手机设了免打扰然后插上充电，自己在床上躺倒。

做了一个纷乱诡异的梦。

他走在旧法租界的林荫路上，时间应该是春天。之所以判断是春天，因为他的双眼痒而涩，正是四五月间的悬铃木种子毛絮引发的症状。他走了一会儿才意识到，自己不是一个人，少女在他前面十几步远。她左手握着手机，横条纹 T 恤束在牛仔裤里，显得腰很细。她没戴帽子，头发长了许多，马尾辫随着脚步在脑后一甩一甩。他跟着她过了红绿灯，绕开人行道上堆放的建筑垃圾，拐进一条弄堂。她显得熟门熟路。

忽然有个男人从横巷窜出来，一只手捂住少女的嘴，将她拖走了。整个过程不过十几秒，不存在反抗，轻快得就像猎豹叼走羚羊的幼崽。他惊呆了，过了片刻才飞奔过去，冲进横巷。巷子很短，尽头是墙，哪里都没有少女和男人的身影，两侧老楼的红色木门和黑色铁格窗紧闭。他条件反射地抬头寻觅。只要有探头，就能找到并解救她。有，而且不止一个。屋檐深处，三层红砖房的砖墙表面，一扇扇铁格窗的窗台下，几十只黑黝黝的探头像是同时感应到他的存在，开始不规则的转动，那样子俨然在寻找什么。终于，探头们确认了方向。它们的镜头一律对着他，从空中各个角度。他被无数双眼睛包围和锁定了。他战栗起来，想要喊，不是我！

这时探头们又发生了新的变化。黑色塑料外壳化作羽翼，继而生出爪子和尖喙。鸟。黑色的鸟。鸟们从各自栖身的高高低低的位置俯冲下来，他条件反射地抱住头，蹲在地上，尽可能地藏起脸孔。他们要啄我的眼睛！惊惧之间，肩背上传来尖锐的痛楚——

做噩梦了吗？一个声音说。

他呻吟一声，蜷缩的姿势松开少许。肩膀上一下下的敲击，不是鸟的攻击，是母亲在拍他。他想说，别管我！母亲说，你同事来了，好像有急事，说打你电话打不通。他吐出一口气，强迫自己起来。

和父亲并肩坐在客厅沙发的是穿便服的陶密，像个大学生。阚少华诧异地问："怎么了？"

陶密说："你眼睛好红，没事吧？"

"没事。只是没睡好。"

"对不起，把你喊起来。"陶密磨蹭着不讲正事，父亲识趣地去了厨房。阚家是老公房的一室一厅，父母的床位于客厅的一角。母亲这几年愈发焦虑，说早几年应该狠狠心把婚房买了，如今房价涨成这样，越发没可能了。阚少华每次听到她唠叨就想说，没有女朋友买什么婚房，求你们不要为我操心了！当然，他从来没能说出口。

“你怎么不陪邹队审问啊?”阚少华又问。

陶密咧开嘴角。“你真觉得杨树海是犯人?先声明,我不是不相信你的判断啊。”

“我没有下判断。监控不会说谎。”

他很清楚,陶密一直以来主张嫌疑犯是画家林同。毕竟累了,不想和陶密就无意义的细节进一步纠缠,他正要说“你要没别的事我回去睡了”,陶密开口道:“看总,你先听一下我这边的经过——”

为了追溯从初次听说便感到有疑点的车祸,陶密和陈晓燕仅剩的两个直系亲属谈过话,又去找过他们的老邻居,是个开班的绘画老师,据说教过林同,还教过陈晓燕的妈妈。姓霍的老师声称自己有病在身,不能长谈。看起来倒不像个病人。她讲了她的两个学生——成名的和离世的——各自的情况,出于直觉,陶密感到她有所隐瞒。

还有一件事让陶密在意。

他早就注意到,死者的舅舅比爸爸更像家人。丧事是由舅舅一手张罗的。霍老师的话也印证了这一看法。陈晓燕小的时候一直是由舅舅带。她爸爸侯励年在妻子过世不久后再婚。要说他对女儿不能算不好,老弄堂动迁,他把分到的郊区住房卖了,加钱买下市中心丰年小区的小套,给女儿住。他自己另外买了商品房。所有这些钱,按照他小舅子陈磊的说法,都是陈晓燕的妈妈去世后对方赔偿的。陈磊说,钱都被姓侯的吃进,自己一分钱没拿到。陈磊一直住在闵行区马桥镇的动迁房。

陶密说:“我早上陪邹队忙完,想想还是不对劲,就打了陈磊的电话。我想重新和他谈一次,看能不能找到新的突破。”

“你到底在怀疑什么?”阚少华想说,监控上的杨树海难道还不够吗?友局确认杨树海扔垃圾的细节后,他要求他们把那一段数据直接打包从网上传过来，亲自看过。是那个卡通奶牛靠垫无疑。以邹队的能耐，不出二十四小时，就能击破疑犯的心理防线。陶密不肯接受事实，纯属自以为是。他只是不愿输给邹队吧。

陶密笑笑。他的笑容常让邹建平暗自不快。就连阚少华，此刻也觉得那个笑有点欠扁。

“你先听我说。我打了陈磊手机，结果关机。然后我和邹队说，有个会的 PPT 要赶——是找借口啦——我没陪他审案，直接去了马桥镇陈磊的家。你猜我看见了什么?”

“猜不到，你直接说吧。”

“他家被人占了。我敲门后出来两个男的，屋里还有其他人。一看就是混混，凶得很，问我是陈磊什么人，知不知道他去了哪里。还好我去之前换了便服，就撒谎说，我是长宁路的老邻居，爸妈让我来看望陈叔叔。有个混混甩出一句话，说，你要是看见姓陈的，问他什么时候还钱，一天不还，我们一天不走！他可是在借条签过字的，拿着房产证逃走也没用!”

“高利贷?”

“估计就是吧。我因此有个想法，想请你重新过一遍监控，看看‘舅舅’有没有出现。”

阚少华思索片刻。“所以你现在怀疑陈磊？那么杨树海的举动怎么解释……”

“是你说的，监控不会说谎。”陶密加重语气说。

和陶密一起出门时，母亲跟过来问：“不吃了午饭再走?”阚少华说不了，心知等下次回家免不了又听一遍絮叨。工作重要还是身体重要云云。

回分局的路上，他问陶密，那么长时间的数据，你要我看哪一段？

那边毫不迟疑地说，报案后的。25 号下午。

阚少华有轻微的讶异。静安局的小吴一开始也主张排查 25 号的数据，理由是，凶手会回到犯罪现场。他自己是为了寻找“客人们”，更准确地说是为了弥补早先的疏漏，才看了那天的数据，得以发现杨树海在 25 号上午的异常举动。现在陶密要看下午的，理由难道和小吴一致？

进了局里，他直奔小黑屋。陶密知道他不让人跟着，回了自己的桌子，多半要摆弄那些做不完的 PPT。一个同事看见阚少华，像是突然想起来似的说，哎看总，你要送的资料我还没去送，还需要给静安局吗，这人都抓到了。早上那边还打了电话过来，说想要更久以前的，24 号往前一个月的数据。

阚少华的眼前浮现小吴带着青春痘痕迹的脸，他几乎是条件反射地答，回头再说。

为什么要提前一个月的数据呢？以 AI 的分析速度，再大的数据也不成为障碍。他只是不理解驱策 AI 的人的思路。

没休息好，脑袋还有些昏沉。一开始，阚少华很难对着监控画面保持专注。他不得不按了暂停，闭上眼做深呼吸，同时对自己说，监控不会说谎。

有那么一瞬间，仿佛是梦境的延续，他觉得此刻查看监控的自己，像那些探头一样长出了黑色的羽翼。脑海中浮现少女的形象。她不会知道有一双眼睛曾透过监控，观看她在丰年小区外对付被风吹得翻过去的伞。更加不会知道，有人在 AI 检视前将她的那段影像删除。他是在保护她吗？如果是，又为什么要这样做？连他自己也不能确定。

阚少华睁开眼，继续播放被中断的视频。1.5 倍速的画面很快让眼球和神经感到疲惫，他几次停下来眨眼。摸了裤兜，没找到平时在那里的眼药水。画面上，小区西面第一道门附近开始呈现报案后的异变。警车。人群。覆盖着布料被抬下楼的担架。变动的人群。人们聚拢又散开。交换流言。散播惊惧和好奇心。

总觉得屏幕的光线越来越亮，他不受控制地眨眼和眯眼，好几次别开视线。连续加班太伤眼了。回头要让陶密请客。

此时，陕西南路上的监控映照出了不寻常的一幕。

马路对面的一个男人躲在一棵树的背后，长达几分钟。像是终于下定了决心，男人过马路，进了弄堂。

从监控判断人的年龄，主要看身形和步态。走进弄堂的男人看上去约莫四十五六。丰年小区第一道门的探头没有照到此人，但阚少华敏锐地从中华小区的监控辨认出男人一闪而过的身影。他进了丰年小区的中门，有门卫无监控的那一道。和少女前一天的路线相同。按照常理，这个年纪的人是最爱看热闹的，经过第一道门周围聚集的人群，总会上前看个究竟。此人像是全无好奇心。

二十分钟后，男人重新出现在陕西南路上。他换了身衣服，背着斜挎包。不知为什么，他的腰垮了下来，看起来老了起码十岁。那只斜挎包的款式新潮，不像是四五十岁的上海爷叔会用的。

阚少华见过这个男人。不，应该说，他见过这只包。

他不急着确认男人的面部，调出一段早先的监控，以 2 倍速播放，找到他要找的目标。恢复原速，重放，暂停。然后是另一段。陕西南路进出丰年小区的弄堂不止一次出现过男人的身影。总背同一只包。他一般早上出门，傍晚回来。像是个住在小区每天上班的居民。

有一天的监控显示他站在弄堂口进去几步的小菜店旁，低头看塑料盆里的鱼。一个年轻女人正要出小区，停下和他打招呼。两人聊了几句。他们的相似性即便在监控画面也一览无余，臀部扁平的高挑身材，细长的脖子，高额头。阚少华把画面尽可能放大。

他认出了那个女人。尽管他只看过她的照片。身份证照和死后的。

陈晓燕。

陶密说过，陈晓燕和她舅舅相差十六岁，长相一看就是一家人。

阚少华用其中一台主机登录ERP。输完用户名密码，进度条跑了好久，差点以为死机。眼泪不受控制地流了下来，他用手背擦了擦。其实喊陶密进来辨认是最快的，但只要是能靠电脑解决的，他都不愿和人打交道。系统终于进去了。他调出陈晓燕的卷宗，翻到陈磊那一页，点击身份证信息。

是他。监控画面的男人。

本该住在闵行区的舅舅。房子被人占了的舅舅。每天在丰年小区出入的舅舅。阚少华根据经验，把这个人认定为“附近居民”。从此视而不见。一次次忽略。甚至包括他和死者聊天的一幕。

这间用于监控数据分析的房间隔音效果一流，不然阚少华就会听到外面办公室有过一阵不同寻常的嘈杂。他猛地站起来，转椅被推开。他没开灯，在仅有屏幕光的昏暗房间几步走到门口，拉开门。大办公室空无一人。他呆住了。同事们都去哪儿了？陶密呢？成排的日光灯管向整个世界洒下毫不留情的冷光，他酸痛得有如砂子在翻滚的眼睛流出了新的泪水。

他下意识地抬起手，挡住双眼。靠着手臂遮挡下的一线视野，他从办公桌中间挪出去，来到走廊。这里的光线不那么刺眼。他战战兢兢地将手臂移开少许，看到一个男人朝自己走来。身形莫名熟悉。放下手臂，眼睛又一阵刺痛，他不得不眯起眼。隔着泪花，他依稀看到男人来到了跟前。那人抓住他的肩喊了句，喂，你没事吧？声音是陌生的。他不由得往后退。接着他认出来，对方是蛋糕酒号的杨树海。杨树海的身上散发着浓重的烟味。这栋楼连会议室都禁烟了，只有一个房间会造成这种气味。审讯室。邹队在里面总是不停抽烟排放毒气。

阚少华想问，你怎么出来了？脱口而出的却是另一个问题："AI找到犯人了？"

他此刻对真正的罪犯怀有确信，以为没人能比他更快。如果阚少华做不到，其他人更不可能做到。能超越他的，只有那个见鬼的AI。

对方茫然道："AI？"

眼下的局面略显突兀。阚少华以肩背抵墙，弓着背站着，低着头——没办法，一抬眼就会流泪。杨树海在他的一步开外。看起来不像警察和疑犯，倒像是校园欺凌的受害者和加害者。他们毫无条理的对话被一个刚从外面进走廊的同事打断了。

"看总你怎么还在这里没回家休息啊？"同事以为阚少华从昨晚一直没回家，显得吃惊。"你是不是又没看群里的话？1024的犯人自首了！"

自首。阚少华捂住越来越痛的双眼，不知该欣慰还是郁闷。同事奔过来，问他怎么了。杨树海在他们身后问，我该去哪里拿我的手机？同事不耐烦地说，谁拿走的你问谁呀。阚少华捂着眼说，大概在邹队办公室的抽屉，你帮忙找一下，有没有证物袋。同事只好放下他进屋。走廊里只剩下阚少华和曾经由于他的判断进了审讯室的男人。

那人说，你赶紧去医院吧。

你扔靠垫是怎么回事？阚少华想揪住杨树海问，却被眼球延伸到脑髓深处的刺痛夺走了全部的注意力。

15. 本日店休 II

杨树海被逮捕是在早上八点多，被释放则是在十二点三十五分。四个半小时。他的体感要漫长得多。之所以知道准确的释放时间，是因为他终于拿回了被警方扣留的手机。负责审问的警察们扔下他走了，连个解释也没有，主审的那位临走时扔下一句话，你的账回头再算。杨树海知道对方指的是什么，没吭声。他按警察说的出去找人签字办手续拿手机，不知是吃饭时间的缘故还是有什么事，几间办公室都空着，在走廊上走了个来回，遇到一个人。那人以手遮脸，像是眼睛被人打了还是怎么的。杨树海先以为是受了伤来报案的。对方说了些古怪的话，直到有穿警服的人过来，他终于发现，那人原来也是个警察。听说凶手已经自首，他强压震惊，缠着那个刚出现看似靠谱的制服警察追问，得知，凶手是陈晓燕的舅舅。

不是林同。

支撑着杨树海在整个上午的审讯过程中对关键问题不置一词的执念，倏然间碎了一地。那些恐惧，忧虑，信任与不信，反复的自问，耽于回忆的苦涩，都被真相给冲走了。就像那年他们在夜半寒冷的江边看到的潮水，轰然席卷一切。在夜色里，江与天与地的分界不存，水汽越过遥远的距离扑在脸上，恍然间甚至以为，站在高处的自己随时可能被浪卷走。

陈晓燕的舅舅最近住在丰年小区，杨树海是知道的。群租房里的一间。陈晓燕出的钱。似乎是闵行那边出了什么事，他没细问。舅舅应该不知道他们的关系。在陈晓燕出事后，怕引来事端，他甚至没去找她的家长们表示悼念。最近这几周他心乱如麻，没想起打听那个舅舅是不是还在丰年小区。她的爸爸也好舅舅也好，对他来说不过是模糊的存在，不像她死去的妈妈，因为常出现在她醉后的絮叨，其形象从不褪色。

竟然是舅舅……

到底为什么？

给他手机的警察表示“人还没带回来呢你别问我”，杨树海拿了手机往外走，自暴自弃地想，如果他因为扔垃圾事件再一次被“请喝茶”，倒是可以问个究竟。他挂念妹妹，一出门就打了电话，听到“您所拨打的手机现在无法接听”，冷汗顿时下来了。接着想起，从派出所走的时候，妹妹就没带手机。不光没有手机，她还没有鞋和外套。他把警察借给妹妹的那件还了回去，让她穿了自己的。至于拖鞋，只能穿走了。当时太慌了，没想起问那些警察，她的手机怎么了。不知道是不是民警和刑警的区别，昨晚的警察们和今天这几个完全不是一类人。派出所那一男一女如同凡事不急的居委会工作人员，他在旁边只能干着急。

他又打林同的手机，关机。

接着拨给叶维佳。这次总算接通了。

“你没事了对吗？”维佳在电话那头说。

“我没事。我妹呢，和你们在一起吗？”

“早上一团乱。你走了我们才发现，她又去了昨天的派出所。”

杨树海一惊，那边继续说：“我们急忙赶过去，她已经在和警察沟通了。当然不顺利。我让小姑娘陪她，我在外面等，等了快一个小时还没好，偏偏启东那边来了电话，我婆婆吐血了。真是所有事情都堆在一起……”

这都什么和什么。维佳也真是，让小姑娘承受这种事，不是往人伤口上撒盐吗？当下他不好抱怨，只说：“阿姨没事吧？”

“具体还不知道。我打了个车，现在到启东了，正在去医院的路上。”

“林同呢？”他边问边想，林同难道还在派出所陪着妹妹？如果是那样，维佳也真够受的。

那边叹息一声。“你一定想不到……他早上逃走了。你刚走就逃了。手机关机。他爸打他电话打不通，所以打给我。”

杨树海一时失语。这都什么和什么呀。他决定先说正事。“对了，和你说一声，陈晓燕的案子，凶手自首了，是她舅舅……”

电话传来仿佛有形的沉默。他正想着要不要再说一遍，维佳说：“天哪。我差点以为……”

“喂，你不会真以为是我吧？”

“不，我原来以为，是他。”

他听懂了。“你不是说你们那天晚上在一起吗？”

“我也不是时时刻刻看着他好不好！既然这样，警察为什么抓你？这不是乱抓人吗？”

是因为我做了傻事。他换了话题。“不提了，总之够倒霉的。阿姨那边的情况，你到了跟我说一声。我伯父他们应该也在吧，你不要怕麻烦他们，有什么就讲。”

维佳应了一声，又说：“你知道他为什么要跑吗?”

“这……我怎么知道。”

“早上他跑掉的时候，有一刻，我真的认定了，是他做的。你能明白吗?”

他沉默。维佳继续说：“他只会逃。你被抓了，其星出了那样的事，一团糟。他倒好，逃得一干二净。我赌一百块钱，如果现在去画室，他肯定在那里。”

逃到画室算逃吗？他苦笑起来。一个念头闪过。

难道是，因为我被抓了，林同以为我是杀害陈晓燕的凶手——既然他本人的确不是——然后他害怕起来，怕我把坡哥的旧事抖出来?

他立即又掐灭了这个念头。“管他在哪里，”他气哼哼地说，“我要去找我妹。”

他非常饿，然而来不及吃饭。见鬼的是黄依然的电话打不通。他又打给陆南，心里祈祷这小子今天和黄依然联系过。陆南一接起来就大叫：“老板你没事了?”小子消息灵通得很。

“我没事。黄依然或者我妹联系过你吗?”

“我们在一起啊。在瑞金医院。”

他的心脏瞬间收缩成一团。好在很快得知，妹妹在挂水，是突发性低血糖，没有大碍。陆南在那边一连串地说，星姐快中午才和黄依然一起来店里，我跟她们开玩笑说，我发了一堆微信没人理我，要是今天你们都不来，我打算自作主张店休一天来着。正说着，星姐就晕了过去。黄依然这个丫头马后炮地说，啊星姐没吃早饭。唉你说要她有什么用，跟小朋友一样……

杨树海不能理解妹妹的举动。昨天到今天，她该有多难熬？先是空着肚子去了警察局，然后又去了店里。她是打算正常上班做点心吗？

他不是第一次感到，妹妹有自己不具备的强韧。或者，那是杨家人的拧巴。

现在他“洗刷了冤屈”，因此怀有短暂的毫无来由的乐观。觉得一切都会好的。不管是妹妹的事，还是其他。

他立即赶往瑞金医院。下了出租车，他在医院旁边买了两只肉包，几口塞下去，顾不上噎得慌。医院的直梯门口挤了一堆人，他只好乘自动扶梯上去。在他眼里，看病的男女老少周身散发着日常的祥和，尽管他们当中可能有重症病人。

刚到二楼，看到手机上有陆南发来的微信，原来不在门诊，在急诊楼。他骂自己蠢，匆匆下楼。终于在急诊楼的输液室门口看见了陆南，还有个庞大的身影，是宋语。走廊挨着墙的塑料椅上都是人。黄依然坐着，陆南和宋语站在她跟前。乍一看，仿佛她是病人。看见杨树海，陆南像是很开心地对另外两人说，我就说不会是老板吧。

他懒得解释，张口问：“我妹呢？”

陆南指了一下斜前方的房间，他走进去。输液室乍看简直像春运的候车室，坐着的躺着的，满满当当。唯有输液架垂下的透明管线表明这里是医院。输液病号大多在百无聊赖地玩手机。他从一堆脑袋当中找到了妹妹，也终于明白那三个为什么不进来，实在是太挤了。护士从他身旁的缝隙穿过，给病人换药，又快步走开，那架势让人想起训练有素的纺织女工。他来到妹妹跟前。她不像玩手机的人们那样低着头，脑袋靠在椅背上，闭着眼。他有些迟疑，不知该不该惊动她。她身上是黑色高领细罗纹毛衣和店里的牛仔布长围裙，右手的手背上扎着针。妹妹天生血管细，输液只能打手背。2008 年她住院的时候，护士先是在她两只手背上轮流扎针，几次下来，便改成预埋的针管。

眼前扎着针的手背，让他想起八年前陪她住院时的惶然无措，继而想起更多从前的事。

从小到大，杨树海不得不一次次摆正自己和家人的关系。例如小时候，有一天他发现，爸不仅仅是偶尔出现给他带礼物的爸爸，也是别人的爸爸。第一次被爸带去昆明的那个家，是在 1984 年的夏天。妹妹半岁。他下个月念一年级。

那个夏天的旅途漫长。坐汽车到上海，再坐火车到昆明。火车走了好多天。爸熟练地用搪瓷口杯泡方便面，白色的面条有种陌生的味道，又鲜，又寡淡。同样陌生的还有爸。在老家和大伯他们讲本地话的爸，一坐上火车就换成普通话。七岁的杨树海很快和对面座位的年轻人混熟了，问那个哥哥要用完的火柴盒。爸问，要这个做什么。他说，我在收集火花。其实收集这个的不是他，是毛毛。老家的火柴盒都一个样，火车上的人们来自四面八方，他们的小盒子上有各种新奇的图案，他想毛毛一定会喜欢。爸严肃地说，空的可以，不准和人要里面有火柴的，也不准玩火。他觉得爸管得太多。老家哪个小孩不会擦火柴玩？

出发前，伯母私下叮嘱过，去了那边要听“昆明妈妈”的话。抵达昆明后，尽管他以孩子的敏感立即捕捉到大妈眼底的憎恶，也还是尽量扮乖。不过，就算想好了不惹事，孩子的玩心如同猴子的尾巴藏不住，待了没几天，他在楼里结识了同龄的玩伴，一有空就溜出去，跟伙伴们爬树，下跳棋，上街游荡。也免不了闯祸。当中有讨厌的家伙，说他是野种，是他“二叔”跟外面女人生的。他扑上去咬了对方。那家的家长上门来告状。大妈看他的眼神，让他以为自己会遭到毒打，吓坏了。最后动手的是爸，敷衍地拍打了几下，他卖力地嚎了起来。爸打完后像是无奈地说，本来想让你在这边上学的，还是算了。

他原本不知道爸和大妈讨论过让他在云南读书的事，也不知道最后到底是不是因为自己打架，才被撵回了启东。说实话，没来昆明之前，他确实期待过“一家四口”，但很快他就换了想法。看大妈的脸色够难受的，整天只会吃、睡、拉臭大便和哭泣的妹妹也不好玩。

可还是有种被抛弃的感觉。

再到昆明是在初一结束的暑假。小时候的坏印象固然还在，毕竟刚熬过一整年几近窒息的学校生活，他最初很高兴能换个地方透口气。即将成为小学生的妹妹在他到的第一天就成了跟屁虫，整天喊着“锅”“锅”。昆明话的“哥”，听起来就是口锅。他比上次来的时候机灵多了，学会了少在大妈跟前晃悠。他重新认识了一遍新建的家属楼里年纪相仿的少年们。有个叫芮明耀的和他最要好。芮是个戴眼镜的优等生，会用纸板做航模。后来发现，就是小时候被他用牙齿攻击过的那个。

这里没有人知道他在学校常被留级生欺负的事。他很快就玩野了，像是变了个人。他和其他男孩一起打牌、拍画片、一群人勾肩搭背在街上逛，有时骑车去郊外的河边钓鱼。他坚决不带妹妹出城，其他时候推不掉，只能拖着个尾巴。每次还得安顿她，例如给她一只沙包让她在旁边扔了玩，逛街时给她买米花糖和瓜子，最大的花费是带她去游乐场玩碰碰车。爸偷偷给了不少零用钱，他比在老家宽裕多了。昆明的夏天和启东不同，白天的太阳烤得人快要化掉，他很快晒得和伙伴们一样黑；早晚像秋天一样凉，有时晚上暴雨轰鸣，让人以为第二天楼下会化作池塘，早上起来一看，地是干的，夜雨就像下在梦里。他很快重新学会了吃辣，下午去街边买小卷粉凉粉，还有甜白酒。这里的甜白酒比伯母做的酒酿浓得多，有一次他坐在摊子上连吃两碗，站起来时，天上的云在旋转。

有一天，他和几个伙伴在楼下玩陀螺。用绳子抽陀螺他是第一次玩，拿捏不好准头。水泥地散布着凹坑，陀螺不时滑偏。他说，为什么不去隔壁的空地，那边的地面平。男孩们互望一眼，说，大门锁着，而且那里有个看场子的，养了条狗。

他嗤笑道，你们怕狗？狗被拴着呢，墙头也不高，我翻进去过。

最后还是由他翻墙进去，拉开铁门内侧的插销，给他们开门。四个男生探头探脑地进来，狗叫了几声。发现芮明耀身后跟着妹妹，他一惊，说，你怎么来了？回家去。

妹妹说，带我玩吧。

他吓唬道，你没听见狗叫？看，那只黑背，很凶的，待会咬你。

芮明耀打圆场般说了什么，他只听懂最后两个字，莫怕。新朋友对他说云普，和妹妹讲昆明话。他感到被隔离在外。

这片被围墙和铁门封闭的区域，不知道原本是个什么单位，空地的那头有一长溜两层青砖小楼，守卫住在一楼边上的房间。他们等了片刻，没人出来驱赶，便重新玩起了陀螺。明显有狼犬血统的黑背像是懒得继续叫唤，趴在远处观望。

轮到他时，绳子一甩，准头偏了，没能推动陀螺，反而打破了自转的路径。陀螺一下子滚远了。他想都不想就过去捡。走到一半，听见伙伴们的惊呼，接着看见黑背朝自己蹿过来。恐惧如同电流，瞬间贯穿他的四肢。他扔下只差几步就能够到的陀螺，转身飞奔。男孩们跑在他的前头，边喊边朝大门逃窜。

妹妹站在原地，像是吓呆了，只顾扯着嗓子哭。

一念之间，他从妹妹身边跑了过去。

冷不丁蹿出来的黑背其实是被拴着的。链子长五六米，一头拴在手压井的金属柱上。受了刺激的狗把链子绷得笔直，亢奋地狂叫不止。汪汪汪。汪汪。妹妹离它有几米远。她的哭声比狗叫声更凄厉。奇怪的是，看场子的人一直没出现。男孩们颇有些窘迫地回去接了他的妹妹，最终谁也不敢去捡黑背攻击范围内的陀螺。没人责备他扔下妹妹的举动，他却窘得无地自容。如果可能，他恨不得自己刚才被狗咬了。他说不清，从妹妹身旁跑掉的瞬间，自己都在想些什么。光是因为害怕，还是他对妹妹其实有着连自己也不分明的恨意？

当晚，妹妹开始发烧。大妈认为，是因为白天被他带着疯玩，出了汗，回来一下子受了凉。爸训了他一顿。他怕妹妹说出白天的事。好在她什么也没说。

第二天，等大人们去上班了，他问躺在床上的妹妹，想要什么。

想要大龙。

妹妹说的是用糖稀做的糖画。买糖画靠手气，一角钱玩一次转盘。他每次转到的不是桃子就是老鼠，小得可怜。巨大的龙和凤正像传说中的生物，从未见人得到。爸说，人家要做生意的嘛，就是骗骗你们这种小孩。那个转盘底下有吸铁石。

他去找卖糖画的老头。奇怪的是不买的时候天天看见，真要找，却不见了。走了两条街，终于找到那个摊子。他说，卖给我一条龙好不好？三角钱。

老头慢悠悠地说，三角，那就转三次。转到什么，是什么。

没想到老头还挺讲原则。他只好去拨弄转盘的指针。指针忽忽悠悠，停在桃子。第二次，老鼠。他感到被耍了。老头看着他，眯眼乐，说，最后一起给你做啊，等你都转完。

他盯着老头耷拉的眼皮之下的眼睛，说，我就要龙，我妹生病了。

指针停下的时候离龙只有半寸，接着往回转，在凤跟前停下。老头说，凤凰啊，不错不错。他再一次感到，老头在逗他。

我就要龙。他执拗地说，我转了三次了，我不要别的，你给我做个龙。

你这个锅（哥），很疼妹妹嘛。

老头喃喃地说着，给他做了条龙。太阳照在糖画上，闪着金光。他举着金色的龙往家跑。恨不得那条龙变成真的，自己骑在上面，腾云驾雾地飞回家。

进门后发现家里有人。是芮明耀。说是听说妹妹病了，来看看。他炫耀地把糖龙递给妹妹，她从被窝伸手接过去举着，张口笑。妹妹正在换牙，门牙是个缺口，粉色的口腔里有颗糖。他把龙插在桌子的接缝，对妹妹说，大妈讲了，感冒不能吃糖，等你好了再吃。

妹妹说，大龙，我不舍得吃。

他想说，你嘴里的。碍着芮明耀在，没开口。芮问他要不要去家里下跳棋，他拒绝了。芮走后，他终于有机会对妹妹说，把嘴里的糖吐掉，吃多了又要咳嗽了。

妹妹不肯，说是耀哥给的。他听了忽然火起，仿佛自己举着大龙跑回来的那份金灿灿的心情蒙了尘。他想都没想就把手指伸进妹妹嘴里，往外抠那粒快要融尽的糖，一边喊，吐掉！

这时他听见身后有动静，还没等他回头，有人使劲把他从妹妹身边扯走了。是大妈。他来不及思考去了单位的大妈怎么在家里，她的脸上露出他从未见过的恐怖表情，嘶喊道，你就是这样对你妹妹的！

边喊边揍他。先用手，再用她随手抓到的一切。爸的绘图尺。笤帚。衣架。此前她虽然凶，从未打过他。像是这一刻有什么在她的心里决堤，让她无法自控。

后面一周他都没出门，在家养伤。伤好了，暑假尚未结束，他被送回了启东。看见林同，他感到异样的亲切，几乎想扑上去抱住对方，喊一声“毛毛!”。他甚至感到，前面两个学期受到的高年级的欺负都不算什么，跟大妈突然爆发的怒气比，其中的恶意要少得多。他怀着尽量乐观的心态迎来了初二，和林同一起参加了绘画比赛。然后，是坡哥的死。

他拿出从小写检讨书的所有经验——这方面的经验不多，总的来说他不算个顽劣的学生，仅仅是闷皮，偶尔被老师揪住一两回——给爸写了一封信。信的末尾写道，**我知道大妈觉得我对妹妹不好，我发誓，我会好好爱护妹妹，用我的生命。我想和你们还有妹妹在一起。**

就这样，他抛弃了不好的记忆，连带着也抛弃了他的好友，以及把他当儿子养的伯父伯母。爸谨慎地没有让他在市区念书，将他送去矿区住读。路程远，他只有寒暑假才回家。

等他再大一些，不止一次为自己那封摇尾乞怜的信暗自脸红。什么用我的生命！简直肉麻。他在回昆明的假期注意到了妹妹的迅速成长。红领巾，三条杠。品学兼优的妹妹。生命中没有任何阴翳的妹妹。吃饭时不断和他说话，因为他没怎么听而不断插入“锅”提请他注意的妹妹。假期留下后遗症，每次刚开学不久，妹妹都不能适应他不在家的事实，和同学聊天时说着说着就来一句“锅”，惹得他们大笑不止。妹妹把这件事当作玩笑写在信里告诉他。她热爱写信，一开始是小学低年级学生特有的扭曲的大字，寥寥几行，后来字迹渐渐娟秀，信也越来越长。她对他的依赖是毫无疑虑的，全心全意的。她似乎一点也不记得他过去因为她挨的那顿毒打和背后的缘由。他一直没忘。随着时间过去，他逐渐看清，初中的自己从妹妹嘴里抠糖，是因为嫉妒。他不想妹妹把其他人当哥哥。不止如此，他也嫉妒妹妹。嫉妒她是家里那个无须卑微地恳求就拥有爱的孩子。

直到小学五年级的妹妹逃课搭车到矿区来找他的那天，他终于意识到，妹妹不像他想的那么无忧无虑。她一直活在不知道父母何时会分开的阴影里。他不常在家，因此也就不用面对两个大人从未中止的冷战和争吵。妹妹担惊受怕，自然地转向他这个“哥哥”，寻求依靠。

二中的学生竟敢试图把妹妹骗去后山。不管对方是逗小孩还是没安好心，他揍了那人一顿。妹妹吓得哭了起来。等那小子跑了，妹妹哭的劲头终于和缓，她注意到他的手破了，大惊小怪地说要买创可贴。他说不用，又问妹妹为什么来。她讲了家里的情形。他带她在摊子上吃了一碗冰粉凉虾，说，你回去吧，不然他们要担心的。

十一岁的妹妹看着十八岁的他，说，哥，你读子弟学校，是因为我吗？

他摸摸她的头，说，你想多了，我念书不行，读不了好学校。

妹妹说，你画画好，在子弟学校可惜了。

他最近刚开始重新练习绘画。心知自己的成绩很难考上外地的大学，艺术类能多些把握。云南本地的分数线低，但他不想念这边的学校。只要能离大妈他们远远的，去哪里都行。其实他从过去到现在都只会不断逃离。

正要说点什么结束话题，妹妹又说，林同哥哥说他要考上海的学校，你要不要跟他一起？

妹妹和林同成了笔友，源自他的失误。

因为复读耽搁了一年，当他在云南念完初二，也就是启东的老同学们升高一的时候，林同来了信。地址是陌生的。爸提到过，乡里统一改建，伯父他们搬进了新造的楼房。

牛皮纸的大信封塞得很厚，里面是纸板和报纸夹着的一幅水彩画。画面呈现的是站在水边的视角，水底躺着散落的水彩颜料，有一支白色的裂开了，乳白的浆液丝丝蜿蜒在蓝绿色的水中。近景是岸边水草上的半幅蛛网和一只蜘蛛。蛛网闪着七色的反光。林同的画显然进步巨大。不过，为什么要画这样一幅画？画画的人到底想说些什么？

杨树海当然没有忘记自己扔进池塘的颜料。求伯父买来的，原本打算送给林同。在林同的画里，蛛网和水造成折射，整个世界闪着轻盈的光。现实不会这么明丽。他记得那个池塘的水很深，水藻将池水染成浓重的绿色。随之想起的，是池塘边树林里他埋下的东西。他久久地盯视画上唯一的暗色，黑色的蜘蛛，仿佛那是什么不祥的暗示。他在家没有自己的书桌，便把画连同信封塞进妹妹的桌子抽屉。他没有回信。

半年后，妹妹在他放假回家时说起，班里最近流行交笔友。他知道那些小孩的把戏，写信给少女杂志上留地址求笔友的陌生人，他的班级也流行过一阵子。他对妹妹说，和不认识的人写什么信！妹妹撇嘴说，你比爸爸还封建。不过我可不是和不认识的人写，我的笔友是你的老同学。他惊问是谁。得知对方是林同，他后知后觉地想起那幅画。妹妹说，放在我抽屉里，我以为你给我了嘛。

那一刻，他又有种想要从妹妹嘴里抠糖的气急败坏。然而写出去的信不是含在嘴里的糖，他也已经学会了掩饰。他想，小孩子就是三分钟热度，过一阵她就忘了。

然而这对笔友的联系几年不断，妹妹不时向他报道林同的近况。

林同去年高考报了艺术专业，专业分不够，复读一年。一个在浙江一个在云南，他们现在又站在了同一条起跑线上。

听到林同要去上海，他心头动了动，闷声说，再说吧，上海很难考的。

二中的男生不是挨了打就完事了。几天后，那小子纠集了同伙来找杨树海。一共四个人。三个二中的，一个社会上的。他不是第一次以一对几，尽管落了下风，仍把挑事的二中小子打掉两颗牙。他在子弟学校学会的除了打架就是画画，前者更擅长些。这场架让他脑袋上缝了三针，还好没伤到手。离艺术类联考的时间不多了，他索性借伤逃课，在宿舍练素描。赵向荣每天帮他去食堂打饭。他不怎么搭理来送饭的赵向荣，除了吃饭和睡觉，就是对着画架画借来的石膏头像。有个室友说，你临时抱佛脚也认真一点嘛，考试得画真人吧？要不我给你当模特？他理都不理。连他自己都不明白这是憋着一股什么劲，像是要追寻什么，又像是要再一次逃离什么。

他报了好几所学校，不全是上海的。专业联考的时候过了浙江和上海的线。校考去了杭州和上海，最终被上海的学校录取到平面设计系。他不得不感到其中自有冥茫的命运安排。和他同一年到上海的林同念了会计。据妹妹说，是林同父母的意思。

高考前还发生了一件事。赵向荣从学校屋顶跳下去，奇迹般地仅摔断了腿。有人说几天前看到谁又欺负他，有人说他暗恋隔壁班一个女生，还有人说，因为他的摸底考成绩太糟。赵向荣最终没参加当年的高考，说是明年再考。到上海后，杨树海和高中同学们都断了联系。

在上海重新见到长大成人的林同，那个年轻人和杨树海的记忆或想象（以赵向荣作为蓝本），乃至和妹妹拥有的照片，都有微妙的差异。林同经常心不在焉，很难摸清他在想些什么。杨树海感到，这不是我认识的毛毛。高中时代，他之所以会管闲事帮赵向荣，就是因为在那名羸弱少年身上看到林同的影子。见到本人才发现，所谓的相像不过是错觉。没有谁像林同。

他们并未叙旧，第一次见面很短暂，后来偶尔吃个饭，只聊近况。直到妹妹来到上海念书，或者说，由于叶维佳和她那群女伴们的出现，杨树海才重新和林同变得相熟。上大学的妹妹是另一个需要适应的人物，在他心里她一直很小，忽然就长成了一个大姑娘。他不知道作为妹妹笔友的林同是不是也有同样的惊讶。

自从在陈晓燕介绍的老师那里每周绘画，林同身上有了新的变化，眼神日渐执拗而尖锐，看人的时候总像在透过对方，注视更深的什么。杨树海并无艺术创作的热情，把平面设计当作吃饭的工具。妹妹说，林同是为画画而生的。他听了觉得怪怪的。他把妹妹的话归作"年少的矫情"。他自己不也矫情过吗？说什么要用生命保护妹妹。

要再过若干年他才会知道，什么叫一语成谶。他本该保护的。本该珍惜的。一个电话。一声拒绝。覆水难收。

妹妹出事是一道分水岭。那一头，是玩世不恭游戏人间的他；这一头，是每一天都在为过去后悔，试图做出补偿，然而心知永无偿尽之日的他。

如西西弗斯永恒的徒劳。

他以为爸会为妹妹的事故责怪他，结果没有。到了现在的年纪，他终于明白，爸骨子里是个重男轻女的人。有些时候，他甚至为大妈和妹妹感到愤慨。可他也知道，就算不甘心，也轮不到他。

我会好好爱护妹妹，用我的生命。

杨树海低头注视妹妹的手背，显得干燥的皮肤被黑毛衣衬得苍白，那底下的血管呈现青色的脉络。他想起自己在久远得如同上一世的从前写给爸的信。信誓旦旦，只为了自身的逃离。他一次也没能兑现承诺。昨天，妹妹又遭遇不幸，他不在她身边。今天，她最需要他的时候，他坐在审讯室里。若追溯根源，他这两天的不在，起因都是他在 25 日那天做下的错乱举动。当时他以为，做那些，是为了妹妹。以为自己在拯救林同，维护妹妹。可是说到底，妹妹和林同在一起，就是个错误。

“锅。”

久违的昆明话将他从错综的思绪惊醒，他在妹妹跟前蹲下，问她，你还好吗？她举起没有输液的左手，触碰他的脸。脸是湿的。是眼泪。他什么时候哭了？他狼狈地用袖子抹脸，想起自己忘了问黄依然，他早上被抓的事，有没有瞒着妹妹。他该说什么呢？他在混乱中试图找到一条指向未来的明确道路，一个好的开端。

“没事了。”

最后他只挤出这三个字，便把脸埋在妹妹的腿上，无声地哭了起来。围裙牛仔布的纤维透出蛋糕的香气，像是家的味道。

*

昨天，从南翔前往派出所的路上，叶维佳恍然意识到，自己有一两年没见过杨其星了。

毕竟没有哪个女人，即便是她，会愿意见到丈夫的缪斯。

许久不见的杨其星浑身散发着狼狈。不只是狼狈，更有苦楚。无法诉说经过的苦楚。尽管其他人一望即知发生了什么。在派出所里看着杨其星，她有些想吐。仿佛刚吃了一枚生血蛤，黏滑的铁锈味的软体堵在喉咙口，整个胃泛起寒意。听着杨其星磕磕巴巴努力描述经过，她的寒意愈发重，从脚底升起来，散到每个毛孔。她意识到，我在害怕。

杨其星是怎么做到的，甚至没有哭出来，而是坐在这里，徒劳地试图解释？

当天半夜，在杨其星的家中，她被屋里的动静惊醒，走到厨房门口，看见杨其星抱着痛哭的黄依然。从那样的困境中被带出来后一直没有哭过的女孩，持续说谎掩盖困境，以为如此就可以装作什么都没发生过的女孩，在哭。望着女人和女孩相拥的一幕，她有种被排斥在外的疏离感。仿佛那两个人因为遭遇过同样的不幸而紧密相连，连接她们的，是某种比语言远为强大的纽带。

今天，杨其星的举动再一次出乎她的意料。换了任何人，可能都不会尝试重新去报案。至少她觉得自己办不到。她甚至没法待在旁边。没法在那儿目睹杨其星一个人的战争。和语言，和发生在自身的不幸的搏斗。如同一次次冲过去，撞上墙壁。

等在走廊的时候，接到了公公的电话。她离开了，像是借机逃跑。很可笑，和林同一样，她也逃走了。

前往启东的出租车上，收到了黄依然的微信。**星姐真的很努力。可是警察听不懂。他们也没有认真听**

她回道，**他们不像你，听惯了她说话**

可能的话，真想让林同目睹那一幕。那样他就会知道，杨其星不是陈鑫。即便失语症让她们看起来相像，在本质上，她们完全不同。

你早就知道，对吗？回完黄依然，她暗自对着虚空说道。多年来，她习惯了这样对燕子说话。明知对方不可能听见。如今已彻底离开这个世界的陈晓燕，当然更不可能听见。

仿佛是冥冥中自有感应，手机传来震动。看到来电是杨树海，更是一惊。

结束和杨树海的通话，她在出租车后座上长吁了一口气。

凶手自首了，是她舅舅……

叶维佳记得那个舅舅，以及他做的菜。

一开始，她和林同喊陈鑫“陈阿姨”，后来因为霍老师的要求改了口。霍老师说，在我这里上课，就是平辈，喊名字就行。真要算辈分，我夹在中间算什么。

从此那个女人就只是陈鑫。星期天的上午，她去给林同和陈鑫当模特的那些日子，他们不止一次去马路对面弄堂的陈家吃午饭。画完了过去就有吃的，陈晓燕的舅舅陈磊做的。除了雨天和特别冷的日子，饭桌总是摆在弄堂的过道。陈晓燕的爸爸周末也不常在家，林同和她还有陈晓燕和陈鑫四个人围着小方桌坐在板凳上，陈磊不坐，捧着碗站在门边上吃。记得有一次，陈磊问林同，你打算一直这样边上班边画吗？林同说，是啊，总不能不上班。陈磊瞅了叶维佳一眼，又说，哦，其实也可以不上班的。那时的陈磊应该比现在的林同还年轻，看起来比姐姐陈鑫显老。陈晓燕常说，我妈显年轻，是因为心里不装事。

每当想到陈鑫，心头就会翻涌起腐烂的泥浆般的情绪。叶维佳制止自己想下去，看向车窗外。

启东在十多年间发生的变化，和任何一个江浙地区的小城并无二致。城区道路被拓宽，旧有的店铺换上风格统一的招牌，新出现的店多是二三线品牌服装，摆出俨然名牌的姿态。记得前几年来时，前面路口有家巨大的三层楼网吧，刚才一看，那里变成了洗脚城。

林同婚后只陪她来过两次启东。她每年过来看望公婆都是一个人，对他们的解释是，林同太忙。林同来的那两次，一次是他们的婚礼，一次是当地政府邀请他给刚落成的艺术馆剪彩。他们夫妻给艺术馆捐了钱，为的是确保林同一个远房侄子在馆内担任文职。

婆婆突然有恙，叶维佳不由得想起爸过世的情景。爸当时是突发脑溢血，算是走得没有痛苦。婆婆如果真有个什么，后面少不了受疾病的折磨。问题是做儿子的根本不愿回启东。最好说服老人到上海住院。

到了医院，婆婆在住院部挂水，公公和杨家伯伯陪在旁边。叶维佳和他们寒暄完，去找医生。医生说，胃镜结果显示是胃出血，具体还要等进一步的化验结果。她回到病房陪着说了会话，饿意袭来，一下子感到前心贴后背。早上去派出所的路上吃了杨其星做的小蛋糕，当时黄依然像是颇不情愿地跟着吃下一只。若没有那点糖分打底，今天简直要崩溃。

她到医院走廊再一次打了林同的手机。关机。

回到病房，正打算回去的杨家伯伯被公公喊住，说："你带维佳去吃个饭嘛，这里得留个人，我就不去了。"

杨家伯伯说好。出了医院门，他迟疑着说："旁边的餐馆太差了，怕你吃不惯。"

她笑笑。"我没那么挑。吃碗面就行。"

从医院走了几步，找到一家营业的店。玻璃门上竖排着几近剥落的贴纸，快，盒。大概原来是"快餐""盒饭"。简直像陈鑫或杨其星的说话风格，需要猜。她率先推开门。早就过了饭点，店里没有其他客人。她坐在泛着油光的桌边，点了份猪肝面。杨家伯伯在对面坐了，谢绝了点瓶啤酒的建议。

猪肝面很快送上来了，她咬了一口泡在汤里的猪肝，略觉腥气，默默吞下去。杨家伯伯拿出烟，捏在指间。她说："您抽吧，没事的。林同也抽烟。"

"海子倒是戒喽。也让我戒，还给我买了一堆戒烟糖什么的。唉我是不行的，戒不掉。"说着，老人点起烟。

在她的眼里，杨家二老等于是亲戚。毕竟很长一段时间，杨家和林家的男人一起辗转于江浙的建筑工地做泥瓦匠，女人们留在老家种地。而且她在一次次来启东的过程中，真心喜欢上了杨家伯伯。反观她自家那些叔伯，只会要钱，没一个像杨家伯伯这样憨厚的。他的身材这两年缩了些，肩膀仍比一般人宽。杨树海有几分像他。杨其星大概更像她和杨树海没有血缘关系的妈妈。

林同大学毕业后不肯再让他爸出门打工，每个月寄钱，后来又给家里买了房子。在经济上尽孝更像是出于义务，他和亲生父母的关系生疏，远不如杨树海和他的伯父伯母那么亲近。林同对此的解释是，树海和我不一样。

结婚这么多年，有时她觉得自己根本不了解他。她甚至不知道，他为什么从来不愿回启东老家。

他们最初的交往和遍地都是的网恋没什么不同。想要认识他，是因为他放在博客上的那些画。那会儿他画得最多的是钢笔的小品，有时用水溶性彩铅和水彩上色。大部分是抽象画，有一些像是对保罗·克利的模仿。那是有点时间和创作欲的人都在写博客的时代。她在他的每条更新下留言，后来交换了 QQ 号。第一次见到他的时候，她有轻微的失望。她暗自期待的是艺术家风貌的青年，结果林同看上去就像他的职业，一个会计。

他比想象的还要害羞，而且不愿多谈他的画，这一点也让她感到不满。第一次可以说是见光死的约会后，她不知道为什么答应了他的第二次邀约。然后是第三次。他们一起走了很多的路。他习惯走在靠车道的一侧，过马路的时候扶住她的胳膊，隔着衣服，轻得不形成触碰。他有时走着走着突然停下，盯视远处的什么。也许是一扇窗。一个人。一件挂在阳台的衣服。此前她有过一些短暂的交往，都以失败告终。他和那些大学男生们最大的不同，不是他比她大六岁在上班，而是他同时活在他自身的内部和外部。一个他在这里，和她说些无关紧要的话题，显得敏感、羞怯和专注，另一个他却在隔开一段距离的地方，远远地眺望他俩。她形容不好那种感觉。该说是一种游离感，抑或画家特有的气质？

第三次约会结束，他送她回住处。在楼下，他扶住她的肩。不止一次，她的恋爱尝试在接吻的阶段就遭遇挫败。当男性的舌头伸进嘴里，她立即感觉到血蛤的气味，并生出无法自控的恶心。

林同的手像捧着一件易碎品般搭在她的肩头，她在心里轻轻说，不！就让一切停留在这一刻吧。不要往前。他偏转头。她没有动。接着，和她预期的不同，他把脸埋在她的领口。一个印在脖子上的吻。轻微又专注。

很久以后，她明白了一件事。他那天看出了她的退却。他是多么的聪明。一直如此。

而她不够聪明。他们开始交往。她的家变得热闹起来，除了燕子，林同，莫凡，还有杨树海和他妹妹。杨树海是作为浪子的范本出现在她们面前的。早就听过林同的宣传。林同说起他的好友的时候经常不受控制地眨眼，像是突然感到难为情或紧张。他说，树海非常受女生欢迎，你们要小心哪。莫凡立即回了句，为什么听你讲话，就好像他是唐僧我们是蜘蛛精。说完大笑。燕子也笑起来。她附和着笑了几声。

燕子从网上认识了一堆文艺青年们，她跟着去过一两回他们的聚会。说实在的，那些人比林同有活力得多，有趣得多。有一次在酒吧，来了一对据说在丽江待了很久的情侣，女的一头长发像是好些年没修剪过，编着两条垂到腰下的麻花辫。男的带着吉他，应众人的要求唱了歌。某种少数民族的语言，歌词没人懂。他唱歌时一直看着恋人，女孩的脸上，泪水静静地滑落。她觉得那一幕很美。其中有不仅仅是爱情的什么。

燕子在后来煞风景地告诉她，弹吉他的男的是个招蜂引蝶的主。并补充说，和杨树海一样。

燕子还说，你们林同倒是老实的，就是看着不大像个艺术家。

2004 年，林同终于拿了鸿艺奖，证明了他自己。

那之后，是车祸。她和燕子决裂。和林同结婚。

她直到结婚才知道，林家在启东是大宗。流水席来的大多是这支那支的亲戚。人太多了，根本认不全，还好有林同的姐姐林玲在旁边帮衬。杨树海在小学同学的那桌和人高声谈笑。杨家伯母说是腰不好，坐久了难受，酒席过半时被杨家伯伯扶走。

公公在婚礼上对她说，我家林同是孝子，孝子没有坏人，以后会对你好的。看起来，公公还想和她爸爸多说几句，不过两家的生活背景差异太大，说来说去话题有限，最后相互敬了好多酒，公公先醉了。没有人提到刚发生不久的那起车祸。她的伴娘不是陈晓燕，匆匆找了个表妹替代。

启东婚礼只算上半场，她的父母又办了更盛大的台州婚礼。想象中的二人世界并未到来，林同没再回去上班，住进工作室，拜了萧侃做老师。他放弃了素描，重新开始画色彩，不知为什么却找不到从前利用休息天十几个小时不眠不休作画的动力。他有时一出门就是一个月，独自旅行和写生。说是写生，带回来的画少得可怜。那几年，他混在一群师兄弟中间参与过群展，圈内评价不高。事后回想，她不能不认为，那时的他大概有某种抑郁症。如果低回的状态持续下去，他继续作茧自缚，说不定会有更坏的结果。

直到2008年杨其星的事故，犹如一颗火星，溅落到林同内心的柴堆上。刚开始，火势微弱，连她这个身边人也没能察觉。杨其星住院，她去医院看过。病床上的人木木愣愣。林同说，她哥快急疯了。不用林同提醒，谁都看得出那个做哥哥的有多懊恼和焦虑。杨其星出院后，林同热心地参与到由陈晓燕主导的复健，帮着画了一堆连环画，在她眼里，该举动不过是试图逃避创作上的瓶颈，就像他的旅行。

海洋系列的第一幅，完成于2009年的春天。那幅画至今仍挂在南翔家里，有人想买，她不愿出售。她要留着它，以确保林同说过的话——当她第一次看见那幅画时，他对她说的——被牢牢地镌刻在记忆深处。这样做有如自虐。

他说，我感到，陈鑫回来了。

真正听懂那句话是在几周后，跟杨树海兄妹一起吃火锅。和半年前相比，杨其星的状态好了很多，不再是痴呆空白的神色，你对她说话，她有反应，尽管不确定她能听懂几成。她倾听时的神色让人有种错觉，仿佛自己说出的每一个字，都无比重要。

千真万确，她在杨其星身上看到了那个死去的女人的影子。如果陈晓燕在旁边，她一定会抓住对方问，燕子，你看到了吗？你和我想的一样吗？当然了，有她在，陈晓燕就不会出现。四个人坐在鸳鸯锅的两边，她和林同吃白锅，杨家兄妹吃辣锅。煮到后来，白锅的汤被染出点点红晕。她对杨树海说，林同最近状态不错。林同淡漠地说，不错只是你觉得，要能卖钱才是真的。她略感不适。他从前即便不能说视金钱如粪土，至少不那么在意钱。变化可能来自他一直在用她的钱。又或者，他认为欠她太多，既然不能用爱来偿还，用钱总是没错。

开咖啡馆的事是在那天由林同提起的。她明白了，聚餐不过是个由头，目的是让她出钱。她觉得可笑。有话不能在家说吗？非要当着外人的面，是怕我拒绝吗？

没有理由拒绝。即便目睹那样的杨其星，让她想到另一个女人，并产生一些毫无根据的猜测。她从来不会拒绝林同。而且更重要的是，林同重新开始画画了。

杨树海兄妹的店在 2010 年的年初开张。充满变化的一年。7 月，她一手操办了海洋系列的小小个展。展览带来奇怪的后续效应，叫作张一倩的演艺界女孩在微博自说自话，让很多本来不关心艺术的人知道了林同。比她在一堆艺术评论家身上花的钱都值得，简直想为此给那个女孩广告费。事情的转折出乎意料，女孩出于失恋的哀恸或博眼球的需要，计划了一场注定失败的自杀。

她发现自己莫名其妙地成了幕后黑手一类的角色，在网上被人声讨，还好她的微博账号从来只看不发言，未被人认出。她不是磐石，也曾失控流泪，问林同，你和她真的没有关系？林同回答，要我说几遍你才会相信！

真相至今是个谜。很多真相只有当事人知道。不管是林同和那个女孩，他和杨其星，还是他和作为妻子的她。

对时间的感受以那一年为分水岭。从前时间很慢，填充着一件件小事，每件小事如同多面的水晶，在她的心里映射出喜怒哀乐。好像就是在张一倩的风波消停后，她开始无暇关注自身的感受。有太多事要忙。千头万绪。

因为，林同终于红了。

2011 年春天在香港举行的拍卖会，她筹备了很久，甚至找了掮客去喊价，做好了卖不掉就自家花钱吃进的准备。因为太紧张，她不在拍卖会现场，而是在俯瞰维多利亚港的酒店房间通过视频观看。目睹新的价格不断被拍卖师报出，一次，两次，尚未到第三次，又有更高价的举牌，她忍不住浑身僵硬。像在一个巨大的梦里。曾经她以为只有自己懂得林同的价值，在世人尚未意识到他的珍贵的时候。她是出于爱，而非对艺术的崇敬。林同不止一次无奈地对她说，反正你都觉得好，问你也是白问。

前年，林同带着她来启东剪彩那回，不得不应付场面，和分管文化的领导们聚餐。包间宽敞如会议厅，巨大的环形台面宽裕地坐了二十多人，桌子中央是石景堆砌的假山和亭台楼阁，和桌对面的人说话必须用喊的。她想笑。从浙江到江苏，摆起阔来居然并无二致，从前爸还在世的时候，也常在这样的假山圆台面请人吃饭。而且和她老家那边一样，宴请方带了整箱的茅台。林同在社交场合一向声称不会喝酒，勉强喝了半杯。那么大的电动转盘，不知怎的，转来转去总是一盘半生海鲜停在他们面前。冰块上，一堆血蛤敞着血红的口子，正对着她。林同注意到了，便把两人的杯子堆在她跟前，仿佛那样就能让它们从她的视野消失。他知道她讨厌一切带壳贝类，正如他憎恶鱼。那么不喜欢鱼的人却在恋爱时做鱼给她吃，后来更画了海洋系列。谁也无法从那些生生死死皆壮丽的画面中看出画家对鱼类的生理性厌恶。

从海洋系列开始，他的画充斥着暴戾的风格，和从前贴在博客上的安静画作不像是同一个人的。自从他成名，评论家们说他是“奇幻风格画家”，仿佛画也可以像小说一样分类。

从某种意义上说，她成就了林同。她为他奉承萧侃，打点媒体和评论家，将他从绯闻的旋涡拖出来，劝他去旅行散心，为他找各种合作方。还有更早的。那些她不愿想起的。投入太大，以至于她从不计算收支是否平衡。

在和林同结婚的这么些年，她早就学会了不去想象林同有没有其他的女人。她只关注他的创作。那是最为私密的呈现。要想了解他，唯有通过他的画。他的高峰和低谷都和情绪有关，更准确地说，和恋爱有关。

《光行者》正式上线的时候，她发现自己错了。林同的画，和他本人，长久以来都在一个她无从触及甚至无法靠近的世界。一个没有语言的世界。她不无恶意地想，难道他真以为在那个世界，便可以无限接近他关注的人？陈鑫，后来是杨其星。

迷宫系列的创作在去年停了。他重又陷入画不出来的状态。有时她想嘲讽地问他，杨其星对你也没有帮助了吗？没能问出口。她仍有剩下不多的自尊。

叶维佳有些出神，过了片刻才意识到，杨家伯伯在和她说杨其星的事。

“海子估计就这样一直单下去了，我就不指望他了。其星是个好孩子啊，虽然生了病，还是希望能找个愿意照顾她，陪她走下去的人。你认识的人多，是不是能帮着看看？”

她心里苦笑，嘴上说：“树海现在还不到四十岁呀，说不定过两年会结婚的。”

杨家伯伯皱眉。他带了愁容的脸让她想到，杨树海老了很可能长这样。

“说到底都怪我弟，要不是他，我这个侄子不会从小吃那么多苦。看过他爸的那些名堂，海子不会想结婚——当然也就是我自己这么想。要愿意结，当然好。”

她暗自庆幸坐在这里的是杨家伯伯而不是公公，不然话题必然绕到她和林同的身上，问他们怎么不要下一代。儿子念初中的林玲在去年又生了个女儿，婆婆到南通开始新一轮带娃，今天胃出血与此大概不无关系。回头要和二老说，她出钱给林玲那边请个保姆，让婆婆不要去了。总是这样，一切现实问题都由她处理。最便捷的方法向来是花钱。林家的事。叶家的事。爸走后，叶家愿意操心的人只有她，一群叔伯都靠不住。

一碗面刚吃完，桌上的手机传来震动。她担心是医院那边有什么，一看来电显示，心头火起。是林同。

她接起来。那边说：“你在哪里？”

你又在哪里？她强忍住了，说：“在启东。你妈病了。”

“啊，怎么回事？”

“胃出血。”她没说还有进一步检查，刚才医生和她单独讲的。要是让杨家伯伯听了传到公婆那里，老人们难免焦虑。

那边低微地说：“妈在你旁边吗？你换她听。”

“不在。我出来吃面，一会回医院。”

“我这就给她打电话。过几天我会去看她。”他像是要结束通话，她赶紧说“等一下”，冲杨家伯伯点点头，起身出了店门，压低声音说：“还要过几天？你今天不来吗？”她面前的马路上，骑助动车的女人带着孩子飞驰而过。

“我刚开始画……新的画。”

画画？所以你真的在画室……在这种时候？她长叹一声。“你妈的事也就算了，我会照顾着。先是杨其星，然后是树海，前后脚出了那样的事，你好意思……”

那边沉默片刻。“我给树海打过电话，他没事了。其星也没事了。他陪着。”

该怎样定义“没事”？叶维佳想，陈晓燕死了，我们还活着。背负着永不会消减的罪。如今更是永不会被人原谅。

忽然想起一本书的名字。《被侮辱的与被损害的》。脑海一隅是在厨房哭泣的黄依然，抱着她的杨其星。要怎样才能平复伤痛，抹去不堪的记忆？她和她，还有我。我们不是你，没有纸和笔作为宣泄的工具。你甚至不需要语言。你在你心灵的迷宫里。曾经，我以为我是和你一起寻找出路的人，后来发现，你根本不想走出来，只想不断走进更深处。

“林同，”她听见自己说，“我们离婚吧。”

*

宋语去霍老师家是上周五。加上电话采访过萧侃门下的其他人，材料充足。周六一天窝在家写稿，到了傍晚，她感觉稿子写得差不多了，只有一些细节还需要进一步确认，便打了霍老师的座机。电话一直没人接。她忍不住猜测，是不是座机有来电显示，霍老师后悔和一个记者讲了那么多私事，所以才不接。

星期天一早，她又去了长宁路。记得霍老师说过，以前周日不上课，直到收了陈鑫和林同作为学生。学生们都走了，死去的和离开的，那么今天绘画教室很可能休息。按了门铃，许久没人应。没办法，只能在门口徘徊。从外面回来的邻居看到宋语，以为是学生家长，便好意告知，霍老师住院了，在华山医院。

原来，霍老师患有肝癌，几年来多次住院。然而不过是前天，刚看过她那么健旺的食欲，那么盛气凌人训斥学生的劲头。宋语感到难以置信。

在医院费了一些工夫找到霍老师的病房，靠着枕头坐在三人间病房的她看起来和上回见面没什么不同，除了头发泛起油光，胳膊上插着输液管。床边坐着个年迈的妇人，在剥橘子。霍老师像是并不惊讶宋语出现在这里，招呼道，妈，这是我的小朋友。她不确定该把霍老师的母亲喊作阿姨还是奶奶，最后喊了阿姨。妇人把椅子让给她，出了病房。霍老师的邻床，一边是戴耳机的年轻女孩，另一边是半躺着的老太太。那两位看起来也不大像病人。宋语想，不会都是癌症吧？她被霍老师劝着吃了剥开放在一旁的橘子。看着她吃，霍老师嘴边露出笑意，说，吃得动就好。我现在好在还吃得动，就怕哪天吃不动了，就是死蟹一只。

不等宋语提问，霍老师就开始了讲述。讲的是林同拿奖的那幅素描。

画的是林同，又不是林同。那幅画上的他，是连他自己也不知道的他，更深层次的。通过思考永远达不到那样的透彻。有时候，人是通过直觉，而不是用脑子绘画。

所以是自画像吗？宋语问。和霍老师聊过后，她一直以为《无题》的模特是叶维佳。

我说过是自画像吗？

霍老师的语调淡漠，接近疲惫。

我不明白……

她望着病床上的女人。对方的眼睛闪过嘲讽的光。如果没看错，那其中还有恨意。奇怪。针对谁的恨意？

霍老师收起尖锐的视线，叹息道，可惜谁都不再有机会看到那幅画，办完展览拿回来，被林同烧了。陈鑫最后的作品。

陈鑫？

她的心猛跳起来。感觉自己站在深渊跟前。深渊敞着口子，邪恶又甘美的诱惑。

霍老师继续说道，今年元宵节那天，我在一个展览碰到陈晓燕。她先喊的我，要不然我一下子也认不出她。我想都这么多年了，我又生了癌，再不讲，她永远不会有机会知道了。所以我就跟她讲了。林同拿奖那幅画是她妈妈画的。我没有理由拿这种事骗她的呀，结果她说，她不信。

宋语茫然地想，换了自己会相信吗？她想起第一次见面的时候，霍老师反复问，陈晓燕有没有什么话带给我——所以，病人是在等陈晓燕对那个可怕消息的回应吗？

这时听见霍老师喃喃地说，没想到她会死掉，让我有种感觉，就好像是我跟她讲了真相，害死了她。

如果说初见时，霍老师谈论过往的具体和私密让人有种被迫窥视的不适，到了此刻，大概是对死亡的恐惧催生了不切实际的被害妄想，病床上的女人压低声音絮絮地说，一定是叶维佳。那个小姑娘为了林同什么都做得出来的呀。先是陈鑫，然后是陈晓燕。我对警察也没讲，讲了他们也不信。再说人家那么有钱，什么都摆得平。陈晓燕真是白白死了。你看着吧，最后一定会找个替死鬼。

宋语接不了话。怎么接都不恰当。好在霍老师的母亲终于回来了，霍老师立即戴回师长的面具，问她的工作。她勉强答了。内心被刚听到的秘密挤得满满当当，随时会溢出。

昨天是星期一，宋语请了假没去上班，一直在家试图写出采访收集到的一切。上周六写的都不能用了，只能重来。在电脑跟前坐到深夜，艰难地攒了七千多字，仍觉得不对劲。

然后是今天，来自陆南的微信，打翻了迄今为止的所有信念。陆南难得没打字而是发了语音："天哪我老板被警察抓了，黄依然刚和我讲的。她和星姐在来店里的路上。我好慌啊。你要不要来?"

陆南太弱了，有时简直不像个男的。紧随着这个感慨，不知怎的，她的脑海中蹦出"替死鬼"三个字。杨老板是替死鬼。

简直像被霍老师洗了脑。她想，所以霍老师的怨念是针对叶维佳吗？对自己学生的妻子？如果霍老师真的对林同——整个教学生涯中最为成功的学生——有什么不恰当的想法，有过萧侃的先例，不足为奇。

她匆匆赶到蛋糕酒号，想等见到黄依然问个究竟。店里只有陆南，一看见她就预先警告道，不能当着星姐的面说——老板的事，现在只有黄依然和你我知道。

陆南这是在表达对自己的信任吗？她只能坐那儿等。陆南整个人显得不对劲。有个客人进来买外带咖啡，陆南在打奶泡的时候被蒸汽烫了手。她赶紧去瑞金医院楼下的药房买烫伤药膏，还没走回来，接到陆南的电话，说在急诊室。一路奔过去，到了那边才知道，看急诊的不是陆南，而是杨其星。她刚到店里就晕倒了，陆南把她背过来的。

没想到陆南比看起来有力气。宋语拍拍陆南说，你可以啊。后者神色不太对，接过药膏，嫌难闻，硬是没抹。

输液室太挤，他们三个站在外面。终于有了个空座，让黄依然坐了。陆南反复问昨天发生了什么。小姑娘抿着嘴不吭声。宋语打了个岔，问陆南到底怎么了，咖啡师以哀怨的声音说：“我没跟你讲吗？昨天下午老板出去送货，就我和星姐在店里，我本来很开心的，结果她下午和一个客人走了，再没回来。诡异的是老板也一直没回。然后包括黄依然，一个个的都不回微信……”

黄依然说：“星姐昨晚不舒服。”

“不舒服就不要来上班啊！现在又突然低血糖……”

宋语终于回过神来。此人的那句“我好慌啊”，刚才的种种异样，以及比平时更没重点的絮叨，说到底，是因为杨其星。这时陆南接了个电话，让他们三个都意外的是，打电话的是早上被捕的杨老板。一听老板没事，旁边的黄依然明显松了口气。

所以杨老板果然不是凶手？宋语的思绪兜了一圈，回到了最初的疑点。

杨其星的第一瓶输液挂了一半，走廊里的他们等来了杨老板。他胡子拉碴，显得疲倦又冷淡，讲了两句就进了输液室。宋语没找到机会攀谈，只能从门口探头探脑。

然后就看到了那一幕，杨老板蹲着，趴在杨其星的膝上哭泣。

不好意思再看，她缩回脑袋。黄依然跟着张望，露出一脸“见了鬼了”的神色。

等宋语第二次朝室内看的时候，杨老板停止了哭泣，站在他妹妹身前，弯腰说着什么。她很想知道他们交谈的内容，可惜不方便过去。黄依然在旁边喊饿。陆南也说，走了走了，没我们的事了。黄依然进去和那对兄妹道别。站在比一般人高的杨老板旁边，少女穿军绿色外套的身影显得娇小。坐在椅子上的杨其星微微仰着头。奇怪的是，那三个人看起来像是一家人。

从医院急诊楼出来，他们去了田子坊旁边巷子里的长沙米粉店。陆南看着菜单愁眉苦脸地说，都是辣的。这时他又变回了那个斤斤计较的上海小男人。

等米粉上来的时候，宋语问黄依然："刚才你老板有没有讲，他怎么会被放出来？"

那丫头没回答，狠狠看了一眼坐在宋语旁边的陆南。

陆南说："我们的水果菠萝大侦探一直怀疑你表叔嘛。我跟你讲，不要因为你们是亲戚，你就偏袒他。我也觉得他很可疑的。现在既然老板没事，说不定大侦探是对的呢。"

宋语苦笑。陆南用阿加莎笔下的侦探给自己取外号，还附赠了前缀。黄依然翻了个白眼。辣牛肉米粉最先上来，黄依然立即拿起筷子，显然是真的饿了。看着她吸溜米粉，想起在医院听霍老师讲的真相，宋语在心里无声地说，真是林同。你很快就会信了。

她的确信又回来了，连带着对自身的信心。为这篇文章，她前两天就让李濛给自己弄了"从前慢"的管理员权限。李濛问她，你要写陈晓燕？我已经写过了呀。她答，我要写的，和你那篇不一样。

黄依然吃得满嘴油光。香菇鸡肉米粉和干拌米粉上来了，宋语吃了一口拌粉，听见陆南在旁边喊辣。

"你那不是微辣吗？看着一点都不红。"黄依然放下筷子。碗里只剩汤。

"你没吃早饭？"她忍不住问黄依然。

"吃了个蛋糕，早就消耗掉了。今天一堆事。"黄依然低头喝汤，双手把碗扶起来。头顶的旋呈现在她的眼前。黑发间一个小巧的白点。林同的远亲，据说暂时休学的女孩，身上有太多的谜。她一直疑心，对陈晓燕的死，那孩子有什么其他人不知道的线索。自己可能想多了。看那吃相，不过是个孩子。

陆南说：“一上午你和星姐都在忙什么啊，她都低血糖了，不会是被你带着打《光行者》吧？”

“那个游戏我已经弃了。”黄依然抿着嘴宣布。嘴边的红油闪着光。宋语没提醒对方擦嘴，心头有根弦悄然作响。

《光行者》。林同的迷宫。

这几天的稿子写写废废，难以定稿，纵然得知那幅画的真相，也没能写到让自己满意。无意识地，她把多年前陈晓燕写大学书店的文章作为范本，想写一个“完整的故事”。

可她毕竟只有第二手乃至第三手的碎片资料。对于丰年小区的事件，她终究无法写出究竟发生了什么——谁杀了谁。

此时她意识到，文章可以有另一种写法。某个时期发生了什么。同一时期，林同画了些什么。标题跃然欲出。《一幅画家的肖像》。指的既是那幅被林同毁掉的画，成为他踏入艺术界的敲门砖的，由陈晓燕的母亲创作的素描；同时也是用文字勾勒而成的他本人的肖像。陈晓燕的死将出现在文章的开始而不是终结，从她的死亡开始的回望。

宋语相信，自己的这篇文章，会为警方指明方向。这也是她能为陈晓燕做的最大的祭奠。

*

姜则来店里借钱未遂的第二天，莫凡难得没有去花店。昨天直白地拒绝掉，一时痛快，却隐隐后怕。经验告诉她，男人有时会突然冒出不知藏在哪个角落的暴力。疑念重新浮起，会不会，真的是姜则问陈晓燕借钱，然后两人有了冲突，而姜则……

不敢往下想。

金先生那边没有消息。她知道，金先生就算从普陀山回来了，有工作要忙，一时半刻不会来找她。既然决定放一天假，她便约了瑜伽教练，在健身房耗掉半个上午。练完很饿，她在咖啡馆忍着没点全套英式早午餐，只吃了个沙拉。喝完咖啡，刷了会手机，回去的路上又开始有空腹感。吃沙拉纯属自虐。她多走了一段路，打算去蛋糕酒号买个蛋糕——对自己说，除了布丁，其他应该安全吧，毕竟吃了这么多年都没事。

意外的是，店门上挂着“休息中”的牌子。她想起走过来的时候，不光是自己的花店，中介再过去的珠串店也打烊了，简直就像街坊们约好了休业一天。

原本打算下午在家看电影，没买到蛋糕不甘心，她索性打车前往新天地的法式甜品店。那家店的摆花是她认识的日本花艺师的手笔，以至于每次去，她都会产生自我怀疑。自己在花艺这件事上真的有才能吗？难道像小晁说的，不过是太太小姐的消遣？小晁对她的事业的态度和金先生惊人地一致，让她气恨。也不想想是谁在为他出房租，买衣服。他对她的投资也有意见，唠叨说，你不要像老阿姨一样买银行理财，我帮你选几种 P2P 和基金不好吗？

和每次来时一样，甜品店柜台上的花美得惊心动魄。用了竹篮而不是常见的玻璃花器，花朵们呈现恣意的姿态。橙色大丽花，深粉色绣球，香槟色月季，明红色的柿树叶……像狗尾巴草的橘红色草花应该是进口的。莫凡嫌酒红色玫瑰太抢镜，很少用。她现在知道了，那不过是艺不如人的保守。玫瑰演绎了暗色调，将一串斜斜曳出的酸浆果实映得如同亮橙色明珠。

整体就像一幅橙红色调的油画。

莫凡在付账买蛋糕的时候偷偷给那篮花拍了照。她找了位子坐下，调出照片放大了看，又扭头眺望实物。真不甘心。她想把照片发出去和人讨论，随即惊觉，从前她只和陈晓燕聊这些。她们早就不讲话了。而那个人，更是再也不可能回复她的微信。

她感觉到空无。就像飞雪天伸手去接，手心留不住半片雪花。小姑姑去世的时候，也有过这种感觉。

到最后，每个人都会越来越孤单。

可能因为难得的多愁善感，下午，她去了小晁的租屋。帮他把脏衣服扔洗衣机洗了，地上一层灰，她忍着没用吸尘器。她是女朋友，不是老妈子。

小晁在微信上说还有半个小时到家，她点了外卖，歪在沙发上用平板半看不看地放着日本综艺节目，不知怎的想起久远的从前，张鸿偶尔跟人换班，两人的上班时间因此错开，她一个人在租屋里，像现在这样打发时间，等天黑。那时，每到三个月一次交房租的关头，她便为钱焦虑。为了赚外快，她参加过某化妆品的营销网络，找不到下家，家里堆了许多瓶瓶罐罐。和张鸿分手，一方面是由于他失控的暴力倾向，更多的还是出自那种看不到将来的无助感——在妇产科门口遇到来看痛经的陈晓燕和她妈妈，成为让莫凡不再眷恋旧情的最后一根稻草。离开商场去了酒吧，她把家里那些卖不掉且成分可疑的化妆品全扔了。她终于不用再担心交不出房租，但一样有种不知道未来在哪里的茫然。

她需要的是能实实在在抓在手里的。金先生。花店。现在，则是小晁。

电话响了。看到来电显示，她不能相信自己的眼睛。是杨树海。今天太阳是从西边出来了吗？

“喂。”他说。

“喂，你没事吧？”想起大白天关门的蛋糕酒号，她忍不住问。

“你还真是消息灵通……没事了，改天一起吃饭吧。”

没听懂消息灵通指什么，她聪明地没有多问。他主动打电话是少见的，约饭更罕见。他的声音和平时不一样，可能是太久没在电话里听到的缘故。仿佛是怕她误会，他补充说，是维佳让我喊你。就我们几个，还有我妹。

那么就是林同两口子的局，这算什么？陈晓燕的朋友们凑一堆缅怀故人吗？然而没有拒绝的理由，她答应下来。他说回头确定了时间地点再告诉她。

放下电话的同时，传来了门铃声。以为是外卖，过去开门一看，是小晁。

“你没带钥匙？”

他关上门，不答反问：“跟谁通电话呢？打你电话一直忙音。”

莫凡不觉错愕。心想，什么情况？我是你女朋友，不过你有资格管我和谁通电话这种细节吗？就连金先生也从来不会问这问那。有没有搞错。

她没有理会他，回房往沙发上一坐。想到连沙发也是她买的，气更足了。

小晁进来坐在她旁边。可能终于意识到态度不当，他放缓了语气：“我发微信你也不回，打电话又一直忙音，我心里着急啊。”

“那你觉得我在和谁通电话呢?”

他不肯答，抱住她的腰，头枕在她肩上，像只大狗般蹭啊蹭。她软下来几分。“你这个脾气啊要改一改。”说完觉得自己老气横秋，恨不得没说。

两人腻歪了几分钟，外卖来了。小晁吃了几口嫌淡，起身去冰箱拿了辣酱过来。莫凡想说，吃那么咸不好，转念忍了。和小晁在一起，有时她觉得自己像个妈。十岁的差距真的就那么大吗？金先生就不会有她这种顾虑。

快吃完的时候，他问：“真的不是在和姜则打电话?”

她惊笑。“怎么冒出这个名字?”小晁应该只见过姜则一次。她带他去巧餐厅吃饭，一身白色厨师衣的姜则过来和别桌的客人打招呼，看到了他们。副厨朝她点点头，并未走近。小晁问，那是谁？她说，陈晓燕的男朋友姜则。只在照片上见过陈晓燕的小晁撇撇嘴说，陈晓燕？不太般配吧。她以为小晁指的是两人容貌不登对，后来才发现，他觉得厨师配不上报社编辑。当时陈晓燕还在上班。

没想到过了这么久，小晁居然一直记着他看不上的厨师。

“我就是说说。”他边咀嚼边说，并不看她。片刻后又说：“我嫉妒他帅，不行啊?”

她隔着桌子一笑。“你比他帅。”两人都知道这不是实话。

当晚的做爱不顺利。小晁很快没了劲头，从她身上翻到一边，仰躺着喃喃道，这几天太累了。她在吃饭时听小晁讲过，金先生从普陀山直接去了外地，便说，你老板不在，你怎么还这么忙。他怒道，都说了在一起的时候不要提他！她软声道歉。

睡不着，她起身到厨房倒了杯上次带来的白兰地，边喝边浏览在充电的手机。朋友圈有条刷屏的热文。《一幅画家的肖像》。她懒得点开，耐不住那篇文章被一连串的人转发，花店的客人，某个媒体人，忘了是做什么的谁。再往下拉，只见喜久的老板匡志林也转了，还写了一行字："也算是老熟人了，吃瓜吃得目瞪口呆。"

她点进去，看到一半便惊得想给杨树海打电话。想起小晁晚饭时的控制欲，她忍住了。为了压惊，她把杯里的酒一口喝完，又倒了些，然后继续读下去。

文章很长。

其中出现了若干个女人，大多隐去了姓名。林同和另一个画画的女人，他们有共同的"启蒙老师"。林同和他的妻子。林同和某画廊的女主人。林同和姓张的小偶像（只有这个写了姓，毕竟网上人人皆知）。全文没有配图，一段段间距疏松的文字，一桩桩供人"吃瓜"的过往。犹如强力的聚光灯，让林同从背景中浮现。一个早年显得怀才不遇的画家，获奖后拜了名师，却被老师在业界排挤。他的获奖，他的突围，他的爆发，都与他身边的女人们有关。

她逐行读到最底下，视线扫过巨大的阅读数，以及赞赏者的一排排头像，不知怎的，却在这时想起许久以前工作过的刻章柜台。老头戴着放大镜，一点点雕凿印面，吹去浮灰。物质消失，笔画呈现。

由文字勾勒出的林同，或者说，林同夫妻，对自以为熟悉他们的莫凡来说，犹如陌生人。

林同和他的妻子（当时还是女友）剽窃了患有失语症的女同学的画作，开车撞死了那个女人（事故，或蓄意？文章没写）。多年后，女人的女儿得知真相，然而不久便死于一起谋杀。第二起死亡的凶手是谁，文中没有写明，却不无暗示。

字里行间，那对夫妻的关系远不止于通常意义上的爱情或婚姻。

画家生命中的其他女人为他做了许多，妻子做得更多。做妻子的奉上一切，名声、金钱与自我，简直恨不得连手带脚都奉献出去。仿佛吸取了这些祭品的力量，他的画一路滋生漫长，围绕他，有太多的光环和传说。

这会是真的吗？

她退出文章，看到来自匡志林的三条未读消息混在广告中间。对匡志林，她一直保持着距离，他发来的微信经常放到第二天才搭理。毕竟不比平时，她点进去，是语音。

匡志林问她有没有看到他转的公众号，并说，真是知人知面不知心啊来我这里吃过多少次饭呢，想想都后怕。就前几天还来过，装得跟没事人一样。

她没回复，转到和杨树海的对话窗口，打字问他：**你看到那篇文章了吗，真的吗**

他迅速回：**假的**

莫凡并未被他说服。什么是真，什么又是假？她的判断力因为酒精的作用摇摇欲坠。她深吸了一口气，整个鼻腔泛起酒精味儿。手指几乎是自发地动作，她回到文章界面，往下看一条条评论。太多的评论。各执一词。她渐渐无法分辨，脑海中铺陈开的，究竟是眼前的文字，还是自己的心声。她握着手机走回床边，想摇醒小晁，和他说这件事。迷糊间，她发现自己不知什么时候在他身边躺平了。他的胳膊环过来，抓住她的一只乳房。这动作从前有人常做，是谁呢。她的大脑陷入胶着，像有一年在北海道的雪地里走，踩下去，拔出来，再往前一步……哦对，是张鸿，她的初恋男友。她想拨开小晁太过用力的手，想对他说，别这样，容易下垂。

他贴在她的身后说：“昨天我看见了。看见姜则去找你，在店里和你说了好久的话。”

你看见？莫凡的意识继续深一脚浅一脚地跋涉，试图走向那篇公众号文章所引导的结论；与此同时，另一重意识如风低语：他不可能看见。我们在架子后头。他怎么可能看见？难道他一直守在店门外？半睡半醒间，她心头闪念，明天要去店里看一下，有没有什么……明天，如果记得的话。

当晚她做了一个梦。梦见自己是一条从鱼塘里逃出来的鱼。她顺着长满水草的沟渠，游进了一条河。和鱼塘中让人昏昏欲睡的温熙不同，河水带来让鳞片和骨骼为之一震的清寒。她在石头形成的浅湾停留片刻，背部的鱼鳍警醒地竖立，感知水流的方向。她有两个选择。逆流而上，或顺流而下。她不知道两边各有什么在等待着她。视野内没有其他的鱼，唯有半透明的水域。这一刻，世界对她来说是无限的大。

16. 酒香提子磅蛋糕

刚进店的客人在吧台边迟疑片刻，往里走，在三张桌子中间那张跟前坐下。独自一人的客人多半会选择靠墙的沙发座，没事还可以看看窗户那头的烘焙间，男人却坐在不那么舒适的靠背木椅上，面朝沙发。

可能是为了看画。

墙上的画新近换过，原来挂的是老板买的本城不知名画家的作品。据老板说，那幅画和他小时候住的地方很像。黄依然不懂中年人的怀旧，有一次她问老板，林老师怎么没送过你画？老板避重就轻地回答，挂在这里太危险了，万一有小偷呢？

老板似乎忘了他关于失窃的担忧，用林同的新作换下了原来的。不过，估计没什么人能认出墙上那幅画是林同的作品。油画，而不是他一贯的丙烯，画的右下角也没有他通常的箭形签名。只有蛋糕酒号的几个人知道作者是谁。当然，按照这条街的惯例，秘密不长久，任何事迟早会人人皆知。

黄依然把单页咖啡单放在客人跟前，问他要喝什么。客人点了美式。黄依然说，要不要试试手冲？可以从三种豆子选你喜欢的口味。客人摸了下后颈修得极短的发脚，说，不用了，就美式吧。

她送咖啡过来的时候，他问："这幅画……画的是什么，你知道吗?"

"画没有固定的含义。看的人可以有自己的解释。"她把老板的套话讲了一遍。

画面呈现破碎的风貌。色块斑驳，线条凌乱。陆南宣称，画里有个女人。黄依然认为，像陆南这种从小到大每周三天去同一家面馆、三款面轮流吃了六年的乏味人，根本就不懂怎么看画。陆南说，那你看懂了？她摆出一个"懒得理你"的眼神。

客人说："虽然没有签名，不过这个日期，一看就知道作者是谁。"他指向右下角，"数字'8'是一个圆圈一个三角，像个小人，辨识度太高。"

"哦哦，你很懂嘛。"她想，这人难道是画廊的掮客？正准备离开，对方叫住她。

"你有时间聊几句吗？关于后面丰年小区的案子，我有几个问题想问你。"

"你是记者?"她顿时戒备起来。

"我看起来像记者吗?"客人笑了。他眉目清秀，皮肤色泽略深，像是经常从事户外活动。"我是警察。不过因为在休假，没带证件。今天也不是正式的询问，就是我个人想了解点情况。"

她抱着托盘盯着他看，片刻后说："那你应该问我们老板。他去日本了，过几天才回来。"

"我知道。林同和他一起。"

这时对方看起来有几分像警察了。她想，应该喊陆南过来应付。

但对方身上的什么让她最终放松了警惕，将托盘搁在旁边桌上，在他对面的沙发落座。她的头顶上是紫红色调的画。那幅画在她看来，画的是痛苦。她通常避免目光和画面接触，有时却仍不受控制地被吸引着看过去。

“案子不是破了吗？还上了热搜。”她不起劲地说。

对方苦笑。“是啊，网络时代。”

自称警察的客人喝了一口咖啡，问黄依然：“事情闹得那么大，你老板和林同还是哥们？”

“林老师又不是犯人。”

“写公众号的人也是你们店的客人吧？”

“算是吧。”

“很多人在看到那篇文章的时候都信了。你呢？”

“……”

这个警察到底想说什么呢？她盯着他看，随即因为他的目光不得不垂下眼，反问：“我怎么想重要吗？你真是警察？”总觉得他和星姐报案那个派出所的警察们不一样。尤其是注视人的方式，让她不自在。

“好吧，我换个问题。虽然离现在稍微有点久了，请你回忆一下。10 月 24 日下午，你去过丰年小区，对吗？”

她心头一跳，这次没敢再看他，只微微点头。

他又问：“你去的是不是 45 号 902，陈晓燕的家？”

她再次点头。不知怎的，她感到一旦说谎，就会立即被对方拆穿。

“你为什么走中门？到 45 号，第一道门也就是西门最近。特意避开那道门走中门，有什么理由吗？”

黄依然蒙了。她努力回忆，终于想起那是为什么。她刚走到小区门口，远远看见一个半秃的中年男人，长发翻到一边，像顶了个巨大的条形码。那人用上海话大声说着什么。估计是下雨喊人收衣服。她遇见怪叔叔和狗屎向来绕道走，于是径直往前，进了有门卫的那道门。离开的时候惯性地走了来路。

她解释了怪叔叔的存在，他神色不动。“还有想问一下，这个问题比较私人——你觉得林同是那种为了达到成功不择手段的人吗？”

肩膀被人拍了一下，她遽然一惊，扭过头。是宋语。没来得及摆出预设的冷漠脸，宋语以她一贯柔和的嗓音说：“你哪家媒体的？”

对方笑笑。黄依然轻声说，是警察。

宋语说：“如果不是办案，她没必要配合你们吧。”

黄依然趁隙起身回了吧台。宋语和那人说了一两分钟的话才过来，在吧台边坐下后，漫无对象地说，今天音乐风格好怪啊。陆南说，依然放的，你问她。宋语问，是谁的歌？黄依然不情愿地挤出两个字，小八。那边又问，那是谁？她答，米津玄师，没听过吗？宋语明显是故意感慨道，代沟啊代沟。

宋语写的那篇公众号文章，发布后不到二十四小时就被微信平台删除。警方紧急发布了公告，说 1024 案的嫌疑人已自首，该公众号扰乱社会，云云。其实真正被扰乱的，只有叶维佳的生活——她的手机号不知怎么被人泄露出去，每天接到各种辱骂短信。

那么长的文章，杨其星当然无法阅读。对此，周围的人都感到庆幸。黄依然读了。读完先是震撼，继而有种不适。在她看来，文章的角度过于偏颇——当她发现“夜月”就是林同，尚未整理好心情，就看到那样一篇明里暗里指责林同是杀死陈晓燕的凶手的文章（而且还暗示，陈晓燕妈妈的死，也不是意外）。她不是不理解陈晓燕对于宋语的意义，那就像夜月对于她。但另一方面，她从此不愿搭理宋语，至今有小半个月。矛盾的是，有一次，她在店里听到利维的女友韩风评价那篇文章是“吃人血馒头”，顿时心生反感。

烦恼了若干天后，黄依然终于抵达一个结论。不，是两个结论：

无论夜月一开始是谁，对她来说，那就是叶维佳。林同，林老师，既然并没有做下对陈晓燕的罪行，那么他肯定不是公众号所描述的坏人。

夜月帮她搞定了转学的事。学校位于虹口，离家不远，可以骑共享单车上学。行动力超强的夜月还找了个律师继续办理杨其星的案子。黄依然不是很清楚大人们的那一套，好像一开始说是没法立案。星姐付出那么大的决心和努力，在派出所说的话，都白费了。黄依然既愤怒，又有些失望和不甘心。更让她失望的是，后来夜月提出走民事诉讼，老板并不支持。虽然没有明说，每次星姐和夜月一起去见律师，他的脸色很糟。

黄依然也不是不理解他的心情。晾晒伤口，并非易事。

就像她至今也做不到，像星姐那样，开口说出发生过的事。

有她在家陪练，星姐的复健仍在继续，一周两到三次。进展缓慢，但并非看不见。此外，周末有空时，她会像今天这样，来店里帮忙。

站在蛋糕酒号的柜台后，和陆南以及宋语说些无关紧要的话，仿佛回到了一切尚未发生的从前。陈晓燕的死。疑念纷纷的日子。星姐的遭遇。老板的被捕和释放。宋语的公众号。那些纷乱恍如发生在另一个平行空间。黄依然知道，无论她怎么试图抹平，还是有些痕迹在刚过去的雨水连绵的秋冬之际留存下来，有些痕迹将会长久不散。

就像她从未忘记发生在她自己身上的事。

而日子仍将过下去。

*

“我跟你讲，这个地段，这样的价位，这间店面绝对是稀缺资源，好吗？窄嘛是窄了点，但要是面积大，就不是这价钱了。原先这里是间卖手串玉石的店，开店的阿姨做了二十几年了。她的货色很普通的，这样都能长久做下去，说明市口好。什么？她租多少钱？不一样的呀，人家是长租。她女儿怀孕保胎，要贴身照顾，想到将来小的出来还要帮带，才退的租。要不是这样，也轮不到你来看，你说对伐……”

中介王一德说得口都干了，看看对方脸色，知道今天这单生意没指望。他喝了口保温杯里泡得变了味的茶，心里对张阿姨关店的举动仍有些不以为然。房东不在国内，每年只是象征性地涨少许房租，如果张阿姨听他的，转手做二房东，不晓得有多惬意。现在好了，房东儿子听说要换租客，接手来管，价格马上翻了好几倍。张阿姨还是太老实……

思绪又转到丰年小区45号902。他早就觉得那个舅舅可疑嘛，三天两头来敲边鼓，问案子，问房价。当爹的都不见有那么关心。可惜902最后没有委托到他这里转手……

*

他从咖啡馆出来，过了马路。绍兴公园不像一般公园那样视野开阔，被一道镶嵌花窗的围墙与街道分隔。拐过那道墙一侧的缺口，便进到太湖石林立花木扶疏的园内。

公园很小，休憩的老人们坐成几堆，有人带着收音机，以大音量播放某种地方戏，咿咿呀呀。建筑工人模样的男人不怕凉地仰面躺在长椅上睡着，胳膊举起来遮住脸。他要找的人不像其他人那样或坐或躺，那人背着手站在花坛的铜像跟前，宝蓝色轻羽绒外套勾勒出单薄的肩，头微微勾着，像是在读基座的铭文——当然不可能看清铭文的小字，毕竟那人在阴沉的冬日仍戴着墨镜。

他走到那人跟前说："其实你应该自己去。"

阚少华像是吃了一惊，扭头望向陶密。墨镜阻隔了表情，不过看总本来就不是表情丰富的人。

"……她看起来还好吗？"

"看起来很机灵。至于好不好，我没问。总不能说——你好，你有个粉丝，托我来看你，你过得怎么样？"陶密的语气忍不住带了挖苦。

阚少华的脸色微红。"我……我不是粉丝。"

陶密示意他往外走，两个大男人杵在铜像跟前交谈，其中一个还戴着墨镜，实在惹眼。周围的老人们无人留意他俩。

阚少华不肯迈步。"外面有探头。公园里虽然也有，这个位置拍不到。"

陶密忍不住说："你还在看医生是吧？"

"你指眼睛，还是心理医生？"

"……眼睛也还没好吗？"

阚少华在上个月因为连续剧烈用眼，得了急性角膜炎。更准确的说法是"角膜上皮脱落"。不是什么严重的病，遵医嘱静养，每天点眼药水，一周多就能康复。他的眼疾不知怎的反反复复，以至于至今仍然在休假。这是对外的说法。真相只有几个同事知道。看总因为和静安局 AI 的“竞争”，突发心理上的疾病。他对监控探头产生了巨大的畏惧感。考虑到他的工作内容，可以说这般情形既可笑，又残忍。

陶密去阚少华家看望他，结果被他央求“帮我去看看黄依然”。陶密反问为什么，终于打听出，黄依然很可能在陈晓燕生前去过她的家，阚少华发现了，却独自隐瞒下来。陶密感到，看总对少女的关注有着病态的一面，但人如今都这样了，不是当头棒喝的时候。

对他的问题，阚少华干涩地回答：“差不多好了。不过上周也是好了又复发。”

难道角膜炎会因为心理原因复发？陶密又问：“还不能看屏幕？所以你才不回微信吗？”

“偶尔看看没事。我是故意没看手机。”阚少华缓缓转动脖子环视周围，那姿态有种机械感。“她说了吗，为什么走中门？”

看总整个人的状态，以及对这个不重要的细节的关注，让陶密有些不安。他如实转达，阚少华沉思着说：“是这样啊，没想到。我应该把所有事情联系在一起看……那她打算就这么一直在咖啡馆待下去吗？”

“她回学校念书了。她朋友告诉我的。”

陶密没说的是，那个“朋友”就是惹出公众号风波的宋语。那个女人心思细致，明明在 1024 案的过程中和他打过交道，故意一上来问他“哪家媒体的”，多半是为了打消黄依然的紧张。黄依然刚走，他俩的气氛随之一变。你好，我们见过。嗯，没错，你是上次陈晓燕案子的警察。原来你记得。我记性很好的，不然怎么当记者，哦虽然我现在不混媒体了。你写林同的公众号我看了。很多人都看了。其实在很长一段时间，我和你的想法是一样的。是吗，你觉得我什么想法？陈晓燕的死，你认为是林同干的，如果不是他，就是和他有关的什么人，为了掩盖他当年的事而做的。

身形庞大的女人没有立即说话，短发和眼镜没能遮蔽她瞬间的锐利表情。像个不服输的孩子。输了却不甘心的孩子。

陶密差点就冲动地说，你知道吗，我办案一直有个原则，相信自己的直觉，然后才是所谓的事实。大多数时候挺管用的。除了这一次。你那篇文章，我这个看文从来不给钱的人，给你打了一百块呢，虽然我当时已经知道凶手是那个舅舅。

案犯陈磊声称，错手杀死外甥女陈晓燕，让他悔痛不已。

他因为被讨债人占了房子，不得已才去投奔外甥女。本想在她家避一避风头，她说不方便，领着他去瑞金医院门口发小广告的闲人那里，像买菜一样挑了个单间，一天一百五。并不便宜。她帮他付了一个月的钱。

房子就在400弄46号，外甥女家隔壁一栋楼。原本是两室一厅的格局，客厅的半边做了隔断，勉强算是三室，住了三户人。另外两间的住户是先来的。一对夫妻，小孩得了白血病在住院；还有个老婆住院的男人，年纪和陈磊差不多。病人家属们面罩愁云，用厨房倒是毫不含糊，感觉他们醒着的时候不是在医院，就是在厨房给病人和自己做吃的——前者未必能吃几口。和他们闲谈间，他不好说自己是在躲债，含糊地说，我妹妹摔伤了在住院。为了营造“探望妹妹”的假象，也因为不想和室友们多打交道，他每天都出门转悠到傍晚才回住处。

他当然知道外甥女一个自由职业的文字工作者，很难替他筹钱。他几次催促说，要么你问问你朋友，让她不加利息借给我们，慢慢再还。“朋友”指的自然是姓叶的小姑娘，只有那个人能拿出一大笔钱。外甥女说，那你也要还得出呀，除非卖了你在马桥的房子或者我这里，否则怎么可能还。再说你又不是不知道，我们不来往的。她建议打官司，他拒绝了。虽然拿到手的现金少得可怜，借条上明明白白写着九十万，以房产抵押。打官司他没可能赢。她说，你签这种合同的时候就没想过人家借钱给你的目的吗？算了，我会想办法的，你等一等。

被外甥女训斥，让他心头不快。他觉得对方在敷衍他。

这个街区没有大菜场，住户们买菜多在弄堂口的几间小菜店。他有一天驻足观看菜店门口塑料盆里的鲫鱼，外甥女正好经过，他说，我买鱼上你那里烧，好不好？她说，不用啦，你要想吃鱼，改天我们去餐馆吃。

但一直没有一起吃饭。他有种感觉，她自从听说他举债，就有些回避。不知是不是他的心理作用。

24 日，他到这里已经两周，她发了微信说，一起吃晚饭吧，我叫个外卖。六点以后都行。

他以为钱的事有了着落，怀着希望上门。外卖有道萝卜丝鲫鱼汤，店家直接用大海碗送上来。她小心地吐刺，并不提钱的事。吃完饭，他洗了碗筷，把外卖的海碗一道洗了。她说店家回头会来拿。她倒了酒，劝他一起喝。他喝不惯洋酒，但因为心里闷，跟着喝了。酒流进胃里，脑子像是烧起来。

喝着酒，外甥女忽然讲起了她妈妈，他走了十几年的姐。她说，要是我妈活到现在，你觉得她会怎么样。他说，你指什么。那边说，她肯定不会再当清洁工，而且和我爸离了婚。他说，离婚这种事谁知道呢。不过不当清洁工，她还可以做什么。外甥女默默出神。她喝酒不像电视上的人那样用大杯子加冰块，而是用小杯子干喝。他忽然涌起委屈：你有钱喝贵酒，没钱帮我这个舅舅！

陈磊的供述到这里就开始陷入混乱，几次出现了不同的版本。最后他停留在一个说法。说是，后来他们有些争执，陈晓燕的声音越来越高，他被吵得头痛欲裂，用靠枕扔她，让她不要讲了。等他回过神，已经用靠枕捂住她的脸好一会儿，她不动了。

警方认为，蓄意谋杀的可能性更高。他感到让陈晓燕替他筹钱无望，便动了她的房子的脑筋。他在作案后带走了她的手机和电脑，更像是有准备的犯案。

陈磊在作案后不敢立即从丰年小区搬走。第二天，陈晓燕的死被人发现，他怀着巨大的忐忑，继续住在46号的群租房。然而一天天过去，警察除了例行公事的谈话，并未问及其他。他主动承担了丧事的杂务，然后带着本来就少的行李悄悄离开短租房，向老同事暂借了青浦的房子住。他一直在网上看陈晓燕一案有没有进展，其后几次回到那片街区找房产中介打听，均无消息。

让他自首的是持续的焦虑和失眠。他回不了家，目前来看也没有还钱的可能。案子不破，他就始终没法从外甥女的房子获益。没想到会让自己陷入这样的窘境。更可怕的是，他只要一合眼，就会梦见姐姐陈鑫。杀人时都不曾体会的惊惧让他不敢睡，神经逐渐被拉扯到极限。他看了好多破案的纪录片，觉得自己迟早会被警察通过监控探头找到。现在都这么破案。高科技。他在小区进进出出那么多次，肯定早就被拍到了。

事实上，阚少华不止一次看到了陈磊。但直到杨树海被捕那天上午，半老男人的形象并未触及他脑海中的警戒线。就连静安局的AI也把陈磊识别为“住户”。取样的案发前两周，正好是陈磊生活在那里的时间。在对陈磊进行审问的过程中，作为实验，静安局试跑了案发前一个月到案发后一周的数据，这一次，陈磊被作为高度疑犯筛查出来。

当然了，不用借重 AI 的分析，如果没有碍事的后续打扫，从凶器靠垫上的指纹和其他痕迹，很快就能查出陈磊到过现场。邹建平原本主张以破坏物证的罪名起诉杨树海——把那小子关起来审的时候，邹建平就以直觉知道，对方不是凶手，或者说，不是个能犯下凶案的人——要不是他出于天晓得什么动机无比细致地打扫了现场，案子也不会一拖就是两个星期。而且杨树海的不在场证人被打伤住院，感觉也太巧了。最终他们得知，证人涉及另一起事件，杨树海的妹妹牵涉其中。和那起案子的负责人沟通后，邹建平少见地没有贯彻他的主张，甚至也没把杨树海请到局里，只是去蛋糕酒号和对方聊了一次。

据邹队说，杨树海的嘴很紧，对他的古怪举动，到最后都声称“我是一时慌乱才那么做的”。

疑问还在。至少留在邹建平和陶密等人的心里。究竟是为了什么，当一个人看到女友死去的现场，做出的第一反应居然是动手打扫？

对此，刑警们有小小的分歧。邹建平说，应该是杨树海震惊之下，以为凶手是他妹妹——至于为什么是妹妹，失语症患者和她的“老师”也许有外人不能理解的冲突，又或者，是两个女人和某个男人的感情纠葛，林同当然脱不开干系。陶密则不放弃“林同核心论”。他认为，杨树海以为杀人者是林同，所以才打扫了屋子。问题是，为什么呢……凡事总该有个逻辑。到头来唯一能支撑他的理论的，是由于他们的及时声明而消失的那篇公众号文章。文章中说，林同身边的人，都在有意无意地为他付出。他的所谓艺术吸取了所有这些付出的养分，犹如开在尸体上的花。

不过，文章里提到的都是女人。仍无法解释杨树海的动机。

还有件事让陶密在意。监控显示，林同在陈晓燕出事那天夜里，两次离开南翔的家，每次都没走到小区大门就折返。那一幕犹如困兽的举动，成了他的不在场证明。

在蛋糕酒号面对宋语，陶密忍住了推心置腹的冲动，只说，其实，在那人自首前，我也有过和你一样的想法……

宋语不服输的表情转瞬即逝。她平静地说，我错了，文章都404了。现在说这些，有意义吗？

陶密没有把他和宋语的交谈细节讲给阚少华听，后者显然只关心黄依然。陶密想问，看总，静安局的AI真的那么厉害？你觉得我们以后都不用混了是不是？想到可能因此刺激到阚少华脆弱的神经，他没能问出口。

*

海和想象的不一样，是铁灰色而非蓝色。白色的碎浪滚过来，浪看着不大，力道惊人，贴在身体下方的冲浪板一不当心就会倾覆，他已经喝了好几口水。

往前看，是远远的地平线。谁也画不出那样的一笔。融合与分离。宛如永恒。往左看，是中年龅牙教练和两个韩国女学员，往右看，是棒球帽教练和来自北京的姑娘。教练只露着脑袋和脖子在水面上，学员们趴在板上载沉载浮，一次次试图完成冲浪动作。他在中间，单独一人。首先要保持冲浪板的大头朝前，和浪呈九十度角。一，双手将身体撑起。二，单腿向前弓步。三，靠腰腿力量站起身。

没能做到三，浪就来了，冲浪板昂起头晃了一下，紧接着就被打偏。他又一次被掀进水里。隔着水和多云的天空看到的太阳，是个虚无的白点。

他抱着板浮出水面，大口地吸入空气。嗓子被海水刺激到，火辣辣的。

海子，也就是杨树海，才玩了几分钟就开始喊“骗子!”，然后宣布放弃，带着冲浪板回了岸边。骗子，指的是他，把不会游泳的海子喊来学冲浪的林同。他说，教练说不会游泳也没事。教练确实是这么说的。不过谁也没想到海子空长了长手长脚，怕水怕成那样，掉进水里一次就足以让他丧失斗志。

林同重新趴到冲浪板上，双手划水，让板首对准下一道浪。

和维佳还没结婚的时候，有年夏天，几个人一起去热带风暴玩。海子发现他会游泳，显得十分惊讶。他当然不会提自己花了多大的努力克服对水的恐惧。他不愿自己身上怀着那样的死角，就算付出再大的代价，也要将其填埋。

泡在热带风暴的人工海里，月亮初升，水仍带有白昼的微温，几个人不知怎么聊起了理想的死法。陈晓燕说，她的理想和杨威利相同，最好喝一堆酒冻死，不知痛苦。他说，我没有想要的死法，但有不想要的。维佳说，是什么？他说，在海里淹死。除了这个，其他都可以接受。

说的时候，他没有看海子的表情。意识到自己近乎挑衅。却辨不清，到底试图去撩拨什么。

就像维佳评价的，他有时候是个蔫坏的人。会刻意说些刺激别人的话，装作不经意。

陈晓燕终究没能按她理想的法子离世。不知道她死的时候，有没有恐惧和痛苦。

他又一次被浪压进水里。无从反抗。喝了不少海水。他一出水面就大声地咳嗽起来，喉头苦咸。韩国女人中的一个站在了冲浪板上，大声尖叫，像在给自己鼓劲。后半程，女人滑倒了。教练喊着“Good!”。另一边的北京女孩也成功地站起来几回。他一次也没成功。

一个小时的课程结束，他们把冲浪板抱在身侧，蹚着齐胸的海水往回走。要先绕过小山般的巨大礁石群才能看到岸。这片位于冲绳北部恩纳村的海滩和他想象的不大一样，只有近岸几米是沙滩，接着便是礁石滩。他们踩着不光滑的石面，脚步不稳。狰狞的海滩，让他想起久远以前的老家的海。真的太像了。

多半是因为海滩的模样，海子才不肯继续学。

他走到那个穿着鲨鱼皮般的冲浪服躺在沙滩上睡觉的男人身旁，用脚踢了两下。“回去了。”

海子睁开眼说：“你成功了吗?”

“你说呢?”他抱着冲浪板继续往前走。

“加油啊，练成了，可以拿这个泡妞。”

“你以为我是你吗?”

在水龙头边大致冲掉身上的沙，几个人剥去冲浪服，男的只剩下泳裤，女的露出了比基尼或连体游泳衣。十二月的冲绳，虽说比大多数地方暖和，穿这么少毕竟感觉冷。他们迅速披上教练递过来的浴巾，跳进开着暖气的车里，用纸杯喝保温瓶里的热茶。两名教练各开一辆车，沿着来路返回。前面的面包车上是五名学员，后面的皮卡车上是冲浪板。经过一处空地，十来名美军士兵站成一排，正在听一个军官模样的男人训话。军人们想必是去冲浪，附近的海不适合玩浮潜。隔着车窗感觉到那群士兵的视线，肆无忌惮地盯着女人们裸露的肩膀和浴巾底下闪现的泳衣。

因为有国内的女同胞在，他没用普通话，而是用启东方言低声骂了句“资农”（猪）。海子一声不吭地喝茶。他的手指抵住掌心，感到心头有接近杀意的情绪一闪而过。

在黄礼峰的家里也有过这样的瞬间。目睹那些手机照片，如果不是维佳在旁边，网上叫“桃”的小姑娘在相邻的房间，他不知道自己下一步会做出怎样的举动。驱动他的从来不是什么正义感，而是恐惧。

难以自控的恐惧。

对伤害其星的那个混蛋，他也怀有同样的心情。那家伙该庆幸自己早已被收监。据说姓钟的犯下的妇女侵害不止其星，维佳正在和律师合作，试图寻找更多的受害者。律师说，很可能最后只有伤害罪能够落实。被姓钟的暴打的那个什么总，算是运气不错，已经出院。他甚至为此感到惋惜——要是打死了人或导致残障，那家伙将得到更大的制裁。他知道自己不会去参加其星的庭审。和海子一样，他不认为应该上诉。你被狗咬了，还要把伤口亮出来给人看吗?

而且他受不了那个。他是真的，害怕。

就像他在海子被捕的早上，没和任何人说一声就回了画室。海子不在旁边，他根本无法面对经过了那些事的其星。事实上，其星比他要有勇气得多。后来才知道，她居然重新去报案。她的脑袋里都在想些什么？她总是让他诧异，让他痛感自己的卑微和无力。

回到冲浪学校的小木屋，学员们到位于地下的浴室洗澡。男女浴室间的墙很薄，不时传来隔壁女人们的说话声。为了去掉海水的气味，他花了不少时间冲洗头发。海子早就洗完出去了。他擦干头发上到一楼，学校兼作商店，沿墙摆着待售的冲浪板，海子坐在店堂中间的长桌边，喝着罐装啤酒。看见他，那边笑道，你比女人还慢。

他在店里转了一圈，看冲浪板。艺术家喷绘的板子卖得颇贵。海子打趣说，你来画一个，那就成了天价了。

他没搭腔。他的画又涨价了，很讽刺。那篇把他指认为杀人犯的公众号文章功不可没。这一点，恐怕写文章的人也想不到。他后来得知作者是陈晓燕的徒弟，采访过他的女记者，在蛋糕酒号见过几回。有那么一刻，他差点想去找对方，问，霍老师有没有给你看那幅画？

维佳虽然提出离婚，仍为他打理事务，按照她的意思，由律师在网上发了公告，参赛的画是他本人创作的，网上的传言纯属诽谤。

既然参赛的画是他林同画的，那么霍老师手中的那幅素描，画有陈鑫的素描，就不可能是他的手笔。如果有人像他们从前做过的那样，把两幅画并排放在一起，优劣不言自明。拿去参赛的一幅早就被烧了，也就没了比较的基础。

素描他确实不如陈鑫。

他一直认为，素描的高低不能决定艺术家的水准，也不能决定他的创作的价值。

但国内早些年的风气是另一番情景。你得先拿个奖，才能多多少少算是跻身他们的行列。他们大多沽名钓誉，有些人画得很差，有些人根本不懂什么是画。

霍老师反复说过，为了做你自己，你得先成为他们的一员。后来的事实证明，她是对的。

刚到冲绳的第一天下雨，只能在酒店待着，今天总算雨停了，得以上了被延迟的冲浪课。离开前，教练用英语告诉他，天气预报说明天有雨，如果下雨，就改到后天。海子在旁边说，还来啊？我就算了。他说，一套课程三天，钱都付了，不退的。你随意。

和海子在公路边的餐馆吃饭。冲绳的地方菜包括苦瓜炒蛋和红烧肉，让他有仍在国内的错觉。海子继续喝啤酒。他在海里泡太久，体内的寒气泛起来，便要了威士忌。海子先讲了黄依然学校的一些事，又说，利维的职位被陈晓燕前男友给撬了，出来开了个三明治店，做外卖，巧餐厅有个姓古的小姑娘跟着，就两个人，没想到生意还不错。我给他们设计了外卖包装，三只小猪。他反问，为什么是三只小猪？海子说，三只小猪盖房子的童话故事，没听过吗？说着自顾笑起来。他经常捕捉不到海子的笑点。记得海子第一次提到陈晓燕前男友——当时还是现任男友——说，他一见面就自称什么 sous chef，老子英文不好，差点以为他是做汤的。说完便嘿嘿笑，语气隐然在喝干醋。某人对自己的心情无比迟钝，旁人反而看得清楚。

他们从来没有就陈晓燕的死聊过。海子在这件事上藏得深沉，像动物本能地藏起弱点。

三只小猪的话题过去了，他不知怎么说起了库尔贝。聊艺术也只能和海子，别人会以为他在装腔作势。他说，要研究库尔贝，最好的途径不是库尔贝本人的作品，而是里希特的画。例如那幅著名的《AB，库尔贝》。

海子说，拜托，被你一说像真的似的。那应该只是里希特开的玩笑。八竿子打不着。

因为一个现实，一个抽象？他沉思着说，现实中也不是没有抽象，抽象当中也藏着现实。

海子笑起来说，我应该把你这句话讲给媒体，作为你的新作品的脚注。

出了餐馆，回酒店的路上有家便利店，他买了苏打饼干，一瓶七百毫升的威士忌，转念又放了几听啤酒在购物篮。

酒店的走廊上布满了肉眼看不见的细沙，踩上去涩涩的，不知是风吹的还是被住客们带进来的。建筑呈回字形，围绕热带雨林般的中庭，长走廊上是成排的客房门。他们住在相邻的海景房。毕竟累了，各自回房午睡。

他躺在床上，一闭上眼，眼前是其星的脸。还有陈晓燕的脸。

23 号的下午，陈晓燕到其星的店里，在场的只有他和其星。事后想来，陈晓燕知道他在。应该是先从手机问了其星。

陈晓燕说，我和霍老师见了一面。

他干干地说，是吗，什么时候?

其实有一阵了。我们聊了不少。

都聊了什么?

往事。所以我想……和维佳见一下。

其星即便能听懂每一个字，也听不懂他们的话中话。但他知道，她有另一种敏感。她想必捕捉到了空气中隐含的紧张，他突如其来的恐惧。以及，他的，杀意。

24 号那天晚上，他使出浑身的解数，为的是确保维佳不会去见陈晓燕。他在维佳的茶里放了家里常备的安眠药，就是他带去杭州的那种。和他预想的一样，她有抗药性，药力发作得很慢。等她睡着，他明知可能画蛇添足，还是把她捆起来，自己到了二楼。他坐立不安，两次离开屋子，往小区门口走，然而每次都没能走出去。第一次，他想着得去找海子。接着意识到这样很傻。不可能的。海子这次不会帮他。“哥哥和燕子。”其星看出了两人在交往，对他说过。他回家枯坐，维佳在睡。其实他想过，要不要带着药去找陈晓燕。理智告诉他，且不说安眠药是否够劲，那点剂量只是日用，不足以杀死一个人。他怀着巨大的焦虑第二次出门，并不确定等见到陈晓燕究竟要做什么，走到一半，他发现，小区的几根灯柱上装有监控探头。

他只能强迫自己回家。

维佳醒得比预期的早，他竭力安抚。天亮了，他没有回画室，继续留在南翔家里。即便维佳今天不去见陈晓燕，不保证她以后不见。如果是过去的维佳，他才不会担心。但在他们夫妻的感情名存实亡的现在，他感到两个女人随时会成为同盟。他不想冒那样的风险。他甚至憎恨让自己约维佳的陈晓燕。你要见她就见，为什么要让我掺和进来？不知道就不会这么担惊受怕……

他的焦虑被铃声打断，维佳接起电话，走上二楼。他想，是陈晓燕吧？她等不到维佳，所以要了号码打过来？他感到一扇门正在关上，立即主动关闭了自己的感知。恨不得缩在逼仄的没有光线的某处，就像多年前被关在装鱼的箱子里。很奇怪，明明是最为恐惧的一幕，却永恒地盘踞在他的心头，作为单独一人的保证。那里只有他。鱼的气味。冰块的触感。再后来，一切都消失了，只有他。

电话又响了，是其星打给他的。照例是听不出情绪的简短字句。燕子，死了。

他的第一感觉是难以置信，接着是巨大的解脱。上天仍然站在他的这一边。又一次。

放下电话，他抬头寻找二楼的维佳。她的脸上带着古怪的神气，俯瞰着他。有个声音在他心里说，她知道了。他把电话的内容告诉她，她回了句完全不相干的话，是吗，她也喊她燕子？她的表情愈发古怪。仿佛在说，如果不是你，如果你没有阻止我去见她，她不会死。

彼时他们还不知道，陈晓燕不是在25号的今天，而是早在昨晚去世。他徘徊无措心怀杀机的夜晚。

维佳让他走，他知道多留无益，从南翔回到画室。没多久，其星来了。她只提了一个问题。

——你，燕子？

他听懂了。意思是，你杀了燕子？

他摇头说，不是我。她没再说什么。

尽管对其星声明“不是我”，他感到，她的疑虑并未消除。如果她像其他人那样活在语言的世界里，他可以申辩，讲故事，恳求，试图打动她。然而话语抵达不了她。他曾以为，正是失语的隔绝状态让她保留了纯净与美，然而，在她就陈晓燕的死质问他的那一刻，他发现，失语症比起屏障，更像是极为纤细和不确定的连接彼此的绳索，很容易因外力断绝。他感到他正在失去她。

而今他差不多完全失去她了。

他们最后一次见面，是其星出事的那天夜里。海子和他还有维佳一起带着她从派出所回家，到了小区，海子说要兜一圈找停车位，让他们先上去。结果其星没有门禁卡，她身上手机钥匙什么都没了。维佳说，太晚了，还是不要按对讲吵醒小姑娘，等树海吧。三个人站在门廊，其星穿着海子的外套——他恍惚想起多年前看潮的夜晚。比起停留在难熬的此时此刻，他恨不能瞬间穿越回到那个时候——他和维佳都不作声，其星忽然以分明的声音说，燕子在，就好了。他暗自心惊。无从知道，其星说这话是因为在派出所的困境，还是纯粹的对故人的缅怀？又或者，是对他的谴责？

听到其星说出“燕子”，维佳那个时候又在想什么呢？

这么多年来，每次看到陈晓燕那双仿佛能洞彻人心的眼睛，他暗自心虚。他经常感到她实在是太聪明了，那是一种不讨喜的聪明劲儿。她越是对其星好，越是尽可能像以前一样待他，他反而觉得如履薄冰。他一直怕她追究，这种害怕在她说要约维佳的那一刻到达了顶点。因此，当她不在人世，他的心里更多的是侥幸。他怀着侥幸想，是那个厨师男朋友干的吧。至于他身边的人可能有多难过，海子，维佳，乃至其星的心境，他无暇关注。

直到那个狼狈的让他痛恨全世界连同自己的夜晚，当其星说出“燕子在，就好了”，他才重新认识到，上天给出的，不是解脱。

醒来时，窗帘拉合的屋内昏暗如暮，让他一时间以为这是晚上，自己仍在北京西路的画室。花了些时间想起，自己是在冲绳一所度假酒店的床上。看了眼枕边的手机，下午三点十七分。仍然没有来自其星的电话或微信。

到今天，距离其星出事过了整整一个月。

其星出事的第二天早上，警察们出现在海子家门口。有一个曾为陈晓燕的事来找过他。海子被警察带走后，他回到画室，一口气画了四五个小时，累到虚脱，开机打电话给海子，拨号的时候想起，对了，海子被抓了，没法接电话，我这是在干什么？直到那时，他才不得不重新直面早上发生的一切，并终于滞后地明白过来——自己扔下其星她们来到画室，可耻地一个人逃走了。

每当发生了自己不愿接受的坏事，他就想逃离。仿佛逃走了就可以当作没发生。逃走，一个人，待在箱子里。

他怔怔发呆，忘了掐掉打出去的电话。电话接通了。话筒传来声音。他吃了一惊。

那边居然真的是海子，说，我没事了，早上的事是误会。他问，其星呢？海子说，在我旁边。他说，哦，你让她听一下。他等了一会儿，没动静，然后仍然是海子的声音说，我妹让我转告你，以后她不找你，你别找她。

的确是其星的风格。

他被搞蒙了，下意识地又打给维佳，被扔了一句离婚。

咎由自取，不是吗？

他哪儿也没去，几乎不眠不休地窝在画室里，画了一幅又一幅。太久没有过这种状态了。等油画变干的时间他也无法停下来休息，转手画丙烯。有时他甚至有种错觉，红色的颜料是他的血液，白色的是他的骨髓，黄色的是他的脂肪和神经。蓝色的，则是他的疯狂。他用自己的全副身心在画画。

有天傍晚，他出了门，把其中一幅画送到绍兴路，海子看了一眼就说，抽象画？你改风格了啊。

海子当然知道，那是他为其星画的。他们向来心照不宣。

也不是没有过误会。就在其星出事那天，在坏消息到来前几个小时，海子来画室找他。他几乎在对方开口前就知道要谈什么。海子的情绪写在脸上。

——你上个月 24 号晚上，在南翔？

听到那句问话，他的第一反应是想笑。连思路都一样，所以说兄妹果然是兄妹，即便只有一半的血缘。不过比起其星，海子也太不直接了。

他从床上起来，嘴里有股海腥味。奇怪，明明午睡前刷过牙。他重新刷了牙，去敲隔壁房门。来开门的海子像是早就醒了，穿着成套的黑色长袖圆领衫和运动裤，不怕凉地赤脚趿拉着人字拖。海子身后的落地窗开着，从门口能望到阳台，那边的藤桌上有杯子。

难道是下午坐在那里看海？他熟悉的那个海子，会喜欢看海吗？

他说，去我房间阳台喝酒吧。省得我拿过来了。

海子说，我带了我妹做的磅蛋糕。你吃吗？

他的第一反应是想要反问，你什么时候开始吃甜食了？最终没开口，只是摇头。海子笑了笑，说，猜到你不会吃。

阳台底下的海已经从灰色变成了黛青色。海子喝啤酒，他喝威士忌。海浪声更衬出沉默。

出来这两天，他有好几次想问，其星到底为什么不理我？一直没问，是因为他觉得问出来显得太凄惨。而且，也已经没了问的必要。

意识到时，那句话仿佛是自然而然地从嘴里冒出来。

“陈鑫是我杀的。”

海子没吭声，盯着他看。像是毫不惊异。就像海子被警察带走的时候，他不知怎的也并不惊讶，甚至隐隐松了口气：哦，不是厨师，是海子。他那么快就陷入了确信，以至于当得知海子是无辜的，反而有点不适应。

他无视海子的目光，继续说：“公众号里不都写了吗？我挪用陈鑫的画，拿了奖，维佳撞死了陈鑫。在读者眼里，真相就像一加一等于二那么简单。十二年前的陈鑫的死不是意外，最近发生的陈晓燕的死也不是。我们是……唯利是图心狠手辣的一对夫妻。不对，该说是前夫妻。”

他微笑，仰脖喝了一大口酒。惊讶地发现自己仍然笑得出来。

“现在大家都知道了，陈晓燕的死是怎么一回事。她舅舅急着要钱……到头来，是为了房子。但有件事大家不知道，因为公众号文章没有提到，那就是，陈晓燕本来约了维佳去她家。你还记得吧？她订了肉桂蛋糕。”

海子点点头。

“她来订蛋糕的时候我就在旁边，她说，她见了霍老师。对了，写那篇公众号的人肯定也见过霍老师，写得多细啊，我学画的事。反正，陈晓燕一说我就懂了，霍老师攒了那么多年的怨气，逮着陈晓燕，她会说多少有的没的。那幅画的事。我和陈鑫的事。我猜，陈晓燕听说我得奖的画其实是她妈妈画的，一定想了很多……以她对维佳的了解，她会抵达最坏的结论，那就是，维佳做得出来，为了我，撞死她妈妈。”

他说得兴奋起来，嗓子干涩。

“她绕了个弯子，不找我谈，要找维佳，我一直以为，她打算当面质问维佳……到了现在，我对这件事，有了新的看法。她约维佳，不仅仅是想谈一下她妈妈和那幅画的事。还为了要钱。为了帮她那个舅舅。”

海子终于忍无可忍般开口：“敲诈这样的事，她是不会做的。”

“那你说，她为什么不直接找我？谁都知道，我们家是维佳管钱。我其实……”他做了个含糊的手势。他从来不清楚自己到底有多少钱，他连支付宝都不会用，至今仍然只会付现金和刷卡。他私人名义的卡上只有维佳给的零花钱。他历史上唯一的一笔大额支出，是蛋糕酒号的租金和前期投入。实际操办也是通过维佳。现在要离婚了，他才惊觉，妈的，我居然这么有钱。维佳找了律师来做财产整理——她认识各种各样的律师——看起来，她半点也没有要占便宜的意思。真可笑。他的一切都是她给的，试图公平地分割财产，在他看来毫无意义。

他接着说：“她错了。她应该来找我！因为，她妈妈不是维佳，是我撞死的——

“那天我们本来要去接霍老师看画展。对，就是鸿艺奖的获奖和入围作品展。我心里有事，开不动车，就让维佳开了。霍老师帮我报名参赛，报完了才对我说，她拿的不是我画的陈鑫，而是陈鑫画的我。我们有段时间一直在画维佳，后来维佳父母过来，你还记得吧？维佳要陪她爸妈，我们就只能互当模特。知道霍老师偷换了画，我非常生气。最主要是因为，我没想到在她眼里，我和陈鑫之间差的不是一点点。霍老师为了说服我，给我讲了萧侃当年用她的画署他自己的名字参赛的事，说她想要报仇，想让她的学生拿到鸿艺奖的奖杯。她说，你是有潜力的，再给你几年，你可以靠色彩画拿到那个奖。我把陈鑫的画署上你的名字，也是因为这个。我说，那你为什么不等几年，非要采取这样的手段？你自己被人剽窃，又让我剽窃别人？她说，四年一届，我等不动了。

“我当然知道她是在强词夺理，我也不是没想过，应该去和组委会阐明那不是我的画。但仔细一想，别人会相信我与作弊无关吗？很可能我从此就被绘画圈排斥了。我想，也不一定真的会拿奖，就这样吧。没想到霍老师押对了，陈鑫的画拿了奖。维佳从头到尾都不知道这件事。我打算在去霍老师家的路上和她说，可我一直说不出口。”

说不出口的原因有许多。他那时太年轻，轻易地被霍老师引诱，明明他对她并无感情。在性这件事上，他向来缺乏主动。他明确感到自己的心灵和身体无法控制地接收到陈鑫的辐射，她就像是一束光。而他所做的仅仅是私下画了一大堆陈鑫的速写。她的脸，她的手，她的脚，她的侧影，背影，坐姿，站姿，她说话时费劲的表情，她诚实的眼睛。不巧被维佳帮他整理房间时发现了，为此和他大吵一场。那是他们最接近分手的一次。

如果那时候分手，后来的很多事都会不同。既不会有成为画家的他，也不会有此刻不得不坐在这里讲这番话的他。

这是他第一次，也将是最后一次讲述事情的经过。

“维佳开进小区大门，刚把车停好——那旁边有个蓝色外墙的商场，我们去里面唱过K，记得吧？她把车停在商场背后的空地，那样得从里面绕一圈走到小区。她技术不好，去小区的通道上停，对她来说比较困难——我正要下车，忽然有个人扑到我这边车窗玻璃上，吓了我一跳。一看，是陈鑫。

“估计她是看到我们的车，直接跟过来的。她的样子很吓人，嘴里啊啊啊地喊。她心平气和的时候还能说几句，一着急，就像个哑巴。我心想糟了，她难道去看了画展！我和霍老师都以为她不知道有那么个比赛和画展，却忘了陈晓燕很有可能关注到，并且讲给她听。我们确实是在自欺欺人。陈鑫虽然不太会说话，并不傻。她只要看到就能明白。我心想，她去看了吗？陈晓燕可别是一起去看的！我急着打开车门跟她解释，一推，车门撞到了她的头。她蹲下去，抱着头，我赶紧过去扶她。这时听见维佳喊，声音特别尖——你放开她！林同！”

他忍不住闭了下眼睛。那天的一幕幕犹在眼前。

“我赶紧解释说，我开门碰到她了。又问陈鑫，你没事吧？陈鑫嘴里嘟嘟囔囔不知道在说什么。维佳奔过来，把我的胳膊从陈鑫身上拉开，力气很大。然后她打了我一耳光。我完全蒙了。维佳大喊，你还骗我说你们没什么！我心想这真是说不清了，扭头就上了车，坐上驾驶座。我对维佳说，你上来吧，难看死了，回家再说。我想换个地方先跟她把画的事讲清楚，现在这样也不合适去找霍老师。维佳跳上车。陈鑫还在原地。我心想刚才开门那一下还挺重不会有事吧，但我毕竟心虚啊我是偷她的画的贼，所以我就开车走了。

“长宁路几个月前在车道中央加了铁栅栏，出了小区没法直接左拐，我朝右开到长寿路，在红绿灯掉头。维佳一路在骂我。她年轻的时候比现在火爆多了。我忍着气，一边和她说，你想错了不是这样的，一边掉头往回开，准备待会到江苏路右拐。维佳冲我嚷，每次都是你说什么我信什么，你拿出实际行动证明给我看呀！我要怎么才能继续相信你！我吼回去说，你是不是要我死给你看你才会信！我吼她的时候忘了看路，只见维佳脸色不对，然后车头传来砰的一下。我赶紧踩了刹车，往前看。马路上空空的。我下了车才看到，陈鑫躺在车头前面几步。她大概是乱穿马路过来的。护栏有好几处被人弄坏的缺口，附近居民懒得走天桥，经常从缺口过马路。我呆呆地看着她。她侧躺着，身上是她在家常穿的陈晓燕淘汰的羽绒服，半截蓝半截白。她扎起来的头发散开一绺，遮在脸上，看起来就像睡着了。地上没见到血。我站在那里就像被定住了。维佳在旁边开始打电话报警，她挂了电话对我说，是我开的车，你记住！

“后来的事你都知道了。陈鑫被送到医院，没来得及抢救就去世了。说是撞击导致她脑子里一直没被发现的肿瘤破裂，颅内大出血。那时候不像现在到处有探头，附近正好也没有路人。警察大概觉得维佳挺倒霉的，要不是陈鑫脑子里的毛病，不一定会死人。最后陈家选择私了。中间交涉都是陈晓燕爸爸和维佳她爸谈的。陈晓燕受了刺激，彻底不理维佳了，维佳给她发短信打电话，她都不应。维佳当然是为此难过的，但她一个字也没有责怪过我。我想她的自责比我更多。我，我简直是庆幸的。我知道我很卑鄙，但我真的是这样想。

“因为那起车祸，维佳一直没看到我拿奖的素描画，展览结束，我把拿回来的画烧了。我不知道陈晓燕看过那个展览没有，还有如果看到了，她能不能认出那是她妈妈画的。这些年来，我和她说话一直很注意。我觉得她对我没有敌意，时间长了，我甚至开始觉得我不欠她什么。你看，我一直很会骗自己，从小就是这样……”

仍然差了一点点。原来决心毫无用处，连酒精也没有帮助。他机械地喝酒倒酒，顺手给海子也添上。他本来做好了心理准备，想要说出最关键的部分。**他看见了她**。他没有踩刹车，而是加大了油门。事后他甚至怯懦地想，**那是意外**。多半在他开车门不小心撞到陈鑫的时候，她脑部的肿瘤已经破裂。所以一定是意外。

“是故意的。”海子说。

他结结实实地吓了一跳，表情失控。好在海子根本没看他，望着海的方向说道：“这么多年，她一直以为维佳是故意撞了她妈妈。毕竟她不知道开车的人是你。而且她认为，维佳是出于嫉妒才那么做。那样想太可怕了，完全就是在钻牛角尖，以她的性格，非常煎熬。一直一直熬着。今年她和莫凡吵翻了，好像也是因为那件事……说真的，我挺恨那个霍老师的。为什么要告诉她啊。瞒着她不是挺好的吗？告诉她，她这么多年的怀疑也就落实了，而且变了质——她当然会往那个方向去想，觉得维佳为了你，为了维护你的虚假荣誉，什么都做得出来。你有没有想过，虽然她完全是臆测的，可她有多难过？你是没看到，她喝酒喝成那样……”

海子的声音像是强压着情绪。

“哦。”他只能说。

“我妹不是陈鑫。”海子忽然没头没脑地说。

他听懂了。不知该如何作答，于是他沉默着继续喝。威士忌只剩了两厘米多。天不知什么时候黑了下来，底下亮起景观灯，沿着酒店的一圈被照亮，更远处晦暗不明，唯有潮声显示，海就在那里。文明世界像是被消减到极小，只余这座建筑。寒气从各个角落渗出。他对海子说："你没带外套吧，从我这里拿一件。"

"明天再说吧，不行还可以买，你的我穿太小了。"

他很坚持，海子进屋拿了外套穿上，袖子短一截，略显滑稽。他表示酒喝多了没胃口吃晚饭。海子说："我还是得吃点，回房间叫个客房服务。"临走时问他，"你明天还要接着学冲浪？"

"看天气吧。"

他回到房间看了会书。陈嘉映的《价值的理由》。他还记得第一次读到这位哲学家的另一本书，被某个句子击中。**每种生物都在一个特定的水平上成象，亦即在这个特定的成象水平上活动。音乐，绘画，建筑，这些都是我们的成象方式，但最为典型的是语言，因此不妨说，人们在语词的水平上成象。**

他对此既赞同，也有不同的意见。今天带的这本，只读了一半。去年到今年，他因为画不出来而焦虑，连书也看不下去，就搁置了。翻动书页，画了线的句子映入眼帘。他都不记得自己什么时候画的。**生活深处，世界不是分成你和你要选择的东西，你跟你周边的人与事融合为难解难分的命运。如果只关心选择，不妨说，随着生命的深入，一个人的选择余地越来越小，然而，生命不是一道关于选择的数学题。**

他合上书思考，尝试着重新做出选择。然而结论早已明晰。有那么一瞬间，他想，要不要去隔壁要块蛋糕来吃？转念感到可笑。他当然记得陈晓燕关于其星的蛋糕的说法。他不吃蛋糕，并非害怕唤起记忆。有些记忆，尤其是最糟糕的那些，不去碰也在那儿。十三岁那年海神庙的事以来，他从不吃甜的。后来发现海子也同样。如果其星的蛋糕真的能让人看到过去，他究竟期待看到什么，又害怕看到什么呢？

回到阳台，站着喝完了剩下的酒，其间有过短暂的念头，海子会不会走到相邻的阳台上，和他说几句话，就像更早以前，像他们一直以来那样。他俩深谙交往的分寸。开个无关紧要的玩笑。聊聊日常，或者艺术。隔壁阳台黑着，房间里隐隐有电视的声和光。一个家里没有电视机的人，在酒店居然长时间开着看不懂的日语节目。他想，海子会和其星通电话吧？他们会说些什么呢？她的对话能力是否有新的进步，既然她重又开始学习？

第二天早上起来没下雨，他很开心。他顺着此地唯一的一条公路往南走，和昨天早上一样。路过一家海洋运动器材店的时候，他走了进去。这里有二手的冲浪板，他昨天就注意到了。他选了一块 8.8 英尺的，灰白色，没有华而不实的装饰，看起来几乎是新的。板子单独出售，浆板和脚套得另外买。他嫌麻烦，差点想说那些不用了，转念还是一样样认真选了。最后加起来不到十三万日元，他付了现金。

老板送他到门口，不停地鞠躬。他扛着板子继续往南，老板喊了一声，估计是问他去哪儿。他喊回去，my school!

冲浪学校就在前头，马路的斜对面。到了学校跟前，他没有过马路，径直走下去。除了偶尔有车驶过，这地方几乎没有行人。昨天他测算过，到海边步行需要半个多小时。

他有的是时间。

尾声

2018 年 10 月

莫凡在关灯前最后看了一眼，货架和植物被清空的店内看起来像个陌生的空间。她叹一口气，锁上玻璃门，没有像以往一样加道环形锁。

如果在一个月前有人告诉她，她会卖掉这处门面，为的是跑路，她一定不会相信。金先生的生意居然说垮就垮了。政府表现出前所未有的治理态势是一方面，小晁的窝里反则是更为致命的一击。

想到小晁，心头的郁闷更深。

她和小晁在两年前就断了。当时她因为一件小事起了疑心，在店里查看后发现，货架上装了隐蔽的摄像头。她确信是小晁干的，为的是监视她。和他对质，他承认了，申辩说，那是出于爱。鬼才相信。比起愤怒，她不知怎的有种说不清的畏惧，害怕被反咬一口。她忍住了，没有在金先生跟前说小晁的坏话，安慰自己说，一码是一码，他在我跟前拎不清，在金先生面前，他不敢也不会拎不清。她以为小晁至少是个务实的人，谁能想到那就是个彻底的小白眼狼。小晁为金先生买的 P2P 亏了很多钱，他怕被追责，恰好法院来查，他就把金先生的暗账全捅了出去。金太太每年去普陀山烧那么多的香，终究也没能保住金先生的晚年安详。据说，老头子进去后，在国外的儿子连个影子都不见。

知道金先生和莫凡关系的人，不止一个劝她说，能走就走吧，你留在这里，等人来查吗？就当出去避避风头。

当年陈晓燕劝她和金先生“撇清”时，莫凡的回答颇为硬气，事到临头，她终究硬气不起来。直到这时，她才不得不感慨陈晓燕的先见之明。被陈晓燕说中了，所谓的“小额贷款”，实际上的高利贷，不是说只要流程上花心思做得巧妙，就能置身法外。

如果陈晓燕还活着，看到她的今天，大概会露出“你看吧我早说过”的讨厌笑容吧。

去哪里好呢？尚无头绪。日本她是不要去的。前些年讲了多少次跟陈晓燕一起去玩，想叨一下会语言的人的光。一直没成行，到了现在更不想一个人跑去。再说林同是在那边出的事，总觉得触霉头。

要么去西班牙？有一年她在那边玩了小半个月，对一个小城的印象不错。老城区建在悬崖上，细长曲折的坡道，刷了红黄蓝颜色的房子，宛如童话。夏末的南欧白日漫长，九点多了还是黄昏。年轻男女坐在餐馆的露天座喝着兑了柠檬汽水的红酒，说着滚珠般的西班牙语。

她转念想，但语言不通是个问题。

总不能回云南吧。她想起父母宛如按钟表走的日复一日，午睡醒来，看那些没完没了的抗日或谍战剧，五点多就吃晚饭，然后又对牢电视机。妈习惯边看边泡脚，爸看着看着便眼皮半掩，像是睡了过去。当妈对剧情发表意见，爸重新睁开眼，加入讨论。那是无论莫凡在与不在都如常持续的父母的生活。她离家太久，即便置身其中，也找不回亲密感。有时她会诧异，那个明明被爸妈爱得多一些的小儿子，像是从来没有存在过。总之在家没人提弟弟。只有收在抽屉里的全家福合影留存了四口之家的时光。

她每一两年回父母家，他们总在聊那些她毫不关心的别人的家事。谁买了房。谁家有了第三代。谁的孙子上了什么小学，什么中学，什么大学。很奇怪，父母没有催问她为什么一直不结婚。他们当然绝不可能知道她的处境，而她无从猜测他们的心境。

不，她不想回云南。还不到那个地步。要去也是去国外。父母对别人讲起来也好听些。

她走了几百米，把钥匙交给一处中介。没有找隔壁的王老师，是因为那家店早在年初关门了，变成了美甲店。神叨叨的王老师据说找了个相好，搬到对方那边，后面小区的房子租给了别人。莫凡觉得老头真是折腾得动。她自己明年四十岁，心境却好像过早地衰颓了。

*

在书店附设的咖啡吧等人顺便看书的宋语，不时被旁边两个女人的聊天吵得难以集中注意力。很想提醒她们，这里是书店，不是菜场，要聊天请换个地儿。

北京和上海真是不一样。明知是偏见，她就是无法制止自己这样想。她总觉得北京什么都大一码，从道路的长度和宽度，到人的嗓门。本身也比别人大一码的她，在这里并没有如鱼得水的放松感，反而常常感到窒闷。

来北京是她自己的决定。她一直想做艺术品相关的策展人，苦于没有合适的门道，最后决心先念个艺术管理类的硕士。两年前的冬天萌生这个想法后，她又上了半年班，然后辞职专心备考。

窝在上海的租屋念书的那段时间，是一段充实的不思不想的日子。唯一打破她老僧般心境的，是一条来自黄依然的微信：**搞什么嘛，网上说《光行者》有人通关了，奖品和说好的不一样。**

她当时回了什么呢？如今都想不起来了。

到现在，她刚开始念第一年的课程，共有一年半的课和一年半的论文期。也就是说，毕业的时候她就三十五岁了。比陈晓燕走的时候还老一些。

最近偶尔会在这种完全无关的时候想起陈晓燕，念头像认路的鸟，从巢穴里扑腾出去又折回，不带什么情绪。

前几天和妈视频通话的时候，那边也问起陈晓燕来着。你以前领导，和你玩得很好，你喊她姐的那个，还来过我们家呢，现在怎么都不听你讲到她啦？每次只听你说起另外那个生孩子的同事。

她花了点时间消化那个问句，选择性地答，因为我在北京嘛。生活圈变了。

生孩子的同事指的是住在望京的李濛，宋语租的房子离她家不远。

“从前慢”公众号从影视号变成了亲子号，因为主笔有了个儿子，最近刚满一岁半。李濛有时会开玩笑说，你念书也可以做事的嘛，干脆来帮我，毕竟这个江山是你打下来的。她每次都答，不不，江山是你的。再说我对小孩没兴趣啊。你饶了我吧。

当初她写那篇公众号的时候，纯粹是有种不吐不快的强烈情绪，想“揭开某画家的面具”给众人看。她既没有追求什么十万加（来得还真是容易），也没有想过那篇文章很快下架，还导致李濛的公众号被禁言一周。文章存在的仅仅一天的时间里，李濛的后台多了近万名粉丝。用李濛自己的话说，简直是天上砸下来的，忍不住摩拳擦掌，要在可以发文的第一时间干个大的。这番雄心并未成功，等李濛重新开始发她惯常的旧剧盘点，阅读数直线跳水，粉丝数缓慢下行。为了拉住不断离开的读者，李濛研究了她最近常看的热门文章——她正在孕期，看的全是亲子号，其下又有各种细致门类——毅然给公众号做了彻底的转向。此前，她把怀孕的事瞒着一干朋友乃至同事，既是出于怕不顺利的迷信，也担心影响到公司对自己的评价。自从她开始坦荡荡地写她的日常，对未来的设想、恐惧与困惑，粉丝的增减数呈现奇妙的波动，走的人不少，新来的人也络绎不绝。再后来，是她作为新手妈妈的种种困惑和喜悦。到那时，读者们已经稳固下来，“从前慢”这个为港台影视剧起的公众号名，和新内容倒也莫名贴切——每篇文章的最底下，照例有一行点题的句子：**从前慢，当孩子来到这个世界，时间按秒算，按他成长的每一天算。**

宋语有时也看看李濛商业气息日渐浓厚的公众号，并想起某个早已湮灭在时间中的博客。时间是奇妙的存在。有时被外界的纷繁推着走，有时攀附于记忆，静止在心底。

大多时候，宋语的时间也静不下来，就像此刻，她注意到手机上的微信：我到了，你在吗——赶忙起身昭示自己的存在。咖啡馆门口正在张望的年轻男人，是圈内新晋走红的装置艺术家。宋语今天来，是想趁别人还没下手，和他谈代理事宜。

男人走过来，和她握手，然后像是有些愕然地说：“你是女的？看名字我以为是男的。”

“很多人这么以为。”她温和地说。放在以前，对方的态度会让她心烦。算是有所成长。就像那天，关于“你喊她姐的那个领导”的话题后，妈妈提起，想把家里的茶田卖掉一部分，给她在北京或上海付首付——前提是她确定了毕业后在哪里工作。类似的话不是第一次讲。她知道那是亲情的表示，尽管对她来说有些难以负荷。如果是从前，她会不耐烦地说，不要啦。你不要管我。而在最近的那次，她望着手机视频里妈妈泛着白光的脸，喃喃地说，你操心这么多，照顾好自己就行呀。

什么？

妈妈没听清，问道。

没什么。你要不要来玩，我带你看故宫？冬天这边有暖气。

到最后她也没能说出那句话。妈，你干脆和柏叔叔领证一起生活吧。她依旧太胆小，并且太自我。

*

坐在咖啡馆里的叶维佳刚从电脑发出一封邮件，拒绝了又一家画廊举办林同回顾展的提议。

回顾展，听起来就让人不痛快。尽管对方的用词其实没错。画家的时间随着他的自杀永远停滞在某个点，此后不会有新作。她对此心知肚明。而对于画廊来说，永远是死掉的画家比活着的更值钱。所以她才会不断接到各种咨询、建议、直接出价和迂回的试探。还有人提出想写林同的传记，她也推掉了。从对方充满溢美之词的邮件里，不难嗅出腐食动物的气息。传记作者也好公众号写手也罢，林同活着的时候，他们就以他为养料，他离开后，他们仍纠缠不休。这两年，网上仍然不时冒出一两篇关于林同的文章，她每次都忍不住看，看了又忍不住生气。

《光行者》已经出到二代，原以为那个游戏不过是昙花一现的项目，没想到不仅活下来，二代还找了新的艺术家跨界合作。第一代游戏在面世后的第十八个月被两个小镇男孩通关，奇点公司和通关者讨价还价后，男孩们没有拿最早作为噱头的林同画作，选择了更为实惠的奖金和游戏内测的工作。

画和钱，哪一个更好？叶维佳不知道其他游戏玩家对此的反应。

其实早在奖品公布前，她和奇点公司的樊奇有过长时间的磋商——她对《谜宫35》有奇怪的难以割舍，他仍然想要那幅画，强调说“林同承诺过的”。最后达成的协议是，画只能作为奇点的藏品而不是奖品，对方为此支付不菲的金额，给她的基金会。

基金会尚未命名，仍在筹备阶段。成立这个基金会，是因为叶维佳憋足了一股气。侵害杨其星的那个叫钟辰的混蛋，最终只落得故意伤人的一年刑罚。以杨其星为起诉方的民事诉讼拖拖拉拉走了一年多，拿到六万五千元的赔偿，这还主要是因为杨其星身为残疾人获得的同情分。原本想要找被钟辰伤害过的其他人联名上诉，有些人前期表现出配合，一旦面临上庭等现实，便退缩了。

经过这番挫折，叶维佳不打算退缩，她打算成立一个基金会，为那些受到性侵害的人提供法律帮助。

和林同有关的事加上筹备基金会，她忙得不行。在忙碌的间隙，她从去年开始学日语。当然也可以学法语甚至大提琴，只要有钱和时间，学任何东西都不成问题。要说为什么选择日语，可能仅仅是因为，林同当初选择跑到那个国家去死。她就是这么拧巴。

日语有大量和中文相同的词，也有些不同的。例如她此刻的身份，中文叫作遗孀，日语则是“未亡人”。她更喜欢后者。遗孀听起来和遗物差不多。

因为讨厌被他的遗物围绕，她索性卖了南翔的房子，搬到市区。

新家离蛋糕酒号步行二十多分钟。虽然近，她不怎么去那边，更常来现在坐的这家咖啡馆。在店里看见杨其星，她终归还是有些意难平。

她点选浏览器的收藏夹，浏览艺术市场的动向。多年来的习惯。她手上不仅有林同的画，还有很多她买来做投资的。

无意间看见一个名字。黄礼峰。

姓黄的仍在当他的教授，并且继续当他的半拉子艺术家。她和艺术圈接触了这么些年，早就不会因为作品和人格的分裂而感到惊讶。即便如此，黄礼峰仍让她深感不适。他笔下的水墨稚童大多是小女孩，神态娇憨，处处流露作者的“父爱”。

叶维佳憎恨黄依然的养父。但她知道，不能为了心目中的正义，就打破黄依然好不容易得来的宁静。即便是匿名告发，很难不让受害者的真实身份被曝光。如果要做这件事，必须等黄依然更加成熟和独立，等她自己愿意面对。在那之前，假设黄依然愿意和她谈一下过往，愿意打破那个听起来半真半假的“养父和小红”的故事版本，她作为“夜月”，一定要拿出勇气倾听。不能再像那一次杨其星做笔录的时候，她甚至难以忍受待在旁边。

说到底，每个人都有自己的症结要面对。

她有时会想，如果林同还活着，他会给出怎样的建议。

两年前，在黄礼峰的家里，当她从画家的手机拷贝了照片——林同根本玩不转手机的各种功能——因屏幕上呈现的画面感到血管冻结的寒意，她忍不住喃喃地问：

我们怎么办？

带她回上海。林同说。

他很可能一早做了这样的打算，不然也不会让杨树海开车。他用QQ喊了黄依然，她不得不继续扮演“夜月”。听到他们的建议，一开始，女孩的惊恐多过喜悦，但很快镇定下来，说，带我走吧。

黄依然回房间去拿东西，林同坐在原位，隔着餐桌审视地打量画家的睡脸。她站在远一些的位置，除了恶心和无措，还有些茫然，不明白事情怎么会变成这样。林同没有说话也没有动，固执地盯着对面的黄礼峰，那样子仿佛要把对方的形象刻在头脑深处，作为绘画的素材。他脸上有种陌生的情绪，让她比目睹照片时更冷。好在小姑娘很快回来了。

那不是第一次，她感到自己从来没有了解过林同。

一半是出于那种陌生感，一半是感到难以负荷，回到南翔后，她无理取闹般和林同争吵，甚至翻起了旧账。明知这样做会殃及无辜的黄依然，甚至可能伤害除了他们无人可依靠的女孩。

所以，即便到了现在，叶维佳对黄依然不是没有歉疚。包括后来，自己那句“我不是你的夜姐姐”，多么残忍和幼稚。她决心用经济弥补。小姑娘据说大学想念心理学。只要能考上，学费不成问题。一桩桩一件件，作为林同的未亡人，可做和需要做的事堆积如山。叶维佳感到，对她来说，成年就是不断丧失的过程，先是朋友，然后是父亲，再然后是爱人。离婚是一回事，当那个人彻底消失，她才知道，何谓永夜的孤独。

有时她会闪过无法控制的念头——对于你来说，失去林同，也是巨大到无法形容、荒凉到难以招架、痛到不能言语的丧失吗？

但她当然不可能去问杨其星。

*

东京国立西洋美术馆。

她随着观展的人群往前挪步，不时驻足。耳机里传出日文导览。她能听懂大半——除了不记得含义的外来语。墙上的日语导览牌，她看得艰难。没办法，她如今看汉字没问题，不太认识平假名，外来语的片假名对她来说更难辨识。

日语能力的恢复是从去年开始的。小张医生说，双语患者的语言恢复有时就是这样的：一种语言先恢复，然后是另一种。也是小张医生建议，让她多接触日语环境，说不定还能反过来促进中文的进步，哥哥才同意她一个人来日本玩几天。

鲁本斯展的一个个展厅光线暗淡，局部照明烘托出有着巨大丰盛肉体的男女画像。她看完特展，走进常设展。这里的照明雪亮，画却显得暗淡。她一间间看过去，来到一处仿佛是模拟住家的小展厅。两面相对的墙，旁边与它们垂直的第三面墙。每面墙各有一幅画。

第一幅是风景画，画的是草原。对面是像在云雾中的风景画。最后一幅仅仅是白底上粗疏的几笔黑线条。她盯着第三幅看了片刻，觉得那像是自己的大脑。她仍有自嘲的能力。哪怕有些场合，在外人看来，她的智商可疑。

展览介绍上的片假名让她再次有阅读障碍，不然她就会知道，这个迷你展完美再现了格哈德·里希特的家。他家餐厅的墙上是居斯塔夫·库尔贝的一幅风景画，对面挂了里希特自己的《锡尔斯玛利亚》，旁边一个房间的墙上则是里希特的抽象画。如果获知了这些信息，她一定会想起某人。对里希特推崇备至的某人，从来没有在采访中说过真话。

她在美术馆看得见中庭的咖啡馆找位置坐下，点了咖啡。拼配咖啡，热的，不要奶和糖，谢谢。她点单的日语听不出迟滞。事实上，她的日语听说比读写好太多了，最近甚至超过了她的中文听说，很可能是从前学日语时看了太多动画片和日剧的关系。

但她无法“翻译”。和人说日语是一回事，在心里想到对应的中文意思是另一回事。就好像她的头脑中有道树在两种语言间的屏障，她要么在这边，要么在那边。甚至，当她从日语模式切换到中文模式，需要一点时间。这样的障碍不会让她产生畏惧。曾经，对她来说，世界是一张网，她需要在每一刻辨认自己的位置。有时她能顺着网上的经线和纬线移动到别处，有时道路断绝。即便困顿在原地，她早就学会了耐心处之。而现在，她的世界是被墙阻隔的两条路，路不宽，但足以通行。她可以在墙的两侧自由地行走，尽管有时磕磕绊绊，那已经很好了，不是吗？

她眺望了一会儿窗外的树木和对面建筑的光影，记起来，曾在白领时代出差到东京时逛过这个美术馆，是个有名的西方建筑师设计的。建筑师叫什么呢？又一个失落的名字。不过不影响她欣赏它的美。她闭眼片刻，不去听周围客人低声的日语交谈，努力调适自己到墙的另一边，然后查看手机微信。

哥哥：**都顺利吗？唉，你一个人出国，我比爸还担心**

依然：**我下午去面试。祝我成功吧！**

陆南：**星姐，记得帮我带堀口的豆子。如果有别家的你喝了觉得好的，也要**

依然刚上高三，每天忙得不见人影。这两年来，依然给她的陪伴和安慰，常让她感到不可思议。哥哥带回来的这个女孩，从一些细节可以看出，很有可能有过不好（甚至很糟并且应该被塞进垃圾桶）的过往，依然自己不提，她便也不问。得病以来，她知道了话语的重要性，却也更多地明白了话语的无力。她经常想，如果蛋糕会说话就好了——蛋糕的语言，一定比我们的更加直接，更有实质。

继燕子之后，是依然陪着她寻找她丢失的语言。依然上网四处看，发现了一家据说在失语症方面特别有经验的医院。从前燕子因为她妈妈的缘故不相信任何医疗机构，连带着哥哥和她也以为医院和医生都靠不住。她被依然带着去了，在那里遇见了小张医生。小张医生对燕子留下的教材表示惊叹，说了一堆话（当时她听不懂，只知道他觉得燕子超级厉害）。后来，小张医生加上依然，才有了她堪称奇迹的这两年。按她的大脑的损伤情况，本来没可能恢复到现在这样。不过小张医生说了，人类就是很神奇的。

最近，依然又找到一家失语症患者的康复组织，申请成为ST（失语症康复师）实习生，今天就是去那个面试。

她分别回复几条微信。对哥哥说，**展览好看**。对依然说，**加油**。对陆南则是，**收到**。人类确实神奇。一年前，她还看不了这么长的微信。自那场事故，她历经十年跌跌撞撞，走到了今天。

只可惜，他们看不到了。她和他。陈晓燕。林同。

她还是习惯喊那个人“燕子”，可能因为自从生病，在教材里，她看了太多的燕子。她知道，燕子平时说话的直接，那种曾被哥哥评价为“过于尖刻”的聪明，都只是伪装。如果你有一个不会说话的妈妈，小时候因此被人欺负，你也会努力伪装自己，让自己看起来强大。教材是燕子和林同一起编的。她经常觉得，那两个人很像，他们都活在过去，活在早已失落的日子里。

有时，她对哥哥感到巨大的抱歉。如果不是她那么执拗地不理林同，他说不定不会死。哥哥一个人从冲绳回来的时候显得异常平静，她却感到，哥哥的一部分像是永远留在了那里。维佳不知为什么很讨厌林同临终前创作的那批作品，把它们全数卖了，只剩下挂在他们店里的一幅。据说都是抽象画。她不太能理解“抽象”这个词，只是直观地感受到了他那幅画有些不一样。无论风格怎么变，那是他的画，是他的一部分，和他过去的画，本质上是一样的。对于店里那幅画，陆南说看不懂，依然说不喜欢。她还听到依然有一次在店里对陆南说，唉，玩过《光行者》，再玩什么都不带劲。

其实依然早就不再玩那个手机游戏。一度是那么的热衷。就像依然有一阵看起来很烦宋语，那人来店里也不理，后来不知怎么又原谅了对方。

可能人们都会忘记吧。忘记自己做过的，别人做过的。忘记理想，诺言，爱，谎言。

她仍记得一切。不是通过语言。有时她会在吃下一口蛋糕的时候看见那个人。他眼底暗沉的光。他仿佛永远在逃避什么又在抗争什么的嘴角。她看过他一次次在纸上画同一个女人又撕掉，认出那是燕子的妈妈，她从此连课也放弃了。燕子来找她，说，林同不是你想的那样。你没必要听他的，放弃学说话。她费了好大的劲才搞懂了燕子的意思。她试图告诉燕子——我知道他愿意我这样。我这样，不能讲，对他来说是好的——她没能说出口。燕子的眼神和他很像，隐含巨大的痛。她当时不懂得那是为什么。

现在也不太懂。不过她知道，就像她经常（差不多每天）对哥哥说的——

会好的。

参考书目

《失语症》，高素荣主编，北京大学医学出版社，2016

《当大脑寻回语言的时候：来自失语症病历》，佐藤洋子、加藤正弘，日本放送出版协会，1999
（脳が言葉を取り戻すとき　失語症のカルテから）

《失语症患者，成为语言听觉士：失去语言的人在寻求什么》，平泽哲哉，云母书房，2007
（失語症患者、言語聴覚士になる　ことばを失った人は何を求めているのか）

《无法还原的象》，陈嘉映，华夏出版社，2005

《价值的理由》，陈嘉映，中信出版社，2012

《小嶋流美的终极版蛋糕教程：从蛋糕体开始掌握的 38 种》，小嶋流美，柴田书店，2011
（小嶋ルミの決定版ケーキ・レースン　生地からわかる 38 品）

《Pierre Hermé 写给你的法式点心书》，Pierre Hermé，大境文化，2011

图书在版编目（CIP）数据

星在深渊中 / 默音著．—南京：译林出版社，2023.9
ISBN 978-7-5447-9724-5

Ⅰ.①星…　Ⅱ.①默…　Ⅲ.①长篇小说－中国－当代
Ⅳ.①I247.5

中国国家版本馆CIP数据核字（2023）第084523号

星在深渊中　默音 / 著

责任编辑　李　蕊
校　　对　孙玉兰　王　敏
责任印制　闻媛媛

出版发行　译林出版社
地　　址　南京市湖南路1号A楼
邮　　箱　yilin@yilin.com
网　　址　www.yilin.com
市场热线　025-86633278
排　　版　南京展望文化发展有限公司
印　　刷　南京爱德印刷有限公司
开　　本　880毫米×1240毫米　1/32
印　　张　16.25
插　　页　4
版　　次　2023年9月第1版
印　　次　2023年9月第1次印刷
书　　号　ISBN 978-7-5447-9724-5
定　　价　79.00元